KB187729

요셉과 그 형제들

3

요셉과 그 형제들

이집트에서의 요셉 上

토마스 만 지음
장지연 옮김

살림

목차

1부 내려가는 여행

2부 저승에 발을 디디다

3부 도착

4부 지고한 분

7부 구덩이

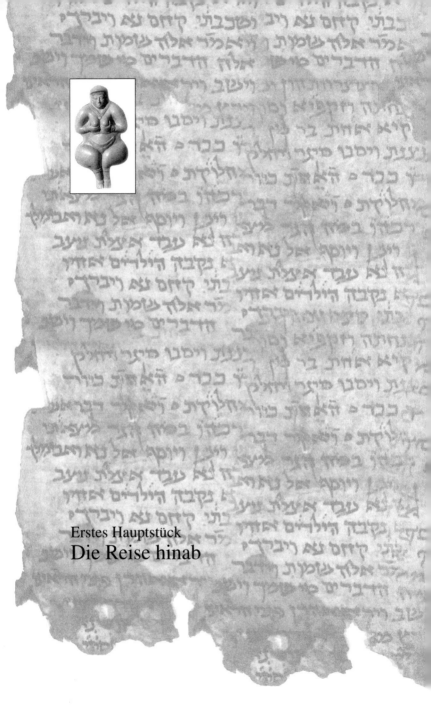

Erstes Hauptstück
Die Reise hinab

1부

내려가는 여행

죽은 자의 침묵

"절 어디로 인도하시는 건가요?"

요셉이 노인의 아들 케드마에게 물었다. 달빛에 드러난 낮은 구릉지에 이르러 '과수원' 산(카르멜, 혹은 히브리어로 키르밀 산—옮긴이) 자락에서 밤을 보낼 작정으로 짐을 풀고 막 야영 천막을 칠 때였다.

"너, 참 대단하구나."

케드마는 요셉의 아래위를 죽 훑어보며 고개를 가로저었다. 정말 대단하다는 뜻이 아니었음은 물론이다. 너 참 '단순하구나', '뻔뻔스럽구나', '희한한 놈이구나', 뭐 그런 의미였다.

"인도? 우리가 널 인도한다고? 웃기네! 넌 우연히 우리하고 같이 가고 있을 뿐이야. 아버지가 널 지독한 전 주인들한테 사들여서, 네가 우리를 따라오는 건데, 그걸 '인도한다'고 할 수는 없지."

"그게 아닌가요? 그럼 그렇다고 하죠 뭐. 전 그저 여러분을 따라가고 있는 저를 주님께서 어디로 인도하시는지, 그게 알고 싶었을 뿐이에요."

"너 참 웃기는 놈이구나. 꼭 네가 만물의 중심인 것처럼 말을 하니, 이거야 원, 놀라야 될지 화를 내야 될지 모르겠다. 야, 그럼 우리가 여행하는 게 네 주님이 원하는 곳으로 너를 인도하기 위해서란 말이냐?"

마온 사람의 응수였다.

"그건 아니에요. 나름대로 목적과 뜻이 있어서 여행하시는 주인님들의 명예와 자존심을 상하게 할 뜻으로 질문을 드린 게 아니에요. 하지만 보세요. 세상에는 중심이 아주 많아요. 제각기 중심을 하나씩 가지니까요. 누구나 자신의 주변을 둘러싼 세계의 중심이거든요. 주인님과 저 사이의 거리는 반 엘레지만 주인님을 둘러싼 주변에는 하나의 세계가 놓여 있어요. 그리고 그 세계의 중심은 제가 아니고 주인님이죠. 그렇지만 저는 제가 가진 세계의 중심이에요. 그래서 주인님 쪽에서 이야기하거나, 아니면 제 입장에서 이야기하거나 두 가지가 다 옳은 거죠. 우리들의 세계가 아예 맞닿지 않을 정도로 멀리 떨어져 있는 것은 아니니까요. 오히려 주님은 우리들의 세계를 저 깊은 곳에서 서로 맞물리게 하셨어요. 그 때문에 주인님을 비롯한 이스마엘 분들께서는 지금 독자적인 목적을 가지고 여행 중이시지만, 여러분의 세계와 제 세계가 맞물린 부분에서 저를 제 목적지에 이르게 해주는 수단과 도구가 되죠. 그런 의미에서 절 어디로 인도하시느냐고 여쭤본 거랍니다."

케드마는 말뚝을 박다 말고 또 한번 요셉을 머리끝부터 발끝까지 훑어봤다.

"흠, 그래. 그런 생각을 다 한단 말이지. 혀 놀리는 게 살쾡이처럼 보통이 아니구나. 노인네한테, 아버지께 다 이야기해야겠다. 이름도 없는 개자식이라는 네 놈이 잔머리를 굴려 어떤 걸 생각해냈는지. 앞으로 조심해. 안 그러면 너만의 세계가 있다느니, 그래서 우리가 너를 안내하는 길잡이라는 둥 그것도 지혜라고 요상한 소리를 지껄였다고 아버지한테 다 말해버릴 테니까."

"그러세요. 나쁠 것도 없죠. 주인님의 아버님께서는 그 말에 깜짝 놀라실 걸요. 나서는 작자가 있어도 아무한테나 덤벙 싸구려로 팔아넘기면 안 되겠구나 생각하실 테니까요. 절 팔 생각이라면 말이에요."

"지금 여기가 잡담할 자리냐? 아니면 천막을 치는 자리냐?"

케드마는 그렇게 쏘아붙이며 자기 일이나 도우라고 했다. 그러더니 잠시 후 다시 입을 열었다.

"지금 우리가 어디로 가는 중이냐고 물어도 대답해 줄 수가 없어. 실은 나도 모르니까. 모든 건 아버지가 결정하셔. 하지만 노인네가 속을 털어놓질 않으니 그 생각을 알 수가 있어야지. 일단 확실한 건, 네가 섬겼던 그 가혹한 전 주인인 목자들이 충고했던 것처럼 내륙 쪽, 그러니까 분수령으로 들어가지 않고 바다를 향해 해안가로 간다는 거야. 몇 날 며칠 아래로 계속 내려가면 블레셋 족속이 사는 땅이 나오지. 어쩌면 거기 어느 무역상들의 도시, 해적들의 성곽 도시에 이르러, 널 뱃사공으로 팔지도 몰라."

"그건 싫은데요." 요셉이 말했다.

"싫고 말고가 어디 있어. 노인 생각이 그러면 그렇게 하는 거지. 이 여행의 종착지가 어딘지, 그건 노인네도 모를 거야, 아마. 그렇지만 하나부터 열까지 정확하게 예견하고 있는 걸로 우리가 알아주길 바라지. 그래서 에퍼와 밉삼 그리고 케다르와 나까지 모두 다 그런 척하는 거야. 우연히 천막을 같이 치다보니 별 말을 다하네. 너한테 굳이 할 필요도 없는 말인데. 여하튼 노인이 널 성급하게 팔아넘기는 건 나도 원치 않아. 기껏 보랏빛 자포나 삼나무 기름하고 너를 바꾸는 것보다야. 조금 더 데리고 다니면서 인간들을 둘러싸고 있는 세계들과 또 그 세계들이 맞물려 있는 이야기를 더 들어보는 것도 괜찮지."

"언제라도 좋아요. 여러분은 제 주인님이시고, 은 20을 주고 절 사셨을 때는 제 재치와 혀도 사들인 것이니, 어느 때건 기꺼이 주인님을 섬기겠어요. 각각의 세계에 관한 거라면 들려드릴 이야기가 몇 가지 더 있어요. 또 주님의 기적의 숫자 이야기도 있죠. 그런데 숫자가 완전히 맞아떨어지는 건 아니라서 인간들이 조금 손을 봐야 해요. 그리고 또 추 이야기도 있고 천랑성의 주기며, 생명의 부활……."

"아니, 지금은 말고. 지금은 천막 치는 게 더 급한 일이야. 노인네가, 우리 아버지가 아주 피곤하시거든. 나도 그렇고. 그러니 오늘은 네 혀를 따라가기가 어렵겠다. 그동안 굶기도 했는데 몸은 어떠냐? 여전히 힘이 드냐? 밧줄에 묶여 있어서 팔다리도 아팠을 텐데, 지금도 많이 아프냐?"

"아뇨, 거의 다 나았어요. 구덩이에 겨우 사흘 있었는걸요, 뭘. 그리고 기름을 주어서 몸을 닦았더니 아주 좋아졌어요. 전 건강해요. 여러분을 섬기는 종으로서, 그 가치와 쓸모에 흠집이라고는 전혀 없어요."

실제로 요셉은 몸을 닦고 기름을 바를 기회가 있었다. 그리고 주인들로부터 잠방이를 비롯하여 추울 때 걸치는 모자 달린 옷도 얻었다. 그 꾸깃꾸깃한 흰옷은 낙타 고삐를 잡고 가는, 입술이 붉거져 나온 노예 소년이 입은 것과 같은 옷이었다. '마치 새로 태어난 기분'이라는 표현은 지금의 요셉을 두고 한 말이다. 천지 창조 이래 이 표현이 이보다 더 적절한 곳에 쓰인 적은 없었을 것이다. 사실이 또 그렇지 않은가? 그는 새로 태어난 게 아니던가. 그의 현재를 과거와 가른 것은 깊은 단절이요 절벽, 바로 무덤이었다. 젊어서 죽은 까닭에 무덤 저편에서 그의 생명력은 쉽고 빠르게 재생되었다. 그랬어도 그는 지금 현재의 자신과 무덤에서 종지부를 찍었던 과거의 자신을 칼로 자르듯이 분명하게 구별했다. 이제 자신은 옛날의 요셉이 아니고 새로운 요셉이었다. 죽었다는 것은 한 상태에 고정되어 그곳을 벗어날 수 없음을 뜻하므로 과거의 인생에 눈짓이나 인사를 보낼 수도 없다. 어떤 식의 연결이든 불가능하다. 아무 말도 못하는 실종상태, 지금까지의 인생에 어떤 신호를 보냄으로써 침묵의 마법을 깰 수 있는 가능성이 없고, 또 그걸 허락하지도 않는 상태를 만일 죽은 것이라 한다면, 요셉은 분명 죽었다. 그리고 구덩이에서 묻었던 먼지를 닦느라 요셉이 사용한 기름은 죽은 자를 묻을 때 내생에서 바르라고

관에 넣어주는 바로 그 기름이었다.

이러한 시각에 특별한 비중을 두는 이유는 지금이나 또 나중에 요셉에게 쏟아질 비난의 화살을 막기 위해서이다. 요셉의 이야기를 두고 사람들은 흔히 이런 질문을 던지곤 했다. 아니 어째서 요셉은 구덩이에서 빠져나오자마자 가련한 야곱에게 자신이 살아 있다는 사실을 알리지 않았을까? 무슨 수를 쓰든 연락을 취했어야 마땅하지 않은가? 하려고만 들었다면 그럴 기회야 얼마든지 있지 않았겠는가. 그렇다. 시간이 지날수록 좌절한 아버지에게 진실을 알리는 일은 그만큼 수월해졌을 텐데, 그렇게 하지 않다니 이보다 더 고약한 일이 있겠는가.

외형적인 가능성을 내면적인 가능성과 혼동하는 이러한 비난은 요셉이 부활하기 앞서 겪은 사흘간의 암흑을 간과하고 있다. 이 사흘 동안 그는 가슴이 찢어지는 아픔과 함께 중요한 사실을 깨달았다. 지금까지 참으로 잘못 살았다. 얼마나 잘못 살았으면 죽음으로까지 내몰렸단 말인가. 그러니 설령 그것이 가능하다 해도, 이전의 생활로는 결코 돌아갈 수 없다. 암흑의 사흘을 보내며 이 사실을 깨달은 그는 자신이 죽었다고 생각한 형들의 믿음을 수긍하게 되었다. 형들의 이러한 믿음을 저버리지 않겠다는 결심은 꼭 그렇게 하리라 마음을 다진 계획이라기보다는 은연중에 품게 된 뜻이었고, 한편으로는 죽은 자의 침묵처럼 논리적 필연이었기에 그만큼 확고했다.

이런 사람이 사랑하는 사람에게 침묵하는 이유는 그를 사랑하지 않아서가 아니라, 그럴 수밖에 없기 때문이다. 요셉이 아버지에게 끝끝내 침묵한 것은 매정해서가 아니었다. 그에게도 침묵은 견디기 어려운 고역이어서 시간이 갈수록 더 고통스럽고 무겁게, 죽은 자를 덮는 흙보다 결코 가볍지 않은 무게로 그를 짓눌렀다. 이것은 믿어도 좋다. 그도 잘 알고 있었다. 노인은 자신보다 아들인 요셉 자신을 더 사랑했다는 것을. 그 역시 이러한 사랑에 감사하는 마음으로 노인을 사랑했음은 물론이다. 아버지의 특별한 사랑이 자신을 구덩이에 빠뜨린 요인 중의 하나인 것도 사실이었다. 그러면 그럴수록 노인에 대한 동정심을 주체하기 어려웠다. 이 크나큰 동정심의 유혹을 물리치지 못했더라면 사리에 어긋나는 행동을 할 수도 있었다. 그러나 우리 자신의 운명으로 인해 고통받는 타인에게 느끼는 동정심은 독특한 것이다. 그것은 우리가 알지 못하는 고통을 겪는 사람에 대한 동정심보다 훨씬 견고한 동시에 냉정하다. 요셉은 끔찍한 일을 겪었다. 그 결과 그는 무서운 교훈을 얻었다. 그것이 야곱을 향한 연민을 줄여 주었다. 그랬다. 자신뿐 아니라 아버지에게도 일부 책임이 있었으므로, 그 정도의 상심과 비탄은 감수해야 할 부분으로 보였던 것이다. 그리고 자신은 죽음과 결속된 상태였으므로 아버지가 받았을 피 묻은 물증이 거짓말이라고 알려 줄 수도 없었다. 한편 야곱이 짐승 피를 보고 그것을 요셉의 피라고 받아들일 수밖에 없다는 사실은 요셉에게도 의미심장했다. 그것이 '이것은 내 피로다'와 '이것은 내 피를 의미하노라'의 차이(독일의 종교개혁가 루터와 스위스의 종교개혁가 쯔빙글리의 신학 논쟁—옮긴이)를 없애주었기 때문이다. 야곱은 요셉을 죽었다고 믿었으며 이를 되돌릴 수 없는 사실로 받아들였다. 그렇다면 요셉은 죽은 것인가, 아니면 그렇지 않은 것인가?

그는 죽은 몸이었다. 아버지에게 입을 다물 수밖에 없었던 것이 확실한 증거다. 죽은 자의 나라가 그를 붙들고 있었다. 이니 붙들게 될 것이다. 왜냐하면 지금 그가 가는 곳이 바로 그곳이라는 사실을, 그를 사들인 미디안 사람들이, 그 우두머리가 목적지로 생각하는 나라가 그곳이라는 사실을 그는 곧 알게 되었기 때문이다.

주인님께

"주인님께 가봐."

어느 날 저녁, 바알마하르라는 이름을 가진 종이 요셉에게 말했다. 그들은 며칠째 키르밀 산 쪽에서 드넓은 바다를 끼고 모래밭으로 행보를 이어왔다. 요셉은 지금 막 뜨거운 돌 위에 과자를 굽던 중이었다. 솜씨가 대단하다고 자랑했지만 실은 한번도 직접 구워본 적이 없었다. 집에서 누가 시켰어야 그런 걸 해봤을 것 아닌가. 그런데도 주님의 도움으로 과자는 꽤 잘 구워졌다.

해가 저물어 갈대밭이 있는 모래 언덕 발치에 야영 천막을 친 후였다. 그 모래 언덕은 며칠째 그들의 단조로운 여행을 따라와 준 길동무였다. 몹시 뜨거운 날씨였는데 창백해진 하늘 탓에 더위가 한풀 꺾이는 참이었다. 해변은 제비꽃처럼 보랏빛으로 물들었다. 밀려오는 바다가 사르르 비단 소리를 내며 해변에 고른 파도를 던졌다. 거울처럼 빛을 반사하는 촉촉한 해변은, 태양별이 작별인사로 뿌려준 화려한 진홍빛 열꽃자락에 붉은 빛이 감도는 황금빛으로 물들었다. 말뚝 주위로 낙타들이 쉬고 있고, 해변에서 그리 멀지 않은 곳에는 볼품없는 거룻배 하나가 보였다. 사공이 둘뿐이고 목재 운반용 화물선으로 보이는 그 배를 범선 한 척이 남쪽으로 끌고 가고 있었다. 노가 달린 범선의 짧은 돛대와 긴 활대, 가지각색의 밧줄, 그리고 위로 잔뜩 치켜올라간 선수재(船首材)에 달린 짐승머리가 인상적이었다.

"주인님께 가봐." 짐 꾸리는 인부가 또 한번 뇌까렸다.

"주인님께서 널 부르셔. 지금 장막 안에 돗자리에 앉아 계셔. 널 데려오라고 하셨어. 내가 거길 지나가는데 바알마하르 하고 내 이름을 부르시더니, 이렇게 말씀하셨어. '새로 산 아이, 그 벌 받은 아이를 데려오너라. 물어볼 게 있다. 갈대밭의 아들, 우물가의 야, 너라는 아이 말이다.'"

'아하, 케드마가 자기만의 세계 이야기를 했나보군. 잘 됐어.'

요셉은 속으로 그런 생각을 하며 대답했다.

"그래, 바알마하르. 너한테 누구 이야기를 하는 건지 알아듣게 하려니까 그렇게 표현을 한 거겠지."

"당연하지. 다르게 말할 수도 없잖아? 만약 나를 볼 생각이면 '나한테 바알마하르를 보내거라!' 하면 되지. 그게 내 이름이니까. 하지만 네 경우에는 간단하지가 않지. 너야 그저 휘파람으로 부르는 아이니까."

"그분은 항상 널 보고 싶어하나 보지. 네 머리에 비듬이 좀 있어도 말야, 어때 안 그래? 이제 가봐. 이야기를 전해 줘서 고마워."

그 말에 바알마하르가 발끈했다.

"무슨 뚱딴지 같은 소리야! 당장 따라와. 주인님 앞에 널 데려가야 돼. 지금 안 데려가면 나만 혼나."

"이 과자가 다 익어야 가. 아주 맛있는 과자를 구워 주인님께서 갖다드릴 생각이거든. 그러니 얌전히 기다려!"

노예가 아무리 보채고 소리를 질러도 요셉은 꿈쩍도 하지 않고 과자를 마저 굽고 나서야 쪼그리고 앉았던 자리에서 일어났다.

"이제 갈게."

바알마하르는 노인이 있는 곳까지 함께 갔다. 노인은 여행용 장막의 낮은 입구 쪽에 깔아놓은 돗자리에 느긋하게 앉아 있었다.

"부르셨습니까?"

요셉은 그 말로 인사를 대신했다. 사라져가는 석양을 바라보던 노인은 고개를 끄덕이며 편한 자세로 내려놓았던 양손 중에서 한 손을 들어 올려 바알마하르를 물러나게 했다. 그리고 입을 열었다.

"듣자니 네가 세상의 배꼽이라 했다면서?"

요셉은 미소를 지으며 고개를 가로저었다.

"그럴 리가 있나요? 제가 무심결에 던진 몇 마디가 잘못 전해져서 주인님께 이처럼 오해를 낳게 되었나 봅니다. 제가 정확히 무슨 이야기를 한 건지 생각을 가다듬어 보게 해주십시오. 아, 이제 생각이 납니다. 세상에는 중심이 많다고 했습니다. 이 땅에서 나라고 말하는 사람들의 숫자만큼 중심이 있다고 했습니다. 그러니까 각자 자신의 중심인 셈입니다."

"그게 그거지. 그러니까 네가 그런 희한한 소리를 한 게 사실이구나. 지금까지 안 가본 곳이 없을 정도로 세상을 두루 누비고 다녔다만, 그런 소리는 처음 들어본다. 보아하니 전 주인들의 말처럼 신을 비방하고 악행을 일삼는 뻔뻔스러운 아이가 틀림없구나. 바보며 사기꾼까지 저마다 어디로 가든, 그리고 어디 서 있든 자기를 세상의 배꼽으로 여긴다면 도대체 어떻게 되겠느냐? 중심이 그렇게 많아서야 어떻게 한단 말이냐? 그러면 네가 우물에 처박혔을 때, 지금 보니 그런 대접도 마땅하다 싶은데, 여하튼 그 우물이 그러면 세상의 거룩한 중심이었더냐?"

그러자 요셉이 대답했다.

"주님께서 그곳을 거룩하게 해주셨습니다. 제가 그 안에서 멸망하지 않도록 지켜주시고, 여러분들을 보내시어 절 구원하게 하셨으니까요."

"우리가 그 길로 가서 결과적으로 널 구하게 되었다는 거냐? 아니면 우리가 그곳에 간 것도 순전히 널 구하기 위해서란 거냐?"

"두 가지 다입니다. 받아들이기에 따라 다를 뿐, 두 가지 모두 맞는 말입니다."

"참으로 수다스러운 놈이로구나! 지금까지는 바벨이 세상의 중심인지, 아니면 그 탑인지, 혹은 서쪽의 제일인자가 묻혀 있는 하피 강 옆의 아봇 성지인지 그걸 놓고 왈가왈부해왔는데, 네 놈은 아예 질문을 대량으로 만들어버리고 있지 않느냐. 그렇다면 너는 어떤 신을 모시느냐?"

"주님입니다."

"흠, 아돈을 믿는다는 말이구나. 그리고 태양의 일몰을 애통해 한다는 거지. 그건 그래도 괜찮구나. 최소한 그럴듯하게 들리는 이야기니까. 미친놈처럼 '내가 중심이다', 이렇게 말하는 소리보다야 훨씬 낫구나. 그런데 네 손에 든 게 무엇이냐?"

"주인님을 위해 특별한 솜씨로 구운 과자입니다."

"솜씨가 특별해? 어디 보자."

노인은 과자를 받아들고 이리저리 뒤집어 본 다음, 앞니가 빠진 탓에 그 옆에 있는 이빨들을 사용하여 베어 물었다. 과자 맛은 특별할 것 없이 그저 웬만했다. 그런데도 노인은 이렇게 평가했다.

"아주 맛있구나. 하지만 '특별한 맛'이라고는 못하겠다. 내가 알아서 그렇게 말하도록 기회를 줬으면 몰라도 네가 벌써 해버렸으니까 그렇게는 말할 수는 없고, 어쨌든 맛이 좋은 건 사실이구나. 아주 좋아."

그리고 노인은 계속 과자를 씹으며 덧붙였다.

"앞으로 자주 과자를 구워 오도록 해라."

"그렇게 하겠습니다."

"글을 쓸 줄 알고 물품 목록을 기록할 수 있다는 건 맞는 말이냐, 아니면 거짓이냐?"

"그런 건 놀면서도 쉽게 할 수 있습니다. 철필이나 갈대로 사람들의 글씨든 신의 글씨든, 아무거나 자유자재로 쓸 수 있습니다."

"누가 그런 걸 가르쳤더냐?"

"집안일을 보던 지혜로운 종에게 배웠습니다."

"77에는 7이 몇 번 들어 있느냐? 두번이겠지?"

"글자로 썼을 때나 두번입니다. 의미로 따지자면 7이 한 번 있고 또 두번 있고 그런 다음 여덟번이 있어야 77이 됩니다. 7하고 14 그리고 56을 더해야 77이 되니까요. 그러니까 1하고 2 그리고 8은 11이니까 77에는 7이 열한번 들어 있습니다."

"숨어 있는 숫자를 그렇게 빨리 찾느냐?"

"빨리가 아니면 안 찾고 맙니다."

"경험으로 벌써 알고 있었을 수도 있지. 이번에는 이걸 풀어봐라. 내가 땅을 가지고 있는데 이웃 사람 다간타칼라가 가진 밭의 세 배다. 그런데 이 사람이 땅을 한 마지기 더 사는 바람에 이제 내 땅이 그 사람의 두 배밖에 안 된다. 그러면 두 땅은 몇 마지기냐?"

"합쳐서 말입니까?"

요셉이 물으며 계산했다.

"아니, 각각."

"다간타칼라라는 이름을 가진 이웃 사람이 있습니까?"

"문제를 내느라 두번째 땅을 가진 사람 이름을 그렇게 불렀을 뿐이다."

"알겠습니다. 이해가 됩니다. 다간타칼라라는 이름으로 보아 그는 블레셋 사람이 분명합니다. 주인님의 머리가 내리는 결정에 따라 저희가 내려가는 곳도 그쪽인 것 같습니다. 그렇지만 이런 사람이 진짜 있는 것은 아니고, 그냥 이름만 다간타칼라이며 최근 세 마지기 땅에서 분수껏 농사를 짓고 있습니다. 제 주인님이 땅을 여섯 마지기나 가지고 있어도 샘도 낼 줄 모릅니다. 처음에는 두 마지기밖에 안 되었던 땅이 세 마지기로 늘어난 것만도 어딘데, 하며 감지덕지할 뿐입니다. 게다가 애초에 있지도 않은 사람이고 땅도 없으니 샘을 내고 말고 할 것도 없죠. 그런데도 그 땅을 합치면 아홉 마지기가 되니 이거야말로 익살입니다. 실제로 있는 것이라고는 제 주인님과 늘 사색에 잠기는 주인님의 머리뿐이니까요."

노인은 멍하니 눈만 깜박였다. 요셉이 문제를 다 푼 것을 미처 알아차리지 못했던 것이다.

"그럼, 답은 뭐지?" 노인이 물었다. 그러다 이제야 알겠다는 듯 말을 이었다.

"아아, 그래, 그렇구나! 벌써 말했구나. 답까지 섞어서 실타래를 풀듯이 이야기를 술술 들려주는 바람에 그게 답인 줄 몰랐다. 하마터면 듣고도 그냥 넘어갈 뻔했다. 그래. 맞다. 6하고 2 그리고 3이 여기에 맞는 숫자다. 감춰진 숫자들을 그렇게 순식간에 끄집어내다니, 그것도 수다를 떨면서, 어떻게 하는 거냐?"

"드러나지 않아 알려지지 않은 것은 뚫어져라 응시하면 그 껍데기가 벗겨지면서 밖으로 드러나 저절로 알게 해줍니다."

"웃을 수밖에 없구나. 그렇게 술술 해답을 말하면서도 수선스럽지 않으니 진짜 웃음이 나오는구나."

노인은 앞니도 없는 입을 벌리고, 어깨 쪽으로 기울인 고개까지 흔들면서 활짝 웃었다. 그러더니 여전히 웃느라 눈물까지 찔끔 젖은 눈을 깜박이며 곧 정색을 했다.

"내 말을 듣거라, 이름도 없고 야, 너로 통했다는 아이야. 이번에는 정말로 솔직하게 진실대로 대답하거라. 네가 진정 노예고 아비 없는 자식에 개자식이며 제일 밑바닥의 노예아이란 말이냐? 네가 미풍양속을 해치는 악행을 반복하여 벌을 받았다는 목자들의 말이 사실이냐?"

요셉은 눈을 지그시 감으며 습관처럼 입술을 둥글게 모았다. 그 바람에 아래 입술이 조금 튀어나왔다.

"주인님께서는 소인을 시험하시려고 제가 알지 못하는 문제를 내시면서, 해답을 함께 알려 주시지는 않으셨습니다. 답을 알려 주면 시험이 아니기 때문이죠. 그런데 지금 주인님께서는 주님께서, 하나님께서 주인님을 시험하시려고 알지 못하는 문제를 내셨는데, 해답까지 당장 아시려고 도리어 질문을 던진 자더러 대답까지 하라고 요구하십니다. 세상일이 그렇게는 안 되는 법입니다. 주인님께서는 자기가 싼 배설물로 뒤범벅이 된 양처럼 그렇게 더러워진 소인을 구덩이에서 꺼내 주시지 않았습니까? 그렇다면 소인은 과연 얼마나 못된 개자식이며, 또 얼마나 타락한 자이겠습니까! 소인은 머릿속으로 두 배와 세 배를 이리저리 밀고 당겨서 관계를 저울질 해본 다음, 주인님이 내신 문제의 해답을 얻었습니다. 그러니 이번에는 주인님께서 벌과 잘못과 비천함을 이리저리 밀고 당겨 보십시오. 그러면 주인님께서도 어떤 것을 택하시든 두 가지씩 밀고 당겨 보시면 세번째 답을 얻으실 겁니다."

"내가 낸 문제는 명백하고 그 안에 해답이 있었다. 숫자는 깨끗하고 정확한 법이지. 하지만 인생도 숫자같이 풀린다고 누가 보장하겠느냐? 알려진 것이 알려지지 않은 것을 속이지 않는다고 과연 누가 장담할 수 있느냐는 말이다. 여기서는 여러 가지가 관계의 명백함을 물고 늘어지면서 그걸 부인하고 있거든."

"그렇다면 그것도 계산에 넣으시면 됩니다. 인생이 숫자처럼 풀리지 않는다면 눈으로 직접 보시는 것도 한 방법이겠지요."

"네 손가락에 끼고 있는 보석반지는 어디서 났느냐?"

"어쩌면 개자식인 이 종놈이 훔쳤을 수도 있지요."

요셉이 추측하듯 말했다.

"어쩌면? 어디서 난 건지, 네가 알 것 아니냐?"

"하도 옛날부터 가지고 있던 거라서 안 가지고 있었던 때가 언제인지 모릅니다."

"그러면 점잖지 못하게 갈대밭과 진흙땅에서 태어났다더니 거기서부터 가지고 왔다는 거냐? 네가 진흙의 아들이요 갈대밭의 자식이라니까 말이다."

"전 우물의 자식입니다. 그런 소인을 주인님께서 꺼내 주시고 우유로 길러 주셨습니다."

"우물 외에 다른 어머니는 알지 못했더냐?"

"우물보다 훨씬 달콤한 어머니를 한 분 알고 있긴 했을 겁니다. 그녀의 볼은 장미 잎사귀처럼 향긋했습니다."

"봐라. 그런데도 그녀는 네게 이름도 안 줬단 말이냐?"

"주셨지만 잃어버렸습니다, 주인님. 소인은 제 인생을 잃어버렸으니까요. 전 제 이름을 알아서는 안 됩니다. 제 인생을 알아서는 안 되는 것처럼. 그들이 제 인생을 구덩이에 밀쳐 넣었으니까요."

"네 인생을 구덩이로 몰고 간 네 잘못을 말해 보아라."

"벌 받아 마땅한 그 잘못은 신뢰였습니다. 벌 받아 마땅한 신뢰로 눈이 먼 무리한 요구가 그 이름입니다. 사람들을 무턱대고 믿는다는 것, 그들의 한계를 무시하고 무조건 믿는 것, 그래서 그들이 듣고 싶지 않고 또 그럴 수도 없는 이야기를 들으라고 무리하게 요구한 것은 눈먼 행동이요, 죽음으로 몰고 가는 행동입니다. 이처럼 그들의 한계를 인정하지 않고 무리한 요구도 충분히 감당할 수 있으리라고 무턱대고 존중해 준 사랑에 그들은 화가 나, 사나운 맹수가 되는 겁니다. 이걸 모르거나, 또는 알려고 하지 않는 것은 파멸의 근원이 됩니다. 전 그걸 몰랐습니다. 아니 어쩌면 알면서도 무시한 건지도 모르겠습니다. 입을 다물었어야 했는데 꿈 이야기를 들려주고 말았습니다. 저처럼 경탄하게 만들 작정이었으니까요. 하지만 '의도'와 '결과'가 항상 맞아떨어지지는 않지요. 그래서 원래 의도는 이루어지지 않고 결과만, 구덩이만 남게 된 것입니다."

"사람들을 맹수처럼 만들었다는 너의 무리한 요구란 아마 교만과 오만이었겠구나. 상상이 되고도 남는다. '내가 세상의 배꼽이요 중심이다',라고 말할 정도이니 오죽하겠느냐. 하지만 나는 방향이 각각인, 그러니까 하나는 남쪽에서 북쪽으로, 또 하나는 반대편으로 흐르는 두 개의 강물 사이로 여행을 숱하게 다닌 사람이라, 세상이 겉보기에는 모든 게 명백해 보이지만, 그 배후에는 많은 비밀이 감춰져 있고 시끄러운 수다 뒤에는 묘한 것들이 침묵으로 덮여 있다는 걸 잘 안다. 그래, 세상이 그렇게 시끄러운 것도 바로 침묵으로 가려진 것 때문이 아닌가 싶다. 그래야 그것들을 더 잘 감출 수 있고, 인간과 사물의 배후에 있는 비밀에 대해 그저 겉핥기식의 이야기만 나올 수 있으니까. 지금까지 생각지도 않게 그런 비밀에 부딪친 때도 있었고, 또 굳이 파헤칠 생각도 없었는데 발밑에 비밀이 밟힌 적도 있지. 하지만 난 그런 것을 건드린 적이 없다. 아무거나 다 파헤치고 싶은 호기심은 없었으니까. 그저 말 많은 세상에 비밀이 가득하다는 사실을 아는 것만으로 만족하지. 난 의심을 하는 사람이다. 그렇다고 아무것도 믿지 않는다는 말은 아니고, 모든 것이 가능하다고 믿는다는 뜻이다. 그리고 나는 또 나이도 먹을 만큼 충분히 먹은 노인이라 설화라든가 믿기 어렵지만 실제로 일어난 이야기들도 많이 알고 있다. 그 중에는 이런 이야기도 있지. 고귀한 신분의 귀족이 있었는데, 왕들이나 입는 값비싼 옥포를 걸치고 향유를 바르고 살던 그가 사막으로 유배당해 고난을 겪게 된 것이다. 그러다……"

상인은 문득 말을 멈추고 눈을 깜박였다. 무슨 특별한 뜻이 있어서 시작한 이야기는 아니었다. 그러나 하다보니 이야기 순서상 이제 막 나오게 될 필연적인 종결 부분이 머리를 스쳤고, 아차 싶어 생각에 잠긴 것이다. 생각에도 한번 발을 들여놓으면 빠져 나오기가 쉽지 않은 길이 있다. 거기에는 태곳적의 익숙한 고정관념들이 사슬고리처럼 엮어져 하나를 말하면 자연히 둘을 말하게 되는, 아니 설령 말로는 안하더라도 최소한 생각은 하게 되어 있다. 그리고 그러한 관념들의 결합이 사슬의 고리를 닮았다는 것은 실제로 그 안에 땅의 속된 것과 하늘의 거룩한 것이 맞물려 있어서 말을 하든, 혹은 입을 다물든 하나를 건드리면 자동적으로 다른 것도 따라오기 때문이다. 인간은 생각할 때 자유롭게 생각을 고르는 것이 아니라, 기억을 사용하여 판에 박힌 생각들과 고정틀에 들어 있는 생각을 하는 것이 대부분이다. 지금 노인의 경우도 그랬다. 사막으로 쫓겨 간 용모가 수려한 어느 귀족의 고난사를 들려주려다가 거룩한 영역에 적용되는 고정관념으로 빠진 것이다. 그 생각의 끝에는 결코 끊을 수 없는 다른 고리가 매달려 있고, 그것은 굴욕을 당한 자가 인간의 구세주로 부상하여, 새 시대의 개척자가 된다는 결론이었다. 그래서 이 선량한 노인은 겉으로야 아무 말도 안했지만, 속으로는 이 경우에도 맞는 결론인가 싶어 뜨끔했던 것이다.

그렇다고 법석을 피울 만큼 당황한 것은 아니었다. 극히 현실적이지만 선량한 마음씨를 지닌 사람이 거룩한 것에 맞닥뜨려 잠시 하던 말을 멈추고 숙연해지는 정도였다. 이러한 동요가 가슴 깊이 놀라는 전율로 바뀐 것은—물론 이는 일시적인 현상이라 당사자는 의식도 못했다—순전히 두 눈의 마주침 때문이었다. 하지만 깜박이는 노인의 눈과 그 앞에 서 있는 요셉의 눈이 마주쳤다는 표현은 좀 곤란하다. 왜냐하면 요셉이 노인의 눈을 의도적으로 바라본 건 아니기 때문이다. 그는 노인의 눈빛에 공격적인 대응을 한 것이 아니라, 그저 노인의 시선을 받아들이고 자신을 있는 그 대로 드러내면서 그윽한 시선, 여러 가지 의미를 함축한 매력적인 시선을 보낸 것이다.

이전에도 이처럼 매력적이고 그윽한 시선을 어떻게 이해 해야 할지 몰라 당황스럽게 눈을 깜박이면서 고심했던 다른 사람들이 있었다. 지금은 이스마엘 사람이 그 역할을 하고 있다. 목자들로부터 이 아이를 사들인 건 결코 범상하지 않은, 아니 어떻게 보면 미심쩍은 거래였다. 그 전후 사정이 무엇이었을까? 또 앞으로 이 일이 어떻게 풀리려나? 상인은 이런 질문을 자신에게 던져보며 요셉의 눈빛을 읽으려고 애썼다. 따지고 보면 오늘 저녁 요셉을 부른 것도 이런 궁금증을 풀어보려는 속셈에서였다. 그런데 우리 노인이 질문을 하나하나 짚어보다가 한순간 엉뚱한 길로 새면서 세속을 초월하는 이야기에 이른 것이다. 사실 이 세상에 있는 것치고 하늘에서 일어나는 거룩한 이야기의 입장에서 바라볼 수 없는 것은 하나도 없다. 그러나 세상 물정에 밝은 사람이라면, 우주 공간의 위아래와 각각의 시각을 구별 못할 리 만무하므로 별 힘들이지 않고 현실세계의 입장으로 되돌아올 수 있는 법이다.

우리 노인의 경우 간단히 헛기침 한번에 방향 전환은 끝났다.

"흠, 어쨌거나 네 주인은 여러 차례 강물들 사이로 왕래한 덕분에 경험도 많고 세상 물정에 밝아서, 이 세상에 어떤 일이 일어나는지 잘 알고 있으니, 갈대밭의 자식이요 우물의 자식인 너한테 배울 필요야 없다. 내가 네 육신과 함께 재주도 샀으나 마음까지 산 것은 아니니, 너의 처지를 솔직하게 털어놓으라고 강요할 수는 없다. 굳이 알 필요도 없거니와, 알아서 좋을 것도 없고, 도리어 손해를 볼 수도 있기 때문이다. 내가 널 발견해서 다시 숨을 쉴 수 있도록 해주었지만, 널 살 생각은 없었다. 우선 널 살 수 있는지 그것도 분명하지 않았다. 거래라고 해야, 혹시 그럴 기회가 있다면 포상금이나 몸값은 받을 수 있으려니 했다. 그런데도 널 놓고 흥정을 하게 되었지. 시험 삼아 '나한테 아이를 파시오'라고 운을 먼저 뗀 건 나였다. 그리고 널 사느라 세세한 물건값까지 일일이 흥정하느라 힘이 들었다. 그들이 워낙 끈질겼으니까. 나는 네 몸값으로 목자들에게 은 20세겔을 제안했고 그 값을 다 지불했다. 그럼 이 가격은 어땠느냐? 내가 손해를 봤겠느냐, 이익을 봤겠느냐? 이 가격은 그저 보통 값이다. 그렇게 좋은 가격도 아니고, 아주 나쁜 가격도 아니지. 그들이 네게 결함이 많아서 구덩이에 던졌다고 한 바람에 그걸 꼬투리 삼아 값을 깎을 수 있었다. 네 재주로 보아 산 값보다 더 많이 받고 팔 수 있을 것 같다. 그렇게 되면 내가 내린 결정으로 난 더 부자가 되는 셈이다. 그런 판에 꼬치꼬치 캐물어서 네 사정을 안들 그게 나한테 무슨 득이 되겠느냐? 네가 어쩌다 이 신세가 되었는지 신들께서야 아시겠지만, 만에 하나 네가 사고팔 수 있는 대상이 아니었고, 지금도 그렇다면 난 내 재산만 손해본 게 된다. 또 내가 널 다시 판다고 하면 그건 불의가 되고 장물을 거래한 꼴이 될 것 아니냐? 그러니, 이제 가거라. 네 처지에 대해서는 아무것도 알고 싶지 않다. 자세한 내막을 모르는 게 내 신상에 이롭기 때문이다. 아무것도 모르면 나하고는 상관없는 일이 되니까, 불의를 면할 수 있지. 그냥 네 처지가 조금 특별하려니 그렇게 짐작하고 말련다. 나야 워낙 의심이 많은 사람이라 그런 특별한 상황도 충분히 있을 수 있다고 생각하니까. 그러니 자, 가거라, 그렇지 않아도 너하고 쓸데없이 너무 오래 이야기를 했구나. 이젠 잠을 청할 시간이다. 그리고 아까 같은 과자는 종종 굽도록 하거라. 맛이 아주 좋았다. 특별한 맛은 아니었지만. 그리고 또 내 사위 밉삼한테 가서 필기도구를 받도록 해라. 종이와 갈대와 먹을 받아서 사람의 글씨로 우리가 싣고 가는 물건의 목록을 적어 오너라. 향고, 연고, 칼, 숟가락, 지팡이, 등잔, 신발, 등유, 모조 보석용 유리구슬 등을 종류별로 수량과 무게를 적도록 해라. 물건은 검은색, 무게와 양은 빨간색으로 적어라. 실수나 지저분한 얼룩이 있으면 안 된다. 사흘 안에 목록을 가져오도록 해라, 알았느냐?"

"분부대로 거행하겠습니다." 요셉이 말했다.

"그럼 가거라."

"가볍고 유쾌한 꿈들아, 주인님의 평화롭고 달콤한 단잠에 예쁜 수를 놓아다오!"

미네아 사람이 싱긋 웃었다. 그리고 요셉에 대한 생각에 잠겼다.

33

밤에 나눈 대화

해안을 따라 사흘을 더 내려간 후 다시 저녁이 되었다. 일행이 천막을 치고 휴식처로 잡은 장소는 사흘 전의 그곳 풍경과 전혀 다를 바 없었다. 아니 똑같은 장소라고 해도 과언이 아니었다. 천막 입구에 돗자리를 깔고 앉은 노인을 요셉이 찾아갔다. 한 손에 과자, 다른 손에는 글을 적은 두루마리가 있었다.

"주인님께서 분부하신 물건들을 가져왔습니다."

노인은 돌에 구운 과자를 옆으로 치운 후, 물건 명단이 적힌 두루마리를 펼쳐 들고 고개를 모로 꼰 채 글씨를 관찰했다. 흡족한 표정이었다.

"얼룩은 없구나. 좋다. 언뜻 봐도 즐거운 마음으로 미적 감각까지 살려서 쓴 것이 분명하니, 장식품으로 사용해도 되겠구나. 문제는 내용이 사실과 일치해야 할 텐데, 그래야 사실에 부합되는 그림이 되니까. 물건이 하나하나 깨끗하게 그려져 있고 여러 가지 다른 것들까지 고르게 표시된 것을 보니 가슴이 뿌듯하구나. 기름과 수지(樹脂)가 배어 있는 물건들을 직접 만져 손을 더럽히고 싶은 상인은 없는 법이다. 이렇게 글로 써놓은 것만 만지면 된다. 실제 물건은 저기 있지만 여기 명단에도 있으니까. 냄새도 없고 깨끗하게 한눈에 알아볼 수 있지 않으냐. 이렇게 글씨로 쓴 목록은, 사물의 정신적 육체라 할 수 있는 카(Ka)와 같은 것이지. 잘했다, 야, 너라고 불리는 아이야. 네가 글씨를 잘 쓰는구나. 그리고 지난번에도 말했듯이 셈도 할 줄 알고. 게다가 네 처지에 비해 표현력도 그만하면 부족하지 않더구나. 사흘 전에 밤인사를 건네지 않았더냐? 그 인사가 괜찮았다. 그때 네가 뭐라고 그랬더냐?"

"기억이 잘 나지 않습니다. 아마도 평화로운 단잠을 기원했던 것 같습니다."

"아냐, 그보다 더 듣기 좋은 말이었다. 하지만 상관없다. 그런 표현을 할 수 있는 기회야 얼마든지 있으니까. 다른 중요한 생각을 할 때가 아니면, 세번째나 네번째쯤 꼭 네 생각을 하게 되는구나. 이 말을 너한테 해주고 싶었다. 예전에는 편하게 살다가 지금은 여행 다니는 상인에게 과자나 구워 주고 글이나 써 주는 서기 신세가 되었으니, 네 숙명이 버거울 수도 있겠지. 네게 어떤 사정이 있는지 알고 싶지는 않다. 하지만 널 다른 사람에게 팔아서 내가 이득을 얻되 너한테도 득이 되도록 신경을 쓸 참이다."

"참으로 고마우신 말씀입니다."

"널 데려가고 싶은 집이 한 군데 있긴 하다. 나나 그쪽이나 이득을 얻을 수 있도록 여러 번 일을 봐줬던 집이다. 집 안 좋고 담까지 둘러친 대저택으로 명예도 있고 표창까지 받은 가문이다. 그 집 사람이 되는 건 축복이라 할 수 있지. 설사 제일 아랫사람으로 종살이를 한다 해도 그렇다. 종이 자신의 뛰어난 재능을 마음껏 발휘할 수 있는 집으로는 이 집만한 집이 없다. 그러니 네가 운 좋게 그 집에 있게 된다면, 벌 받아 마땅한 잘못된 행실을 감안할 때 그보다 더 좋은 팔자는 없을 것이다."

"그런데 대체 그 집은 누구의 집입니까?"

"음, 누구 집이냐고? 한 남자의 집이지. 남자라니 그렇고 주인님이라 해야지. 큰사람보다 더 위에 있는 아주 큰사람이다. 칭송받은 표시로 금을 주렁주렁 매달고 다니는, 그 거룩하고 엄격하고 선량한 남자는 서쪽에 무덤까지 마련되어 있지. 인간들의 목자이며 신의 살아 있는 형상인 그의 이름은 '왕의 오른편에서 부채를 들고 있는 자'다. 그렇다고 실제로 부채를 들고 있느냐? 그건 아니다. 그런 일이야 다른 사람이 대신 하니까. 직접 그런 일을 하기에는 너무 거룩한 자거든. 다만 칭호가 그렇다는 말이다. 내가 그 남자를, 태양의 헌물(獻物)을 아느냐고? 어림없는 소리. 그분 앞에서 나는 초라한 벌레에 불과하다. 나 같은 존재는 거들떠보지도 않거니와, 나도 그분을 만나 뵌 적이 없다. 기껏해야 먼발치에서 정원의 높은 의자에 앉아 손짓으로 명령을 내리는 모습을 한번 봤을 뿐이다. 그때도 나는 얼른 몸을 숙였지. 혹시라도 나를 보시고 역겨워 명령을 내리다 말아버리시는 것은 아닐까 겁이 났거든. 만에 하나 그런 일이

36

일어났다면, 내가 어떻게 감당했겠느냐? 그렇지만 집안일을 맡아보는 집사와는 안면이 있다. 얼굴도 알고 말을 건네기도 했으니까. 종들을 통솔하는 일이며 곡식창고, 수공업자들 관리, 하여간 집안의 모든 살림을 도맡아하는 이 집사는 나를 좋아하지. '어이, 노인네. 이렇게 또 보는군. 우리한테 또 무슨 잡동사니를 속여 팔려고 여기까지 왔는가?' 하며 유쾌한 목소리로 농담을 건네기도 하니까. 상인더러 상대방을 속여먹을 만큼 영리하다고 하면, 상인이 칭찬으로 들을 거라고 생각한 거지. 그러면 우리 둘 다 웃는 거야. 바로 그 사람에게 널 보여줄 참이다. 집사의 기분이 괜찮으면 널 살 게다. 젊은 종이야 집안일에 쓰일 데가 많으니까. 그렇게 되면 넌 안전한 곳에 있게 되는 거지."

"집주인에게 칭송하는 의미로 황금을 매달아 준 왕은 어떤 왕입니까?"

요셉은 자신이 어디로 가는지, 노인이 자기를 데려가려는 집이 어디 있는지 알고 싶었다. 그러나 이게 전부는 아니었다. 그는 몰랐지만 그의 사고(思考)와 알고자 하는 물음을 결정하는 메카니즘은 훨씬 뒤쪽, 모든 게 시작되던 때, 바로 조상의 시절로 거슬러 올라갔다. 그의 입을 통해 질문을 던지는 자는 다름 아닌 아브라함이었다. 인간임을 자랑스러워하며 오로지 가장 높으신 분만 섬겨야 한다고 믿었으며, 생각이든 뜻이든 모든 것을 가장 지고하신 분께 바치고, 다른 우상이나 하급 신들은 완전히 멸시했던 아브라함, 그가 지금 손자의 음성으로 묻고 있었다. 손자는 보다 가볍게, 세속적으로 물었지만, 그건 분명 선조의 질문이었다.

　노인은 요셉의 운명을 좌우할 사람이 집사라고 했지만, 요셉은 그 사람 이야기는 귓전으로 흘려들었다. 노인도 별 수 없는 사람이었다. 기껏 집사를 알고 있을 뿐 영예로운 칭호를 받은 집주인은 모른다지 않는가. 그러나 집주인도 그의 관심거리는 아니었다. 집주인보다 더 높은 자가 있었고, 노인의 이야기에 등장한 인물 중 가장 높은 자는 왕이었다. 요셉의 호기심과 관심을 자극한 건 바로 왕이었다. 다른 인물은 안중에도 없었다. 그래서 그의 혀는 왕이 누구냐고 묻고 있었다. 그렇게 묻고 싶어서, 우연히 그렇게 물어본 것이 아니다. 조상 대대로 물려받은 핏줄이 그렇게 묻게 만든 것이다. 하지만 요셉은 그런 줄은 까맣게 몰랐다.

　"어떤 왕이냐고?" 노인이 반복했다.

　"넵-마-레-아문호트페-님무리아"

　흡사 기도문의 한 도막을 읊듯 들려준 이름에 요셉은 기겁했다. 열중 쉬어 자세에서 얼른 팔을 앞으로 당겨 양 볼을 손으로 감싸 쥐었다. 그리고 외쳤다.

　"파라오!"

　그걸 어떻게 못 알아듣겠는가? 노인이 기도하듯 들려준 이름은 세상 저 끝에 사는 이방 민족들도 다 아는 이름이었다. 엘리에젤이 가르쳐 준 타르쉬시나 키팀, 오피르와 동쪽 말미의 엘람에서도 이 이름을 모르는 사람은 없었다. 요셉에게 이 이름이 어떻게 예사롭게 들릴 수 있었겠는가? 미네아 사람이 말해 준 이름의 일부 '지혜의 주인님은 레이다'와 '아문은 만족한다'와 같은 말은 설령 몰랐다 치자.

그러나 맨 끝에 나온 시리아 말 '님무리아'는 '그는 자신의 운명을 찾아간다'는 뜻으로 요셉이 모를래야 모를 수 없는 단어였다. 왕과 목자는 수없이 많았다. 각 도시에 한 명씩은 있었다. 요셉이 노인의 이야기에 등장한 그 왕이 누구인지 태연스레 물을 수 있었던 건, 해변에 있는 어느 성곽 도시의 통치자 이름을 들으려니 했기 때문이다. 주랏, 리바디, 압다슈랏 또는 아지루처럼, 고작해야 도시를 다스리는 태수 이름이 나오리라 예상했는데, 이게 웬일인가? 뜻밖에도 그런 것들을 훌쩍 뛰어넘어 자신을 신으로 이해해 달라는 듯, 그토록 화려하고 영예롭게 드높인 왕 이름을 듣게 될 줄이야! 그 이름은 태양이 직접 내려보낸 매 날개의 보호를 받는 저 높은 곳의 이름들을 열거하고 있었다. 그리고 이 이름을 가진 왕은, 마찬가지로 저 멀리까지 거슬러 올라가는 긴 이름을 지니고, 혁혁한 명성을 얻은 후, 영원 속으로 사라져간 또 다른 왕들의 후손으로 서 있었다. 그의 조상들의 이름 하나하나는 대규모의 출정, 먼 곳까지 옮겨진 국경의 경계석, 세상을 떠들썩하게 만든 화려한 축조물을 연상시켰다. 이렇게 이름 앞에 거룩한 태양신과 위엄을 떨친 조상까지 들먹이는 것은, 자신이 귀한 존재로 승격되었으므로 그 앞에 무릎을 꿇으라는 요구와 다를 바 없었다. 그러니 요셉도 동요할 만했다. 다른 사람이라 하더라도 당연히 두려워 몸을 떨었을 것이다.

그렇다면 이런 감정 말고 다른 건 없었다는 말인가? 아니다. 그것 말고 다른 것도 있었다. 한순간 두려워했던 마음을 다잡기라도 하듯, 불끈 대들고 싶은 오기도 가슴 한구석을 치고 올라왔다. 이 울컥하는 반발심은 과연 가장 지고한 분이 누구신데, 하는 질문과 마찬가지로 그 기원을 찾으려면 한참 거슬러 올라가야 했다. 요셉이 누구인가? 염치도 없이 왕들의 권세를 집결시켰던 뻔뻔스러운 땅의 권세자 님로드에게 주님의 이름으로 반발했던 자의 후손이 아니던가? 이제 요셉은 마침내 양 볼에서 손바닥을 떼고 아까보다 한결 차분해진 목소리로 말할 수 있었다.

"그건 파라오군요."

"물론이다. 그건 파라오다. 내가 널 데려가려는 집은 바로 파라오, 이른바 '큰 집'이 크게 만들어준 집(이집트 왕의 명칭인 파라오는 '큰 집'이라는 뜻으로, 이 왕이 품계를 올려준 신하의 집이라는 뜻—옮긴이)이다. 그 집을 관리하는 내 친구 집사에게 너를 보여주고 네 행운을 시험해 볼 생각이다."

"그렇다면 저를 미즈라임으로 인도하실 생각이군요. 저 아랫세상, 진창의 나라로 말이죠?" 그렇게 묻는 요셉의 가슴은 마구 뛰었다.

노인은 어깨 쪽으로 비스듬하게 기울이고 있던 고개를 흔들었다.

"또 그런 식으로 이야기를 하는구나. 말하는 게 꼭 어린 아이 같다고 내 아들 케드마가 그러더니, 그 말이 사실이구나. 우리가 널 어디로 인도하다니? 그런 게 아니다. 네가 있건 없건 우리 갈 길을 가는 것이고, 너야 우리가 가는 대로 따라가는 것뿐이다. 우리가 널 데려다 줄 생각에 이집트로 가는 줄 아느냐? 천만의 말씀. 다 장삿속 때문에 가는 거다. 유리 보석이 박힌 옷깃, 예쁜 다리가 달린 야외용 간이 의자, 베개, 장기판, 주름 잡힌 린넬 잠방이 등, 거기 가면 근사한 물건들이 지천으로 깔려 있다. 다른 곳에 가면 없어서 못 팔 물건들이지. 그래서 이 나라의 신들이 허락하는 가장 싼 가격으로 작업장에서 직접 사들이거나 아니면 장터에 나온 것들을 사들이는 거다. 그런 다음 케난과 레테누 그리고 아무르의 산을 넘어 프라테스 강의 미단 땅과 하투실 왕이 다스리는 나라로 되돌아 가, 물건에 현혹되어 값도 안 따지고 사가는 사람들한테 파는 거지. 그런데 이집트를 '진창의 나라'라니? 너는 그 나라를 무슨 더러운 오물로 만들어진 새둥지나 분뇨도 치우지 않은 가축 우리쯤으로 여기는 모양인데 얼토당토않은 소리다. 거기가 얼마나 세련된 나라인 줄 아느냐? 이번에 다시 그 나라에 가게 되면 널 거기 두고 오게 될지도 모르겠다만, 여하튼 그처럼 세련된 풍습을 자랑하는 나라는 이 세상에 없다. 그 앞에 가면 너같이 초라한 아무르 족은 라우테 연주를 듣는 황소 꼴이될 게다. 그리고 신의 강물이 흐르는 그 나라를 보면 눈이 휘둥그레질 게다. 또 그곳은 나라도 두 개, 왕관도 두 개 있어서 '나라들'이라고 복수로 불리기도 한다. 이 두 나라의 저울이 바로 프타흐의 집 멤피 신전이지. 거기에는 사막 앞에 거대한 계단들이 죽 늘어섰고 머릿수건을 쓴 사자, 이름하여 호르-엠-아헤트, 태초에 창조된 자, 시간의 비밀이 누워 있다. 이 사자의 가슴에 기대고 잠을 자다가 최고의 언약을 받아 머리가 들어 올려지는 꿈을 꾼 왕이 있었지. 그가 바로 서기의 신 토트의 아들이다. 네가 이 나라의 기적과 화려함, 그리고 세련된 풍습을 보면 눈알이 튀어나올 게

다. 또 이 나라는 케메라는 이름으로도 불리는데, 그 이유
는 옥토의 빛깔이 고난의 광야처럼 붉지 않고 검기 때문이
지. 그러면 그런 비옥한 땅의 풍요로움은 어디서 나오는지
아느냐? 신의 강물, 모든 게 그 강 덕분이다. 이 강을 채우
는 비와 남성수(男性水)는 하늘이 아니라 땅 위에 있다. 그
신이, 즉 강인한 황소 신 하피가 부드럽게 남성수를 뿌려,
한 절기 내내 거기 서서 축복을 내려 주기 때문에, 그의 힘
이 남긴 검은 땅 안에 씨를 심으면 수백 가지 열매를 얻을
수 있는 거지. 그런데 이런 곳을 너는 거름 구덩이 취급을
하는구나."

　요셉은 고개를 숙였다. 자신이 가는 나라는 다름 아닌 사
자(死者)의 나라였다. 이집트를 아랫세상, 저승, 또 그곳 사
람들을 저승사람이라 부르는 것은 그의 타고난 습관이었
다. 다른 식으로 이집트를 부르는 것은 들어본 적이 없었
다. 더욱이 아버지 야곱한테서야 그런 건 기대조차 할 수
없었다. 요셉은 슬픈 아랫세상으로 팔려가는 신세였다. 형
들이 그를 그곳으로 이미 팔았고, 그렇게 보면 우물은 그
입구였던 셈이다. 그건 당연히 슬픈 일이었으므로 눈물을
흘려야 마땅했다.

　그러나 이 슬픔에 맞서 저울을 수평으로 유지해 준 기쁨
이 있었다. 요셉은 자신이 이미 죽은 사람이며, 짐승 피가
자신의 피로 받아들여졌다고 생각하고 있었다. 그런데 노
인의 이야기가 이러한 생각을 익살스러운 방식으로 확인해
주지 않는가. 자신의 처지나 아버지 야곱을 생각해서라면
응당 울음이 앞서야 했을 텐데, 엉뚱하게 빙긋이 미소 지은

것도 그 때문이었다. 자신이 가야 할 곳이 다른 데도 아니고 바로 그 아래 나라, 아버지가 그토록 철저하게 거부하던 나라, 하갈의 고향, 원숭이처럼 어리석은 이집트 땅이라니! 아버지 야곱이 들려주던 이 나라에 대한 천편일률적인 이야기들이 떠올랐다.

아들에게 혐오감을 불러일으키려고 그런 이야기를 했을 뿐, 사실 야곱은 이집트에 대해 실제로 아는 것이 전혀 없었다. 그래서 요셉은 이집트라는 나라가 야곱이 그려 주었던 것처럼 그렇게 과거를 숭배하고 죽음과 정사를 나누는 곳으로 죄가 뭔지도 모르는, 한마디로 원수의 나라인지 항상 미심쩍어 했었다. 오히려 아버지의 이야기는 묘하게도 일종의 호기심 어린 호감을 불러일으켰다는 것이 옳은 판단일 것이다. 따지고 보면, 이는 아버지의 도덕적 교화가 자식에게 불러일으키기 마련인 반응이었다. 근엄하고 선량하며, 또한 원칙주의자인 아버지 야곱이 어린양 요셉의 행선지가 다름 아닌 이집트라는 사실을 알게 된다면! 아버지는 함의 나라 이집트를 가리켜 벌거벗은 자의 나라라 불렀다. 원래는 그 나라의 신이 선사한 검은 옥토 때문에 '케메'라 부른 것인데, 아버지는 그 말을 다르게 해석한 것이었다. 이런 혼동이야말로 신앙심에서 비롯된 아버지의 선입견을 잘 보여주었다. 그런 생각을 하며 요셉은 입가에 미소를 흘렸다.

그러나 아들이 아버지한테 이런 대립적인 입장만 취한 건 아니다. 아버지가 철저하게 조롱하던 나라로 가게 되어 도둑처럼 숨어서 키득거린 것도 사실이고, 아랫세상의 나라가 던져 주는 윤리적 충격에 오히려 추파를 보내며 들뜬 것도 사실이다. 그러나 그것만은 아니었다. 거기에는 아버지 야곱도 분명 기뻐했을 다른 어떤 것이 스며들었다. 말은 없어도 피는 못 속이는 어떤 의도랄까. 이스마엘 사람이 기적을 운운하며 입에 침이 마르도록 칭찬하는 그 나라의 세련됨에 결코 한눈팔지 않으리라, 자신을 기다리는 화려한 문명에 지나친 감탄은 절대로 하지 않으리라, 그렇게 마음을 다지는 아브람의 후손다운 결심이 바로 그것이었다. 그 뿌리가 멀리 조상까지 거슬러 올라가는 정신적인 조소가 있었기에 요셉은 자신을 기다리는 격조 높은 생활에 입을 비죽 내밀 수 있었다. 지나친 감탄의 산물, 즉 아무짝에도 쓸모없는 어리석음을 막아주는 제방 구실을 한 것도 이 조소였다.

"절 데려가시겠다는 집이 프타흐의 집, 멤피에 있습니까?"

요셉이 고개를 들면서 물었다.

"아니다. 거기서 한참 더 상류 쪽으로 올라가야 한다. 그러니까 뱀의 나라에서 독수리의 나라로 내려가야 한다는 뜻이다. 그런데 내 말을 귓등으로 들었더냐, 그런 멍청한 질문을 하다니? 집주인 이름이 왕의 오른편에서 부채를 들고 있는 자라고 말했으면 당연히 선한 신이신 그 왕이 계신 곳, 아문의 도시 베세에 그 집이 있어야 하지 않겠느냐?"

이날 저녁, 바닷가에서 요셉은 많은 것을 알게 되었다. 그리고 온갖 것이 한꺼번에 머리 안으로 밀려 들어왔다. 자신의 행선지는 '노'라 했다. 노-아문, 도시들 중의 도시, 세상에 파다하게 소문나 있는 도시, 세상 저 끝에 사는 민족들까지 자랑스럽게 화제로 올리는 도시, 성문의 숫자만도 백 개가 넘고 주민 수가 무려 10만 명 이상이나 된다는 그 도시, 노로 가게 된 것이다. 이런 세계적인 대도시를 보게 되면 요셉이라 한들 어찌 눈이 돌아가지 않겠는가? 멍청한 감탄 따위는 하지 않으리라, 결심했던 요셉이지만 다시 한 번 마음을 가다듬었다. 그리고 태연한 척 입술을 비죽 내밀었다. 그러나 주님께 영광을 돌리려고 짐짓 아무렇지 않은 듯 표정관리에 신경을 썼지만, 당혹스러움을 완전히 쫓을 수는 없었다. 세계적인 대도시 노를 생각하니 조금 겁이 났던 것이다. 특히 아문의 이름 때문이었다. 이름이 얼마나 위압적인지 듣기만 해도 기가 죽었다. 그를 알지 못하는 사람에게도 불호령을 내릴 것 같은 이 신을 숭배하는 곳으로, 그의 통치구역으로 가게 된다니 은근히 걱정스러운 것도 사실이었다. 이집트의 주인, 나라들을 다스리는 제국의 신, 신 중의 왕이 바로 아문이라는 것은 요셉도 잘 알았다. 바로 이처럼 하나밖에 없는 고귀한 신분 때문에 요셉은 심란해졌다. 아문은 가장 위대한 존재였다. 적어도 이집트 사람들에게는 그랬다. 그러나 요셉은 앞으로 이들과 함께 살아야 할 처지가 아니던가. 그렇다면 아문 이야기를 꺼내 입으로 아문이라는 그 신을 시험해 보는 것이 좋을 듯싶었다.

"예배당에 모셔놓은, 배를 타고 있는 베세의 주인님은 아마도 이 세상에서 보다 고상한 신들 중의 하나인가 보죠?" 그가 물었다.

"보다 고상한 신? 아직도 말귀를 못 알아들었느냐? 어찌 표현이 그 정도밖에 안 되느냐? 파라오가 그의 성찬에 쓸 빵이며 케이크, 맥주와 거위 그리고 포도주를 얼마나 내놓는지 네가 알기나 하느냐? 그는 보통 신이 아니라 아주 특별한 신이다. 보물은 또 얼마나 많은 줄 아느냐. 움직일 수 있는 보화와 움직일 수 없는 보화 모두를 헤아리자면 셈이 끝나기도 전에 숨이 끊길 게다. 그리고 이 모든 재산을 관리하는 서기들의 숫자는 또 얼마나 되는 줄 아느냐. 별만큼이나 넘쳐나는 게 서기들이다."

"놀랍군요. 말씀대로라면 무척 무거운 신이군요. 하지만 제가 여쭤본 것은 정확히 말해서 그의 무게가 아니라 고상함이었습니다."

그러자 노인은 이렇게 충고했다.

"그에게 머리를 숙이거라. 앞으로 이집트에 살게 될 테니 무게가 어떻고 고상함이 어떻고 하며 서로 구별할 생각은 말아라. 이 두 가지는 상대방을 대신할 수도 있는 것이고 그런 의미에서는 같은 것으로 취급할 수도 있는데, 그런 걸 왜 따지느냐. 바다와 강물에 있는 모든 배들이 아문의 것이며 강과 바다도 그의 것이다. 아문이 바로 바다요 육지이기 때문이다. 그는 또 토르-누터, 즉 삼나무산이기도 하다. 거기서 자라는 나무로 그의 배를 만들지. '아문의 이마는 힘이 세다'가 이 배의 이름이다. 그는 파라오의 형상으로 위대한 부인을 찾아가 궁전에 있는 호르(호루스)를 생산하지. 그의 사지 하나하나가 바알이다. 자, 어느 정도인지 상상이 되느냐? 그는 태양이고 이름은 아문-레이니, 어떠냐? 이 정도면 네가 말하는 고상함에도 충분한 대답이 되지 않느냐?"

"그런데 제가 들은 바로는 그가 맨 구석의 어두컴컴한 골방에 있는 숫양이라던데요?"

"들은 바로는, 들은 바로는. 이해하는 것이나 말하는 것이나 뭐 하나 나은 게 없구나. 그래, 아문은 숫양이다. 강어귀의 바세트가 고양이고, 슈문의 위대한 서기가 따오기새와 원숭이의 모습인 것처럼 아문은 숫양이다. 그 신들은 바로 그 짐승들의 형상 안에서 거룩한 존재이고, 또 그 신들 안에서 그 짐승들이 거룩한 존재인데, 그게 어때서? 네가 앞으로 그 나라에서 살려면, 아무리 가장 낮은 종의 신분으로 산다 하더라도, 많은 것을 배워야 할 게다. 도대체 짐승을 통하지 않고 어디서 신을 보겠다는 거냐? 신과 인간 그리고 짐승, 이 세 가지는 하나이다. 신의 거룩함이 짐승과 결혼하면 그게 인간이다. 축제를 할 때 옛날 관습에 따라 파라오가 짐승 꼬리를 다는 것은 바로 이런 이유 때문이지. 그리고 또 짐승이 인간과 결혼을 하면 신이 된다. 거룩한 신성은 이러한 결혼을 제외하고서는 어디서도 찾아볼 수 없고, 이해할 수도 없다. 위대한 산과 헤켓의 머리는 두꺼비이고 길잡이 아눕의 머리가 개인 것처럼, 짐승 안에서 신과 인간이 서로 동침하는 것이다. 그러므로 짐승은 이 두 가지가 서로 접촉하여 결합한 거룩한 지점이며, 본질적으로 축제처럼 존귀한 것이다. 그리고 여러 축제들 중에서도 가장 존귀한 축제는 숫양이 순결한 처녀와 몸을 섞는 도시 드예데트의 축제지."

"저도 그 이야기를 들은 적이 있습니다. 주인님께서는 그런 풍습을 좋다고 생각하시는가 봅니다, 그렇습니까?"

"내가? 노인을 우롱할 생각이냐! 발 닿는 데가 고향이고 애당초 고향이라 할 곳도 없는 우리 같은 중간 상인들의 좌우명이 무엇인지 아느냐? 그건 '날 배부르게 해주면 네 관습을 존중해 주지!' 이다. 너도 처세를 잘 하려거든, 이 좌우명을 명심하거라. 네게도 해당되는 이야기이니까."

"이집트 땅에 들어가 부채를 들고 있는 자의 집에 이르면, 교미 축제의 존귀함에 토를 다는 말은 절대로 하지 않겠습니다. 하지만 주인님께만 말씀 드려도 된다면, 존귀함이라는 단어에는 올가미와 덫이 있습니다. 사람의 경우 옛것을 존귀한 존재로 여기는 것은 쉬운 일입니다. 바로 노인이라는 이유 때문이죠. 그래서 이 경우 옛것과 존귀함은 하나가 될 수 있습니다. 하지만 옛것의 존귀함이 함정인 경우도 더러 있지 않습니까? 그저 시간을 많이 보냈다는 의미에서 존귀한지는 모르지만 실제로는 진부해져서 주님 보시기에 역겹고 불결한 것이 그 예가 될 수 있습니다. 주인님께만 올리는 말씀인데, 드예데트 축제에서 인간인 처녀를 바치는 건 불결한 느낌이 듭니다."

"그걸 네가 어찌 구분하겠다는 거냐? 바보 멍청이들이 저마다 내가 세상의 중심이요라고 떠들면서, 자기가 무슨 심판관이라도 된 것처럼 어떤 것이 거룩한 것이며, 또 어떤 것은 단순히 옛것에 불과하며, 그리고 어떤 것은 그나마 존귀하다고 여길 수 있는지, 또 아예 역겨운 것은 어떤 것인지, 제멋대로 판결을 내리려 든다면 도대체 어떻게 되겠느냐? 그런 식으로 하다가는 얼마 안 가 거룩한 것은 씨가 마를 게다! 넌 아무래도 혀를 조심하기가 어려울 것 같구나. 그래서야 어디 불경스러운 생각을 감출 수가 있겠느냐. 생각이 웬만큼 특이해야 말이지. 원래 그런 생각들은 밖으로 나오고 싶어 안달인 법이다."

"주인님 곁에 있으면 옛것과 존귀한 것을 간단히 동격화할 수 있습니다."

"아서라, 아서, 내 앞에서 그런 사탕발림은 그만두거라. 나는 그저 떠도는 상인일 뿐이다. 내 경고나 잊지 말거라. 이집트 사람들한테 괜히 엉뚱한 소리를 지껄여 운을 놓치는 실수는 말아야 한다. 넌 생각을 가만히 담고 있을 아이가 못 된다. 그러니 생각을 먼저 하고 말을 하도록 해라. 신과 인간과 짐승은 제물 안에서 하나가 된다. 이 단일성보다 더 경건한 것은 없다. 이 세 가지를 제물과 관련하여 앞으로 당기고 뒤로 밀어보면서 계산을 해보면, 제물에 이 세 가지가 다 들어 있고 각기 다른 상대방을 대변한다는 것을 알 수 있을 것이다. 아문이 맨 끝의 어두컴컴한 골방에 제물로 올린 양, 희생양의 모습으로 서 있는 것도 그 때문이다."

"절 사주신 존귀하신 상인 주인님, 기분이 아주 묘합니다. 주인님의 가르침을 듣고 있자니 갑자기 주변이 깜깜해지면서 저기 하늘의 별들로부터 보석먼지 같은 빛가루가 흩날립니다. 송구스럽지만 눈을 좀 비벼야겠습니다. 빛가루가 절 놀리는 것 같아서입니다. 지금 돗자리에 앉아 계신 주인님의 두상이 청개구리처럼 보이고 편안하게 좌정하신 지혜로운 모습은 꼭 한가로운 두꺼비 같습니다!"

"거봐라. 네 생각을 얌전히 간직할 수 없다는 게 이렇게 드러나지 않느냐? 그렇게 상스러운 생각을 어찌 그리 쉽게 입 밖으로 낸단 말이냐? 어떻게 나한테서 두꺼비를 보려하느냐? 그리고 또 어떻게 그런 생각을 한단 말이냐?"

"제 눈이 제 의향을 물어보기나 해야 말이죠. 여하튼 제 눈에 주인님께서는 별빛 아래 앉아 있는 두꺼비처럼 보이십니다. 왜냐하면 주인님께서는 우물이 절 낳았을 때 절 꺼내 주신 위대한 산파셨으니까요."

"아, 이런 수다스러운 놈이 있나! 네게 빛을 보도록 해준 건 위대한 산파가 아니었어. 위대한 산파 헤켓을 위대하다고 부르는 이유는 찢겨진 자가 거듭날 때 도와준 여인이 바로 그녀였기 때문이다. 이집트 사람들은 아래 것은 찢겨진 자의 것이고, 호루스는 위의 것을 지배한다고 믿지. 그리고 제물로 바쳐진 우시르는 서쪽의 제일인자, 사자(死者)들의 왕이요 심판관이 되었어."

"이왕 서쪽으로 가면 최소한 그곳의 **제일인자**가 되어야 한다니, 그건 마음에 듭니다. 하지만 주인님, 제물로 바쳐진 그 우시르가 케메 사람들에게 그렇게 위대한 존재입니까? 그래서 우시르의 부활을 도와준 여신 헤켓도 위대한 개구리가 되었던 겁니까?"

"암, 위대하고말고."

"아문보다 더 위대한가요?"

"아문은 제국 때문에 위대한 거야. 이방 민족들도 그래서 아문의 명성을 익히 알고 삼나무를 베어 그의 배를 만들지. 그렇지만 갈기갈기 찢긴 자, 우시르는 백성들의 사랑으로 따져서 위대한 존재야. 강어귀 드야네트부터 코끼리 섬 옙에 이르기까지 만백성이 그를 사랑하거든. 콜록콜록 기침을 해대는 수백만 명의 채석장 노예로부터 홀로 자신의 신전에서 스스로를 숭배하는 유일한 파라오에 이르기까지 그를 모르는 자가 없고 사랑하지 않는 자가 없다. 너나없이 가능하면 이 갈기갈기 찢긴 자의 무덤이 있는 아봇 성지 근처에 자신의 무덤 자리를 찾고 싶어 안달이다. 그러나 그것도 불가능하니까 그에게 간절히 매달리며 자신들도 때가 오면 그와 같아져서 영원히 살게 되리라 굳게 믿고 있지."

"신처럼 되겠다는 건가요?"

"신처럼 되고 그를 닮으려는 것이지. 그러니까 그와 하나가 되겠다는 거야. 그래서 죽은 자는 우시르이며 그렇게 불리지."

"아니, 그럴 수가요! 주인님, 아둔한 제 머리를 봐서 좀 자세히 가르쳐 주십시오. 우물의 모태에서 절 꺼내 주셨던 것처럼 이번에도 도와주십시오. 주인님께서는 오늘 밤, 곤히 잠들어 있는 이 바닷가에서 제게 미즈라임 사람들의 견해에 대해 많은 것을 가르쳐 주셨습니다. 그런데 방금 하신 그 말씀은 언뜻 이해가 되지 않습니다. 그러니까 죽음이 상태를 변화시키는 힘이 있으며, 죽은 자가 곧 신이라는 겁니까? 다시 말해서, 사람이 죽으면 신이 되어 신의 수염을 달게 된다는 말씀입니까?"

"그렇다니까. 그게 온 백성들의 확고부동한 생각이지. 조안(Zoan)에서 코끼리 섬에 이르기까지 백성들은 이 생각에 얼마나 애착이 큰지 모른다. 자신들의 견해를 관철시키기 위해 숱한 세월 동안 싸우고 또 싸워야 했으니 그럴 수밖에."

"힘겨운 투쟁 끝에 그 견해를 얻었고 그것을 관철시키기 위해 해가 뜰 때까지 견뎌냈다는 뜻입니까?"

"그래, 그렇게 해서 자신들의 생각을 관철시켰지. 왜냐하면 처음에는, 원래는 사후에 신이 되어 영생을 얻을 수 있는 건 파라오밖에 없었어. 그러니까 궁전에 있는 호루스의 경우에만, 죽으면 우시르와 하나가 되고 신이 되어 영원히 살 수 있었어. 그러나 기침을 하는 모든 사람들, 석상을 지고 다니는 사람들, 벽돌공 그리고 도자기에 구멍을 뚫는 자와 쟁기 뒤에 선 사람들, 광산에서 일하는 사람들, 이들 모두가 쉬지 않고 노력한 결과, 결국 뜻을 이뤄 자신들도 모두 때가 되면 죽은 후에 영생을 얻는다는 견해를 관철시킨 거야. 그래서 예를 들어 이름이 흐넴호트페, 레흐메레인 사람들이 있다면, 죽은 후에는 우시르(Usir) 흐넴호트페, 우시르 레흐메레로 불리게 되어 영생을 얻는다는 거야."

"정말 마음에 드는 이야기로군요. 주인님께서는 제가 지상에 사는 자는 누구든 자신만의 세계를 가지며 자신이 그 세계의 중심이라고 생각한다고 절 나무라셨습니다. 그런데 어떻게 보면 이집트 사람들도 저와 같은 견해를 가지고 있는 것처럼 보입니다. 처음에는 파라오에게나 해당되었던 일을 모두에게 적용시켜 너나없이 죽은 후에 우시르가 될 수 있다는 견해를 관철시켰다니 말입니다."

"그건 어리석은 말이다. 땅 위에 사는 자, 그러니까 흐넴호트페나 레흐메레가 아니라, 그들의 믿음과 확신이 중심이라는 말이다. 그 믿음과 확신에서 그들 모두 하나인 것이다. 강 상류와 하류, 강어귀로부터 여섯번째 급류에 이르기까지 위쪽과 아래쪽 어디서든 우시르와 그의 부활에 대한 믿음은 하나라는 뜻이다. 그리고 또 이걸 알아야 한다. 이 위대한 신은 단순히 한번 죽었다 부활하는 게 아니고, 죽었다 다시 살아나는 일을 계속 반복한다. 절기가 되면 케메 사람들이 보는 앞에서 또다시 아래로 내려갔다가 위대한 모습으로 다시 올라와 나라 위에 축복, 즉 하피, 강인한 황소, 신의 강물로 당당히 모습을 드러내는 것이다. 강의 물줄기가 줄어들어 땅이 마르는 겨울 절기의 날짜를 헤아려보면 72일이다. 이 72일 동안 왕은 흉악한 당나귀 세트에게 희생되어 관에 실려 있다가, 자신의 때가 되면 아래에서 위로 솟구쳐 오르지. 자라나고, 부풀어 오르며, 넘쳐나서, 커지는 자, 빵의 주인, 좋은 사물들을 생산하고 모든 걸 살게 하는 자, '나라를 먹여 살리는 자'라는 이름으로 말이다. 그러면 사람들은 황소를 잡아서 그에게 바치지. 자, 여기서도 신과 제물이 같다는 것을 알 수 있지 않으냐. 신도 소니까. 들판과 집안에 있는 모습이 황소거든. 하피, 검은 자는 옆구리에 달 표식이 있지. 그런데 그가 죽으면 향고를 발라 붕대로 감아 보존하게 되는데, 이때 그의 이름은 우사르-하피(Usar-Chapi)가 된다."

"그것 보세요! 그러면 그 역시 죽어서 우시르가 되려 했던 흐넴호트페나 레흐메레처럼 자기 뜻을 관철시킨 건가요?"

"지금 비웃었느냐? 어둑어둑한 밤이라 얼굴은 잘 보이지 않는다만 목소리만은 또렷하게 들을 수 있는데 어째 조롱하는 소리로 들리는구나. 분명히 말하는데 널 거기 데려다 주면, 물론 너 때문에 일부러 간다는 말이 아니고, 이왕 가는 길에 데려다 준다는 뜻이다. 여하튼, 거기 가거든 제발 그곳 사람들의 생각에 대해 비아냥거리거나 잘난 척하지 말거라. 네가 섬기는 아돈이 더 높은 신인 양 그들보다 모든 걸 더 잘 아는 것처럼 굴어서는 안 된다는 뜻이다. 그저 그곳 사람들의 관습을 경건하게 따라야 한다. 그렇지 않으면 매사에 부딪칠 것이다. 오늘 저녁 너와 몇 마디 나누면서 이것저것 일러주고 가르쳐 준 건 무료한 시간을 보낼 생각에서였다. 나이 탓에 이따금 잠이 달아나곤 해서 너와 이야기를 한 거지, 별 다른 이유는 없었다. 이제 밤인사나 해보거라. 어디 잠을 청할 수 있나 보자. 표현에 신경 쓰는 것도 잊지 말고!"

"분부대로 하겠습니다. 그런데 조롱이라니요? 어떻게 제가 감히 그런 생각을 했겠습니까? 처벌받은 자로서 아무것도 모르는 소인이 이집트 땅에서 매사에 부딪치지 않고 잘 지낼 수 있도록 오늘 저녁 주인님께서 제게 가르쳐 주신 것들은 꿈도 꾼 적이 없을 만큼 워낙 새롭고 낯설어서 쉽게 이해가 가지 않았을 뿐입니다. 방법만 안다면 어떤 식으로든 이렇듯 제게 자선을 베풀어주신 주인님께 감사의 뜻을 표했을 것입니다. 하지만 오늘은 그 방법을 알지 못하니, 제 나름대로 고마운 마음을 전하는 의미에서 지난번에 하셨던 질문에 대답을 해드릴까 합니다. 원래는 말씀 드리지 않을 생각이었지만 지금은 말씀 드리겠습니다. 제 이름 이야기입니다."

"응, 그러겠느냐? 그럼 말해 보려무나. 아니, 차라리 안
하는 것이 낫겠다. 내가 꼬치꼬치 캐묻지 않은 것도 다 이
유가 있어서였다. 난 나이가 많은 사람이라 여러 가지를 생
각하게 되는데 네가 어떤 처지에 있는지 모르는 편이 나을
것 같다. 아는 게 병이라 했다. 공연히 나까지 연루되어 엉
뚱한 죄책감과 근심을 얻고 싶지는 않다."

"그런 염려는 전혀 안하셔도 됩니다. 주인님의 종을 아문
의 도시에 있는 축복의 집에 넘기시더라도 이름은 아셔야
할 것 아닙니까?"

"그건 그렇지. 그래, 좋다. 네 이름이 무엇이더냐?"

"오사르시프(Osarsiph)입니다."

노인은 침묵했다. 두 사람의 간격은 얼마 되지 않았지만
주변이 워낙 어두워 각자 상대방에게는 그림자처럼 보일 뿐
이었다. 노인이 다시 입을 열기까지는 제법 시간이 걸렸다.

"좋다. 우사르시프(Usarsiph, 저자는 오사르시프와 우사르
시프를 섞어 쓰는데, 누구의 입에서 오사르시프, 혹은 우사르시
프라 발음되는지 구별해 보는 것도 재미있을 것이다—옮긴이).
네 이름을 말했으니 이제 가거라. 네 자리로 돌아가 태양이
다시 떠올라 길을 재촉할 때까지 쉬도록 해라."

그러자 어둠 속에서 요셉의 인사말이 울려 퍼졌다.

"편히 쉬세요. 요람을 흔드는 한밤의 팔에 안겨 그 가슴
에 머리를 묻고 달게 주무세요. 어머니 품에 안겨 새록새록
잠자던 어린 시절처럼!"

유혹

요셉은 이스마엘 사람에게 이집트식으로 사자(死者)의 이름을 대어 자신이 이집트에서 어떤 이름으로 불리고 싶은지 밝힌 셈이었다. 그후 일행은 다시 길을 재촉했고 아래로 내려가는데 몇 날 며칠, 여러 날, 아니 수많은 날들을 보냈다. 그렇게 세월아 네월아 하며 굼벵이처럼 걸음을 옮긴 것은 언젠가는, 인간이 약간만 거들면, 시간이 공간을 이겨낼 수 있다는 사실을 알고 있었기 때문이다. 그리고 가장 안전한 방법은 바로 시간에 대한 무관심이었다. 모든 걸 시간에 맡기고, 한 걸음, 한 걸음 내딛는 대수롭지 않은 작은 걸음들이 모여서 큰 물결을 이루도록 내버려두는 게 상책이었다. 이때 사람은 그저 목적지로 향하는 방향만 유지하면 된다.

방향은 바다가 일러주었다. 모랫길의 오른쪽이 바다였다. 하늘과 맞닿은 거룩한 곳까지 끝없이 펼쳐져, 은빛 어른거리는 파란 물결이 고요히 쉬는가 싶으면, 어느새 황소처럼 거품을 물고 미친 듯이 인적 많은 해안가로 달려오는 바다. 그 아래로 내려가는 태양의 일몰. 해안 길을 따라 앞으로 나아가는 동안, 자리는 변하지만 자신은 변하지 않는 신의 동그란 눈, 그 해맑은 원반은 이따금 외로이 물 속에 잠기며 끝없는 물 너머 해변까지, 그리고 일몰을 바라보며 숙연한 마음으로 해변을 따라가는 나그네들의 머리 위로 아롱진 빛의 다리를 던져주기도 했고, 또 가끔씩은 황금과 장밋빛으로 한껏 장엄함을 자랑하며, 길을 가는 자들로 하여금 하늘의 거룩한 것에 대한 신념을 다시 한번 다지게 하기도 했고, 혹은 뿌연 빛 연기와 흐릿한 색상으로 태양신의 우울하며 고압적인 면모를 드러내 나그네들의 가슴을 옥죄기도 했다.

반면 해돋이는 볼 수 없었다. 나그네들의 왼쪽 시야를 가리고 우뚝 솟은 산맥 뒤쪽에서 태양이 떠올랐기 때문이다. 일행은 가까운 내륙으로 들어가 경작지와 구릉지에 만들어 놓은 우물들이며 계단식 과수원을 지나기도 했다. 또 바다로부터 멀어져 해발 50엘레 되는 지역도 여러 번 거쳤다. 마을들을 지나면 그곳의 세금을 거둬가는 성곽 도시에 이르렀다. 이 도시들은 동일한 군주동맹에 가입되어 있었다. 남쪽에 있는 가자, 혹은 카자티라 불리는 강력한 요새가 이 동맹의 수도(首都)였다.

야자수가 우거진 언덕 정상에 하얀 성벽을 쌓은 성곽 도시들은 그 도시에 속한 농촌 주민들, 즉 사르님의 대피처였다. 미디안 사람들은 마을에 가면 들판에서 장을 열고, 신전이 있는 큰 성지에 이르면 사람들이 북적거리는 성문 앞 광장에 짐을 풀었다. 그리고 에크론과 야브네, 아스도드 사람들에게도 요르단 강 건너편의 생산품들을 보여주고 흥정을 벌였다. 이 거래에서 서기 역할을 맡은 것은 요셉이었다. 물고기 신 다곤을 섬기는 어부들과 사공들, 공예업자들, 도시의 통치자가 거느린 용병들(이들은 구리로 부목을 댔다)과의 거래 내역을 요셉은 거기 앉아서 조목조목 기록했다.

이렇게 글을 아는 노예 오사르시프의 충실한 임무 수행은 마음씨 좋은 주인님의 마음을 흡족하게 했다. 그런데 상인에게 팔린 이 젊은 노예의 가슴속은 하루가 다르게 거세지는 방망이질로 쿵쾅거렸다. 그 이유는 대강 짐작하리라 믿는다. 그는 자기가 지금 있는 위치가 어딘지, 그리고 그곳이 다른 곳과 어떤 관계에 있는지 머리로 그려보지도 않고, 눈앞에 다가오는 곳을 향해 무작정 걸음을 옮길 수 있는 성격이 아니었다. 지금껏 다른 땅을 지나오며 몇 군데서는 머무르기도 하고 느긋한 행보로 여기저기 주저앉아 쉬기도 했지만, 이제 들판 몇 개를 가로질러 계속 서쪽으로 가면 그가 잘 아는 길목에 이르게 되어 있었다. 가엾은 하얀 나귀 훌다를 타고 형들을 찾아왔던 그 길을 되짚어 올라가면 고향이었다. 물론 고향에 직접 닿는 것은 아니고 옆으로 지나치는 길이었다.

코앞에 다가온 그 지점에서 조금 옆으로 비껴나, 집에서 형들이 있는 곳까지 갔던 거리의 절반쯤만 더 가면 아버지의 목축떼가 있었다. 물고기 신 다곤의 집, 즉 그의 신전이 있는 아스도드 근방이 바로 그 지점에 해당했다. 거기서 두 시간 걸리는 바다의 항구로 이어지는 길은 몰려드는 인파와 황소가 끄는 수레와 마차들로 붐볐고, 항상 고함소리로 시끌시끌했다. 이곳에서 해안선을 따라 가자 쪽으로 가자면, 길은 점점 서쪽으로 기울어져 동쪽 내륙의 산악지대와는 하루가 다르게 간격이 벌어진다는 것을 요셉은 잘 알고 있었다. 어디 그뿐이랴. 정오쯤이면 헤브론 고지대의 아래쪽을 스치게 된다는 것도 그는 알고 있었다.

그러니 어찌 가슴이 뛰지 않을 수 있겠는가. 그 근방에 이르러 견고한 바위 요새 아스쿨루나를 향해 느림보 걸음을 떼어놓는 동안 그는 강한 유혹에 마음이 계속 흔들렸다. 그는 그곳 지형을 익히 알고 있었다. 지금 위치는 해안선을 따라가는 저지대 세펠라였다. 사색에 잠긴 라헬의 눈은 틈만 나면 동쪽에서 굽어보는 산맥을 힐끔거렸다. 골짜기를 끼고 블레셋 땅의 두번째 높은 계단으로 서 있는 그 산맥 뒤로, 동쪽으로 더 가파른 경사를 드러내며 바다 위의 세상이 솟아 있었다. 다른 곳보다 더 울퉁불퉁하고 험한 곳, 평원의 야자수를 외면하는 초원, 약초가 많은 고지대의 목초지, 거기엔 양들이 우글거리고, 당연히 양떼의 주인도 거기 있으리라. 아! 야곱! 이럴 수가 있는가! 위쪽엔 그렇게 야곱이 앉아 있었다. 눈물에 짓무른 얼굴로 요셉의 죽음을 말해 주는 피 묻은 징표를 바라보며 그 절망 앞에서 주님을 원망하며 처절하게 몸부림칠 야곱이었다. 그런데 바로 그 아래, 야곱의 발치를 요셉이 지나가고 있었다. 낯선 남자들과 함께 블레셋 땅의 이 도시에서 다른 도시로 나아가는,

야곱이 도둑맞은 요셉은, 그에게 아무런 귀띔도 해주지 않고, 그가 있는 곳을 지나쳐 저기 아랫세상, 저승으로 내려가고 있었다. 죽음을 숭배하는 땅으로! 아, 얼마나 도망치고 싶었겠는가? 어떻게든 줄행랑치고 싶어 안절부절못하고 온몸이 근질근질하지 않았겠는가? 그런 생각이 머리를 들고 일어나 반쪽짜리 결심으로 자리잡은 것이 어디 한두 번이었겠는가. 그리고 상상 속에서 그 결심대로 후딱 해치워버린 적은 또 얼마였던가. 특히 어두운 밤이면 더했다.

요사이 그는 매일 밤 이스마엘 노인에게 편안하게 주무시라고 밤인사를 드렸다. 그것이 그에게 부여된 또 다른 임무였다. 매번 문구를 새롭게 다듬어야 했음은 물론이다. 행여 같은 표현이라도 나오면 노인은 이미 아는 것이라며 색다른 인사를 요구했던 것이다. 여하튼 이런 밤인사까지 마친 어둑어둑한 시간, 블레셋 땅의 어느 도시나 혹은 마을 어귀에 장막을 친 일행들이 모두 잠이 들면, 끌려가는 소년은 당장이라도 고지로 달려가고 싶었다. 야밤을 틈타 과수원이 있는 쪽으로 올라가 산꼭대기와 숲 속의 골짜기를 지나 대략 8마일쯤 달리면, 아마 그 정도면 충분하리라, 그러면 요셉은 헐떡거리며 고지대로 가는 길을 찾을 수 있을 것이다. 그리고 아버지의 품에 안겨 '저, 여기 있습니다' 라며 눈물을 닦아 드리고 다시 아버지의 총아가 될 수 있었다.

그래서 정말 그 계획대로 도망갔던가? 아니다. 그렇게 하지 않았음은 세상 사람 모두가 다 안다. 그런 계획을 진지하게 생각해 본 것은 사실이다. 그러나 결국에는 모두 머리에서 떨쳐버렸다. 계속 머리에 달고 다니다가 마지막 순간에 가서야 비로소 생각을 멈춘 적도 물론 한두번 있었다. 그랬어도 결국에는 도망치지 않고 있던 자리에 남았다. 그것이 가장 편안한 선택이기도 했다. 혼자서 도주하기에는 많은 위험이 도사리고 있었다. 굶어죽거나, 노상 강도에게 목숨을 뺏기거나, 맹수의 먹이가 될 수도 있었다.

그러나 아무것도 안 하는 게 훨씬 편하다는 전제에서, 무슨 결심을 할 때 어떤 일을 하는 쪽보다 안 하는 쪽을 선호하기 마련이라는 이치를 상기시키는 것에 머무른다면, 이는 요셉이 힘들여 한 단념에 먹칠을 하는 꼴이 된다. 요셉의 일생을 살펴보면, 이렇게 산으로 휑하니 내빼는 것보다 훨씬 달콤했을 육체적 행위를 거부한 경우들도 있었다. 그렇다. 단념은 지금처럼 도주 계획을 포기하는 경우든, 아니면 앞으로 그의 인생에 등장할 또 다른 국면에서든 하나같이 질풍 같은 유혹을 극복한 후에 얻어진 결과물이었다. 이는 요셉만의 독특한 생각에서 비롯된 것인데 말로 표현해보자면 대략 이렇다. '내가 어떻게 그런 어리석은 짓을 할 수 있단 말인가? 그건 주님을 거역하는 죄야.' 다르게 말하자면 도망이라는 발상 자체가 어리석고, 그건 죄가 되는 실수다, 라는 분명한 인식과 이성적인 경고가 그를 제어한 것이다. 즉 도망을 쳐서 주님의 계획을 망치는 것은 졸렬한 과실이라고 믿은 것이다. 요셉에게는 자신이 공연히 그렇게 집에서 탈취된 것이 아니라는 확신이 있었다. 자신을 노인의 품안에서 갈취한 것은 앞날을 계획하시는 분이 하신 일이었다. 그분께서 자신을 새로운 곳으로 인도하려는 것은 이러저러한 방식으로 자신을 쓰시려는 뜻이 있음을 의미했다. 그런데 이를 거역하고 유혹에 빠져 도망친다는 것은 죄요, 큰 실수라는 것이 요셉의 생각이었다. 이처럼 생활에서 벌어지는 실수와 과실, 주님의 지혜를 거역하는 어리석은 반항이 죄라는 견해는 타고난 것이다. 그런데 거기에 자신의 경험까지 보태졌다. 실수라면 이미 충분히 저지른 그였다. 구덩이에 들어가서야 그걸 깨달았다. 그러나 이제 구덩이에서 나왔고 보아하니 어떤 계획에 따라 다른 곳으로 인도되고 있음이 분명했다. 지금까지 저지른 실수들은 긴 안목으로 보자면 그 계획 안에 속한 것이었다. 그러니까 눈이 먼 듯 저질러진 실수에는 주님의 섭리가 있었다고 볼 수 있었다. 그러나 이 순간 탈출이라는 실수는 바보 멍청이면 모를까 도저히 용납할 수 없는 해악이 될 것이다. 말 그대로 주님보다 자기가 더 현명해지겠다는 것, 이것이야말로 어리석음의 극치라고, 영리한 요셉은 생각했다.

다시 아버지의 총아가 된다? 아니다. 그는 여전히 아버지의 총아였다. 다만 보다 새롭고 바람직한, 항상 꿈꿔왔던 의미의 총아, 새롭고 보다 고귀한 의미의 총아, 선택받은 자. 그것이 구덩이에서 빠져나온 요셉의 모습이었다. 후일을 위하여 예비된 자에게 예비된 것, 훗날을 대비하여 남겨진 자에게 남겨진 것, 다른 곳으로 탈취당한 자에게 주어진 것, 자신을 온전히 바친 제물에게 주어진 것. 그것이 바로 쓰디쓴 향내를 풍기는 화환이었다. 이전에는 그런 앞날을 내다보며 꿈을 꾸듯이 머리에 쓰고 다녔던 화환이지만 이제는 새로운 방식으로 써야 했다. 지금부터는 실제로 써야 했다. 즉 정신적으로.

　그런데 어리석은 육체의 충동에 무릎을 꿇어서야 되겠는가? 요셉은 주님의 지혜를 모르는 바보천치가 아니었다. 지금 상태의 이점을 모를 만큼 어리석지도 않았다. 그가 축제를 몰랐던가? 모든 게 때가 정해져 있는 축제를 알지 못했단 말인가? 과거가 현재로 되살아나는 수단, 축제의 수단, 그게 자신이 아니고 뭐란 말인가? 그런데 머리에 화환을 쓰고 축제로부터 도망쳐야 한단 말인가? 형들과 함께 양을 기르는 목자로 돌아가기 위해서? 그 유혹은 컸다. 하지만 육체 안에서만 그랬다. 정신 속에서는 약했다. 요셉은 그 유혹을 이겨내고 자신을 사들인 상인들과 함께 야곱이 가까이 있는 곳을 지나, 마침내 그로부터 멀어지고 있었다. 우사르시프, 갈대밭에서 태어난 아이, 이집트 말로 요셉-엠-헵, 즉 '축제 안에 있는 요셉'이었다.

또 만나다

열이레? 아니다. 그건 열이레를 일곱번 반복해야 하는 여행이었다. 물론 정확히 세어본 날짜는 아니고 아주 오래 걸렸다는 뜻이다. 세월이 흐르면서 사람들은 미디안 사람들의 거북이 행보 때문에 꿈적거리느라 소모한 날짜와 또 실제로 공간 극복에 보낸 날짜가 며칠이었는지 서로 구분하지 않았다. 일행은 사람들이 많이 사는 비옥한 땅을 지나갔다. 올리브 나무 숲, 야자나무, 밤나무와 무화과나무를 화환처럼 두른 그 땅엔 많은 곡식들이 자라나고 있었다. 경작지에 물을 대는 깊은 우물 옆으로 낙타들이 황소들과 함께 걸어다녔다. 이따금 광활한 들판에 왕의 통치를 받는 작은 요새들도 모습을 드러냈다. 사람들이 간이역으로 부른 그곳엔 성벽과 전투 망루가 있었다. 첨탑 위에는 궁사들이 지켜 섰고 마차를 타고 싸우는 전사들은 헐떡이는 말이 모는 마차를 성문 밖으로 끌어내고 있었다. 이스마엘 사람들은 왕의 전사들과도 서슴지 않고 거래했다. 미그달 근처의 마을과 영지 등에 서는 발길 닿는 곳마다 잠시 머무르라고 초대했고, 그러면 그들은 하루 이틀이 아니라 아예 몇 주씩 머무르기도 했다. 그건 아무래도 상관없었기 때문이다. 해변 가장자리의 저지 대가 갑자기 급경사로 치솟은 암벽, 그 정상 아스칼룬에 그 들이 닿았을 때는 이미 여름도 저문 후였다.

아스칼룬은 거룩한 곳이고, 튼튼한 곳이었다. 아래의 바 다 쪽으로 죽 이어져 반원 모양으로 항구를 둘러싼 성벽의 마름돌은 흡사 거인이 받쳐주는 듯했다. 그곳에 있는 다곤 신전은 동바리가 네 개에 안뜰도 여러 개였고, 숲과 연못은 아주 예쁘게 꾸며져 있고, 연못은 물고기로 넘쳤다. 그리고 아스타로트를 모신 곳은 바알라트의 어느 성소보다 오래 된 곳으로 이름이 높다. 그리고 모래밭 야자수 밑에는 아주 맛있는 작은 양파가 자라났다. 아스칼룬의 여주인, 데르케 토가 선사한 이 양파는 다른 지역으로 팔려가기도 했는데, 이스마엘 상인 노인도 이 양파를 몇 포대 사들여, 이집트 문자로 '아스칼룬 특산품 양파'라고 쓰게 했다.

거기서 구불구불한 길을 따라 올리브 나무 숲을 지났다. 그늘진 곳이면 곳곳에 풀을 뜯는 가축떼가 눈에 띄었다. 마 침내 가자에 이르렀다. 카자티라고도 불리는 그곳에 당도 함으로써 이제는 정말 멀리 온 셈이었다. 아니, 거의 이집 트 영역에 닿은 것이나 마찬가지였다. 예전에 정말로 파라 오가 아래쪽에서 마차를 탄 무리들과 탈 것 없이 그냥 걸어 야 하는 백성들을 이끌고 올라와 빈곤한 나라 자히와 아무 르, 레테누를 지나 세상 끝까지 행군했다면, 그래서 왼손으로 다섯 야만인의 머리를 움켜쥐고 오른손으로는 그 거룩한 광경에 아연해 하는 자에게 몽둥이를 던지는, 흡사 거인을 방불케 하는 파라오의 모습을 신전의 성벽에 굵은 선으로 새겨 넣을 수 있었다면, 이 거사의 첫번째 기지가 바로 가자였다.

골목길마다 역한 냄새가 코를 찌르는 가자에는 곳곳에서 이집트 사람들이 눈에 띄었다. 요셉은 그들을 유심히 관찰했다. 어깨가 넓은 이 사람들은 코가 높고 하나같이 흰 옷차림이었다. 그리고 이곳은 품질이 꽤 좋은 포도 산지여서 해안과 내륙, 어디를 가나 싼값에 포도주를 구할 수 있었다. 노인도 물물교환으로 포도주를 꽤 많이 사들여서 낙타 두 마리에 간신히 실은 후 항아리에 이렇게 쓰게 했다.

'여덟 배나 좋은 가자 포도주'

성벽이 튼튼한 성곽 도시 가자에 당도함으로써 꽤 먼 곳까지 오기는 했다. 하지만 문제는 지금부터였다. 가장 힘든 노정이 그들을 기다리고 있었다. 이에 비하면 지금까지 쉬엄쉬엄 블레셋 땅을 가로지른 것은 누워서 떡 먹기요, 아이들 장난이었다. 가자 뒤편의 남쪽 해안선을 따라 이집트의 실개천 쪽으로 내려가는 모랫길이 있었다. 그쪽으로 여러 번 다녀본 이스마엘 사람들은 그곳이 최악의 불모지라는 사실을 잘 알았다. 나일 강이 갈라지는 비옥한 입구 앞에 펼쳐진 삭막한 아랫세상, 섬뜩한 평지, 가로지르는데 아흐레나 걸리는 그 저주받은 곳은 위험하기 짝이 없는 고난의 사막이었다. 거기서는 늑장을 부리고 지체할 여유가 없었다. 앞뒤 재지 않고 한시라도 빨리 벗어나는 것이 상책이었다. 그런 면에서 가자는 미스라임 땅에 이르기 전, 쉴 수 있는 마지막 휴식처였다.

그래서 이곳에 당도한 요셉의 주인 이스마엘 노인도 길을 재촉하려고 서두르는 기색이 없었다. 오히려 천천히 떠나도 된다며 가자에서 여러 날을 묵었다. 우선 사막을 여행하려면 준비할 게 많아서였다. 물도 충분히 챙겨야 하고 따로 길을 안내할 길잡이도 구해야 했다. 그뿐 아니라 떠돌이 천민들, 노상강도를 일삼는 광야 사람들과 싸울 경우를 대비하여 무기도 마련해야 했다. 그러나 노인은 무기 구입은 포기했다. 첫째, 그건 필요없다는 게 지혜로운 노인의 결론이었기 때문이다. 운이 좋아서 무뢰한을 피할 수 있게 된다면 무기는 당연히 필요없고, 불행히도 그들의 습격을 받는다면 무기를 사용하여 적을 아무리 많이 해치운다 해도, 공격을 당한 쪽 사람을 빈털터리로 털어갈 노상강도가 한 명쯤은 항시 남기 마련이다. 상인이라면 모름지기 자신의 운을 믿어야지, 창이나 활을 믿어서는 안 된다. 노인은 그렇게 말했다.

그리고 두번째, 길잡이도 노인의 생각에 맞장구를 쳤기 때문이다. 성문 앞 광장에 줄을 서 있던 남자들 중에서 품삯을 주고 고른 그 길잡이는 사막을 배회하는 그런 뜨내기들 때문이라면 아무 걱정 말라고 노인을 안심시켰다. 자기를 따라오면 무기 같은 건 필요없다고 장담했다. 자기처럼 완벽한 전문 길잡이를 믿는 것으로 모자라 무기까지 질질 끌고 간다면 그런 우스운 꼴이 어디 있느냐, 그 끔찍한 사막을 횡단하는 가장 안전한 길로 안내할 테니 나만 믿어라.

그렇게 큰소리치는 길잡이 앞에서 요셉은 얼마나 놀랐던가? 가슴 한구석이 철렁하면서 또 한편으로는 얼마나 기쁘던지 자신의 눈을 믿을 수 없을 정도였다. 이른 아침 출발을 앞둔 일행의 선두에 서 있는 길잡이는 바로 그 청년이 아닌가! 얼마 전, 그처럼 많은 일들이 벌어지기 직전, 요셉에게 세겜에서 도단으로 데려다 주겠다고 나섰던 시큰둥한 표정의 주인공!

틀림없이 그였다. 사막에서 입는 겉옷을 걸쳐서 그때 모습과는 약간 차이가 있긴 했지만, 작은 머리, 부은 듯한 목, 붉은 입과 열매처럼 둥근 턱, 그리고 무엇보다도 맥 빠진 시선과 묘하게 거들먹거리는 태도는 영락없는 그자였다. 게다가 무표정으로 일관하던 예전과는 달리 오늘은 놀란 요셉을 쳐다보며 한쪽 눈을 슬쩍 감아보이는 게 아닌가. 그건 서로 아는 사이지만 다른 사람들에게는 비밀로 하자는 암시가 분명했다. 요셉도 일단 마음이 놓였다. 그자는 이스마엘 사람들에게 말하고 싶지 않은 과거에 속하는 사람이었기 때문이다. 그의 윙크는 자신의 이런 마음을 알고 있다는 의미로 이해해도 될 것 같았다.

그렇지만 한마디쯤 나누고 싶은 충동을 억누르기는 어려웠다. 낙타 몰이꾼의 노래와 선두 낙타의 방울 소리를 들으며 일행은 초록 땅을 가로질렀다. 이윽고 시야에 메마른 땅이 펼쳐지자 노인의 뒤를 따르던 요셉은 노인에게 길잡이 한테 가서 정말 자기 몫을 잘 해낼 자신이 있는지 다시 한 번 물어보게 해달라고 청했다.

"왜 겁이 나느냐?" 상인이 물었다.

"모두를 위해서죠. 여하튼 저는 저주받은 땅으로 가는 첫 길이라 눈물이 나오려 합니다."

"그럼 가서 물어보거라."

요셉은 낙타를 몰아 선두 낙타가 있는 곳에 이르러 길잡이에게 말했다.

"전 주인님을 대신한 주인님의 입입니다. 제 주인님께서 정말로 길을 잘 아는지 아시고 싶답니다."

청년은 이전에도 그랬던 것처럼, 떴는지 감았는지 모를 정도로 간신히 눈꺼풀만 들어 올리고 어깨너머로 그를 쳐다보았다.

"겪어보고도 몰라? 그 정도면 충분히 안심시킬 수 있었을 텐데."

"조용히 해요! 어떻게 여기까지 왔죠?" 요셉이 속삭였다.

"그러는 너는?" 그게 대답이었다.

"아, 그건 그렇군요. 여하튼 이스마엘 사람들한테 내가 형들을 찾아가던 길이었다고 말하면 안 돼요! 아셨어요?"

요셉이 속삭였다.

"걱정 마!" 상대방도 속삭이듯 말했다. 그리고 이번 대화는 그것으로 끝났다.

그러나 사막 깊숙이 들어가, 하루가 가고 또 하루가 지나, 다른 사람의 시선을 끌지 않고 다시 한번 이야기를 나눌 수 있는 기회가 있었다. 시무룩해진 태양이 죽어 있는 산맥 뒤로 내려간 후였다. 가운데는 잿빛, 가장자리는 저녁 노을에 물들어 활활 타오르는 듯한 구름떼가 하늘을 가득 메웠다. 밀랍처럼 노란 모래벌판 저 멀리, 여기저기 작은

언덕이 눈에 들어왔다. 그곳의 풀도 바싹 말랐다. 일행 중
몇 사람은 느닷없이 찾아온 한기 때문에 모닥불 주위에 둘
러앉아 있었다. 길잡이도 그 무리에 끼어 있었다. 그는 주
인들이나 종들과 별로 어울리지도 않았고 말을 섞는 법도
없었다. 노인과 그날그날 갈 길에 대해 나누는 사무적인 대
화가 고작이었다. 주인에게 평안한 밤을 기원하는 인사도
올리고 그날 할 일을 모두 끝낸 요셉은 이 무리가 있는 곳
으로 다가가 길잡이 옆에 앉았다. 그러다 사람들이 짤막하
게 몇 마디 주고받는 대화도 끊기고, 이윽고 꾸벅꾸벅 졸기
시작하자 요셉은 옆에 앉은 자의 옆구리를 슬쩍 건드리면
서 말을 건넸다.

"정말 미안해요. 그때는 약속을 지킬 수가 없었어요. 그
렇게 마냥 기다리게 해서 죄송해요."

그자는 퉁명스럽게 어깨너머로 요셉을 힐끗 쳐다본 후,
모락모락 피어오르는 모닥불 쪽으로 눈을 돌렸다.

"그래? 지킬 수가 없었다? 너처럼 신용 없는 놈은 처음
봤어. 날 당나귀 파수꾼으로 앉혀 놓고 다시 오겠다던 약속
은 팽개치고 코빼기도 안 비치다니. 안식년이 일곱번이나
지나가도록 기다리게 할 참이었던가 보지? 그런데도 너하
고 이야기를 하고 있으니 알다가도 모를 일이다. 정말 내가
생각해 봐도 내 자신이 이상할 정도야."

"금방 사과했잖아요. 그리고 당신이 몰라서 그렇지, 정말
내 탓이 아니었어요. 생각처럼 일이 풀리질 않았거든요. 일
이 그렇게 꼬일 줄은 꿈에도 몰랐어요. 그 바람에 돌아가고
싶은 마음은 굴뚝 같았지만 그럴 수가 없었어요."

"그래, 그래, 그랬겠지. 핑계도 좋다. 주님의 안식년이 일곱번 지나가도록 기다리게 할 셈이었으면서."

"하지만 안식년이 일곱번 지날 동안 날 기다린 건 아니잖아요. 내가 못 올 것 같으니까 당신 갈 길을 간 것 아녜요. 그럴 의도는 없었지만 당신한테 폐를 끼친 건 사실이에요. 하지만 그걸 지나치게 과장은 마세요! 대신 그 이야기나 해 줘요! 내가 간 뒤에 홀다가 어떻게 되었는지."

"홀다? 홀다가 누구야?"

"'누구'라는 건 좀 과한 표현이네요. 우리를 태워 준 암나귀 이야기를 묻는 거예요. 아버지의 가축 우리에서 꺼내 온 제 귀여운 여행 동무 하얀 암나귀 말이에요."

"귀여운 암나귀, 귀여운 암나귀, 귀여운 여행 동무 하얀 암나귀!" 길잡이가 나직하게 요셉 말을 흉내 냈다.

"하여튼 대단하다. 네 것이면 뭐든지 그렇게 상냥스럽고 부드럽게 표현하는 건 네 자신을 그만큼 사랑한다고 볼 수 있지. 그런데 그런 사람들이 대부분 신용 없이 군다니까."

"아녜요." 요셉이 부인했다.

"홀다를 그렇게 상냥스럽게 표현한 건 나 때문이 아니라 홀다를 생각해서였어요. 아버지께서 제게 맡기신 홀다는 정말 순하고 조심성 많은 짐승이었어요. 눈 쪽으로 곱슬거리는 갈기를 생각하면 제 마음까지 부드러워지는 걸요. 당신과 헤어지고 나서도 홀다의 걱정을 안한 적이 없었어요. 아주 무서웠던 순간에도 홀다 걱정을 잊은 적이 없어요. 당신은 모르겠지만 세겜에 도착한 이후 재앙이 날 놓아주지 않아서 무거운 고난이 내 몫이 되었거든요."

"그럴 리가. 믿을 수 없어! 고난이라고? 이해가 안 되는 군. 내가 잘못 들은 거겠지. 형들을 찾아갔잖아, 안 그래? 게다가 넌 조각상처럼 아름답고 귀여워서 인간들은 쉬지 않고 네게 미소를 보내고, 너 역시 그들에게 미소를 짓지. 게다가 여전히 사랑스러운 생명을 지니고 있는데, 재앙이 며 무거운 고난이라는 게 어디서 온다는 말이야? 이건 대 답을 기대하고 묻는 게 아냐."

"여하튼 그렇게 되었어요. 정말이에요. 하지만 한순간도 가련한 훌다 걱정을 안한 적이 없었어요."

"그렇다면, 좋아."

그자는 예전에도 그러더니 이번에도 눈동자를 한바퀴 휙 굴리는 묘한 동작을 보여주었다.

"알았어. 젊은 노예 우사르시프. 네가 그렇게 말을 하니 들어는 주지. 일이 그렇게 복잡하게 꼬였다면서 나귀 생각 까지 했다니 여유만만하다고 생각할 사람도 있겠지. 도대 체 나귀 한 마리가 뭐기에, 그게 무슨 큰 의미가 있냐고. 하 지만 나는 생각이 달라. 너라면 그런 걱정을 할 수도 있었 을 거라고 생각한다. 그리고 정작 자신도 어려움에 처했는 데 피조물 걱정까지 했다면 그건 칭찬할 만하다고 생각해."

"그래서 훌다는 어떻게 되었나요?"

"그 피조물이 어떻게 되었냐고? 이거야 원. 처음에는 쓸 데없이 나귀 파수꾼 노릇을 하다가 나중에는 그후에 일어 난 일까지 보고해야 하다니 우리 신세가 말이 아니군. 어쩌 다 이런 꼴이 되었는지. 하지만 안심해도 돼. 나중에 살펴 보니까 암나귀의 발목이 그렇게 심각한 상태는 아닌 것 같앞어. 처음에 아주 심각한 걸로 생각한 건 우리가 놀란 나머지 오해한 거였어. 그냥 삐끗했을 뿐 부러진 건 아니었더군. 그러니까 부러진 것처럼 보였지만 실제로는 삐끗하기만 했단 말야. 내 말을 잘 이해해야 해. 널 기다리면서 시간이 남길래 나귀의 발을 잘 보살펴 줬거든. 그러다 인내심을 잃고 더는 못 기다리겠다 싶어 자리를 떴는데, 그때 암나귀는 걸을 수 있었어. 물론 처음에는 세 발만 사용했지. 여하튼 나는 나귀를 타고 도단으로 가서 내가 아는 집에 맡겼어. 그 집과는 전부터 거래가 있어서 서로 덕을 본 사이야. 농사짓는 사람 집인데 그 마을의 이장이니까 네 암나귀도 편하게 지낼 거야. 네 아버지, 이른바 이스라엘의 가축 우리만큼이나 편할 거야."

"정말인가요?" 요셉은 기뻐서 소리를 질렀다.

"그걸 누가 알았겠어요! 무사히 일어나서 걸을 수 있었단 말이죠? 그리고 편한 곳에 보내 줬다는 거죠?"

"아주 편한 곳에 보내 줬지. 농사짓는 사람 집에 넘겼으니 그만하면 운이 아주 좋았다고 할 수 있어."

"그럼 훌다를 도단에 팔았다는 말이군요. 그렇다면 그 몸값은요?"

"지금 몸값을 묻는 거야?"

"그래요."

"길잡이에 파수꾼 노릇까지 해줬으니 그걸로 계산했지."

"아, 그랬군요. 그렇다면 훌다의 몸값이 얼마였는지 더이상 묻지 않겠어요. 그러면 훌다가 지고 있던 귀한 음식들은 어떻게 됐죠?"

"일이 이렇게 복잡하게 꼬였는데, 군것질거리까지 생각할 여유가 있어? 그게 그렇게 대단해?"

"아주 대단한 거라고는 생각하지 않아요. 하지만 그게 있었던 것은 사실이죠."

"그 물건도 내 손해를 메우는 데 썼지."

"그랬군요. 그전에도 그랬죠. 나 몰래 양파와 건과를 슬쩍했으니까요. 하지만 괜찮아요. 어쩌면 경건한 신앙심에서 그랬을 수도 있으니까요. 그래서 뭐든 당신의 좋은 면만 생각하기로 했어요. 홀다를 다시 걷게 해주고, 그 땅에서 잘 먹고 잘 살게 해줬다니 정말 고마워요. 그리고 또 뜻밖에 당신을 만나서 이런 이야기를 듣게 된 행운에도 감사드려요."

"그래, 난 또다시 바람 주머니인 네 길잡이로 나서야 해. 네가 목적지에 이를 수 있도록 말야. 이게 나한테 합당한 일인지, 과연 나한테 어울리는 일인지, 자문해 보지만 아무 소용도 없어. 나 말고는 아무도 묻지 않으니까."

"또 시큰둥하네요." 요셉이 대꾸했다.

"도단으로 가던 밤에도 그러더니. 형들을 찾도록 도와주겠다고 자청하고서도 언짢아 했잖아요? 이번에는 아무 거리낌없이 당신을 나무랄 수 있어요. 이스마엘 사람들한테 길 안내를 자청한 건 당신이고, 나는 우연히 그들 틈에 묻어가는 거니까요."

"엎어치나 메어치나 그게 그거지. 널 인도하는 거나 이스마엘 사람을 인도하는 거나 결국은 같은 건데 뭘."

"이스마엘 사람들한테는 행여 그렇게 말하지 말아요. 그 사람들은 명예와 자긍심을 귀하게 여기기 때문에, 나를 주님께서 원하시는 곳으로 데려다 주기 위해서 자기들이 여행을 하는 거라고 하면 듣기 싫어할 거예요."

길잡이는 입을 다물고 턱을 목도리에 묻었다. 이때도 습관처럼 눈동자를 획 굴렸을까? 그랬을 가능성이 높다. 그러나 워낙 어두워서 눈으로 확인할 수는 없었다.

"누가 듣기 좋겠어?"

길잡이는 간신히 마음을 달래며 대꾸했다.

"자신이 도구에 지나지 않는다는 말을 듣고 어떻게 좋아하겠어? 특히 풋내기 놈한테, 젊은 노예 우사르시프 너한테서 그런 말을 들으면, 이런 뻔뻔스러운 소리가 있나 하고 끔찍해 하겠지. 하지만 다른 한편으로 본다면 내가 방금 그랬듯이 엎어치나 메어치나 그게 그거라, 어쩌면 여기서 함께 묻어가는 사람은 이스마엘 사람들일 수도 있어. 그러니까 이번에도 내가 길을 인도하는 자는 너라는 건데, 어쩌겠어, 그렇게 해야지! 당나귀를 지키는 건 둘째 치고, 우물까지 지켰는데 뭘."

"우물이요?"

"우물이 등장하면 항상 그런 역할을 맡곤 했어. 그런데 아무리 비었다 해도 그렇게 비어 있는 구덩이는 처음이었어. 그렇게 텅 빈 우물을 지킨다니 얼마나 더 우스꽝스러워? 그런 역할을 해야 하다니 내 위신이 뭐가 되겠어? 내가 꼭 그런 일을 해야 하는 거야? 어쩌면 그 구덩이의 경우, 바로 비어 있다는 게 문제였는지도 모르지."

"돌뚜껑이 치워져 있던가요?"

"물론이야. 내가 그 위에 앉아 있었는걸. 그 남자가 사라져달라고 하거나 말거나 끝까지 앉아 있었지."

"남자라니요?"

"몰래 그 구덩이로 찾아 온 멍청한 남자가 하나 있었어. 사람치고는 어마어마한 키에 다리가 신전 기둥 같았어. 그런데 그 육중한 몸에서 나오는 목소리가 어쩌면 그렇게 가는지."

"르우벤!"

"이름이야 마음대로 부르렴. 여하튼 탑처럼 거대한 어리석은 인간이었어. 밧줄 사다리며 옷까지 들고 텅 빈 구덩이 쪽으로 살금살금 걸어오는 꼬락서니라니, 정말 가관이었어."

"날 구하려고!" 요셉은 재빨리 알아차렸다.

"그래, 네 생각이 그렇다면 그렇다고 해두자."

길잡이는 고상한 척 손으로 입을 가리고 짤막한 한숨과 함께 여자처럼 하품을 했다. 그리고 그 다음 말은 들릴락 말락 했다.

"그 역시 자기 역할을 한 거지."

벌써 턱과 입을 목도리 깊숙이 파묻은 모습이 잠을 청하는 듯했다. 그리고 두서없이 뭐라고 웅얼거렸다. 그중 몇 토막은 요셉의 귀에도 들렸다.

"심각하게 받아들일 건 없어.…… 농담이고 암시일 뿐이야.…… 풋내기…… 기다림……."

더 이상은 건질 만한 이야기가 없었다. 그리고 사막을 여행하는 동안 길잡이며 파수꾼인 그자와 다시 대화할 기회도 없었다.

젤 요새

 일행은 선두 낙타의 목에 걸린 방울 소리를 들으며 묵묵히 이 우물에서 저 우물로 걸음을 옮겼다. 그렇게 하루하루 황량한 사막을 가로지르기를 아흐레, 드디어 그곳을 통과했다. 길잡이의 장담은 허풍이 아니었다. 그만하면 완벽한 임무 수행이었다. 딱히 산맥이라 부르기도 뭣한 잿빛 사암더미, 돌이 아니라 청동처럼 거무튀튀하여 철의 도시를 연상시키는 그 기이한 형체 사이의 꼬불꼬불한 미로를 지날 때에도 길을 잃거나 이탈하는 법이 없었다. 하루종일 눈에 들어오는 것이라고는 땅 위에서 통용되는 의미나 이성으로는 도저히 길이라고 일컬을 수 없는 저주받은 바다 밑바닥뿐이고, 태양이 내리쬐는 저 지평선 끝까지 시체 색깔의 모래만 가득하여 두려움이 온몸을 옥죌 때도 그랬다.
 그런 길이 끝나면 모래 언덕도 지나야 했다. 적당히 멋을 부린 바람이 등허리에 파도처럼 주름을 남겨놓은 이 모래 언덕 아래로 평지가 펼쳐지면, 거기엔 뜨거운 열기가 자신을 불살라 불꽃으로 타오를 듯 화끈거리고 그 사이로 모래가 솟구쳐 소용돌이쳤다. 남자들은 이렇게 고약하게 날뛰는 죽음을 쳐다보지 않으려고 눈을 감고 머리를 가리고 한시바삐 이 암담한 곳을 벗어나려고 걸음을 재촉했다.

바닥에는 빛 바랜 해골들도 심심찮게 발견되었다. 낙타 척추 뼈, 허벅지 뼈, 그리고 사람의 사지 관절이 다 말라붙은 몰골로 창백한 먼지를 뚫고 삐죽삐죽 튀어나와 있었다. 실눈 사이로 그걸 보고도 희망을 잃지 않으려고 자신들을 위로했다. 정오부터 저녁까지 반나절씩 불기둥이 나타나 그들을 인도하는 것처럼 보였다. 이런 자연 현상을 모르는 바 아니었지만, 오로지 그 현상의 자연적인 면만 판단 기준으로 삼지는 않았다. 그래서 소용돌이치는 먼지가 햇빛에 반사되는 게 불기둥이라는 사실을 알면서도 서로 뿌듯해 하며 '불기둥이 우리를 인도해 주신다'라고 말했다. 그 표식이 갑자기 눈앞에서 주저앉아 버린다면……. 그건 상상만 해도 끔찍했다. 그런 경우 모래 폭풍의 예고나 마찬가지였다. 그러나 기둥이 폭삭 내려앉는 일은 생기지 않았고, 바람에 펄럭이는 요정처럼 형용만 바꿀 뿐, 북동풍을 받아 유유히 앞으로 나아가며 아흐레 동안 줄곧 그들 곁에 있었다.

남방 사람들은 말 그대로 행운에 붙들린 셈이었다. 불기둥이 있으면 물주머니가 마를 법도 했지만 그런 불상사도 없어서 생명수를 지킬 수 있었으니 운이 좋아도 엄청 좋았다. 이윽고 아흐레 되던 날 황량한 사막의 공포에서 완전히 벗어났다. 지금 눈앞에 펼쳐진 사막은 안전한 길이었다. 이집트 쪽에서 나라 안으로 들어오려는 자들을 통제하기 위해 사람들을 풀어 지키게 하는 곳이기 때문이다. 우물 옆의 능보(稜堡)와 흙벽, 망루에는 머리에 타조 깃을 꽂은 누비아 궁사들과 손도끼를 든 리비아 병사들이 서 있었는데, 이들의 지휘관은 이집트 장교들이었다. 병사들은 무뚝뚝한 목소리로 사람들을 불러 세워 어디서 와서 어디로 가는지 캐물었다.

노인은 병사들을 다루는 솜씨가 보통이 아니었다. 쾌활함과 지혜를 발휘하여 자신에게는 나쁜 의도가 없음을 설득시켰고, 짐 꾸러미에서 칼이며 램프 그리고 아스칼룬 양파 따위를 꺼내 선물로 쥐어 주고 그들의 환심을 사면서, 그렇게 화기애애한 분위기 속에서 이 초소에서 저 초소로 나아갈 수 있었다. 조금 번거롭기는 했어도 보초병들과 농담을 주고받는 정도는, 철의 도시와 창백한 바다 밑바닥을 행진한 것에 비하면 아무것도 아니었다. 그러나 사막길이든, 초소를 통과하는 일이든, 그건 별것 아니라는 것을 나그네들은 잘 알고 있었다. 진짜 중요한 시험은 따로 있었다. 불순한 의도가 없음은 물론, 이 나라의 풍속을 해칠 위험한 인물이 아니라는 사실을 검증받는 중요한 단계가 남아 있었다. '지배자의 장벽'. 노인은 누구도 피해갈 수 없는 어마어마한 통행금지 벽을 그렇게 불렀다. 그건 파라오의 경작지에 가축을 몰고 오려는 광야의 주민들과 미개인들을 막으려고 오래 전에 호수 사이의 지협(地峽)에 세운 성벽이었다.

해질녘 어느 언덕에 이른 일행의 눈앞에 소심하고 오만한 방어가 만들어낸 그 삼엄한 장벽이 드러났다. 노인은 상냥한 말솜씨 덕분에 무사히 장벽을 들락날락한 경험이 있어서 특별히 두려워하는 기색 없이 일행들에게 장벽을 손으로 가리켰다. 군데군데 뾰족한 첨탑이 솟은 기다란 성벽이 크고 작은 호수들을 연결한 운하 뒤로 죽 뻗어 있었다. 그리고 가운데쯤 물 위로 다리가 하나 있고, 바로 이 통로의 양쪽을 철통 같은 수비대가 지키고 있었다. 둥근 성벽에 둘러싸인 웅장한 성채와 요새는 이층이었다. 높이도 여간 높은 게 아니고, 벽과 앞으로 튀어나온 부분이 기묘한 각도로 꺾이면서 흙벽과 연결되어 폭풍우에도 끄덕 없도록 배려해 놓았다. 모서리가 네 개인 첨탑과 능보, 출격 성문, 방벽, 좁다란 상부 축조물 위에 뚫어놓은 철창 달린 창문들도 보였다. 여기가 바로 젤 요새였다. 세련된 나라, 복 받은 나라, 상처 입기 쉬운 이집트가 소심함에서 사막과 도적떼와 동쪽의 궁핍함으로부터 자신을 보호하려고 세운 어마어마한 방벽. 노인이 이 성벽의 이름을 말하면서 그렇게 무서워하는 것 같지는 않았다. 다만, 그 같은 철통 수비도 순수한 의도 앞에서는 무너질 수밖에 없으며, 또 그렇게 될 것이다. 지금까지 장애물이 있었어도 무사히 통과할 수 있었다. 이렇게 계속 반복하고 강조하는 걸로 보아 스스로 용기를 내려는 듯했다.

"거래처 친구의 편지도 있으니 아무 문제도 없을 거다. 요르단 건너 길르앗에 있는 친구가 드야네트에 있는 거래처 친구에게 보내는 편지지. 드야네트는 조안이라 불리기도 하는데, 헤브론을 세운 지 7년 후에 세운 곳이다. 두고들 보거라. 이 편지 앞에서는 성문도 열릴 테니까. 뭔가 글씨가 적힌 것을 보여주는 게 제일 중요하다. 그러면 이집트 사람들은 또 뭔가 써서 다른 곳에 보내고 거기서 또다시 무엇인가 쓰여져 장부에 기록된다. 글씨를 적은 것이 없으면 통과 못하지만, 파편이든, 양피지 두루마리든 글씨를 쓴 원본을 가지고 있으면 그 사람들 표정이 어느새 밝아지거든. 이집트 사람들은 아문을 최고신이라 하고, 혹은 곡식의 씨눈을 뜻하기도 하는 우시르를 가장 높은 분으로 섬긴다고 말하지. 하지만 내가 그들의 본색을 더 잘 알지. 그들이 실제 생활에서 제일 높은 분으로 섬기는 건 바로 서기의 신 투트야. 성벽 위에도 젊은 장교 서기가 있지. 이름은 호르-와즈인데 내 친구라고도 할 수 있어. 그에게 말하면 아무 문제 없이 무사히 통과할 수 있지. 그리고 일단 안에 들어가면 의심할 사람은 아무도 없으니까, 상류 쪽으로 아무 지방이나 마음대로 다닐 수 있어. 올라가고 싶은 데까지 어디든 가도 괜찮다. 자, 오늘밤은 여기서 천막을 치고 야영하도록 하자. 날이 이렇게 저물었는데, 내 친구 호르-와즈가 성벽 위로 올라올 리가 없거든. 하지만 내일 아침 날이 밝으면 요새로 가기 전에 먼저 세수를 하고 옷에서 사막의 먼지를 털고 귀와 손톱, 발톱에 낀 먼지도 말끔히 빼내야 한다. 그래야 그들 앞에 설 때 사람처럼 보이지. 안 그러면 사막에 사는 토끼가 왔나 할 것이다. 그리고 너희 젊은이들은 머리에 달짝지근한 향유도 붓고, 눈 화장으로 멋을 내야 한다. 궁핍은 의심을, 야만은 혐오감을 불러일으키는 법이다."

　모두 노인의 말대로 그날 밤은 일단 그대로 보내고 아침이 되자 끔찍한 사막을 헤쳐온 긴 여행의 흔적을 지우느라 최대한 멋을 부렸다. 다들 몸치장에 정신이 없는데 뜻밖의 일이 발생했다. 묘하게도 노인이 가자에서 길잡이로 고용한 청년이 일행을 이곳까지 무사히 안내해 주고는 온데간데없이 사라진 것이다. 간밤에 그랬는지, 아니면 젤 요새로 갈 준비를 하는 중에 종적을 감춘 것인지 알 수가 없었다. 무심코 둘러보니 그는 간데없고 타고 다니던 낙타만 방울을 매단 채 제자리에 있었다. 노인한테 품삯도 안 받았다니, 더 묘했다.

　물론 근심거리는 전혀 아니었다. 길잡이는 더 이상 필요 없으니 그저 고개를 갸웃하면 그만이었다. 애당초 말수도 적고 무뚝뚝한 길잡이였다. 사람들은 한동안 묘한 일도 다 있다 싶어 의아해 했고, 품삯을 아껴 한편으론 흡족해 한 노인도 거래를 깨끗하게 끝내지 못해 뒷맛이 영 개운치 않았다. 무슨 일인지 영문을 알 수 없었다. 하지만 언젠가는 다시 나타나 품삯을 달라고 하려니 생각했다. 그때 어쩌면 품삯보다 더 많은 것을 슬쩍 했을지도 모른다며 물건이 다 있는지 점검해 보자고 나선 건 요셉이었다. 그러나 조사 결과 잘못된 추측으로 드러났다. 누구보다도 요셉이 가장 황당해 했다. 자기가 아는 길잡이는 손버릇이 나쁜 자였다. 그런 자가 품삯도 받지 않고 그냥 가다니, 물질에 그처럼 무관심하다니 도무지 어울리지가 않았다. 그가 얼마나 탐욕스러운지는 지난번에 이미 증명되지 않았던가. 시키지 않은 일을 자청해서 도와주고는 지나칠 정도로 많은 대가를 요구하던 자가—적어도 겉보기에는 그랬으니까—정식으로 계약한 일에 대한 품삯은 거들떠보지도 않고 사라지다니, 아무리 생각해 봐도 앞뒤가 맞지 않았다. 그러나 이 이야기를 이스마엘 사람들한테 할 수는 없었다. 말로 표현되지 않은 일은 곧 잊혀지는 법, 제멋대로 변덕을 부린 길잡이 생각을 할 만큼 한가로운 사람은 아무도 없었다. 귀에서 먼지를 닦아내고 눈 화장까지 마친 일행은 물 쪽으로 나아가 지배자의 장벽으로 향했고, 정오 무렵 젤 요새에 이르렀다.

아, 그건 멀리서 바라볼 때보다 훨씬 더 무시무시했다. 아귀가 맞물린 두 겹짜리 성벽과 성탑 그리고 방어 망루가 보였다. 전투복을 입고 등에는 모피 방패를 두른 병사들이 그 위에 버티고 선 채 창을 잡은 주먹으로 턱을 받치고 그 쪽으로 다가오는 사람들을 내려다보았다. 중간 크기의 가발을 쓰고 하얀 셔츠를 입은 장교들도 보였다. 옷 위에 가죽 흉의(胸衣)를 걸치고 손에는 작은 지팡이를 들고 병사들 뒤로 서성거리는 장교들은 관심을 보이지 않았지만, 앞쪽의 보초들은 팔을 올려 입 주위에 손을 갖다대고—그 바람에 들고 있던 창은 아마도 팔에 걸쳐졌으리라—목청껏 외쳤다.

"돌아가! 여기는 젤 요새! 통행금지! 되돌아가! 안 그러면 창을 던진다!"

그 말에 노인이 말했다.

"괜찮다. 겁내지 말고 가만히들 있거라. 진담이 아니니까 절반도 믿을 것 없다. 평화를 원한다는 표시로 서두르지 말고 천천히, 조금도 동요하지 말고 곧장 앞으로 향하면 된다. 거래처 친구 편지가 있으니, 우리는 무사히 통과할 게다."

일행은 노인이 시키는 대로 총안벽(銃眼壁)으로 곧장 나아갔다. 거기 성문이 있고 그 뒤에 다리로 인도하는 더 큰 청동 성문이 또 하나 있었다. 수비벽 성문 위에는 화려한 색깔의 부조 조각이 있었다. 날개를 활짝 편 목에 털이 없는 거대한 독수리였다. 갈고리 발톱으로 들보를 잡고 있고 오른쪽과 왼쪽으로 벽돌 틈 사이, 벽 받침 위에 돌 코브라가 튀어나와 있었다. 높이 4피트로 탱탱하게 부어오른 대가리를 꼿꼿이 쳐든 모습이 보기만 해도 소름 끼쳤다. 그것은 방어의 표식이었다.

"돌아가!" 성벽 보초가 바깥 성문의 독수리상 위에서 소리쳤다.

"여긴 젤 요새다! 돌아가, 이 사막의 토끼들아, 궁핍한 나라로 다시 돌아가! 여기는 통로가 없다!"

그 소리에 노인은 낙타를 탄 채로 일행을 대표하여 대답했다.

"착각이십니다. 이집트 병사님. 바로 이곳이 통로이고 다른 데는 통로가 없습니다. 지협에 여기 말고 다른 통로가 어디 있겠습니까? 저희는 이곳 사정을 잘 아는 사람들이라 그런 거짓말에 현혹되지 않습니다. 나라로 들어가려면 어디로 가야하는지 저희는 정확히 압니다. 벌써 여러 번 다리를 건너갔다가 또 돌아왔기 때문입니다."

"그러니까 다시 돌아가! 사막으로 돌아가! 명령이다! 떠돌이들은 나라 안에 들여놓을 수 없다!"

"아니, 누구한테 하시는 말씀인지요? 그 사실이라면 잘 알고 있을 뿐 아니라, 당연히 그래야 한다고 환영하는 사람한테 그런 말씀을 하십니까? 저 역시 여러분들과 마찬가지로 떠돌이나 사막의 토끼라면 질색입니다. 그들이 나라에 해를 끼치지 못하도록 막고 있다니 여러분께 도리어 감사를 올려야겠군요. 하지만 저희의 얼굴을 한번 잘 보십시오. 저희가 떠돌이 도적이나 시나이 천민처럼 보입니까? 저희 표정이 나쁜 목적으로 나라를 정탐하려는 사람 같습니까? 그것도 아니면 저희가 파라오의 초원에 가축이라도 방목할 것처럼 보입니까? 그렇다면 가축떼가 어디 있습니까? 이들 중 어떤 것도 저희에게는 해당되지 않습니다. 저희는 마온에서 온 미네아 사람들로 나그네 상인들입니다. 저희가 가슴에 품고 있는 뜻을 갸륵히 여겨 주신다면 저희는 칭찬을 받아야 마땅한 상인들입니다. 매혹적인 외국 물건들을 여러분의 나라에 널리 보급하여 케메 사람들과 물물교환을 하고 하피라 불리는 강물이 선사한 이 나라의 산물을 저 세상 끝까지 가져가는 것이 저희가 하는 일입니다. 지금은 서로 선물을 교환하는 교역의 시대입니다. 저희처럼 여행 다니는 상인들은 이러한 시대에 사명을 다하는 봉사자요, 사제입니다."

"퍽이나 깨끗한 사제로구나! 먼지투성이 사제! 다 거짓말이다!" 병사들이 아래쪽으로 외쳤다.

그러나 노인은 전혀 기죽지 않고 느긋한 표정으로 고개

만 가로저었다. 그리고 일행에게 말했다.

"내가 아무것도 모르는 줄 알고 저런다. 저들로서는 그게 원칙이지. 그러면 혹시라도 그냥 터덜터덜 돌아갈 줄 알고 끝까지 저렇게 나오는 거야. 하지만 난 한번도 돌아선 적이 없었다. 그러니 이번에도 꼭 통과한다."

그리고 위쪽을 바라보고 다시 말했다.

"제 말을 좀 들어보시오. 파라오의 전사들! 적갈색으로 그을린 용사들! 다들 유쾌한 분들이시라 대화를 나누는 것도 재미있군요. 하지만 제가 정말로 이야기하고 싶은 분은 젊은 장교 호르-와즈 대장님입니다. 지난번에도 그분이 절 통과시켜 주셨습니다. 그러니 성벽 위의 병사님들, 장교님을 불러 주십시오! 그분께 보여드릴 편지가 있습니다. 조안으로 가져가는 편지입니다! 글로 쓴 것입니다! 투트! 드예후티, 비비 원숭이!"

그렇게 외치며 노인은 싱긋 웃어 보였다. 병사들을 한 개인으로 본다기보다 세상에 널리 알려진 민족의 대변자로 본다는 듯, 놀림 반 아첨 반으로 그 나라 사람이면 누구나 좋아하는 대상의 이름을 들먹인 것이다. 이 민족의 특성을 그 이름에 얽힌 속담과 전설만큼 해학적으로 연상시키는 것은 없었다. 노인의 미소에 병사들도 웃음으로 답했다. 이집트인이라면 누구나 글을 쓰거나 글로 씌어진 것에 심취해 있다는 다른 나라 사람들의 편견이 우스웠을지도 모른다. 여하튼 노인이 자신들의 지휘관 이름을 알고 있다는 사실에 기세가 누그러진 병사들은 서로 의견을 주고받은 후 이스마엘 사람들에게 호르-와즈 대장은 센트 시로 출장을 갔으며 사흘 안에는 돌아오지 않을 거라고 알려 주었다.

"이런 고약할 데가! 이집트 전사들이여! 오는 날이 장날이라더니! 호르-와즈 장교님 없이 깜깜한 사흘 낮과 깜깜한 사흘 밤을 보내야 하다니! 하지만 어쩌겠습니까, 기다리는 수밖에. 그분이 돌아올 때까지 기다릴 테니, 그분이 센트에서 돌아오시면 부디 성벽 위로 불러 주십시오. 그리고 잘 아는 마온 출신의 미네아 사람이 글씨가 적힌 것을 가지고 왔다고 전해 주십시오. 부탁드립니다!"

일행은 젤 요새 앞에 장막을 치고 대령이 올 때까지 사흘을 기다렸다. 그사이 성벽 위에 있던 사람들은 번갈아 밖으로 나와 물건을 구경하고 거래를 하는 등, 양쪽은 의좋게 지냈다. 이어 또 다른 나그네들이 그곳에 당도했다. 남쪽의 시나이에서 홍해를 끼고 올라와 이집트로 들어가려고 온 사람들로 궁색한 차림새가 고상한 풍습과는 거리가 멀어 보였다. 그들도 이스마엘 사람들과 함께 기다렸다. 마침내 때가 되어 호르-와즈가 돌아오자 입국을 원하는 사람들은 모두, 성벽 위에 있던 병사들의 호위를 받으며 성문 안의 뜰로 안내되었다. 뒤쪽으로 다리와 연결되는 성문이 보였다. 이곳에서도 그들은 몇 시간을 더 기다려야 했다. 이윽고 젊은 지휘관이 나타났다. 가느다란 다리로 계단을 내려오던 그는 맨 아래 계단에 멈춰 섰다. 수행원 두 명이 그 뒤를 따랐다. 그중 한 명은 그의 필기도구를, 그리고 다른 한 명은 숫양의 머리가 달린 군기를 들고 있었다. 호르-와즈가 손짓으로 청원자들을 가까이 불러들였다.

호르-와즈는 중간 길이의 가발을 쓰고 있었다. 이마에서 가르마가 곧장 시작되는 가발이었다. 가발의 머리카락은 귀까지 거울처럼 미끄러지듯 내려오다가 거기서부터 작은 곱슬머리로 변하며 어깨 뒤로 넘어갔다. 벌새 표식이 꽂힌 짧은 구리갑옷 재킷 밑에 소매가 짧은 새하얀 아마포 옷을 받쳐입었는데, 그 옷의 고운 주름이 재킷과 도무지 어울리지 않았다. 오금까지 비스듬하게 잔잔한 주름이 잡힌 잠방이도 갑옷과 따로 노는 듯했다. 당연히 그의 눈에는 궁상맞아 보일 청원자들의 정중한 인사에 장교는 깍듯하게 답했다. 아니, 지나치게 멋을 부려 멍청해 보일 정도였다. 고양이처럼 등을 구부리고 달콤한 미소를 담은 머리를 뒤로 젖히면서, 동시에 입술을 뽀족하게 내밀어 허공에 입을 맞춘 후, 주름 소매 아래로 드러난 갈색 팔을―거기엔 팔찌를 차고 있었다―쳐들어 올리는 이 동작을 순식간에 한다고 상상해 보라! 또 우아한 척 꾸미는 그 표정 연기는 따라 하기도 어려웠다. 누가 봐도 그 인사는 상대방에 대한 예우라기보다는 자국의 고상한 풍습을 자랑하는 동작이 분명했다. 요셉에게도 그렇게 보였다. 호르-와즈는 나이에 비해 앳된 얼굴이었다. 짧은 얼굴, 주먹코, 화장으로 길게 그린 눈, 조금 앞으로 내민 상태로 항상 미소를 짓는 입술 양쪽의 보조개가 인상적이었다.

그가 이집트 말로 재빨리 물었다.

"나라 안으로 들어오려는 이 많은 숫자의 궁핍한 사내들은 도대체 누구냐?"

'궁핍'이라는 말은 질책이 아니었다. 그에게는 단순히 외국을 가리키는 말이었을 뿐이다. 그리고 '많은 숫자'는 요셉이 끼어 있는 미디안 사람들과 호르-와즈 앞에 엎드린 시나이 사람들을 구별하지 않고 두 무리의 여행객들을 한꺼번에 이른 말이었다.

그가 다시 나무라듯 말했다.

"온 사방에서, 신의 나라든 혹은 슈(Schu) 산맥이든, 너무 많은 사람들이 매일 입국하려고 몰려온다. 매일이라는 표현이 좀 지나치다면 거의 매일이라고 해도 좋다. 그저께만 해도 우피 땅과 우서 산에서 온 자들을 통과시켜 주었다. 편지를 가지고 왔기 때문이다. 나는 큰 성문의 서기로 나랏일과 관련하여 보고서를 올리는 사람이다. 물론 읽는 사람이 보기 좋게 깔끔하고 아름다운 글씨로 써야 한다. 따라서 내 책임은 막중하다. 너희는 어디서 왔느냐? 그리고 무엇 때문에 왔느냐? 선한 의도로 왔느냐? 아니면 별로 선하지 않은 의도이냐? 그것도 아니면 아예 아주 악한 의도로 왔느냐? 만일 그렇다면 너희를 곧장 쫓아내던가, 아니면 시체로 만들어버리겠다. 어디서 왔느냐? 카데쉬? 투비히? 그것도 아니면 헤르? 대표가 나와서 말해 보거라! 수르 항구에서 왔다면 그곳이 물을 배로 날라야 할 만큼 궁핍한 곳이라는 사실을 잘 알고 있다. 사실 아무리 낯선 나라라 해도 우리가 모르는 곳은 없다. 어디든 우리가 무릎을 꿇려 공물을 받고 있으니까. 그리고 또 먹고 살 재주는 있느냐? 국가에 짐이 되거나, 먹을 게 없어서 도적질을 강요받는 일은 없겠느냐는 말이다. 첫번째 경우라면 너희가 먹고 살 재주가 있음을 보여주는 증명서와 보증서가 어디 있느냐? 우리 나라 시민에게 보내는 편지라도 가졌느냐? 있다면 이리 가져오너라. 그렇지 않다면 다들 되돌아가야 한다."

현명한 노인은 부드럽게 접근했다.

"이곳에서 파라오나 마찬가지이신 대장님! 제가 막중한 권한을 가지신 근엄한 대장님의 위용에 겁을 먹고 말을 더 듣지 않는 이유는 단 한 가지, 대장님 앞에 선 것이 오늘이 처음이 아니며, 지혜로우신 대장님께서 얼마나 관대하신지 이미 겪어 보았기 때문입니다."

그리고는 노인은 그것이 대략 언제였는지를 상기시켰다. 이곳을 마지막으로 통과한 것은 아마도 이 년 전, 혹은 사 년 전쯤으로 호르-와즈 대장님을 처음 뵈었던 그때 미네아 상인인 자신의 의도가 순수한 것을 아신 대장님께서 무사히 통과시켜 주셨노라고. 호르-와즈도 얼추 절반은 기억이 나는지, 제법 사람처럼 이집트 말을 할 줄 아는 노인의 짧은 수염과 모로 꼰 머리가 어렴풋이 낯에 익은 것도 같아서 노인의 이야기에 귀를 기울여 주었다.

노인의 대답인즉슨 이러했다. 자신에게는 나쁜 의도는 전혀 없으며 조금 덜 좋은 의도조차 없다. 의도가 있다면 오로지 가장 좋은 의도뿐이다. 자신의 일행은 요르단 강을 건너 블레셋 땅과 사막을 지나면서 장사를 해왔으며 먹고 살 방편은 충분하다. 그건 짐을 실은 짐승들의 등에 쌓여 있는 귀한 물건들이 증명해 준다. 그리고 나라 안의 사람과의 교분에 관해서라면 여기 편지가 있다면서 잘 손질한 염소가죽 조각을 대장 앞에 펼쳤다. 길르앗에 있는 거래처 친구가 삼각주의 드야네트에 있는 거래처 친구에게 가나안

방언으로 몇 줄 적은 편지였다.

호르-와즈는 글씨가 적힌 것을 받으려고 날씬한 손가락을—그러니까 양손을—우아하게 앞으로 내밀었다. 그러나 글씨 해독은 쉽지 않았다. 다만 한쪽 귀퉁이에 자신이 직접 써놓은 체류 허가가 눈에 띄었다. 그렇다면 이 가죽은 처음 보는 물건이 아닌 셈이었다.

"노인 양반, 늘 똑같은 편지를 가져오면 어쩌란 건가? 계속 이런 식이면 곤란해. 이 낙서 조각은 더 이상 보고 싶지 않아. 이건 너무 오래 된 것이니, 앞으로는 새것을 가져 와야 해."

그러자 노인은 드야네트에 있는 사람과만 교분이 있는 게 아니라고 맞섰다. 테벤, 즉 아문의 도시 베세에도 아는 사람이 산다. 거기 영광스러운 칭호를 받은 집에서 집사로 일하는 몬트-카브는 아흐모세의 아들로 자신과 셀 수 없을 만큼 오랜 세월 동안 친분이 있다. 외제 물건을 가져다주며 그에게 봉사한 것이 한두번이 아니기 때문이다. 그런데 그 집이 어떤 집이냐, 그곳은 보통 대인들보다 더 큰 사람, 즉 오른편에서 부채를 들고 있는 자 페테프레(혹은 보디발—옮긴이)의 집이다. 이 큰 집안과 직접적인 교분이 있다는 언급은 젊은 장교에게 적지 않은 인상을 남긴 듯했다.

"왕께 맹세코, 그 집을 들먹인 건 당신이 처음이 아냐. 물론 당신의 그 아시아 입이 거짓말을 한 것이 아니라면 문제는 달라지지. 부채를 들고 있는 자의 집사라는 아흐모세의 아들, 몬트-카브와의 친분을 증명해 주는 것이 있나? 글씨로 쓴 문서가 있는가? 없다고? 안됐군. 그게 있었더라면 문제는 훨씬 간단했을 텐데. 여하튼 그 이름들을 알고 있고 얼굴도 온순해 보이니 당신 말은 믿어도 괜찮을 것 같군."

그는 눈짓으로 필기도구를 가져오게 했다. 부관이 서둘러 나무칠판과—간단한 메모에 이용하는 이 칠판은 표면에 횟가루를 칠해 매끄러워 보였다—뾰족한 갈대 붓을 가져왔다. 호르-와즈는 옆의 병사가 들고 있는 일종의 팔레트라 할 수 있는 물감이 담겨 있는 단지에 붓을 담갔다가, 몇 방울 뿌린 다음, 큰 원을 그리며 칠판의 매끈한 면으로 붓을 든 손을 가져간 후, 노인의 인적 사항을 받아 적었다. 깃발 옆에 서서 칠판을 한 팔로 안고 몸은 앞으로 약간 숙인 채 입술을 뾰족하게 내밀고 우아하게 눈을 깜박이며 정성스레 글을 쓰는 모습이 마치 자기도취에 빠진 듯했다.

"통과!"

그렇게 선언한 그는 칠판과 붓을 건네주고 다시 한번 잔뜩 멋을 부린 익살스러운 인사를 마친 후, 아까 내려왔던 계단을 뛰어올라 갔다. 시나이 사람들을 대표하는 수염이 덥수룩한 남자는 줄곧 접견을 기다리고 있었으나 불려 나가지도 못했다. 호르-와즈의 눈에는 그를 비롯한 시나이 사람들이 이스마엘 노인의 일행으로 비쳐졌기 때문이다. 결국 무척 불완전한 내용이 아름다운 종이에 옮겨져서 테벤의 관청으로 넘어가게 되었다. 그러나 이 때문에 이집트가 슬퍼해야 하거나 나라가 무질서에 빠질 염려는 없었을 것이다. 이스마엘 사람들 입장에서야 젤 요새의 병사들이 청동 성문의 양쪽 날개를 활짝 열어주면 그만이었다. 일행은 마침내 다리를 건너 짐승들을 이끌고 짐과 함께 하피의 경작지로 들어가게 되었다.

그 틈에 끼어 누구 하나 지켜보는 이 없이, 극히 하찮은 존재로, 호르-와즈의 보고서에 이름 석자도 못 올린 야곱의 아들 요셉도 이집트에 들어갔다.

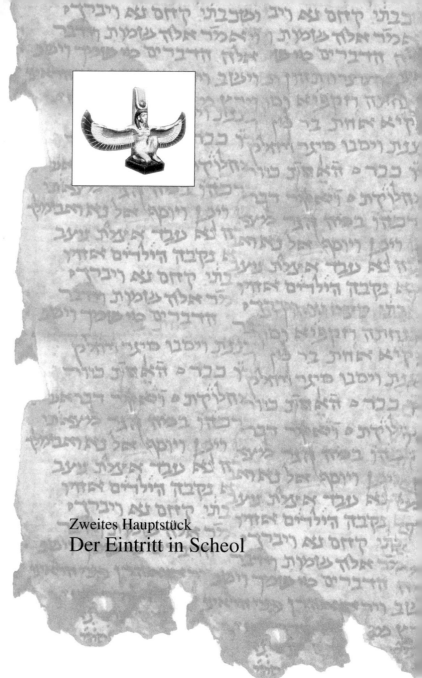

Zweites Hauptstück
Der Eintritt in Scheol

2부

저승에 발을 디디다

고센에 이르러 페르-숩드로 가는 요셉

이집트에 들어간 요셉이 제일 먼저 본 것이 무엇이었을까? 그건 우리도 잘 안다. 주변 상황이 모든 걸 말해 주기 때문이다. 이스마엘 사람들이 그를 어느 길로 안내할지는 이미 정해져 있었다. 단순히 한 가지 의미에서뿐만 아니라 또 다른 의미에서도 그랬다. 우선 지리학적으로 그럴 수밖에 없었다. 요셉이 처음 마주친 이집트 행정 구역이, 명성이라고 할 것까지는 없지만, 여하튼 그 이름이 세간에 알려지게 된 것은 이집트 역사에 독특한 발자취를 남겨서가 아니었다. 순전히 요셉과 그의 가족사에 끼친 역할 덕분에 명함을 내밀게 된 곳이 바로 고센이었다.

사람에 따라 고셈 또는 고쉔으로 부르기도 한 이곳은 아라비아 주(州)에 속했다. 우토의 나라, 즉 뱀의 나라, 하이집트의 스무번째 주(州)에 있는 고센 군(郡)은 삼각주의 동쪽에 위치했다. 요셉이 일행과 함께 짠물이 흐르는 내륙 수

로와 국경 요새를 뒤로 하고 처음 부딪친 이곳은 그다지 대
단할 것도, 이상한 구석도 없었다. 이 정도라면 눈앞에 닥
쳐온 미스라임의 기적에 정신을 잃고 쓸데없이 감탄이나
하는, 그런 어리석은 짓을 할 염려는 없겠다는 생각을 하면
서 요셉은 일단 안심했다.

금방이라도 가랑비를 뿌릴 듯 잔뜩 찌푸린 하늘 아래, 기
러기들이 도랑과 제방이 단조롭게 이어진 소택지 위로 날
아다녔다. 여기저기 인목과 무화과나무가 훌쩍 솟아 있었
다. 섭금새, 황새, 그리고 따오기들이 진흙이 가라앉은 수
로의 갈대 숲에 서 있었다. 일행은 수로를 따라 둑 위로 걸
음을 옮겼다. 둠-야자수의 부채 아래, 오리가 노는 연못의
푸른 물 위에 비친 창고의 둥근 점토 기둥이나 집 모양은
고향에서 익히 볼 수 있는 광경으로, 열이레씩 일곱번을 가
야 하는 먼 여행의 대가치고는 결코 대단한 풍경이 아니었
다. 요셉이 본 그곳은 소박한 뭍이었다. 가슴을 혼란시킬
별난 특징이랄 것도 없고 케메라는 말이 연상시키는 '곡
창'도 전혀 아니었다. 그저 풀이 우거진 목초지만 펼쳐져
있을 뿐이었다. 물론 적당히 촉촉하고 비옥한 땅임에는 틀
림없었다. 요셉은 목자의 아들답게 관심 어린 눈으로 그곳
을 구경했다. 가축들이 풀을 뜯고 있었다. 소가 보였다. 희
고 붉은 얼룩소, 뿔이 없는 소, 칠현금 모양의 뿔이 달린
소, 그리고 양도 있었다. 목자들은 가랑비를 막기 위해 장
대 위에 갈대 돗자리를 걸쳐놓고 그 아래 웅크리고 앉아 있
었다. 데리고 있는 개들의 귀 모양이 꼭 재칼 같았다.

노인이 일행에게 가르쳐 준 바에 의하면, 가축은 대부분

이곳 가축이 아니었다. 멀리 강 상류에 있는 영주들의 저택과 사원에서 가축 우리를 지키는 감독들이 보낸 가축이었다. 강 상류 쪽은 경작지밖에 없고, 소들이 토끼풀 밭에서 풀을 뜯어먹어야 했으므로, 절기에 따라 가축을 북쪽의 아래 지역, 즉 강 하류의 소택지로 보내 비옥한 초원의 좋은 풀들을 먹게 한 것이다. 이렇게 먼 곳에서 온 가축들이 이곳에서 살이 포동포동 오를 수 있었던 것은 모두 배를 띄울 수 있는 담수로(淡水路)와 중앙 운하 덕분이었다. 바로 그 담수로와 운하를 죽 따라가면 그 주(州)의 가장 오래된 성지 페르-숍드에 닿았다. 그곳에서 수로는 하피의 삼각주로부터 양 갈래로 나뉘어 강물을 호수와 연결시켰다. 그런데 노인의 말에 따르면 이 호수는 하나의 운하를 통해 땅바닥이 붉은 바다, 즉 홍해와 합쳐지므로, 나일 강은 끝없이 이어지는 셈이어서 아문의 도시를 출발하여 향료의 나라 푼트까지 곧장 범선을 타고 갈 수 있었다. 이 항해를 시도한 배들도 있었다. 옛 시절의 파라오로 오시리스의 수염을 단 여인 하체프수트의 모험이 그것이었다.

노인은 이에 관한 전설들을 그만의 편안하고 노련한 말솜씨로 들려주었다. 요셉은 그러나 듣는 둥 마는 둥 했다. 왕이 되면서 턱에 수염이 자라기 시작했다는 여인 하체프수트의 행적에 귀 기울일 겨를이 없었다. 다른 생각 때문에 그럴 여유가 없었다고 말한다면, 다시 말해서 지금 이 순간에 이미 이곳의 살찐 초원과 아버지와 동생 벤야민을 비롯한 가족을 이어주는 공중 사다리를 놓고 있었다고 한다면 지나친 표현일까? 그렇지 않을 것이다.

요셉의 사고는 우리들의 그것과 조금 달라서 몇 가지 꿈을 모티브로 삼아 연주하는 음악 같았다. 지금 그의 정신세계에서 울려 퍼지는 멜로디는 '먼 곳으로 옮겨짐'과 '높이 올려짐'이라는 모티브와 애초부터 결합되어 있던 '나중에 데려오기'였다. 그리고 이와는 상반되는 또 다른 것이 머릿속으로 파고들었다. 그건 멀리 떨어진 이 나라에 대한 아버지 야곱의 거부감과 혐오감이었다. 아버지를 생각한다면 대립적인 이 두 가지 모티브를 어떻게든 조화시켜야 했다. 이 평화로운 땅은 원래 목초지로 비록 이집트 땅이긴 하지만 혐오스러울 것은 전혀 없지 않은가? 그러니 고향 땅이 비좁기만 한 목축 왕 야곱도 이곳을 싫어할 이유는 전혀 없을 것이다. 아니, 당연히 흡족해 하시리라, 요셉은 그렇게 혼잣말을 했다. 그리고 위쪽 나라의 영주들이 기름진 초원을 찾아 이곳에 보낸 가축떼를 바라보면서 이런 생각을 했다. 고센에 있는 영주들의 이 가축떼가 멀리 고향에서 온 아버지의 가축떼에게 자리를 넘겨주게 하려면, 먼 곳으로 옮겨진 내가 아버지와 가족을 나중에 데려오려면, 그 전에 내가 높은 자리에 올라야 한다. 이왕 서쪽, 저승으로 갈 바에는 그곳에서 제일인자가 되어야 한다. 요셉은 다시 한번 각오를 다졌다.

상인 일행과 함께 물을 따라 질퍽한 평지를 걸어가며 가장자리에 서 있는 가느다란 야자수와 마주치기도 했다. 맞은편으로 축복의 운하를 타고 서서히 동쪽으로 미끄러지는 한떼의 선단이 보였다. 흔들리는 돛대에 돛을 높이 올린 배들이었다. 거룩한 도시 페르-숩드는 그다지 발전된 곳은 아니었다. 당도해 보니 공사를 잘못하여 격에 맞지 않게 담만 높이 쌓은 좁은 도시로 사는 사람도 많지 않았다. '왕명을 잘 아는 칙사'로 파견되어 '라비수'라는 시리아 명칭으로 불리기도 하는 농림관과 그의 관료들, 그리고 '시나이 사람들을 쳐부수는 자'라는 별명을 가진 그 주(州)의 수호신 솝드를 섬기는 까까머리 사제들이 주민의 거의 전부였던 것이다. 그리고 나머지 주민은 알록달록한 아시아 옷을 입고 아모리어를 쓰는 사람들과 이집트의 흰 옷을 입고 자기 나라 말을 하는 자히 사람들이었다. 페르—솝드의 골목길에는 패랭이꽃 혹은 정향(丁香)의 향기가 진동했다. 처음에는 향긋하여 기분이 좋았지만 나중에는 질려서 고통스러워졌다. 사원도 마찬가지로 다른 제물과 함께 패랭이꽃으로 넘쳐났다. 이는 솝드가 이 꽃을 유달리 좋아했기 때문인데, 하지만 그는 너무 오래된 신이라 그를 모시고 예언도 하는 사제들조차—이들은 등에 살쾡이 가죽을 걸치고 항상 눈을 내리깔고 다녔다—신의 머리가 돼지였는지 하마였는지 알지 못했다.

그는 한마디로 의미를 잃고 뒷방 신세로 전락한 신이었다. 한이 맺힌 듯한 사제들의 말투로 보아 시나이 사람들을 쳐부수지 않은 지 이미 오래인 듯 싶었다. 손바닥만한 신상(神像)은 전체적으로 둔해 보이는 낡은 신전의 맨 끝 골방에 서 있었다. 그리고 앞뜰과 홀에는 이 집을 세운 옛날의 파라오가 굼뜬 자세로 앉아 있는 좌상들이 있었다. 제일 앞에 있는 성문 축조물 한쪽에 화려한 깃발이 달린 황금빛 게양대로, 솝드의 집에 그나마 활기가 넘치는 번창한 분위기를 만들려 한 듯 했으나 별 소용이 없었다. 또 기부금도 별로 없어서 본관 뜰을 빙 둘러 세워 놓은 창고와 보물창고는 텅 비어 있었다. 숩드에게 제물을 올리는 백성이 얼마 되지 않았던 것이다. 이집트 태생 주민이나 그를 섬길까, 외부에서는 아무도 오지 않았다. 강 하류에 있는 페르-숩드의 부서진 성벽까지 흥분한 군중을 몰고 올 거룩한 축제가 없었던 탓이다.

이스마엘 사람들은 신전 앞에서 파는 꽃다발 몇 개와 패랭이꽃을 꽂은 거위 한 마리를 사서 분위기가 영 썰렁한 홀 안으로 들어가 제단에 바쳤다. 장사를 하려면 그 정도의 선심은 베풀어야 했다. 그러자 거울처럼 반짝이는 머리에 손톱을 기르고 눈썹 한번 치켜뜨는 법 없이 항상 눈을 내리깔고 있던 사제들이, 이스마엘 사람들에게 늘어지는 말투로 자신들이 섬기는 너무 오래된 주인님과 현재 그 도시가 처한 우울한 상황을 들려주었다. 그리고 상이집트와 하이집트 이 두 나라의 저울이 수평을 이루지 않고 한쪽 접시에 광채와 권력이 모조리 쏠렸으니 이런 불의가 어디 있느냐며 개탄했다. 말인즉슨 베세가 커지고 나서부터 모든 게 남쪽의 위(상류)에 있는 접시 위로 다 몰렸다는 것이다. 원래는 북쪽의 아래(하류), 즉 강어귀의 거룩함의 비중이 더 컸으며 그게 원칙이고 정의였다고 했다.

사제들의 말에 의하면, 정의롭던 태곳적, 멤피가 왕의 도시로서 명성을 떨쳤을 때만 해도 삼각주가 원래 이집트, 진짜 이집트 땅이었다. 그리고 그때 위쪽 지역은 테벤까지 포함해서 빈곤한 쿠쉬, 아프리카 땅과 거의 같은 취급을 받았었다. 교양과 정신적인 빛과 세련된 생활로 따진다면, 당시 남쪽은 가난하기 이를 데 없었다. 유구한 역사를 지닌 북쪽이야말로 이러한 재화를 가꾼 곳으로 여기서 모든 것이 상류로 파급되었다. 그러므로 이곳이야말로 지식과 미풍양속과 번영의 원천이며, 나라의 가장 오래된 거룩한 신이며 경외심을 불러일으키는 이 신 또한 바로 여기서 태어났다. 예배당에 계신 동쪽의 주인님 숍드가 바로 그 분인데, 무게중심이 잘못 기우는 바람에 그늘로 밀려나게 되었다. 저 위쪽, 흑인들 나라 가까이 있는 테벤의 아문은 오늘날 이집트에 속한 것과 속하지 않은 것을 판단하는 재판관으로 군림하고 있다. 마치 자신의 이름이 이집트의 이름과 동격이고 이집트가 그의 이름인 것처럼 행세한다.

분을 감추지 못한 사제들은 내친김에 이런 이야기도 들려주었다. 최근에 리비아 근방에 사는 서쪽 사람들이 아문을 찾아가 자신들을 소개하면서 자신들은 리비아 사람들로서 이집트 사람이 아닌 것 같다고 말했다. 사는 곳도 삼각주 밖이며 이집트 사람들과 닮은 구석이 하나도 없다. 신들을 숭배하는 면은 물론 다른 면에서도 같은 점이 없다. 그리고 자신들은 소고기를 좋아하므로 리비아 사람들과 마찬가지로 소고기를 먹을 수 있는 자유를 원한다. 자신들은 리비아 사람과 비슷한 민족이기 때문이다. 그러나 이 말을 들은 아문은, 당치 않다고 그들을 물리쳤다. 소고기 이야기는 꺼내지도 말라. 나일 강이 결실을 맺게 해주는 땅이면, 그곳이 상류든 하류든, 모두 이집트이다. 따라서 코끼리 도시 이쪽 편에 살면서 나일 강물을 먹는 자들은 누구를 막론하고 모두 이집트 사람이다.

이게 아문의 판결이었다. 숍드의 사제들은 이스마엘 사람들에게 아문의 도도함을 보여주듯 손을 올렸다. 덕분에 그들의 기다란 손톱이 눈에 들어왔다. 구태여 강물이 갈라지는 첫번째 지점인 옙의 이쪽을 들먹일 이유가 어디 있나? 사제들은 그렇게 비웃었다. 테벤이 이쪽 편에 있어서? 도량 한번 넓은 신이지! 숍드가, 최초의 진짜 이집트인 이 북쪽 아래에서, 나일 강물을 마시는 것이라면 뭐든지 이집트의 것이라 공언한다면, 이건 물론 고상하고 도량이 크다고 말할 수 있다. 그러나 아문이 그런 이야기를 한다면 그건 도량이 아니며, 관대함을 운운하는 것은 더더욱 턱도 없는 소리다. 함부로 할 말은 아니지만, 아문이 어떤 의심을 받고 있는지 아는가? 원래 누비아 태생으로 빈곤한 쿠쉬의 신이었다가 자기 멋대로 아툼-레와 자신을 동일화한 덕분에 이집트 백성의 신이 된 게 바로 아문이라는 말도 있다.

한마디로 숍드를 섬기는 사제들은 시대의 변천을 업고 눈부신 발전을 거둔 남쪽에 배 아파하고 있었다. 노인을 위시하여 이스마엘 사람들은 예민해진 이들의 심기를 달래주느라 장사꾼답게 그들의 말에 고개를 끄덕여 주었다. 그리고 빵과 맥주 항아리도 몇 개 더 제물로 올려 뒷방 신세인 숍드에게 정성을 보인 후, 그곳에서 가까운 페르-바스테트로 향했다.

고양이의 도시

이곳은 어디를 가나 코를 찌르는 쥐오줌풀 냄새 때문에 외지인들은 토하기 십상이었다. 그건 누구에게나 역겨운 냄새였다. 예외가 있다면 바스테트의 거룩한 짐승, 고양이일 것이다. 고양이는 알다시피 이 풀이라면 사족을 못 썼다. 도시의 주요 건물인 웅장한 바스테트 신전에는 이 짐승의 온갖 표본들로 우글거렸다. 검은 고양이, 흰 고양이, 얼룩 고양이들이 얌전한 척 소리 없이 벽을 타고 다니는가 하면, 뜰 안에서 경건한 마음으로 예를 올리는 사람들 사이로 돌아다니기도 했다. 그러면 사람들은 그 짐승들에게 구역질나는 식물로 아첨을 떨었다. 그러나 신전에서만 그런 게 아니라, 페르-바스테트에서는 집집마다 고양이를 길렀다. 그리고 쥐오줌풀 맛이 섞이지 않는 데가 거의 없었다. 음식에도 쥐오줌풀을 양념으로 섞어서 오래 있으면 옷에까지 냄새가 뱄다. 이곳에 있다가 온이나 멤피로 가면 그곳의 사람들은 여행객들이 어디서 오는지 대번 알아차리고 웃음을 터뜨렸다.

"페르-바스테트에서 오는 길이군!"

단순히 냄새 때문만은 아니고, 고양이 도시 자체와 그곳과 결합된 익살이 웃게 만드는 원인이었다. 썰렁한 페르-솝드와는 정반대로, 규모와 인구 면에서도 페르-솝드를 크게 능가하는 페르-바스테트가 똑같이 삼각주 깊숙이 유구한 역사를 자랑하는 오래된 지역에 위치하면서도 재미있는 곳으로 이름을 날리게 된 것도 바로 이 도시만이 가지고 있는 옛날을 떠올리는, 조금은 음탕한 쾌활함 덕분이었다. 여기에는 솝드의 집에는 없던 축제가 열렸기 때문이다. 그것도 나라 전체에서 알아주는 축제라 '수백만 명'이나―이것은 주민들이 하는 자랑이고 실제로는 만 명 정도―육로나 수로를 이용하여 이곳 하류까지 왔다.

축제 참가자들은 올 때부터 신이 나 있다. 특히 여자들은 딸랑이를 준비하고 익살스럽게 굴어야 했다. 배의 갑판 위에 서서 지나가는 마을 사람들에게 옛날사람 흉내를 내며 케케묵은 욕설들을 퍼붓는 게 그들의 몫이었다. 그러면 배 안에 있던 남자들은 가만히 있느냐? 당연히 아니었다. 그들도 유쾌하게 휘파람을 불고 손뼉을 쳐가며 노래를 불렀다. 그렇게 이동해온 사람들이 페르-바스테트에 모두 모이면 함께 야영을 하면서 사흘 동안 큰 잔치를 벌였다.

제물 봉헌과 무도회, 가장행렬, 장터를 가득 메운 물건들, 귀가 먹먹한 북소리, 전설을 들려주는 이야기꾼, 요술사, 뱀을 불러내는 마법사 등, 구경거리가 넘쳐나는 이 축제 기간에 사람들이 퍼마시는 포도주 양은 실로 엄청났다. 이 사흘 동안 마신 양이 일년 중 나머지 기간에 소비하는 포도주 양보다 더 많았다. 그리고 군중들은 옛날로 돌아간 듯 이따금 채찍이나 가시 돋친 방망이로 자기 몸을 때리기도 했다. 그러면 구경꾼을 비롯하여 모든 사람들이 비명을 질렀다. 예스러운 바스테트 축제와 떼놓을 수 없는 것, 사람들이 이 도시를 떠올리며 웃게 만드는 주원인이 바로 이 비명소리였다. 이것은 암고양이의 소리처럼 들렸기 때문이다. 한밤중, 수고양이의 방문을 받은 암고양이가 내지르는 바로 그 소리!

외지인에게 이런 이야기를 들려주며 주민들은 이 축제를 무척 자랑스러워했다. 평상시에는 조용하게 살다가 일년에 딱 한번 이렇게 사람들이 우르르 몰려와 삶을 풍요롭게 해주니 기쁘지 않을 수 있겠느냐고 했다. 노인으로서는 이 축제에 때맞춰 오지 못한 게 아쉬웠다. 그랬더라면 장이 섰을 때 한몫 단단히 벌 수 있었을 텐데, 안타깝게도 지금은 제철이 아니었다. 그의 젊은 노예 우사르시프는 겉으로는 고개도 끄덕여가며 다소곳하게 듣는 척했지만 속으로는 야곱을 생각하고 있었다. 그리고 집도 절도 없는 조상들의 주님을 생각했다.

바닥을 돋운 시내에 서서 도시 한복판 지대가 낮은 곳에 나무 그늘 아래 두 갈래 물줄기에 안겨 있는 반도를 내려다보면서도 그 생각뿐이었다. 그 거룩한 반도에 여신의 집이 있었다. 저만치 사방으로 높은 담을 두르고 해묵은 무화과나무 숲에 가려진 본관은 아늑해 보였다. 화려한 조각을 자랑하는 탑 문, 위에 천막을 쳐놓은 안뜰, 갖가지 색으로 호화찬란한 홀, 갈대의 산형화(繖形花)를 본뜬 기둥머리도 인상적이었다. 동쪽에는 신전으로 이어지는 포장도로가 있었다. 가로수가 늘어선 이 길을 따라 요셉도 이스마엘 사람들과 함께 신전에 직접 들어가 보았다. 홀 안을 둘러보고 붉은색과 하늘색으로 새겨놓은 벽화들을 바라보면서도 요셉은 여전히 그 생각에 젖었다. 벽화는 파라오기 암고양이 앞에서 향을 피우는 모습을 보여주었다. 새와 눈과 교각과 딱정벌레, 그리고 입들로 이루어진 마법의 비문 아래 허리에 천을 두르고 꼬리를 단 적갈색 신은, 반짝이는 팔찌와 깃을 두르고 짐승 머리에 높다란 왕관을 쓴 채, 손에는 생명의 표식인 십자반지를 들고 속세에 사는 아들의 어깨를 다정하게 어루만지고 있었다.

이 거대한 건물에 비하면 지극히 작은 존재에 불과한 요셉은, 고개를 쳐들고 이 모든 것을 바라보았다. 그 눈빛은 젊고 평온했다. 젊다함은 그가 마주한 것이 아주 오래 전에 세워진 거대하고 웅장한 것이기 때문이다. 그러나 단순히 연륜을 근거로 오래된 신전보다 젊다는 게 아니다. 거기에는 그 이상의 의미가 있음을 요셉은 잘 알고 있었다. 그런 자부심 덕분에 그는 건물의 웅장함에 압도당하지 않고 허리를 꼿꼿이 펼 수 있었다. 그리고 축제가 되면 바스테트의 안뜰을 가득 채운다는 한밤중의, 그 예스러운 비명소리를 생각하고는 그저 어깨를 한번 들썩거렸을 뿐이었다.

교훈의 도시 온

아버지의 품에서 갈취당한 자가 어느 길로 인도되었는지, 우리처럼 잘 알기도 어려우리라! 여기서는 아래로 내려갔다고 해도 그만이고 위로 올라갔다 해도 좋다. 낯선 곳이니 많은 것들이 혼란스러웠겠지만 그에게는 특히 '올라가기'와 '내려가기'가 헷갈렸다. 고향에서부터 따지자면 아브람도 그랬듯이 이집트로 '내려간' 셈이다. 그러나 일단 이집트에 들어오면 강의 상류가 있는 남쪽으로 거슬러 올라가는 것이므로 '올라가기'가 된다. 그래서 눈을 가리고 몇 바퀴 돌리는 놀이라도 하듯 어디가 어딘지 구분이 어려웠다. 어디 그뿐인가. 여기 아래쪽에서는 시간도 맞지 않았다. 다시 말해서 절기와 달력도 서로 일치하지 않은 것이다.

때는 파라오의 제위 28년째였고, 우리식으로 12월 중순이었다. 케메 사람들은 이 시기를 '범람이 시작되는 첫번째 달'이라 하여 토트라 불렀다. 요셉은 이 표현이 무척 마음에 들었다. 또는 달과 친한 원숭이 이름을 따서 드예후티라 칭하기도 했다. 그러나 범람의 시작이라는 이 진술은 실제 자연 현상과는 맞지 않았다. 이곳에서 흘러가는 일년은 현실과 달력의 그것이 거의 번번이 틀어졌다. 달력상 새해의 첫날이 실제 설날과 맞아떨어지는 것은 가뭄에 콩 나듯 어쩌다 한번이었다. 진짜 설날은 천랑성이 아침 하늘에 다시 모습을 드러내어 수위가 높아지기 시작하는 날이었다. 사람들이 생각하는 절기와 자연의 실제 변화는 이처럼 대부분 맞지 않는 게 통례여서, 지금 시점도 실제로는 범람의 초기가 아니었다. 강물은 이미 줄어들어서 다시 예전의 하천 바닥까지 내려앉은 상태였다. 따라서 위로 드러난 땅 위로는 파종이 끝난 터라 여러 곡식이 한창 자라는 중이었다. 요셉이 구덩이에 떨어진 것이 하짓였는데 그로부터 이미 반년이 지난 걸 보면 이스마엘 사람들의 여행 속도가 얼마나 느렸는지 짐작할 수 있을 것이다.

여하튼 요셉은 시간과 공간 문제에서 약간 혼란을 느끼며 자신이 거쳐야 할 정류장들을 향해 나아가고 있었다. 어떤 곳들이었을까? 이번에도 주변의 상황이 정확히 말해 준다. 그를 인도하는 이스마엘 사람들은 지금 이 순간에도 시간은 아랑곳하지 않고 굼벵이처럼 느리게 전진했으나 방향 이탈은 하지 않았기 때문이다. 이들은 남쪽으로 방향을 잡고 페르-바스테트의 지류가 강의 주류와 합쳐지는 강어귀의 삼각형 꼭대기 지점으로 나아가고 있었다. 이 꼭지점에는 황금의 도시 온이 있었다. 이곳은 요셉이 지금까지 본 도시 중에서 가장 크고 특이한 곳이었다. 건축의 주재료가 황금이어서 흡사 태양의 집 같은 도시 앞에 서면 누구나 눈이 부셨다. 여기서 곧장 가면 언젠가는 멤피에 이르게 되었다. 멘페라 불리기도 하는 이 왕의 도시는 유구한 역사를 지니고 있었으며, 죽은 사람들이 굳이 강물을 건널 필요가 없었다. 도시 자체가 이미 서쪽 강가에 자리잡고 있었던 까닭이다. 멤피에 대한 사전 지식은 대략 이 정도였다. 결정권을 쥐고 있는 노인은, 육지 여행은 거기서 일단 끝내고 배를 빌려 수로를 이용하여 파라오의 도시 노-아문으로 갈 작정이었다. 그래서 여기서부터는 '하피'라 불리는 예오르, 즉 나일 강을 따라 이동하면서 이따금 난장을 펴기도 했다. 갈색 강물은 경작지의 몇 군데에 웅덩이로 썰렁하게 남았을 뿐 강바닥까지 내려간 후였다. 양쪽으로 황량한 벌판의 사이사이에 비옥한 땅이 있는 곳이면, 그곳은 이미 초록으로 물들고 있었다.

강가의 경사가 심한 곳이면, 축대 옆에서 물을 길어 올리는 남자들도 보였다. 그들은 장대의 한쪽 끝에는 무게 중심 구실을 하는 점토덩어리를 달고 다른 쪽 끝에는 일종의 두레박 같은 가죽부대를 매달아 바닥에서 뻘물 같은 생식수(生殖水)를 길어 올려 수로에 쏟아 부었다. 그리고 아래 도랑으로 흘러간 이 강물로 농사를 지어 얻은 곡식은 파라오의 서기가 와서 공물로 받아갔다. 이곳은 이집트에 봉사하는 집이었던 것이다. 그걸 본 요셉은 기분이 상했다. 공물을 징수하는 국가의 서기인 세리들은 으레 야자수 채찍을 든 누비아 집달관들을 수행하곤 했다.

이스마엘 사람들은 마을의 부역 농부들에게 등잔과 수지를 건네고 옷깃과 머리 받침, 세리들도 징수해가는 농부 아내들이 짠 아마포 등으로 교환하며 스스럼없이 대화를 나누고 이집트 땅을 구경했다. 물론 요셉도 함께였다. 그는 가는 동안 이집트에 살아 숨쉬는 독특한 기운을 마음껏 받아들이며, 그곳의 신앙과 풍속과 형식 전반에 양념처럼 뿌려진 이집트의 고유한 생기를 한 알 한 알 씹어 먹듯이 깊이 음미했다. 그러나 요셉의 이러한 정신적 음미 대상이 완전히 새롭고 낯선 것이라고 생각해서는 안 된다.

요셉이 성장한 고지대를 요르단 유역에 포함시키고 이를 그의 고국이라 한다면, 그의 고국은 중간 통로에 있는 나라로서 남쪽의 이집트 방식과 풍속뿐 아니라 동쪽의 바벨 통치권의 영향도 받았다. 파라오는 출정을 통해 곳곳에 점령군들과 지방 태수들과 건축물들을 남겼고 요셉 또한 이미 이집트 사람과 그들의 복장을 보았었다. 그래서 이집트 신전이 그에게 낯설지 않았다. 그리고 무엇보다도 그는 자신이 자라난 고지대에 속하는 사람이었을 뿐만 아니라, 넓게는 같은 공간에 속하는 사람이기도 했다. 즉 지중해를 낀 중동 사람으로서 그곳에 있는 것이라면 어떤 것이든 완전히 생소하고 낯설 수는 없었다.

우리는 아들을 찾는 이쉬타르처럼 요셉을 만나려고 저 아래쪽에 가라앉아 있는 머나먼 과거로 내려왔다. 그러나 요셉은 자신이 태어나고 성장한 그 시대의 사람이다. 시간 역시 공간과 함께 단일성을 만들어 세상을 바라보는 시각과 그 형태에 공통점을 남긴다. 요셉이 이 여행에서 새롭게 깨달은 점이 있다면, 그것은 자신과 자신의 가문이 세상에 혼자 있지 않으며 누구와도 비교될 수 없는 완전한 독자성을 가진 것도 아니라는 사실이었다. 조상들이 주님을 간절히 구하고 그분을 생각하는 깊은 사색도 대부분 당시 시대와 공간을 아우르는 큰 틀 안에 있었을 뿐, 다른 것과 확연히 구별될 정도로 독특하지는 않다는 것이다. 굳이 중요한 차이점을 든다면, 그것은 미래에 유보된 것으로 축복과 이의 절묘한 실현이었다.

아브람이 멜기세덱과 함께 시겜의 동맹신 엘 엘리온과 아브람 자신의 아돈이 어느 선까지 일치하는가에 대해 오랫동안 나눈 진지한 대화는, 시간도 시간이지만 공간적으로도 꽤 멀리까지 영향을 미친 흥거운 오락이었다. 대화의 주제뿐만 아니라 이 대화의 비중과 관련하여 사람들이 보인 관심과 열정 면에서도 그러했다. 요셉이 이집트에 도착했을 즈음, 태양신 아툼-레-호르아흐테의 도시인 온에 있는 사제들이 거룩한 황소 메르버를 가리켜 지평선에 사는 자 아툼-레-호르아흐테의 '살아 있는 재현'이라는 교리를 내세운 것도 그 연장선에 있었다. 이런 판에 박힌 문구 안에서 공존과 단일성은 동시에 효력을 얻었고, 이집트 전역에서 영주들까지 각별한 관심을 보이는 등 귀천을 막론하고 모두 그 이야기뿐이었다. 이스마엘 사람들은 라다늄 수지 다섯 데벤을 내주고 맥주 네 잔이나 괜찮은 소가죽 한 장으로 바꾸는 따위의 사소한 거래에서도 어김없이 이 이야기를 들어야 했다. 이곳 사람들은 무슨 이야기든 서두나 중간에 메르버와 아툼-레의 관계를 규정하는 이 새롭고 독특한 칭호를 언급해서 이방인들의 반응을 떠보려 했다. 잘하면 갈채를 얻고 그게 아니면 최소한 관심이라도 끌 수 있으려니 생각한 것이다. 아무리 먼 곳에서 왔어도 같은 공간 안에서 동시대를 사는 사람이라면 이러한 새로운 이야기에 호기심이 생겨 귀를 기울이는 게 마땅했기 때문이다.

온은 태양의 집이었다. 다시 말해서 동쪽에서는 헤프레, 남쪽에서는 레, 서쪽에서는 아툼이 되는 자, 눈을 뜨면 빛이 생기고 눈을 감으면 암흑이 생기며, 딸 에세트에게 자신의 이름을 말한 자의 집, 이집트의 온. 수천 년 동안 성소로 자리잡고 있는 도시 온은 이스마엘 사람들이 남쪽으로 가는 길목에 있었다. 반들반들하게 닦인 거대한 화강암 오벨리스크의 뾰족한 사각모서리가 황금빛에 휘황찬란했다. 이 오벨리스크는 앞으로 돌출한 하부구조 위에 세워져 있고, 거대한 태양 신전의 본 건물에는 월계관을 두른 포도주 항아리와 케이크, 꿀접시, 새와 들판의 온갖 열매들이 레-호르아흐테의 석고 제단을 가득 채우고 있었다. 그리고 빳빳하게 풀을 먹여 앞으로 튀어나온 잠방이를 걸치고 등에 꼬리가 달린 표범가죽을 두른 사제들은, 신의 살아 있는 재현이라는 거대한 황소 메르버 앞에서 향불을 피웠다. 메르버의 특징은 청동 목덜미, 칠현금 모양의 뿔과 힘이 대단해 보이는 고환이었다. 물론 온은 요셉이 한번도 보지 못했던 도시였다. 그곳은 세계적인 대도시들과 달랐을 뿐만 아니라 이집트의 다른 도시와도 차이가 있었다. 그리고 태양의 배가 놓여 있는 신전 자체도 높은 외벽과 황금을 입힌 벽돌 등 기초 골격이나 외양 면에서 여느 이집트 신전과는 전혀 달랐다.

도시 전체가 태양의 황금빛으로 휘황찬란했다. 주민들 모두 그 때문에 눈에 염증이 생겨 눈물을 흘릴 정도였고, 타지 사람들은 그 광채 쪽으로 걸을 때면 대부분 모자와 망토를 머리에 뒤집어썼다. 둥근 성벽의 지붕도 금이었고, 성벽 위에는 음경처럼 생긴 태양의 투창이 꽂혀 있는데, 뾰족한 부분이 파르르 떨면서 역시 황금색 빛살을 온 사방에 뿌리고 있었다. 그 투창 끝에는 태양을 묘사한 황금빛 짐승, 예를 들면 사자와 스핑크스, 숫염소, 황소, 독수리, 매, 익더귀 등이 꽂혀 있었다. 그리고 이것으로도 충분하지 않았던지, 나일 강변의 벽돌집에는 빈부를 막론하고 어김없이 황금을 입힌 태양의 표식이 있었다. 날개 방위판, 십자 바퀴 또는 수레, 눈, 도끼, 혹은 장수풍뎅이가 번쩍거렸고 지붕 위에는 황금 공이나 사과를 얹어놓았다. 온의 세력이 미치는 주변 지역의 집들과 창고 그리고 헛간도 마찬가지였다. 여기서도 이런 종류의 상징이 구리 방패, 똬리를 튼 뱀, 황금으로 된 목자의 지팡이 또는 컵의 모양으로 태양별의 광채를 반사해 주었다. 한마디로 이곳은 하나같이 태양의 영역으로 어디서나 눈이 부셔서 실눈을 떠야 하는 곳이었다.

이처럼 항상 실눈을 뜨게 만드는 온은 수천 년의 역사를 지닌 도시였다. 외견상으로도 그렇지만 내면적인 특성이나 정신적인 면에서도 그랬다. 태곳적의 지혜를 담고 있는 이 도시가 주는 교훈은 이방인에게도 피부로 느껴졌다. 여기서 교훈이란 3차원을 염두에 두었을 때 측정 거리의 아귀가 꼭 맞아떨어지는 순수한 입체와 그것을 결정하는 면들에 관한 것이었다. 이 순수한 입체에서는 서로 같은 각도로 연결되어 있는 면들이 한 지점에서 만나는데, 그곳은 분명히 존재하지만 공간을 전혀 차지하지 않는 순수한 모서리이다. 바로 이 거룩한 입체에 관한 교훈이 온을 지배하고 있었다. 이것은 낮을 지배하는 행성을 숭배하는 이 도시의 신앙과도 관계가 있는 게 분명했다.

순수한 형체에 대한 이런 관심, 말하자면 공간에 관한 이러한 교훈을 받아들이는 감각은 건축물의 질서에도 그대로 드러났다. 강어귀 삼각주의 꼭지점에 위치한 도시 자체가 그 안에 있는 집들과 골목길까지 모두 합쳐서 세 변이 같은 정삼각형을 이루고 있었다. 이 정삼각형의 꼭지점은—생각으로도 그렇고, 실제로도—삼각주의 꼭지점과 거의 일치했다. 그리고 그 꼭지점에는 불꽃 빛깔의 화강암 토대가 있고, 장중한 마름모 위로 네 모서리가 솟구쳐 꼭대기에서 합쳐진 오벨리스크가 우뚝 서 있다. 돌담으로 둘러싸여 매일 아침 첫 햇살을 받아 빨갛게 가열되는 황금을 입힌 오벨리스크는 삼각형의 도시 한복판에서 시작된 신전 부지의 맨 끝에 있었다.

깃발이 나부끼는 신전 문을 지나면 회랑이 나오고 거기에는 일년 중 세 절기에 일어나는 모든 사건과 각 절기의 선물들이 그려져 있었다. 신전 문 앞에는 나무가 우거진 공터가 있었다. 이스마엘 사람들은 거의 하루종일 그곳에서 시간을 보냈다. 너도나도 실눈을 떠야 하는 온의 시민과 이방인들이 물물교환을 하는 장소가 바로 그곳이기 때문이다. 장터에는 신을 섬기는 사제들도 나왔다. 수없이 태양을 바라보아야 하는 까닭에 눈에 눈물을 달고 다니는 이들은 까까머리였고 몸에 착 달라붙는 옛날 옛적의 잠방이에 사제 전용의 허리띠를 둘렀다. 그들은 서슴없이 백성들과 한데 어울렸고 자신들의 지혜를 궁금해 하는 사람들이 있으면 기꺼이 대화를 나누곤 했다. 아니, 상부의 독촉 때문에 오히려 질문을 기다리고 있었다는 것이 옳은 표현이리라. 자신들의 숭배의식이 존경받아 마땅하다는 사실을 증명하고 태초의 과학적인 전승 자료들을 증언하기 위해서였다. 태양신을 섬기는 이 학자들은 우리의 노인과도 대화를 나눴으므로 요섭도 귀동냥을 할 수 있었다.

　사제들의 말에 의하면, 신에 대한 사변과 신앙 문제에 관련된 법을 세우는 재능은 자신들과 같은 사제 집단에 유산으로 물려졌으며, 거룩한 통찰력은 옛날부터 그들의 소유물이었다. 시간을 나누고 측정하여 제일 먼저 달력을 만든 것도 신을 모시는 그들의 선조였다. 그 일은 순수한 입체에 관한 교훈과 마찬가지로 신의 본성과 연관되어 있다. 왜 그런 줄 아는가? 신이 눈을 뜨면 낮이 되기 때문이다. 이전의 인간들은 무시간이라는 눈먼 상태에서 시간을 모르고 살았다. 시간을 재보지도 않고 주의력도 없이 그냥 산 것이다. 그러나 시간을 만든 신이─그러자 날들이 생겼다─자신의 가르침을 전하는 학자들을 통해 인간의 눈을 뜨게 해주었다. 해시계도 바로 자신들의 선조가 발명했음은 두말할 필요도 없다. 그러나 이렇게 확실한 해시계와는 달리 밤 시간을 측정하는 물시계의 경우는 조금 분명치 않다. 하지만 옴

보에 있는 악어 모양을 한 물의 신 소브크를 자세히 보면, 다시 말해서 눈이 부셔서 눈물이 줄줄 흐르는 이 눈으로 꼼꼼하게 들여다보면, 다른 숭배 대상들과 마찬가지로 결국은 레의 또 다른 이름일 뿐이다. 뱀으로 무장한 태양 원반을 들고 있는 게 바로 그 표식이 아니겠는가. 그렇게 생각히면 물시계 역시 선조의 작품이라 할 수 있다.

이렇게 두루 살펴서 총괄하는 것, 이것은 바로 자신들, 즉 까까머리 남자들이 하는 일이며, 여기서 나온 결과를 백성들에게 가르친다고 했다. 자신들은 이렇듯 모든 것을 두루 살펴보는 능력이 매우 뛰어나므로, 주(州)와 지방을 지키는 각각의 수호자들을 온의 아툼-레-호르아흐테와 똑같이 존중해 준다. 아툼-레-호르아흐테 역시 이러한 사고과정의 산물로서 원래는 독자적인 별자리 누미나였다. 보다시피 이렇게 여러 개를 하나로 만드는 게 우리 사제들의 취미이다. 그랬다. 이들의 이야기를 들으면 원칙적으로는 위대한 신이 두 명 있을 뿐이었다. 살아 있는 자의 신, 빛나는 산에 있는 호루스, 즉 아툼-레와 죽은 자의 신, 우시르, 옥좌에 앉아 있는 눈이 그들이다. 그런데 눈은 아툼-레, 즉 둥근 태양이기도 하므로 생각을 더욱더 예리하게 갈고 닦으면, 밤배의 주인 우시르가 타는 배가, 다들 알다시피, 레가 일몰 이후 서쪽에서 동쪽으로 향하며 아래를 비춰주기 위해 바꿔 타는 배라는 사실이 드러난다. 달리 표현하자면 위대한 이 두 명의 신들 역시 따지고 보면 둘이 아니라 하나라는 말이다. 그러나 이렇게 둘을 한꺼번에 볼 수 있는 예리한 통찰력도 놀랍지만, 그런 가운데 이집트의 다양한 신들을 걸고넘어지는 법 없이 사람들에게 상처를 입히지 않는 것이 바로 백성을 가르치는 자의 재주이다. 이는 모두 삼각형에 관한 학문 덕분이다.

온의 교사들은 청중들에게 이 거룩한 기호의 본성을 이해하는지 물었다. 삼각형의 빗변은 각기 이름이 다른 수많은 형상의 신들에 해당된다. 백성들이 소리 높여 부르고, 나라 안의 각 도시에서 사제들이 섬기는 신들이 여기에 포함된다. 그러나 삼각형으로 이루어진 이 아름다운 형체의 변들이 위로 뻗어나가면 공간이 점점 좁아지면서 확장될 공간이 최소화되어 마지막에는 아예 없어진다는 점이 이 독특한 '총괄 공간'의 특징이다. 신을 상징하는 길이가 같은 이 변들이 만나는 귀착점에 계신 분이 바로 자신들이 섬기는 이 신전의 주인님 아툼-레이다.

여기까지가 모든 것을 두루 살펴 총괄하는 아름다운 삼각형에 관한 이론이다. 아툼의 숭배자들은 이 이론을 따르는 학파까지 나왔다며 자랑스러워했다. 최근 곳곳에서 새로운 총괄과 동일화가 일어나고 있으나 초등학생의 유치한 수준을 면치 못하고 있다. 올바른 정신에서 이루어지지 않고, 정신의 부재와 오히려 폭력에 가까운 조야함을 보이기 때문이다. 예를 들면 상이집트의 테벤에 있는 아문, 소를 엄청나게 많이 가진 이 부자는, 자신을 섬기는 사제들을 시켜 자신을 레와 동일화하여 신전에서 아문-레로 불리고자 한다. 그래, 그래도 좋다. 하지만 이것은 삼각형의 정신, 화해의 정신의 산물이 아니다. 실은 레가 아문과 싸워서 지는 바람에 그에게 잡아먹혀 한 몸이 되어, 아문이 마음대로 레의 이름을 도용하는 셈이다. 이것은 폭력을 사용한 거만함일 뿐, 삼각의 의미와는 완전히 반대된다.

아툼-레가 지평선에 사는 자라 불리는 데에는 그만한 이유가 있다. 그의 지평선은 많은 것을 포용할 수 있을 만큼 굉장히 넓고 포괄적이어서 그가 총괄하는 삼각형의 공간도 그만큼 넓다. 그렇다. 그것은 전 세계를 아우를 수 있을 만큼 넓으며 전 세계에 우호적이다. 가장 오래된 태곳적 신이자 유쾌한 관용을 지닌 신이라는 의미에서 그렇다. 대머리 남자들의 말에 의하면, 그는 백성들이 케메의 여러 주(州)와 도시에서 섬기는 자기 자신의 여러 가지 다른 형태를 자신으로 인정할 뿐 아니라, 다른 민족이 받드는 여러 태양신들과도 폭넓게 협조하려고 한다. 이는 역사가 짧은 테벤의 젊은 아문과는 정반대이다. 그에게는 사변적 소질도 없고 지평선도 너무 좁아서 이집트 외에는 아무것도 인식하지 못한다. 고작 상대방을 잡아먹어 한 몸이 되는 것, 그것 외에는 할 줄 아는 게 없다. 한마디로 자기 코앞밖에 보지 못한다.

그러나 눈이 짓무른 남자들이 계속 말했다, 테벤의 젊은 아문에 대해 항의를 계속할 생각은 없다. 항의는 자신들이 섬기는 신의 본성과 맞지 않으며, 그분의 관심은 구속력을 갖는 화합이다. 낯선 것을 자신처럼 사랑하는 것이 그분이 하는 일이다. 그를 섬기는 자신들이 낯선 당신들과, 즉 노인을 비롯하여 그 일행과 기꺼이 대화를 나누는 것도 그 때문이다. 당신들이 어떤 신들을 모시든, 그리고 그 신들을 어떤 이름으로 부르든 그런 건 상관없다. 그러니 편안한 마음으로 아무런 부담 없이 호르아흐테의 제단에 다가가 형편대로 비둘기 몇 마리와 빵, 과실 그리고 꽃을 바쳐라. 그러면 제사장-아버지의 부드러운 미소가 많은 것을 가르쳐 줄 것이다. 그분은 가운데 머리만 빡빡 밀고 주변의 하얀 머리카락은 남겨둔 채, 황금빛 작은 모자에 헐렁한 하얀 옷을 입고 등에는 날개 달린 태양 원반을 달고 거대한 오벨리스크의 발치에 세워둔 황금빛 의자에 앉아 계신다. 제단에 예물을 올리는 사람들을 쾌활하고 너그러운 표정으로 바라보는 이 제사장의 미소는 아툼-레뿐만 아니고 봉헌자의 고향에 있는 다른 신들도 함께 제물을 받아주고 있다는, 즉 삼각의 의미에서 그 고향의 수호신들 역시 흡족해 한다는 사실을 일러줄 것이다.

그 말을 마지막으로 태양을 섬기는 자들은 제사장-아버지의 이름으로 노인과 요셉을 비롯한 일행을 포옹해 주고 입을 맞췄다. 그런 다음 넓은 지평선의 주인 아툼-레를 선전하기 위해 장터에 나온 다른 사람들에게로 향했다. 한편 이스마엘 사람들은 홀가분한 마음으로 삼각의 꼭지점인 온을 떠나 이집트 땅의 아래로 걸음을 옮겼다. 아니 위쪽으로 향했다 해도 상관없다.

피라미드 옆의 요셉

갈대가 우거진 편편한 강변을 따라 나일 강에 천천히 물이 들어오고 있었다. 그러나 몇몇 야자수는 바닥이 비치는 얕은 강물에 잠겨 있기도 했다. 사막과 사막 가운데 펼쳐진 축복받은 땅에는 벌써 밀과 보리가 파랗게 여물어가고, 다른 쪽에서는 이제 막 촉촉한 대지 위에 씨를 뿌린 터라 그제야 파종 밟기를 하려고 소와 양들을 몰고 나온 사람들이 보이기도 했다. 햇살 아래 눈에 잔뜩 힘을 준 독수리와 하얀 매들이 창공을 맴돌다가 쏜살같이 촌락으로 내려왔다. 수로 옆에는 오물로 범벅이 된 집들이 대추야자 나뭇잎 사이로 솟아 있고, 진흙으로 만든 벽돌담은 사원의 탑 문처럼 움푹 패여 있었다. 모든 것이 인간과 사물의 형상을 결정하는 형태의 정신이자 신의 정신인 이집트 고유의 특성을 보여주었다. 이것은 요셉이 이미 고향에 있던 몇몇 건축물이나 다른 나라까지 확산된 이집트 생활방식을 통해 접해본 적이 있었지만, 지금 이 순간 눈앞에 보이는 크고 작은 것들에서 보다 확연한 모습으로 피부에 와 닿는 것이었다.

나루터에는 잡아먹을 수 있는 날개 달린 가축과 발가벗고 뛰어노는 아이들이 보였다. 장대를 세우고 그 위에 가지를 얽어 그늘을 만든 간이 지붕도 있었다. 볼일을 보기 위해 운하를 통해 타지를 다녀온 사람들이 상앗대로 나룻배를 나루터에 밀어붙인 후 뭍으로 올라오고 있었다. 갈대로 만든 나룻배는 앞보다 뒤가 높았다. 왕래하는 범선이 많은 강물이 북쪽과 남쪽을 두 나라로 나눈 것처럼, 많은 수로들은 나라를 서쪽과 동쪽으로 나누며 곳곳에 오아시스 같은 촉촉한 섬들을 만들었고 거기에는 초원이 펼쳐졌다. 여기엔 도로가 따로 없고 제방이 바로 길이었다. 이스마엘 사람들은 고랑과 들판과 숲을 끼고 있는 둑길을 따라 남쪽으로 가면서 그 나라에 사는 온갖 종류의 사람들을 만났다.

나귀를 타고 가는 자, 소와 노새가 끄는 짐수레를 탄 사람, 그리고 그냥 걸어가는 사람들. 잠방이를 입은 이 보행자들은 장터에 내다 팔 오리와 물고기를 장대에 둘러메고 있었다. 하나같이 불그스레한 피부에 뱃살도 없이 바짝 마른 백성들이었다. 반듯한 어깨, 악의 없이 잘 웃는 성격, 뼈가 가늘고 앞으로 조금 튀어나온 얼굴 아랫부분, 앞쪽이 고루 높은 작은 코, 아이 같은 볼, 입에 물거나 귀 뒤에 또는 잦은 세탁으로 빛이 바랜 잠방이에 꽂은 갈대 잎사귀, 뒤쪽이 앞보다 높고 앞에서 비스듬하게 묶은 잠방이, 이마와 귓바퀴 밑으로 짧고 반듯하게 자른 매끄러운 머리카락. 요셉은 이 사람들이 마음에 들었다. 사자(死者)의 나라에 사는 저승사람들치고는 꽤 재미있어 보이는 그들은 드로메다(단 봉낙타―옮긴이)를 탄 히브리 사람들, 즉 낯선 이방인들에게 장난스럽게 웃으며 인사를 건넸다. 그들에게는 낯선 것이라면 뭐든지 익살맞게 보였던 것이다. 요셉은 속으로 그들의 말을 따라 해보았다. 덕분에 얼마 지나지 않아 웬만한 의사소통은 가능해졌다.

이곳은 이집트 땅이 협소해지는 곳이라 결실을 맺는 경작지의 폭도 좁았다. 좌측, 그러니까 동쪽으로 바짝 다가가면 아라비아 사막이 남쪽으로 뻗어 있고, 서쪽에는 리비아의 모래산이 보였다. 해가 그 너머로 가라앉으면 삭막한 죽음은 사람의 눈을 속이려는 듯 아름다운 자줏빛으로 빛났다. 그러나 이 산 앞, 파릇파릇한 들판 가까이 사막 가장자리에는 또 다른 산맥 하나가 우뚝 솟아 나그네들의 눈앞을 가로막았다. 이 기이한 산은 크기가 같은 삼각면들로 이루어졌는데 공간을 차지하지 않는 순수한 모서리들이 거대한 경사면을 따라가 정상에서 만났다.

그것은 창조된 산이 아니라 인공 산으로 세상이 다 아는 위대한 퇴장, 곧 무덤이었다. 노인이 요셉에게 손가락으로 가리켜 준 쿠푸와 케프렌, 그리고 과거 다른 왕들의 무덤들은 수십만 명의 노예들이 콜록거려가며 폭정 아래 수십 년간 부역으로 건설한 것이었다. 쌓기놀이에 쓰이는 조각치고는 무게가 엄청나서 자그마치 수백만 톤이 되는 것을 아라비아 광산에서 채굴하여 강가까지 끌어왔다. 그리고 강을 건너 다시 리비아 인근까지 옮겨와, 믿기 어렵겠지만 지렛대를 이용하여 산처럼 높이 들어 올리는 이 거룩한 공사는 모두 혹독한 노동에 시달리며 신음하는 노예의 몫이었다. 이처럼 착취당한 노예들은 그 고된 노역에, 아니, 초자연적인 체력 사용으로 말미암아 사막의 폭염 아래 혀를 쑥 내밀고 금방이라도 쓰러져 죽을 것만 같았다. 그렇게 만들어진 무덤 안에는 신의 왕 쿠푸가 편히 쉬고 있었다. 영원의 무게라서 그랬을까, 700만 톤이나 되는 무거운 돌로 가로막힌 작은 방에 안치된 그의 가슴에는 미모사 가지가 놓여 있다.

케메 사람들이 그곳에 세운 것은 인간의 손이 만든 작품이 아니었다. 하지만 그것은 분명 둑길로 터벅터벅 걸어다니는 사람들과 똑같은 사람들, 그들의 피맺힌 손, 여윈 근육과 줄곧 기침을 토하는 허파로부터 갈취한 작품이었다. 그것은 인간으로부터 갈취한 업적이었지만, 한편으로는 인간을 초월한 것이기도 했다. 이는 쿠푸가 왕인 동시에 신이었기 때문이다. 건축 노역에 불려나간 백성들을 내리쳐서 결국은 잡아먹은 이 태양의 아들은 당연히 이러한 초인간적인 결과물에 만족했으리라. 그게 아니라면 공연히 라호텝, 즉 만족한 태양이라 불렸겠는가. 순수한 사변의 결정체인 삼각형을 보여주는 이 태양의 비석에 위대한 퇴장과 부활이 동시에 들어 있는데, 어찌 만족스럽지 않았겠는가. 그리고 바닥에서 정상에 이르기까지 반짝거리도록 갈고 닦은 어마어마한 삼각면은 경건하게도 정확히 하늘의 네 방향을 바라보고 있었다.

요셉은 두 눈을 크게 뜨고 입체로 된 무덤 산을 바라보았다. 이것이 이집트에 바쳐진 고된 부역의 결실이라 생각하니 마음이 편치 않았다. 그리고 노인을 통해 오늘날 백성들이 초인간적인 건축주 쿠푸 왕에 대해 들려주는 가슴 섬뜩해지는 암울한 일화를 전해 들었다. 케메 사람들은 수천 년이 지나서까지, 아니 그로부터 더 많은 세월이 흘러서까지도 이 무서운 폭군을 잊지 못했다. 그는 그들에게서 불가능한 것을 억지로 갈취한 포악한 압제자이며 악한 신이었기 때문이다. 자신을 위해 사원의 문을 모조리 닫게 한 장본인도 바로 그였다. 누구도 제물을 올린다는 핑계로 자신의 시간을 훔쳐서는 안 된다는 것이었다. 그러나 그런 후에는 느닷없이 온 백성을 부역장으로 끌고 가, 이 기적의 무덤을 세우게 함으로써 30년 간 단 한 시간도 자신의 삶을 살지 못하도록 백성을 혹사시켰다. 그중 10년 동안은 무거운 짐을 옮기고 돌을 깨야 했고, 10년씩 두번은 건축에 전력을 쏟아야 했다. 그리고 그 이상의 힘을 낸 사람들도 있었으리라. 그들의 힘을 다 합쳐도 이 피라미드를 세우기에는 역부족이었을 테니까. 거기에 필요한 나머지 힘은 쿠푸 왕의 신성에서 나왔다. 물론 그 때문에 감사해야 할 이유는 없었다. 그리고 건축에는 엄청난 재화가 들어갔다. 이 고압적인 신은 보물창고가 텅 비자, 자신의 딸을 궁전 안에 알몸으로 세워 두고 지불 능력이 있는 모든 남자에게 딸을 팔았다. 그렇게 딸이 창녀 노릇을 해서 벌어들인 것으로 건축에 필요한 경비를 충당했다

노인의 말에 따르면, 이것이 백성들이 전해 주는 이야기였다. 쿠푸가 죽은 지 수천 년이 지나서까지 회자되고 있는 이 이야기의 대부분은 전설이거나 거짓말일 가능성도 컸

다. 그러나 한 가지는 분명했다. 만약 백성들이 자신들이 불가능한 일을 할 수 있도록 자신들의 피와 땀을 마지막 한 방울까지 짜낸 고인에게 부득이 감사를 드려야 했다면, 온몸이 오싹했을 것이다.

가까이 다가간 나그네들 앞에 모래 위의 뾰족한 산맥이 죽 펼쳐졌다. 일부 파손된 삼각형 모양의 면이 보였다. 윤이 나도록 닦아놓은 덮개는 부서지기 시작하고 있었다. 따로 떨어져 있는 거대한 묘비 사이는 황량했다. 바위가 많은 사막 바닥의 모래 표석(漂石) 위에 버티고 서 있는 이들의 몸집은 너무도 육중해서 세월조차 그 표면만 갉아먹었을 뿐 아래까지는 뚫지 못했다. 자신들의 나이가 갖는 무서운 연륜에 맞서 감연히 맞서는 유일한 존재가 바로 이 묘비들이었다. 괴물처럼 거대한 이 형체들 사이에서 예전에 경건한 장관을 연출했던 다른 모든 것은 무서운 세월의 연륜에 휩쓸려 파묻혔다. 그 경사면에 기대 세워진 사자의 사원, 죽어서 태양에게 간 자를 위한 '영원한' 봉사가 이뤄진 곳, 그리고 그곳으로 인도하는 복도와 그 벽에 그려진 그림들, 동쪽으로 초록의 가장자리에서 영생불멸의 마법의 영역으로 안내하는 마지막 길의 입구를 이루는 바닥이 넓은 탑들, 이런 것들 중에서 당시 요셉이 본 것은 아무것도 없었다. 물론 그후에도 보지 않았다. 그리고 이렇게 '아무것도 보지 않기'가 '더 이상 보지 않기', 즉 파괴를 뜻한다는 사실은 전혀 몰랐다.

요셉은 시간상으로는 우리보다 훨씬 앞 시대를 산 인물이었지만, 다른 방향에서 비교할 때는 새파란 젊은이였다.

과중한 세월을 덤덤하게 견뎌온 거인의 수학, 다시 말해서 거대하고 낡은 이 죽음의 도구를 바라보는 그의 눈빛은 잡동사니를 걷어차는 발길질처럼 보였다. 삼각 돔이 그에게 눈곱만큼도 경이로움과 외경심을 불러일으키지 않았다고 말할 수는 없을 것이다. 그러나 자신이 태어난 시간으로부터 버림받은 지 오래건만, 감히 주님께서 살아 계시는 지금까지 얼굴을 들이밀 정도로 명이 질긴 그것이 왠지 혐오스럽고 저주스러워 보였다. 요셉은 탑을 연상했던 것이다.

그리고 여기 근처 어딘가에 '머릿수건에 들어 있는 비밀', 곧 호르-엠-아케트라 불리는 거대한 스핑크스도 잔재처럼 밑도 끝도 없이 우뚝 솟아 있었다. 지금의 파라오 바로 윗대인 투트모세 4세가 낮잠을 자다 언약의 꿈을 꾼 후에 모래를 치워 줬건만, 도대체 언제부터 거기 누워 있었는지 아무도 모르는, 늘 거기 있었던 이 끔찍한 존재는 지금도 가슴팍부터 시작해서 한쪽 앞발까지 모래에 파묻혀 있었다. 아직 모래로 가려지지 않은 다른 앞발은 그 크기가 무려 집 세 채를 합친 것만 했다.

예전에 산만큼이나 높은 이 신-짐승의 가슴에 기대어 인형만한 왕의 아들이 깜빡 잠이 든 적이 있었다. 그사이 시종들은 조금 떨어져서 사냥에 몰고 나온 마차를 돌보고 있었다. 그때도 왕자가 앉아 있는 곳의 훨씬 위쪽에 수수께끼 머리가 있었다. 뻣뻣한 목 가리개, 영겁의 이마, 어딘지 모르게 태연해 보이는 갉아 먹힌 코, 둥근 돌 아치처럼 보이는 윗입술, 그 아래에 태곳적의 평온하고 육감적인 미소를 띠려는 듯한 넓은 입, 밝고 솔직해 보이는 눈, 깊은 시간의 늪에 빠져 한껏 취한 듯한 이 지적인 눈은 늘 그래왔듯이 동쪽만 바라보았다.

언제부터인가 존재해온 이 키메라(그리스 신화에 등장하는 괴물로 머리는 사자, 몸은 산양, 꼬리는 뱀—옮긴이)는 지금도 여기 현실로 엎드려 있었다. 위에서 말한 시대로부터 아무리 멀리 떨어져 있다 해도, 그리고 혹시 그때와 달라진 것이 있다 해도 그건 극히 사소한 것이었으므로 여전히 똑같은 태곳적의 육감적인 눈빛으로 저기 해 돋는 쪽만 바라볼 뿐, 요셉을 사들인 성냥갑만한 상인 일행은 거들떠보지도 않았다. 그 가슴에 사람 키보다 큰 푯말이 기대어 있었다. 거기 쓰여진 글씨를 읽으며 미네아 사람들은 괜히 기분이 좋아지고 마음이 든든해졌다. 훗날에 가져다 놓은 이 돌은, 천길 낭떠러지 위에 발을 올릴 수 있도록 걸쳐놓은 널빤지처럼 그 끝을 알 수 없는 시간에 일종의 튼튼한 바닥을 제공한 셈이었기 때문이다. 투트모세가 이 푯말을 세운 것은 그가 꿈을 꾼 후 신을 모래로부터 해방시킨 일을 기념하기 위해서였다. 노인이 일행에게 읽어준 비문에 따르면, 왕자는 이 괴물 탑의 그늘에서 깜빡 잠이 들었다. 태양이 절정에 오른 때였다. 그는 꿈에 아버지인 영예로운 태양신 하르마키스-케페레-아툼-레를 만났다. 이 신은 아버지 같은 목소리로 그를 사랑하는 아들이라 부르며 이렇게 말했다.

"참으로 오랜만에 내 얼굴을 돌려 너를 바라보고 네게 관심을 갖게 되었도다. 내가 너 투트모세를 겝(Geb, 고대 이집트 大地의 신으로 지상의 만물을 지배함—옮긴이)의 옥좌에 앉혀 양쪽 나라의 왕관을 모두 쓰게 하겠다. 그리하면 빛의 눈동자인 전지전능한 신이 비춰 주는 모든 것과 함께 가로와 세로를 막론하고 지구상의 모든 땅이 네 것이 되리라. 그리고 이집트의 보물과 온 백성의 크나큰 공물도 모두 네 것이 되리로다. 그런데 내가 서 있는 곳이 사막이다 보니 숭배받아야 마땅한 내가 하찮은 모래의 기습을 받고 있다. 나는 네가 능력이 생기는 대로 이런 불편함에서 비롯된 정당한 내 소원을 이뤄 주리라 믿어 의심치 않노라. 왜냐하면 너는 나의 아들이고 나의 구원자이기 때문이다. 내가 너와 함께 하리라."

투트모세는 꿈에서 깨어나서도 이러한 신의 말을 잊지 않았고, 자신이 옥좌에 앉는 순간까지 가슴에 간직했다. 그리고 마침내 때가 되자 멤피 근처 사막에 있는 거대한 스핑크스 하르마키스를 덮고 있는 모래를 즉각 치우라고 명령했다.

그것이 비문에 적힌 내용이었다. 요셉은 자신의 주인인 이스마엘 노인이 읽어주는 이야기를 들으며 중간에 끼어들지 않으려고 애를 썼다. 이집트에서는 혀를 조심하라는 노인의 경계가 생각난 것이다. 필요한 경우에는 머리에 떠오르는 생각을 표현하지 않고 참을 수 있음을 보여줄 참이었다. 그러나 속으로는 못마땅하기 짝이 없었다. 아버지 야곱이 꾼 꿈과 비교하면 이 언약의 꿈은 무미건조할 뿐 아니라, 내용도 없는 보잘것없고 빈약한 꿈이었다. 겨우 그런 꿈을 가지고 기념비까지 세우다니, 그건 호들갑에 지나지 않았다. 도대체 그 꿈이 무엇을 언약해 주었단 말인가? 언약의 내용이라는 것은 이미 태어날 때부터 결정되어 있지 않았던가? 때만 되면 저절로 두 나라를 다스리는 왕이 될 왕자가 아니던가. 이렇게 예정된 일을 재확인시켜 주는 것, 그것이 자신의 상을 덮고 있는 모래를 치워 주는 대가로 신이 해주겠다고 언약한 내용이었다. 그러니 신상(神像)을 만드는 것이 얼마나 어리석은지 알 수 있었다. 상이 모래에 파묻히면 신은 '아들아, 날 구해다오!'라고 구걸해야 하지 않는가. 그리고 별것 아닌 자선의 대가로 어차피 일어날 일을 언약하는 동맹을 맺어야 하다니, 참으로 멋이라고는 찾아볼 수 없는 동맹이었다. 주님께서 선조와 맺은 동맹은 이와는 달리 훨씬 세련된 동맹이었다. 물론 이 또한 필요에 의한 동맹이었으나, 양쪽의 필요에 따른 것이었다. 즉 양쪽 모두 상대방을 사막으로부터 구해 내어 각기 상대방을 통해 거룩해지는 그런 동맹이 아니었던가! 게다가 왕의 아들은 때가 되어 왕이 되었으나 신은 사막의 모래에 또다시 파묻혀 있었다. 별 소용도 없는 언약을 했으니 일시적으로 불편을 더는 것 외에 변변한 대가를 기대할 수 없는 것은 당연했다. 요셉은 자신의 이러한 생각을 노인의 아들 케드마한테만 살짝 털어놓았다. 그러자 케드마는 그런 험담에 의아해 했다.

그러나 요셉이 야곱의 명예를 위해 스핑크스를 헐뜯고 비웃었다 하더라도, 그것이 지금까지 이집트에서 본 다른 어떤 것보다 인상적이었음은 분명하다. 그리고 그 광경은 그의 젊은 피에 불안의 불씨를 당겼고 거기에는 비웃음도 소용이 없어 밤잠을 설쳐야 했다. 사막의 거대한 축조물들 옆에 머무는 동안 밤이 된 것이다. 모두들 텐트 안에서 잠이 들었다. 날이 밝으면 멘페로 향해 걸음을 재촉할 작정이었다. 요셉도 장막 안에 들어가 밤마다 같은 텐트를 사용하는 잠동무 케드마 옆에 누웠다. 그러나 잠을 이루지 못하고 다시 밖으로 나왔다. 하늘엔 별이 총총했다. 저 멀리 광야로부터 재칼의 울부짖음이 들려왔다. 요셉은 누구의 손에 이끌려서가 아니라 이번에는 자기 발로 걸어서 거인 우상 앞으로 나섰다. 증인도 없는 어두운 한밤중에 홀로 그를 마주해 다시 한번 관찰하고, 그 거대한 괴물에게 물어볼 작정이었다.

바윗돌로 만든 왕의 머릿수건을 쓰고 있는 이 시간의 괴물이 엄청나게 커서, 그리고 도대체 언제 출현했는지 그 시간을 정확히 알 수 없어서 괴물이라는 게 아니었다. 도대체 무엇이 수수께끼라 했던가? 거기엔 도무지 진술이 없었다. 그 수수께끼는 바로 침묵에 있었다. 평온하게 가라앉은 침묵, 혼자 질문하고 혼자 답하는 자의 머리를 넘어, 밝으면서도 한편 황량한 눈빛으로 저 먼 곳을 바라보는 이 기형 동물의 침묵에 바로 수수께끼가 있었다. 앞부분이 떨어져 나가고 없는 코는 누군가에게 사제들이 쓰는 반구형(半球形) 법모(法帽)를 귀에 비스듬하게 걸쳐놓은 것처럼 보였다. 그렇다. 만약 그 수수께끼가 일전에 선량한 노인이 내준 문제 같은 것이었다면 고민할 필요도 없었다. 이웃사람 다간타칼라가 가진 땅이 얼마냐를 묻는 그런 수수께끼라면, 가려진 숫자, 감춰진 숫자들을, 즉 알려지지 않은 것들을 이리저리 밀고 당기며 무게를 달아보면 간단하게 풀렸다. 아니 단순히 해답만 알아내는 것이 아니라, 놀이를 즐기듯 거만스레 해답을 줄줄이 읊어댔을 것이다. 그러나 지금의 수수께끼는 오로지 침묵으로 일관했다. 요셉은 높은 코만큼이나 도도했고 명석한 머리를 지녔다. 그러나 제아무리 명석해도 이런 수수께끼는 풀기 역부족인 게 인간의 머리가 아니던가.

예를 들어보자. 도대체 이것의 성은 무엇인가? 남자? 아니면 여자인가? 이곳 사람들은 이것을 '빛나는 산에 있는 호루스'라 불렀고 태양신의 한 모습으로 여겼다. 투트모세도 그렇게 생각했다. 그러나 이는 현대적인 해석으로 옛날부터 그랬던 것은 아니다. 모래 위에 자리잡고 있는 형상으로 현현한 그가 설령 태양신이었다 하자. 그렇다면 이것이 이 형상의 성질에 관해 무엇인가 말해 주었는가? 아니다. 성질은 가려지고 감춰져 있었다. 그도 그럴 것이 드러누워 있었기 때문이다. 만약 그 상이 자리에서 벌떡 일어섰더라면 온의 메르버처럼 당당하게 고환을 흔들었을까? 아니면 사자 모습을 한 처녀처럼 여자의 형체를 띠었을까? 여기에는 묵묵부답이었다. 만약 예전에 스스로 바윗돌을 떨치고 자리에서 일어난 적이 있었다 하더라도, 예술가들이란 원래 자신들이 보고 착각한 대로 그렇게 만들었을 것이므로, 아니 만든 것이 아니라 묘사했을 것이므로, 볼 수 없는 것은 아예 나타날 수 없었을 터이니 석공을 백 명 데려와서 그 성질을 물어보려고 망치와 끌로 파헤치게 해도 아무 대답도 얻지 못할 게 뻔했다.

수수께끼요, 비밀이라 불리는 이 스핑크스는 사자의 앞발로 젊은 피를 호시탐탐 노리는 원시적 비밀로서 주님의 자녀이자 언약의 후예에게는 위험이며 함정이었다. 아, 왕자가 바친 기념비! 용 모습을 한 여자의 바위 가슴에 기대서 언약의 꿈을 꿀 수는 없는 법, 내용이 부실하여 아주 빈약한 꿈이라면 혹시 몰라도! 눈을 부릅뜨고 시간에 갇혀 먹힌 코로 변함없이 황량한 눈빛으로 저 강 너머를 바라보는 스핑크스는 언약과는 무관했다. 그의 위협적인 수수께끼는 그런 성질의 것이 아니었다. 그것은 저 깊숙한 곳에 잠긴 채 미래를 향해 지속되었지만, 이 미래는 원시적 미래요 죽은 미래에 불과했다. 단순히 지속성일 뿐, 현실화되지 않는 거짓 영원이었던 것이다.

요셉은 여유 있게 미소짓는 지속성의 위엄을 바라보며 자신의 마음을 시험해 보았다. 그리고 성큼 다가섰다. 과연 이 괴물은 모래밭에서 앞발을 들어 올려 자신을 가슴팍으로 낚아챌 것인가? 그는 마음을 강하게 먹고 야곱을 생각했다. 이 괴물을 보고 처음에는 호기심이 생긴 것도 사실이다. 그러나 이런 호감은 자유가 잠깐 얻은 승리요, 뿌리가 짧은 풀일 뿐이다. 요셉이 누군가. 그는 자신이 누구의 정신을 물려받은 후손인지 실감하며 아버지와 한편이 되어 그 괴물을 조롱하는 눈빛으로 응시했다.

요셉은 별빛을 받으며 거대한 수수께끼 앞에서 한참을 그렇게 서 있었다. 한쪽 다리에 몸무게를 싣고 한쪽 손으로 팔꿈치를 받치고 다른 손으로는 턱을 감싸 쥔 채였다. 이윽고 장막으로 되돌아가 케드마 옆에 누운 그는 꿈을 꾸었다.

스핑크스의 말이 들렸다.

"내 너를 사랑하니 내게로 와서 네 이름을 말하거라. 내가 어떤 성질을 가졌든 거기엔 괘념치 말라!"

그러나 요셉은 이렇게 대꾸했다.

"내가 어떻게 그런 못된 짓을 저질러 주님 앞에 죄를 지을 수 있단 말이냐?"

붕대로 칭칭 감긴 자의 집

일행은 서쪽 강가를 따라갔다. 그건 강의 바른쪽이었고 다른 의미에서도 바른쪽이었다. 멤피에 닿기 위해서 굳이 강을 건널 필요가 없었기 때문이다. 애초부터 서쪽에 있는 이 대도시는 라헬의 장자가 지금까지 본 것 중에서 가장 큰 인간 우리였고, 거기엔 돌을 깨고 그 안에 사자(死者)들을 숨겨 놓는 높다란 것들이 우뚝 솟아 있었다.

멤피는 현기증이 날 정도로 오래된 곳이면서 동시에 존귀한 곳이라 할 수 있었다. 이 성지를 견고하게 만들고 아래 나라로부터 궁핍을 내쫓아 부자로 만든 인물은 기억과 족보의 처음에 서 있는 왕, 태곳적의 메니 왕이었다. 그리고 영원한 돌들을 쌓아 올린 장엄한 건축물 프타흐의 집도 그의 작품이었다. 이 프타흐의 집은 정확히 언제부터인지는 아무도 모르지만 아무튼 밖에 있는 피라미드보다 훨씬 오래 전부터 이곳에 서 있었다.

그러나 피라미드들은 침묵을 지키며 앞만 응시함으로써 옛날, 아주 먼 옛날의 사색을 보여주지만, 멤피의 시내로 들어가면, 그곳은 현재의 분망한 삶과 활기로 넘쳐났다. 10만 명도 더 되는 사람들과 다양한 이름의 구역들이 기이하게 얽혀 있는 도시였다. 언덕으로 올라가는 좁다란 꼬부랑길에는 장사를 하는 사람, 이리저리 분주하게 왔다갔다 하는 사람, 악착스럽게 일하는 사람, 수다떠는 사람 같은 낮은 신분의 백성들로 북적였다. 그리고 이 좁은 골목길들을 따라 가운데로 내려오면 지대가 낮아졌고 거기에 생활하수가 흐르는 수로가 있었다. 부자들이 사는 웃음의 구역은 바로 이곳에 있었다. 다른 구역과 확연히 구분되는 이곳의 대저택은 문까지 아름답고 멋진 정원도 딸려 있었다. 그리고 깃발을 나부끼며 초록으로 물든 사원 구역도 거기 있었다. 화려하게 장식된 높다란 회랑이 거룩한 연못에 반사되었다. 폭이 50엘레 되는 스핑크스 길과 가로수가 즐비하고 영예로운 이름이 붙여진 길이 있었다. 그 위로 달리는 마차들은 대인들의 마차였다. 깃털 화관을 두른 성미 급한 말보다 한발 앞서 헐떡이며 달려가는 자가 고래고래 소리를 질렀다.

　"압렉!", "주의해!", "조심해!"

　그랬다. '압렉!' 요셉도 속으로 그렇게 중얼거렸으리라. 그리고 스스로 마음에 주의를 줬으리라. 이네들의 생활 수준이 아무리 고상하더라도 바보처럼 넋 놓고 탄복하는 어리석음을 범하지 말라고 말이다. 멤피, 혹은 멘페의 생활이 정말 그러했던 것이다. 멘페란 '멘-네프루-미레', '미레의 아름다움은 영원하리'의 준말이었다. 미레는 6대 왕으로 자신의 궁전 주위로 처음의 견고한 사원을 확장시켰고 나중에는 자신의 피라미드도 세웠다. 그 안에 자신의 아름다움을 보존시킬 생각이었다. '멘-네프루-미레'라 불린 것은 따지고 보면 무덤이었고, 이와 함께 성장한 도시는 마침내 자신을 무덤의 이름으로 불렀던 것이다. 그곳이 멘페, 나라들의 저울, 왕의 무덤 도시였다.

멘페가 다른 것도 아니고 하필이면 무덤 이름의 약자라니, 이 얼마나 희한한 일인가! 요셉에게는 의미심장한 일이었다. 물론 도랑을 낀 골목에 사는 사람들이 아무렇게나 적당히 입맛에 맞게 줄여버린 이름이긴 했다. 갈비뼈가 드러날 정도로 여윈 이 백성들의 거처는 많은 인원을 수용할 수 있는 싸구려 숙소였다. 이스마엘 사람들이 머무는 곳도 이런 숙소 중의 하나로 시리아, 리비아, 누비아, 미단, 그리고 크레타 출신의 대상(隊商)들이 대거 모이는 총집합소였다. 벽돌담을 두른 안뜰은 별별 짐승이 울부짖는 소리와 사람들이 뭐라고 떠들어대는 왁자지껄한 소리, 그리고 구걸하는 눈먼 악사들의 서툰 음악 연주로 떠들썩했다. 요셉은 밖으로 나가보았다. 고향 땅의 도시들과 별 다를 바 없었다. 그저 규모가 크고 이집트 말이 들린다는 것이 차이일 뿐이었다. 배수구 양쪽에 고객의 머리를 깎는 이발사, 이빨로 가죽을 끊는 구두수선공이 보였다. 그리고 빠르게 회전하는 움푹한 그릇을 잡고 노련한 흙손으로 모양을 만드는 도공도 있었다. 그는 머리가 염소이며, 도기를 빚을 때 사용하는 회전반의 신, 곧 창조주 크눔을 찬양하는 찬송가를 부르는 중이었다. 목수들은 턱수염을 단 사람 모양의 관을 세공하고 있었다. 술주정뱅이들이 시끄러운 맥주집 밖으로 나와 휘청거리자 사내아이들이 놀려대는 모습도 보였다. 귀 위에 여전히 곱슬머리가 남아 앳돼 보이는 꼬마들이었다. 사람들이 얼마나 북적대는지! 그 많은 사람들이 하나같이 똑같은 아마포 잠방이에 똑같은 머리 모양이었다. 너도 나도 똑같이 평평한 어깨, 가는 팔, 모두 똑같이 단순하고 뻔뻔스럽게 위로 치켜뜬 눈썹을 보여주었다. 그들의 숫자는 엄청나게 많았다. 자신들의 외양이 똑같으며 또 숫자도 많았기에 그들은 언제라도 비웃을 준비가 되어 있었다. 복잡한 죽음을 통쾌하게 '멘페'라는 단 한마디로 줄인 것도 그들다운 행동이었다.

이 이름을 떠올리며 요셉은 가슴 한구석 낯설지 않은 감정이 스며드는 것을 느꼈다. 예전에 고향 언덕에 올라 헤브론과 거기 있는 이중 굴, 곧 조상의 무덤을 바라볼 때도 이런 느낌이었다. 그때도 죽음을 원천으로 하는 외경심에 사람들로 북적대는 도시에 대한 호기심이 섞이곤 했었다. 섬세하고 절묘한 이 혼합은 그의 성격과도 맞아떨어졌다. 그리고 안으로는 이중 축복에 걸맞는 것이었다. 그는 자신이 이중 축복을 받은 후손이라고 느꼈다. 유머로 표현하자면, 자신은 이쪽과 저쪽을 오가며 다리를 놓아주는 심부름꾼이었다. 무덤을 뜻하는 이 대도시의 고유한 이름 역시 그에게는 유머로 보였다. 갈비뼈가 드러날 정도로 아주 여윈 백성들이 배수구 양쪽에서 법석대고 있었다. 그는 왠지 그들이 마음에 들었다. 그들이 하는 것처럼 따라서 눈썹을 위로 치켜떠 보았다. 전혀 힘들지 않았다. 그리고 그들의 언어로 함께 재잘대며 웃음꽃을 피우곤 했다.

물론 이들이 비꼬기 좋아하고 조롱을 즐기는 이유가 비단 그들의 숫자에 있지만은 않다는 것은 요셉도 진작부터 눈치 챘다. 조롱 대상은 외부만이 아니라 멘페에 사는 자신들에게로 확대되었다. 자신들이 사는 도시의 명성이 이미 오래 전에 사라졌다는 것 때문에 스스로를 놀림감으로 만든 것이다. 페르-숍드 사람들과 그 신전의 사제들이 원통해하며 내뱉는 말속에 드러난 불편한 심기가 이 대도시에서는 유머의 형태를 띤 것뿐이다. 옛것이 진부해져 마침내 놀림감으로 전락하자 세상 전체와 자신을 바라보는 비웃음 섞인 회의가 그것이었다.

두터운 성벽에 둘러싸인 멘페는 일찍이 피라미드를 세운 자의 시대에는 왕의 도시로서 나라들, 즉 상ㆍ하 이집트 두 나라의 저울로 군림했다. 그러나 외세의 지배를 받는 저주스러운 혼란기를 지나 해방과 통일을 이룬 것은 테벤이었다. 그곳은 멘페가 무수한 세월 동안 세계적인 명성을 누릴 당시, 어느 구석에 처박혀 있는지 아무도 모르던 곳이었다. 그런데 현재 통치권을 가진 태양 가문에 의해 새로운 시대가 도래하여 이 위쪽의 남방 도시 베세가 이중 왕관을 쓰고 왕홀을 잡고 있다. 그에 비하면 예나 마찬가지로 여전히 사람들로 넘쳐나고 큰 도시임에도 불구하고 멘페는 한낱 과거의 여왕이며, 무례하게 너무도 간단하게 축소해버린 죽음의 이름을 가진 세계적인 대도시, 대단한 크기의 무덤일 뿐이었다.

그렇다고 예배당에 있는 주인님 프타흐를 동쪽의 숩드처럼 골방 신세가 된 가난한 신으로 이해해서는 안 된다. 프타흐의 이름은 그 주(州)를 벗어나 외부까지 위대한 이름으로 알려져 있었다. 교단도 크고 인간 모습을 한 이 신이 소유한 토지와 가축도 무시 못할 수준이었다. 그의 집에 있는 보물창고와 저장고, 가축 우리와 건초창고가 이를 잘 증명해 주었다. 프타흐가 어떻게 생겼는지는 아무도 볼 수 없었다. 자신의 배를 타고 행진을 할 때든 아니면 이곳의 다른 신을 방문할 때든 그의 입상(立像)은 황금 베일 뒤에 감춰져 사제들만 그의 모습을 알았다. 프타흐는 부인과 아들과 함께 살았다. 부인 사크메트는 힘센 여자로 불렸는데 신전 벽화를 보면 머리가 사자모양이었고, 전쟁을 사랑했다. 이들의 아들인 네페르템은 그 이름이 암시하듯이, 프타흐보다 더 알쏭달쏭하여 사람 형상을 한 프타흐와 끔찍한 존재 사크메트 사이에서 태어난 아들이라는 것 이상은 알려지지 않아서 요셉도 더는 몰랐다. 이 아들에 대해 고작 아는 것이라고는 머리에 연꽃이 올려져 있다는 것뿐이었다. 아니, 일부 사람들은 그가 파란 수련일 뿐이라고 생각하기도 했다. 그러나 그에 관한 무지가 멘페의 삼위 중에서 가장 사랑받는 인물로 그가 자리잡는데 방해가 되지는 않았다. 여하튼 하늘처럼 파란 연꽃이 그가 제일 좋아하는 꽃이고 그의 존재를 표현한다는 것만은 확실했으므로 그의 집은 항상 이 아름다운 화환으로 넘쳤다. 이스마엘 사람들도 당연히 그에게 파란 연꽃을 바쳤다. 그곳 사람들의 고유한 풍습을 존중하고 찬양하는 장사꾼의 도리를 다한 것이다.

유괴되어 이집트로 끌려가는 요셉은 한마디로 사방에 금지된 것으로 둘러싸여 있었다. 이는 조상 대대로 전해 내려온 설화가 '신상을 만들지 말라'고 금지했다는 의미에서이다. 프타흐가 공연히 예술품을 창조한 신이었겠는가. 그는 신상을 조각하는 자와 공예가를 지키는 수호신이었다. 이 신은 자신의 계획과 생각을 실행한다고 했다. 프타흐의 큰집은 집 안팎에 신상들로 넘쳤다. 제일 단단한 것을 망치로 두들겨 깨서 만든 상도 있고, 석회암이나 사암, 나무와 구리를 재료로 한 상도 있고 하나같이 프타흐의 생각들이 구체화된 상들이 그의 홀을 메웠다. 홀 기둥들의 머릿돌은 맷돌 모양이었고, 거기에 온통 반짝이는 그림들로 채워진 코끼리 다리가 이어져 갈대다발 모양의 기둥머리와 맞닿았다. 들보는 황금가루를 뒤집어쓰고 있었다. 온 사방에 서 있거나, 걸어가거나, 옥좌에 둘씩이나 셋씩 얼싸안은 채 앉아 있는 작품이 있었다. 그런데 어느 경우든 자녀들은 지나칠 정도로 크기가 작았다. 혹은 혼자 앉아 있는 것도 있었다. 왕을 묘사한 상들을 살펴보면, 모자처럼 생긴 왕관에 권세를 상징하는 휘어진 지팡이 왕홀, 주름이 잡힌 앞자락이 무릎부터 펼쳐진 옷, 또는 왕관 대신 머릿수건을 쓴 상도 있었다. 어깨너머로 드리워진 이 머릿수건의 날개 앞쪽에 쫑긋 세워진 귀, 점잖게 다문 입, 그리고 부드러운 가슴, 허벅지 위에 올려놓은 양손, 또 어깨가 넓고 허리가 가는 태곳적 지배자가 여신들의 인도를 받고 있는 모습도 보였다. 여신들의 왼쪽 손가락이 자신들이 수호하는 자의 근육질의 팔 위쪽에 올려져 있다. 그리고 목덜미에는 날개를 활짝 펼친 매 한 마리가 있다. 이 도시를 위대하게 만든 미레왕이 구리를 뒤집어쓴 형상으로 지팡이를 짚고 성큼성큼 걷는 모습도 있었다. 그와 비교할 때 크기가 엄청나게 작은 아들이 옆에 있다. 코와 입에 살이 올라 있고, 다른 이들과 마찬가지로 질질 끌리는 옷자락을 땅바닥에서 들어 올리는 일은 생략하고 있다. 그는 양 발바닥으로 걷고 있는 모습이었다. 걸으면서 서 있고 서 있으면서 걷는 것이었다. 머리를 들어 올린 그들은 축대 뒷면에 세워진 벽주(壁柱)로부터 힘찬 발걸음으로 걸어가고 있었다. 그리고 각진 어깨에서 팔이 드리워진 채, 손에는 원추화(圓錐花, 꽃 이름―옮긴이)를 꼭 잡고 있었다. 책상다리를 하고 앉은 서기가 되어 손을 사용하여 일을 하는 듯, 무릎 위에 올려놓은 일감 위로 지혜로운 눈을 들어 자신을 바라보는 사람을 쳐다보는 것도 있었다. 서로 무릎을 맞대고 남편과 아내로 앉아 있는 모습도 그려져 있었다. 피부와 머리카락, 그리고 옷 색깔이 워낙 자연스러워 굳어버린 생명, 그 사자(死者)들이 마치 살아 있는 것처럼 보였다. 프타흐의 예술가들은 흔히 그들의 눈을 무섭게 만들었다. 그 형상의 나머지 부분과 동일한 재료를 쓰지 않고 다른 것으로 눈구멍을 메우는 방법을 사용하곤 했다. 모조 보석용 유리에 검은 돌멩이를 넣어 눈알을 만들고 이 검은 눈동자에 다시 은빛 줄을 그어 빛이 반짝이는 것처럼 만든 바람에, 이쪽을 무섭게 쏘아보는 듯한 넓적한 눈의 번득임은 보는 이들에게 전율을 느끼게 해 손으로 얼굴을 가릴 수밖에 없었다.

이런 것들이 프타흐의 생각들을 구체화한 형태들이었다.

달리 표현하자면, 프타흐의 생각들이 형체로 굳은 상들이 프타흐를 위시하여 사자머리를 한 어머니와 수련꽃 아들과 함께 그의 집에서 살고 있었다. 프타흐 자신도 예배당의 관에 있는 모습대로 그려져 있었다. 마법에 걸린 벽에 빼곡하게 그려 놓은 그의 형상은 사람은 사람인데, 지극히 추상적이어서 묘한 인형처럼 보였다. 우선 옆모습을 그려 놓아 다리도 하나뿐이고 눈은 길고 머리에는 짝 달라붙는 두건을 썼다. 그리고 턱에는 왕의 인조 수염을 붙여 놓았다. 앞에 세워진 왕홀을 잡은 주먹도 그랬지만 모든 것이 묘하게 윤곽만 잡혀 있었다. 전체적으로 형태를 일그러뜨리는 가리개, 즉 덮개에 싸여 있는 것처럼 보였다. 솔직히 고백하자면, 붕대에 둘둘 감겨 방부 처리를 한 것 같다고 할까.

도대체 이 도시의 주인님 프타흐에게 무슨 일이 있었을까? 지금은 또 어떤 상황에 있는 것일까? 이 태곳적의 대도시가 무덤의 이름을 가지게 된 것은 단순히 그 이름을 가진 피라미드나, 또 도시의 과거 때문만이 아니라 어쩌면 이러한 주인님을 모시는 데 그 까닭이 있었던 것은 아닐까? 요셉은 자신의 행선지를 잘 알았다. 형들로부터 자신을 사들인 상인들은 다름 아닌 이집트로 자신을 데려가고 있었다. 야곱이 그토록 싫어한 이집트가 자신이 있어야 할 곳이며, 지금의 처지로서는 금지구역이었던 이집트보다 자신에게 더 잘 어울리는 곳이 없다는 사실이 의미심장하게 다가왔다. 이곳을 고향으로 생각하고 자신을 이곳 사람으로 간주하는 이름을 지은 것도 그래서가 아니었던가?

그러나 이것과는 별도로 아버지의 시각에서 새로운 환경

을 요모조모 따져보는 습관은 여전했다. 그러다 보니 이곳 사람들에게 자신들이 섬기는 신들뿐 아니라, 이집트라는 나라 자체가 처한 현 상황에 대한 질문을 던짐으로써 난처하게 만들고 싶은 충동을 느꼈다. 그러면 요셉의 질문을 받은 사람들은 이미 답을 알고 있는 요셉과 제대로 모르는 자기 자신들을 위해 대답을 해보려고 노력하는 것이었다.

프타흐 사원에서 아피스 봉헌식 때 만난 빵 굽는 기술자 바타 폰 멘페가 그랬다.

형체가 확실치 않은 신과 암사자 부인, 불확실한 아들, 그리고 생각이 형체로 굳은 조각상들 외에 그 신전 안에 살고 있는 게 또 하나 있었다. 그것은 바로 주인님의 '살아 있는 재현'이라는 거대한 황소 하피였다. 하늘의 한줄기 빛을 받아 이 황소를 잉태하고 생산한 암소는 그 이후 두번 다시 출산하지 못했다. 하피의 고환 또한 온에 있는 메르버의 것과 마찬가지로 사뭇 기세 좋게 매달려 있었다. 하피가 사는 곳은 안뜰의 뒤쪽 청동문 너머였다. 거기엔 기둥이 즐비하고 천정이 없어 하늘이 바라보였다. 기둥 사이로 근사한 돌 세공품들로 채워지고 기둥의 절반까지 세련된 돌림띠를 둘렀다. 신이 살아 있음을 보여주어 제물을 걷을 작정으로 하피를 돌보는 자들이 어둑어둑한 예배당, 즉 가축 우리에서 그를 밖으로 인도하여 몇 걸음 옮겨 놓게 할 때면, 바닥에 돌을 깔아놓은 안뜰에는 구경나온 백성들로 발 디딜 틈 없이 북새통을 이루었다.

요셉은 자신을 사들인 상인 일행과 함께 이들의 숭배 과정을 지켜보았다. 그런 꼴불견도 드물 것 같았다. 신나 하

145

는 멤페 사람들이 재미있어 보이긴 했다. 남녀를 불문하고 발을 동동 구르는 아이까지 합세하여 온 백성이 축제를 맞은 듯 우르르 모여들어 신을 기다리는 동안 웃고 떠들면서 무화과와 양파에 '입을 맞췄다'. 그들은 '먹는다'는 말을 그렇게 표현했다. 그리고 이빨로 멜론 조각을 깨무는 사람의 입가엔 과즙이 흥건하게 고였다. 뜰 안의 양쪽 끝에는 제물로 올릴 빵과 가금류, 맥주, 향, 꿀이나 꽃을 파는 상인들과의 흥정이 한창이었다.

이스마엘 사람들 옆에 모피 샌들을 신은 뚱보 남자가 한 명 서 있었다. 워낙 북적여서 사람들에게 떠밀리는 통에 그와 대화를 나누게 되었다. 이 뚱보 남자가 걸친 올 굵은 아마포 옷은 무릎까지 내려왔고 바깥쪽이 삼각형으로 풍성하게 드리워졌다. 그리고 몸통과 팔에 두른 온갖 띠는 얌전하게 매듭이 묶여 있었다. 둥근 머리에 착 달라붙은 머리카락은 짧고, 앞으로 약간 나온 유리알 같은 눈은 선량해 보였다. 또 면도를 한 탓에 주변이 매끈한 입은 열변으로 한층 더 앞으로 튀어나왔다. 한참 동안 노인과 그 일행을 찬찬히 뜯어본 남자가 먼저 말을 걸어왔다. 낯선 사람들에 대한 호기심이 생겨서, 어디서 왔으며 어디로 가는지 알고 싶었던 것이다.

우선 남자는 자신부터 소개했다. 자신은 빵을 굽는 사람이지만 손수 굽지는 않는다. 그러니까 불 가마에 머리를 집어넣을 필요는 없다. 그 일은 자신이 거느리고 있는 대 여섯 명의 도제들이 한다. 배달도 그들이 맡아서 한다. 품질이 뛰어난 뿔과 고리 모양의 롤빵을 바구니에 담아 머리에

이고 시내를 돌아다닌다. 이때 팔을 들어 물건 위쪽으로 부채질을 하지 않으면 큰일난다. 새한테 빵을 도둑맞으면 큰일이지! 이런 낭패를 겪은 빵 배달부는 당연히 '교훈'을 얻게 된다. 혼이 난다는 표현을 빵 굽는 기술자 바타는 그렇게 말했다. 바타가 이 제빵 기술자의 이름이었다.

그는 교외에 밭도 좀 가지고 있다 했다. 거기서 거둔 곡식으로 빵을 구웠는데 장사 규모가 커져 처음 있던 밭으로는 부족하여 밭을 더 사들였다. 오늘 외출한 이유는 신을 보기 위해서이다. 안 나온 것보다야 낫다. 아내는 지금 위대한 어머니 에세트의 집에 가서 그녀에게 꽃을 바치고 있다. 그녀는 그 여신에게 특별한 정성을 쏟지만 바타 자신은 이곳에 오는 것이 훨씬 더 만족스럽다. 그런데 당신들은 장사를 하러 먼길을 여행 온 사람들이오? 빵 기술자가 물었다.

노인은 그렇다 했다. 이제 멘페에 왔으니 목적지에 다 온 것이나 마찬가지이다. 튼튼한 성문과 집이 수를 헤아릴 수 없을 정도이고 영원한 건축물이 있는 이 도시에 이르렀으니 이제 되돌아가도 서운할 게 없다.

그러자 말씀은 고맙다고 마이스터가 말했다. 되돌아갈 수야 있겠지만 그럴 리가 없을 것이다. 온 세상이 다 알다시피 당신들은 이 오래된 둥지를 하나의 계단으로 여길 것이다. 아문의 화려한 장관이 펼쳐지는 곳으로 올라갈 수 있는 계단 말이다. 그런데도 당신들이 그곳으로 가지 않고 여기서 발길을 돌린다면 그건 최초의 기록이 될 것이다. 다른 사람들은 모두 베세를 여행 목적지로 삼는다. 그 새로운 도시, 파라오의 도시는(오, 파라오 만세, 만수무강하소서!) 인간과 보물이 죄다 흘러 들어오는 중심지다. 반면 멘페는 퇴색한 이름이 그나마 파라오의 궁정 신하들과 높은 내관들이 가진 직함에서 예전의 광채를 발하는 것만으로도 만족한다. 예를 들면 궁전에서 신을 보좌하여 빵 굽는 일을 총 지휘하는 감독의 직함은 '멘페 영주'이다. 이는 근거 없는 호칭이 아니다. 그 점은 인정해 줘야 한다. 아문 사람들이 살짝 볶은 곡식알을 집어삼키는 걸로 만족했을 때, 멘페에서는 이미 암소나 달팽이 모양의 세련된 케이크를 집으로 배달했기 때문이다.

그렇다면 멘페에 더 있다가 베세트에도 한번 가봐야겠군요, 노인이 그렇게 답했다. 도대체 그곳 생활이 얼마나 세련되었는지, 제빵 기술은 또 얼마나 발전했는지 한번 둘러봐야겠다고. 그때였다. 팀파니 소리와 함께 뒷문이 열렸다. 사람들이 신을 뜰 안으로 인도하는 중이었다. 열려 있는 문에서 간신히 몇 발자국을 옮겨 놓았을 뿐인데도 사람들의 흥분은 대단했다. "하피! 하피!" 사람들은 한 발로 땅을 구르며 그렇게 외쳐댔다. 그리고 틈이 있다 싶으면 땅에 엎드려 입을 맞췄다. 그 덕에 휘감겨 올라간 기둥들의 모습이 드러났다. 여기저기 수백 번도 넘게 터져 나온 신의 이름이, 그 후두음들이 허공을 가득 메웠다. 그것은 경작지를 만들어내고 보존해 주는 강 이름이기도 했다. 그리고 이 태양 황소의 이름은 다산과 풍요를 관장하는 모든 세력의 총체적 개념이었다. 여기에 기대지 않고는 자신들이 살 수 없다는 사실을 그들은 잘 알고 있었다.

땅과 인간의 보존을 의미하는 이름, 생명의 이름이 바로 하피였다. 경박스럽고 수다스러운 백성들치고는 대단히 진지해 보였다. 희망과 두려움으로 일관된 예배였기 때문이다. 실존의 조건이 확정되어 있을 때, 가슴을 채우는 것이 바로 희망과 두려움이 아니던가. 그들은 강의 범람을 생각하고 있었다. 생명을 보존하려면 물이 아무렇게나 넘쳐서는 안 되었다. 수위가 1엘레 높아도 안 되고 낮아도 곤란했다. 그리고 이들은 자식을 쑥쑥 잘 낳아줄 아내들과 아이들을 비롯하여 자신의 건강을 생각했다. 또 본인들의 육체적 기능도 생각했다. 그것이 제 기능을 다해야 쾌락과 평안을 보장받을 수 있었다. 이 모든 게 순탄해야지, 그렇지 않고 뭔가 틀어져서 힘겨운 고통이 생기면 마법을 걸어 마법과 맞서야 한다. 그리고 남쪽과 동쪽을 비롯하여 서쪽에 있는 나라의 적도 생각했다. 뿐만 아니라 역시 '힘센 황소'라 부르는 파라오도 생각했다. 테벤 궁전에서 그를 모셔 놓고 정성스럽게 받들 듯 이곳에서는 하피를 조심스럽게 모시고 있는 것이다. 하피야말로 이 절대적인 존재와 자신들을 연결해 주는 중개자요 수호신이었다.

"하피! 하피!"

이들이 한편으로는 가슴이 메어지듯 절박하게, 그리고 다른 한편으로는 희망을 안고 이렇게 외치는 것은 그들의 생존조건이 그만큼 아슬아슬했기 때문이다. 신이자 짐승인 황소의 네모난 이마, 쇠로 된 뿔, 휘어짐 없이 어깨에서 머리까지 연결된 목덜미 선, 그리고 그의 성기(性器), 그 다산과 풍요의 담보물을 뚫어져라 바라보며 이들이 하피를 부르짖을 때면, 그 구호는 '안정!'과 '수호와 보존!', 그리고 '이집트 만세!'를 뜻했다.

프타흐의 살아 있는 재현은 끔찍하게 아름다웠다. 그렇다. 이 방면의 전문가들은 수년 간 강어귀의 늪지대와 코끼리 섬 사이를 두루 둘러본 다음 이 황소가 가장 아름다운 황소라 했다. 참 아름답기도 했으리라! 몸은 검고, 등에 걸친 덮개가 주홍색이니, 거룩하다고 말하기는 뭣하고, 아무튼 현란했다. 앞자락은 배꼽을 드러내고 등허리의 절반까지 닿는 주름 잡힌 황금색 옷을 입은 두 명의 까까머리 사제들이 황금 새끼줄로 하피를 양쪽에서 잡고 있었다. 오른쪽의 사제가 백성들이 볼 수 있도록 덮개를 조금 들어 올렸다. 하피의 옆구리에 있는 하얀 부분을 보여주려는 것이었다. 거기에는 낫 모양의 달이 그려져 있었다.

갈퀴 발톱과 꼬리까지 있는 표범 가죽을 등에 걸친 또 다른 사제 한 명이 이마를 숙이고 한쪽 발을 다른 발 앞으로 들이민 다음 손잡이가 달린 향불 접시를 황소 앞으로 내밀었다. 그러자 황소는 고개를 숙여 냄새를 맡으며 킁킁거렸고, 이어 향불 연기가 간지러웠던지 살찌고 축축한 콧구멍을 벌름거리며 큰소리로 재채기를 했다. 그러자 백성들은 더욱 간절한 목소리로 고함을 질렀고, 기쁜 나머지 한 발로 껑충껑충 뛰었다. 향불 의식이 진행되는 동안 웅크리고 있던 하프 주자들은 하늘을 우러러보고 찬송가를 부르기 시작했고 뒤에 서 있던 다른 가수들도 손뼉을 치면서 박자를 맞췄다.

이어 여자들도 등장했다. 머리를 풀어헤친 신전의 아가

씨들이었다. 벌거벗은 아가씨가 있으면 그 다음 아가씨는 볼록한 엉덩이 위에 허리띠를 두르고 베일처럼 얇은 긴 옷을 걸쳤다. 이 옷 역시 앞이 열려 있어서 그녀의 젊음은 적나라하게 드러났다. 이렇게 실오라기 하나 걸치지 않은 아가씨 다음에 걸치나마나 한 옷을 입은 아가씨, 이런 순서로 늘어선 여자들이 머리 위로 딸랑이와 탬버린을 흔들어대면서 춤을 추었다. 이따금 쭉 뻗은 다리를 번쩍 쳐들어 올리는데 얼마나 높이 올라가는지 놀라울 정도였다. 황소의 발치에서 사제 한 명이 군중을 바라보고 앉아 고개를 흔들어가며 두루마리 책을 펼쳐 그중 한 본문을 낭독했다. 그러자 백성은 후렴구를 받아 낭송했다.

"하피는 프타흐이다. 하피는 레이다. 하피는 호루스이다. 에세트의 아들이다!"

이어 깃털 부채 아래로 아마도 신분이 높은 듯한 사제가 모습을 드러냈다. 품이 넓고 치렁치렁한 아마포 옷에는 견장이 달려 있었다. 까까머리에 당당해 보이는 그는 한쪽 발을 뒤로 쭉 뻗고 무릎이 거의 바닥에 닿을 정도로 다른 쪽 발의 뒤꿈치를 바짝 들어 올린 상태에서 양팔로 뿌리와 풀들이 담긴 황금 접시를 신에게 바쳤다.

그러나 하피는 본 척 만 척 했다. 자신에게 바쳐지는 이 복잡하고 엄숙한 절차들에 이미 익숙한 터였다. 그에게는 그저 지루할 뿐이었다. 지금의 생활은 오로지 특정한 신체 부위 때문에 얻게 된 일종의 짐이었다. 그래서 그의 모습에 우수가 어려 있었다. 지금 그는 다리를 쩍 벌리고 핏발이 곤두선 작은 눈으로 봉헌자의 머리 너머로 백성을 쳐다보왔다. 그건 때가 오기만을 기다리는 듯한 시선이었다. 백성은 깡충깡충 뛰고 발을 구르며 한 손은 가슴에 얹고 다른 손은 하피 쪽으로 뻗은 채 거룩한 그의 이름을 외쳤다. 하피가 황금 고삐에 묶여 신전에 안전하게 모셔진 것을 두 눈으로 확인한 백성들은 당연히 기뻐했다. 하피가 좁은 가축 우리에 갇혀 파수꾼들의 시중을 받고 있으니 안심이 되었던 것이다. 하피는 그들의 신이었다. 그리고 그들의 포로였다. 그가 포로로 갇혀 있다는 것, 이것이 곧 안전을 보장해 주었기에 그들은 환호했던 것이다. 기뻐서 껑충껑충 뛰는 것도 그 때문이었다. 한편, 흡사 때가 오기만을 기다리는 듯, 그렇게 적의가 가득한 눈으로 하피가 백성을 쳐다본 것도 그래서인지도 모른다. 백성들이 자신에게 아무리 부산스럽게 영광을 돌리는 것처럼 굴어도 궁극적으로는 자신에게 좋을 게 전혀 없다는 점을 그도 진작 깨달았으리라.

제빵 기술자 바타는 다른 사람처럼 하고 싶어도 깡충거리며 기쁨을 표현할 수는 없었다. 그러기에는 몸이 너무 무거웠던 탓이다. 대신 사제의 낭송에 큰 목소리로 응답하며 엎드려 절하거나 손을 올리거나 하여 신에게 여러 방식으로 인사를 드렸다. 무척 감동한 듯했다.

"이보다 좋을 수는 없다오." 그가 옆 사람들에게 말했다.

"그를 보면 활기가 넘치고 자신감도 생기지요. 내 경험에 따르면 하피를 본 날은 하루 종일 아무것도 안 먹어도 배고픈 줄을 모릅니다. 온몸이 소고기를 듬뿍 먹은 것처럼 든든하거든요. 그렇게 배가 불러 졸음이 와서 한숨 자고 일어나면 마치 새로 태어난 것처럼 몸이 가뿐해지지요. 그는 아주

위대한 신이라오. 프타흐의 살아 있는 재현이 바로 하피라오. 아는지 모르겠지만, 지금 서쪽의 무덤이 그를 기다리고 있다오. 죽음을 맞게 하라는 명령이 내려졌기 때문이오. 그러면 관습에 따라 최고의 경비를 들여 소금을 뿌린 후, 고급 수지와 왕이 사용하는 아마포 붕대로 칭칭 감아 사자의 도시로 데려가 신의 황소들이 있는 그 영원한 집에 안치하는 겁니다. 명령이 내려졌으니 곧 그렇게 될게요. 서쪽에 있는 영원한 집의 석관에서 편히 쉬고 있는 우사르-하피는 벌써 둘이라오."

노인은 요셉을 흘깃 쳐다보았다. 요셉은 질문을 해도 좋다는 허락으로 해석하고 노인에게 청했다.

"어째서 서쪽의 영원한 집이 우사르-하피를 기다리고 있다고 말하는지 이 남자더러 설명해 달라고 해주십시오. 그곳은 서쪽이 아니라 멘페가 아닙니까. 이 살아 있는 자들의 도시는 이미 서쪽 강가에 있어서 죽은 자 중 누구도 물을 건널 필요가 없지 않습니까."

노인이 요셉을 대신하여 제빵 기술자에게 물었다.

"이 소년이 이런 말을 묻는데 대답해 줄 수 있겠소?"

"사람들이 그렇게 말하니까 따라서 말했을 뿐이지, 따로 생각해 본 적은 없다오. 우리 모두 그렇게 말하면서 더 이상은 생각하지 않기 때문이오. 서쪽은 그냥 서쪽이고 우리 말로 사자의 도시라오. 그렇지만 멘페의 죽은 자들이 강물을 건너가지 않는다는 건 맞는 말이오. 살아 있는 자들의 도시가 벌써 서쪽에 있으니까 말이오. 이치로 따지자면 당신이 데리고 있는 소년의 말이 옳소. 하지만 말하는 관습을 따지자면 내가 틀린 말을 한 건 아니라오."

"그렇다면 이것도 좀 물어봐 주십시오. 아름다운 황소 하피가 살아 있는 사람들에게 살아 있는 프타흐라면 예배당에 있는 프타흐는 무엇이냐고 말입니다." 요셉이 말했다.

"프타흐는 위대하시다." 빵 굽는 기술자가 대답했다.

그러자 요셉은 이렇게 대꾸했다.

"그건 의심치 않는다고 전해 주십시오. 하지만 하피는 죽은 후에 우사르-하피라는 이름을 갖게 되고, 배를 타고 있는 프타흐는 우시르로 인간의 몸을 가지고 있다 하는데, 턱수염을 가진 관 모양이라고 했습니다. 목수들의 세공을 거치고 붕대를 감은 것처럼 보인다는 그는 그러면 도대체 무엇인지요?"

그러자 제빵 기술자가 노인에게 말했다.

"당신이 거느리고 있는 소년한테 이렇게 설명해 주시오. 사제가 매일 프타흐에게 걸어가 튼튼한 연장을 이용해서 입을 열어 먹고 마실 수 있게 해주고, 또 매일같이 볼에 생명의 화장을 발라 준다고 말이오. 그게 봉사요 보살핌이라는 걸 이해시켜 주시오."

"그렇다면 사람이 죽어서 아눕의 인도를 받고 무덤에 가게 되면 그때 그 미라한테는 사제가 어떻게 봉사하는지도 궁금합니다."

"그걸 이 소년은 모른단 말이오?" 빵 굽는 기술자가 노인에게 대답해 주었다.

"이 소년은 사막의 주민이 분명하오. 이 나라에 온 것이 난생 처음인 것 같구려. 봉사란 다른 게 아니라, 입을 열어

주는 일이라고 전해 주시오. 일반적으로 그렇게 부르지요. 사제가 적당한 크기의 작대기로 사자의 입을 열어 사람들이 바친 제물들을 다시 먹고 마시며 즐길 수 있도록 해주는 거요. 거기에 우시르를 본받아 다시 살아난다는 표시로 미라에 화사하게 화장을 해주는 거요. 애통해 하는 자들은 그걸 보고 위로를 얻는다오."

"말씀 잘 들었습니다. 신들을 받드는 봉사와 죽은 자들을 받드는 봉사의 차이가 그것이군요. 그러면 바타 씨께 이집트에서는 무엇으로 집을 짓는지 물어봐 주십시오." 요셉이 말했다.

"당신이 데리고 있는 청년은 귀엽긴 한데 조금 둔하구려. 살아 있는 사람들을 위해서는 나일 강 벽돌로 짓는 반면, 죽은 자들의 집은 신전과 마찬가지로 영원한 돌로 짓는다오."

"설명해 주셔서 정말 감사합니다. 잘 들었습니다. 만일 두 가지에 똑같은 게 적용된다면, 그 두 가지는 동일한 것입니다. 그러면 그 사물들을 바꿔도 괜찮습니다. 이집트의 무덤들은 신전인데, 그러나 신전은……."

"그건 신들의 집이지."

제빵 기술자가 보충했다.

"그렇군요. 이집트의 죽은 자들은 신들이라 하셨는데, 그러면 여러분의 신들은 무엇입니까?"

"신들은 위대하다."

제빵 기술자는 그렇게 대답했다.

"배가 부르니 졸음이 쏟아지는구려. 하피를 봐서 그렇다오. 이제 집으로 돌아가 낮잠을 자고 새로 태어나야겠소. 내 아내도 어머니한테 봉사하고 벌써 집에 와 있을 게요. 건강하시오. 낯선 자들이여! 그리고 즐겁고 평화로운 여행이 되길 바라오!"

그리고 그는 자리를 떴다. 노인은 요셉에게 한마디했다.

"네가 시켜서 물어보긴 했다만, 가뜩이나 신 때문에 지친 남자한테 꼬치꼬치 캐물어 더 피곤하게 만들었으니, 미안하지 않으냐?"

그러자 요셉이 변명했다.

"그렇지만 주인님의 종은 물어보지 않을 수 없었습니다. 이집트에 적응하고 살려면 알아야 하니까요. 주인님께서 절 두시려는 곳이 이곳 이집트가 아닙니까. 소인은 아마도 이곳에 오래 머물게 될 듯한데, 제게는 모든 것이 낯설고 새로워서 호기심이 생깁니다. 이집트 사람들은 무덤에 기도를 드립니다. 그것이 신전이라 불리든, 아니면 영원한 집이라 불리든 그건 상관이 없습니다. 하지만 제 고향에서는 조상의 관습에 따라 푸른 나무 아래에서 기도를 올립니다. 그러니 이집트 사람들이 무슨 생각으로 무덤에 기도를 드리는지 궁금하지 않겠습니까? 이들이 우습지 않습니까? 프타흐의 살아 있는 형태를 이들은 하피라 부릅니다. 사실 이런 형태가 프타흐에게 필요한 건 사실입니다. 왜냐하면 그는 붕대로 칭칭 감겨 있는 시체 신세인 게 분명해 보이니까요. 하지만 이들은 그의 살아 있는 형태마저도 끝끝내 붕대로 감아 신의 미라로, 우시르로 만들어야 직성이 풀리는 겁니다. 그렇지만 멘페가 아주 싫은 것은 아닙니다. 마음에

드는 구석도 없잖아 있습니다. 이미 서쪽에 위치한 까닭에 죽은 자들이 강물을 건널 필요도 없는 이 대도시가 마음에 듭니다. 무덤의 이름을 간편하게 줄여버린 사람들이 북적거리는 이 도시가 좋습니다. 주인님께서 절 데려가려 하시는 축복의 집, 부채를 들고 있는 자 페테프레의 집이 멘페에 있지 않다는 게 오히려 서운할 뿐입니다. 이집트 도시 중에서 이곳이 제게 가장 잘 어울릴 것 같은데 말입니다."

그러자 노인의 대꾸는 이러했다.

"뭘 몰라도 한참 모르는구나. 네게 뭐가 도움이 되는지 구분도 못하는 걸 보니. 하지만 난 네게 무엇이 도움이 되는지 잘 아니까 아버지처럼 널 대해 주마. 실제로도 나는 네게 아버지나 마찬가지지. 구덩이를 네 어머니라고 하면 나는 아버지인 셈이니까. 내일 아침 일찍 배를 빌려 강을 거슬러 상류 쪽으로 간다. 이집트 땅의 남쪽으로 가는 것이다. 그러면 아흐레 후 빛이 어른거리는 강가에 발을 올려놓을 것이다. 그곳이 바로 왕의 도시 베세트-페르-아문이다."

Drittes Hauptstück
Die Ankunft

3부

도착

뱃길

일행이 탄 배의 이름은 '너무 빨라 반짝이는'이었다. 이스마엘 사람들은 먼저 장터에서 아흐레치 식량부터 준비한 후, 선착장에 이르러 짐승들을 거느리고 가교를 통해 배에 올랐다. 배의 앞부분에 거위 머리 장식이 있고 양쪽에 써놓은 배 이름은 이집트의 과시욕을 잘 보여주었다. 하지만 이름만 그럴싸했지 실제로 그 배는 선착장에서 발견할 수 있는 화물선 중에서 가장 볼품 없는 거룻배에 지나지 않았다. 최대한 짐을 많이 실기 위해 배가 불룩하게 나와 있고, 뱃전에는 나무 난간에, 선실이라야 앞이 열린 아치 모양의 돗자리 천막이 전부였다. 그리고 방향키 하나가 뒤에 세워둔 기둥에 수직으로 묶여 있었다.

배 주인의 이름은 토트-노페르였다. 북쪽 출신으로 귀걸이를 단 남자의 머리와 가슴의 털은 흰색이었다. 숙소에서 알게 된 사람이라 노인은 뱃삯을 깎을 수 있었다. 토트-노페르의 배에는 재목, 왕실에서 사용하는 최고급 아마포와 일반 아마포, 파피루스, 소가죽, 밧줄 한 짐씩과 팥 스무 부대와 건어물 서른 통이 실려 있었다. 그밖에도 '너무 빨라 반짝이는' 배는 테벤에 사는 어느 부자의 조각상도 싣고 있었다. 뱃전의 맨 앞쪽에 받침대를 세우고 상자에 넣어 자루로 잘 묶어놓은 조각상은 '훌륭한 집'을 위한 것이었다.

이 조각상은 서쪽에 있는 주문한 자의 무덤에 들어가면 가상의 문 밖으로 나와서 자신의 영원한 재산과 벽에 그려진 눈에 익은 자신의 생활상을 바라보게 된다. 그런데 조각상에는 이 광경을 관찰하게 될 눈이 빠져 있었다. 생명의 색채로 덧칠이 되어 있지도 않았다. 그리고 주먹을 관통해야 할 지팡이도 아직은 없었다. 그 주먹은 비스듬하게 묶어놓은 잠방이 앞면 옆에 있었다. 이중 턱과 두꺼운 다리 등 조야한 수준으로나마 윤곽을 잡는 일은 프타흐가 보는 곳에서 그의 예술가의 손을 빌고, 나머지 정교한 부분은 죽은 자들의 도시 테벤의 작업장에서 시행되는 게 보통이었기 때문이다.

정오가 되자 뱃사람들은 말뚝에서 밧줄을 풀었다. 그리고 천을 이은 갈색 돛을 올렸다. 그 순간 북쪽에서 불어오는 바람이 가득 담겼다. 경사진 뱃머리 뒤에 앉아 조종간을 잡은 뱃사람은 아래쪽의 나무지렛대로 노를 움직이기 시작했다. 남자 한 명이 앞쪽의 거위 머리 부근에서 기다란 나무 장대로 물살을 살펴보고 있었다. 그사이 배 주인 토트-노페르는 신들이 뱃길에 행운을 가져다주도록 제사를 지내느라 이스마엘 사람들이 뱃삯으로 지불한 수지 중에서 몇 개를 선실 앞에서 태웠다. 이윽고 요셉을 태운 배는 물을 차며 앞으로 나가기 시작했다. 배의 앞쪽과 뒤쪽은 위로 치켜 올라가 있었기 때문에, 직접 물에 닿는 가운데 부분만이 물살을 갈랐다. 노인은 선실 뒤에 쌓아놓은 목재 위에 앉아서 일행에게 삶의 지혜를 들려주었다.

인생은 거의 항상 장점과 단점이 균형을 이루고 있어서, 그렇게 좋을 것도, 또 그렇게 나쁠 것도 없는 중용을 보여준다. 지금도 그렇다. 배가 물결을 거슬러 상류로 올라가고 있지만 바람은 늘 그렇듯이 북쪽에서 불어오므로 항해에 도움을 주고 있다. 이렇게 해서 저항과 추진력이 서로 보완되어 적당한 전진을 제공한다. 만약 하류로 내려간다면 물결에 몸을 맡기면 되니까 재미야 있겠지만 아차 하는 순간에 움직임이 거칠어져 배가 모로 드러누울 수도 있다. 그러므로 배가 뒤집히는 불상사를 겪지 않으려면 녹초가 될 정도로 열심히 노를 젓고 조종키를 잡아야 하는 번거로움이 있다. 인생도 마찬가지이다. 인생의 장점도 단점에 발목을 잡히고, 단점은 장점을 통해 손실을 회복할 수 있다. 이렇게 순전히 계산상으로 따진다면 결과는 제로인지라 아무것도 없지만, 현실적으로는 균형의 지혜이며 중용인 만큼 환호성을 터뜨릴 것도, 저주할 것도 없는 만족을 낳는다. 장점만 잔뜩 쌓인다 해도 완전함은 얻을 수 없고, 다른 한편 단점만 계속 쌓이면 삶이 불가능해진다. 따라서 완전함이란 장점과 단점이 서로를 지양하여 결과적으로 무가 나오는 것이고 그게 바로 만족이다.

손가락을 들고 고개를 비스듬히 세운 채 들려주는 노인

의 이야기에 일행은 귀를 기울이면서도 이따금 무색한지 난처한 눈빛을 주고받기도 했다. 보다 숭고한 이야기를 들을 때 보통 사람들이 보이는 반응이었다. 별로 듣고 싶지 않은 이야기였던 것이다. 노인의 철학 이야기에 별 관심이 없기는 요셉도 마찬가지였다.

첫 뱃길이라 신이 나서 이야기에 귀를 기울일 여유가 없었던 것이다. 신선한 바람, 뱃전에 부서지는 파도의 음악 소리, 넓은 강물을 따라 시소를 타듯 사뿐히 미끄러지는 율동, 이쪽으로 솟구치는 물결, 그 옛날 엘리에젤이 여행을 떠났을 때 발밑으로 솟구쳤다는 땅이 이랬을까. 강가의 정경은 쉬지 않고 변하여 유쾌한 모습에서 비옥한 그림, 그리고 거룩한 광경으로 바뀌었다. 주랑(柱廊, 사원이나 궁전 건축에서 주요 부분을 둘러싼 지붕이 있는 긴 복도로, 기둥이 늘어서 있다. 이집트의 주랑은 서유럽의 회랑과 비슷하며 우르의 주랑신전이 유명하며, 그리스 델포이의 성역에 호메로스 상이 있는 곳도 주랑이다—옮긴이)이 강가를 장식하는 경우도 많았다. 이따금 야자수 숲이 이어지기도 했고, 사람의 손으로 만든 신전의 돌길이 뱃길을 따라오는 적도 적지 않았다. 높은 비둘기 집과 온통 초록으로 물든 경작지와 함께 있는 마을들을 지나치면, 다시 화려한 도시의 장관, 황금빛 햇살 표식과 깃발이 나부끼는 성문들, 그리고 무릎에 손을 올린 채 강가에 앉아 고상하면서 경직된 시선으로 쌍을 이루며 강과 육지 너머 저기 사막을 바라보는 거인들도 보였다. 모든 게 가까이 다가왔다가 어느새 멀어져 갔다. 호수처럼 넓어지는 강 한복판을 지나 모퉁이를 돌면 그 뒤에 감춰져 있던 이집트의 새로운 광경이 앞으로 튀어나왔기 때문이다.

그러나 바깥의 풍경뿐만 아니라, 거룩한 길에서 일어나는 일들은 또 얼마나 흥미로웠던가! 이집트의 거대한 여행길에 나선 범선은 얼마나 많은지, 조잡한 배부터 아주 고상하고 귀한 배에 이르기까지 바람을 안고 가는 배들은 수를 헤아릴 수 없을 정도였다. 그리고 또 그 물결에 저항하는 노는 얼마인가! 물 위의 맑은 공기는 사람들의 목소리로 가득했다. 뱃사람끼리 건네는 인사말과 농담, 급류와 암초를 만난 배의 뱃머리에 앉은 노 젓는 남자들이 고함치는 경고 소리, 선실 지붕에 앉은 사람이 돛을 만지는 자와 방향키를 움직이는 사람들에게 크게 지시하는 소리……

토트-네페르의 배 같은 보통 거룻배는 숱하게 많았다. 그러나 아주 세련되고 날씬한 배들도 없진 않아서 어느새 '너무 빨라 반짝이는' 배를 앞지르거나, 아니면 맞은편에서 빠른 속도로 다가오기도 했다. 낮은 돛대에 적당히 바람을 안아 보기 좋게 풍선처럼 부풀어오른 돛은 비둘기처럼 하얗고, 연꽃 모양의 선수재, 그리고 선실 대신 우아한 정자가 있고, 파란색을 칠한 배들이었다. 보랏빛 돛을 달고 뱃전에는 커다란 그림이 그려진 신전의 배도 있었다. 뿐만 아니라 권세가의 최고급 여행선도 있었다. 그런 배에는 노 젓는 사공이 양쪽에 각각 열둘이나 되었고, 주인의 짐과 마차도 실려 있었으며, 기둥을 세우고 문까지 단 정자에는 화려한 색깔의 양탄자를 벽으로 삼고 귀한 분이 앉아 있었다. 그런 사람은 너나없이 손은 무릎에 올리고 미(美)와 부(富)로 굳어버리기라도 한 듯, 오른쪽도 왼쪽도 보지 않고 앞만 바라보고 있게 마련이었다. 상가 행렬도 만났다. 배 세 척이 한 밧줄에 묶였는데, 맨 끝에 있는 돛도 노도 없는 하얀 거룻배에서 사자 발처럼 생긴 받침대 위에 화려한 오시리스를 머리를 앞으로 향한 채 뉘여 놓고 사람들이 구슬프게 곡을 하고 있었다.

그랬다. 볼거리가 풍성했다. 강가도 그랬고 강에서도 그랬다. 팔려간 자 요셉은 처음 해보는 배 여행이 마냥 신나기만 했다. 하루가 한 시간처럼 금방 지나갔다. 앞으로 얼마나 자주 하게 될 여행이던가! 특히 아문의 집에서부터 무덤의 유머를 간직한 멘페에 이르는 뱃길이야말로 얼마나 익숙해질 길인가! 높은 귀족들이 앉은 양탄자를 두른 작은 방, 그곳이 앞으로 그가 앉게 될 자리가 아니던가. 그게 위에서 내린 결정이었다. 그러니 위엄을 보이기 위한 부동자세도 배워야 하리라. 백성들이 신들과 위대한 사람들에게 기대하는 것이 바로 그것이었다. 요셉은 주님을 대할 때에도 그만큼 현명하고 재치 있게 행동해야 하리라, 그리하여 마침내 서쪽에서 제일인자가 되어 그 안에 앉아 오른쪽도 왼쪽도 쳐다보지 않고 정면만 바라보게 되리라. 그에게 예비된 일이 바로 그것이었다. 우선 지금 당장은 오른쪽도 보고 왼쪽도 보았다. 정신과 감각을 총동원하여 이 나라와 이 나라의 생활을 최대한 받아들이기 위해서였다. 그러면서도 한 가지 사실은 잊지 않았다. 요셉은 호기심이 어리석게도 혼란으로 굳어버리거나, 혹은 쓸데없는 멍청함으로 전락하지 않도록 조심했고 조상들께 떳떳하도록 당당함을 잃지 않았다.

이렇게 저녁이 지나 아침이 되고, 다시 하루가 지나 여러 날들이 쌓여갔다. 처음 돛을 올린 그날, 이미 멤페에서는 완전히 벗어났었다. 해가 저물어 바깥의 사막이 보랏빛으로 물들고 왼쪽의 아라비아 하늘이 오른쪽 리비아 하늘의 오렌지빛을 살며시 반사해 줄 때면, 가까운 선착장에 배를 묶고 잠을 청했다. 그리고 날이 밝으면 항해를 계속했다. 바람은 거의 매일 순풍이었다. 하지만 어쩌다 한번 바람이 잠잠해지는 날에는 노를 저어야 했다. 그럴 때면 언제라도 사고팔 수 있는 노예 우사르시프와 젊은 이스마엘 사람들까지 나서서 노 젓는 일을 도왔다. 뱃사람의 숫자가 많지 않아 자꾸 처지자 정확한 날짜에 무덤의 조각상을 배달하기로 한 토트-노페르는 난감해 했다. 그러나 크게 늦어지지는 않았다. 다음날에는 바람이 다시 순풍으로 돌아와 장점과 단점이 서로 균형을 이뤄 마침내 만족스러운 결과를 얻었기 때문이다.

그리고 아흐레째 되던 저녁, 저 멀리 뾰족뾰족한 언덕들이 빨간 강옥(鋼玉)처럼 지극히 우아한 건포도 색으로 자태를 드러내었다. 하지만 겉모양만 화려했을 뿐, 실제로 이 언덕들은 다 알다시피 이집트의 모든 산들과 마찬가지로 황량하고 저주받은 곳이었다. 배 주인과 노인은 그 언덕들이 아문의 산, 노의 고지대라고 일러주었다. 그리고 하룻밤 자고 나서는 다시 돛을 올린 후 조바심을 참지 못해 노까지 저으며 서둘렀다. 그때였다. 앞에 황금색이 번쩍하며 무지개 색이 어른거렸다. 마침내 일행은 파라오의 도시에 진입한 것이다. 어마어마한 이름을 떨치는 도시에 들어섰어도 아직은 배에서 내리지 않았다. 육로보다 강이 영예로운 길이었던 것이다. 그도 그럴 것이 강가에는 거룩한 건물들이 즐비했다. 기쁨을 주는 초록빛 정원, 삶의 강가와 죽음의 강가에 세워진 신전과 궁궐, 파피루스 주랑(기둥에 파피루스 문서를 붙여 놓은 곳—옮긴이)과 수련 주랑(기둥의 머리 부분 장식이 수련 모양인 곳—옮긴이), 황금을 입힌 오벨리스크와 거상(巨象), 성문 탑, 스핑크스 길, 황금을 두른 성문과 깃대가 보였다. 거기서 나오는 휘황찬란한 광채 앞에 너나없이 실눈을 뜰 수밖에 없었다. 그리고 붉은 계피 색, 자두빛, 에메랄드 초록색, 황토 색, 라주르 파란색 등 건물에 그려 놓은 그림과 글씨의 색깔들이 한데 뒤섞여 혼란스러운 먹물의 바다에 출렁이는 듯했다.

"여기가 아문의 큰 집 에페트-에소베트다." 노인이 손가락으로 가리키며 요셉에게 말했다.

"홀의 폭이 50엘레이고 천막의 기둥과 비슷한 기둥이 52개지. 그리고 홀 바닥이 무엇으로 되어 있는지 아느냐? 네가 언짢아할지 모르겠다만 은이란다."

"그럴 리가 있나요. 아문이 무척 부유한 신이라는 건 저도 잘 알고 있었습니다."

그러자 노인은 왼쪽의 내항(內港)과 조선소를 가리키며 이렇게 말했다.

"이곳이 신들의 거룩한 부두다."

거기엔 잠방이를 입은 사람들이 북적였다. 신의 목수들이 송곳과 망치와 역청을 가지고 배의 뼈대에 달라붙어 열심히 일하고 있었다.

"여기는 파라오가 죽어서 사는 죽음의 신전이고, 저기 저것은 살아 있을 때 사는 생명의 집이다."

노인은 내륙의 서쪽에 있는 건축물을 여기저기 가리켰다. 일부는 웅장한 건물들이었고, 일부는 화려하고 우아했다.

"저기가 아문의 남쪽 여자 집이다."

노인이 다른 쪽 강가로 걸어가 강에 바짝 붙어 있는 신전 부지를 가리키며 말했다. 전면은 눈부신 햇살을 받았지만 모서리 부분에는 앞으로 튀어나온 건축물 덕분에 그늘이 져 있었고, 거기에 공사 인부 같은 사람들이 우르르 몰려 쉬고 있었다.

"얼마나 아름다우냐? 왕을 맞는 비밀의 성지가 보이느냐? 파라오 홀과 뜰 앞에 다른 기둥보다 훨씬 높은 회랑을 하나 더 지으려 하지 않느냐? 저것이 고고한 노베트-아문이다! 저기 남쪽 여자 집으로부터 큰 집으로 이어지는 숫염소 길이 보이느냐? 저 길은 5,000엘레나 된다. 좌우에 수많은 아문의 숫염소가 서 있지. 다리 사이에 아문의 상을 들고 말이다."

"산뜻한 것 이상이군요." 요셉이 말했다.

"산뜻하다고?" 노인이 따졌다.

"무슨 엉뚱한 소리냐? 베세트를 본 소감치고는 탐탁치 않구나."

"그러게 산뜻한 것 '이상'이라고 말씀 드렸지 않습니까? 그런데 부채를 들고 있는 자의 집은 어딘가요? 주인님께서 절 데려다 주시겠다는 그 집도 알려 주실 수 있습니까?"

"아니다. 여기서는 보이지 않아서 일러줄 수가 없다. 저기 동쪽에 집들이 오밀조밀하지 않고 주인님들의 정원과 별장들이 드문드문 있는 광야에 있다."

"그러면 오늘 안으로 저를 그 집으로 데려다 주실 건가요?"

"한시라도 빨리 팔려가고 싶어서 안달이더냐? 그 집의 집사가 널 인수하는 대가로 내 경비와 거기에 덤으로 정당한 이윤까지 얹어서 후하게 값을 치를지 어떻게 아느냐? 너를 네 어머니인 우물에서 끄집어낸 지 오래되어, 달의 모습도 벌써 몇 번이나 변했다. 참으로 여러 날을 함께 여행해 왔다. 넌 내게 과자도 구워 줬고, 네 낱말창고에서 매번 새로운 표현들을 골라서 밤인사를 들려주곤 했지. 물론 네게는 우리와 함께 한 시간이 길게 느껴졌을 수도 있겠지. 나와 우리 식구들한테 질렸을 수도 있고. 그래서 이제는 다른 일을 하고 싶을 수도 있을 거야. 하지만 이렇게 많은 날을 함께 했다면 정이 들어서 마온 출신의 미네아 사람인 이 늙은이와 헤어지기 어려울 수도 있지. 그래서 모태에서 꺼내 준 내가 너를 다른 사람의 손에 넘겨주고 떠나갈 그 시간을 묵묵히 기다릴 수도 있을 테지. 이것이 여러 날 동안 함께 여행했을 경우 나올 수 있는 두 가지 가능성이다."

"제 경우는 마지막 가능성에 해당합니다. 당연히 마지막 가능성입니다. 정말입니다. 절 구해 주신 주인님과 헤어지는 일은 전혀 급하지 않습니다. 다만 제 주님께서, 하나님께서 원하시는 일인 그곳에 당도하는 게 급할 뿐입니다."

"조금만 참아라. 이집트 사람들이 이곳에 도착한 사람들

170

에게 부과한 여러 가지 번거롭고 느려터진 절차들을 마치게 되면, 뭍으로 올라가 복잡한 시내로 들어갈 것이다. 그리고 오늘밤은 내가 잘 아는 숙소에서 보내고 내일 아침에 축복의 집으로 출발할 생각이다. 거기 당도하면 그 집의 집사이자 내 친구인 몬트-카브에게 널 사겠느냐고 흥정을 해봐야지."

이런 이야기를 하는 동안 그들이 탄 배는 강 복판에서 방향을 틀어 항구에 닿았다. 아니 항구랄 것까지는 없고 선착장이라 해두자. 그사이 거룻배 주인 토트-네페르는 무사히 여행을 마쳐 감사하다는 뜻으로 다시 한번 선실 앞에서 향고를 태웠다. 뭍에 오르기까지는 지루하고 복잡한 절차를 거쳐야 했다. 고금을 막론하고 이렇게 시간을 많이 잡아먹는 경우는 없었을 것이다. 온 사방이 육지와 물에서 터져 나오는 소음과 아우성으로 정신이 없었다. 그들 앞쪽에도 배가 수두룩했다. 그곳 배, 타지에서 온 배, 이미 말뚝에 밧줄을 붙들어 맨 배, 말뚝을 찾느라 법석을 떨다가 마침내 말뚝이 하나 비자 남 먼저 밧줄을 던지는 배, 여기도 배, 저기도 배였다.

'너무 빨라 반짝이는' 배는 항구를 지키는 자들과 세리들이 당겨주는 갈고리에 끌려갔다. 이들이 배에 탄 사람을 비롯하여 쥐새끼 하나도 빼놓지 않고 그 안에 실린 물품들을 일일이 기록하는 동안, 강가에서는 자신의 조각상을 주문한 고객의 일군들이 팔을 뻗고 어서 그 상을 달라고 소리를 질러댔다. 그 물건이 도착하기만 눈 빠지게 기다리고 있던 것이다. 그리고 거기엔 이곳에 도착한 사람들에게 샌들과 모자와 꿀 케이크를 팔려고 소리소리 질러대는 상인들도 대거 나와 있었다. 거기에 배에서 부려 놓은 짐승 소리까지 가세했다. 그뿐인가. 부두에서 사람들의 시선을 모으려는 곡예사들의 음악 소리도 합쳐졌다. 정말이지 한마디로 아수라장이었다.

요셉과 일행은 배 뒤쪽에 쌓아둔 목재 위에 얌전히 앉아서 기다렸다. 어서 차례가 되어 뭍으로 올라가 숙소로 향할 수 있기를 바랄 뿐이었다. 그러나 그러기 위해서는 한참 더 기다려야 했다. 우선 노인도 세리 앞에 불려가 자신뿐 아니라 거느린 식구들 하나하나 신상을 기록하게 해야 했고 물건에 대한 세금도 물어야 했다. 이런 규칙을 너그럽게 수용할 줄 알았던 노인은 세리와 자신들의 관계를 사무적인 관계가 아닌 인간적인 관계로 바꾸어버렸다. 그러자 세리들은 웃음을 터뜨리며 조그만 선물을 받고는 이 행상의 하선을 그리 엄격하게 취급하지 않고 적당히 넘어가 주었다. 요셉 일행은 밧줄을 던진 후 몇 시간이 지나서야 배에서 낙타를 끌어내렸다. 그리고 그곳 사람들은 어차피 온갖 피부색과 옷차림에 익숙한 터라, 요셉은 특별히 눈에 띌 것도 없이 걸음을 재촉하여 소란스러운 부둣가를 벗어났다.

베세를 가로지르는 요셉

훗날 그리스인들이 자기들 방식대로 간편하게 '테베'로 불렀던 이 도시는 요셉이 도착한 당시만 해도, 그리고 그의 생전에는 명성의 절정에 이르지는 못했다. 물론 이때도 유명할 만큼 유명하기는 했다. 이스마엘 사람들이 이 도시에 대해 이야기하는 어조나 이곳이 목적지라는 사실을 알고 요셉이 보인 반응만 봐도 이는 분명하다. 이 도시는 까마득한 옛날 처음 시작된 그날부터 성장을 거듭하여 완전한 미를 향하여 나아가는 과정에 있었다. 그러나 아직은 이 종점에 닿지 못했다. 더 이상의 성장이 불가능한 그 지점에 이르면 완성된 화려함으로 세계의 7대 불가사의 중의 하나가 된다. 이미 그 당시에도 그랬듯이, 도시 전체도 물론이지만 특히 일부에 그 비중이 실리는 것도 사실이다. 모두 유래를 찾기 어려운 웅장하고 호화로운 주랑 덕택이었다. 그 설립자는 라-메수, 혹은 '태양이 그를 생산했다'라 불리는 훗날의 파라오였다. 이 신은 자신이 소유한 재물의 무게가 최고 수준에 이르자, 이에 걸맞는 어마어마한 경비를 들여 북쪽의 거대한 복합 건물인 아문 신전에 주랑을 증축했다.

요셉은 이것과 관련하여 본 것이 별로 없었는데, 일전에 피라미드 주변에 있던 과거의 잔재를 별로 보지 않았던 때와는 전혀 다른 이유 때문이었다. 그건 이 주랑이 아직은 현실로 눈앞에 드러나 있지 않아서 볼 수도 없었고, 그것을 상상한 사람도 아직은 없었기 때문이다. 그것이 가능해지려면 다른 것들이 먼저 세워져야 했다. 그러면 이 건물들에 익숙해진 인간들은 서서히 불만을 느끼고 다시 상상력의 날개를 펴서 이 건물들을 능가하는 것을 만들게 된다. 예를 들면 노인이 잘 알고 있던 에페트-에소베트의 대연회장도 그렇다. 그곳의 바닥을 은으로 포장하고 장막 기둥과 유사한 기둥을 52개나 세운 신은 지금 현존하는 신으로부터 3대 앞선 조상이었다. 그리고 요셉이 강가에서 방금 보았듯이 지금의 신도 기존의 아름다운 신전을 능가하는 건축물을 짓고 있는데, 이 홀도 마찬가지다. 이 아름다운 건축물들은 처음에는 먼저 상상이 되어야 하고, 그런 다음에는 이것이 더 이상 아름다울 수 없는 지고한 것이라는 믿음에서 세워져야 한다. 그러면 만족할 줄 모르는 인간은 이를 터전으로 삼아, 또다시 때가 오면 진짜 최고의 것, 다시 말해서 더 이상의 성장이 불가능한 미, 곧 세계의 기적인 람세스-홀을 상상하고 이를 실제로 세우게 되는 것이다.

이것은 지금 우리가 요셉과 함께 몸담고 있는 그 시대에는 아직 현실이 되지 못하고 준비 단계에 있었다. 그럼에도 불구하고 흔히 노베트-아문이라고 불린 베세는 나일 강에 있는 수도로서 이 단계에서도 이미 먼 세계까지 최고 수준의 기적을 보이고 있었다. 적어도 자신들은 그렇게 인정하고 있었다. 아니, 오히려 그 자랑이 지나칠 정도였다. 사람들은 흔히 누가 어떤 것이 유명하다고 말하면 덩달아 맞장구치기를 좋아한다. 그리고 남들이 다 그렇다고 하는데 반대하는 것보다는 그쪽이 편하므로, 여러 사람이 어떤 것의 이름을 인정해 주면 그걸 계속 고집하게 되는 것이다. 그래서 이집트의 노는 어디에도 뒤지지 않을 만큼 크며, 아름답고 화려한 건축의 대명사로서 한마디로 꿈 같은 도시라는 명성을 고수하는 것이다. 만일 이에 대해 공개적으로 의심을 표명하는 사람이 있다면, 그는 이상한 사람 취급을 받기 십상이다. 아니 심하면 사람 취급을 못 받을 수도 있다. 이제 이 도시로 한번 내려가 보자. 강을 기준으로 하면 요셉과 함께 상류로 올라가는 것이지만, 공간적인 의미에서는 '내려가기'이며, 시간적인 의미에서도 과거로 내려가는 것이므로 내려간다는 게 맞는 표현이다. 과거의 우물에서 적당히 깊은 이 시절, 도시는 사람들로 여전히 북적대고 소란스럽고 번쩍거린다. 그리고 거룩한 호수의 잔잔한 거울에 청명하게 반사된 신전도 있다. 다만 지금 우리 눈앞에 다가오는 도시의 모습이 그 명성과는 사뭇 다를 수 있다. 경건한 설화를 통해 지극히 이상적인 모습으로만 알고 있다가 처음 우물가에서 실제 바라본 요셉의 모습도 이 경우와 비슷했었다. 그때 우리는 요셉이 아름답다는 터무니없는 명성을 당시의 인간 척도로 되돌려 놓았었다. 그러나 사람들의 불필요한 외침을 소문에서 모두 제거하고도 그의 우아한 매력을 확인할 수 있었음은 물론이다.

거룩한 도시 노도 그랬다. 이 도시는 특별히 거룩한 재료가 아니라 짚을 섞은 보통 벽돌로 만들어졌다. 그리고 골목의 모습을 확인한 요셉은 안도의 한숨을 내쉬었다. 사람 사는 곳이 다 그렇듯, 좁고 지저분한 꼬부랑길에는 악취가 진동했던 것이다. 하늘 아래에 있는 곳이라면 예전에도 그랬고 앞으로도 그럴 것이다. 최소한 가난한 백성이 주거하는 넓은 지역은 그렇게 지저분했다. 그리고 이들은 흔히 그렇듯이 편하고 고상하게 사는 부자들보다 훨씬 많았다. 저 멀리 세상 바깥에서, 바다의 섬이나 해안에서 베세는 '집집마다 보물이 넘쳐난다'라고 노래했지만, 이러한 소문은 황금을 됫박으로 퍼 담는 신전들을 제외하고는 파라오가 부자로 만들어준 극소수의 집에 해당될 뿐이었다. 나머지 대부분의 집들은 보물은커녕 저 멀리 섬과 해안에서 일광욕 삼아 베세가 부자라는 전설의 후광을 즐기는 사람들이나 마찬가지로 가난하기만 했다.

노의 크기로 말할 것 같으면, 이 도시는 괴물처럼 어마어마하게 큰 도시로 여겨졌다. 그리고 제한적인 의미에서는 사실이기도 했다. '어마어마하다'라는 것을 스스로 충족되는 명백한 개념이 아니라, 어떤 것과 연관시킬 때 이미 시작되는, 혹은 그때야 비로소 가능해지는 개념으로 이해할 때 그렇다는 뜻이다. 이 개념에서 중요한 것은 한 개인이 갖는 개념과 일반적인 개념이다.

이러한 베세의 크기를 말할 때 가장 중요한 특징으로 꼽는 '백 개의 문을 가진 도시'라는 진술은 세상의 눈으로 볼 때 오해받기 쉬웠다. 사이프러스-알라시아 섬과 크레타 등지에서 사람들은 이 이집트 도시에 문이 백 개나 있다며 신화를 들먹이듯 감탄해마지 않았다. 게다가 백 개나 되는 문에서 각각 200명의 남자가 마차를 타고 출격할 수 있다고 덧붙였다. 이쯤 되면 모든 게 명백해진다. 수다스러운 사람들이 생각한 것은 성문이 네댓 개가 아니라 무려 백 개나 되는 엄청난 규모의 성벽이었다. 이런 어린아이 같은 발상이 가능했던 것은 베세를 자기 눈으로 보지 않고 풍문을 믿었던 탓이다. 문이 많다는 것이 전혀 근거 없는 이야기는 아니었다. 실제로 아문의 도시에는 '문'이 많았다. 그러나 이것은 성벽에 있는 성문이나 출격문이 아니라, 익살스럽고 거대한 탑 문이었다. 빼곡하게 쓰여진 마법의 비문과 깊이 새긴 부조에 입혀진 화려한 색상과 함께 황금 깃대에 나부끼는 다양한 빛깔의 깃발이 이 탑 문들을 장식해 주었다. 이중 왕관을 쓴 통치자들이 큰 기념 축제를 맞아 신의 성물을 치장하려고 세운 탑 문의 숫자는 실제로도 많았다. 그러나 베세가 어느 곳에도 뒤지지 않는 완전한 미에 도달한 그날에는, 그동안 새롭게 등장한 또 다른 탑 문들과 합쳐져 더 늘어나긴 했으나, 그때나 지금이나 '백 개'까지는 안 되었다. 하지만 원래 백이라는 숫자는 어림잡아 내놓는 숫자로 우리들도 그저 '수많은'이라는 뜻으로 말할 뿐이다. 북쪽에 있는 아문의 큰 집 에페트-에소베트는 당시 이런 '문'을 예닐곱 개 가지고 있었다. 그리고 주변에는 콘스, 무트, 몬트, 민, 그리고 하마 모양을 한 에페트 같은 신들의 작은

177

집들도 제법 있었다. 그리고 이 작은 신전들뿐 아니라, 강가에 있는 아문의 남쪽 여자 집, 혹은 간단하게 '규방'이라 불린 큰 신전에도 또 다른 탑 문들이 있었다. 그리고 이곳이 고향은 아니지만 여하튼 토속신으로 음식을 얻고 있던 우시르, 에세트, 멘페의 프타흐, 토트 등등의 신들이 사는 작은 집들에도 탑 문이 있었다.

정원과 숲, 그리고 호수까지 딸린 이 신전 구역이 도시의 중심부, 아니 도시 자체였다. 사람들이 사는 세속의 주거지는 이 신전과 저 신전을 구별하는 틈새를 메우는 정도였던 것이다. 이 신전 구역은 남쪽의 항구 구역과 아문의 여자 집으로부터 북동쪽의 신전복합체 쪽으로 길게 뻗어 있었다. 그 사이로 노인이 배 위에서 요셉에게 가리켰던 숫염소의 스핑크스 길, 곧 신의 큰 축제로가 있었고, 이 만만찮은 구간의 총 길이는 5,000엘레나 되었다. 행진로가 북동쪽으로 방향을 틀어 나일 강변에서 멀어지면, 그 틈을 주거 구역이 채우고, 강 건너편의 주거 구역은 동쪽의 사막 쪽으로 이어지면서 점점 집이 드문드문해졌는데, 그곳에 고상한 자들의 정원과 대저택—'보물이 많은 집들'—이 있었다. 이렇게 보면 이 도시는 실제로 아주 커서 굳이 그렇게 표현하고 싶다면 어마어마하게 컸다고 해도 무방하다. 사람들은 주민들의 숫자가 10만보다 크다고들 했다. 앞에서 말했던 문의 경우, 100이라는 숫자가 무엇 이상을 의미하는 시어(詩語)같은 얼버무림이라면, 여기서 10만이라는 숫자는 베세에 사는 백성의 수가 많다는 사실과 정확히 맞아떨어지는 것이다. 물론 같은 얼버무림이되, 이번에는 위로 올려

준 것이 아니라 아래로 내린 것이다. 우리들과 요셉의 어림 짐작을 믿어도 된다면, 주민들의 숫자는 10만보다 웬만큼 '큰' 게 아니라 훨씬 크다. 아마 두 배나 세 배가 될지도 모른다. 특히 저기 강 건너편, '주인님의 맞은편'이라 불린 서쪽에 있는 죽음의 도시에 사는 주민들 숫자까지 합치면 확실히 그 정도는 될 것이다. 물론 죽은 자들의 숫자가 아니라 그곳에 살면서 진지한 직업에 종사하는 사람들의 숫자를 말한다. 세상을 하직한 자들이 강 건너편에 옮겨지면 이 사자(死者)들을 섬기고 보살피는 수공업과 예배에 관련된 일을 하는 사람들이 그들이었다. 이들과 이들의 집들이 이렇게 건너편에서 독자적인 도시를 형성하고 있었으므로 베세 전체를 더욱 더 크게 만든 것이다. 파라오도 이들에게 속했다. 그의 주거지는 살아 있는 자들의 도시가 아니라 저기 바깥에 있는 죽은 자의 도시에 있었다. 우아한 그의 궁궐은 광야의 가장자리, 붉은 바위 아래에 솟아 있었다. 그리고 그 안에 기쁨을 주는 정원에는 전에 없던 인공 호수와 시냇물도 있었다.

그러니까 이곳은 아주 큰 도시임에 틀림없다. 비단 넓이와 사람의 숫자뿐 아니라, 내면적으로도 여러 가지가 뒤섞인 생활의 긴장과 흥겹고 재미있는 울긋불긋한 장터를 보더라도 큰 도시였다. 한마디로 세상의 핵심이요, 중심으로서 크다는 말이다. 이곳은 자칭 세상의 배꼽이었다. 요셉이 보기에는 물론 건방진 발상이며, 다른 면에서도 쉽게 동의할 수 없는 주장이었다. 우선 거꾸로 흐르는 유프라테스 강가에 바벨도 있지 않은가. 그곳에서는 그곳대로 이집트의 강이 거꾸로 흐른다고 생각했다. 그리고 주변에 둘러선 나머지 세상이 그곳 밥-일루에 감탄한다고 주장했다. 그곳 역시 당시로서는 아직 완전한 미에 도달하지 않았을 때인데도 그렇게 자신만만했다.

하지만 요셉의 고향 사람들이 아문의 도시에 대해 '무수히 많은 누비아 사람과 이집트 사람이 강력한 주병력이고 푼트 사람과 리비아 사람이 그들을 돕는 원군이다'라고 이야기한데는 나름대로 이유가 있었다. 이스마엘 사람들과 강가를 출발하여 숙소를 찾아 폭이 좁은 내륙 깊숙이 들어가는 첫 길에서 요셉이 100가지 인상을 받았다 한다면, 이 인상들은 앞서 언급한 사람들의 노래가 거짓이 아님을 확인시켜 주는 것이다. 이곳에는 그와 그의 일행을 눈여겨보는 사람이 아무도 없었다. 그만큼 낯설음은 일상적인 것이었다. 그리고 사람들의 주목을 받을 만큼 그의 일행이 눈에 띄지도 않았다. 덕분에 그는 더 편안하게 아무런 방해도 받지 않고 주변을 둘러볼 수 있었다. 다만 이처럼 큰 세계가 도도한 밀물처럼 밀려 들어와 자부심을 흔들어 놓을까봐, 그래서 기가 죽으면 어쩌나 하는 마음으로 주변을 살피는 눈길에 이따금 제동을 걸었을 뿐이다.

부두에서 숙소까지 가는 동안 얼마나 많은 것을 보았던가! 둥근 지붕 아래 쏟아져 나온 물건들이 얼마이며, 골목에 우글거리는 아담의 후손들의 종류와 특징은 또 얼마나 다양한가! 베세의 주민은 하나도 빼놓지 않고 모두 밖으로 싸돌아다니는 것 같았다. 다들 무슨 급한 용무가 있는지 도시의 이쪽 끝에서 저쪽 끝을 오가는 사람들이 끊이지 않았다. 그리고 토착민 틈에 전 세계에서 몰려온 인종이 그만큼 다양한 복장으로 섞여 있었다.

부두의 하역장도 사람들로 붐볐었다. 흑단처럼 검은 피부에 믿기 어려울 정도로 볼록한 산봉우리 같은 입술, 머리에는 타조 깃을 꽂은 무어 사람들도 떼거지로 몰려 있었다. 남자들도 있고 가죽 부대 같은 젖가슴을 드러내고 짐승 같은 눈을 한 채, 우스꽝스러워 보이는 아이들을 바구니에 담아 등에 업은 여자들도 있었다. 야옹하는 소리가 흉측한 표범과 네 발로 걷는 비비(개코원숭이—옮긴이)들이 쇠사슬에 묶여 끌려가고 있었다. 그리고 앞은 나무처럼 높고 뒤쪽은 말만한 기린이 그들 사이로 우뚝 서 있었다. 사냥개 그레이하운드도 있었다. 무어 사람들은 황금빛 보자기에 싸인 물건들을 나르고 있었다. 그렇게 돌돌 싸맨 걸로 보아 가치 있는 소중한 물건인 모양이었다. 아마 황금과 상아로 된 물건이리라.

요셉이 알아낸 바에 따르면, 그건 쿠쉬 땅에서 공물을 바치러 온 사절단이었다. 쿠쉬는 베세트 땅의 건너편 남쪽, 그러니까 저 멀리 강 상류 쪽에 있었다. 규모가 작은 이번 사절단은 의례적인 공물을 바치러 온 것이 아니었다. 남쪽 나라들의 총독이요, 쿠쉬의 부왕(副王)이며 태수인 자가 파라오의 환심을 사려고 보낸 깜짝 선물을 전하러 온 일행이었다. 모쪼록 파라오가 자신을 소환할 생각조차 떠올리지 못하게 하려는 뜻에서였다. 자기가 맡고 있는 노른자위가 탐나서 파라오에게 아침 문안을 올리며 자신을 중상모략하는 자들이 한둘이 아니었다. 파라오가 이들 중 한 사람을 자기 대신 앉히는 불상사를 미연에 막아야 했다. 이 사절단의 모습에 부둣가의 백성들이나 거리의 부랑자들은 입을 헤벌리고 야자수처럼 긴 기린의 목을 놀려대고 있었다. 그런데 이들이 이런 연극의 배경을, 그러니까 부왕의 근심과 아침 문안에서 일어나는 중상모략을 정확히 알고 있다는 점이 특이했다. 그들은 요셉과 이스마엘 사람들도 들을 수 있을 정도로 큰소리로 이에 관해 이러쿵저러쿵 비판적인 이야기들을 떠들어댔다.

요셉은 딱한 생각이 들었다. 그런 차가운 지식으로 말미암아 단순하고 순수하게 그 다채로운 광경을 마음껏 즐기지 못하다니 안타까웠다. 아니, 어쩌면 비판을 통해 또 다른 특별한 맛을 느끼는 건지도 몰랐다. 여하튼 요셉에게는 반가운 이야기였다. 자신의 직위를 잃을까 걱정하는 쿠쉬의 소국왕(小國王)과 그를 중상 모략하는 궁정의 신하들, 그리고 기꺼이 깜짝 선물을 받아주는 파라오. 이 나라 내부에서 일어나는 이러한 공공연한 비밀은 알아둘 만했다. 그것은 요셉에게 자신감을 북돋아 주었고 멍청해지지 않도록 무장시켜 주었다.

파라오 앞에 나가야 할 흑인들이 이집트 관리들의 보호와 인도에 따라 강 위로 올라왔다. 그 장면은 요셉도 보았다. 이 흑인들과 똑같은 피부를 가진 또 다른 사람들도 도중에 만났다. 그뿐 아니라 다른 피부색도 보았다. 흑요석-검은색의 피부로부터 시작하여 여러 단계의 명암을 거쳐 갈색과 황색 피부, 치즈처럼 하얀 피부까지 천차만별이었다. 게다가 노랑머리와 하늘처럼 파란색 눈도 보았고, 각기

다르게 재단된 얼굴과 옷들을 보았다. 한마디로 그는 인류를 보았다. 파라오와 교역하는 낯선 나라의 배들이 한둘이 아닌 덕분이었다. 강어귀에 있는 항구에 정착하지 않고 이왕이면 이곳까지 오려고 북풍을 타고 강을 거슬러 올라온 배들은 모든 것이 다 모이는 파라오의 보물창고에 공물과 교환물품을 직접 내려놓았다. 파라오는 이 물건들로 아문과 친구들을 부자로 만들 수 있었다. 그리하여 아문은 건축 수준을 더욱 높여 기존의 것을 능가할 수 있게 되고, 친구들은 생활을 최고 수준으로 세련되게 가꾸었다. 그 도가 지나쳐 우스꽝스러워 보이는 경우도 물론 있었다.

노인의 설명처럼 여러 나라와의 교역이 활발했던 베세에는 쿠쉬의 무어인 외에 다른 인종들도 있었다. 요셉은 홍해 앞에 있는 신의 땅에서 온 베두인도 보았다. 그리고 서쪽 사막의 오아시스에서 온 밝은 피부색의 리비아 사람은 여러 가지 색으로 된 편물 옷에 빳빳한 댕기머리였다. 요셉 자신과 같은 아무르 사람, 아시아인은 화려한 색상의 모직 옷에 수염과 코 생김새도 고향 사람들을 연상시켰다. 아마누스 산 너머에 사는 핫 남자들은 뒤쪽 머리를 주머니로 싸넣은 모대 가발을 썼고, 몸에 착 달라붙는 셔츠 차림이었다. 미단 상인들은 품위를 자랑하듯 주름과 장식술이 많은 바벨 옷을 입었다. 미케네 섬의 상인들과 뱃사람들은 주름이 차분한 모직 옷 밖으로 드러난 팔에 청동 팔찌를 차고 있었다.

이스마엘 노인은 얼마 되지 않는 일행을 가능하면 가난한 옛날 길로 인도하려 했다. 그러나 자신들의 초라한 행색으로 고상한 거리의 아름다운 광경에 오점을 남기지 않으려는 겸손한 마음이 아무리 컸어도, 미를 전혀 손상하지 않을 수는 없었다. 예컨대 신의 축제 길에 나란히 놓인 콘스의 아름다운 거리는 부득불 지나가야 했다. 이 길은 '아들의 길'이라 불리기도 했다. 달과 연관된 콘스는 아문과 그의 바알라트, 곧 여신 또는 아내인 무트 사이에 태어난 아들이었던 까닭이다. 그는 멘페의 파란 연꽃 네페르템 같은 존재로서 위대한 부모와 함께 베세트의 삼위를 이루었다. 따라서 중심가에 있는 그의 길은 진실로 '압렉가', 즉 조심해야 하는 길이었다.

이스마엘 사람들은 이 길의 아름다움을 해친다고 지적받을 위험을 무릅쓰고, 한동안은 이 길을 따라가야 했다. 그 덕에 요셉은 궁궐들을 보았고 보물창고와 곡식창고를 관리하는 관청과 외국 왕자들이 사는 궁전도 보았다. 그곳은 시리아 태수들의 아들들이 교육받는 곳이었다. 벽돌과 고급 목재로 만든 넓고 아름다운 건물들은 무척 화려했다. 마차가 달리는 것도 보았다. 망치로 황금을 두들겨 박은 마차였다. 마차를 탄 거만한 자가 눈알을 부라리며 앞으로 달리는 말 등에 채찍을 날렸다. 거친 숨을 몰아 쉬며 주둥이에 거품을 무는 말은 다리가 마치 노루 같았다. 그리고 목에 납작하게 달라붙은 머리에는 타조깃으로 만든 화환을 쓰고 있었다.

어깨에 메고 가는 가마도 보았다. 조심스럽게 사뿐사뿐 가마를 지고 가는 자들은 키가 훌쩍 큰 젊은이들로 황금색 잠방이를 걸쳤다. 의자 모양의 가마는 조각이 되어 있고 황금으로 입히고 커튼이 쳐져 있었다. 거기 앉은 남자들은 손이 보이지 않았다. 에나멜을 칠한 머리카락은 이마에서 목덜미까지 가지런히 빗어 넘겼고, 턱에는 짧은 수염을 길렀다. 그리고 고귀한 신분답게 부동자세를 유지해야 하는 의무 규정을 따르느라 눈썹은 아래로 내리깔고 있었다. 그리고 등 쪽에 갈대와 천으로 만든 바람막이가 있는데 거기엔 그림이 그려져 있었다.

때가 되면, 파라오 덕분에 부자가 되어 집에 갈 때 이런 가마를 타고 갈 사람이 있었다. 우리가 아는 사람이던가? 그러나 이건 미래의 일로써 이 축제의 때는 아직 오지 않았다. 실제로는 그때가 이미 왔었기에 모르는 사람이 하나도 없지만, 이야기 속에서는 그렇다는 말이다. 이 순간 요셉은 장차 자신의 모습이 될 그 낯선 광경을 눈이 휘둥그레져서 바라보고 있었다. 훗날 요셉이 이방인 출신으로 대인이 되었을 때, 다른 사람들이 아마도 이런 표정으로 그를 바라보리라, 아니 어쩌면 감히 바라보지도 못하리라.

하지만 지금 도둑질당해 아래로 팔려 가는 젊은 노예 오사르시프, 우물의 아들은 모자 달린 초라한 옷차림으로 더러운 발을 벽에 바짝 붙일 수밖에 없었다. 소란스러운 나팔 소리와 함께 '아들의 길'로 급히 행진해오는 병사들 때문이었다. 요셉은 창과 방패, 활과 방망이를 들고 빈틈없이 대열을 정비한 이 똑같은 차림의 무서운 남자들이 파라오의 군사이려니 생각했다. 그러나 깃발과 방패의 표식을 본 노인은 신의 병사들이라고 일러주었다. 그러니까 신전의 병력으로 아문의 군사였던 것이다. 아니, 어떻게 아문이 파

라오와 마찬가지로 군대와 땅을 가질 수 있단 말인가? 요
셉은 영 마음에 들지 않았다. 군사 패거리가 그를 벽으로
밀쳐서가 아니라 파라오 생각에 시샘이 난 것이다. 그렇다
면 여기서 제일 높은 이는 누구인가, 그런 의문도 들었다.
대단한 자부심과 명성을 자랑하는 아문에게 가까이 다가왔
음은 이것이 아니더라도 충분히 감지할 수 있었다. 가슴이
답답해졌다. 한편으로는 아문 말고도 그를 견제할 수 있는
다른 지고한 존재 파라오가 있다는 것이 다행스러웠다. 그
런데 우상인 아문도 자기 구역에서 파라오처럼, 곧 왕처럼
행세하며 병력까지 거느리고 있다니 화가 났다. 아마 파라
오 또한 이 때문에 속상해 하리라. 그렇게 생각하니 저절로
파라오 쪽으로 마음이 기울었다. 파라오야말로 거만하게
구는 아문에 대적하고 있지 않은가.

   일행은 '아들의 길'의 아름다움을 더 이상 손상하지 않으
려고 서둘러 그 길을 벗어나 좁고 누추한 길로 들어가 숙소
에 이르렀다. '시파르 안뜰'이라 불린 여관은 주인이 유프
라테스의 시파르에서 온 갈대아 사람이어서 다른 나라 사
람들도 많았지만, 특히 갈대아 사람들이 즐겨 찾았다. 이름
이 안뜰인 것은 실제로도 우물이 있는 안뜰에 불과했기 때
문이다. 오물과 소음 그리고 냄새, 짐승의 울부짖음, 사람
들이 다투는 소리, 요술쟁이들의 떠들어대는 소리로 사방
이 시끌벅적한 것은 멘페에 있던 이방인 숙소와 다를 바 없
었다. 그날 저녁 노인은 당장 물건을 풀고 사람들을 끌어
모았다. 그러나 밤에는 외투만 덮고 한데 잠을 자야 했으므
로 밤새 푹 자도 되는 노인만 제외하고 한 사람씩 돌아가면

서 불침번을 섰다. 별별 사람이 다 모여 있다보니 혹시라도 귀한 물건을 슬쩍하는 사람이 있을까봐 감시하기 위해서였다. 날이 밝아 우물에서 몸을 씻었어도 오랫동안 기다린 후에야 갈대아식 아침 수프를 얻어먹을 수 있었다. 그것은 '파파수'라 불리는 깨죽이었다. 이윽고 노인이 요셉을 외면한 채 입을 열었다.

"자, 사위 밉삼, 조카 에퍼, 그리고 케다르와 케드마, 내 아들들아! 우리 재산을 다 챙겨서 장사할 물건들을 가지고 해 뜨는 곳으로 가자. 상류 사회의 주택가가 있는 그 광야엔 내가 잘 아는 고객이 있다. 그분이 창고에 쌓아둘 물건을 이것저것 사줬으면 좋겠다. 경비뿐 아니라 합당한 이윤까지 얹어서 물건값을 후하게 쳐주면 더 바랄 것이 없지. 그러면 우리는 이 땅에서 상인 역할을 충실히 행하는 셈이 된다. 자, 이제 물건을 짐승 등에 싣고 내가 탈 짐승 위에 안장을 올리거라. 내가 앞장서서 너희를 인도하마!"

일행은 '시파르 안뜰'에서 부자들의 정원이 있는 동쪽으로 향했다. 노인은 드로메다 낙타에 올라타고 요셉은 그 앞에서 긴 고삐를 잡고 걸었다.

페테프레의 집에 당도한 요셉

　그들은 광야 쪽으로 걸음을 옮겼다. 사막의 이글거리는 언덕을 향해, 아침에 레가 나타나는 곳, 신의 땅으로 이어지는 곳, 붉은 땅의 바다 홍해 앞쪽으로 일행은 나아갔다. 평평하게 닦인 길이 나왔다. 도단 골짜기로 들어갈 때와 유사했다. 다른 점이 있다면 그때는 입술이 튀어나온 유파라는 소년이 노인의 낙타를 끌었지만, 지금은 요셉이 낙타 고삐를 잡고 있다는 사실이었다. 마침내 폭이 넓고 기다란 요철 모양의 성벽에 이르렀다. 안쪽에서 아름다운 나무들이 고개를 내밀었다. 지코모르 무화과, 아카시아, 대추야자나무, 무화과, 석류나무였다. 새하얀 색과 오색으로 칠해진 건물의 위쪽도 보였다. 요셉은 위쪽을 쳐다보고는 주인님을 바라보았다. 그 집이 부채를 들고 있는 자의 집인지 주인의 표정에서 읽어내려는 것이었다. 그 집이 축복받은 집인 것만은 틀림없어 보였기 때문이다. 그러나 노인은 성벽을 따라가는 동안 고개를 모로 꼰 채 앞쪽만 응시할 뿐 아무 내색도 하지 않았다. 그러다 지붕이 있는 소슬 대문에 닿자 멈춰 섰다.

대문 입구의 그늘에 벽돌로 만든 벤치가 있었다. 잠방이를 걸치고 거기 앉아 있는 네댓 명의 청년은 손장난에 푹 빠져 있었다.

노인은 한동안 낙타 위에서 그들을 바라보았다. 이윽고 청년들은 손을 내리며 입을 다물었다. 그리고 약속이라도 한 듯, 상대방을 난처하게 만들 작정이었던지 모두 눈썹을 치켜뜨고 조롱 반 놀라움 반으로 노인을 쳐다보았다.

"안녕들 하신가." 노인이 말했다.

"안녕하슈." 어깨를 으쓱하며 그들이 대답했다.

"나 때문에 하던 놀이를 그만둔 것 같은데 대관절 무슨 놀이인가?"

그들은 번갈아 쳐다보더니 웃음을 터뜨렸다.

"영감이 오는 바람에 그만뒀다고?"

그들 중 한 명이 노인의 말을 받아쳤다.

"영감이 입을 헤벌리고 멍청한 면상을 들이미는 바람에 기분이 나빠서 그만뒀소."

"노인장, 광야의 토끼 주제에 그게 그렇게 궁금했수? 다른 곳도 아니고 하필이면 여기서 우리가 무슨 놀이를 했는지 물어보게?"

"물건을 팔려고 내놓는 적은 있어도 멍청한 면상을 들이미는 적은 없다네. 나한테는 없는 물건이 없지만 그런 건 없으니까. 하지만 자네들이 시큰둥해 하는 걸 보니 자네들한테는 그런 물건이 넘치나 보이. 그래서 시간을 때우느라 내가 잘못 본 게 아니라면 '손가락 몇 개'라는 그 재미있는 놀이를 하는 중이 아니었던가?"

"그래서?"

"그저 그렇다는 거지. 말을 걸려고 지나가는 말로 물어본 것뿐일세. 여기가 오른편에서 부채를 들고 있는 귀하신 페테프레님의 저택이 맞는가?"

"그걸 어떻게 아슈?"

그들이 물었다.

"내 기억 덕분이지. 또 자네들 대답을 들으니 내 기억이 맞았나 보군. 보아하니 자네들은 거룩하신 분의 대문을 지키는 보초들 같군. 그리고 안에 기별을 넣는 것도 자네들 일이지, 잘 아는 손님이 오면 말일세."

"영감도 잘 아는 손님이지!" 한 청년이 말했다.

"황무지에서 온 강도요 산적이니까! 그러니 딴 데 가보쇼."

"보초를 서고 기별을 넣는 젊은이, 자네는 뭘 잘못 알고 있군. 자네가 세상에 대해 아는 지식은 초록색 무화과처럼 아직 덜 익었네. 우리는 강도도 아니고, 산적도 아니네. 오히려 그런 자들을 증오하는 사람들이지. 그리고 그들과는 정반대로 나무랄 데 없는 사람들이라네. 우리는 친분이 두터운 부잣집을 찾아 이곳저곳 여행 다니며 물건을 파는 상인이라 어디를 가든 환영받지. 여기서도 필요한 물건들이 많을 테니 당연히 환영을 받지. 다만 지금은 자네가 퉁명스럽게 대하는 바람에 제대로 대접을 못 받고 있을 뿐이네.

하지만 내 충고하는데, 자네 상관인 몬트-카브 집사한테 공연히 문책당하지나 말게. 그는 나를 친구라 부르고 내가 가진 보물들을 귀하게 생각하거든! 그러니 자네 신분을 망각하지 말고 얼른 집사한테 달려가 전하게. 마온과 모사르에서 잘 아는 상인들이 왔노라고. 아니 간단하게 미디안 상인들이 다시 한번 왔노라고 이르게. 이번에도 창고와 저장고를 채울 수 있는 훌륭한 물건들을 많이 가져왔다고 전해 주게."

윗사람 이름이 나오자 문지기들은 서로 눈짓을 주고받았다. 잠시 후 노인의 말을 들었던 눈이 작고 뺨이 포동포동한 청년이 말했다.

"나더러 어떻게 당신이 왔다고 전하라는 거유? 노인장 갈 길이나 가슈! 집사님한테 가서 모사르에서 미디안 사람들이 왔기에 대문을 지키다말고 이렇게 달려왔다고 말하란 말이우? 정오에 주인님께서 돌아오실 텐데 당신들이 거치적거리게 그냥 내버려두라는 거유? 그랬다가는 집사님께 욕이나 먹기 십상이지. 개자식이라고 야단치면서 귀를 잡아당길 게 뻔하단 말이우. 지금은 아마 주방에 음식 준비를 시키느라 술청의 서기와 이야기 중일 거요. 그런 판에 영감하고 물건 흥정을 할 겨를이 어디 있소. 그러니 그냥 가슈!"

"젊은이, 자네 참 안됐네. 나와 오랜 친구인 몬트-카브 사이에 이렇게 꼭 끼어들어야겠는가? 자네가 악어떼가 우글거리는 강물인가? 아니면 누구도 못 넘을 가파른 산인가? 왜 이렇게 냉랭하게 나와 내 친구 사이를 가로막는지 모르겠군. 자네 이름이 쉐시가 아니던가?"

"하 하, 쉐시라고! 내 이름은 테티요!" 문지기가 외쳤다.

"내 말이 그 말이네. 늙은이라 이빨이 빠져서 말이 샜을 뿐이지. 그러니까 체치(아, 그게 잘 안 되는군), 강물을 건널 수 있는 얕은 여울은 없는지, 가파른 산비탈에 오솔길이라도 없는지 한번 보세 그려. 자네는 실수로 나를 강도라 말했네. 그렇지만 여기," 그는 옷 춤에 손을 넣었다.

"조그만 물건이 하나 있는데 아주 귀여운 것이지. 자네가 얼른 달려가 몬트-카브에게 내가 왔다고 알려 주면, 이건 자네 걸세. 자, 받게나! 이건 내 보물 중에서 아주 하잘 것 없는 것이라네. 보게, 제일 단단한 나무로 만든 걸세. 여기 곱게 색칠까지 한 칼집 사이로 다이아몬드처럼 잘 자르는 날카로운 칼날이 앞으로 나오지. 자, 보게나, 칼이 아주 탄탄하지. 그리고 이렇게 칼날을 손잡이 쪽으로 누르면 어느새 칼집 안으로 안전하게 들어가지. 그러면 이렇게 잠방이 안에 쑥 집어넣으면 된다네. 자, 어떤가?"

청년이 다가와서 접는 칼을 살펴보았다.

"나쁘지 않은데. 이게 내 것이라 했수?" 그리고는 칼을 집어넣었다.

"모사르 땅에서 왔다고? 마온? 미디안 상인들이라고 했소? 잠깐 기다리슈!"

그리고 그는 성문 안으로 들어갔다.

청년의 뒤통수를 쳐다보며 노인은 설레설레 고개를 흔들며 싱긋 웃었다.

"젤 요새도 넘은 우리다. 파라오의 국경 보초와 장교 서기와도 아무 문제 없었으니, 여기서도 안으로 들어가 내 친구 몬트-카브를 만날 수 있을 게야."

이어 노인의 혓소리에 낙타가 무릎을 꿇자 요셉은 노인이 편안히 내려오도록 곁에서 거들었다. 다른 이들도 낙타에서 내렸다.

잠시 후 테티가 돌아와 말했다.

"뜰 안으로 들어오라고 하셨수. 윗분이 나오시겠다고."

"그것 잘됐군, 우리를 보겠다니. 그렇다면 아무리 갈 길이 바빠도 시간을 내야지."

일행은 젊은 보초의 안내를 받아 대문 안으로 들어갔다. 지붕이 있어서 소리가 울렸다. 바닥을 단단한 진흙으로 다져놓은 뜰에 이르렀다. 저기 앞쪽에 있는 문은 열려 있고 양쪽에 야자나무가 그늘을 드리웠다. 사각으로 요철 벽돌담을 두른 안쪽에 저택이 우뚝 솟아 있었다. 기둥들이 늘어선 현관이 있고, 벽을 두른 주름장식이 무척 아름다웠다. 서쪽 지붕에 삼각 굴뚝이 보였다.

저택은 대지 한가운데 자리잡고 있었다. 서쪽과 남쪽은 초록 정원이었다. 별도의 담 없이 북쪽으로 등을 대고 남향으로 앉은 건물 사이의 안뜰도 꽤 넓었다. 그중 가장 중요한 본채는 요셉 일행의 오른편에 있었다. 우아하고 밝은 건물 앞에 보초들이 서 있고 과일 접시와 높다란 주전자를 든 하녀들이 들락거리는 모습이 보였다. 그리고 지붕에는 다른 하녀들이 앉아서 물레질을 하며 노래를 불렀다. 그 뒤 서쪽을 바라보니 북쪽 담 앞으로 또 다른 집이 한 채 있었다. 연기가 모락모락 피어나는 그 집 앞에는 양조 가마와 맷돌이 놓여 있었고, 그 옆에 일하는 사람들이 보였다. 그 뒤쪽에 서쪽으로 더 들어가면 나무들이 우거진 정원 너머에 또 한 채의 집이 있었고, 그 앞에서는 장인들이 일하고 있었다. 그 뒤로 북서쪽 담 앞에는 가축 우리와 사다리가 달린 곡식창고가 보였다.

그만하면 축복받은 저택임에 틀림없었다. 요셉은 이 모든 것을 한눈에 훑어보았다. 그러나 눈으로 구석구석 정확히 파악하고 싶었지만 그럴 수가 없었다. 지금은 주인이 저택에 들어오자마자 시작한 일을 도와야 했다. 낙타 등에서 짐을 내려 대문과 저택 사이의 진흙 바닥에 진열하는 일이 급했다. 이 집의 집사든 거래에 관심 있는 또 다른 사람이든 구매욕을 느끼게 하려면 일단 무슨 물건이 있는지 보여줘야 하지 않겠는가.

난쟁이들

 난장에 사람들이 우르르 몰려들었다. 뜰에서 아시아인들의 등장을 지켜본 사람들이 호기심에 이끌려 나온 것이었다. 이런 일이 드물지는 않았지만 아무튼 일을 중단하고 한숨 돌릴 수 있는 기회였으므로 다들 환영하는 분위기였다. 또 근처를 어슬렁거리다가 우연히 구경을 하게 된 자들도 있었다. 여인들의 집을 지키던 누비아 출신 보초들과 시녀들이 나왔다. 그 나라 풍습대로 지나칠 정도로 곱게 짜인 고급 삼베옷 탓에 시녀들의 몸매가 고스란히 드러났다. 본채에서 일하는 종들도 나왔는데 옷차림이 서열을 말해 주었다. 짧은 잠방이만 입은 자가 있는가 하면, 그 위에 긴 옷을 걸친 자, 그리고 짧은 소매의 겉옷을 입은 자도 있었다. 주방에서 나온 이들은 깃털을 뜯다 만 가금류를 들고 나오기도 했고, 가축 우리에서 일하는 종과 공예가들, 그리고 정원사들도 구경꾼들 틈에 끼어 있었다. 다들 난장으로

195

바짝 다가와 뭐라고 쑥덕거리며 몸을 숙여 물건을 구경했다. 이것저것 집어보고 만져보기도 하면서 교환 가격이 얼마인지 묻기도 했다. 그건 은과 구리의 무게로 환산한 가격이었다.

그리고 무리 중에는 덜 자란 사람들도 두 명 있었다. 난쟁이들이었다. 부채를 들고 있는 자의 집에는 난쟁이가 한 명이 아니라 무려 두 명, 즉 한 쌍이나 살고 있었다. 두 난쟁이의 키는 3피트가 채 되지 않았지만 두 사람의 행동에서 드러나는 차이점은 꽤 컸다. 한 난쟁이는 개구쟁이고 다른 난쟁이는 어깨에 힘이 들어간 자였다. 본채에서 나온 거들먹거리는 난쟁이가 먼저 도착했다. 상체보다 짧은 다리로 점잖게 걸으려고 안간힘을 쓰는 기색이 역력했다. 몸을 똑바로 세운 정도가 아니라 오히려 뒤로 조금 기울이고 이따금 주변을 돌아보며 손바닥을 뒤로 한 채 짧은 팔을 빠르게 휘저으며 걸었다. 풀을 먹여 빳빳한 잠방이 앞부분은 비스듬한 삼각형 모양으로 드리워져 있었다. 뒤통수가 튀어나와 두상이 비교적 컸으며 이마와 정수리 쪽으로 자라난 머리카락은 짧았다. 강해 보이는 코에 침착하고 단호한 표정이었다.

"당신이 이 행상의 주인이요?"

노인 앞에 불쑥 나서며 그가 물었다. 노인이 물건 옆에 쪼그리고 앉아 있는 것이 골무만한 난쟁이에게는 다행스러운 듯했다. 그래야 눈 높이가 어느 정도 비슷해지지 않겠는가. 난쟁이는 탁한 목소리를 최대한 내리깔았다. 그러느라 턱은 가슴에 바짝 끌어당기고 아랫입술은 이빨 쪽으로 말아녔었다.

"누가 당신들을 들여보냈소? 외벽의 보초들이요? 윗분 허락이 있었다고? 그렇다면 좋소. 그러면 여기서 그를 기다려도 괜찮소. 언제쯤이나 시간이 나서 당신들을 만나러 올지는 모르겠지만 말이오. 그런데 쓸만한 물건들이 있소? 예쁜 물건들이 있는 거요? 아니면 주로 쓰레기나 가지고 다니는 거요? 혹시 가치 있는 귀한 물건들도 있소? 중후하고, 반듯하고, 탄탄한 것이 있소? 향고를 봐야겠소. 지팡이도 좀 보고. 내가 쓸 지팡이가 하나 있으면 좋겠는데, 제일 단단한 나무로 만들고 제 모양을 갖춘 거라면 하나 구입할 생각이오. 그리고 제일 중요한 건 이건데, 그러니까, 흠, 몸치장에 쓸 물건들은 있소? 목걸이와 깃, 반지들을 가지고 있소? 내가 누군고 하니 주인님의 의상과 장신구를 담당하는 의상실의 최고 책임자요. 이름은 두두라 하오. 그리고 단단한 보석이라면 내 아내도 기쁘게 할 수 있을 거요. 어머니가 되어준 데 대한 감사로 내 아내 제세트에게 보석을 선물하면 좋아할 것이오. 그럴만한 물건이 있소? 유리로 된 모조 보석은 여기 있군. 대부분 하찮은 것이군. 내가 찾는 건 금이나 엘렉트론(경금속 합금의 명칭—옮긴이)이요. 좋은 보석이라면 파란 돌이나 코르날린, 수정이나 또……."

난쟁이가 이렇게 요구 사항을 늘어놓는 동안 규방 쪽에서 다른 난쟁이가 달려나왔다. 숙녀들 앞에서 장난을 치다가 소식을 늦게 들었던지 한발 늦은 아이처럼 팔딱거리며 이곳으로 달려오느라 정신이 없었다. 똥똥한 다리로 낼 수 있는 최고 속도로 달리다가 너무 힘이 들면 양다리로 뛰는 것을 포기하고 한쪽 발로 깡충깡충 뛰면서 얼마나 기뻐하던지 숨도 돌리지 못하고 가늘고 날카로운 목소리로 이렇게 토해 내는 것이었다.

"뭐야? 뭐야? 무슨 일이야? 사람들이 왜 이렇게 우글거리지? 왜 이렇게 소란스러운 거야? 무슨 구경거리라도 있어? 마당에 무슨 구경거리가 있다고 그래? 아! 상인들이 왔어? 미개한 남자들? 사막의 남자들인가? 그렇다면 이 난쟁이는 겁나는데, 호기심이 엄청 생긴단 말야. 으차, 으차, 어휴, 어서 달려야지."

그러면서 한 손으로 어깨 위의 긴 꼬리 원숭이를 꽉 붙들었다. 녹물이 든 것 같은 갈색 원숭이는 겁을 먹은 듯 목을 쭉 빼고 휘둥그레진 눈으로 먼 곳을 응시하고 있었다. 장난꾸러기 난쟁이는 옷차림이 우스꽝스러웠다. 축제 때나 입는 예복을 멍청하게도 평상복으로 입고 다니는지, 장딴지까지 내려오는 세련된 주름과 장식용 술, 그리고 속이 비치는 재킷 소매의 장식 주름이 쪼글쪼글하게 구겨졌기 때문이다. 덜 자란 손목에는 황금 팔찌, 작은 목에는 찌그러진 화환, 그리고 어깨에는 다른 화환들까지 지저분하게 매달려 있었다. 또 작은 머리에는 갈색 털실로 만든 곱슬머리 가발을, 그 위에는 원추 모양의 향고를 올려놓았다. 그렇지만 진짜 녹아내리면서 향기를 뿜는 수지가 아니고 좋은 향에 담갔다 꺼낸 펠트 모자였다. 처음 난쟁이와는 달리 잔주름으로 쪼글쪼글하여 요괴 같은 이 난쟁이의 얼굴은 애늙은이였다.

의상실 책임자 두두에게는 깍듯하게 인사를 건넸던 주위

사람들은 규격 미달이라는 운명을 타고난 그의 동지이자 형제의 도착은 퍽이나 쾌활하게 맞아들였다.

"베지르!"

이건 아마 난쟁이의 별명인 듯했다.

"베스-엠-헵!"

그리고 이것은 외국에서 건너온 우스운 난쟁이 신 베스를 '엠-헵(축제 안에 있는)'이라는 표현과 결합시켜서 날이면 날마다 예복을 입는 난쟁이를 암시한 이름이었다.

"물건을 사게? 베스-엠-헵? 얼마나 잘 뛰는지 다리가 팔에 닿겠네, 저것 좀 봐! 어서 달려! 세프세스-베스!(이건 '멋진 베스', '화려한 베스'를 뜻하는 말이었다.)"

"얼른 달려가서 물건을 사! 우선 숨부터 돌리고! 샌들을 사는 게 어때, 베지르? 그 밑에 소 족발을 놓으면 침대가 되지. 그러면 편안히 쉴 수 있잖아. 하지만 그전에 발판부터 만들어야지. 침대에 올라가려면!"

그 소리에 가까이 다가온 그는 천식 환자처럼 저 멀리 아득한 데서 들려오는 듯한 목소리로 대답했다.

"지금 그걸 유머라고 하는 거야? 죽 늘어난 몸을 가졌으니 그만하면 성공한 셈이다 그거야? 어림없지. 베지르는 하품밖에 안 나는 걸. 아, 그런 건 유머치고는 너무 따분해. 하기야 세상이 어차피 따분한 걸 어쩌겠어. 어떤 신이 이 몸 베지르를 세상에 보내면서 깜박 한 거야. 여긴 온통 거인 세상이라는 걸 잊어버린 거지. 베지르한테는 물건들도 유머처럼 우스울 뿐이고 길쭉하게 늘어진 게 모조리 따분해. 만일 세상이 내 크기에 맞춰져서 내 고향 같다면, 모든 게 짧을 테니 재미있어서 하품할 틈이 없겠지. 그렇다면 일년도 후딱 지나가고, '2시간'도 짧아지고, 야간보초도 순식간에 지나갈 거야. 쉭, 쉭, 쉭, 심장도 서두르면 인간의 세대 교체도 눈 깜박할 사이에 일어날 테지. 정해진 기간 동안 이 땅에 살면서 재미있다고 느끼는 순간, 어느새 그 기간이 끝나 또 다른 기간이 등장하는 거야. 이렇게 되면 작고 짧은 인생은 아주 재미있을 거야. 그런데 난쟁이가 길게 늘어난 자들의 세상에 오게 되었으니 하품을 할 수밖에. 난 이 볼품없는 물건들을 안 살 거야. 너희들의 사각으로 아무렇게나 다듬은 거친 유머는 사양하겠어. 그냥 구경이나 할 거야. 뜰에 길게 늘어놓은 거인들의 난장에 새로운 게 있는지 구경이나 할 참이야. 낯선 남자들 아냐, 빈곤한 남자들, 사막의 남자들, 미개한 유랑민들이군. 옷차림이 이게 뭔가. 사람으로선 도저히 못 입을 옷들이군…… 에이!"

종알거리다 말고 갑자기 말을 멈춘 난쟁이는 화가 났는지 주름이 깊어지면서 얼굴이 더 일그러졌다. 난쟁이 동료 두두를 발견한 것이다. 앉아 있는 노인 앞에 버티고 선 두두는 여전히 짤막한 팔을 흔들어가며 값나가는 고급 물건을 내놓으라고 성화를 부리는 중이었다.

베지르라 불린 난쟁이가 그걸 보고 말했다.

"에이! 이게 누구야? 귀하신 몸 아냐! 하필이면 이 작자와 마주쳐야 하다니! 호기심이나 좀 채울까 했는데. 에이, 불쾌해! 옷 보관소 주인장이 나보다 한발 앞서서 주접을 늘어놓고 있잖아. 못 들어주겠군. 어이, 안녕하신가, 두두!"

인사와 함께 꼬마 난쟁이는 옆으로 바짝 다가갔다.

"좋은 오전이오, 높은 양반. 경의를 표하네! 그대를 껴안아 주는 제세트 부인은 안녕하신가? 그대의 새싹인 사랑스러운 아이들, 그 키가 훤칠한 에세시와 에베비는 또 어떤가? 안부를 물어도 되겠는가?"

두두는 무시하듯 어깨너머로 그를 바라보았다. 그나마 실제로 눈을 맞출 생각은 없어서 상대방의 발치만 흘낏 쳐다보았을 뿐이다. 그리고 머리를 흔들며 아랫입술을 안쪽으로 바짝 끌어당겼다. 그 바람에 윗입술이 지붕처럼 보였다.

"에이, 쥐새끼. 뭐라고 짹짹거리는 거야? 내가 널 게딱지 취급이라도 하는 줄 알아? 가느다란 연기나 내뿜는 귀머거리 밤톨도 너보다는 나을 게야. 어때, 이만하면 알만해? 내가 널 어떻게 취급하는지? 그런데 어디서 감히 내 아내 제세트의 안부를 물어? 그리고 그것도 모자라, 하늘이 높다는 걸 잘 알고 무럭무럭 자라나는 내 아이들, 에세시와 에베비의 안부까지 물으면서 은근히 날 조롱하는 거야! 내 식구들이 잘 있거나 말거나 네 놈이 무슨 상관이야? 그건 네 놈이 관여할 문제가 아냐. 그런데 그들의 안부를 묻다니, 그게 너한테 어울리는 줄 알아? 분수를 알아야지. 자기한테 맞지도 않는 일을 하려고 들다니. 이 광대야, 모자라도 한참 모자라는 쪼가리 주제에."

"허, 이것 좀 보게!"

사람들이 '세프세스-베스'라 부른 자가 말을 받았다. 아까보다 표정이 더 구겨졌다.

"나보다 높이 올라가겠다 이거야? 그래, 얼마나 더 올라가고 싶은데? 참으로 우직하셔서 그렇게 큰 통에서 나오는 것처럼 먹먹한 목소리로 말씀을 하시나보지? 두더지가 파 놓은 흙더미 너머도 못 보는 주제에 말야. 네 새끼들보다도 작잖아? 널 안아주는 사람은 두말할 필요도 없고. 안 그래? 아무리 그래봤자 너는 영원히 난쟁이일 뿐이야. 네 놈이 아무리 어깨에 힘을 주고 잘난 척해도, 한번 난쟁이는 영원한 난쟁이다 이 말이야. 네 가족의 안부를 묻는 게 무례하다고? 나한테는 어울리지 않는다 이 말이지. 그럼 네놈은, 다 큰 사람들 틈에서 남편입네, 한 집안의 가장입네 흉내내는 건 어떠냐? 제 마누라 키가 정상이라고 자기가 작은 종자라는 걸 부인하는 건 네 꼬라지에 그렇게 잘 어울리는 것 같으냐? 그게 네 분수에 맞는 행동이냐고?"

뜰에 모인 사람들은 난쟁이들의 싸움에 박장대소했다. 두 난쟁이가 서로 못 잡아먹어 으르렁거리는 것이 새삼스러운 일은 아닌 듯싶었다. 그들에게 심심찮게 웃음을 선사해 주는 둘의 싸움을 부추기느라 훈수도 아끼지 않았다.

"한 방 먹여, 베지르!"

"받아쳐, 두두, 제세트의 남편!"

한데 '베스-엠-헵'이라 불린 난쟁이가 말다툼을 중단해 버렸다. 갑자기 싸울 생각이 없어진 것 같았다. 옆에 자신이 미워하는 자가 서 있었고, 그 자 앞에 노인이 앉아 있고, 그 옆에 요셉이 서 있었다. 말하자면 베스의 건너편에 라헬의 아들이 있었던 것이다. 그제야 요셉에게 눈길이 닿은 난쟁이는 말을 뚝 끊고 그를 뚫어져라 바라봤다. 방금 전까지만 해도 자질구레한 신경질로 화만 내던 난쟁이의 얼굴에서 서서히 주름이 펴졌다. 요셉을 바라보는 표정이 넋을 잃은 듯했다. 헤벌어진 입, 이마 위로 치켜 올라가는 눈썹 자리(눈썹이 없어서 그 부근을 말한다). 난쟁이는 그렇게 히브리 청년을 올려다보았다. 그뿐 아니다. 어깨 위의 원숭이 역시 주인과 마찬가지로 넋이 나간 듯 목을 쭉 빼고 휘둥그레진 눈으로 아브람의 손자를 응시했다.

요셉은 묵묵히 그 시험을 받아내면서 자신을 올려다보는 난쟁이의 눈빛에 미소로 답했다. 한참을 그렇게 서 있었다. 그사이 점잔을 빼는 난쟁이 두두는 다시 노인에게 까다로운 요구 사항을 늘어놓기 시작했고 뜰 안에 있던 다른 사람들도 낯선 남자들과 물건으로 눈을 돌렸다.

이윽고 키 작은 남자가 손가락으로 난쟁이 가슴을 가리키며 멀리서 울려오는 듯한 특이한 음성으로 입을 열었다.

"세엔크-웬-노프레-네테루호트페-엠-페르-아문"

"무슨 말씀이신지?" 요셉이 물었다.

난쟁이는 다시 한번 손가락으로 가슴을 가리키며 긴 문구를 되풀이했다.

"이름이야, 이 작은 사람의 이름! 베지르는 진짜 이름이 아니거든. 세프세스-베스도 진짜 이름이 아냐. 내 이름은 세엔크-웬-노프레……"

그리고는 자신의 온전한 이름을 세번씩이나 반복해 주었다. 주인이 하찮은 존재여서 그랬을까, 이름만은 길고 화려했다. '선한 존재(오시리스)'가 '신들의 총아(또는 신의 사랑을 받는 자 곳립)'를 '아문의 집에서 살게 해주신다'는 뜻을 가진 이름이었다. 요셉도 그 뜻을 이해했다.

"이름이 무척 아름답군요!"

그러자 작은 남자는 다시 멀리서 울리는 듯한 아득한 목소리로 속삭였다.

"그래, 아름답지. 하지만 진실이 아닌 걸. 나는 신을 흡족하게 해주는 존재도 아니고, 신의 사랑을 받는 자도 아냐. 그저 한 마리의 두꺼비에 불과해. 그러나 너는 신을 흡족하게 해주는 존재야. 네가 바로 네테루호트페야. 그러면 그 이름은 아름다우면서 동시에 진실이 되지."

"어떻게 그걸 아세요?" 요셉이 빙긋 웃으며 물었다.

"보고 알지!" 땅밑에서 울려오는 소리 같았다.

"분명하게 보지!"

그리고 그는 손가락을 눈에 가져갔다.

"이게 작아도 현명하거든. 그리고 너는 작지 않지만 현명해. 선하고 아름답고 현명하고. 저 사람이 네 주인이냐?" 그가 두두와 흥정하는 노인을 가리켰다.

"그렇습니다." 요셉이 말했다.

"어릴 때부터?"

"그에게서 태어났습니다."

"그럼 저 사람이 너의 아버지냐?"

"또 하나의 아버지라 할 수 있습니다."

"네 이름은?"

요셉은 잠깐 뜸을 들인 후 미소에 답을 실어 보냈다.

"오사르시프입니다."

난쟁이는 눈을 깜박였다. 그리고 이름을 생각해 보았다.

"갈대밭에서 태어나? 갈대밭에 있는 우시르? 널 찾아 헤매던 어머니가 습지에서 널 발견했더냐?"

요셉은 아무 말도 하지 않았다. 그러자 작은 사람은 다시 눈을 깜박이기 시작했다.

"몬트-카브가 온다!"

뜰에 있던 사람들 중 누군가가 소리쳤다. 그러자 모두들 서둘러 자리를 떴다. 저마다 집안일을 감독하는 책임자에게 입을 헤벌리고 빈둥거리는 모습을 들키고 싶지 않았다. 본채와 여인들의 집 사이 북서쪽 모퉁이에 있는 건물 앞마당에서 그의 모습이 보였다. 걸어오던 그가 문득 걸음을 멈췄다. 흰 옷을 곱게 차려 입은 나이 든 남자였다. 옆에 서기 노예 몇 명을 거느리고 있었다. 그를 둘러싸고 몸을 숙이고 있던 서기들이 귀 뒤에 갈대 붓을 꽂고 있다가 그의 말을 메모판에 받아 적었다.

그가 이쪽으로 다가오자 뜰에 있던 사람들이 순식간에 흩어졌다. 노인이 자리에서 일어났다. 그러나 노인이 몸을 일으키는 순간, 요셉은 바닥을 뚫고 올라오는 가는 목소리를 들었다.

"우리 곁에 남거라, 사막의 젊은이!"

몬트-카브

본채를 둘러싼 요철 벽돌담의 대문은 활짝 열려 있었다. 막 그 앞에 도착한 대저택의 지배인이 몸의 절반은 본채를 향한 채 어깨너머로 낯선 무리들을 바라보았다. 난장까지 확인한 그가 퉁명스럽게 물었다.

"저게 뭔가? 웬 남자들인가?"

다른 일들로 아까 들었던 보고를 잊은 듯했다. 자신을 바라보며 노인이 절을 했지만 그것도 별 도움이 되지 않았다. 서기는 흑판에 적혀 있는 기록을 가리키며 기억을 상기시켜 주었다.

"아, 그랬지 참. 마온인지 모사르에서 상인들이 왔다고 했지. 좋아, 좋아. 하지만 내겐 부족한 게 없어. 시간만 빼고 말일세. 그렇다고 저들이 시간을 팔 수는 없을 테지!" 집사가 노인이 있는 곳으로 다가갔다. 노인은 장사꾼답게 반색을 하며 맞았다.

"어이, 노인네. 어떻게 지냈는가? 못 본 지 꽤 되었군. 그래, 이번엔 우리한테 또 무슨 잡동사니를 속여 팔려고 여기까지 왔는가?"

그 말에 둘 다 웃었다. 그러자 앞니가 빠진 두 사람의 입을 외로이 지키던 아래 송곳니가 드러났다. 집사는 키가 작달막한 50대 남자였다. 지위에 걸맞는 단호하고 강한 인상이 선량함 덕분에 한결 부드러워 보였다. 눈은 퉁퉁 부은 눈물주머니 때문에 단추 구멍을 연상시켰고, 그 위의 눈썹은 여전히 검고 숱이 많았다. 약간 넓지만 아무튼 잘생긴 코에서 윗입술 양쪽으로 깊은 주름이 패였고, 양쪽 볼도 그렇고 유난히 볼록한 윗입술 부위는 말끔하게 면도한 자국이 있었다. 턱수염에는 회색 털이 드문드문 섞여 있었다. 그리고 이마와 정수리 너머는 머리가 벗어졌지만 뒤통수에는 아직까지 머리숱이 많아 금 귀걸이를 달고 있는 귀 뒤의 머리 모양은 부채를 펼친 듯했다. 몬트-카브는 농부의 타고난 지혜와 뱃사람의 유머가 적당히 어우러진 인상이었다. 붉은빛이 살짝 감도는 갈색 피부는 하얀 꽃송이 같은 옷 색과 대조를 이뤘고, 타의 추종을 불허하는 이집트 아마포로 만든 옷은 배꼽 밑에서 아래로 찰랑거리는 주름이 잡혀 참으로 우아했다. 옷은 발까지 닿았지만 앞쪽 단은 조금 짧았다. 그리고 안에 받쳐입은 소매가 헐렁한 옷에도 역시 가로로 주름이 곱게 잡혀 있었다. 고급 삼베 천 아래로 상체의 근육 형태가 몸에 난 털과 함께 비칠 듯 말 듯 어른거렸다.

그와 노인이 있는 곳으로 난쟁이 두두가 다가왔다. 난쟁이들은 자리를 뜨지 않았던 것이다. 노라도 젓듯 짤막한 팔을 휘저으며 바짝 다가서는 두두의 어깨엔 잔뜩 힘이 들어가 있었다.

"집사님, 이 사람들한테 붙들리면 공연히 귀한 시간만 뺏길 겁니다."

신분이 같은 사람에게 하듯 당당한 말투였다. 난쟁이 신세라 한참 아래쪽에서 말할 수밖에 없었지만 말이다.

"여기 펴놓은 것들은 내가 다 살펴봤는데, 허접 쓰레기하고 하찮은 것뿐입니다. 고상한 저택에 어울리는 귀한 물건이나 괜찮은 물건은 없습니다. 이 쓰레기를 사들였다간 잘했다는 인사는 못 받을 겁니다."

노인은 언짢아졌다. 집사가 다정한 친구처럼 건네준 인사말로 잔뜩 부풀었다가 꼬장꼬장한 두두의 참견에 김빠진 기색이 역력했다.

"귀하게 여길 만한 보물도 있습니다! 물론 여러분 같은 높은 분과 주인님들께는 귀하지 않을 수도 있습니다. 그 말은 미리 해두는 게 좋겠지요. 하지만 이 저택에는 아랫사람도 많지 않습니까? 빵 굽는 자, 고기 굽는 조리사, 정원에 물을 주는 자, 파발꾼, 성벽에 서 있는 보초에 이르기까지 그 수가 모래알처럼 많지 않던가요? 물론 진짜 모래알의 숫자만큼 많은 것은 아니어서, 파라오의 친구이신 페테프레 대인 같은 분께는 지금의 아랫사람 정도면 충분하다거나 혹은 너무 많다고는 할 수 없죠. 그렇다면 내국인이든 외국인이든 잘생기고 재주 있는 아랫사람을 한 명쯤 더 둬도 좋을 거라 이 말씀이죠. 하 참. 이렇게 빙빙 돌려서 말씀드릴 필요가 뭐 있겠습니까? 이들을 고용하는 문제와 이들

에게 필요한 게 무엇인지 결정하는 건 모두 집사님의 권한
이시고, 제 고객이신 집사님께서 요구하시는 보물들을 건
네는 것은 미네아 상인인 제가 할 일입니다. 우선 고운 그
림이 그려진 이 도기 등잔을 한번 보십시오. 요르단 강을
건너 길르앗에서 가지고 온 겁니다. 이것들은 제게 별로 귀
한 물건이 아닙니다. 그런데 절 후원해 주시는 집사님께 이
물건 값을 높게 부르겠습니까? 절대로 아닙니다. 등잔 몇
개를 선물로 드릴 테니 부디 받아주십시오. 그러면 전 집사
님의 은총으로 부자가 됩니다! 그리고 눈 화장품이 들어 있
는 작은 항아리에는 소뿔로 만든 작은 집게와 숟가락이 들
어 있습니다. 이 물건의 가치는 언급할 만하지만 가격은 별
것 아닙니다. 그리고 여기 곡괭이가 있습니다. 없어서는 안
되는 연장이지요. 한 개당 꿀 항아리를 두 개 받습니다. 또
이 자루 안에 들어 있는 내용물은 꽤 귀한 겁니다. 아스칼
루나에서 가져온 아스칼룬 양파가 들어 있으니까요. 이 양
파는 구하기가 어려운 희귀한 품종인데 음식을 새콤하게
만들어주지요. 그리고 이 항아리의 포도주는 여기 쓰여 있
듯이 페니키아 땅의 카자티산으로 여덟 배나 훌륭한 포도
주입니다. 자, 보신 바대로 저는 하나하나 등급을 올려가면
서 제 물건을 소개해드리고 있습니다. 하찮은 것부터 시작
해서 점점 좋은 물건으로 나아가 마침내 가장 탁월한 물건
을 소개하는 겁니다. 다 생각이 있어서 이렇게 하는 겁니
다. 여기 이 향고와 유향, 구기자나무 수지, 갈색빛이 살짝
도는 라다눔 수지는 세상 사람들이 다 알아주다시피 저희
의 자랑거리이고 저희의 주품목입니다. 두 강물 사이에서,

곧 메소포타미아에서 다른 어떤 상인도, 걸어다니는 행상이든, 아니면 앉아서 물건을 파는 상점의 상인이든, 그 누구도 발한제는 우리를 따라잡지 못한다고 할 만큼 저희는 이 방면에 이름이 나 있습니다. '눈을 들어 본즉 한떼 이스마엘 족속이 길르앗에서 오는데 그 약대들에 향품과 유향과 몰약을 싣고 애굽으로 내려가는지라'(창세기 37장 25절의 인용문으로, 애굽은 이집트를 뜻함—옮긴이)라는 이야기도 그래서 나온 것이지요. 이 말을 들으면 저희가 이 물건 외에는 아무것도 싣고 다니지 않는 것처럼 들리지만, 실은 이런 것 말고 다른 물건도 많이 가지고 다닙니다. 죽은 것이든 산 것이든, 만들어진 것이든 또는 피조물이든 말입니다. 한마디로 저희는 한 저택에 필요한 물건을 채워 주는 정도가 아니라, 그 집을 더 늘려 주는 사람들입니다. 하지만 더 이상은 말씀 드리지 않겠습니다."

그러자 대저택의 관리인은 의아해 했다.

"아니, 더 이상 말을 않겠다 했는가? 자네 어디 아픈가? 말을 안하면 자네가 아니지. 짧은 수염 위로 수다가 줄줄 쏟아져 나와야 자네인 줄 알지. 지난번에도 그랬지 않은가."

"사람에게 말은 영예가 아니던가요? 때에 따라 말을 잘 골라 할 줄 알고 표현도 제대로 하면 신들은 고개를 끄덕여 주고 인간은 박수를 보내주는 법이죠. 그러면 당연히 귀를 기울여주는 사람도 얻게 되지요. 하지만 솔직히 말해 소인은 표현력에 축복을 별로 받지 못해 어휘 사용에 서툽니다. 그래서 아름다운 어휘 선택에서 부족한 면은 계속 이야기를 끌고 가는 고집으로 채웁니다. 상인은 말을 잘 해야 합니다. 세 치 혀로 고객의 환심을 사지 않으면 먹고 살 수가 없죠. 그렇게 되면 고객에게 자기가 가지고 온 물건을 건네주지도 못할 테니까요. 그 일곱 가지 물건은,"

"여섯 가지요."

난쟁이 신의 사랑을 받는 자가 말을 가로챘다. 가까이 서 있었는데도 아득한 곳에서 속삭이는 듯했다.

"여섯 가지요, 노인장. 당신이 지금까지 소개한 물건은 모두 여섯 개요. 등잔, 화장품, 괭이, 양파, 몰약과 포도주 이렇게 모두 여섯 가지인데 일곱번째 물건은 어디 있다는 거요?"

이스마엘 사람은 왼손을 귀에 갖다대 소라처럼 만들고 오른손은 눈 위로 올려 사람을 찾는 시늉을 했다.

"예복을 입으신 중간 키의 주인님께서는 방금 뭐라고 말씀하셨는지요?"

그러자 일행 중 한 사람이 난쟁이의 질문을 다시 들려주었다.

"아아, 일곱번째 물건도 당연히 여기 있습니다. 사람들이 우리를 가리켜 몰약을 가지고 이집트로 내려갔다고 했는데 몰약뿐 아니라 일곱번째 물건도 가지고 왔죠. 이 물건에 관해서도 제 혀를 놀릴 생각입니다. 고집스럽게 말입니다. 그렇다 해서 미디안에서 온 이스마엘 족속이 이집트에 무슨 물건을 싣고 갔는지 세상에 널리 이름을 알리게 된 것은 바로 이 물건 덕분이었다는 식으로 말을 골라 하지는 않을 겁니다."

그러자 집사가 말을 받았다.

"이제 그 정도만 하게! 여기 이러고 서서 몇 날 며칠 동안 자네 수다나 듣고 있을 만큼 내가 한가한 줄 아는가? 벌써 정오가 다 되어가네. 제발 날 좀 봐주게! 주인님이 서쪽 궁전에서 곧 집으로 돌아오실 게야. 수랏상이나 제대로 차렸는지 내가 직접 살펴봐야지, 아랫것들한테만 맡겨 놓아서야 되겠는가? 오리구이, 케이크, 그리고 꽃도 있어야 한다네. 주인님께서 여주인님과 함께 위층의 거룩한 부모님을 위시하여 여느 때와 다름없이 편안하게 식사하실 수 있도록 잘 점검해야 해. 그러니 이야기를 서두르든지 아니면 서둘러 떠나든지 하게나! 어서 집안으로 들어가 봐야 하니까. 사실 자네의 일곱 가지 물건은 별로 쓸데가 없네. 아니 솔직히 말해서 거의 쓸데가 없어."

"거지가 내놓는 쓰레기니까."

아내가 있다는 난쟁이가 냉큼 끼어들었다.

집사는 눈을 아래로 돌려 까다로운 자를 흘깃 쳐다보았다.

"하지만 보아하니 자네한테 꿀이 필요한 것 같으니 꿀은 몇 항아리 주겠네. 자네는 대신 곡괭이 두 개를 주게나. 자네나 자네가 모시는 신들의 심기를 건드릴 생각은 없거든. 그리고 몸을 감추고 계신 분의 이름으로 양념 양파 다섯 자루와 어머니와 아들의 이름으로 페니키아 포도주 다섯 통을 주게! 자, 그 물건값을 얼마로 계산할 텐가? 처음부터 세 배로 부를 생각은 말게. 자리에 주저앉아 번거롭게 흥정하고 에누리를 할 시간은 없다네. 그러니 곱절만 올려 부르게. 그러면 훨씬 빨리 제값에 이르러 나도 어서 집안으로 들어갈 수 있으니까. 자네 물건값으로 집에 있는 종이와 삼베를 주지. 자, 이제 얼른 들어가 보도록 계산을 서두르게!"

노인은 허리띠에서 손저울을 꺼냈다.

"알아서 모시겠습니다. 특별히 잘 알아서 모시겠습니다. 특별히! 이 말은 당연히 깍듯이, 지금 당장 분부를 받들겠다는 말씀입니다. 제 물건을 집사님께 아무 대가 없이 그냥 드리고도 제가 살 수 있다면 얼마나 좋겠습니까? 그러나 그럴 수는 없으니 제가 간신히 먹고 살만한 가격으로 집사님을 받들어 모실까 합니다. 그게 제일 중요하니까요. 어이!"

노인이 어깨너머로 요셉을 불렀다.

"네가 작성한 물건 목록을 가져오너라. 물건은 검은색으로 무게와 양은 빨간색으로 쓴 목록 말이다. 양파와 포도주 값으로 무게를 읽되 거기 선 채로 즉석에서 이 나라의 단위인 데벤과 롯으로 바꿔 읽거라. 그래야 물건의 무게를 구리로 따질 때 몇 파운드가 되는지 알 수 있다. 그리하면 이 저택의 높은 지배인께서도 그 구리 양만큼 삼베와 종이를 선사해 주실 게다! 하지만 제 후원자이신 지배인님께서 원하신다면 물건들을 다시 한번 시험 삼아 저울에 달아 무게를 확인해 볼 수도 있습니다."

요셉은 벌써 앞으로 나서면서 두루마리를 펼쳤다. 옆에 신의 사랑을 받는 자, 난쟁이 곳립이 서 있었다. 키 때문에 목록까지 들여다 볼 수는 없었지만 목록을 펼치는 손은 보였다.

"주인님, 가격을 곱절로 올려서 읽을까요? 아니면 제값으로 읽을까요?"

요셉이 공손하게 물었다.

"당연히 제값으로 읽어야지. 지금 무슨 헛소리를 하느냐?"

노인이 나무랐다.

그러자 요셉은 짐짓 진지한 말투로 말했다.

"하지만 높으신 집사님께서는 곱절로 올려서 말하라 이르셨습니다. 그러니 제가 제값으로 읽어도 그것을 곱절 값으로 아시고 주인님께 절반만 주실 것입니다. 그러면 주인님께서는 무엇으로 사시겠습니까? 차라리 지배인님께 곱절을 제값으로 아시게 하는 것이 낫지 않겠습니까? 그래야 값을 조금 낮추시더라도 주인님께서 지나칠 정도로 간신히 연명하는 일을 막을 수 있을 듯 합니다."

"허허, 허허!"

노인은 감탄사를 연발하며 집사의 반응을 살폈다. 귀 뒤에 붓을 꽂은 서기 시종들은 너나없이 웃음을 터뜨렸다. 난쟁이 곳립은 한 발로 깡충 뛰어올라 쳐든 다리를 손바닥으로 두들겼다. 얼마나 재미있어 하는지 요괴 같은 얼굴에 잔주름이 수천 개로 늘어났다. 하지만 곳립과 마찬가지로 키가 작은 두두의 반응은 물론 달랐다. 그는 지붕 같은 윗입술을 앞으로 더 내밀고 엄한 표정으로 머리를 가로저었다.

몬트-카브는 지금까지 요셉이 있는 줄도 몰랐다. 그러다 지금에야 놀라워하는 눈으로 목록을 들고 있는 총명한 소년을 바라보았다. 그 놀라움은 곧 감동으로 이어졌고 얼마 지나지 않아 놀라움이라는 말과 별 다를 바 없지만, 마음의 가장자리를 살짝 건드리는 가벼운 놀라움이 아니라, 그보다 훨씬 깊은 곳까지 움직이는 반응으로 바뀌었다.

여기서 이런 추측이 가능해진다. 주장이 아니고 추측이라는 점을 명심해 주기 바란다. 이 결정적인 순간, 요셉의 조상이 섬겼던 신이 자신의 특별한 계획을 염두에 두고 요셉의 모습에 한줄기 빛을 내려 그를 바라보는 사람의 가슴에서 신이 원하는 목적을 이루는데 도움이 되는 반응을 불러일으키려 한 것은 아닐까?

지금 이야기의 주인공인 몬트-카브는 우리를 기쁘게 해주려고 자신의 얼굴과 귀를 비롯하여 모든 감각을 우리에게 양도해 주었다. 물론 여기엔, 이것들을 그의 의도를 헤아리는 수단이자 통로로 사용하여, 짧다면 짧고 멀다면 멀게 잡은 우리 계획에 맞춰서 우리들의 감수성에 영향을 주라는 조건이 붙어 있다. 이렇게 우리는 몬트-카브의 감각을 내키는 대로 들여다볼 수 있는 재량권을 얻은 셈인데, 이 권리는 언제라도 되돌려줄 준비가 되어 있다. 만약 이 초자연적인 것이 자연스러운 이 이야기에 그다지 적당해 보이지 않는다면 말이다.

여기서는 특히 자연스럽고 냉정한 해석이 제격이다. 그이유는 몬트-카브가 원래 냉정하고 자연스러운 남자였기 때문이다. 게다가 그가 속한 세상은, 예컨대 벌건 대낮에 길거리에서 느닷없이 어떤 신과 만난다는 발상을 아주 일상적인 것으로 여기는 세상과는 거리가 멀었다. 하지만 아무리 멀어도 우리가 사는 세상보다는 훨씬 가까워서 이런 발상이 원뜻 그대로 온전한 상태는 아니더라도 절반짜리 현실로 자리잡기도 했다.

그는 라헬의 아들을 바라보고 아름다운 청년이라고 생각했다. 그의 시각을 타고 들어와 의식을 독점한 아름답다는 관념은 사고의 법칙이 그렇듯, 특정한 표상과 연결되어 있었고, 그의 경우에 이 표상은 달이었다. 한편 달은 달대로 크무누의 드예후티 별, 규격과 질서의 마이스터, 현자이자 마법사요, 서기인 토트와 연결되었다.

글씨가 적힌 두루마리를 들고 있는 요셉은 노예치고는, 아니 서기 노예도 하기 어려운 재치 있고 총명한 말을 하고 있었다. 그것이 집사의 마음에 동요를 일으키며 머리에 떠오르는 다른 사념들과 결합되었다. 이 아시아 젊은이, 곧 사막의 베두인은, 어깨 위에 따오기의 머리가 붙어 있지 않은 것으로 보아 쿠무누의 토트가 아닌 게 분명했다. 다시 말해서 이 아시아 청년은 토트 신이 아니고 일개 인간임에 틀림없었다. 그러나 외양은 아니라 하더라도, 사변적으로는 이 신과 모종의 관계가 있어서, 어딘지 모르게 애매해 보였다. 예를 들면 '신 같은(göttlich)'이라는 형용사가 애매한 것과 마찬가지다. 이 파생어는 원래 낱말보다야 당연히 강도가 떨어져서 진짜 신을 뜻하지는 않는다. 그래도 신을 상기시키는 것은 확실하므로 나머지 절반이 원뜻이 아니고 한낱 비유임에도 불구하고, 약간만 의미를 흔들면 원뜻으로 이해할 것을 요구하기도 한다. 그러니까 '신 같은'이라는 형용사가 사람들이 대번 알아볼 수 있는 신의 특성을 말한다는 의미에서이다.

요셉을 처음 본 순간, 몬트-카브 집사의 머리에는 바로 이러한 이중 의미가 겹쳐졌다. 이는 일종의 반복 현상으로 어떤 것의 재현이었다. 이런 일 혹은 이와 유사한 일은 이전에도 다른 사람이 겪은 것이며, 앞으로도 다른 사람에게 일어날 일이었다. 그렇다고 해서 이것이 당사자의 마음을 격렬한 동요로 몰아넣었으리라고 믿어서는 안 된다. 이때 집사가 느낀 것은, 사람들이 흔히 '이럴 수가!' 라고 감탄하는 정도였을 뿐이다. 물론 그는 그런 식으로 자신의 감정을 드러내는 대신 그저 다음과 같이 묻고 말았지만.

"뭔가?"

'뭔가' 라고 별것 아닌 듯 낮춰서 조심스레 말한 덕분에 노인은 대답하기가 훨씬 수월해졌다.

"일곱번째 물건입니다."

그러자 이집트 사람이 말을 받았다.

"수수께끼로 이야기하다니, 미개한 습관이군."

"수수께끼를 좋아하시지 않으십니까? 이런 안타까운 일이 있나! 이것 말고도 아는 수수께끼가 몇 개 더 있는데. 여하튼 이 수수께끼는 아주 간단한 겁니다. 방금 제가 공급할 수 있는 물품이 여섯 개 아니냐고 지적한 사람이 있었습니다. 일곱 개라고 실컷 자랑하더니—사실 숫자로도 일곱 개가 훨씬 좋은데—보니까 여섯 개밖에 없다고 말이죠. 자, 보십시오. 여기 물품 목록을 작성하는 이 가나안 청년이 저희가 소문난 몰약과 함께 이집트로 가지고 와서 팔려고 내놓은 일곱번째 물건입니다. 제게는 없어도 그만인 물건입니다. 그렇다 해서 제게 아무 소용이 없다는 뜻은 아닙니다. 빵도 구울 줄 알고 글도 쓸 수 있고 명석한 머리를 가져서 쓸 데가 많은 아이이니까요. 다만 집사님께서 관리하시는 집처럼 귀한 집에는, 그리고 집사님께는 팔 생각이 있다는 뜻입니다. 물건 값은 많이도 말고 제가 간신히 먹고 살 수 있을 정도만 주시면 됩니다. 저로서는 아이에게 좋은 거처를 마련해 주는 셈이니까요."

"사람이 다 찼다네!"

집사는 서둘러 고개를 가로저었다. 그는 이중적인 애매한 것에는 별 관심이 없었다. 일상적인 의미에서든, 보다 숭고한 의미에서든 애매한 것은 원치 않았다. 그래서 그는 실용성을 따지는 남자답게 냉정하게 대꾸했다. 다른 것도 아니고 자신의 관할인 장사 문제였으니 이런 반응은 당연했다. 이렇게 함으로써 질서에 반하는 것, 보다 숭고한 것, 한마디로 '신 같은 것'의 침투를 막으려 한 것이다.

"빈자리가 없네. 숫자가 꽉 찼어. 빵 굽는 자도 필요없고 서기도 필요없을 뿐더러 명석한 머리도 필요없다네. 집을 제대로 관리하는 데 필요한 명석함이라면 내 머리로도 충분하니까. 그러니 일곱번째 물건은 다시 데려가 자네나 잘 쓰도록 하게!"

"동냥 물건 따위는 필요없으니까!"

제세트의 남편 두두가 제 딴에는 엄한 목소리로 말했다. 그러나 둔탁한 두두의 음성을 받아치는 가느다란 목소리가 있었다. 곳립의 쇳소리였다.

"일곱번째 물건이 최고예요. 그걸 사세요!"

노인이 다시 입을 열었다.

"머리가 명석한 사람일수록 다른 사람들의 머리가 깜깜하면 그만큼 더 답답한 법이지요. 조바심을 참아야 하니까요. 그래서 머리가 명석한 윗사람에게는 머리가 명석한 아랫사람이 필요한 겁니다. 공간적으로나 시간적으로나 집사님으로부터 멀리 떨어져 있을 때부터 이미 저는 이 노예 청년을 집사님 댁에 데려다 줘야지 생각했습니다. 무엇보다도 지배인님을 기쁘게 해드리고 싶어서였습니다. 왜냐하면 명석한 이 노예 청년이 고상하고 우아한 말로 집사님의 마음을 편안하게 어루만져 줄 테니까요. 아이는 일 년에 360번하고도 나머지 5일까지 매번 다른 말로 밤인사를 건네줄 것입니다. 한번이라도 똑같은 말을 되풀이하면 그때는 제게 돌려주셔도 됩니다. 그러면 물건값도 당연히 돌려드리겠습니다."

"이것 보게, 노인장!" 집사가 말했다.

"다 좋아. 그렇지만 이왕 조바심 이야기가 나왔으니 말인데, 나야말로 지금 인내심의 한계선까지 와 있네. 자네가 가진 물건에서 너절한 것 몇 가지는 사줄 의향이 있어. 별로 필요없는 물건이라도 말일세. 자네가 섬기는 신들의 비위를 거스르고 싶지 않아서라네. 또 그래야 얼른 집안으로 들어갈 수 있지 않겠나. 그런데 자네는 또 밤인사를 들려주는 노예 이야기를 늘어놓는군. 마치 그 아이가 건국 이래 페테프레의 가솔이 되도록 정해져 있기라도 한 것처럼."

"하하하!"

아래쪽에서 의상실 책임자 두두의 비웃는 소리가 들리자

화가 난 집사는 성난 눈초리로 난쟁이 머리를 흘낏 쳐다보았다.

"말솜씨가 뛰어나다는 물건을 대체 어디서 얻었는가?" 집사는 이렇게 물으면서 얼굴은 쳐다보지도 않고 손을 뻗었다. 요셉은 그에게 다가가 공손하게 물품 목록을 건넸다. 몬트-카브는 앞쪽으로 멀찌감치 두루마리를 펼쳤다. 나이가 나이인 만큼 심한 원시였던 것이다. 그 틈에 노인이 대답했다.

"아까도 말씀 드렸듯이 수수께끼를 좋아하시지 않는다니 무척 안타깝습니다. 어디서 이 소년을 얻었는지 대답할 수 있는 수수께끼가 있는데."

"수수께끼라고?"

목록을 살피느라 신경이 딴 데 가 있던 집사가 무심코 던진 말이었다.

"괜찮으시다면 알아맞혀 보십시오! '메마른 어머니가 제게 그 아이를 낳아주었습니다.' 이걸 풀 수 있겠습니까?"

"이걸 이 아이가 썼다는 건가?"

몬트-카브가 목록에서 눈을 떼지 않은 채 물었다.

"흠, 뒤로 물러나 있거라! 경건하게 아주 즐거운 마음으로 쓴 글씨로군. 게다가 장식할 줄 아는 감각도 있고. 그건 부인하지 않겠네. 벽걸이로 사용해도 괜찮겠고 비문도 될 수 있겠어. 물론 내가 아는 나라 말이 아니라 흠이 전혀 없는지는 모르겠지만. 그런데 뭐, 메마른 어머니라고?"

노인의 이야기를 귓전으로나마 들었던지 집사가 물었다.

"메마른 어머니라니, 그게 무슨 말이지? 여자는 메마르든가 아니면 아이를 생산하든가 둘 중의 하나인데, 어떻게 메마르면서 아이를 낳았다는 건가?"

"그러니까 수수께끼죠, 집사님. 농담 삼아 수수께끼에 옷을 입혀 대답한 것입니다. 원하신다면 해답을 드리죠. 아주 먼 곳에서 메마른 우물 하나를 발견했습니다. 신음소리가 들리는 그 우물에서 이 아이를 꺼냈죠. 사흘 동안 어머니 뱃속에 있던 아이에게 제가 우유를 줬습니다. 그래서 우물이 어머니이고, 우물에는 물이 없었으니, 메마른 어머니였다는 뜻입니다."

"껄껄 웃을 수 있는 수수께끼는 못 되는군. 그래도 내가 빙긋이 웃어주는 건 순전히 예의 때문이라네."

"주인님께서 직접 수수께끼를 풀었더라면, 더 즐거운 농담으로 여길 수 있었을지도 모르죠."

노인의 차분하지만 예민한 반응이었다.

"그보다 훨씬 더 어려운 수수께끼를 풀어보게나. 도대체 내가 왜 여태까지 여기 서서 자네와 수다를 떨고 있는지! 자네 수수께끼는 풀었으니 자네가 내 수수께끼를 풀 차례가 아닌가. 내가 알기로는 우물에서 아이를 생산하는 괴물은 없으니 아이를 낳을 수 있는 우물도 없지. 어쩌다가 이 노예 아이가 우물 안에 있었다는 건가? 대관절 어떻게 어머니 배에 들어갔다는 건가?"

"혹독한 전 주인들이 사소한 실수를 저질렀다는 이유로 아이를 우물에 던진 겁니다. 하지만 그건 이 아이의 가치를 손상하는 흠집이 되지 않습니다. 그 실수가 '의도'와 '결과'를 섬세하게 나누는 것과 같은 지혜와 관련된 것으로 여기서는 왈가왈부할 필요도 없기 때문입니다. 제가 이 아이를 사들인 이유는 손짐작으로 살펴본 결과 무늬와 결이 아주 세련되었기 때문입니다. 출신지는 모르지만 그건 일단 고려 대상에서 제외했지요. 아이는 우물에서 자신의 실수를 뉘우쳤고, 그 처벌로 정결해졌으므로 종으로서의 가치에는 조금도 하자가 없습니다. 말하고 쓰기는 물론 과자 굽는 재주도 뛰어나서 그 맛이 특별하고 훌륭합니다. 자기 물건을 자랑하다가 다른 사람에게 넘기면서 특별한 것이라 말해서는 안 되지만, 혹독한 벌로 정결해진 아이의 이성과 능력을 달리 표현할 방법이 없어서 부득이 특별하다는 말을 사용할 수밖에 없습니다. 정말 이것들은 특별합니다. 집사님의 눈길이 기왕 아이에게 머무르게 된 이상, 집사님을 수수께끼로 번거롭게 해드린 죄를 보상하는 의미에서 아이를 집사님께서 관리하시는 페테프레 대인의 집에 선물로 드리려하니, 부디 거두어 주십시오! 그러면 집사님께서는 페테프레 대인의 재산으로 제 선물에 대한 답례를 하시려 하겠지요. 제가 먹고 살 수 있고 앞으로도 주인님의 집에 물건을 채워 드리며 한걸음 더 나아가 늘려 드릴 수 있도록 말입니다. 그리고 사실 결과적으로도 그렇게 되겠지요. 보십시오, 여기서도 의도와 결과가 같지 않습니까."

집사는 요셉을 바라보며 어지간히 무뚝뚝한 어조로 물었다.

"말주변이 좋고 유쾌한 말을 할 줄 안다는 게 사실이냐?"

야곱의 아들은 자신이 아는 이집트 말을 총동원하여 백성들처럼 한마디로 대답했다.

"종의 말은 말이 아닙니다."

"대인께서 말씀을 시작하시면 하찮은 자는 입을 다뭅니다. 이것이 모든 책의 서두입니다. 제가 지은 제 이름 또한 침묵의 이름입니다."

"어째서? 네 이름이 무엇이기에?"

요셉은 망설였다. 그러다 눈을 들어 상대방을 바라보았다.

"오사르시프입니다."

"오사르시프?" 몬트-카브는 입 안에서 되뇌어 보았다.

"모르는 이름이구나. 영원한 침묵의 주인이신 아보두가 들어 있어서 낯설지는 않다만, 이 나라에서 쓰는 것과는 다르구나. 이집트에는 지금도 그렇고 옛날 왕들이 다스렸을 때에도 그런 이름은 없었다. 오사르시프, 네가 침묵의 이름을 가졌다고는 하나, 네 주인은 네가 하루가 끝나면 표현을 바꿔가며 듣기 좋은 여러 가지 말로 평안한 밤을 기원할 줄 안다고 하는구나. 나도 오늘 저녁이면 잠자리에 들기 위해 신뢰의 특실에 있는 내 침대에 옹크리고 앉을 것이다. 네가 그 자리에 있다면 내게 뭐라고 말하겠느냐?"

그러자 요셉은 가슴에서 우러나오는 밤인사를 올렸다.

"고단한 하루가 지났으니 포근하게 쉬소서! 길가의 화염에 그을린 발바닥은 이제 평화의 이끼 위로 노닐게 하시고 지친 혀는 졸졸졸 흐르는 한밤의 옹달샘에서 생기를 얻게 하소서!"

"음, 감동적이군."

집사의 눈에 눈물이 고였다. 그리고 노인에게 고개를 끄덕여 보였다. 노인도 고개를 끄덕인 후 빙긋 웃으며 손바닥을 비볐다.

"세상살이가 나처럼 고되고 콩팥이 짓눌려 이따금 몸이 아주 안 좋은 사람에게는 특히 더 감동적이군."

집사는 그 말과 함께 서기 쪽으로 얼굴을 돌렸다.

"세트의 이름을 걸고 하는 말인데, 정녕 노예 청년이 필요한가? 등잔에 불을 붙이거나 아니면 바닥에 물을 뿌리는 아이가 필요한가? 어떤가? 하아마아트?"

어깨가 굽었고, 양쪽 귀 뒤에 붓을 여러 개 꽂고 있는 키 다리 서기에게 묻는 말이었다.

"어떤가? 어디 그런 아이가 필요하겠는가?"

서기들은 어정쩡한 태도를 보였다. 가타부타 말이 없고 입술만 앞으로 쭉 내밀었다. 그리고 어깨를 머리 쪽으로 끌어당기고 양손을 절반 정도 앞으로 치켜들었다.

"'필요하다'는 게 뭡니까?" 이윽고 하아마아트라 불린 자가 대답했다.

"'필요하다'는 것이 '모자란다'와 '없어서는 안 된다'는 걸 뜻한다면 아니라고 말씀 드리겠습니다. 그러나 없어도 되는 것까지 필요하다는 데 포함시킨다면, 이때는 그 물건의 가격이 중요합니다. 저 미개한 자가 주인님께 서기 노예를 팔 생각이라면 쫓아버리십시오. 서기들은 우리들만으로도 충분합니다. 필요도 없으며 또 필요해서도 안 됩니다. 그렇지만 저자가 개들을 돌보거나 아니면 목욕탕 청소를 할 그런 하찮은 종을 공급할 생각이라면 그에 합당한 값으로 사들이십시오."

"자, 노인장. 이제 서두르게! 우물에서 건진 자네 아들의 몸값으로 무엇을 바라는가?"

"그 아이는 이제 주인님의 것입니다!" 이스마엘 사람이 응수했다.

"아이 말씀을 하시고 그 이야기를 물으시니 아이는 이제 주인님의 것입니다. 주인님께서는 절 부자로 만들어주시려고 아이를 받으신 답례를 하시려는데, 제가 그 가격을 정한다는 것은 당치 않습니다. 하지만 주인님께서 '저울 옆에 비비가 앉아 있다!'고 명령하시니 무게를 달겠습니다. 규격과 무게를 무시하는 자는 달의 권세 앞에 무릎을 꿇어야 하는 법이니까요. 구리 200데벤! 이것이 종의 특별한 재주 값입니다. 그렇지만 양파와 카자티의 포도주는 우정 어린 덤으로 저울에 올려드리겠습니다."

터무니없이 비싼 가격이었다. 야생 양파와 인기 좋은 페니키아 포도주를 덤으로 올린다면서 노예 청년 오사르시프의 값에 포함시켰기 때문이다. 일곱 가지 물건 중에서, 물론 유명한 몰약까지 포함하여, 이집트로 수송할 만한 가치가 있는 물건이 이것뿐이었다 하더라도 이건 엄청나게 부풀린 가격이었다. 정말 그랬다. 이스마엘 사람들이 벌인 장사가 전부 덤이고, 이들의 존재 이유가 청년 요셉을 이집트로 데려가기 위해서였을 뿐이라고 전제하더라도 그랬다.

장사를 하는 것이나, 아니 살아 있다는 사실 자체가 순전히 요셉을 위한 것임을, 이스마엘 노인이 어렴풋이나마 눈치 챘으리라곤 감히 추측할 수 없다. 몬트-카브 집사 역시 이런 해석과는 거리가 멀다. 따라서 자신이 먼저 이 무리한 요구에 반대했을 것이다. 하지만 거들먹거리는 난쟁이 두두가 선수를 쳤다. 가뜩이나 지붕 같은 윗입술이 앞으로 더 불거진 그는 짤막한 팔 끝에 붙어 있는 조그마한 손을 마구 흔들었다.

"웃기고 있네! 너무 웃겨서 말이 안 나오네! 집사님, 들은 척도 하지 마세요! 이 늙은 사기꾼이 주제도 모르고 감히 집사님께 우정을 운운하다니, 얼굴 한번 두껍습니다. 모래밭에 사는 야만인 주제에 그냥 이집트 남자도 아니고 큰 사람의 재산을 관리하는 집사님 같은 분과 어떻게 친구가 된다는 겁니까? 이건 장사가 아니라 사기고 함정입니다. 이 멍청이의 몸값으로 구리를 200데벤이나 내놓으라니!"

그는 손바닥을 쳐들어 옆에 서 있는 요셉을 가리켰다.

"광야 출신인 이 코흘리개 값으로 말입니다. 이건 아주 미심쩍은 동냥 물건입니다. 이끼와 졸졸졸 흐르는 옹달샘이니 구구절절 감언이설을 토할 줄은 알지만, 늙은 구렁이 같은 사기꾼이 이 놈을 우물에서 꺼냈다는데 결코 씻을 수 없는 무거운 죄를 지어 구덩이에 빠지게 되었는지 누가 알겠습니까? 그러니 이 멍청이를 사지 마십시오. 페테프레 주인님을 위해서라면 사지 마세요. 이게 제 충고입니다. 이 놈을 샀다가는 고맙다는 인사도 못 받을 겁니다."

보석상자를 지키는 두두의 열변이었다. 그러나 그 말이 끝나기를 기다렸다는 듯이, 풀밭에서 귀뚜라미 소리처럼 가느다란 목소리가 들려왔다. 예복을 입은 곳립의 음성이었다. 베지르도 요셉의 다른 쪽 옆에 있어서 요셉은 두 난쟁이의 가운데에 서 있는 셈이었다.

"사세요!"

베지르는 발뒤꿈치까지 쳐들고 쇳소리로 말했다.

"사막의 젊은이를 사세요! 일곱 가지 물건 중에 이것만 사세요! 이게 제일 좋은 겁니다! 소인의 말을 믿으세요! 소인은 볼 줄 압니다! 오사르시프는 선하고 아름답고 현명합니다. 분명 축복을 받은 젊은이니 집에도 축복을 줄 겁니다. 이왕이면 세련된 충고를 들으세요!"

그러자 다른 난쟁이가 외쳤다.

"규격이 미달된 저런 충고 말고 제대로 된 충고를 들으세요! 이 쭈그렁탱이가, 제대로 늘어나지 못해서 온전하기는 커녕 바람만 잔뜩 들어 있는 밤톨 주제에 어떻게 제대로 된 충고를 해줄 수 있겠습니까? 몸무게가 제대로 나가길 합니까? 사람들한테 정상적인 주민 취급을 받아볼 수나 있습니까? 그저 코르크 마개처럼 이리저리 튀어오르는 쥐방울만 한 익살꾼 주제에 어떻게 온전한 충고를 하며 세상일을 판단할 수 있겠습니까? 제까짓 놈이 상품과 사람과 사람 상품에 대해 무슨 재주로 판단하겠습니까?"

"야, 이 고지식한 악당아, 이 고리타분한 놈!"

베스-엠-햅이 버럭 소리를 질렀다. 분노한 난쟁이의 얼굴은 수천 개의 잔주름으로 일그러졌다.

"그럼 네놈은 어떻게 판단하겠다는 거냐? 그 주제에 세련된 충고까지 하겠다는 거야? 이 배신자 난쟁이! 그나마 있던 얼마 안 되는 지혜도 엿 바꿔 먹은 게 바로 너야. 그랬으니까 네놈이 난쟁이라는 사실을 부인하고 제대로 다 자란 자를 아내로 맞아 키다리 같은 아이들을 태어나게 해서

에세시와 에베비라는 이름을 붙여 줬지. 그러면서 온갖 유세를 다 부리고 거들먹거리다니. 그런다고 난쟁이 키가 어디 가냐? 실제 키는 들판의 경계석 너머도 볼 수 없을 만큼 작으면서 어리석음의 키는 어쩜 또 그렇게 크더냐. 자랄 수 있는 데까지 다 자란 꼴이구나. 그러니 상품과 사람과 사람 상품에 대한 네 판단이 어찌 세련될 수 있겠어? 당연히 아주 우둔한 판단만 나오지."

자신의 정신 상태에 대한 비난 앞에 두두가 얼마나 분노했을지 상상해 보라. 그는 치즈처럼 하얗게 질린 얼굴로 지붕처럼 튀어나온 윗입술을 바들바들 떨면서 독설을 퍼부었다. 곳립의 경박함과 가치 면에서의 규격 미달을 꼬집는 욕이었다. 그런 소리에 뒷짐지고 게으름 부릴 곳립이 아니었다. 그는 그대로 상대방을 가리켜 고리타분하기만 할 뿐, 세련된 지능은 모자라도 한참 모자란다고 욕했다. 두 난쟁이들은 무릎에 손을 올려놓고 한바탕 욕설을 퍼부으며 그렇게 계속 다퉜다. 열이 오를 대로 오른 두 명의 투사 사이에 요셉이 서 있었다. 그 모습이 두 사람을 갈라놓는 동시에 상대방으로부터 지켜주는 나무 같았다. 그 나무 아래에서 벌어지는 소인들의 전쟁 앞에서 그 자리에 있던 이집트 사람들과 이스마엘 사람들은 물론 집사까지 웃음을 터뜨렸다. 그러다 문득 싸움도 웃음도 뚝 그치며 모든 게 멈춰버렸다.

포티파르

길 쪽에서 아득하게 들리던 소리가 점점 불어나 소란스러워졌다. 말발굽 소리, 바퀴 구르는 소리, 달리는 자들의 종종걸음 치는 소리, 조심하라고 외치는 소리들이 빠른 속도로 성큼 다가와 문 앞에 이르렀다.

"어이쿠, 주인님이 오셨구나. 만찬 준비는? 테벤의 삼위(三位, 아문과 그의 아내 무트와 아들 콘스―옮긴이)시여! 굽어살피소서! 이런 쓸데없는 짓에 시간을 낭비했으니! 조용히 해라! 아랫것들아! 아니면 가죽 회초리 맛을 보겠느냐! 하아마아트, 네가 거래를 끝내거라. 나는 주인님과 함께 집 안으로 들어갈 테니! 가격을 잘 결정해서 물건을 사도록 해라! 노인장, 건강하시게! 5년이나 7년 후에 다시 한번 들르게나!"

집사는 그 말만 남기고 서둘러 몸을 돌렸다. 벽돌 의자에 있던 문지기들이 마당을 향해 고함을 질렀다. 사방에서 시종들이 달려나왔다. 주인님이 오시는 길을 장식할 사람들이었다. 하나 둘 도착하는 대로 이마를 땅에 대고 넙죽 엎드렸다. 벌써 덜커덩거리는 마차 소리가 들렸고, 성문 아래 돌바닥에 달음박질 소리가 울려 퍼졌다.

페테프레가 등장했다. 길을 비키라고 헐떡거리며 외치는 자를 앞세웠고 옆에도 부채를 들고 헐떡이는 자, 뒤에도 이런 자들을 달고 나왔다. 멋진 마구에 타조 깃을 꽂은 두 마리의 말이 보였다. 윤기가 자르르 흐르는 이 갈색 말들이 거만하게 마차를 끌고 들어왔다. 작은 바퀴가 두 개 달렸고 난간을 약간 올려서 멋을 부린 장식마차였다. 거기엔 마부를 합쳐서 모두 두 사람밖에 설 수 없었다. 그러나 명색만 마부일 뿐 그는 우두커니 서 있고 정작 마차를 모는 사람은 파라오의 친구였다. 고삐와 채찍을 든 자의 표정과 몸을 치장한 보석이 이미 주인님의 신분을 말해 주었다. 체격이 무척 크고 뚱뚱한데 비해 입은 유난히 작아 보였다.

얼핏 그의 모습을 훑던 요셉의 시선이 마차에 꽂혔다. 바퀴 살에 박힌 오색 보석들이 바퀴와 함께 구를 때마다 햇살을 받아 멋진 불꽃놀이를 연출하고 있었다. 빙빙 도는 오색찬란한 섬광놀이를 막내 벤야민에게 보여주고 싶었다. 회전이 안 될 뿐 갖가지 빛깔의 아름다운 광채는 페테프레가 목에 두른 장식품에서도 발견할 수 있었다. 칠보와 형형색색의 보석을 세로로 촘촘하게 이은 일종의 목걸이는 이곳 베세트의 정상에 있는 신이 의기양양하게 쏟아 붓는 하얀 햇살을 받아 눈이 부셨다.

달리는 자들의 갈빗대가 펴지고, 한껏 멋을 부린 말도 눈을 부라리고 콧숨을 몰아쉬며 제자리걸음으로 멈춰 섰다. 시종 하나가 고삐를 잡으며 말의 하얀 목을 토닥이며 잘했다고 칭찬해 주었다. 마차가 멈춰 선 곳은 장사꾼의 일행이 있는 곳과 안대문 사이 한복판으로 야자나무 옆이었다. 문 앞에 마중 나온 몬트-카브가 미소를 지으며 몸을 숙인 채 그쪽으로 다가갔다. 그리고 한편 기쁘고 한편 놀랍다는 듯 고개를 흔들며 주인님이 편히 내릴 수 있도록 손을 건넸다. 페테프레는 고삐와 채찍을 마부에게 넘겨주었다. 이제 작은 손에 짧은 지팡이만 남았다. 갈대와 황금을 입힌 가죽으로 만든 지팡이로 앞부분이 도르르 감겨 두툼했다. 그 모양이 몽둥이처럼 보였다.

"데려가서 포도주로 씻어주고 잘 덮어주거라!"

그는 통치권을 상징하는 고상한 표식으로 쓰이는 원시 무기의 잔재인 지팡이로 말을 가리키며 부드러운 음성으로 말했다. 그리고 손을 원위치로 끌어당기고는 마차에서 육중한 몸을 날렸다. 집사의 부축을 받고 편히 내려올 수 있었는데도 혼자 내리는 쪽을 택한 것이다.

요셉은 그 광경을 지켜보았다. 그의 음성도 들을 수 있었다. 게다가 이스마엘 사람들의 시야를 가로막고 있던 마차가 천천히 가축 우리 쪽으로 움직이자 그쪽을 물끄러미 바라보는 주인님과 집사의 모습은 눈에 더 잘 들어오고 소리도 더 잘 들렸다. 명예 칭호를 받은 이 귀한 분은 마흔 살이나 서른다섯쯤 되어 보였다. 정말이지 탑처럼 큰 체격이었다. 왕족이 입는 최고급 삼베옷은 복사뼈에 닿을락 말락 했는데, 잠방이의 찰랑이는 주름과 리본까지 보일 만큼 얇았다. 옷감 사이로 비친 기둥만한 다리를 보고 요셉은 르우벤을 떠올렸다. 그러나 이 거대한 몸집은 영웅호걸다운 형과는 다른 구석이 있었다. 몸 전체에 골고루 살이 쪘고, 특히 부드러운 삼베옷 아래 두 개의 산봉우리처럼 불룩 솟은 가슴은 부축 없이 마차에서 혼자 뛰어내렸을 때 적잖이 출렁였다. 그리고 몸의 높이와 폭, 곧 키와 비대함에 비해 머리는 또 지나치게 작았다. 매끈하고 고상한 얼굴선, 짧은 머리, 마찬가지로 짧고 매끈한 코, 귀여운 입, 기분 좋게 약간 튀어나온 턱, 긴 속눈썹을 병풍 삼은 당당한 눈.

그 눈으로 그는 집사와 함께 야자수 그늘 밑에 선 채 저만치 멀어져 가는 말들의 뒷모습을 바라보았다. 무척 흡족한 표정이었다.

"아주 사나운 말들이라네." 그의 음성이 들려왔다.

"베세르-민이 베프바베트보다 더 사납지. 길을 들이지 않은 말이라 나한테서 달아나려고 했지만 내 손으로 직접 길을 들였지."

"주인님이시니까 하실 수 있었던 겁니다." 몬트-카브가 대답했다.

"참으로 놀랍습니다. 마부 네테르나흐트도 그런 생각은 감히 못했을 겁니다. 집안 사람 중 어느 누구도 엄두를 못 낼 겁니다. 시리아산 말이 성질이 좀 사나워야지요. 혈관에 피 대신 불이 흐르나 봅니다. 말이 아니라 악마지요. 그런데도 주인님께서는 꼼짝 못하게 길을 들이셨습니다. 주인님의 손을 알아본 거지요. 그래서 고집을 꺾고 얌전하게 마구를 쓰고 있는 겁니다. 저 거친 말들과 그렇게 싸우고 지치지도 않으셨습니까? 마차에서 펄쩍 뛰어내리시게요? 겁 없는 소년처럼!"

페테프레의 작은 입이 잠깐 동안 싱긋 웃었다.

"이따 오후에 세벡에게 예를 갖추고 수렵을 나갈 생각이네. 필요한 채비를 해놓고 내가 잠을 자거든 제때에 깨우게. 배에 물고기를 찌를 창과 나무 장대를 싣게 하고 작살도 잊지 말게. 길을 잃은 엄청나게 큰 하마가 내가 수렵을 나가는 죽음의 강에 들어와 있다는 보고를 들었어. 그걸 잡아야겠네."

"무트-엠-에네트 마님께서 그 말씀을 들으시면 두려움에 떠실 겁니다."

집사가 눈을 내리깔고 말했다.

"그러니 부디 하마는 직접 사냥하시지 마시고 그 위험천만한 일은 시종들에게 맡기소서! 여주인 마님께서……."

"그러면 재미가 없어. 내가 직접 던져야지."

페테프레가 대답했다.

"하지만 마님께서 떠실 텐데요!"

"그럼 떨라고 해!"

그리고는 문득 집사를 쳐다보며 물었다.

"집안에 아무 일도 없었겠지? 무슨 안 좋은 일이나 사고 같은 건? 전혀 없었다고? 그런데 저기 저 자들은 무엇 하는 자들인가? 흠, 행상이라. 여주인 마님은 기분이 좋으신가? 위층의 부모님도 건강하시고?"

"집안에는 아무 일도 없고 다들 평안하시며 모든 게 완벽합니다. 우아한 여주인 마님께서는 늦은 오전 시간에 가마를 타고 아문의 소를 관리하는 제사장의 부인 레네누테트 마님을 방문하시어 함께 신을 찬양하는 노래를 연습하시고 오셨습니다. 그리고 집으로 돌아오셔서는 격리된 자들의 집(여자들만 기거하는 규방을 뜻함—옮긴이) 서기 테펨아크에게 동화를 읽어 달라고 명령하셨고, 소인이 아랫것들을 시켜 가져다드린 과자에 여느 때처럼 입을 맞추셨습니다. 그리고 위층에 계신 주인님의 존귀하신 부모님께서는 황송하게도 강을 건너 사자의 신전으로 가시어 태양과 하나가 된 투트모세의 아버지 신께 제물을 올리셨습니다. 그리고 서쪽에서 돌아오신 후 다정한 오누이 후이와 투이께서는 편안하고 성스럽게 손을 맞잡고 주인님의 정원에 있는 연못가의 정자에 앉아 함께 만찬을 드시려고 주인님께서 돌아오시기만을 기다리고 계십니다."

"그들에게도 내가 오늘 하마를 잡으려 한다는 소식을 전하게. 알아도 괜찮네."

"하지만 크게 두려워하실 텐데요."

"그건 상관없어. 여기서는 오늘 오전을 아주 즐겁게들 보낸 것 같은데, 나만 메리마아트 궁전에서 지겹고 짜증나는 일을 겪었군."

"아니, 그러셨습니까? 어떻게 그런 일이…… 궁전에는 선하신 신께서 계셨을 터인데."

"총사령관에" 주인이 몸을 돌리며 말했다. 육중한 어깨가 움찔했다.

"최고 판사이든지 혹은 아니든지. 하지만 만약…… 그러다 보면…… 이런 일도……"

그의 말소리가 점점 멀어졌다. 그는 이따금 대답도 해가며 뒤를 바짝 따르는 집사와 함께 손을 올려 넙죽 절하는 시종들을 지나치고 안대문을 통과하여 집안으로 들어갔다. 요셉은 그러나 '포티파르(페테프레의 또 다른 이름─옮긴이)'를 보았다. 요셉은 자신이 팔려온 집의 주인인 이집트 대인의 이름을 그렇게 포티파르라 불렀다.

요셉은 다시 한번 팔려서, 엎드려 절을 올린다

집사가 시킨 대로 키다리 서기 하아마아트는 난쟁이들이 지켜보는 가운데 노인과 흥정에 들어갔다. 그러나 두번째 팔리는 요셉은 거기에 관심이 없었다. 자기 몸값이 얼마가 되든 개의치 않았다. 새 주인의 첫인상을 소화하느라 다른 것에 정신 팔 겨를이 없었던 것이다. 파라오로부터 칭찬의 징표로 받은 황금과 함께 반짝이던 화려한 목걸이 장신구, 지방질이 많으면서도 당당한 체구, 그 거구를 날려 마차에서 훌쩍 뛰어내리던 모습, 그걸 보고 몬트-카브는 어쩌면 그렇게 힘이 넘치시느냐고, 또 말을 직접 길들이시다니 참으로 용감하시다며 치켜세웠었다. 그리고 또 새 주인은 자기 손으로 하마를 잡겠다며, 그 계획 때문에 부인인 무트-엠-에네트와 부모인 후이와 투이가 떨든 말든 상관없다고 했다(이 말을 그의 '무심함'으로 해석한다 해도, 이것만 가지고는 그의 태도를 제대로 설명할 수 없을 것 같았다). 한편 집안에 별일은 없는지, 부인이 유쾌한지 재빨리 물어본 후, 자신은 궁전에서 무척 지겨웠다는 푸념과 함께 집안으로 들어가며 몇 마디 던진 토막 이야기, 이 모든 것들이 야곱의 아들에게 는 심사숙고해야 할 대상이었다. 이렇게 아무 말 없이 속으로 나름대로 이유를 생각해 보고 해석도 내려보고 보완해가 며 차근차근 정리해나가는 일은 자신에게 주어진 상황을 한시라도 빨리 파악하여, 수동적이 아니라 자신이 주체가 되어 상황을 주도하려는 사람으로서는 당연한 행동이었다.

언젠가는 내가 '포티파르'의 옆자리에 마부로 서게 되는 걸까? 그런 생각도 스쳤다. 아니면 나일 강의 죽은 지류로 수렵을 나갈 때 수행하는 게 아닐까? 정말이었다. 믿거나 말거나 요셉은 여기 도착한 순간부터 이미 주변 사물과 사람들을 잠깐 훑어보고는 그날을 생각했다. 그리고 정확하게 언제라고 예언할 수는 없지만, 언젠가는 주인님의 옆자리에 서게 될 자신의 모습을 그려보며 어떻게 하면 지고하신 분, 이집트 전체는 아니더라도 최소한 이 주변에서는 제일 높은 그분의 옆자리에 이를 수 있을지 궁리하고 있었다. 어디 그뿐인가. 처음 목표치고는 엄청나게 먼 그곳에 이르기까지 그 길에 도사리고 있을 장애물도 만만치 않았는데, 아예 한술 더 떠서 이집트에서 가장 지고한 분과 만날 날까지 생각하고 있었다.

그랬다. 요셉의 사람됨됨이는 우리도 모르는 바 아니다. 그곳에 이르러 별다른 욕심 없이 가만히 있을 요셉이었던 가? 당연히 아니다. 그곳은 저승세계였다. 우물이 저승의 입구였다. 그는 이제 더 이상 요셉이 아니고, 우사르시프였다. 낮은 자 중에서 가장 낮은 자로 머무는 상황이 오래 지속되어서는 안 되었다. 그는 한눈에 친구와 적을 알아보았다. 몬트-카브는 선한 사람이었다. 부드러운 밤인사에 눈물까지 비쳤었다. 몸이 편안한 때가 드물었던 것이다. 그리고 익살맞은 난쟁이 곳립도 착하고 마음이 따뜻한 것으로 보아, 자신을 도와줄 사람이었다. 반면 또 다른 난쟁이 두두는 적이었다. 계속 지금처럼 나온다면 그랬다. 어쩌면 어떻게든 손을 봐줄 수도 있을 것 같았다. 그리고 서기들은 또 한 명의 서기가 등장하자 시기심을 드러냈다. 이런 불쾌감은 다치지 않게 조심스럽게 다뤄야 했으므로 앞으로 어떻게 대할지 궁리도 했다.

그렇다고 요셉을 비천한 사람이라 부른다면 그건 잘못이다. 그는 그런 사람이 아니었다. 그리고 요셉의 이러한 생각을 그런 식으로 판단하는 것은 옳지 않다. 생각하고 궁리하는 것은 숭고한 의무였다. 주님은 그의 인생에, 어리석었던 그의 삶에 종지부를 찍으셨다. 그리고 새로운 인생으로 거듭나게 하시고, 이스마엘 사람들을 시켜 이 나라로 인도하셨다. 다른 모든 일에서도 그렇듯 이 일에서도 큰 계획을 가지고 계시는 게 분명했다. 그분이 하시는 일치고 큰 결과를 가져오지 않는 일이 있던가. 그러므로 부여받은 정신력을 총동원하여 그분의 계획을 도와야지, 게으름을 피워 그분의 발목을 잡아서는 안 되었다.

주님은 그에게 꿈을 보내주셨다. 물론 혼자서 간직했어야 할 꿈이었다. 그 곡식단과 별 꿈은 언약이라기보다는 차라리 지시였다는 표현이 옳다. 아무튼 실현될 꿈이었지만, 구체적으로 어떤 방식으로 실현되는가, 그것은 오로지 주님께 달렸다. 그 시작은 요셉을 이 나라로 옮겨놓은 것이었다. 그리고 저절로 실현되는 꿈이 아니었다. 당연히 사람이 도와야 했다. 주님께서 자신을 특별히 쓰시려 한다는 추측이나, 또는 확신을 가지고 사는 것은 비천한 기질이 아니다. 그리고 이것을 야심이 많다고 표현하는 것도 옳지 않다. 야심도 야심 나름, 주님을 위한 야심은 이보다는 더 경건한 이름을 얻어야 마땅하다.

　요셉은 두번째 팔려가는 과정에 관심도 없고 몸값에도 신경을 쓰지 않았다. 그만큼 자신이 받은 인상들을 정리하고 소화하는데 몰두했던 것이다. 키다리 서기 하아마아트는 흥정을 하느라 사지를 바삐 움직여도 귀 뒤에 꽂힌 여러 개의 붓은 흡사 풀로 붙여 놓은 듯, 하나도 아래로 떨어지지 않는 것이 참으로 신기했다. 그는 '필요하다'와 '필요할 수도 있다' 사이를 교묘하게 오가며 값을 깎으려 했고, 노인은 이에 질세라 예의 그 오래된 강력한 증거를 들이밀었다. 자신이 준 선물에 대한 답례품의 가치는, 그것으로 먹고 살 수 있을 정도면 충분하다. 계속 이 집에 봉사할 수 있으려면 연명은 해야 할 것 아닌가. 이 필연성을 당연한 것처럼 내세우는 노인의 기세에 눌려, 안됐지만 서기는 한마디도 토를 달지 못했다. 그러자 두두가 그의 편이 되어주었다. 이 의상관리자 난쟁이는 세 가지 물건 모두 '필요하다'와 '필요할 수도 있다'에 적용되지 않는다며 부인하고 나섰다. 양파, 포도주 그리고 노예는 아예 쓸모없는 물건이라 했다.

그러나 또 다른 난쟁이 세프세스-베스는 노인을 두둔했다. 그는 난쟁이의 날카로운 통찰력을 내세워 무슨 일이 있어도 오사르시프만은 꼭 사들여야 한다고 주장했다. 한푼이라도 깎으려고 치사하게 에누리하지 말고 달라는 대로 다 주고 사라는 것이었다. 그러다 거래 품목인 요셉이 홍정에 끼어든 것은 한참 후였다. 물론 그저 지나가는 말투로 한마디 던진 정도였다. 자신의 몸값이 150데벤이라면 그건 너무 싸며 적어도 160데벤은 내야 한다고. 주님을 위한 야심에서 비롯된 이 제안에 서기 하아마아트가 펄펄 뛴 것도 무리는 아니었다. 물건 값을 홍정하는데 상품이 직접 간섭하는 경우가 세상 천지에 어디 있느냐는 것이었다. 요셉은 그 말에 다시 입을 다물었고 더 이상은 개의치 않았다.

이윽고 어린 얼룩 황소가 한 마리 나왔다. 하아마아트가 사람을 시켜 가축 우리에서 꺼내온 소였다. 요셉은 자신의 가치와 쓸모가 한 마리의 짐승으로 구체화된 모습을 보려니 기분이 묘했다. 그러나 대부분의 신들이 짐승 형상을 하고 있을 뿐 아니라, 각기 다른 모습의 개성을 인정받으면서 다른 신들과 함께 더불어 공존할 수 있도록 폭넓은 사고로 배려해 주는 나라에서 벌어지는 일이니만큼, 특별히 모욕적일 것까지는 없었다.

그리고 이 어린 황소로 끝난 게 아니었다. 황소의 가치는 요셉의 가치와 동일하지 않았다. 노인이 황소 값으로 120데벤 이상 인정하려 들지 않았기 때문이다. 이 황소 외에 다른 물건들이 추가되어야 했다. 즉 소가죽 갑옷, 종이, 보통 삼베 몇 뭉치, 표범 가죽으로 만든 포도주 자루, 시체를 절이는 나트륨염 한 수레, 낚싯바늘 한 꾸러미와 빗자루가 황소 옆에 놓여야 했다. 이렇게 하여 비비 원숭이가 지켜보는 저울은 거룩한 수평을 이루었다. 순수한 계산에 따른 수평이 아니라, 합의와 눈짐작에 준해서였다. 물건 하나하나의 가격을 정하는 오랜 입씨름에 지쳐 숫자로 하는 계산은 그만두고, 양측 다 이만하면 크게 사기당한 것이 아니다 싶은 수준에서 흥정을 끝낸 탓이다. 구리 150과 160데벤 사이가 물건을 바꾸는 값, 곧 교환가치였다. 그 값으로 라헬의 아들은 마침내 다른 서비스 상품과 함께 이집트의 대인 페테프레의 소유물이 되었다.

이제 임무는 끝났다. 미디안의 이스마엘 사람들은 삶의 목표를 달성했다. 이집트로의 우송 임무를 위해 선택받은 그들은 물건을 전달했으므로, 갈 길을 재촉하여 세상 속으로 사라지면 그만이었다. 이제는 필요없는 사람들이었다. 그러나 그들 자신은 이런 상황에 아무런 제약을 느끼지 않았음은 당연하다. 물건을 챙기면서도 이들은 예나 지금이나 자신들을 중요한 사람이라 여겼다. 자신들이 있으나마나 한 존재라니, 그런 생각은 꿈에도 하지 않았다.

선량한 습득물을 잘 보살피고, 자기가 아는 제일 좋은 집에 데려다 주려던 노인의 소원과 아버지 같은 배려는 도의를 중시하는 그의 성품을 보여준 증거였다. 그러나 노인의 이런 마음 역시 달리 보자면, 그로서는 전혀 예측하지 못했던 목적에 이르는 수단이요 도구며, 연장에 불과했다. 여기서는 요셉을 그가 다시 팔았다는 사실에 주목할 필요가 있다. 상인은 그럴 수밖에 없다는 듯, 특별한 이익을 얻기 위해서가 아니라고 스스로도 말한 것처럼, 그저 상인으로서 부끄럽지 않을 정도로 '연명' 할 수 있는 수준의 대가만 받는 것으로 만족했다. 다시 말해서 자기 실속을 채우려고 그를 판 것은 아닌 것 같다. 잘못 본 게 아니라면, 그는 우물에서 얻은 아들을 계속 곁에 두고 싶었다. 그러면 매일 저녁, 밤인사에 맛있는 과자도 먹을 수 있었을 것이다. 그런데도 그는 요셉을 팔았다. 이렇게 상인으로서의 본분을 지키려고 노력했지만, 자신의 이익을 생각하고 판 것은 아니었다. 하지만 여기서 '자신의 이익' 이란 또 무엇인가? 요셉이 편안한 곳에서 살 수 있도록 돌봐주고 싶은 욕구를 충족시키는 것 또한 그 자신을 이롭게 하는 것이 아닌가. 단, 어디서 그런 욕구가 생겼는지, 그 이야기는 일단 덮어두자.

요셉 또한 필연이 인간의 영혼에 불어넣은 자유의 품위를 존중할 줄 아는 청년이었다.

"어이, 아니 우사르시프. 이게 네가 지은 이름이라고 했지. 이제 너는 더 이상 내 것이 아니고 이 집의 것이다. 이제 내 뜻이 이루어졌다."

거래가 끝난 후 이렇게 말하는 노인에게 요셉은 옷자락에 몇 번이고 입을 맞추고 그를 가리켜 자신의 구세주라 부르며 최선을 다해 고마움을 전했다.

"잘 있거라, 내 아들아." 노인의 말이었다.

"그리고 내가 베푼 자선이 헛되지 않도록 품위를 지키거라. 누구에게나 현명하고 친절하게 대하거라. 엉덩이에 뿔난 못된 소처럼 뭐든지 꼬투리를 잡고 싶고, 존귀한 것과 그저 세월만 오래되었다 뿐 진부하기만 한 과거의 잔재를 서로 구별하려고 꼬치꼬치 따지고 싶은 마음이 생기거든 그때마다 혀를 조심하거라. 안 그러면 또 구덩이에 빠지게 될 게다! 네 입은 달콤하여 부드러운 밤인사뿐 아니라 다른 것도 할 수 있으니, 그 점을 명심하여 사람들을 기쁘게 해주거라. 공연히 헐뜯는 일에 나서서 사람들의 반감을 사지 말고! 자, 간단하게 줄이자. 잘 있거라! 네 인생을 구덩이로 빠뜨린 맹목적인 신뢰와 지나친 요구처럼 벌 받아 마땅한 실수는 절대 되풀이하지 말라는 이야기는 반복하지 않아도 되리라 믿는다. 그 면에서는 충분히 영리해진 것 같으니까. 어쩌다 네가 이런 처지가 되었는지 자세히 물어보지 않은 이유는 시끄러운 세상에 많은 비밀이 감춰져 있다는 사실을 아는 것으로 만족했기 때문이지. 나는 이 세상에 온갖 다양한 것들이 있을 수 있다는 사실을 경험으로 체득했다. 네 몸가짐과 재주로 보아 우물을 어머니의 모태로 삼기 전에 분명 기쁨의 향유를 바를 수 있는 유복하고 아름다운 환경에서 살았으리라 짐작하곤 했다. 만약 실제로 그랬다면, 이 집에 널 다시 판 것은 네게 좋은 밧줄을 던져줘서 행운의 서곡을 열어준 셈이다. 중간 정도의 환경으로 올라갈 수 있게 되었으니까 말이다. 자, 잘 있거라, 벌써 세번째 인사를 하는구나! 앞에서 이미 두번이나 했으니까, 세번째는 특히 강력한 힘을 갖는다. 내가 나이가 많아 언제 널 다시 볼 수 있을지 모르겠구나. 내가 알기로 저무는 태양과 비슷한 너의 신 아돈께서 네가 실족하지 않도록 발걸음을 인도하시고 지켜주시길 바란다. 축복이 있기를!"

요셉은 머리 위에 손을 올려놓은 이 아버지 앞에 무릎을 꿇고 다시 한번 옷자락에 입을 맞췄다. 그리고 노인의 사위 밉삼에게도 작별인사를 했다. 자신을 구덩이에서 꺼내주어서 고맙다는 말도 잊지 않았다. 노인의 조카 에퍼와 아들인 케다르와 케드마에게도 정중하게 인사했고, 인부 바알마하르와 입술이 불거져 나온 소년 유파와도—그 아이는 요셉의 가치를 짐승으로 매긴 어린 황소의 고삐를 잡고 있었다—대충 작별인사를 건넸다. 이윽고 이스마엘 사람들은 마당을 지나 소리가 울리는 성문 아래의 돌바닥을 통과하여 왔던 길로 되돌아갔다. 올 때와 달라진 것이 있다면 요셉이 그 일행에서 빠졌다는 점이었다. 이들의 뒷모습을 지켜보는 요셉의 가슴 한구석에 작별의 아쉬움이 피어올랐다. 한편 자신을 기다리고 있을 미지의 새로운 것을 생각하니 두렵기도 했다.

그들이 사라지고 난 후, 주변을 돌아보니 이집트 사람들은 어느새 제 갈 길로 흩어졌는지 혼자뿐이었다. 아니 거의 혼자나 마찬가지였다. 남아 있는 사람이 딱 한 명 있기는 했다. 다름 아닌 세엔크-웬-노프레-네테루호트페-엠-페르-아문이었다. 곳립, 익살맞은 베지르, 그 난쟁이가 빨간 긴 꼬리 원숭이를 어깨에 매단 채, 주름투성이 미소를 흘리며 요셉을 올려다보고 있었다.

"이제 뭘 하죠? 어디로 가야 하나요?" 요셉이 물었다.

난쟁이는 대답할 생각은 않고 싱글벙글 계속 쳐다보기만 했다. 그러다 갑자기 화들짝 놀라 고개를 돌리며 속삭였다.

"엎드려!"

그 명령과 함께 자신부터 이마를 바닥에 갖다대었다. 한 주먹이나 될까, 주인이 급히 몸을 옹크리자 어깨에 있던 짐 승도 날렵하게 몸을 날려 등판으로 옮겨 앉아 꼬리를 세운 채, 놀란 토끼 눈을 뜨고 저쪽을 바라보았다. 요셉은 그쪽 을 쳐다보지 않았다. 난쟁이 곳립을 따라 엎드리느라 그럴 겨를이 없었다. 하지만 막상 바닥에 자리를 잡고 나자 팔꿈 치를 고이고 들어 올린 손 사이로 슬쩍 훔쳐보았다. 무엇 혹은 누구 앞에서 이런 예를 갖추는 것인지 알고 싶었다.

여자들이 머무르는 규방에서 행렬 하나가 마당을 가로질 러 본채로 향하고 있었다. 잠방이를 걸치고 머리에 꽉 조이 는 삼베모자를 쓴 시종 다섯 명이 앞장서고 머리를 풀어 내 린 시녀 다섯 명은 뒤를 따르고 있었다. 그 중간에 누비아 종의 맨살 어깨 위로 출렁이는 가마가 보였다. 그건 황금을 입힌 가마였다. 주둥이를 벌린 짐승머리로 장식한 일종의 의자에 어떤 이집트 숙녀가 다리를 꼬고 앉아 있었다. 곱슬 머리에 꽂힌 보석은 눈부시고, 목에도 황금을 두르고, 손가 락에는 반지가 보였다. 가마 옆에 편안하게 드리워진 한쪽 팔에도 팔찌가 걸려 있었다. 백합처럼 하얀 팔이 몹시 우아 해 보였다. 요셉은 보석으로 만든 화관 아래로 당시 유행을 누를 만한 매우 독특하고 개성 있는 옆모습을 볼 수 있었 다. 화장품을 이용하여 관자놀이 쪽으로 길게 그린 눈, 납 작코, 볼 아래 푹 패인 그늘, 끝이 말려 올라간 얇고 부드러 운 입.

만찬장으로 향하고 있는 행차의 주인공은 여주인 무트-엠-에네트, 곧 페테프레의 부인, 그 불길한 여인이었다.

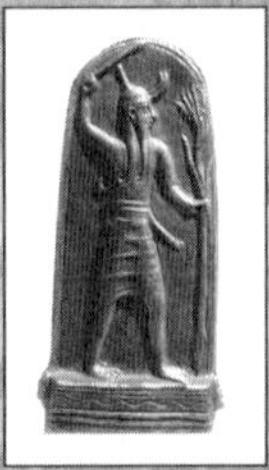

Viertes Hauptstück

Der Höchste

4부

지고한 분

요셉은 포티파르의 집에서
얼마나 머물렀을까

옛날에 한 남자가 있었다. 그에게는 고집스러운 암소가 한 마리 있어서 멍에를 쓰지 않으려 했다. 밭을 갈아야 하는데도 멍에를 씌우기만 하면 벗어던지는 것이었다. 그래서 남자는 암소의 송아지를 빼앗아 갈아야 할 밭에 데려다 놓았다. 그러자 새끼의 울음소리를 들은 암소는 송아지한테 갈 생각에 멍에를 쓰고 그곳으로 갔다.

밭에 송아지가 있었다. 남자가 그곳에 데려다 놓았는데, 송아지는 음매 울지 않고 죽은 듯이 가만히 있었다. 처음에는 낯선 밭을 둘러보기만 했다. 그곳은 죽은 밭이었다. 지금은 소리를 지르기에는 너무 이른 때였다. 멀리 내다보는 남자의 뜻을 송아지도 모르는 바 아니었다. 여호시프 혹은 오사르시프라는 이름을 가진 이 송아지는 이미 짐작하고 있었다. 그만큼 그 남자를 잘 알고 있었기에 그 정도는 눈

감고도 추측할 수 있었다. 아니 꿈속에처럼 모든 건 분명했다. 자신이 이 밭으로 옮겨진 것은 우연이 아니라, 이곳에 오기 싫어서 버티고 있는 자를 끌어오려는 의도적인 계획의 일부였다.

자신이 있는 곳으로 '끌어오기'와 '나중에 데려오기'라는 주제는 요셉의 영혼에 울려 퍼지는 멜로디 중의 하나였다. 이지적인 그의 영혼은 늘 꿈을 꾼 탓에 마치 하늘에 해와 달이 동시에 떠 있는 것 같았다. 그리고 여기서 큰 비중을 차지하는 것은 바로 달이었다. 하늘에 있는 다른 별 형제들에게 길을 터주는 것이 바로 달이 아니던가.

송아지 요셉. 그가 누구인가. 고셈 땅의 눈부신 초원을 보고 벌써 가족을 떠올렸던 그였다. 누가 시켜서가 아니라 혼자서 말이다. 물론 이 또한 남자의 결정에 부합되는 것이긴 했다. 아무튼 요셉은 그때 이미 저 요원한 곳까지 내다보고 있었다. 그리고 생각했다. 당분간은 아무 소리도 내지 않고 잠잠하게 있어야 한다고. 이 계획이 실현되기 위해서는 그전에 많은 것이 이루어져야 할 테니까. 옮겨진 것만으로는 아무것도 한 일이 없다. 다른 것이 행해져야 한다. 그러니 지금은 꿀 먹은 벙어리처럼 가만히 있어야 한다. 그리고 아이처럼 가슴 깊이 믿기만 하면 된다. 그 다음 일이 어떻게 진행될지 짐작할 수 없지만, 그건 송아지를 밭으로 데려간 남자가 알아서 할 것이다. 그건 주님의 몫이니까.

아니다. 아들을 잃은 슬픔에 마음까지 굳어 있는 고향집의 노인을 요셉이 생각하지 않은 것은 아니다. 오랜 세월 침묵했다는 이유로 요셉을 비난해서는 안 된다. 한순간도 그럴 수는 없다. 특히 우리가 현재 머무르고 있는 시점에서는 더더욱 그렇다. 지금 이야기를 들려주는 우리의 느낌은 정확히 요셉 자신이 느꼈던 것과 같다. 마치 이야기의 이 지점에 이미 와본 듯하고 벌써 한번 들려준 것 같은 기분, '이미 보았던 것', '이미 꿈으로 꾸었던 것'을 재확인하는 듯한 이 느낌은 우리 이야기의 주인공인 요셉의 가슴을 가득 채운 느낌과 똑같다.

아아, 맞아, 바로 이거야, 하는 그런 느낌. 우리들의 언어로 표현하자면 아버지와의 유대감이라고나 할까? 동일화와 혼동 덕분에 주님과의 유대감을 뜻하기도 한 이 느낌은 지금 이 순간 어느 때보다 절절하고 강력했다. 요셉과 함께, 그의 곁에서 그리고 그의 바깥에서도 보존되는 유대감이니 그의 가슴 안에 모습을 드러내는 것은 당연하지 않은가? 요셉의 체험은 아버지의 경험을 모방한 일종의 변형된 본받기였다. 여기서 의지와 인도의 뒤섞임은 참으로 신비스러워 도대체 누가 모방을 하고 옛것을 반복하는지 구분이 안 되었다. 다시 말해서 사람이 모방을 하는지, 혹은 운명이 모방의 주체인지 알 수가 없는 것이다. 내면적인 것이 외부에 반영되면서 언뜻 보기에 원치 않았던 일이 사건으로 구체화되는데, 이는 애초부터 그 사람과 하나로 묶여 있던 사건인 것이다. 따지고 보면, 어차피 인생이란 앞서 간 자의 발자취를 따라가며, 신화의 틀을 현재의 삶으로 채워넣는 것에 지나지 않는다.

요셉은 신앙심에 눈이 멀어 자신을 과거의 여러 모범적인 인물 혹은 신을 본받는 자로서, 혹은 그를 재현하는 인물로 생각했다. 그리고 이러한 그의 정신적 유희는 실제로도 강력한 인상을 낳아 보는 사람들로 하여금 일시적이나마 그런 착각을 하게 만들었다. 그러나 지금 이 순간 그의 마음을 온전히 사로잡은 것은 아버지가 겪은 것을 자신이 재현한다는 느낌이었다. 마치 자신 안에서 아버지가 부활한 듯했다.

자신이 바로 라반의 세상으로 가게 된 아버지 야곱이었다. 아버지가 집에 더 이상 있을 수 없어서 은밀히 아랫세상으로 도망쳤던 것은, 축복과 장자신분을 놓치고 질투심과 분을 삭이지 못한 형, 곧 붉은 자의 증오를 피하기 위해서였다. 이번에 달라진 점이 있다면 아버지의 형 에사오가 열 명의 형으로 바뀐 것이다. 그리고 라반의 모습도 달라져, 바퀴에서 불꽃이 튀는 마차를 타고 왕족이 입는 최고급 삼베옷을 입은 사람으로 변했다. 거친 말을 길들이기도 한 이 포티파르는 뚱뚱하고 비만하며 겁이 없는 사람이어서 주변 사람들은 행여 그에게 무슨 일이 생길까봐 가슴을 떨었다. 그러나 삶이 똑같은 것을 가지고 제아무리 다른 형태로 연주해도, 포티파르가 라반이라는 데는 의심의 여지가 없었다.

'언젠가' 있었던 일이 다시 한번 일어났다. 워낙 이 '언젠가'라는 단어는 언젠가 있었던 과거를 비롯하여, '언젠가' 앞으로 있을 일을 의미한다. 그래서 과거에 아브람의 후손인 아버지 야곱이 그랬듯이 역시 아브람의 후손인 요셉도 낯선 나라에 떨어졌다. 요셉은 라반을 섬겨야 했다. 이번의 라반은 '태양의 선물'이라는 참으로 오만한 이집트 이름을 가지고 있었다. 그렇다면 과연 요셉은 이 자에게 얼마 동안 종살이를 해야 할까?

우리는 야곱을 바라보면서도 이런 식으로 물어보았었다. 그리고 모든 것을 이성에 따라 차근차근 정리했었다. 그러니 이제 아들의 경우에도 잘못된 것이 있으면 바로잡고, 꿈같은 것이 있으면 현실의 잣대로 짚어보기로 하자.

요셉 이야기에서 사람들은 시간과 연령을 별로 대수롭지 않게 취급했다. 그래서 적당히 꿈을 꾸는 듯한 상상력을 발휘하여 요셉의 형상에 시간이 침범할 수 없는 불변성을 부여했다. 요셉이 맹수한테 찢겨 죽은 것으로 여겼던 야곱이 그렇게 보았기 때문이다. 그리고 이 불변성이라는 특징은 오로지 죽음만이 부여할 수 있다. 아버지는 이렇듯 아들이 죽어 영생을 얻었다고 생각했으나, 실제 요셉은 살아 있으면서 나이를 먹어갔다. 곤궁에 빠진 형들이 식량을 구하러 요셉 앞에 나섰을 때, 그의 나이 마흔이었다는 점을 잊어서는 안 된다. 따라서 형들이 그를 알아보지 못한 데에는 품위나 신분, 또는 의복만이 아니라 세월의 흔적까지 한몫한 것이다.

이때는 에사오-형들이 그를 이집트에 팔아넘긴 후, 무려 23년이라는 세월이 흐른 후였다. 이는 야곱이 '돌아올 수 없는 나라'에서 보낸 세월과 거의 맞먹었다. 그리고 이번에 아브람의 후손이 떨어진 낯선 나라 또한 그렇게 불릴 수도 있었다. 그 이름이 예전보다 더 잘 어울린다 해도 과언이 아니다. 그 이유는 요셉이 이곳에서 보낸 햇수가 14년 더하기 6년 더하기 5년, 또는 7년 더하기 13년 더하기 5년이 아니라 거의 한평생이었고 죽어서야 고향으로 돌아갔기 때문이다. 그런데 확실하지 않은 문제는 이것 말고도 또 있는데, 사람들은 여기에 별로 관심을 기울이지 않고 있다. 아랫세상에서 요셉이 보낸 세월 중에서 그의 축복받은 삶이 확연하게 구분되는 두 단계, 그러니까 처음 포티파르의 집에서 머무른 시기와 또다시 내던져진 구덩이에서 보낸 시기가 각기 몇 년씩인가 하는 질문이 바로 그것이다.

이 두 단계를 합치면 모두 13년으로 야곱이 메소포타미아에서 열두 명의 아들들을 얻을 때까지 걸린 세월과 거의 비슷하다. 이는 요셉의 머리가 들어 올려져 아랫사람들 중 제일 높은 자가 되었을 때의 나이가 서른이라고 가정했을 때의 수치이다. 당시 정확하게 그 나이였다고 기록되어 있는 곳은 한 군데도 없다. 혹은 달리 표현하자면, 이러한 진술의 권위를 인정받으려면 꼭 있어야 할 곳(성경을 뜻함—옮긴이)에서는 발견할 수 없다. 하지만 이것은 일반적으로 받아들이는 기정사실이자, 다른 증거를 필요로 하지 않고 자신을 스스로 증명하는 일종의 공리로서, 자신의 어머니와 함께 스스로를 생산해 내는 태양과 마찬가지로 '저절로 그러한 것이다.'

당시 인생의 새로운 국면에 접어드는 요셉의 나이가 30세가 아니면 몇 살이었겠는가? 서른 살보다 더 잘 어울리는 나이가 있었을까? 앞일을 준비하느라 보낸 암흑과 광야의 세월을 툴툴 털고 세상에 나와서 활동하는 나이가 바로 서른이다. 사람들의 눈에 자신을 드러내고 자신을 실현하는 시점이 바로 그 나이이다. 이집트에 왔을 때 17세였던 소년은 13년이 지난 후, 마침내 파라오 앞에 서게 된다. 이것은 확실하다. 그런데 그중에서 몇 년을 포티파르의 집에서 보냈을까, 그리고 구덩이에서부터는 몇 년이 흘렀을까? 이미 굳어버린 전래설화는 이에 대해 정확하게 언급하지 않고 내용이 없는 상투적인 문구로 일관한다. 따라서 시간 문제를 규명하려면 이런 것들은 제외시켜야 한다. 그렇다면 우리 이야기에서는 시간 문제를 어떻게 설명해야 하는가? 어떤 순서로 세월을 나열해야 할까?

질문이 왠지 재치 없어 보인다. 도대체 이야기를 알고 있다는 건가, 아니면 모른다는 건가? 이야기를 들려주는 화자(話者)가 어떤 심사숙고와 추정을 통해 날짜와 사실들을 공개적으로 계산한다는 것이, 과연 이야기의 본질에 부합되는가? 화자라면 이미 들려준 적이 있는 익명의 이야기나, 혹은 스스로 말하는 이야기를 가지고 있어야 마땅하지 않은가? 그래서 거기서 흘러나오는 모든 내용이 스스로를 증명하여 미심쩍은 구석 없이 하나같이 확실해야 하는 게 아닌가? 이렇게 이야기 속에 들어 있지 않는 화자가 무슨 화자냐고 할지 모른다. 당연히 이야기와 한몸이어야 할 화자가 어떻게 이야기 바깥에 있을 수 있느냐. 그러니 이야기 밖에서 계산을 하고 증명을 하는 따위의 일은 없어야 마땅하다고. 그렇다면 신은? 아브람이 생각해 내고 인식한 신은 어떠한가? 그는 불 속에 있으나 불은 아니다. 그러니까 안에 있으면서 동시에 밖에도 있다. 물론 한 가지 사물로 존재하는 것과 그것을 관찰한다는 것은 별개의 일이다. 그렇지만 이 두 가지가 한꺼번에 일어나는 차원도 존재한다.

화자는 이야기 안에 있으나, 이야기 자체는 아니다. 화자는 이야기가 들어 있는 공간이지만, 이야기는 화자의 공간이 아니다. 화자는 이야기 밖에도 있어서 한바퀴 몸을 돌리면 이야기를 설명하는 자리에 들어갈 수 있다.

그렇다 해서 우리가 요셉의 이야기를 제일 먼저 들려주는 최초의 인물이라는 착각을 심어줄 의도는 단 한번도 없었다. 요셉의 이야기는 들려주기 전에 이미 일어난 일이다. 이 일은 다른 모든 사건과 같은 원천에서 흘러나오면서 스스로에 관해 이야기를 들려주었다. 그 이후 이 이야기는 이 세상 안에 있게 되었다. 그래서 다들 이 이야기를 알고 있다. 아니 안다고 믿고 있다. 실은 안다는 것이 흔히 구속력도 없고 누구에게 구체적으로 설명할 필요도 없는, 그저 꿈을 꾸듯이 적당히 아는 수준이기 때문이다. 이 이야기는 이미 백번이나 들려주었고 그 방법도 백 가지나 된다. 이 자리에서 이야기를 들려주는 방식은 이야기로 하여금 스스로를 돌이켜 보게 하는 것이다. 다시 말해서 원래 그 일이 어떻게 이루어졌는지 정확하게 되새겨보는 과정을 통해 이야기가 줄줄 흘러나오면서 스스로를 설명하게 만드는 것이다.

그래서 예컨대, 요셉의 머리가 들어 올려져, 즉 높은 자리에 오르기까지, 13년이라는 세월이 어떻게 지나갔는지를 이렇게 설명하는 것이다. 요셉이 감옥에 갇힐 때는 더 이상 이스마엘 상인이 페테프레의 집에 넘겼던 앳된 소년이 아니었고, 13년 중 대부분의 세월이 이 집에서 흘러갔으리라고. 여기서 당연히 그랬다는 결론을 내려 확실한 사실로 선

포할 수도 있지만, 그보다는 그럴 수밖에 없지 않느냐는 물음으로 만족하고자 한다. 요셉이 이집트 사람의 집에 이르렀을 때, 그의 나이 열일곱 혹은 갓 열여덟이었으므로 사회 활동으로 볼 때는 완전히 제로 상태였다. 그러다 그 집에 머무르면서 경력을 쌓았다. 물론 이 히브리 노예가 도착하자마자 '포티파르'의 눈에 들어, 주인이 그를 하루아침에 자신의 전 재산을 관리하는 집사로 앉혔을 리는 만무하다. 우선 포티파르를 비롯하여 그의 인생에 중요한 의미를 갖는 다른 인물들의 눈에 띄는 데도 시간이 걸렸고, 관리자로 급부상하기 위해서는 다년간의 실습기간도 필요했다. 다시 말해서 최고 규모의 대저택을 관리하는 집사가 되는 훈련을 받아야 했던 것이다.

한마디로 하자면, 요셉이 포티파르의 집에서 보낸 세월은 10년이었다. 이렇게 스물일곱 살이 된 히브리 '남자'를 가리켜 이따금 일종의 병적이고 절망적인 뉘앙스를 담아 '히브리 종'이라 부르기도 하는데, 실제로 요셉은 이미 오래 전부터 '종'이 아니었다. 지위와 위상으로 따져서 언제부터 종이 아니었는지 구체적인 시점은 알 수 없고 또 정할 수도 없다. 오늘날도 그렇고 당시에도 그랬다. 왜냐하면 요셉은 법적으로 여전히 '종'이었기 때문이다. 나중에 높은 자리에 오르긴 했으나 죽는 날까지 노예였다. 노예로 팔려 갔으며 다시 팔렸다는 구절은 있지만, 노예 신분에서 해방이 되었다거나 풀려났다는 내용은 어디서도 읽을 수 없는 것도 그 때문이다. 노예라는 법적 신분에 대해서는 침묵으로 일관한 채 특별한 고속 승진이 이루어졌고, 나중에도 거기에 대해 묻는 자는 없었다. 그러나 포티파르의 집에서도 그는 낮은 의미의 종 신분에 그리 오래 머물지 않았다. 그리고 한 집안의 살림을 책임지는 집사로서, 엘리에젤과 같은 지위에 오르는 데, 페테프레의 집에서 보낸 모든 세월이 다 필요했던 것은 아니다. 거기에는 7년으로 충분했다. 이것은 확실하게 말할 수 있다. 그리고 또 하나 확실한 사실은, 10년 중 나머지 세월은 불행한 한 여인의 감정이 야기한 혼란과 그늘로 얼룩져 결국 이 단계에 종지부를 찍게 된다는 점이다. 전래설화는 최소한 대략적으로나마 시간을 규정하고 있다. '그 일이 있은 후에'가 그것이다. 그러니까 요셉의 도착과 동시에 혹은 얼마 안 가서 이 혼란이 생긴 것은 아니고, 요셉이 지위가 높아지고 나서, 즉 요셉이 지고한 분의 신뢰를 얻고 난 후였다는 것이다. 그러니 이 불행한 열정은 고작 3년 지속되다가—이 세월이 당사자들에게는 충분히 길고도 긴 시간임을 누가 부인할 수 있으랴!—재난을 맞았다고 볼 수 있다.

이것이 자신을 돌이켜 본 이야기의 점검 결과이며, 여기에는 이의가 있을 수 없다. 왜냐고? 포티파르 집에서 벌어진 에피소드가 이야기의 자기 검토 결과처럼 정말 10년 간 이어졌다면, 그 다음 단계로 감옥에서 보낸 세월은 3년이니까. 3년, 그 이상도 그 이하도 아닌 바로 3년! 진실과 개연성이 이보다 더 설득력 있게 일치하는 경우는 드물 것이다. 요셉이 도단 골짜기의 무덤에서 얼마나 보냈던가? 사흘이었다. 이번 구덩이에서도 그보다 더 짧지도, 길지도 않은 딱 3년을 보냈다는 것보다 올바르고 명백한 계산이 어디 있겠는가? 내친김에 이렇게 주장해도 누가 말리랴? 요셉 자신은 이미 그렇게 될 줄 짐작하고 있었다고. 정말 그랬다. 그는 알고 있었다. 그보다 더 의미 있고 올바르며 아름다운 질서가 없다는 사실을. 그 외의 다른 가능성은 생각하지도 않았다. 여기서 우리는 질서의 순수한 요구에 두말없이 순종하는 운명을 확인하게 된다.

감옥 생활은 3년이었다. 이런 진술로는 충분치 않다. 3년일 수밖에 없었다, 그렇게 말해야 한다. 다른 때와는 달리 이번에는 설화까지 극히 예외적으로, 3년이 어떻게 나뉘어지는지 자세하게 일러준다. 이 이야기를 보면 이집트 왕에게 '빵을 구워 올리는 시종장'과 '술잔을 올리는 시종장'의 수발을 든 요셉의 그 유명한 체험이 처음 1년에 일어났음을 알 수 있다. 그리고 '이 년 후'(창세기 41장 1절 인용문으로, 공동번역성서에는 '이 년이나 흐른 후'로 기록됨─옮긴이) 이집트 왕 파라오가 꿈을 꾸고 요셉이 해몽을 한다고 되어 있다.

그렇다면 무슨 일이 있고 나서 2년 후라는 것일까? 이에 관해서는 여러 의견이 있을 수 있다. 수수께끼 같은 꿈을 꾼 파라오가 파라오로 즉위하고 2년이 되었다는 뜻일 수도 있다. 그게 아니라면, 요셉이 옥에 간힌 고관들의 꿈을 해몽해 주고, 빵을 구워 올리는 시종장이 다들 알다시피 교수형을 받고 난 후를 뜻할 수도 있다. 그러나 실은 이렇게 다툴 필요도 없다. 두 가지 해석 모두 옳으니까. 신하들의 고소 사건이 있은 지 2년 후, 파라오가 꿈을 꾼 것이고, 이때가 왕위에 즉위한 지 2년이 지난 후였기 때문이다. 다시 말해서 요셉이 감옥에 붙들려간 그해 말, 아멘호테프 3세가 태양과 한몸이 되자, 꿈을 꾼 그의 아들이 왕위를 물려받았던 것이다.

10년 그리고 3년이 흘러 요셉이 서른 살이 되기까지, 어느 한구석 틀린 데 없이 아귀가 이처럼 딱 맞아떨어지는 이야기가 여기 말고 또 있을까!

후손의 나라

인간 관계에 관한 한 인생은 장난에 가깝다. 앞으로 어떤 일이 일어날지 누구도 장담할 수 없고, 참으로 묘한 것이 인간 관계이다. 어느 날 갑자기 상대방의 숨소리가 느껴질 만큼 소름 끼치도록 가까워져 서로 복잡하게 얽힐 줄은 꿈에도 모르고 처음에는 본 척 만 척, 낯선 사람처럼 건성으로 무심한 시선을 주고받는 것이 인간이다. 앞일을 이미 알고 있는 관찰자는 사람들로 하여금 아무것도 모르고 이렇게 여유를 부리도록 만드는 인생의 장난 앞에서 고개를 가로저으며 깊은 사색에 빠질지도 모른다.

요셉은 지금 마당에 세프세스-베스라 불리는 난쟁이 곳립 옆에 엎드려 있다. 호기심에 이끌려 양손 사이로 바라본 광경은 생전 처음 보는 낯선 장면이었다. 바로 몇 발짝 앞에 사자 모양의 황금가마를 타고 지나가는 그 형상은 아랫세상에서 고도로 발달한 문명의 다른 산물과 마찬가지로 요셉에게 비판적으로 바라보는 강한 거부감과 함께 경외심을 불러일으켜 이런 생각을 낳았다.

'아! 여주인이 틀림없어! 남편 포티파르의 걱정으로 떨 것이라던 저 여자는 과연 착한 사람에 속할까? 아니면 악인에 속할까? 외모로 봐서는 구분이 안 되는군. 여하튼 이집트의 아주 높은 귀부인인 셈인데, 아버지께서는 분명 못마땅해 하실 테고. 지금 꼬치꼬치 따져가며 판단할 기분도 아니지만, 아무튼 겁낼 필요야 없지.'

그게 다였다. 그녀 쪽은 한술 더 떴다. 지나가다가 자신에게 절을 하느라 엎드린 자들을 향해 보석으로 치장한 머리를 한번 돌린 것은 사실이었다. 그러나 본 척 만 척 한 시선이었다. 눈은 떴으나 제대로 본 것이라 할 수 없었다. 난쟁이, 그 작은 요괴는 익히 아는 자라 물론 알아보았을지 모른다. 그래서 한순간 길게 늘인 눈가에 미소가 잡히고, 끝이 올라간 입의 양쪽 언저리가 더 깊게 패였을 수도 있다. 아니, 그럴 리 없다고 한다면 굳이 우길 이유도 없다.

그러나 그 옆에 있는 자는 전혀 모르는 자였다. 그렇지만 굳이 알고 싶지도 않았다. 모자가 달린 다 낡아빠진 옷과 또 머리 모양 탓에 다른 사람들과 한데 섞이지 못하고 튀었던 것은 사실이다. 그걸 그녀가 보았을까? 물론이다. 그러나 워낙 도도하고 자부심이 대단해서, 그랬다고 해서 금방 그게 누구인지 자세히 알아볼 필요는 전혀 느끼지 못했다. 여기 사람이 아니라면, 그가 어디 사람인지는 신들께서 아시리라. 신들께서 아신다면 그것으로 충분했다. 그런 것까지 깊이 생각하기에는 무트-엠-에네트가 너무도 귀한 사람이었다. 에니라는 이름도 있었던 그녀는 과연 그가 얼마나 귀엽고 아름다운지, 그것도 보았을까? 그걸 질문이라고 하는가! 그녀의 바라봄은 바라봄이 아니었다. 제대로 볼 생각도 없었다. 지금 이 순간이 두 눈을 사용하여 바라봐야 할 때라는 사실을 그녀가 어떻게 알았겠는가? 그녀로서는 알래야 알 수가 없었다. 몇 년 후 자신들이 어떤 관계가 될지 그녀뿐만 아니라 요셉도 전혀 예측하지 못했다. 아니, 그런 일이 벌어지리라고는 꿈에도 생각하지 못했다.

저 건너편에 납작 엎드린 낯선 자가 장차 자신의 전부요, 쾌락과 분노의 유일한 원천이 되고, 그에 대한 병적인 집착이 이성을 앗아가 정신나간 행동으로 자신의 인생이 송두리째 흔들리게 되리라고는 여자는 전혀 생각하지 못했다.

한편, 그녀 때문에 얼마나 쓰라린 눈물을 흘려야 하는지, 그녀의 어리석음으로 말미암아 주님의 약혼녀인 요셉 자신의 신분까지 위험천만해져서 하마터면 주님과의 결별을 초래하게 되리라고는, 꿈꾸는 자 요셉도 꿈에서조차 생각하지 못했다. 가마 밖으로 드리워진 새하얀 팔이 어딘지 모르게 염려스러워 보였을 수도 있었을 텐데. 이야기의 처음과 끝을 아는 관찰자가 이야기 속에 갇혀 있을 뿐 밖으로 나오지 못하는 등장 인물들의 무지 앞에서 한순간 답답해 하더라도 이해해 주리라 믿는다.

이제 미래의 커튼을 살짝 들어 올렸던 주제넘은 행동을 뒤로 하고, 현재로 되돌아와 지금의 축제에 보조를 맞추고자 한다. 이 축제의 기간은 페테프레의 집에서 높은 자리에 오르기까지 소요된 7년이다. 그리고 처음에는 그럴 가능성이 희박해 보였다. 여하튼 이 시기는 여주인, 안방 마님의 가마 행렬이 지나간 후 익살스러운 난쟁이 베스-엠-헵이 건넨 한마디로 시작되었다.

"머리도 깎기고 옷도 갈아 입혀야겠군. 그래야 우리하고 똑같은 모습이 되지."

그리고 그는 종들이 기거하는 건너편 건물로 요셉을 데려갔다. 그곳에 있던 이발사는 난쟁이와 농담을 주고받으며 요셉의 머리를 짧게 깎아주었다. 그 모습이 둑방 위를 걸어가던 이집트 사람처럼 보였다. 그 다음에는 같은 건물에 있는 옷 창고로 갔다. 그곳에 있던 서기가 페테프레의 집에서 일할 때 입는 이집트 옷과 축제 때 입는 옷을 창고에서 꺼내 주었다. 마침내 그는 케메의 다른 청년과 겉모습이 똑같아졌다. 아마 형들이 보았더라면 첫눈에 그를 알아보기는 어려웠을 것이다.

이 7년이라는 시간은 아버지의 삶을 아들이 모방하고 재연하는 기간으로서, 거지 신세였던 야곱이 축복의 힘으로 살림살이가 점점 불어나 라반의 집에서 재산을 많이 얻게 되고 종국에는 라반의 집안에서 없어서는 안 될 존재로 부상하게 되는데 소요된 기간과 일치한다. 요셉도 이 시간을 거치며 없어서는 안 될 존재로 자리잡는다. 아니 어떻게 했기에? 그러기 위해서 그가 한 일은 무엇이었나? 야곱처럼 물을 발견했던가? 그건 하나마나 한 일이었다. 페테프레의 집에는 물이 지천으로 넘쳐 났다. 정원에 수련 연못만 있는 것이 아니라, 과수원과 채마밭 사이에 사각형 저수통까지 묻어두었다. '먹여 살리는 자', 나일 강과 연결되지 않고도 정원을 먹여 살릴 수 있었던 것은 그 아래로 흐르는 풍부한 지하수 덕분이었다. 이렇듯 물이라면 부족함이 없었다.

페테프레의 집이 내면적으로는 축복의 집이 아닌 것은 분명했다. 오히려 정반대로, 그렇게 대단한 명문가였음에도 불구하고 실은 멍청하고 보기 민망한 집이라는 사실이 곧 밝혀졌다. 그곳은 근심이라는 이름의 유령이 도처에서 출몰하는 집이었다. 그러나 재물의 척도로 보자면 더할 데 없이 부유해서 재산을 '더 늘려주는 자'가 되는 것은 쉽지도 않았겠지만 사실 있으나마나 한 존재였다. 그저 어느 날 이 이국 청년의 손에 전 재산을 넘겨준 집주인이 그가 모든 것을 최상으로 관리해 주려니 생각하며, 신분 탓도 있지만 그게 습관이기도 해서 자신은 신경을 전혀 쓰지 않아도 되리라 철석같이 믿어주는 것이면 충분했다. 이러한 전적인 신뢰를 얻는 것, 그것이 축복의 힘이었다. 그리고 이런 신뢰가 어떤 지점에 이르러, 그것도 가장 고약한 자리에서 실망을 안기면 어쩌나 두려워하는 게 당연하므로, 이러한 신뢰를 받는 자는 항상 신과 분란이 생기지 않도록 매사 조심해야 했다.

맞다. 요셉을 맞이한 이 시기는 야곱이 라반의 집에서 머물렀던 그 시기이다. 그러나 본받는 자의 체험은 아버지의 그것과 방식이 다르다. 반복은 사실 변주곡이기 때문이다. 유리관으로 들여다 본 똑같은 색상의 편린이 번번이 순서가 바뀌어 다른 모습으로 보이듯이, 장난 같은 인생은 똑같은 재료로 늘 새로운 것을 만들어낸다. 아버지의 인생을 좌우한 별자리를 만든 똑같은 구성 요소들이 아들에 이르러 새로운 별 모양으로 나타나는 것이다. 이 모양을 들여다보는 놀이의 교훈은 참으로 크다. 야곱의 인생 편력을 보여준 파편들이 아들의 삶에서 어떻게 어우러지는지 보라. 얼마나 더 풍요롭고 복잡하며, 그만큼 더 위험천만한 모습을 보여주는가!

아들 요셉의 경우는 아버지보다 훨씬 까다로운 '경우'로 아버지보다 더 가볍고 유머러스하지만 한편으로는 더 어렵고 고통스럽고 흥미롭다. 어떻게 보면 아버지가 먼저 걸어간 인생의 바닥돌과 무늬를, 아들의 경우 재확인하기조차 쉽지 않을 정도이다. 예컨대 라헬이 생각과 행동으로 보여준 인생의 한 기본 형태를 생각해 보자. 이 상냥스럽고 고전적인 형태가 아들에 이르러, 이렇게 꼬이고 저렇게 꼬여 목숨의 위협까지 안고 있는 아라베스크로 드러나지 않는가!

이렇게 보면 우리 앞에 펼쳐지려는 것은 이미 일어났던 일임을 알 수 있다. 이야기가 자신의 이야기를 들려줄 때, 그 사건은 이미 벌어진 것이기 때문이다. 다만 지금의 시간과 순서의 법칙에 따라 아직은 다 등장하지 않았을 뿐이다. 이렇게 되면 우리도 모르는 사이에 어떤 강력한 힘에 끌려가게 된다. 이미 다 아는 일이므로, 경험하기보다는 들려주고 싶다는 묘한 호기심이 발동하면서 주제넘게 축제의 지금 시점을 훌쩍 건너뛰고 싶은 유혹을 느끼는 것이다. 이는 '언젠가'라는 단어의 이중 의미가 마법을 부리기 시작하면 어쩔 수 없다. 만일 미래가 과거이고, 모든 것은 이미 일어났던 일로서 다만 현재 속에서 보다 정확하게 재현되는 것뿐이라면!

이같은 조바심에 고삐를 늦추려면 현재라는 개념을 좁은 것에서 조금 넓히면 된다. 즉 차례차례 일어나는 일들을 하나의 시간 단위로 묶어 동시성으로 만드는 것이다. 이 경우 요셉이 페테프레의 몸종이 되기까지의 첫번째 단계와 나중에 집사가 되는 데 소요된 세월을 두번째 단계로, 각기 하나의 시간 단위로 묶을 수 있다. 아니 그래야만 한다. 당시 주변상황이 이를 요구하기 때문이다. 이 첫 단계는 처음부터 결정적인 역할을 했을 뿐 아니라, 이 시기 전반에 걸쳐, 아니 그보다 더 멀리까지 영향력을 미쳤다. '처음부터'라는 표현이 무색해지지 않으려면, 이제 요셉의 출세를 도와준(언뜻 보기에는 그의 성공을 가로막았어야 했던) 당시 상황을 살펴보아야 한다.

요셉이 또다시 팔렸음은 요셉이 '그 주인 애굽 사람의 집에 있으니'(창세기 39장 2절 인용―옮긴이)라는 최종적인 표현에서 확인할 수 있다. 물론 요셉은 그곳에 있었다. 거기 말고 어디 있었겠는가? 그는 그 집에 팔려갔다. 그래서 그 집에 있었던 것이다. 이 낱말은 더 이상의 군더더기 설명이 필요없는 확실한 이야기를 쓸데없이 반복하는 것처럼 보인다. 그러나 이 구절은 제대로 읽어야 한다. 요셉이 페테프레의 집에 '있으니'라는 진술은 그가 거기 **머물러 있었음**을 알려 준다. 이는 이전 상황의 확인이 아니라 강조할 가치가 있는 새로운 사실에 대한 진술이다. 요셉이 페테프레의 집에 팔려온 후 그 집에 머물렀다는 것은 다른 뜻이 아니라, 까딱하면 이집트 사람의 경작지에서 부역하는 일군으로 파견될 수도 있었는데, 주님의 뜻에 따라 그런 위험을 벗어났다는 의미이다. 안 그랬더라면 낮에는 뜨거운 태양 아래 죽도록 노동하고 밤이면 추워 벌벌 떨며, 고상한 풍속과는 거리가 먼 태수의 엄중한 감시를 받으며 암흑과 궁핍 속에서 인정도 못 받고 평생 밑바닥에서 고생해야 했을 것이다.

바로 이 같은 숙명의 칼이 떠다니고 있었다. 그런데 그 칼이 그의 머리로 떨어지지 않았다니 그저 놀라울 뿐이다. 칼집이 헐거울 대로 헐거워져서 언제든 떨어질 수 있었기 때문이다. 요셉은 이집트에 팔려온 외국인이요, 아시아의 아들이며 아무르 청년, 또는 히브리 청년이었다. 이런 신분이라면 세상의 어느 나라에도 뒤지지 않는 자긍심으로 거들먹거리던 이집트에서는 멸시당하는 게 원칙이었다. 하지만 요셉은 그다지 멸시받지 않았다. 여기에는 그럴만한 이유가 있었다. 그게 무엇이었는지도 중요하지만, 그 이야기는 조금 있다가 하기로 하고, 먼저 이 멸시의 성격부터 살펴보자.

몬트-카브 집사가 몇 초 동안이나마 요셉이 신이 아닌가 하고, 절반쯤 그렇게 생각하고 싶은 유혹을 느꼈다고 언급했었다. 그렇다고 해서 그가 요셉을 절반쯤이 아니라, 더 많이 인간으로 여겼다고 믿으면 큰 오산이다. 고백하건대 집사는 그렇게 생각하지 않았다. 그는 케메의 시민이었다. 조상 대대로 거룩한 강물을 마셨고 태양의 주인님이 몸소 왕이 되어 다스리는 곳이 그의 고향이었다. 어디에도 비할 수 없는 아름답고 웅장한 건축물과 오래 전에 만들어진 강력한 문자와 형상으로 가득한 케메의 시민으로서, 그가 '인간으로 여긴 것은 자신일 뿐, 비이집트인이나 쿠쉬의 흑인, 또는 리비아인이나 아시아인에게 인간이라는 평가를 하지는 않았다.

불결함과 혐오스러움이라는 개념은 아브람의 후손들의 발명품도, 셈 족의 고유 개념도 아니다. 이들뿐 아니라 이집트인들도 똑같이 혐오한 것이 몇 가지 있다. 그중 하나가 돼지이다. 게다가 이집트인들에게는 히브리인들 또한 혐오스러운 존재였다. 품위와 경건함을 존중하는 사람이라면 이런 자들과 한자리에서 식사를 할 수 없었다. 그들과 빵을 나누는 것은 식사 예법에 어긋났다. 지금 시점으로부터 20년이 흐른 후 요셉이 주님의 허락으로 모든 습관과 몸가짐이 완전히 이집트 사람으로 변하고 난 후, 몇몇 미개인들과 함께 식탁에 앉게 된다. 이로써 그는 자신은 물론이거니와 주변의 이집트인들, 특히 그 패거리들로 말미암아 불결해지지 않으려고 고개를 돌린 자들에게 예외적으로 이러한 식사예법을 깨게 한 셈이었다.

원래부터 아무르 족, 히브리 사람들은 이집트에서 그런 대접을 받는 것이 원칙이었으므로, 요셉도 예외일 리 없었다. 그런데도 들판으로 보내져서 중노동에 시달리지 않고 집에 머물렀다는 것은 기적이다. 아니 기이할 정도이다. 주님의 기적이라는 순수한 의미에서의 기적이 아니라, 인간적인 어떤 것, 그 나라를 지배한 유행과 취미에 관련된 것이기 때문이다. 한마디로 하자면 이러한 영향력이 앞서 언급한 원칙, 즉 이집트 사람 외에는 인간 취급도 하지 않는 사고방식에 저항한 탓에, 이 원칙이 약화되고 지양되었던 것이다. 물론 이러한 원칙이 강력하게 대두되기도 했다.

예를 들면 제세트의 남편 두두가 이러한 원칙을 내세운 자였다. 그는 요셉을 들판으로 내보내 밭일을 시키라고 요구했다. 가치 면에서 온전하며 튼실한 남자—물론 몸은 작은 남자—일 뿐만 아니라, 거룩하고 존귀한 전통의 대변가요, 변호인으로서 그는 원칙을 중시하는 난쟁이였다. 이로써 그의 당파성은 분명해진다. 그가 속한 당파는 풍습과 국가와 신앙에 관련된 의견들이 자연스럽게 하나로 수렴되어 호전적인 성격을 띠게 된 세력으로서, 전통을 그다지 철저하게 지키려 하지 않는 자들의 반대파였으며, 나라 전역에 폭넓게 퍼져 있었다. 페테프레의 집에서 이 파벌의 지지기반은 여자의 집, 즉 규방이었다. 정확히 말하면 여주인 무트-엠-에네트의 거처가 본부였는데 그곳에 자주 왕래하는 남자가 있었다. 그 뻣뻣한 인물이 이 세력의 핵심이요, 집결점이라 해도 좋았다. 그는 다름 아닌 아문의 첫번째 사제 베크네혼스였다.

그에 관해서는 나중에 이야기하자. 요셉도 그의 이야기를 들었지만, 직접 본 것은 얼마가 지난 후였다. 앞서 잠깐 살펴본 이러한 상황을 요셉이 파악하게 되는데는 어느 정도 시간이 걸렸다. 그러나 그는 누가 친구이며 적인지 파악하는데 세심한 주의를 기울였으므로 얼마 안 가 상황을 파악할 수 있었다. 아니 집안의 다른 시종들과 몇 마디 나누고는 뭔가를 알아내기도 했고, 경우에 따라서는 본질적인 것까지 간파했다. 이때 그는 자신이 모든 것을, 이 나라에서 일어나는 은밀한 비밀까지 모조리 다 아는 사람처럼 행동했다. 그의 이집트 말은 여전히 그곳 사람들의 귀에 우습게 들렸지만, 풍부한 어휘력과 번득이는 재치는 사람들을 즐겁게 해주는 게 분명했다. 그래서 그는 이야기의 균형에 별로 신경을 쓰지 않고 예를 들어 '고무를 먹는 자'에 대한 이야기를 할 때면 마치 자신이 그 방면에 정통한 사람처럼 여유를 부렸다. 고무를 먹는 자란 누비아의 흑인 무어 족을 비웃을 때 사용하는 별명이었다. 이들이 지난번 파라오에게 공물을 바치러 왔을 때 봤다는 이야기를 하면서 그는 다음과 같은 내용을 덧붙이는 것도 잊지 않았다. 쿠쉬의 태수가 파라오에게 그런 깜짝 선물로 기쁘게 해주며 아침 문안을 할 때마다 파라오의 귀에 대고 자신을 중상 모략하는 자들을 궁지에 몰아넣었으니, 한동안은 그들도 태수를 어쩌지는 못할 것이라고. 그 말에 집안의 시종들은 더 즐겁게 웃음을 터뜨렸다. 그건 새로운 이야기를 들려주었을 때보다 효과가 컸다. 그 이유는 자주 반복되고 모두들 잘 아는 이야기가 더 편안했기 때문이다. 그리고 이야기를 들려주는 낯선 방식도 그들을 유쾌하게 해주었다. 그뿐 아니라 요셉이 어쩌다 이야기 중간에 삽입한 가나안 말에 귀를 기울이고 감탄하기도 했다. 이제 모든 게 명확해졌다.

집안의 종들은 언제나 말을 할 때 악카드-바빌론 말이든, 아니면 요셉의 언어권에 속하는 말이든, 자투리 외국어를 끼워 넣으려 했다. 아무도 설명해 주지 않았지만 요셉이 보기에 그것은 그네들보다 고상한 사람들을 흉내 내는 것이 틀림없었다. 또 이들의 어리석은 행동 또한 자발적인 게 아니라 더 높은 사람들, 즉 왕실의 모방이었다. 요셉은 앞서 언급한 것처럼 이러한 의존성을 일찌감치 눈치 채고 남몰래 미소를 지었다.

이 나라 사람들은 나일 강물을 먹고 자라나 인간의 나라에 살고 있다는 끝없는 착각에 빠져 자신들의 조국이야말로 모든 신들의 유일한 고향땅이라 철석같이 믿고 있었다. 그리고 자국의 풍습이 주변 세상보다 월등한 것은 태초부터 그렇게 되도록 정해진 것이므로, 이에 대해서는 군이 설명할 필요도 없다고 생각했다. 그래서 누군가 이를 의심이라도 할라치면 분노하는 게 아니라 껄껄 웃고 말 사람들이었다. 어디 그뿐인가. 아흐모세며 투트모세, 그리고 아멘호테프와 같은 왕들이 전장에서 남긴 명성은 목구멍까지 차고 올라올 정도였다. 이 왕들은 거꾸로 흐르는 유프라테스 강까지 지구를 정복하여 북쪽 끝의 레테누와 사막 인종들이 사는 남쪽 끝까지 국경을 넓힌 자들이다. 이처럼 자신만만한 백성들이 그런데 엉뚱하게도 얼마나 아이처럼 유약하고 단순한지, 요셉의 모국어가 가나안 말이라는 사실을 부러워하는 게 아닌가. 그랬다. 요셉이 가나안 말을 술술 하는 건 지극히 당연하고 자연스러운 일임에도 불구하고, 일부러 그런 건 아니지만, 그리고 이성적으로는 그렇지 않다고 생각하면서도 그걸 무슨 대단한 정신적 능력으로 여긴 것이다.

왜? 가나안 말이 세련된 말이니까. 세련되다니, 왜? 외국어이고 낯서니까. 하지만 외국 것은 궁핍한 것, 열등한 것으로 여기지 않았던가? 물론 그랬다. 그러나 그럼에도 불구하고 세련된 말이다. 이들은 이처럼 비논리적인 평가를 내렸다. 그건 그들이 뭘 모르는 어린아이 같아서가 아니라, 자유주의 사상 덕분이었다. 요셉은 그 사실을 느낀 최초의 인간이었다. 자유주의 사상은 이제 처음 세상에 등장했기 때문이다. 이는 궁핍한 외국을 직접 정복한 세대의 사상이 아니다. 선조는 궂은 일을 맡아했을 뿐, 아무 거리낌 없이 외국을 세련되었다고 느끼는 사상은 그 후대 사람들에게서 나왔다.

대인들이 그 예를 보여주었다. 부채를 들고 있는 자, 페테프레의 집도 좋은 예였다. 이 집에 익숙해지면서 요셉은 그 집에 있는 대부분의 보물이 항구의 산물, 즉 외국에서 들여온 수입품이라는 사실을 알게 되었다. 그것도 주로 요셉이 살던 고향, 시리아와 가나안 물건들이었다. 그걸 보니 기분이 좋기도 했지만, 한편으로는 참 어리석은 사람들이라는 생각도 들었다. 강어귀부터 아문의 집으로 오는 동안 자신이 본 바에 따르면, 파라오의 나라에도 아름다운 물건을 만드는 공예는 대단한 수준이었기 때문이다.

자신을 사들인 새 주인 포티파르의 말들은 시리아산이었다. 하기야 말이라면 시리아나 바벨 땅에서 가져올 수도 있다. 말을 기르는 이집트의 목축은 변변치 않았으니까. 하지만 그 말들이 끄는 바퀴 창살에 보석을 끼운 마차들도 수입품이었다. 포티파르가 가축을 아모리 족의 나라에서 가져오게 한 것은 유행을 따르는 변덕이라고밖에는 할 수 없었다. 이곳에 아예 소가 없으면 모를까 칠현금 모양의 뿔에 유순하고 부드러운 눈을 지닌 귀여운 하토르 암소와 강인한 황소도—메르버와 하피로 선정되는 황소도 이 황소들

중에서 나왔다—있는데, 군이 외국에서 소를 들여올 필요
가 어디 있는가. 그리고 파라오의 친구 포티파르가 들고 다
니는 지팡이도 시리아산이었다. 게다가 먹고 마시는 맥주
와 포도주도 그곳 수입품이었다. '항구에서 온 물건들'로
는 이밖에도 음료수를 담아내는 항아리와 그와 방을 장식
하는 무기와 악기가 있었다. 저택의 남쪽과 서쪽 주랑의 한
구석과 만찬장의 양쪽에 세워둔 남자 키만한 황금 용기의
황금이 누비아 동굴에서 나왔음은 의심의 여지가 없었다.
또 꽃병은 다마스크와 시드온에서 만들어진 것이었다. 그
리고 가족들의 만찬장 앞쪽 복도로 곧장 통하는 곳에 손님
을 접대하는 연회장이 있었는데, 그곳에서 사람들이 요셉
에게 보여준 다른 항아리들의 형태와 그림도 이국풍이었
다. 그건 바로 에돔 땅, 염소산에서 온 항아리였다. 항아리
를 보는 순간 숙부가 낯선 곳까지 찾아와 인사를 하는 것
같았다. 그러니까 이곳 사람들은 그의 숙부까지도 세련된
자로 여기는 듯했다.

또한 에모르와 가나안의 신들, 즉 바알과 아스타르테도
그들은 아주 세련된 신들로 여겼다. 요셉도 이 신들을 섬기
리라고 지레짐작한 포티파르의 시종들이 그에게 이것저것
묻고 칭찬도 하는 걸로 봐서 분명했다. 요셉에게 이것이 한
심한 머리 장난으로 비친 데는 그만한 이유가 있었다. 우선
각 민족과 나라의 세력 관계는 일반적인 사고와 표상에서
각국의 신들로 구체화되기 마련이고, 또 그것은 각 개인들
의 생활로 표현되었기 때문이다. 그럼 여기서 어떤 것이 사
실이며 어떤 것이 그 사실을 보여주는 상이었던가? 다시

말해서 어떤 것이 현실이고, 어떤 것이 그에 대한 묘사인가? 아문이 아시아의 신들을 무찔러 공물을 바치게 만들었다는 것은 말일 뿐, 실제로는 파라오가 가나안 왕들을 굴복시켰다는 것인가? 혹은 이 파라오의 승리는 아문의 업적을 본래의 모습이 아닌 세속의 모습으로 표현한 데 지나지 않는 것일까? 요셉은 그것을 구분할 수 없음을 알고 있었다. 사실과 그에 대한 상, 본래 모습과 본래의 모습이 아닌 것은 서로 떼놓을 수 없는 하나였다.

그렇기 때문에 미스라임 사람들은 바알과 아세라트를 세련된 신으로 느낀 순간, 이미 아문을 포기했다. 그뿐 아니다. 그들의 신들이 부여한 언어에 셈 족의 후예에 의해 개악(改惡)된 낱말들을 섞는 것도 아문을 내팽개치는 행동이었다. 이들은 글을 쓰는 서기를 말할 때, 가나안 말 '소퍼'를 흉내내어 '세퍼'라 하고, 강을 가리킬 때는 가나안 말 '나할'을 모방한답시고 '네헬'이라고 잘못 발음했다. 이러한 풍습과 유행을 따르는 변덕의 배후에는 자유주의 사상이 깔려 있었다. 이집트의 아문에 완전히 얽매이지 않고 자유를 추구하려는 이러한 사상 덕분에 셈 족과 아시아인에 대한 원칙적인 혐오감의 파장 효과가 줄어 들어 결과적으로는 요셉에게 유리해진 것이다.

요셉은 여러 다양한 견해들과 사상적 조류와 더불어 이것에 역행하는 반대 사조들을 알게 되었다. 그리고 이러한 것들에 그 나라에서 자라난 사람보다 오히려 더 익숙해졌다. 궁신이자 파라오의 친구 중의 한 명인 포티파르가 외국에 우호적이고 아문에게는 적대적인 입장을 갖게 된 배후

에는 '네헬', 즉 '강' 건너 서쪽의 '큰 집'(파라오—옮긴이)
이 있었을 가능성이 크다. 혹시 '아들의 길'에서 요셉을 벽
으로 밀어붙였던 아문의 군사, 그 신전의 창기병들과 관계
가 있는 것일까? 요셉은 이런 생각도 해보았다. 파라오의
입장에서 보면 지나치게 재산이 많아 무거운 제국의 신 아
문이 자신의 영역에서 군사력으로 자신과 경쟁하려는 것이
불쾌하지 않았을까?

상호 연관성이 얼마나 폭넓게 작용하는가! 요셉이 들판
이 아닌 주인의 집에 머무르고 들판에는 나중에, 그것도 부
역 일꾼으로서가 아니라 감독관의 신분으로 나갈 수 있었
던 것은, 궁극적으로는 아문 혹은 아문의 신전이 건방지게
너무 많은 군사를 거느린 데 대한 파라오의 불만 덕분이었
는지도 모른다. 이렇게 머나먼 곳에 계신 지고한 분 파라오
의 기분 때문에 덩달아 편해진 젊은 노예 오사르시프는 자
신의 새 주인을 매개로 하여 그 지고한 분과도 연대감을 느
끼며 기뻐했다.

그러나 이보다 더 기쁜 것, 그보다 훨씬 더 보편적인 기
쁨이 있었다. 자신이 옮겨진 이 땅에서 어떤 것이 자신에게
유리하고 불리한지 이리저리 냄새를 맡는 과정에서, 그 귀
여운 코의 조금 큰 듯한 콧구멍 속으로 함께 빨려 들어온
것 중에서 무척 익숙하게 느껴진 것이 있었다. 물을 만난
물고기 같은 기분이라고나 할까, 그건 늦가을의 분위기였
다. 터를 잡고 모범을 보여준 선조가 힘으로 무찔러 굴복시
켰던 대상을 세련된 것으로 느낄 수 있을 만큼, 그렇게 선
조로부터 멀리 떨어진 손자와 후손의 세상, 그 늦가을이 요

셉에게는 안성맞춤이었다. 그 역시 시간이나 영혼의 측면에서 늦게 등장한 아들이요 손자가 아니던가. 그의 경우가 보다 경쾌하고 유머러스하고 어려우면서도 더 흥미로운 것도 그 때문이다. 그래서 그는 이곳에 오자마자 물을 만난 물고기처럼 희망에 부풀 수 있었다. 주님의 도움으로 파라오가 다스리는 이 아래 나라에서 크게 출세하여 주님께 영광을 돌리게 되리라고.

궁신

결혼한 난쟁이 두두는 옛것을 숭상하는 전통 수호자 중의 한 명이었다. 몬트-카브에게 목소리를 내리깔고 작달막한 팔도 흔들어가며 아문의 이름을 들먹이면서 펄펄 뛴 것도 그런 맥락에서 나온 행동이었다. 난쟁이는 최근에 사들인 히브리 종을 밭일에 내보내야 한다고 우겼다. 신들의 적진에서 온 종이 집에 머물면 안 된다는 게 이유였다. 그러나 집사는 처음에 난쟁이가 도대체 누구 이야기를 하는지 못 알아듣는 것 같았다. 아무르 족 노예? 미네아 사람들한테서 샀다고? 이름이 오사르시프라고? 아하! 이러한 건망증으로 자신의 무관심을 증명한 집사는 대관절 그런 일에 신경을 쓸 이유가 어디 있느냐는 식이었다. 그런데 의상 담당 난쟁이가 이에 대해 생각하는 것으로도 모자라 이러쿵저러쿵 입에 올리다니 의아스럽다고 했다. 이에 두두는 모든 게 예의범절 때문이라고 대답했다. 대저택에서 사는 '사람' 들이 그런 자와 한 식탁에서 밥을 먹는 것은 혐오스러운 일이라는 것이었다. 그러나 집사는 그들이 그렇게까지 고상할 리 있느냐며 규방에서 일하는 바빌론 출신 시녀 이쉬타루미를 언급했다. 다른 여자들과 부인들도 그녀와 잘 지내고 있지 않느냐고. 하지만 아문! 보석상자를 지키는 난쟁이는 그렇게 신의 이름을 들먹이며, 위협이 전혀 섞이지 않았다고 할 수 없는 강렬한 눈빛으로 몬트-카브를 쏘아보았다. 그러나 아문을 위해서라는 난쟁이의 말에 '아문은 위대하시다' 라고 응수한 집사는 별로 감추려는 기색도 없이 어깨를 으쓱해 보였다. 그리고 이렇게 덧붙였다.

"그 노예를 들판으로 내보낼지도 모르지. 내보낼 수도 있고 또 아닐 수도 있어. 밖으로 내보내든 않든 그건 내가 알아서 하네. 그때 상황 봐서 하겠다 이 말이야. 누가 밧줄을 던져서 내 생각을 자기 멋대로 끌고 가려는 건 싫거든."

한마디로 하면, 집사는 제세트 남편의 경고를 일축한 셈인데, 이 난쟁이를 탐탁지 않게 여긴 탓도 있었다. 거기에는 그럴만한 이유와 또 다른 이유가 있었다. 대단히 성실한 척, 잘난 체하는 게 거슬렸다는 것이 표면적인 이유라면, 그 이면에 깔린 또 다른 이유는 바로 이렇게 잘난 척하는 것이 페테프레의 가장 충직한 심복을 자처하는 집사의 자존심에 상처를 입혔기 때문이다. 이 점은 나중에도 잘 드러난다. 그러나 두두의 말을 들은 척 만 척 한 이유가 오로지 이 깐깐한 난쟁이에 대한 개인적인 거부감에 있었던 것만은 아니다. 그는 조금 전에 다른 난쟁이 곳립의 이야기도 묵살했다. 두두와는 달리 집사가 그런 대로 봐주는—특별한 호감에서라기보다는 두두의 적수라는 점에서—난쟁이 곳립도 자신을 찾아와 요셉 이야기를 꺼냈었다. 두두의 말과는 완전히 반대로, 사막의 청년은 아름답고 선하며 영리하다고 속삭인 것이다. 그리고 신들이 아껴주는 총아라고 했다. 자신은 명색만 신의 총아 곳립이지만, 젊은 노예는 진짜 신들의 총아이다. 이는 난쟁이의 타락하지 않은 날카로운 통찰력으로 알아낸 사실이니, 제발 집사님께서는 오사르시프에게 집안일이든 바깥일이든 그의 역량을 발휘할 수 있는 일을 맡겨 주십사 하는 것이었는데, 여기서도 집사는 처음에 도대체 누구 이야기를 하는지 기억이 안 나는 것처럼 굴었다. 그래서 짜증스러운 듯 고민도 하려 들지 않았다. 별다른 생각이나 계획 없이 우연히 사들인 노예를 집안일 어디에 쓸까 그런 고민을 할 만큼 한가로운 사람이 아니다. 급한 일이 얼마나 많은 줄 아느냐. 생각해야 할 다른 중요한 일이 산더미 같다, 몬트-카브는 그렇게 말했다.

과중한 업무에 시달린 사람의 말이니 고깝게 들을 이유는 전혀 없다. 게다가 탈이 난 신장 때문에 이따금 심한 통증으로 고생했으므로 이런 대답을 할 만도 했다. 그런 까닭에 곳립도 말문을 닫을 수밖에 없었다. 그러나 집사가 요셉에 대해 더 이상 알려 하지 않았던 이유는 따로 있었다. 그는 다른 사람들 앞에서 요셉을 잊어버리고 있는 척했다. 그뿐 아니라 자신까지 그렇게 속이려 한 이유는 그 노예 물건을 처음 본 순간 자신이 그처럼 묘한 생각을 했다는 것이 부끄러웠기 때문이다. 자신처럼 냉정한 사람이 어쩌자고 사고파는 물건을 보고 거의 절반쯤 신으로 여겼단 말인가.

그 노예 청년을 하얀 비비 원숭이의 주인(서기의 신 토트—옮긴이)으로 착각했다니 얼마나 수치스러운 일인가. 그때의 부끄러운 기억을 돌이키고 싶지도 않고, 어떤 식으로든 자극을 받는 것도 싫었다. 그런 자극을 따르게 되면, 그때 받은 인상 앞에 무릎을 꿇는 게 아닌가, 그런 생각을 하면 두렵기만 했다. 노예로 사들인 청년을 밭일에 내보내는 것도 마다했고, 집안일에 쓰는 것도 마다함으로써 그에게 아무 신경도 쓰고 싶지 않았다. 한마디로 손을 떼고 싶었다. 이렇게 몸을 사리는 것이 자신이 받은 첫인상을 소화하는 방식이라는 사실을, 이 선량한 자는 깨닫지 못했다. 그는 스스로 눈을 가린 것이다. 이렇게 몸을 사리는 것은 다소곳한 자세에 해당되는 것이었다. 이것의 뿌리는, 우리끼리 하는 말이지만, 세상의 저 밑바닥에 깔려 있는 감정으로서, 몬트-카브의 마음 저 깊숙한 곳에도 자리잡고 있었던 기다림이었다.

그래서 요셉은 머리도, 복장도 이집트 사람처럼 하고서도 몇 주일, 몇 달을 아무것도 하는 일없이 보냈다. 달리 표현하자면, 한번은 여기 있다가 다음에는 저기, 오늘은 여기, 내일은 저기, 급한 일이 있을 때마다 이리저리 불려다니며 포티파르의 집안에서 빈둥거리며 지냈다. 그러나 이는 별로 눈에 띠지도 않았다. 어차피 모든 것이 풍족한 축복받은 대저택에는 빈둥거리는 자들도 많았던 것이다. 요셉 자신도 한편으로는 다른 사람들이 자신에게 신경을 쓰지 않는 것이 고맙고 다행스러웠다. 진지하고 영예로운 관심이 아니라면 성급한 관심은 사양하고 싶었다. 무엇보다도 엉뚱한 진로로 빠지지 않는 것이 가장 중요했다. 예를 들어 집안에서 수공업에 종사하는 사람들한테 불려가 손재주나 쓰면서 평생을 막막하게 보낼 수는 없었다. 그래서 몸가짐에 유의했고 불가피한 경우에는 자신을 감추기도 했다.

성문지기와 벽돌 의자 위에 앉아 간간이 아시아 말을 섞어가며 수다를 떨어 그들을 웃기는 일은 얼마든지 괜찮았다. 그러나 빵 굽는 곳은 피해 다녔다. 자신의 그 특별한 과자 솜씨는, 맛있는 빵이라면 얼마든지 구워낼 수 있는 그곳에 감히 명함도 내밀지 못했기 때문이다. 그리고 샌들 만드는 자들과 종이 붙이는 자들, 알록달록한 야자수 속껍질로 돗자리를 엮는 자들이며 목수, 도공들이 있는 곳에는 얼씬도 하지 않았다. 견습생이나 신참으로 그들의 틈에 섞이는 것은 장래를 생각해도 그리 현명한 행동이 아니라는 목소리가 가슴 저 깊은 곳에서 울려나왔던 것이다. 대신 세탁소와 곡식창고에서 목록이나 계산서를 작성할 기회가 두어번 왔을 때는 피하지 않았다. 그곳 문자를 어느 정도 익혔던 터라 그 정도는 아무 문제도 없어서 내친김에 토까지 달아썼다.

"외국 출신 젊은 노예 오사르시프가 위대하신 페테프레 주인님과 몬트-카브 집사님을 위해 작성하다. 아! 몸을 감추고 계신 분이여, 페테프레 주인님을 장수하게 해주소서! 그리고 탁월한 능력으로 소임을 다하시는 집사님께서 운명의 마지막 날을 넘어 부디 만수무강하시길 아문께 기원하며 범람의 절기 아헤트의 세번째 달, 아무 아무 날에."

요셉이 축원을 하면서 주님을 배반하고 이 나라의 관습대로 표현한 것은 기왕 자신을 이곳으로 보낸 분이니, 자신이 이곳 사람들의 눈에 벗어나서는 안 되고 어떻게든 그들의 호감을 사야 한다는 필요성을 감안해서 화를 내지 않고 너그러이 용서해 주리라 확신했기 때문이다. 사실 이런 확신은 그로서는 정당하기도 했다. 몬트-카브는 이런 메모를 두어번 보았으나 가타부타 말이 없었다.

요셉은 포티파르의 시종들 거처에서 그들과 한 식탁에서 식사를 했다. 또 맥주도 마시며 함께 수다도 떨었다. 얼마 안 가 그의 수다는 그들과 같아졌고, 시간이 지나자 그들의 수준을 능가했다. 요셉의 재주는 언어에 있었지, 손에 있지 않았기 때문이다. 그는 그곳에서 통용되는 말들을 주의 깊게 듣고 그대로 따라했다. 우선은 그들과 수다를 떨지만 나중에는 명령을 내리기 위해서였다. 그는 이런 말도 배웠다. '왕이 살아 계신 것처럼 진실로!', '옙의 주인님, 위대한 크눔의 이름으로!' 그뿐 아니라 '난 이 땅의 가장 큰 기쁨 안에 있다' 라든가, 아니면 '그는 방 밑의 방에 있다' 는 표현도 배웠다. 그건 1층에 있다는 뜻이었다. 혹은 화가 난 감독관을 가리켜 '상이집트의 표범처럼 변했어' 라고 말하는 것도 배웠다. 그는 지시대명사를 선호하는 이곳 사람들의 관습에 익숙해져서 늘 이런 식으로 말했다. "그리고 우리가 아무도 넘지 못하는 철통 요새에 이르렀을 때 선량한 우리 노인은 그 장교에게 이렇게 말씀하셨죠. '이 편지를 읽어보십시오!' 그런데 이 젊은 대장은 이 편지를 보더니 이렇게 말하는 것이었죠. '아문의 이름으로! 이 외국인들은 통과

해도 좋다.'" 사람들이 그 말에 흡족해 했음은 두말할 필요
도 없다.

매달 축제일이 꽤 있었다. 달력과 실제 절기를 따진 축제
들이었다. 예를 들면 파라오가 추수 시작을 알리며 낫으로
이삭을 자르는 날, 아니면 즉위일, 혹은 두 나라가 통일된
날, 딸랑이를 흔들고 가면놀이를 하면서 우시르의 지주(支
柱, 男根을 의미함—옮긴이)를 일으켜 세우는 날도 그렇거니
와, 달 모양이 바뀌는 날들과 아버지와 어머니 그리고 아들
의 위대한 삼위일체일도 두말할 것 없이 축제일이었는데,
이런 휴일이면 시종들의 거처에도 구운 거위 요리와 소의
넓적다리 구이가 나왔다. 그러나 요셉은 키 작은 후원자 곳
립으로부터 이날 말고도 맛있는 음식을 얻을 수 있었다. 곳
립은 여자들의 집에 따로 치워놓았던 포도와 무화과 그리
고 누워 있는 암소 모양을 한 케이크와 과일 꿀 절임 등을
요셉에게 건네주며 이렇게 속삭이곤 했다.

"사막의 젊은이, 이걸 받아. 빵하고 함께 먹기에는 부추
보다 이런 게 훨씬 좋지. 이 작은 사람이 자네를 위해 규방
식탁에 남아 있던 음식을 가져온 거야. 어차피 재잘거릴 줄
밖에 모르는 살찐 거위들한테는 이것 아니더라도 군것질감
이 넘쳐나거든. 그러니 난쟁이가 가져다주는 이걸 맛있게
먹게나. 다른 사람들은 없어서 못 먹는 거니까."

"그런데 아직도 몬트-카브 집사님은 내 생각을 안하십니
까? 날 어떻게 쓸지 계획이 없나보죠?" 요셉은 고맙다는
인사와 함께 번번이 이렇게 묻곤 했다.

"아직까지는 그래." 곳립은 머리를 흔들었다.

"자네 문제라면 졸려서 그러는지 아니면 귀가 먹었는지, 들은 척도 안 해. 하지만 이 작은 사람이 어떻게든 손을 써서 자네가 순풍에 돛단배처럼 앞으로 나가게 할 테니 기다려봐! 어떻게 하면 오사르시프 자네를 페테프레 앞에 세울 수 있을까 궁리 중이니까, 틀림없이 그렇게 될 거야!"

어떻게든 페테프레 앞에 한번만 설 수 있게 해달라고 간곡하게 부탁해두긴 했지만 성사될 확률은 거의 없어 보였다. 그래서 기꺼이 도와주려는 난쟁이도 그 목적지를 향해 한 걸음 한 걸음 차근차근 다가가야 했다. 멀리서든, 가까이서든 주인님을 모시는 일은, 특히 침실이나 다른 곳에서 직접 주인님을 받드는 일은 지나치게 시샘이 많은 자들이 장악하고 있었다. 예를 들어 말을 보살피거나 그 시리아산 말들에게 먹이를 주거나 털을 빗기고 마구를 씌우고 얹는 일거리를 받아내는 데는 실패했다. 이는 두말할 필요도 없고 말들을 끌고 나오는 일도 얻지 못했다. 주인님은커녕 마부 네테르나흐트의 앞까지 끌고 가는 일도 그에게는 과분했다. 그 일이라면 목적지에 한 걸음 가까워지는 셈이었겠지만, 그곳에 이를 방법이 없었다. 아니었다. 현재로서는 자신이 팔려온 집의 주인님과 이야기를 한다는 것은 꿈도 꿀 수 없었고, 그저 시종들이 주인님과 집안 전체의 일에 관해 주고받는 이야기에 귀를 기울이고 주인님을 모시는 이들의 행동을 눈여겨보는 것이 요셉이 할 수 있는 전부였다. 특히 몬트-카브 집사의 태도를 유심히 살폈다. 그를 처음 보았을 때, 자신을 샀던 그날 정오에도 집사의 행동을 지켜보았었다.

집사의 태도는 매번 그때와 똑같았다. 요셉은 귀로 듣고 또 눈으로도 확인했다. 몬트-카브는 주인님께 늘 듣기 좋은 말만 했다. 어떻게 보면 수염을 쓰다듬듯 아첨하는 것 같았다. 수염이라고는 없는 이집트 남자에게 이런 표현이 적절하다면 말이다. 이보다는 페테프레의 말에 맞장구를 쳤다는 표현이 더 적당할지 모르겠다. 집사는 부유하고 고귀하며 품위가 넘치는 주인님을 칭송하면서, 사냥꾼인 동시에 사나운 말까지 길들이는 용감한 남자라며, 그 때문에 혹시 다치기라도 할까봐 사람들이 떨고 있다 말했었다. 주인님에게 잘 보여 무슨 득을 보려는 심산이 아니었다. 요셉은 그걸 알 수 있었다. 집사의 태도는 오로지 주인님을 위해서였다. 단순히 입에 침이 마르도록 아첨을 떤 것이 아니었다. 그러기에 몬트-카브는 너무 성실해 보였다. 윗사람한테는 굽실거리고, 아랫사람한테는 잔인하고 혹독하게 구는 사람도 아니었다.

여기서 이런 말이 어울리는지 모르겠지만, 몬트-카브는 정말로 사랑에서 우러나온 봉사를 대변하는 인물이었다. 이 낱말의 원 뜻에는 흠잡을 구석이 없다. 쉽게 말해서 집사가 이처럼 좋은 말로 주인님을 신실하게 모시려 한 것은 그만큼 주인님을 사랑했기 때문이라고 이해하면 된다. 이것이 요셉이 집사에게 받은 인상이었다. 르우벤처럼 체구는 탐만하지만 성격은 완전히 딴판인 주인님, 그 파라오의 친구는 이같은 진정한 섬김을 받으면 부드러운 미소를 보여주는 것으로 이를 확인시켜 주었다. 조금은 우수에 젖은 듯한 그 미소에는 흐뭇해 하는 기색이 역력했다. 그리고 시간이 흐르면서 집안 전체의 분위기를 보다 정확하게 파악하게 된 요셉은 몬트-카브가 주인님에게 보여주는 태도가 가족 관계의 또 다른 변주곡이라는 사실을 알게 되었다. 그들은 하나같이 품위를 지켰고 서로 공경하고 부드럽게 대하며 좋은 말로 상대방을 배려했다. 아니 배려가 지나쳐 조심스러운 긴장감이 감도는 듯했다.

페테프레는 부인 무트-엠-에네트에게, 여주인 역시 그에게 깍듯하게 예를 갖췄다. 또 '위층에 계시는 거룩한 부모님'도 아들 페테프레에게 예의를 지켰고, 아들 또한 그들에게 그렇게 대했다. 그리고 이들도 며느리 무트에게 예를 다했고, 그녀 역시 그들에게 그러했다. 그러나 이들의 위엄과 품위는 든든한 뒷배경과는 상관없이, 그리고 스스로 아주 튼튼하다고 믿거나 말거나, 왠지 모르게 기초가 부실해 보이는 것이 어딘가 속이 빈 껍데기 같았다. 서로 부드러운 예로 대하고 공경하는 것도 상대방의 품위를 인정해 줌으로써 자신감을 북돋아주고 격려하려는 것처럼 보였다. 이 축복의 집에 어리석음과 민망한 점이 있다면, 바로 이 때문이었다. 아니 어떤 걱정거리가 생길 징조가 엿보이는 곳이 있었다면 바로 여기였다. 그것이 스스로 이름을 말하지는 않았으나 요셉에게는 그 소리가 들리는 듯했다. 그 이름은 속이 텅 빈 공허한 품위였다.

포티파르에게는 여러 칭호와 명예 감투가 있었다. 파라오는 그의 머리를 들어 올려 더 높은 자리에 앉혀 주려고 이런 명예 감투를 내려 주곤 했는데, 그럴 때면 궁궐의 창문 앞 베란다에 직접 모습을 드러낸 파라오는 모든 왕실 가족과 궁신들이 보는 앞에서 포티파르를 칭송하는 뜻으로 황금을 뿌려 주었다. 그러면 하인들은 박수로 환호하고 기뻐서 펄쩍펄쩍 뛰는 예식이 진행되었다. 종들의 거처에서 요셉이 전해 들은 이야기에 따르면 그랬다. 주인님은 왕의 오른쪽에 부채를 들고 있는 자, 왕의 친구로 불렸다. 그런 주인님이 언젠가는 '왕의 유일한 친구' (이런 이름을 가진 자는 몇 안 되었다)로 불리고 싶어한 데는 그만한 까닭이 있었다. 그는 궁궐을 지키는 병사들의 감독관이며 친위대장이었고, 왕의 감옥에서 판결을 내리는 최고 판사요 총감독이었지만, 이런 감투는 거의 모두 허울에 지나지 않았다. 종들의 말을 들어보면 실제 친위대장은 거친 군인 출신으로 하렘헵 혹은 호르-엠-헵이라 불리는 고위 장교였다. 군의 실제 지휘권을 가진 이 장교는, 대장이며 왕실 감옥의 총감독이라는 명예직함을 가진 궁신 포티파르에게 몇 가지 사안에 대해서는 보고 의무가 있었지만, 이 또한 요식 행위에 불과했다. 비대하고 키가 탑만하여 르우벤처럼 거구이며, 우수 어린 미소와 함께 부드러운 목소리를 지닌 포티파르에게는 몸소 곤장 500대를 내려쳐서 병사들의 허리를 짓이겨, 소위 '고문과 사형의 집에 들어가게' 하여 '시체의 색깔로 만드는 일'을 하지 않는 것이 다행일 수도 있었다. 어차피 그에게는 어울리지도 않고, 또 취미에도 맞지 않았을 테니까. 그러나 그럼에도 불구하고 이러한 상황은 주인님의 심기를 불편하게 하였고 이따금 굴욕감도 낳았으리라. 황금으로 아무리 미화한들 굴욕감이 어딜 가겠는가.

그건 사실이었다. 포티파르의 친위대장이라는 사령관직

은 작은 오른손에 들려 있는 세련된 방망이로 상징되었다. 솔방울을 본뜬 힘없는 방망이는 명예를 가장한 허구였다. 충직한 몬트-카브를 비롯하여 세상 사람 모두와 외부적인 환경은, 포티파르로 하여금 중책을 맡고 있다는 자부심을 느끼도록 후원을 아끼지 않았다. 그러나 그 자신은 자신도 모르는 사이에 은근히 그것이 사실이 아니며, 빈 껍데기 허울에 지나지 않는다는 것을 알고 있었다. 그러나 이 장식용 방망이가 빈 껍데기 품위의 상징이었던 것처럼, 이 비유는 그보다 더 멀리 적용될 수 있을 것 같았다. 적어도 요셉에게는 그랬다. 말하자면 단순히 직책의 문제가 아니라, 한결 깊은 곳에 있는 뿌리까지 연결되어 인간이라면 누구나 갖는 자연스러운 품위, 그 존엄성까지 속이 비었음을 상징하는 듯했다.

사회적인 합의에 따라 관습상 인정해 준 명예가 얼마나 무기력한지, 직접은 아니지만 가까운 곳에서 익히 보아온 요셉이었다. 가슴에 손을 얹고 이것이 정말 명예로운 일인가 물어볼 때, 관습상의 명예는 양심의 침묵밖에 들을 수 없다는 것, 양심이 인정하는 명예 앞에서는 제아무리 밝은 한낮의 허구라도 머리를 들 수 없음을 요셉처럼 잘 아는 사람도 드물었을 것이다. 그의 어머니가 좋은 예를 보여주지 않았던가. 그랬다. 주인님인 이집트 남자 페테프레의 처지를 생각하다말고 요셉은 묘하게도 어머니를 떠올렸다. 자신도 모르는 사이에 그의 생각은 라헬을 향해 날아가고 있었다.

그 아리따운 여인이 얼마나 큰 혼란을 겪었는지 그는 잘 알았다. 설화와 이전 역사의 한 단락이기도 한 그녀의 이야기는 아버지 야곱을 통해서도 여러 번 들었다. 정성스럽게 만반의 준비를 했건만 라헬은 주님의 뜻에 의해 야곱에게 자식을 낳아주지 못한 시절이 있었다. 그래서 하는 수 없이 빌하가 대신 그녀의 무릎에서 아이를 낳게 하였다. 그때 주님으로부터 수모를 겪은 그녀의 입가에 떠올랐을 혼란스러운 미소가 눈에 잡힐 듯했다. 마침내 어머니라는 명예를 얻었다는 자부심도 어려 있었을지 모른다. 그러나 그 명예가 진짜 명예가 아니었음은 물론이다. 사람들이 명예라고 인정하고 가정해 준 것일 뿐, 라헬의 피와 살에 뿌리를 두지 못했으니, 그것은 절반의 행복이요 절반의 기만이었다. 피치 못해 풍습에 기댄 그 껍데기 명예는 사실 혐오스러운 것이었다.

요셉은 이 어머니에 대한 기억을 되살려 주인님의 처지를 헤아려보면서, 육신의 확신에 뿌리를 둔 명예, 다시 말해서 양심의 부끄러움이 없는 명예와 한낱 풍습에 기댄 명예 사이의 모순을 나름대로 정리할 수 있었다. 어머니라는 명예를 얻은 라헬의 경우보다 포티파르가 훨씬 더 광범위하고 강력한 위로와 보상을 받고 있음은 두말할 필요가 없다. 눈부신 보석과 타조 깃으로 장식된 기품이 넘치는 부유하고 호화스러운 생활, 그의 앞에 조아린 수많은 노예들과 진귀한 보석이 넘쳐나는 거실과 귀빈실, 속이 꽉꽉 찬 곡식 창고와 저장고, 그리고 주인의 삶에 속한 것들로, 지저귀며, 재잘거리며, 거짓말을 하고 군것질을 즐기는 부속물들이―그중 으뜸은 단연 정실부인으로 새하얀 팔을 지닌 무트-엠-에네트였다―모여 있는 규방. 이 모든 것이 그로 하여금 자신의 품위에 대해 긍지를 가질 수 있도록 도와주었다. 그러나 어머니라는 명예를 얻은 라헬이 이 혐오스러운 품위를 남몰래 부끄러워했던 바로 그 장소에서, 다시 말해서 의식의 저 밑바닥에서는 포티파르 또한 잘 알고 있었다. 자신이 진짜가 아니라 명색만 친위대장이라는 사실을. 그렇지 않다면 몬트-카브가 굳이 '아첨'할 필요도 없었을 것이다.

포티파르는 궁신이었다. 그는 왕의 신하요 시종으로서 매우 높은 신분에 영예로운 칭호와 재물은 듬뿍 받았으나 일개 궁신 이상도 이하도 아니었다. 궁신이라는 낱말에는 고약한 또 다른 뜻이 있었다. 아니 두 개의 유사한 개념들이 하나로 녹아버렸다고나 할까. 아무튼 오늘날은 원래의 뜻으로는 더 이상 쓰이지 않지만―혹은 혼자서는 쓰이지 않지만―원 뜻을 완전히 잃지는 않고 비유로만 쓰이는 단어이다. 그러다 보니 이 궁신이라는 단어는 이중의 의미를 갖게 되어 명예로운 악의와 거룩함을 둘 다 내비침으로써 결국 사람들에게 이중의 방식으로, 즉 한편으로는 품위와 다른 한편으로는 품위 없음에 대해 아첨할 기회를 제공하는 것이다. 요셉은 어떤 대화를 듣고 이와 관련하여 여러 가지 단서를 얻게 된다. 그 대화는 엿들은 게 아니라 종으로서 임무를 수행하는 과정에서 저절로 듣게 된 이야기였다.

임무

    파라오의 표창까지 받은 명예로운 집에 온 지 90일 혹은 100일이 지났을 무렵, 요셉은 난쟁이 세엔크-웬-노프레-네테루호트페-엠-페르-아문을 통해 다행히 한 가지 임무를 맡게 되었다. 조금 힘이 들고 고통스럽긴 했지만 간단한 일이었다. 그때도 여느 때와 마찬가지로 포티파르의 집에서 이제나저제나 자신의 때가 오기만을 기다리며 어슬렁거리고 있는데, 마침 그 작은 남자가 다 구겨진 예복 차림으로 머리에는 향유를 적신 털모자를 쓰고 헐레벌떡 달려왔다. 그리고 속삭이듯 쉰 목소리로 일러주었다. 좋은 소식이 있다. 아주 좋은 기회가 생겼다. 몬트-카브 덕분에 일거리를 받아냈다. 아니 가타부타 말이 없기에 그 틈에 일거리를 맡아왔다. 그렇다고 페테프레 앞에 직접 나설 수 있게 되었다는 말은 아니다. 그건 아직 아니다.

    "하지만 오사르시프, 네가 할 일이 뭔지 내 말을 좀 들어봐. 자나깨나 네 생각만 하면서 너 잘되는 걸 보려고 갖은 노력을 아끼지 않는 이 난쟁이가 네 앞에 어떤 기회를 열어 주려는지 들어보라구. 오늘 정오를 지나 네 시가 되면 위층의 거룩한 부모님이 식사를 마치고 잠깐 쉰 후에 아름다운 정원으로 나오셔. 태양과 바람을 막아주는 정자에 앉아 서늘하게 더위를 식혀 주는 물 구경을 하면서 노년의 평화로움을 즐기시려고 말야. 두 분은 서로 손을 잡고 의자에 나란히 앉아 있는 걸 좋아하시지. 이 평화로운 시간에는 주변에 아무도 없어. 이분들이 평화로운 좌정에 지쳤을 때 산뜻하게 원기를 돋워 줄 간식 쟁반을 들고 벙어리처럼 아무 말 없이 한구석에 꿇어앉아 있는 시종을 제외하고는 말야. 이 벙어리 시종이 바로 자네가 할 일이야. 몬트-카브 집사의 명령이지. 아니 그러면 안 된다고 금하지는 않았으니까 자네가 그 음료수 쟁반을 들고 있으면 돼. 단, 조금이라도 움직이면 안 돼. 꼼짝 말고 꿇어앉아 있어야 해. 눈도 깜빡거려서는 안 돼. 네 존재를 조금이라도 드러내게 되면 그들의 평화를 방해하게 되거든. 그러니 꼼짝도 하지 않는 벙어리 시종이 되어야 해. 제자리에 굳은 채 서 있는 프타흐의 형상처럼 말야. 그 거룩한 오누이들께서는 그런 것에 익숙해 있거든. 그러다가 피곤하다는 신호를 보내면 그때는 날렵하게 몸을 움직여야 해. 물론 일어나서는 안 되고 무릎을 꿇은 채로 간식 쟁반을 갖다줘야 해. 무릎에 걸려 넘어져도 안 되지. 아무튼 어떤 식으로도 일을 망치면 안 돼. 청량제로 원기를 돋워 주었으면 얼른 잽싼 동작으로 조용히 물러나야 해. 뒷걸음질로 원래 있던 구석 자리로 되돌아오는 거지. 숨도 크게 내쉬면 안 되고 미련하게 자네가 그 자리에 있다는 티를 많이 내서도 안 되고 곧바로 원래의 벙어리 시종으로 되돌아와야 해. 어때? 할 수 있겠어?"

"그럼요!" 요셉이 대답했다.

"고맙습니다. 곳립 아저씨. 시키신 대로 눈 한번 깜짝하지 않겠습니다. 유리로 만든 인형 눈처럼 만들겠습니다. 내 몸이 공간을 차지한다 뿐, 전혀 없는 사람처럼 있겠습니다. 물건처럼 가만히 있겠습니다. 하지만 귀는 조용히 열어두겠습니다. 그들이 제 앞에서 집안의 내막에 관해 이런저런 이야기를 나누면 그 대화를 들으면서 머리로 정리할 수 있도록 말입니다."

"그래 좋아. 하지만 벙어리 시종 일을 너무 쉽게 생각하면 안 돼. 프타흐의 형상처럼 꼼짝 않고 한참 있다가 때가 되면 무릎걸음으로 쟁반을 대령했다가 뒤로 물러나는 게 그렇게 간단하지가 않아. 미리 연습을 해보는 게 좋을 거야. 청량제는 음식을 내주는 서기한테 가면 얻을 수 있어. 부엌 건물 말고 주인님이 계신 본채 저장창고에 준비되어 있어. 대문 안으로 들어가면 앞쪽 홀이 나오는데 거기서 왼쪽으로 꺾으면 계단이 있고 신뢰의 특실인 몬트-카브 집사의 침실이 나와. 그곳을 지나 오른쪽 문을 열면 기다란 창고야. 아니 복도라고 하는 게 옳겠지. 통로에 비축 음식들이 잔뜩 쌓여 있으니까 저장창고인 줄 대번 알아볼 수 있어. 거기 가면 서기가 네게 필요한 것들을 건네줄 거야. 그러면 얌전히 받아들고 정원으로 나가 정자 안으로 들어가면 돼. 물론 거룩한 분들이 오시기 전에 먼저 나가 있어야지. 구석에서 무릎을 꿇고 귀를 기울이고 있다가 그들이 오는 소리가 들리면 그때부터는 눈썹 하나도 움직이면 안 돼. 숨소리도 죽여야 해. 그들이 지친 기색을 보일 때까지 말야. 이제 어떻게 하는지 다 알아들었어?"

"네, 잘 알아들었습니다." 요셉이 대답했다.

"옛날에 타락한 곳을 뒤돌아보는 바람에 소금기둥이 되어버린 어떤 남자의 아내가 생각납니다. 그녀처럼 꼼짝도 하지 않으면 될 것 같습니다."

"모르는 이야기인걸." 네테루호트페가 말했다.

"기회를 봐서 들려드리겠습니다." 요셉의 대꾸였다.

"그래. 나중에 이야기해 줘, 오사르시프." 작은 남자가 속삭였다.

"벙어리 시종으로 일하도록 해줘서 고맙다는 인사로 이야기나 들려줘. 그리고 나무에 있는 뱀 이야기도 다시 해줘. 또 밉게 보인 자가 예쁘게 보인 자를 죽인 이야기며, 앞을 내다보는 남자가 만든 궤짝처럼 생긴 배 이야기도! 그리고 제물로 올렸는데 거부당한 소년의 이야기도 다시 한번 들었으면 좋겠어. 또 어머니가 털가죽을 씌워 거칠게 만든 매끄러운 자, 어둠 속에서 가짜와 동침한 그 자의 이야기도 들려줘!"

"네. 저희들의 이야기는 들을 만합니다. 하지만 지금은 무릎을 꿇고 앞뒤로 날렵하게 움직이는 동작 연습부터 해야겠습니다. 그리고 시계 그림자로 시간도 알아보고, 일을 할 수 있도록 몸도 치장한 다음, 저장창고에 가서 청량음료도 받아온 후에, 아저씨가 시킨 대로 하겠습니다."

요셉은 자신이 말한 대로 실천했다. 무릎으로 움직이는 동작에 자신이 생기자 몸에 향유도 바르고 정성껏 몸단장을 했다. 그리고 예복으로 갈아입었다. 아래옷과 그 옷이 다 비치는 조금 더 긴 웃옷을 입고 그 위에 표백을 하지 않아 색깔이 짙은 아마포 재킷을 걸쳤다. 그리고 이마와 가슴에 화환을 두르는 것도 잊지 않았다. 그것으로 자신이 영광스러운 임무를 수행하도록 선택되었음을 나타내려 했던 것이다. 그리고는 주인님이 머무는 본채와 종들의 숙소, 부엌 건물과 규방 사이의 공터에 서 있는 해시계를 쳐다본 후, 내벽을 지나 본채의 정문을 통과하여 포티파르의 주랑에 이르렀다. 거기에는 문이 일곱 개 있었다. 빨간 나무문인데 위쪽에 장식된 넓적한 보석이 우아했다. 둥근 기둥들도 역시 빨간 나무가 재료였다. 윤기로 반짝이는 기둥의 받침대는 돌이었고, 머리부분은 초록빛이었다. 그러나 주랑 바닥에는 별들이 총총한 하늘을 그려놓았다. 거기 백 가지 형상이 보였다. 사자자리, 하마자리, 전갈자리, 뱀자리, 염소자리, 황소자리가 있고, 그 주변에는 온갖 신들과 왕들의 형상이 둥그렇게 둘러 서 있었다. 숫양과 원숭이 그리고 왕관을 쓴 매도 보였다.

요셉은 그 바닥을 대각선으로 가로질렀다. 방들 위의 방들로 이어주는 계단 밑에 이르러 문을 통해 신뢰의 특실에 들어섰다. 저녁이면 몬트-카브 집사가 쉬려고 눕는 곳이었다. 종들의 숙소에서 맨바닥에 돗자리를 깔고 망토를 이불 삼던 요셉의 눈에 비친 이 방의 풍광은 새로웠다. 짐승 다리 위에 올려진 아담한 침대, 털 이불, 머리받침대에는 수

면을 지켜주는 신들의 모습이 그려져 있었다. 등이 굽은 베스와 임신한 하마 에페트였다. 그리고 장롱궤도 있고 돌로 된 세면도구와 화로, 등잔받침대도 보였다. 이집트 땅에 살면서 이만큼 아늑한 특실에서 생활하려면, 그만큼 높은 신뢰를 받아야 하리라. 그 생각에 이른 그는 다시 자신의 임무를 떠올리고 그 방을 벗어나 기다란 저장통로에 이르렀다. 폭이 좁아 기둥이나 지주도 필요없는 그 길은 건물의 서쪽 후면까지 이어져 귀빈을 맞는 연회장과 주인집 가족이 식사하는 만찬장에 맞닿아 있을 뿐만 아니라 서쪽의 세 번째 주랑과도 만났다. 이곳과 동쪽 주랑 외에 북쪽 주랑도 있을 만큼 페테프레의 본체는 규모가 커서, 쓸데없는 공간이 많았다. 그러나 공간이 좁아 빽빽한 곳도 있었으니 바로 저장고로 쓰이는 이 통로가 그랬다. 난쟁이가 이미 알려 주었듯이, 선반과 서랍장에는 식당에서 사용하는 식기와 저장식품들로 넘쳐났던 것이다. 과일과 빵, 케이크, 양념통, 오목한 접시, 맥주 부대, 예쁜 스탠드 위에 목이 긴 포도주 항아리, 그 항아리를 장식할 꽃 등이었다. 요셉이 그곳에서 만난 서기는 여느 때처럼 귀 뒤에 붓을 꽂고 저장고에서 숫자를 세고 붓으로 기록하고 있는 키다리 하아마아트였다.

"응, 이게 누구야, 사막에서 온 풋내기 멋쟁이 아냐?" 요셉을 보자 그가 말했다.

"아, 근사해졌는데 그래? 인간이 사는 땅에서 신들과 함께 지내는 게 마음에 드는 모양이지? 그래, 거룩한 부모님들 시중을 들게 되었다며? 나도 들었어. 여기 내 칠판 위에 네 이름이 적혀 있거든. 아마 세프세스-베스가 이 일을 너

297

한테 물어다 줬겠지. 그러지 않고서야 너한테 이 일이 떨어질 수가 없지, 안 그래? 너를 꼭 사고 싶어한 것도 다름 아닌 그였지. 어디 그뿐이야? 네 몸값까지 터무니없이 올렸잖아. 네가 어딜 봐서 황소 값을 하겠어? 송아지 주제에!"

'차라리 말조심이나 하시지, 언젠가는 내가 당신 윗사람이 될 텐데.' 요셉은 속으로는 그렇게 생각했다. 하지만 소리를 얻는 내용은 달랐다.

"죄송하지만 경리실의 하아마아트 도제님, 글을 읽고 쓰고 마술까지 부리시는 서기님! 후이와 투이, 그 고귀한 어르신들께서 피곤하실 때를 생각하여 제가 벙어리 시종이 되어 간식 접시를 들고 있어야 하니 어서 청량제나 주십시오."

"그래야 하겠지." 서기가 대꾸했다.

"그 멍청이가 결국 자기 뜻을 이뤄 네 이름이 여기 올라 있으니까. 하지만 내가 보기에 너는 거룩한 분들 발등에 음료수를 쏟을 게 뻔하다. 그러면 사람들이 정신이 번쩍 들라고 당장 널 끌고 가서 청량제 세례를 퍼부어 줄 거야. 네 놈이 지칠 때까지, 그 청량제를 쏟아 붓는 자가 지칠 때까지."

"전 다행스럽게도 다르게 생각합니다." 요셉이 대답했다.

"그래?" 키다리 하아마아트는 그렇게 물으며 눈을 깜박거렸다.

"그렇다면 좋아. 다 네 하기에 달렸어. 간식은 벌써 준비해놨어. 기록도 끝났고. 은 쟁반, 석류과즙이 담긴 황금 주전자, 황금 잔, 그리고 바다 조개 다섯 개, 포도, 무화과, 대추야자, 둠야자열매, 아몬드 케이크. 설마 슬쩍 먹어 치우거나 훔치는 일은 없겠지?"

요셉이 그를 쳐다보았다.

"그래, 그럴 리야 없겠지." 하아마아트는 당황스러워했다.

"그렇다면 너한테는 더 잘된 일이지. 코와 귀가 잘리고 싶지 않을 거라는 걸 잘 알면서도 그냥 물어봤어. 그런 나쁜 손버릇이야 없을 테지만, 하지만⋯⋯"

요셉이 계속 침묵하자 그는 말을 이었다.

"전 주인이 너를 벌주려고 우물에 가둔 건 사실이니까. 내가 알지 못하는 실수 때문에 말야. 그 실수가 별것 아닌 것일 수도 있고, 또 나나 네 문제가 아니라 지혜에 관한 문제였다고 하니 나로서는 알 방도가 없지만. 또 그 벌로 네가 깨끗해졌다는 이야기도 물론 들었어. 그러니까 아까 물어본 말은 그냥 매사에 안전을 기하기 위해서 그런 거야."

'내가 도대체 무슨 소리를 지껄이고 있는 거야? 어쩌자고 이렇게 구구절절 읊고 있는 거지? 내가 생각해도 이상하네. 그런데 묘하게도 꼭 할 필요도 없는데 자꾸만 이런저런 이야기를 들려주고 싶으니, 나 원 참.' 그는 속으로 그런 생각을 하며 말을 이었다.

"내 직책이 직책이다 보니 물어본 거야. 내가 모르는 시종이 정직한지 아닌지 짚고 넘어가는 게 내 임무거든. 그리고 이 일은 피할래야 피할 수가 없어. 우선 나 자신을 생각해서라도 안할 수가 없어. 만일 하나라도 없어지면 다 내 책임이 되거든. 그런데 내가 너를 모르잖아. 어디서 왔는지 출신도 불분명해서 어두운 우물 안처럼 캄캄하잖아. 물론 그 뒤를 가보면 밝을 수도 있겠지만, 나로서는 모르니까. 또 이름도 그래. 오사르시프라고 그랬지 아마? 세번째 음절 '시프'를 보면 갈대밭에서 건진 습득물을 암시하는 것 같은데 말야. 어쩌면 바구니에 둥둥 떠다니다 두레박에 달려 올라온 것일 수도 있지. 세상에는 그런 일도 가끔 있으니까. 혹시 다른 걸 암시할 수도 있겠지만, 그게 뭔지는 나도 모르니까 너한테 그런 질문을 한 거야. 그게 내 임무거든. 그리고 굳이 내 임무가 아니라 하더라도, 다른 사람들도 다들 그렇게 말하지. 관습이 그래. 젊은 노예한테 말할 때는 이렇게 하자고 사람들끼리 정해 놓았거든. 너를 송아지라고 한 것도 다 그래서야. 네가 진짜 송아지라는 뜻이 아니고 말야. 사실 그럴 수도 없고. 아무튼 내가 그렇게 이야기하는 것은 다른 사람들이 다 그렇게 하니까 따라한 것뿐이야. 네가 정말로 거룩한 분들의 발등에 석류즙을 쏟을 거라고 내다본 것도 아니고, 또 그러기를 바라지도 않아. 그저 이런 경우에는 거칠게 이야기하도록 되어 있어서 그렇게 말한 거니까 따지고 보면 조금 거짓말을 한 셈이지. 그리고 보면 세상은 참 희한해. 사람들은 자기 생각을 말하지 않고 다른 사람들이 함직한 말만, 그러니까 늘 판에 박힌 말만 하잖아. 안 그래?"

"그릇과 나머지 간식은 일이 끝나면 도로 가져오겠습니다."

요셉이 말했다.

"좋아, 오사르시프. 저장고 끝에 있는 이 문으로 곧장 나가면 밖이야. 아까처럼 신뢰의 특실로 되돌아갈 필요가 없지. 이리로 가면 담이 나오고 작은 문에 이르게 되어 있어. 그 안으로 들어가면 벌써 나무와 꽃이 널려 있고, 연못이 보일 거야. 그리고 정면에 정원의 정자가 화사한 웃음으로 널 맞아줄 거야."

요셉이 밖으로 나가자 하아마아트는 혼자 남게 되었다.

'제기랄, 도대체 무슨 소리를 지껄인 거야! 이 아시아 놈이 날 어떻게 생각할지 모르겠군. 다른 사람들처럼 판에 박힌 이야기나 했더라면 좋았을 텐데, 느닷없이 뭔가 진실된 이야기를 하고 싶은 충동을 느낄 게 뭐람. 그러려고 한 것도 아닌데 나도 모르게 실없는 소리를 지껄여 얼굴까지 다 화끈거리네! 에이, 빌어먹을! 다시 한번 내 눈앞에 나타나면 그때는 다른 사람들처럼 아주 거칠게 다뤄야지!'

후이와 투이

그 사이 요셉은 작은 문을 통과하여 포티파르의 정원에
이르렀다. 잔디밭 위에는 아름다운 나무들이 줄지어 서 있
었다. 시코모르 나무, 대추야자나무, 야자나무, 무화과나
무, 석류나무, 그리고 페르제아 나무들이 서 있고, 그 사이
로 붉은 모래길이 보였다. 나무들 틈에 절반쯤 가려진 정자
가 보였다. 바닥이 지면보다 높아서 계단을 올라가야 하는
정자는 오색 칠로 단장하고, 파피루스 갈대로 둘러싸인 사
각형 연못을 바라보고 있었다. 거울 같은 초록빛 연못 위로
깃털이 고운 오리들이 헤엄을 치고, 수련 사이로는 가벼운
거룻배 한 척이 떠 있었다.

요셉은 간식 쟁반을 들고 정자의 계단을 올랐다. 그는 앞
에 어떤 장관이 펼쳐질지 이미 알고 있었다. 연못 너머로
플라타너스 가로수길이 보이고, 그 길 끝에 이중 탑 문이
있었다. 남쪽의 외벽으로 통하는 문으로, 거기서 포티파르

의 축복받은 대저택으로 직접 들어올 수 있었다. 늘 물이 솟아나는 작은 냇물과 함께 정원은 연못의 오른쪽 가장자리에서 포도밭으로 이어진다. 그리고 가로수 길 양쪽과 정자 주변은 사랑스러운 꽃밭이었다. 본디 메말랐던 땅에 이처럼 온갖 새싹들이 자랄 수 있도록 옥토를 나르느라 이집트 종들은 또 얼마나 피땀을 흘렸을까.

홈을 파서 희고 붉게 칠한 기둥에 둘러싸여 연못을 바라볼 수 있는 정자는 아주 아늑한 곳이었다. 홀로 앉아 정원의 아름다움을 감상해도 좋고, 은밀한 모임의 장소로도 적격이었다. 아니면 단둘이 오붓한 시간을 보내는 데에도 그만이었다. 한쪽 구석 받침대 위에 놓여진 장기판이 그것을 암시해 주었다. 벽에는 자연을 소재로 한 재미있는 그림들이 가득했다. 하얀 바탕에 일부는 꽃무늬 장식이었다. 달구지국화와 노란 페르제아, 포도나무 잎, 빨간 양귀비와 하얀 수련 꽃잎을 가로 혹은 세로로 엮은 매혹적인 화환이 보이는가 하면, 일부는 유쾌한 생활 단면을 보여주는 그림이었다.

예를 들면 정말 히히힝거리는 듯한 당나귀떼와 가슴이 통통한 거위떼 대열, 갈대밭에서 초록빛을 띠고 있는 고양이들, 고운 녹물이 든 듯한 색깔로 으스대는 두루미들, 가축을 잡는 사람들, 소의 넓적다리와 가금류를 제물로 바치려고 들고 가는 사람들. 그리고 이것 말고도 눈요깃감은 무척 많았다. 모두 아주 근사했다. 그걸 만든 사람은 풍요로운 정신의 소유자였음이 분명했다. 자신이 그리는 사물을 바라보는 그의 눈에는 기쁨과 함께 한줄기 조소도 섞였을 테고, 그 손은 민첩하면서도 경건한 손이었으리라. 그래서 그림을 보는 이는 "아, 그래! 아, 맞아, 의젓한 고양이, 거만한 두루미!" 하며 웃음을 터뜨리게 되었다. 그러나 거기에 멈추지 않고 그보다 더 엄하면서 재미도 있는 차원으로 넘어가는 듯했다. 다시 말해서 취미가 발달하여 그 고상한 수준이 마치 하늘나라에 닿는 듯한 그런 기분이 들었다. 가슴에 생생하게 와 닿는 이 느낌의 이름이 과연 무엇인지, 그것은 요셉도 몰랐다. 그를 굽어보며 미소를 뿌려 주는 것은 바로 문화였다. 아브람의 후손, 야곱의 어린 아들 요셉은 어느 정도 세속화되어, 청춘이 원래 그렇듯 호기심과 자유로운 성향 덕분에 그 광경을 마음껏 즐길 수 있었다. 이따금 지나치게 종교적인 아버지를 힐끔힐끔 되돌아보기도 했다. 아버지라면 이런 그림 앞에서 당연히 콧방귀를 뀌었으리라. 그러나 그는 달랐다.

'이건 참으로 아름다워요. 연로하신 이스라엘. 케메 사람들을 헐뜯지 마시고, 이들이 미소를 지으며 세속적인 일에 쏟은 노력이 얼마나 가상한지 보세요! 이들의 취미가 얼마나 고상해요? 이걸 두고 나무라지 마세요. 혹시 알아요? 주님도 좋아하실지! 보세요. 전 좋기만 해요. 그리고 아주 매력적이라고 생각해요. 물론 이것이 가장 중요한 것도 아니고 본질적인 것도 될 수 없다는 건 저도 잘 알아요. 말을 안 해서 그렇지, 제 피 속에는 이에 대한 확신이 있어요. 제가 누구의 자손인데요? 이 세상에 있는 모든 것을 취미세계의 하늘나라, 그러니까 가장 고상하고 세련된 수준으로 높이는 것보다. 장래를 위해 주님께 정성을 다하는 것이 훨씬

중요하고 시급한 일이니까요.'

그런 생각을 하면서 요셉은 정자 안을 둘러보았다. 정자
의 내부시설 또한 화려하고 고상했다. 우선 침상도 아주 우
아했다. 검은 나무와 상아로 만들었는데 침상의 받침대는
사자발이었고, 그 위에는 오리털 베개에 표범과 여우털로
만든 담요가 있었다. 등받이와 팔걸이까지 있는 넓은 의자
는 가죽을 눌러 황금을 입혔고 앞쪽에는 폭신한 발 받침을
놓고 수놓은 방석을 올려놓았다. 청동 향로받침대 위에서
는 귀한 물건이 연기를 피우고 있었다. 이렇게 속을 들여다
보니 아늑한 은신처인 동시에 예배당이기도 했다. 뒤쪽의
높은 선반에 올려진 은으로 된 작은 수호신상들이 그 증거
였다. 거기에는 작은 머리에 왕관을 쓴 이 테라핌뿐 아니라
꽃다발과 다른 여러 가지 숭배 도구들이 준비되어 있었다.

요셉은 이윽고 입구 한구석에 무릎을 꿇고 대기했다. 미
리부터 팔 힘을 뺄 필요는 없으므로 간식 쟁반은 당분간 앞
에 내려놓았다. 그러나 그것도 잠시, 서둘러 쟁반을 들고
부동자세를 취했다. 후이와 투이가 코가 뾰족한 샌들을 신
고 정원을 가로지르고 있었던 것이다. 각기 노인 한 명씩을
부축한 두 명의 어린 하녀들은 젓가락 같은 팔뚝에 입을 헤
벌리고 있어서 멍청해 보였다. 노부부 오누이는 그런 어린
소녀들의 시중만 고집했다. 노부부가 막 층계를 올라와 정
자 안으로 들어섰다. 후이가 오라버니이고 투이가 누이였
다.

"먼저 주인님들 앞으로 안내하거라! 허리를 숙여 절부터
올려야겠다." 늙은 후이가 째지는 목소리로 말했다.

"맞아요, 맞아. 제일 먼저 은으로 만든 신상 앞으로 안내하거라! 평화로운 정자 안에 편안하게 앉도록 허락해 주십사 기원해야 하니까." 늙은 투이가 맞장구를 쳤다. 동그랗고 큰 얼굴에 피부 색깔은 옅었다.

소녀들의 부축을 받고 수호신상 앞에 선 그들은 누렇게 뜬 손을 올리고 허리를 숙였다. 실은 따로 숙일 필요도 없었다. 나이 탓에 두 사람 모두 꼽추처럼 등이 굽었던 것이다. 게다가 오라버니 후이는 앞뒤로, 그리고 가끔씩은 좌우까지 합세해 심하게 머리를 흔들었다. 투이는 그래도 아직까지는 목이 튼튼했다. 대신 눈이 묘하게 접혀서 보일락말락하고 거의 감은 듯하여 색깔도 시선도 알아볼 수 없었다. 그리고 커다란 얼굴을 붙들고 있는 것은 다름 아닌 움직일 줄 모르는 미소였다.

소녀들은 젓가락처럼 가는 팔로 예배를 마친 노부부를 정자의 앞쪽에 마련된 의자로 안내했다. 노인들은 의자에 앉으면서 한숨을 내쉬었다. 그러자 소녀들은 노인들의 발을 끌어 황금리본을 두른 발 베개 위에 올려놓았다.

"아, 됐어, 됐어. 아, 됐어!" 후이가 중얼거렸다. 째지는 음성이었다. 원래 목소리가 그래서 다른 음성은 기대할 수 없었다.

"이제 물러가거라. 너희 할 일은 다했으니 이제 가보거라. 다리도 편하게 서 있고 몸도 편히 쉬고 있으니 모든 게 편안하다. 이제 됐다, 됐어. 잘 앉아 있다. 투이, 당신도 잘 앉았소? 내 누이, 침대동무여? 그렇다면 됐소. 자, 이제 너희들은 가보도록 해라. 단둘이 있고 싶으니. 날이 저물기 전, 이 늦은 오후를 오붓하게 보낼 생각이다. 저기 갈대밭과 오리 연못, 나무가 우거진 길, 성벽에 있는 성문의 탑까지 바라보면서 한가롭게 이 아름다운 시간을 보내련다. 그리고 방해하거나 보는 사람 하나 없는 곳에 앉아서 노인들의 은밀한 대화를 나눌 것이다. 엿 듣는 사람도 없으니까!"

그들 앞에 대각선 방향으로 그릇을 들고 꿇어앉은 요셉이 있었다. 그러나 그는 벙어리 시종에 불과했다. 그들에게 자신은 한낱 물건에 지나지 않는다는 사실을 알고 요셉은 흡사 유리알 같은 눈으로 노인들의 머리를 비껴 다른 곳을 응시하고 있었다.

"그렇게 하거라, 애들아. 부드러운 명령에 따르도록 해라!" 투이가 말했다. 남편의 쉰 목소리와는 달리 성량이 풍부한 부드러운 음성이었다.

"너무 멀리는 말고 어지간히 먼 곳에 가 있거라. 너희를 부르는 손뼉 소리는 들어야 하니까. 만약 우리 중 누군가가 힘이 없어지거나, 혹은 갑작스러운 죽음이 닥치면 손뼉을 쳐서 너희를 부르겠다. 그러면 우리 곁에 지키고 섰다가 경우에 따라 우리 입에서 영혼의 새가 날개를 퍼덕이며 날아가는 걸 도와주도록 하거라."

어린 소녀들은 엎드려 절한 후 물러났다. 후이와 투이는 나란히 앉아 있었다. 안쪽 팔걸이에 반지를 낀 두 노인의 손이 포개져 있었다. 둘 다 새하얀 백발은 아니고 희끗희끗한 은빛이었다. 머리카락이 드문드문 나 있는 정수리에서 시작한 머리 다발이 귀를 지나 어깨에도 채 닿지 못했다. 누이 투이의 경우 머리 다발을 밑 부분에서 두어 개씩 묶어

술 장식처럼 만들려고 한 것 같은데 머리카락이 너무 가늘어 엉성해 보였다. 후이는 이 대신 턱 밑에 수염이 있었는데 역시 탁한 은빛이었다. 노인의 황금 귀걸이가 머리카락 사이로 고개를 내밀었다. 한편 투이는 이마에 꽃잎 모양의 흑백 에나멜 띠를 둘렀다. 이마에 쓰는 관이었다. 정성 들여 만든 이 보석 장식은 그보다는 덜 노쇠한 머리에 씌워지고 싶었으리라. 새파란 청춘의 머리에 올려졌더라면 한층 돋보였을 아름다운 물건인데, 거의 해골에 가까운 그런 머리에 올려졌으니, 은근히 시샘도 나고 아깝다는 생각이 들어서 하는 말이다.

그밖에도 포티파르 어머니의 의복은 무척 고상했다. 새하얀 옷의 윗 부분은 순례자의 옷깃처럼 파였고 허리에는 오색수를 놓은 고급스러운 허리띠를 둘렀다. 그 허리띠 끝은 칠현금처럼 휘어서 거의 발끝까지 닿았다. 그리고 머리에 쓴 보석화관과 마찬가지로 흑백이 어우러진 유리구슬을 여러 줄 연결한 넓은 목걸이가 늙어버린 가슴을 가리고 있었다. 그녀는 왼손에 들고 있던 수련꽃다발을 지금 막 오라버니의 얼굴 쪽으로 가져가는 중이었다.

"여보! 이 거룩한 꽃향기를 맡아보세요! 늪에서 자라난 아름다운 꽃의 향기예요! 위층에서 이 평화의 장소까지 오시느라 힘들었으니 아니스 향기로 원기를 회복하세요!"

"고맙소, 나의 쌍둥이 신부!" 쉰 목소리의 주인공 늙은 후이는 하얀 색의 고급 면으로 된 망토처럼 커다란 천을 두르고 있었다.

"됐소. 충분하오. 향기를 맡고 원기를 회복했소. 당신도 늘 건강하길 바라오!" 그는 뻣뻣한 몸으로 귀족 노인답게 예를 갖췄다.

"당신도요!" 그녀의 답례 인사가 떨어진 후 두 사람은 한동안 아무 말 없이 아름다운 정원만 바라보았다. 확 트인 시야에 오리가 노니는 연못이 보이고 꽃밭과 성문의 탑이 한눈에 들어왔다. 눈의 깜박임을 보아 그녀보다는 후이가 더 노인 같았다. 눈빛이 가물가물하고 힘들어 보였다. 그리고 이빨도 없는 턱을 꼼지락거리면서 뭔가 씹는 듯하여 턱 밑의 수염이 아래위로 일정하게 움직였다.

투이에게서는 이런 중얼거림을 볼 수 없었다. 옆으로 조금 기운 커다란 얼굴은 평온해 보였다. 그리고 장님을 연상시키는 실눈은 요지부동의 미소를 따라서 함께 웃는 듯했다. 남편에게 현 상황을 의식하게 만들어 정신에 활력을 불어넣어 주는 게 그녀의 습관인 듯했다. 그녀의 다음 말이 그 증거였다.

"아, 귀여운 개구리 양반. 은으로 만든 수호신의 허락을 받고 우리는 지금 편안하게 앉아 있군요. 부드러운 어린 것들이 우리를 공손하게 아름다운 의자의 방석 위에 앉혀 주고 살며시 자리를 비켜 줘서, 여기엔 어머니 몸 속에 들어 있는 한 쌍의 신처럼 저희 둘뿐이에요. 다만 우리가 있는 이 동굴은 어둡지 않고 아주 특별하죠. 멋진 그림들도 있고 편안하게 즐길 수 있는 곳이니까요. 보세요. 우리 발도 부드러운 받침대 위에 놓여 있군요. 오랫동안 땅 위를 순례한 보상이죠. 항상 네 개의 발이 같이 다녔죠. 그런데 여기서 눈을 올리면 동굴 입구 위로 아름다운 둥근 태양이 뱀으로 무장한 채 오색 날개를 펼치고 있군요. 호루스, 연꽃의 주인님, 어두운 포옹이 낳은 아들 말이에요. 그리고 왼쪽에는 석공 메르-엠-오페트가 만든 석고 등잔이 서 있군요. 그리고 오른쪽 구석에는 벙어리 시종이 무릎을 꿇고 있네요. 손에는 우리를 위해 준비한 간식을 들고 있군요. 우리가 원하면 얼른 바치려고 말이에요. 어때요, 백로 양반, 지금 드시고 싶은 생각이 있어요?"

그러자 오라버니는 듣기만 해도 끔찍한 찢어지는 목소리로 대답했다.

"먹고 싶기는 하오, 귀여운 생쥐. 하지만 그걸 먹고 싶어하는 건 내 정신이고 입일 뿐, 위가 아니라서 유감이구려. 때도 아닌데 먹었다가는 위가 심통을 부려 식은땀과 죽음의 공포를 몰고 올 게 뻔하오. 그러니 이렇게 앉아 있다가 피곤해져서 진짜 원기회복이 필요할 때까지 차라리 기다리는 게 좋겠소."

"그러세요, 나의 노란 꽃."

그녀의 대답이었다. 남편 음성과 대조를 이뤄 더없이 부드럽고 풍성하게 들렸다.

"그렇게 절제하는 게 장수에 도움이 되죠. 어차피 벙어리 시종은 간식을 들고 도망치지도 않을 테니 염려할 필요도 없죠. 보세요. 저 아이는 젊고 귀엽군요. 우리 거룩한 노인네들을 위해 다른 모든 것들처럼 귀여운 아이로 골랐나 보군요. 마치 포도주 항아리처럼 꽃으로 치장을 했군요. 나무에서 직접 딴 꽃이네요. 갈대 꽃잎과 화단의 꽃이에요. 아이의 상냥스러운 눈은 당신 귀를 비껴나고 있군요. 그 눈이 바라보는 곳은 우리가 앉아 있는 곳이 아니라 작은 뒷방이에요. 바로 미래죠. 제 말장난을 알아들으셨어요?"

"물론이오." 늙은 투이가 힘들게 꽥꽥거렸다.

"당신 말은 집안의 죽은 사람들을 한동안 보관하는 아담한 방을 의미하는 것 아니오. 사람이 죽으면 의사와 이발사들은 내장을 꺼낸 자리를 향기로운 감송과 붕대로 채우지. 그러고 나서는 그림을 새긴 관에 넣어 뒤쪽의 은빛 수호신상 앞에 있는 받침대 위에 올려놓았다가 나중에 배에 싣고 강을 거슬러 올라가 아보두로 간다오. 아보두 자신이 묻혀 있는 그곳에 이르면, 하피도 그렇고 메르버와 파라오도 그러하듯이 아름다운 방식으로 매장되는 거라오. 마침내 죽은 자들은 훌륭하고 영원한 집, 기둥이 세워진 그 방 안에서 사방의 오색찬란한 빛을 받으며 영생을 누리게 된다오."

"맞아요, 누트리아(포유동물 이름—옮긴이). 제가 당신 말씀을 금방 알아듣듯이, 서방님께서도 제 말장난과 목표물을 정확히 알아맞히셨어요. 또 비유를 섞어 말씀하시는 습관도 여전하시군요. 오랫동안 인생의 온갖 유희를 함께 해 온 오누이며 부부이니 척하면 삼천리지요. 우리는 처음에는 어린 시절의 놀이를, 나중에는 어른놀이를 함께 했죠. 당신의 늙고 들쥐가 이렇게 말하는 것은 뻔뻔해서가 아니라, 우리 사이가 워낙 가깝고 또 정자에 저희 말고는 아무도 없기 때문이에요."

"그럼, 그럼." 늙은 후이는 다 이해한다는 듯이 대답했다.

"처음부터 끝까지 우리는 함께 한 인생이었소. 귀족으로 태어나 옥좌와 가까웠기 때문에 우리는 대단한 사람으로 이 세상에 살았소. 그러나 따지고 보면 우리는, 지금 이 정자에서처럼 늘 작은 집에 함께 있었소. 그러니까 오누이라는 작은 집에 단둘이 있은 셈이오. 처음에는 어머니의 동굴, 그 다음 어린 시절에는 집안, 그리고 나중에는 부부의 어두운 침실 안에 둘만 있었던 거라오. 이제 둘 다 노인이 되어서는 나이에 맞게 아담한 이 방에 함께 앉아 있소. 이 방은 낮에 잠시 머무는 곳이니 가볍게 만든 방이라오. 그러나 거룩한 한 쌍의 부부에게 영원한 안위를 보장해 주는 곳은 대들보를 세워둔 서쪽의 동굴이라오. 무구한 세월 동안 암흑에 휩싸인 벽으로 우리를 감싸 줄 그곳은 영원한 생명의 꿈들이 미소 지을 것이오."

"맞아요, 훌륭한 왜가리!" 투이가 말했다.

"하지만 이 시간에 작은 사당 앞쪽에 있는 의자에 앉아 우리가 이런 이야기를 한다는 게 묘하지 않나요? 하기야 얼마 안 있으면 우리도 이 방의 뒤쪽에 있는 사자받침대 위에 편히 쉬게 되겠죠. 우리들의 껍질을 쓴 채로 말이에요. 발을 위로 뻗고 밖에서 보면 턱에 신의 수염이 달려 있겠죠. 그러면 우리는 우시르 후이와 우시르 투이가 될 테고, 그런 우리를 뾰족한 귀를 가진 아눕이 굽어보겠죠."

"아마 아주 묘한 일일 거요. 우리가 이런 이야기를 한다는 건." 후이가 꽥꽥거렸다.

"다만 나로서는 어떻게 이야기해야 될지 모르겠소. 생각을 집중하는 게 어렵다오. 머리가 피곤해서 말이오. 하지만 당신은 여전히 힘이 넘쳐서 생각도 잘 하고 목도 **빳빳**하구려. 그러니 은근히 걱정이 되오. 당신이 이렇게 생생하니 혹시 나하고 같이 세상을 하직하지 않고 당신은 의자에 남고 나만 혼자 눕게 되어 좁다란 오솔길로 홀로 가게 되면 어쩌나 염려스럽구려."

"그건 안심하세요, 저의 올빼미!" 그녀가 대답했다.

"서방님의 들쥐가 서방님을 혼자 가시게 할 리가 있나요. 서방님께서 먼저 숨을 놓으시면 잿물을 마시겠어요. 그러면 제 생명도 굳어서 둘이 함께 있게 될 거예요. 전 죽은 다음에도 당신 곁에 꼭 있어야 하니까요. 그래야 당신이 우리 인생을 합리화할 수 있는 이유와 생각들을 잘 열거하도록 도와드릴 수 있을 것 아녜요. 심판이 열릴 때 말이에요."

"정말 심판이 열리겠소?" 후이가 불안하게 물었다.

"거기에 대비해야죠. 그게 가르침이니까요. 하지만 이 가르침이 온전한 효력을 갖는지는 확실하지 않아요. 버려진 집이나 다를 바 없는 가르침들도 있거든요. 세월이 지나는 동안 똑바로 버티고 서 있어도, 사람이 살지 않는 집 같은 가르침이 있는 법이니까요. 아문의 제사장 베크네혼스와 이야기를 나눈 적이 있는데, 정의의 여신이 계신 홀 이야기를 물어보았죠. 마음의 저울과 저기 서쪽, 저승의 염라대왕의 심문이며 양쪽에 앉아 있을 마흔두 개의 흉흉한 것들과 대체 어떤 일이 벌어지는지 알고 싶다고 했어요. 그런데 베크네혼스는 분명한 대답을 않더군요. 가르침은 똑바로 서 있다. 라고만 대답하는 것이었어요. 모든 건 이집트에서 영원히 똑바로 서 있다. 옛것이나 그 옆에 세운 새것도 똑바로 서 있어서 온 나라가 신상과 건축과 가르침과 그리고 죽은 자와 산 자로 가득하니, 사람들은 그 사이로 규율을 지키고 다녀야 한다고 했어요. 죽은 것이 더 거룩한 이유는 죽었기 때문이라고 하더군요. 그렇게 죽어서 진실의 미라가 되었으니 백성에게 영원히 보존되어야 한대요. 설령 새 것의 정신이 죽은 것을 떠났다 하더라도, 백성들이 죽은 것을 영원히 보존해야 한다고 베크네혼스 현자가 그러더군요. 하지만 그는 아문을 섬기는 힘센 시종답게 자신이 모시는 신에게는 열심이지만 아래에 있는 왕에 대해서는 별 관심이 없어요. 그래서 왕홀과 부채를 들고 있는 이 위대한 신의 이야기와 가르침에는 별 관심이 없죠. 이 위대한 신이 이러한 것들을 버림받은 건축물이며 왜곡된 진실이라 부른다 해서 우리가 그곳에 갈 필요가 없다고 확언할 수는 없어요. 백성들이 믿는 것처럼 우리도 거기 가야 할지도 몰라요. 그곳에 가서 우리들의 죄 없음을 설명해야 한다면, 우리의 심장을 저울에 달아본 후에 마흔두 개의 죄 앞에서 혐의가 없다고 토트가 기록해 줘야 아들의 손에 이끌려 아버지께 인도될 수 있어요. 이렇게 그곳에 불려갈 경우에 대비해야 해요. 그러니 당신 곁에는 언제나 제가 있어야 해요. 살아서 그랬듯이 죽어서도 마찬가지예요. 저승의 염라 대왕과 흉흉한 이름을 가진 것들 앞에서 우리가 한 행동을 설명해야 하니까요. 만에 하나 당신이 결정적인 순간에 변명할 수 있는 이유가 생각나지 않으면, 제가 대신 해야 하니까요. 제 박쥐 서방님은 요사이 들어 이따금 머리가 어둑어둑하잖아요."

"그런 말 마오!" 후이가 유난히 더 째지는 음성으로 소리를 질렀다.

"내가 어둑어둑하고 피곤하다면 그건 너무 오랫동안 이유를 어떻게 설명할까 하고 힘겹게 사색한 탓이오. 하지만 어둑어둑한 자라도 자신이 어째서 그렇게 되었는지는 설명할 수 있소. 우리가 거룩한 어두움 가운데 있을 때, 제물을 올려 화해를 청하자는 발상에 먼저 불을 붙인 건 바로 나였소. 안 그렇소? 바로 내가 그 장본인이었다는 점은 당신도 부인하지 못할 거요. 그건 내가 남자이고 우리 오누이 중에서 생산하는 자가 나이기 때문이오. 우리가 한 쌍을 이룬 거룩한 동굴 방에서는, 당신의 남편이 될 오라버니로서 머리가 어둑어둑한 남자였소. 하지만 옛날에 뿌리를 둔 거룩한 집(좁게는 혼인한 쌍둥이의 침실을 뜻함—옮긴이)에서 새로 등장한 거룩한 것(좁게는 파라오를 뜻함—옮긴이)과 화해할 생각으로 거기에 제물을 잘라 바칠 생각을 먼저 한 것은 바로 나였소."

"제가 언제 부인했던가요? 아니에요. 당신의 늙은 아내는 전혀 부인하지 않아요. 그 생각을 먼저 한 건 분명 당신이었어요. 거룩한 것과 영화로운 것, 다시 말해서 세상에 새로 나온 것을 구분하기 시작한 사람도 바로 머리가 어둑어둑한 남자, 당신이었죠. 당신은 세상에 새롭게 등장한 것이 유행을 타고 있으니, 예방 차원에서 그것에 제물을 바쳐 화해하는 게 좋겠다고 생각한 거죠. 당신의 생쥐는 미처 그런 생각을 하지 못했어요." 여전히 장님처럼 감긴 눈으로 그녀는 큰 얼굴을 이리저리 움직이면서 덧붙였다.

"거룩한 옛것에 만족하고 있었기 때문에 새로운 유행을 이해할 능력이 없었던 거죠."

"그건 아니지." 후이의 째지는 목소리가 끼어들었다.

"내가 그 이야기를 꺼냈을 때 당신은 잘 이해했었소. 당신은 원래 창의성은 없지만 이해력은 뛰어났으니까, 오라버니의 창의적인 뜻과 유행과 영겁 사이에서 고민하고 걱정하느라 생긴 압박감을 제대로 파악했었소. 그러지 않았더라면 어떻게 제물 봉헌과 절단에 동의했겠소? 그러나 '동의했다'는 표현은 충분치 않소. 왜냐하면 내가 당신한테 해준 것이라고는 영겁과 유행을 저울질하며 걱정스러워하는 것을 가르쳐 준 것뿐이고, 거룩한 우리 부부 사이에 태어나는 어두운 아들을 영화롭고 새로운 것에 바쳐, 옛것으로부터 아이를 빼내려는 착상은 오히려 당신이 나보다 먼저 생각해 낸 듯한 느낌이 들기 때문이오."

"아니에요, 너그럽기도 하셔라!" 노파는 그렇게 말하며 얌전을 떨었다.

"약삭빠른 뜸부기 같군요. 그 이야기를 꺼낸 것도 저러니 결국 저승에 있는 왕과 흉흉한 관리들 앞으로 절 대신 떠밀어 넣으려는 건가요! 교활한 사람 같으니! 나는 그저 당신 이야기를 이해하고 당신이 내게 불어넣어 준 것을 받아들였을 뿐이에요. 우리 아들 호루스, 어둠의 아들 페테프레 궁신을 빛의 아들로 만들어 영화로운 것에 바친 건 당신 뜻이었어요. 저는 당신이 제게 주입한 것을 받아들여 그저 가슴에 품고 부화시켜 에세트-어머니로서 그 아이를 세상에 태어나게 했을 뿐이에요. 그런데 이제 합리화 문제가 생기고 심판관 앞에 설 경우 어쩌면 우리가 서투른 실수를 범했다는 사실이 드러날지도 모른다 싶으니까, 이제 와서 당신은 빈둥거리기만 했다면서 발뺌을 하고 저 혼자 알아서 생산하고 출산했다고 하려는 건가요!"

"아, 말도 안 되는 소리!" 그는 화가 나서 소리를 빽 질렀다.

"우리가 이 작은 집에 단둘이 있는 걸 다행인 줄이나 알구려. 이해가 더딘 나머지 엉뚱한 소리를 조잘대는 당신 이야기를 누가 들을까 겁나오. 어두움 속에서 그 발상을 한 남자는 바로 나라고 하지 않았소. 그런데도 당신은 내가 생산과 출산이 서로 얽혀서 하나일 수도 있다고 말한 것처럼 이야기하는구려. 그런 건 수렁이나, 시커먼 강바닥의 진창에서나 있을 수 있는 일이오. 그런 곳에서나 부글거리는 어머니가 혼자서 포옹하고 어두움 속에서 수태를 할까, 높은 세상에서는 예의를 지키며 남자가 여자를 방문하는 것이오."

그는 바튼 기침을 토했다. 뭘 씹고 있는 것처럼 턱이 꼼지락거리고 머리는 심하게 흔들렸다.

"귀여운 불평꾼, 지금 벙어리 시종을 시켜 간식을 가지고 오게 하는 게 어떻겠소? 당신의 개구리는 우리들의 행동을 합리화할 근거를 떠올리느라 힘을 다 쓴 것 같구려."

지금까지 단 한순간도 자세를 흐트리지 않고 그들의 시선을 피해 다른 곳만 응시하고 있던 요셉은 당장이라도 무릎으로 기어갈 채비를 갖췄다. 그러나 그럴 기회는 사라졌다. 이어 후이의 말이 떨어졌던 것이다.

"하지만 간식 생각을 하게 된 것은 이렇게 생각에 힘을 쏟느라 흥분한 탓이지 진짜 피곤해서가 아닌 것 같소. 흥분한 위가 간식을 밀어넣을 게 분명하오. 이 세상에서 유행과 영겁에 대한 근심보다 흥분되는 건 없소. 이것이야말로 가장 중요한 것이오. 그보다 더 앞서는 것이 있다면 기껏해야 인간이 먹어야 한다는 것밖에 없을 것이오. 배불리 먹는 게 제일 먼저요. 그건 사실이오. 그러나 배가 불러 그 근심을 해결하고 나면, 그 다음에는 거룩한 것에 대한 근심이 생겨서 그게 아직도 거룩한지, 혹시 이미 증오의 대상이 된 것은 아닌지 깊이 사색하게 되는 거요. 왜냐하면 새로운 것이 등장하여 한동안 유행하다가 마침내 영겁으로 자리잡을 운명이라면, 이 새로운 유행을 따르고 어떤 제물로든 그것과 화해하기 위해 서둘러야 하기 때문이오. 손해를 보지 않으려면 말이오. 그런데 우리는 부유하고 고상한 자들이 아니오! 그러니 당연히 제일 세련된 먹을거리를 가진 오누이 부부에게 이 문제보다 더 중요하고 더 흥분되는 일이 어디 있겠소. 당신의 늙은 두꺼비가 오래 전부터 머리를 흔들게 된 것도 바로 이러한 흥분 때문이오. 제대로 화해를 하려다가 그만 서투른 실수를 저지를 수도 있는 그런 흥분이란 말이오."

"고정하세요, 나의 펭귄." 투이가 말했다.

"지나친 흥분은 금물이에요. 그건 생명을 단축해요! 그 가르침이 효력이 있어서 정말 심판이 열린다면, 제가 우리 두 사람을 대표해서 발언하겠어요. 신들과 흉흉한 이름으로 불리는 것들에게 제물을 바친 우리 행동을 설명하여 그들을 이해시키면 마흔두 가지 비행에서 우리는 깨끗하다고 토트가 명부에 기록해 줄 거예요."

"맞소. 그게 좋겠소." 후이의 대꾸였다.

"당신이 이야기하는 게 좋겠소. 나보다 당신이 더 현실적이고 지나치게 흥분하지도 않으니까 말이오. 당신은 그저 나로부터 받아들이고 이해를 했을 뿐이니까 말하기가 더 수월할 거요. 하지만 나는 생산자(Erzeuger)이기 때문에 지나치게 흥분하여 당황한 나머지 심판관들 앞에서 말이 막힐 가능성이 크오. 그렇게 되면 우리는 끝장이니까, 당신이 우리 두 사람을 위한 혀가 되는 게 좋겠소. 혀는 당신도 알다시피 미끈미끈하고 어두운 동굴 속에서 두 개의 본성을 가지고 있어서 양성을 모두 다 대변한다오. 혼자서 포옹하는 수렁과 부글거리는 진창처럼 말이오. 높은 질서가 지배하는 곳이라면 남자가 여자를 방문하지만, 이곳에서는 그때까지 참지 못하고 혼자서 다 해결하는 거라오."

"하지만 당신은 예의 바르게 남자로서 여자인 절 방문하곤 하셨죠."

그녀는 수줍은 표정을 지으며 큰 얼굴을 이리저리 흔들었다.

"오랫동안 그리고 자주 그러셔야 했죠. 그러다가 마침내 축복이 내려와 누이인 제가 당신에게 아내로서 자식을 낳아드릴 수 있었죠. 왜냐하면 우리 부모님은 우리를 너무 일찍 결합시켜 주었기 때문에 그날이 오기까지는 오랜 세월을 기다려야 했으니까요. 우리 오누이 관계가 생식력을 갖게 되어 우리가 자식을 생산하기까지는 근 20년을 기다려야 했어요. 그때 전 당신께 페테프레를 낳아드렸죠. 궁신인 우리 아들 호루스, 아름다운 연꽃, 파라오의 친구말이에요.

그래서 거룩한 우리 노인들은 지금 아들의 집 위층에서 만년을 보내고 있잖아요."

"그렇지, 그렇고 말고." 후이가 맞장구쳤다.

"당신이 말한 그대로요. 예의범절도 지켰고, 아니 거룩하기까지 했소. 그런데 거기에는 꺼림칙한 문제가 한 가지 있었소. 그것 때문에 아무 말 없이 추측해 보고 남몰래 근심했던 것이오. 그 근심은 한편으로는 영겁을 고려하면서 다른 한편으로는 현재 유행을 따르려는 것이었소. 아무리 우리가 남자와 여자로서 예의를 깍듯하게 지키면서 생산을 했다고 하나, 그것은 오누이의 어두운 방에서 행한 것이 아니오? 그러니 이것도 따지고 보면 혼자서 포옹하는 심연의 그것과 다를 바 없지 않겠소? 부글거리는 어머니 질료(Mutterstoff)의 생산작업(Zeugewerk)으로 빛과 새로 유행하고 있는 권세의 저주를 받는 것이 아닌가 이 말이오?"

"그래요. 당신은 배우자로서 제게 그런 생각을 불어넣었죠. 그래서 전 그 말을 가슴으로 받아들였지만, 마음 한구석으로는 당신을 약간 원망한 것도 사실이에요. 당신이 우리 두 사람의 부부행위를 부글거리는 끓어오름이라고 불렀으니까요. 실은 경건하고 존경받을 만한 행위였는데 말이에요. 아니 그건 거룩한 행위라고 할 수도 있어요. 그건 신들과 인간을 흡족하게 해주는 가장 고상한 풍습이었으니까요. 생각을 해보세요. 신들을 따라하는 것보다 더 경건한 것이 어디 있나요? 신들도 항상 같은 핏줄끼리 생산하고 어머니와 누이와 부부관계를 맺지 않던가요? '나는 어머니를 임신시킨 아문이다'라고 씌어 있는 것도 그래서잖아요.

매일 아침 거룩한 누트가 햇살을 내리쪼이는 자를 낳지만, 정오가 되면 남자가 된 아들이 어머니와 함께 스스로 자신을 생산하여 다시 새로운 신이 태어난다고 말이에요. 또 에세트는 우시르의 누이인 동시에 어머니요 아내가 아니었던가요? 저희는, 신분이 높은 저희 오누이는 이미 오래 전부터, 태어나기도 전에 어머니의 자궁 안에서 부부처럼 꼭 껴안고 있었어요. 그곳은 혀의 집처럼, 깊은 수렁처럼 어둡고 미끈미끈 했었죠. 그러나 어두움은 거룩한 것이죠. 그래서 이 전형을 따른 부부는 인간 사이에서 높은 덕망을 얻는 거예요."

"말 한번 잘하는구려. 그리고 당신 말은 옳소." 그는 힘들게 째지는 목소리로 말했다.

"그러나 어두움 속에서 서로 포옹한 가짜 오누이도 있었소. 우시르와 넵토트가 그 경우요. 그건 곤란한 실수였소. 그래서 빛은 복수를 했던 것이오. 이 영화로운 것은 어머니의 어두움을 증오하기 때문이오."

"그래요. 당신은 그때도 남자와 주인님으로서 지금처럼 말씀하셨어요. 그리고 당신은 당연히 영화로운 것의 편이었죠. 하지만 저는 어머니요 여자로서 거룩하고 전통적인 것에 마음이 더 기울었죠. 우리 두 늙은이는 고상한 인물들로 왕과 가까운 관계에 있죠. 그러나 왕비 또한 대부분 파라오의 오누이가 아니던가요? 신의 모범을 따르느라 그렇게 한 것 아닌가요. 그리고 누이로서 신께 배우자로 점지된 게 아닌가요? 멘-헤페르-레-투트모세라는 축복의 이름을 가진 신이, 신의 어머니로서 거룩한 누이 하체프수트 외에

321

누구를 포옹할 수 있었겠어요? 그녀는 그에게 아내가 될 여자로 태어났어요. 그리고 같은 핏줄로 거룩한 신의 살이었죠. 남자와 아내인 여자는 같은 살, 같은 혈육이어야 해요. 그리고 처음부터 같은 혈육이었으면 그들의 부부생활은 예의 그 자체이지 끓어오르는 것이 아니에요. 저도 마찬가지예요. 전 태어날 때도 당신과 함께 결속된 상태였고, 또 결속되기 위해 태어났어요. 그래서 우리들의 고상한 부모님께서는 우리가 태어나자마자 우리를 묶어주시기로 결정했죠. 동굴 안에서 이미 거룩한 한 쌍이 서로 포옹했으리라 가정했던 거죠."

"그건 전혀 모르겠소. 기억이 안 나니까." 노인이 째지는 목소리로 응수했다.

"동굴에서 싸웠을 수도 있겠지. 발길질을 했을 수도 있고. 여하튼 그건 나도 모르겠소. 누구든 이 단계를 기억하지는 못 하는 법이니까. 그리고 당신도 알다시피 동굴 밖에 나와서도 우리는 이따금 다퉜소. 물론 서로 발길질을 한 적은 없소. 우리는 귀족으로 자라나 신망 받으며 가장 고상한 풍습과 하나가 되어 사람들을 흡족하게 해주며 행복하게 살아왔소. 그리고 나의 들쥐 당신은 완벽하게 만족했소. 만족스러운 표정을 짓고 있는 거룩한 암소처럼 말이오. 특히 내게 페테프레, 우리들의 호루스, 아들을 출산해 준 이후로 더 그랬소. 내 누이, 아내, 그리고 어머니여."

"그랬죠." 그녀가 우수에 젖어 고개를 끄덕였다.

"전 거룩한 만족감에 젖어 있었어요. 당신의 들쥐, 경건한 암소는 우리들의 행복한 집에서 늘 만족했어요."

"하지만 나는 내가 남자로서 충분히 강건했던 시절에는, 정신적인 면에서도 충분히 강했소. 그래서 나는 남성이다 보니 세상에서 영화로운 것에 가까워졌고, 거룩하고 오래된 것으로 만족하고 싶지 않았소. 먹을 것이 충분했으니까 생각할 여유가 있었던 것이오. 그렇소. 이제 기억이 나오. 어둑어둑했던 것이 밝아지는 것 같소. 지금 이 순간은 죽음의 심판에 관해 이야기를 할 수 있을 듯 싶소. 우리는 사람들이 흡족해 하도록 신들과 왕들을 본받아 경건한 풍습에 맞춰서 살아왔소. 그러나 내게는, 이 남자에게는 목에 걸린 가시가 하나 있었소. 빛이 복수를 하면 어쩌나 하는 근심이 그것이었소. 왜냐하면 빛은 영화롭고, 즉 남자다웠으므로, 혼자 끓어오르는 어두운 어머니를 증오했기 때문이오. 그런데 우리들의 생산은 여전히 그 끓어오름과 가까웠고 탯줄이 거기 매달려 있었소. 송아지를 어머니 암소로부터 떼어내어 빛의 황소로 만들려면 바로 그 탯줄을 끊어야 했소! 어떤 가르침이 효력을 갖는지, 그리고 우리들이 마지막 숨을 내쉬고 나면 정말로 심판이 있을지, 그런 건 중요한 문제가 아니오. 가장 중요한 것은 영겁에 관한 질문이고, 우리가 살면서 기준으로 삼는 생각들이 여전히 효력을 가지고 유행하고 있는가 하는 점이오. 배불리 먹는 것 말고는 이보다 중요한 것이 없소. 그런데 우리 아들이 세상에 태어났을 때, 남자로 클 그 꼬마가 자신을 묶고 있는 암소의 탯줄을 끊으려는 것 같은 예감이 들었소. 그래서 어머니의 암흑을 누르고 현재 이 세상의 왕좌에 앉아 있는 빛의 곁으로 가려는 것 같았던 거요."

"그래요. 당신은 그렇게 제게 가르쳤어요." 투이가 말했다.

"거룩한 동굴에서 만족하고 있던 저는 그래서 당신의 가르침을 받아들여 알을 품듯이 가슴에 품고 있었어요. 남편을 사랑하는 아내는 그의 생각도 사랑하게 되어 그 생각까지 품게 되니까요. 그것이 자신의 생각이 아니더라도 말이에요. 그렇게 해서 거룩한 자의 소유물이었던 아내는 마침내 남편인 주인님을 위해 영화로운 것을 사랑하게 되었고, 저희는 제물을 바쳐 이 영화로운 것과 화해할 생각을 갖게 된 거죠."

그러자 노인이 그녀의 말을 거들었다.

"그렇소. 오늘은 나도 저승의 염라대왕 앞에서 분명하게 설명할 수 있을 것 같소. 그 때문에 우리는 우시르와 에세트 오누이로서 어두운 바닥에서 생산한 우리들의 호루스, 우리 아들을 어두운 영역으로부터 끄집어내어 보다 순결한 자에게 바치려고 한 거요. 물론 새로운 시대에 잘라서 바치기로 의견을 모았지만, 당사자인 아들의 의견은 물어보지 않았소. 이렇게 아이의 의견은 무시하고 우리 마음대로 한 것이 어쩌면 실수였는지도 모르오. 하지만 설령 실수라 해도 그건 선의에서 비롯된 실수였소."

"만약 그게 실수였다면 우리 두 사람의 책임이죠. 그 일을 어두움의 아들에게 행한 것은 바로 우리들이고, 그 생각을 해낸 것도 우리 둘이었으니까요. 그런데 당신은 당신대로 생각이 따로 있었고, 저는 저대로 딴 생각을 했어요. 어머니인 저는 거기에 있는 빛과 그의 위로는 별로 생각하지 않았어요. 그보다는 이 땅에서 크게 되어 명예를 얻을 우리 아들 생각을 더 많이 했죠. 전 이런 준비과정을 거쳐 저희 아들을 궁신, 왕의 시종으로 만들 생각이었어요. 그래서 아들을 그런 상태로 만들어 왕의 신하 중에서 가장 높은 직함을 얻는 신하가 되게 하려 했죠. 그러면 자신에게 충성을 다하기 위해 바쳐진 우리 아들을 기리는 뜻으로 파라오가 황금과 은혜를 쏟아 부을 것 아니겠어요. 솔직히 말하면 그것이 바로 제 생각이었어요. 그 생각이 있었기에 속죄라는 것과 화해할 수 있었어요. 속죄는 제게 너무 무거웠으니까요."

"그건 괜찮소. 당신이 당신 방식으로 내 영감을 가슴에 품고 거기에 당신의 것을 첨가한 것은 잘못이 아니오. 그래서 우리들은 아직 자신의 생각을 가지고 있지 않던 어린 아들에게 그를 사랑하는 마음으로 그런 행동을 하게 된 것이오. 그리고 당신이 여자로서 봉양물로 바쳐진 소년에게 흘러 들어갈 혜택과 장점을 생각했다고 했는데, 그건 나부터도 그 일을 준비하는 동안 기꺼이 받아들인 생각이오. 그렇지만 내 생각은 남자 생각이었고 빛을 바라본 것이었소."

"아, 늙은 오라버니, 아들에게 흘러 들어간 장점과 혜택은 우리가 지하 홀에 이르러 우리들의 마음을 저울 위에 올려놓게 될 때 지적해야 되는 것은 물론이거니와, 우리 아들 앞에서도 분명하게 그 점을 상기시켜 줘야 해요. 아들이 겉으로는 자신을 생산해 준 고상한 부모인 우리들을 공손하게 받들고 귀하게 대접해 주지만, 어떤 때 보면 속으로는 우리한테 불만이 있는 것 같은 표정이에요. 자기 의견은 물

325

어보지도 않고 전혀 방어도 할 수 없을 때, 내관(內官)으로 만들었다고 말이에요."

"그렇다면 그건" 째진 목소리로 후이가 열을 올렸다.

"속으로는 은근히 위층에 있는 거룩한 부모들에게 반감을 가지고 있다는 것 아니오! 그는 최신 유행에 봉헌된 아들로서 부모를 그것과 화해시키고 영겁과도 화해시켜야 하오. 이것이 그가 해야 할 의무요. 그 대가로 모든 것을 보상해 주는 최상의 혜택을 받았으니 불평할 이유는 전혀 없소. 그가 불평을 하다니, 그건 믿고 싶지 않소. 그리고 우리들에게 불만이 있다는 생각도 하지 않을 것이오. 그러기에는 그의 천성과 정신이 영화로운 것에 너무 가깝소. 그러니 그는 분명히 부모들의 화해 행동에 동의하고 자신의 처지를 오히려 자랑스러워하고 있을 것이오."

"그럼요, 그럼요. 그렇지만 그 아이와 어머니의 암흑을 연결하는 탯줄을 잘라낸 우리의 절단 행위 자체가 실수였는가 하는 것에 대해서는 당신도 확신할 수 없지 않나요. 그걸 잘라서 봉헌한 아들이 태양의 황소가 되었던가요? 아뇨. 한낱 빛의 궁신이 되었을 뿐이에요."

"내가 의심한다고 당신까지 따라서 의심하다니, 그만둬요!" 노인은 째지는 목소리로 그녀를 나무랐다.

"그건 두번째로 중요한 의심일 뿐이오. 가장 중요한 첫번째 의심은 영겁과 최신 유행에 대한 근심이요. 그리고 속죄하여 화해하겠다는 고백에 대한 근심이요. 사실 고백이라는 것은, 아무리 좋은 의도로 하더라도, 완벽하게 이루어지지 않고 조금은 서투르게 될 수도 있는 법이오."

"그럼요, 그럼요." 그녀가 다시 입을 열었다.

"그리고 우리의 호루스, 우리 아들이 기분 좋게 해주는 위로들을 만끽하고 있음은 의심의 여지가 없죠. 그리고 태양의 신하요 영화로운 것의 명예 관료로서 보상을 넘치도록 받았다는 것은 당연한 사실이에요. 그러나 여기에는 우리들의 며느리 에니가 있어요. 집안의 제일 가는 여자이며, 페테프레의 부인인 무트-엠-에네트 말이에요. 저는 어머니요 여자로서 그녀 생각도 이따금 하게 돼요. 우리 거룩한 자들을 사랑스럽게 대하고 경건한 태도를 보여주기는 하지만, 그녀 역시 가슴 저 깊은 곳에서는 은근히 불만이 싹터올라, 우리 부모를 비난하고 있을지도 모른다는 걱정이 들거든요. 아들을 궁신으로 만들어서 진짜 사령관이 아니라 명색만 사령관인 자의 아내가 되었다고 말이에요. 제 말을 믿으세요. 우리 에니는 아주 여자다워서 은근히 우리들에게 심술이 나있을 게 분명해요. 그녀가 조심을 하지 않을 때면 그녀의 표정에서 짜증을 읽을 수 있거든요."

"바보 같은 소리! 만약 그녀가 거룩해진 가슴에 그런 짜증을 감추고 있다면 그건 배은망덕 그 자체요! 자기가 받은 위로와 위로의 수준을 능가하는 보상이 얼마나 많은데, 아니 페테프레보다 많으면 많았지, 결코 적지 않은 보상을 받고서 어찌 그럴 수 있단 말이오! 테벤의 신 아문의 측실로 불리며 거룩한 존재로 바뀐 그녀가 세속의 일을 부러워하리라고는 믿고 싶지 않소! 아무나 레(고대 이집트의 태양신―옮긴이)의 부인 하토르가 될 수 있소? 그게 사소한 일이라 할 수 있느냐 말이오! 몸에 착 달라붙는 여신의 옷을 입고 수도회의 다른 여자들과 함께 아문 앞에서 춤을 추고 파우케 연주에 맞춰 노래를 부르고, 위에는 뿔이 달려 있고 가운데에 태양 원반이 꽂혀 있는 황금모자는 아무나 쓰는 것이 아니란 말이오! 우리 아들 궁신의 부인으로서 그녀가 얻은 것이 어디 아무것도 아닌 일이란 말이오. 그건 별것 아닌 일일 수도 없고, 단순한 위로의 수준을 뛰어넘는 가장 화려한 위로요. 그리고 우리 아들의 첫번째 정실로 그녀를 줬을 때, 그녀의 부모들도 자신들의 행동이 무엇을 뜻하는지 이미 알고 있었소. 그때 우리 아들과 그녀는 아직 어린 아이여서 어차피 육체적인 부부생활은 불가능했소. 그건 현명한 처사였소. 그들은 형식상의 명예 부부가 된 것이고, 그후로도 그랬으니까."

"그래요, 맞아요." 투이가 대답했다.

"그건 또 그럴 수밖에 없었죠. 그렇지만 같은 여자로서 생각해 보면 그건 혹독한 일이죠. 한낮의 화려한 빛 앞에서는 광채를 자랑하지만 밤이 되면 비통함으로 변하니까요. 우리 며느리는 무트라 불리죠. 그녀의 이름을 풀이하면 사막 골짜기에 있는 용기가 되죠. 그건 선조 어머니의 이름이에요. 하지만 그녀는 어머니가 될 수도 없고 되어서도 안돼요. 우리 아들이 궁신이니까요. 그 때문에 그녀가 속으로는 우리한테 원한을 품고 있지 않을까 걱정이 되는군요. 겉으로는 부드럽기 이를 데 없지만, 그 뒤에는 불만이 가득한게 아닐까 싶어서요."

"그렇게 어리석은 거위가 되면 안 되지!" 후이가 노한 목소리로 호통을 쳤다.

"만일 며느리가 심술이 나 있다면, 물배를 채워 임신한 어리석은 땅의 새가 되어서야 쓰겠냐고 말해 주구려. 당신이 어머니요, 여자로서 아들에게 손해가 되는 줄 알면서 그녀에 대해 그런 말을 하다니 이건 옳지 않소. 듣기가 대단히 거북하오. 당신의 그런 행동은 우리 아들을 모욕하는 것일 뿐 아니라 며느리도 모욕하는 것이오. 당신 이야기는 그 여자를 세상의 낮은 곳으로 끌어내리기 때문이오. 마치 여자란 아무리 잘 봐주려 해도 결국에는 만삭이 된 암컷 하마 외에는 아무것도 아니라는 것처럼 말이오. 당신은 물론 타고난 천성이 들쥐일 뿐이오. 새로 태동한 영겁에 제물을 잘라 바칠 생각을 당신에게 불어넣은 것은 남자인 나였소. 그렇지만 만일 여자가 타고 날 때부터 영화로운 것, 보다 순결한 것과는 무관하여, 이런 것에 이를 수 없도록 만들어진 존재라면, 당신은 내 생각을 받아들일 수도, 이해할 수도 없어서 우리 어린 아들을 통해 행한 속죄에 동의도 하지 않았을 거요! 여자의 할 일이 오로지 임신밖에 없다는 것이오? 그래서 임신한 검은 흙 외에 다른 곳에서는 여성상을 찾을 수 없다는 거요? 결코 그렇지 않소. 달을 섬기는 순결한 여사제가 되어서도 여자로서의 온전한 품위를 누릴 수 있소. 당신의 에니에게 이 말을 꼭 전하시오. 거위 같은 어리석은 여자가 되어서는 안 된다고! 그녀는 우리 아들의 첫번째 정실로서 이 나라에서 제일가는 여자들 중의 한 명이 되었소. 그리고 우리 아들의 고귀한 신분 덕분에 왕비의 여자친구, 즉 신의 아내 테예의 여자친구요, 또 스스로도 신의 아내로서 아문의 남쪽 여자 집, 하토르-수도회의 일원이 된 것이오. 그곳 원장은 베크네혼스 제사장의 부인으로서 규방의 첫번째 부인이지 않소. 이렇 듯 단순한 위로를 능가하는 성스러운 위로를 받아, 한마디로 뿔과 태양상을 지닌 여신이 되었고 거룩한 신분에 올라 달을 모시는 수녀가 되었으니, 세속에서의 그녀의 결혼생활이 명예 부부이고, 그녀의 남편이 빛에 속죄양으로 바쳐진 아들로서 빛의 궁신인 것보다 잘 어울리는 일이 어디 있겠소? 만일 그녀한테 이 탁월한 조화에 대한 이해가 부족해 보이면 내가 그녀에게 뭐라고 전할지 그건 당신이 더 잘 알 거요!"

그러나 투이는 고개를 가로저었다.

"전 그런 말을 전할 수 없어요. 시어머니한테 그런 경고를 할 기회도 주지 않겠지만, 만약 내가 당신 말을 전해서 그녀를 거위라고, 어리석은 여자라고 하면 아마 그녀는 흔히 말하듯이, 구름에서 추락이라도 한 듯 기겁할 거예요. 우리 며느리 에니는 그만큼 자부심이 대단하니까요. 그녀의 남편이며 우리한테는 아들인 페테프레가 그런 것처럼 말이죠. 그리고 달의 수녀와 태양의 궁신, 이 둘이 아는 것이라고는 대낮의 자부심밖에는 없어요. 그들의 대낮의 삶이 얼마나 행복한가요? 또 명망은 얼마나 대단한가요? 가장 고상한 풍습과 조화를 이룬 행복하고 단란한 삶이 아니던가요? 그보다 더 사람들을 흡족하게 해줄 수 있나요? 그들이 설령 대낮의 자부심 외에 다른 것을 알고 있다 하더라도 그들은 시인하지 않을 거예요. 대신 자부심에 모든 영광을 돌리고 말걸요. 그런데 제가 어떻게 며느리에게 당신이 그녀를 어리석은 여자요, 거위라고 부른다고 전할 수 있겠어요. 그녀에게 거위라니요. 그건 당치도 않아요. 신을 위해 예비된 사람이라는 자부심을 가지고 온몸으로 뚫은 미르테 향기를 풍기는 그녀에게 어떻게 그런 말을 할 수 있겠어요? 그녀가 원통해 하거나 불만을 가지고 있을지도 모른다고 한 건, 대낮과 그 한낮에 정돈된 모습으로 드러나는 명예를 염두에 두고 한 말이 아니에요. 제가 생각한 건 조용한 밤과 침묵하는 어머니의 암흑이에요. 그건 어리석은 거위 같은 여자라는 이름으로 들여다볼 수 없는 곳이거든요. 당신이 우리 부부생활을 둘러싼 암흑 때문에 빛의 복수를 두려워한 거라면, 저는 이따금 어머니의 암흑이 행여 복수하지 않을까 걱정하는 거예요."

여기서 갑자기 후이가 키득거리기 시작해서 요셉은 깜짝 놀랐다. 한순간 간식 그릇이 약간 흔들리면서 물건처럼 꼼짝 않고 있어야 하는 벙어리 시종 역할을 자칫 실패할 뻔했다. 정자 뒤쪽을 바라보던 눈길을 얼른 거둬들여 노인에게로 향했다. 자신의 흥분을 알아차렸는지 확인할 작정이었다. 그러나 다행히도 그건 아니었다. 자신들이 예전에 함께한 일을 놓고 대화에 열중한 탓에, 그들에게 요셉의 존재는 그의 대치물로 서 있는 석공 메르-엠-오페트가 만든 석고 램프나 마찬가지였다. 요셉은 눈을 옆으로 돌렸다. 그리고 후이의 귀를 비껴나 다시 유리알 같은 눈으로 뒤쪽을 응시했다. 그러나 점점 숨이 막힐 듯했다. 이 자리에서 들은 이야기도 그렇고, 늙은 후이의 키득임도 그렇고, 모든 게 섬뜩했다.

"히히히, 그건 걱정하지 말구려. 암흑은 말이 없고 자신의 불만에 대해서도 모른다오. 우리 아들과 며느리는 자부심이 대단하지. 그래서 부모들이 그런 일을 했다고 원망하고 불평할 리가 없소. 그때 우리가 새끼 돼지를 거세한 수돼지로 만들었을 때, 새끼 돼지는 자신의 의견이라고는 전혀 없어서 그저 바둥거렸을 뿐, 저항은 못했었지, 히히히. 그러니 전혀 겁낼 필요없소! 원망과 불평은 어두움 속에 안전하게 가둬놓았으니까. 어쩌다 그것이 빛이 있는 곳으로 삐죽 얼굴을 내민다해도, 그건 우리들 앞에서 또다시 경건한 예의범절과 부드러운 공경에 사로잡히게 되어 있소. 지금 우리는 위층에 있는 높은 존재로 거룩한 대접을 받고 있지 않소. 예전에 우리 죄를 씻으려고 어린아이한테 장난을 쳤어도 말이오! 히히히, 이렇게 두번이나 가두고 이중으로 안전장치를 해서 겹겹이 자물쇠를 채워놓았으니 편안한 부모들한테 아무 짓도 못하게 되어 있소. 그러니 이처럼 교활하고 재미있는 삶이 또 어디 있겠소?"

투이는 처음에는 남편의 행동에 흠칫 놀라는 기색이었으나, 그의 말을 들더니 동감했는지 따라서 키득거렸다. 주름으로 뒤덮여 감은 것이나 진배없는 장님의 실눈이 일그러졌다. 손을 위장 위에 올려놓고 어깨는 앞으로 수그려 그 사이로 늙은 머리를 끌어당긴 채 화려한 의자에 앉은 한 쌍의 노인이 낄낄거리는 웃음소리는 흡사 딸꾹질 같았다.

"그래요, 히히히. 당신 말이 맞아요." 투이가 딸꾹거렸다.

"당신의 들쥐도 그 인생의 재미라면 잘 알죠. 우리가 어린아이한테 장난을 치긴 했지만, 아이는 우리를 어쩔 수가 없죠. 그에 대한 불만을 이중으로 가두고 자물쇠로 채워놓았으니까요. 이건 정말 교활하고 편안한 일이죠. 제 두더지 남편이 유쾌해져서 아래쪽 홀에서 벌어질 심판 걱정을 잊어버린 게 너무 기뻐요. 그런데 지금 피곤하지 않나요? 벙어리 시종을 불러 간식을 가져오게 할까요?"

"전혀!" 후이가 답했다.

"머리조차도 지친 기색이라고는 없소. 오히려 수다 덕분에 한결 싱싱해졌소. 저녁 만찬 때까지 식욕을 미루도록 합시다. 거룩한 가족이 만찬장에서 함께 만나면 상대방을 배려하느라 서로 수련꽃다발을 건네 향을 맡게 할 테니 그때까지 기다립시다. 히히히! 우선은 손뼉으로 시녀들을 불러 우리를 부축하여 나무들이 우거진 정원으로 안내하게 합시다. 온몸에 활기가 생겨서 조금은 몸을 움직이고 싶다오."

그리고 그는 손뼉을 쳤다. 어린 소녀들이 달려왔다. 주인님의 명을 따르느라 입을 헤벌리고 있었다. 그들은 노인들에게 가느다란 나뭇가지 같은 팔뚝을 건넨 후, 계단 아래로 부축해 내려갔다.

요셉은 한숨을 내쉬며 들고 있던 그릇을 바닥에 내려놓았다. 팔이 뻣뻣했다. 이스마엘 사람들이 우물에서 꺼내 주었을 때와 같은 느낌이었다.

'뭐 저런 바보 같은 주인님들이 다 있나! 거룩한 부모님이라구! 축복의 집에 이런 난감한 일이 있었구나, 쯧쯧 가엾게도! 아무리 취미가 고상하여 그 수준이 하늘나라와 맞먹으면 뭐 하는가? 이런 어리석음도, 이처럼 고약한 실수도 막아주지 못하는데! 아버지한테 이 이방신의 어리석음

을 말씀 드려야 하는 건데! 아, 불쌍한 포티파르!'

요셉은 하아마아트에게 간식을 되돌려 주러가기 전에 우선 돗자리에 드러누웠다. 벙어리 시종 역할로 뻐근해진 사지를 쉬게 할 생각이었다.

생각에 잠긴 요셉

　임무를 수행하다 듣게 된 놀라운 이야기에 흥분한 요셉은 생각에 잠겼다. 거룩한 부모들이 그렇게 못마땅할 수가 없었다. 물론 이들에게 거부감을 드러내지 않고 깍듯하게 공경하는 것이 현명한 행동이었다. 그러나 이 거부감을 무지의 암흑에 가둘 수는 없었다. 노인들이 그런 무책임한 행동을 저지른 것은 그들이 섬긴 어리석은 신 탓이었다. 게다가 이들은 자신들이 충분히 품위를 인정받고 있으므로 비난받을 염려가 없으며 안전하다고 생각하는 그 느긋함이 혐오스러웠다.

　그러나 물건 역할을 하면서 겪은 이 일이 남긴 교훈을 아브람의 손자가 놓칠 리는 만무했다. 만약 그 일을 통해 뭔가 얻으려 하지 않았다면, 그는 우리의 요셉이 아니었을 것이다. 그가 들은 이야기는 그의 시야를 넓혀 주었고, 일종의 경고가 되었다. 요셉 자신의 정신적 고향인 조상의 좁은 세계와 또 조상이 신에게 바친 노력을 두고 선조의 새싹이요 제자인 요셉이 그것을 완전히 유일무이하고 독특한 것, 어느 것과도 비교할 수 없는 독창적인 것으로 생각해서는 안 된다는 경고였다. 이 세상에서 근심하는 자는 야곱 혼자가 아니었다. 그것은 사람들 사이에 어디서나 일어나는 일이었다. 그리고 사람들은 지금도 온 사방에서 주인님이 어떤 분인지, 또 자신들이 어떤 시대를 살고 있는지 제대로 이해하고 있는 것일까, 전전긍긍하고 있었다. 이 근심이 여기 저기 서투른 정보들을 제공한다 해도, 그리고 요셉의 경우 야곱이 유산으로 물려받은 주님에 대한 생각을 가장 세련되고 포괄적인 잣대로 삼아 관습과 풍습이 주님의 의지와 성장으로부터 얼마나 멀어졌는가 따진다 해도, 다른 사람들도 근심한다는 사실 자체에는 변함이 없다.

여하튼 여기에도 오류가 얼마나 가까이 있었던가! 원천 옆에서 주저앉아 버린 라반과 궤짝에 넣은 그의 어린 아들까지 거슬러 올라갈 필요도 없었다. 관습이 얼마나 끔찍하고 혐오스러운 일이 되어버렸는지 생각해 보려는 깨어 있는 머리조차 없었다. 그러나 이를 감지하는 예민한 감각은 또 얼마나 잘못된 곳으로 오도하는가! 축제와 관련된 뿌리를 못마땅해 한 야곱은 축제를 벌이는 그 관습을 통째로 파괴하고 싶은 유혹을 느끼지 않았던가? 그 축제의 뿌리가 아래의 불결함을 양분으로 섭취한다는 이유에서 말이다.

그래서 아들은 아버지에게 축제를 너그럽게 보아달라고 간청해야 했다. 그늘을 선사하는 나무 우듬지는 주인님과 함께 더러운 뿌리를 벗어나 그 위로 뻗어나왔지만, 만일 뿌리째 뽑아버리면 나무 우듬지까지 말라버리지 않느냐고 아버지를 설득한 것이다. 요셉은 관용을 원했지, 근절을 원하지는 않았다. 주님은 항상 똑같은 존재가 아니었으므로 그는 이 주님 안에서 관용의 주님, 지나쳐 가는 주님을 보았다. 주님은 대홍수의 경우에도 끝장을 보지 않았다. 그때도 인류의 뿌리는 건드리지 않고 한 영리한 사람의 머리에 구원의 방주를 만들 생각을 불어넣었다. 영리함과 관용, 이것은 요셉에게 자매 같은 생각으로 여겨졌다. 서로 옷을 바꿔 입기도 하는 이들은 어떤 때는 똑같은 이름을 가지고 있는 것 같았다. 자비라는 이름이 그것이다. 주님은 아브람에게 아들을 바치라는 시험을 내렸다. 그러나 아들을 받지 않으시고 교훈을 주시듯 숫양을 쓱 디밀어 대신 잡게 했다.

그러나 취미의 세계에서 하늘 나라, 즉 최고 수준의 고상한 취미를 자랑하는 이곳 사람들이지만, 이들의 전래설화에는 안타깝게도 이런 영리한 이야기가 없었다. 그러므로 이들을 너그럽게 봐줘야 한다. 그들이 아이들에게 저지른 실수 같은 장난을 생각하며 낄낄거리는 꼴이 아무리 역겹더라도 그들을 관대하게 봐줘야 한다. 그들 역시 아버지의 정신(저자는 어머니의 암흑에 상반되는 개념으로 사용함—옮긴이)의 지시를 받은 것에 불과했으니까. 지시라고 해야 아직은 불안스럽게 떠돌아다니며 여전히 암흑의 나라에 머물고 있는 영혼에 관한 소문이었다. 이제 우리와 함께 옛날의 거룩한 것을 넘어, 관습과 계단을 넘어 보다 빛에 가까이 다가가려 한다……

그래서 두 노인은 그것을 제물을 바치라는 무리한 요구

로 들었던 것이다. 그러나 세상에 등장한 새것을 인정하려고 했던 그들은 오히려 라반처럼 옛것에 붙들리지 않았는가! 왜? 그들에게는 거세된 숫양으로 빚에 대신 올릴 수 있는 숫양이 나타나지 않았기 때문이다. 이렇게 신으로부터 버림받은 그들은 바둥거리는 어린 아들 포티파르를 거세된 숫양으로 만들었던 것이다.

이를 뭐라 부르면 좋을까? 신으로부터 버림받은 자의 행동, 그리고 세상에 새로 등장한 영화로운 존재에 바친 어리석고 적절치 않은 봉헌, 바로 그것이다! 아버지의 정신에 가까이 다가가는 것은, 뿌리를 자른다해서 되는 일이 아니다. 요셉은 그렇게 생각했다. 양성의 완벽함과 궁신이 대변하는 성의 부재, 이 두 가지의 차이점은 엄청났다. 남성이면서 여성인 것, 양성을 자신 안에서 하나로 결합시키는 것은 거룩했다. 한쪽은 여자 가슴이고 다른 한쪽은 남자의 가슴인 나일의 형상이 그 예였다. 그리고 또 달도 그랬다. 달은 태양한테는 여자이며, 땅에는 남자로서 자신의 빛 씨앗으로 암소 안에서 황소를 생산했다. 그리고 요셉의 계산에 따르면 양성(兩性)과 궁신, 즉 내관은 2와 0의 관계였다.

불쌍한 포티파르! 바퀴에 불꽃이 튀는 마차를 타고 다니는 이집트의 대인 중 한 사람이었지만 그게 무슨 소용인가! 가련한 포티파르! 젊은 노예 우사르시프는 영을, 제로를 주인님으로 섬기게 되었다. 르우벤처럼 체격이 탑만한 거인이지만 오류를 범할 힘조차 없는 자, 실수로 바쳐진 제물, 거부되지도 않고 받아들여지지도 않은 제물, 이도 저도 아니고, 신도 아니고 인간도 아닌, 명예로 본다면 대낮에는 그보다 더 화려할 수 없고 기품이 넘치는 자랑스러운 자이지만, 밤이면 잘라져나가 제로가 된 자신의 상태를 누구보다 뚜렷이 의식하는 자, 따라서 품위를 떠받쳐 줄 기둥과 아첨이 꼭 필요한 자가 그였다. 여기에는 주변 환경도 그렇지만 무엇보다도 주인님을 받드는 몬트-카브의 충정이 가장 큰 도움이 되었다.

노부부로부터 들은 이야기를 정리하며 요셉은 다시 한번 아첨하는 시종의 충정을 떠올렸다. 그는 서슴지 않고 그것을 본받으리라 생각했다. 벙어리 시종이 된 덕분에 이런 내막까지 알게 되었으니, 기회가 온다면 몬트-카브가 했던 것과 마찬가지로 이집트 주인님의 '돕는 자'가 되기로 작정했다. 아니 몬트-카브가 한 것보다 더 세련되게, 더 많이 도울 수 있으리라 믿어 의심치 않았다. 그것이 다른 주인님, 즉 지고한 분의 '도우미'가 되는 일이라 생각했다. 말하자면 젊은 노예 우사르시프가 멀리 옮겨진 자리에서 출세하는데 도움이 되리라 믿었던 것이다.

이를 두고 너무 냉정한 계산만 한 게 아니냐고 할 수도 있지만, 진실에 다가가려면 이런 비난은 물리쳐야 마땅하다. 남의 품행을 보고 성급하게 도덕의 잣대로 재며 비평하는 것은 옳지 않다. 이는 그렇게 간단하게 도덕적 판결을 내릴 수 있는 성질의 것이 아니다. 집안의 가장 오래된 종 몬트-카브에 대해서는 이미 세심한 관찰이 끝났으므로, 요셉은 그가 성실한 남자임을 벌써부터 알아차렸다. 그리고 주인님에게 올리는 그의 아첨은 아첨이라는 단어가 무색할 정도여서 그보다는 당연히 더 나은 이름, 즉 사랑에서 우러나온 봉사라 불려야 마땅했다. 그렇다면 페테프레는 시종으로부터 이런 사랑을 받을 만한 가치가 있고 품위가 넘치는 사람일 수밖에 없다는 결론을 내렸다. 그리고 그 결론은 자신이 주인님에게서 받은 인상과도 일치했다. 이 이집트 대인은 고상하고 기품이 넘치며 부드러운 마음을 지닌 자상한 남자 같았다. 다른 사람들이 자신을 걱정하느라 마음을 졸이고 떨어도 할 수 없다고 여유를 부린 점은 너그럽게 봐줘야 했다. 정신적인 무지에서 제물로 바쳐진 그가 아니던가? 그런 점을 감안한다면 설령 몇 가지 심술을 부린다 하더라도 그 정도는 눈감아줘야 한다는 게 요셉의 생각이었다.

보다시피 요셉은 누가 보는 앞에서가 아니라, 혼자 생각을 하면서도 이미 포티파르를 섬기고 있었다. 개인적으로 만나보기도 전에 어떻게 하면 그를 변호하고 도울 수 있을까, 그 생각뿐이었던 것이다. 무엇보다도 그 이집트인은 그의 주인님이었다. 노예로 팔려온 집의 주인으로서 자신의 주인님인 동시에 가까운 주변에서 가장 지고한 분이었다. 주인님, 그리고 지고한 분이라는 관념은 요셉에게는 천성적으로, 이미 어렸을 때부터 사랑의 봉사에서 비롯된 관용이라는 요소를 포함했고, 이것은 위에서 아래로 옮겨와 세속의 것과 가까운 주변에도 적용될 수 있었다. 이 점을 이해해야 한다!

그에게 주인님과 지고한 분이라는 생각은 이미 단일한 질서를 만들어내고, 이것은 위의 것을 아랫것과 혼동하고 동일시할 수 있는 토양을 마련해 준다. 이런 성향을 강화시킨 것은 바로 '돕는 자'라는 구상과 몬트-카브를 본받아 포티파르 주인님의 '돕는 자'가 되는 것이 꿈의 주인님, 앞날을 계획하시는 그분을 가장 잘 도울 수 있으리라는 생각이다. 그런데 이 하늘에 계신 주인님과의 관계가, 이 세상에서 불같이 이글거리는 바퀴가 달린 마차를 타고 다니는 주인님을 대하는 그의 관계에 일정 부분 영향을 미치게 된 데는 다른 것들도 작용했다.

그가 본 포티파르의 미소부터 그랬다. 집사의 아첨을 들으며 그는 당당해 하면서도 남몰래 고마워하는 듯한 우수에 젖은 미소를 지었다. 그 미소는 뭔가 부족한 것이 있는 고독을 보여주었다. 어린아이 같은 소리로 들릴지도 모르지만, 요셉에게는 세상 밖에 고고하게 있는 선조의 신과, 칭송의 황금을 매달아 도도한 모습이지만 여하튼 절단되어 인간의 바깥에 머물고 있는, 르우벤처럼 몸이 큰 거인이 왠지 비슷해 보였다. 동정심을 불러일으키기는 둘 다 마찬가지였다. 그랬다. 주님 역시 위대하면서도 한편으로는 고독했다. 아내도, 자식도 없이 홀로 있는 주님, 그래서 더욱더 인간과 맺은 동맹과 계약에 열정적일 수밖에 없어, 혹시라도 차질이 생기면 무서운 질투를 보이는 주님을 잊기에는 요셉의 기억력이 너무 좋았다. 아니 그것은 피에 사무치도록 잘 아는 사실이었다.

요셉은 고독한 자를 너그럽게 대하는 시종의 충정이 얼마나 특별한 자선인지, 반대로 불충은 또 얼마나 큰 아픔을 안겨주는지 되새겨보았다. 물론 주님이 생산과 죽음에 관계를 맺지 않는 건, 그분이 바알인 동시에 바알라트였기 때문이다. 이 점을 간과한 적은 없다. 요셉은 2와 0 사이의 엄청난 차이를 단 한순간도 잊지 않았다. 그럼에도 불구하고 아무런 말이 없던 그 당시 상황에 대해 다음과 같이 설명해도 무방하리라. 일종의 동정심과 관용이 마치 꿈속에서처럼 하나가 되어, 뭔가 부족한 구석이 있는 숭고한 둘(2)에 인간으로서 충정을 다하는 데 익숙해 있던 요셉은, 뭔가 부족한 구석이 있는 영(0)에도 신의를 다하기로 결심하게 되었다고.

주인 포티파르 앞에서 발언하는 요셉

이런 결심을 하고 있던 요셉이 마침내 포티파르와 만나게 되었다. 나무들이 우거진 정원에서였다. 요셉에 대한 이야기는 많지만, 이때 두 사람 사이에 오간 대화에 관해서는, 동양에서든 서양에서든 생각조차 되어진 적이 없어서, 산문으로도 운문으로도 기록된 것이 없다. 따라서 정확한 정황 설명과 확실한 근거까지 제시하여 이 대화를 소개하는 우리 이야기는, 한마디로 나무랄 구석이 없어서 아름다운 학문이라고 자랑해도 무방하리라.

요셉이 그토록 오랫동안 갈구했고, 그의 장래가 걸린 중요한 이 만남을 간접적으로 도와준 것은 이번에도 베스-엠-헵이었다. 직접 만남을 주선해 준 것은 아니지만, 만날 수 있도록 조건을 만든 것이 바로 난쟁이였다. 그 조건이란 다름 아니라, 어느 아름다운 날, 한가롭게 여기저기 기웃거리는 젊은 노예 오사르시프가 포티파르의 정원에서 일하게 된 것이다. 그렇다고 정원사 중에 제일 높은 감독관이 된 것은 아니다. 정원 감독관의 이름은 쿤-아눕이었다. 데디의 아들인 그가 '활활 타오르는 배(Glutbauch)'라 불렸던 이유는 태양처럼 유난히 붉은 배 탓이었다. 배꼽 아래에서 묶은 잠방이 위에 척 걸쳐진 배는 저물어가는 행성처럼 보였다. 몬트-카브와 동년배로 계급은 ㄱ보다 낮았지만 자신의 전문 분야에서는 장인으로 대우받았고, 식물과 식물의 생명에 관한 한 누구에게도 뒤지지 않는 전문가였다. 단순히 장식과 경제적인 효용성을 아는 수준이 아니라, 식물의 독성과 축복의 힘에도 일가견이 있었다. 다시 말해서 정원사요 삼림지기, 화대(花臺)를 만드는 자에 그치지 않고 약제사이자, 즙에 정통한 무면허 의사로 탕약, 엑기스 추출물, 연고, 관장제, 구토제 제조에 능하고 찜질법도 잘 알아서 사람이나 가축이 질병에 걸리면 의사 노릇을 톡톡히 해냈다.

물론 여기서 사람이란 시종들을 가리킨다. 주인님들이 살고 죽는 일을 돕는 주치의는 따로 있었기 때문이다. 신전에 있는 그들은 엄격한 절차를 거쳐 의사가 된 자들이었다. 여하튼 쿤-아눕은 배뿐만 아니라 대머리도 붉은색이었는데 모자 쓰기를 싫어해서 햇볕에 내놓고 다닌 까닭이었다. 서기가 붓을 꽂듯이 그는 귀 뒤에 연꽃 한 송이를 꽂고 다니곤 했다. 그리고 그에게는 항상 약초 다발이나 뿌리나 새싹으로 만든 실험용 표본들이 잠방이 밖으로 튀어나와 있었다. 걸어가다가 눈에 띄는 것을 정원 가위로 자르곤 했던 것이다. 가위와 함께 조각칼과 작은 톱이 허리춤에서 부딪칠 때면 달그락거리는 소리가 났다. 이 남자는 키가 작고 주름이 졌어도 얼굴 혈색은 건강해 보였는데, 표정이 상냥하지 않다고 잘라 말하기는 어려웠다. 둔하게 생긴 코, 코쪽으로 묘하게 치켜 올라간 입은 어찌 보면 무료해 하는 것도 같고, 또 어떻게 보면 편안해 보였다. 그리고 제멋대로 자라나 제대로 면도 한번 한 적 없는 수염이 흡사 식물뿌리처럼 얽혀 있어서 그의 얼굴은 땅의 사람임을 단번에 드러내 주었다. 그렇지만 '활활 타오르는 배'의 얼굴에 붉은 태양에 슬쩍 담갔다 꺼낸 것 같은 특징도 있었음은 물론이다. 또 게으름을 부리는 아랫사람들에게 겁을 주려고 들어 올리는 손가락의 손마디가 짧고 색깔은 흙빛 같은 주홍색으로, 그 모습이 방금 뽑은 당근 같았다.

난쟁이 곳립은 이 정원 감독관을 찾아가 외국인 노예에게 일자리를 달라고 부탁했다. 난쟁이는 이 청년이 어렸을 때부터, 그리고 선천적으로 땅에 관해서라면 용한 재주가 있으며 노련하다고 속삭였다. 이곳으로 팔려오기 전에 고향인 궁핍한 레테누에서 아버지의 올리브 나무 숲을 관리했는데 열매를 얼마나 사랑했던지, 돌멩이를 던져 열매를 따거나 열매를 거칠게 짓밟는 동료들과 다투기까지 했고 무슨 마법인지 축복까지 물려받았다는데 난쟁이 자신이 듣기에도 그럴싸하더라. 그 축복이라는 것이 이중 축복이라서 위에 있는 하늘에서 내려오는 축복과 아래에 있는 심연으로부터 올라오는 축복이라고 했다. 이것이야말로 정원사에게 필요한 것이 아니겠는가. 그런데도 이 아이가 쓰이지 않고 있는 것은 집안 살림으로 봐서도 손해다. 그러니 쿤-

아눕 당신이 이 청년을 아랫사람으로 데리고 일을 시키는 것이 좋겠다. 지혜로운 작은 난쟁이의 충고를 듣고 지금까지 후회한 사람은 아무도 없었다.

베지르가 이런 말을 한 것은 주인님 앞에 서고 싶어하는 요셉의 소원을 항상 마음에 품고 다녔기 때문이다. 그는 정원에서 일을 하면 이 소원이 이루어질 확률이 높다는 것을 잘 알았다. 이집트의 여느 대인들처럼 부채를 들고 있는 자는 수리시설이 잘 되어 있는 자신의 정원을 무척 사랑했다. 죽은 후에도 이와 똑같은 정원에서 즐길 수 있기를 바랄 정도였다. 그래서 틈이 날 때마다 정원으로 나가서 휴식을 취했고, 이따금 기분이 내키면 숲을 가꾸는 사람들과 말을 섞기도 했다. 정원 감독관, 글룻바우흐는 물론이거니와 일을 하는 아랫사람들, 즉 포도밭을 가는 사람과 물을 긷는 자들도 대화 상대에 포함되었다. 난쟁이는 바로 이 점에 착안했고, 그의 계산은 정확히 맞아떨어졌다.

글룻바우흐의 부름을 받고 요셉은 실제로 정원 일을 하게 되었다. 그의 일터는 과수원이었다. 정확히 말하면 야자수들이 있는 곳으로 본채의 남쪽에 있었다. 동쪽으로 오리연못과 마주치고 안뜰을 향해 동쪽으로 더 나가면 포도밭으로 이어지는 곳이었다. 그러나 야자수 숲 자체가 이미 포도밭이었다. 높이 매달려 있는 깃처럼 생긴 작은 야자수 잎사귀 기둥 사이로 포도덩굴이 드리워져 있었기 때문이다. 그리고 그 사이 군데군데 뚫린 곳이 작은 숲에서 오솔길 역할을 했다. 이렇게 열매 맺는 나무들을 결합시켜 덩굴에는 포도가, 깃털야자수에는 대추야자가 주렁주렁 매달려 매년 수백만 리터가 나오는 모습은 낙원을 방불케 하여 보는 이의 눈을 즐겁게 해주었다. 여기저기 관개수로까지 파놓은 이 대추야자나무숲을 포티파르가 특히 좋아한 것도 무리가 아니었다. 그는 이따금 그곳에 침상을 펴게 하여 나무 우듬지들이 조용히 바스락거리는 소리를 들으며 그늘 밑에서 시종이 읽어주는 이야기를 듣거나, 아니면 서기의 보고를 받기도 했다.

야곱 아들의 일터가 바로 이곳이었다. 한편 이곳은 그에게 고통스러운 기억을 떠올리기도 했다. 기억 저편으로부터 뭉게 구름이 일 듯 피어오르는 것이 있었다. 이전의 삶에서 자신이 가지고 있었던 소중한 것, 그러나 끔찍하게도 지금은 잃어버린 것, 아, 그 베일 옷, 화려한 옷, 자신의 옷인 동시에 어머니의 옷이었던 케토넷-파심. 그 옷에 수놓여진 그림 중에 야곱의 장막에서 그 신부복을 처음 봤을 때부터 눈에 들어왔던 그림이 하나 있었다. 거룩한 나무가 그것이었는데, 양쪽에 두 명의 수염 달린 천사가 마주 보고 서서 나무에 열매를 맺게 하려고 수꽃의 수술을 들고 나무를 건드리고 있었다. 요셉이 하는 일이 바로 이 정령들의 일이었다. 대추야자나무는 자웅 이주였다. 열매를 맺을 수 있는 암술대와 암술머리 없이 수술만 달린 꽃의 꽃가루가 만나는 일, 즉 수분(受粉)이 되고 않고는 바람이 결정했다. 그러나 인간은 이미 오래 전부터 이 바람의 몫을 빼앗아 인공수분을 해왔다. 그러니까 열매를 맺을 수 없는 꽃을 잘라 열매를 맺을 수 있는 꽃에 접촉시켜 인공수정을 하는 것이다. 베일 옷에 묘사된 거룩한 나무 옆에서 정령들이 한 일이 바로 이것이다. 데디의 아들 '활활 타오르는 배', 포티파르의 정원 감독관은 요셉에게 바로 이 일을 맡겼다.

그건 요셉이 젊고 또 그만큼 몸이 유연했기 때문이다. 바람의 몫을 해내려면 나무를 기어올라가야 하고, 그러려면 용기도 있어야 하고 현기증을 느끼지 않을 정도로 건강해야 했다. 한마디로 그건 힘든 일이었다. 특수 밧줄을 이용하여 자신의 몸과 야자수 나무를 묶은 다음 나무통이나 작은 바구니를 들고 나무 둥지의 생긴 모양에 따라, 작은 그루터기든 튀어나와 있는 다른 것을 발판으로 삼고 수술대를 가지고 있는 나무 우듬지로 올라가야 했다. 이때 고삐를 다루는 마부처럼 움직이면서 양쪽의 밧줄을 자기가 올라갈 만큼 높이 던져야 했다. 일단 위에 올라가면 원추 화서를 잘라 조심스럽게 통에 담은 다음, 다시 내려와서 열매를 맺을 수 있는 나무의 둥지에 똑같은 방식으로 올라가고, 또다시 내려와 다른 나무에 올라가는 식으로, 이렇게 계속 수술을 가진 원추 화서로 '교미를 시키는 것'이다. 이 말은 암꽃술을 가지고 있는 꽃 안에 수술을 가진 원추 화서를 걸어 놓는 것을 의미한다. 이 수술을 받아들이면 곧 밝은 노란빛의 대추야자 열매가 맺혀 머지않아 따먹을 수 있었다. 물론 최상품은 가장 무더운 달 파오피와 하티르 달에 익은 열매였다.

야자수 아래에서 쿤-아눕은 흙빛처럼 붉고 당근 같은 손가락을 들어 올려 요셉에게 수술대를 가진 나무를 가리켰다. 그건 몇 그루 되지 않았지만, 한 그루가 암술을 가진 나무 서른 그루를 인공 수정시킬 수 있었다. 그가 요셉에게 건네준 밧줄은 그곳에서 생산한 최고급품으로 삼 밧줄이 아니라 갈대 섬유를 불린 후 두들겨서 부드럽게 만든 특수 밧줄이었다. 처음에 쿤-아눕은 밧줄을 감는 요셉의 동작을 주의 깊게 지켜보았다. 모든 게 자기 책임이었기 때문이다. 신참내기가 나무에서 떨어져 내장이 밖으로 쏟아져 나오기라도 한다면, 이 노예를 사들인 몸값이 날아가는 셈이니 주인님을 어찌 보겠는가. 그러나 청년은 몸놀림이 잽싼데다, 실은 밧줄로 동여맬 필요도 없어 보였다. 얼마나 유연한지 다람쥐도 샘을 낼 정도였다. 그렇게 삽시간에 나무 꼭대기로 올라가서는 자신의 맡은 바 소임을 조심스럽게, 영리하게 해내는 것을 보고는 나머지 일은 알아서 하게 두었다. 그리고 다음에도 정원 일을 맡기겠다고 약속했다. 이번 일을 성공적으로 마쳐서 열매를 맺을 수 있는 나무가 곧 풍성한 열매를 맺으면, 다른 일도 가르쳐서 진짜 정원사가 되도록 해주겠다는 것이었다.

주님을 섬기는 열성과 야심이 남다른 요셉에게는 이 모험적이고 신중한 작업이 특히 마음에 들었다. 그리고 이왕이면 빨리 완벽하게 일을 마치고 싶었다. 정원 감독관에게 좋은 인상을 남겨 그를 깜짝 놀라게 만들고 싶은 나머지— 요셉은 누구에게든 그런 반응을 유발하고 싶어했다—하루 온종일하고도 다음 날 저녁까지 일을 계속했다. 그러다 보니 어느새 해가 저물었다. 서쪽의 수련 연못 너머, 도시와 나일 강 뒤쪽이 진홍색과 빨간 튤울립색 노을로 물들었을 때, 정원에는 요셉만 홀로 남게 되었다. 다른 일꾼들은 모두 자리를 뜨고 없었다. 그렇게 자기가 돌보는 나무 옆에,

아니 나무에 홀로 머물게 된 그는, 어느 순간 사라지고 얼마 남지 않은 빛을 이용하여 '교미시키기'에 여념이 없었다. 암술대가 있는 높이 솟은 호리호리한 나무의 우듬지에 앉아 있자니 여간 조심스러운 것이 아니었다. 그렇게 나무 꼭대기에 앉아서 일에 푹 빠져 있는데, 갑자기 누군가 총총걸음으로 다가와 속삭이는 소리가 들렸다. 아래를 내려다보니 난쟁이 곳립이 보였다. 자신보다 훨씬 아래에 서 있어서 버섯처럼 보이는 그가 작은 양쪽 팔을 흔들더니 양손을 입에 갖다대 손나팔을 만들어 있는 힘을 다해 외쳤다.

"오사르시프, 그분이 오셔!"

그리고는 어느새 사라져버렸다.

요셉은 서둘러 일을 중단했다. 그리고는 깜짝 놀랐다. 나무에서 떨어졌어도 그보다는 덜 놀랐으리라. 아래로 내려와 보니, 저기 연못 쪽에서 포도덩굴이 열어둔 오솔길을 따라 야자수 사이로 수행원들을 몇 명 데리고 포티파르 주인님이 걸어오는 게 아닌가. 키가 훤칠한 주인님은 불그스레한 하늘 아래 하얗게 보였다. 그 옆에 몬트-카브 집사가 있었다. 약간 뒤쪽으로 처졌지만 거의 바로 옆이나 마찬가지였다. 그 뒤로 보석상자를 관리하는 두두와 두 명의 서기, 그리고 베스-엠-헵이 있었다. 난쟁이는 요셉에게 귀띔해 주고 샛길을 가로질러 어느새 일행과 합류했던 것이다. '날씨가 서늘해서 정원에 나오셨구나.' 주인님을 바라보며 요셉은 그렇게 생각했다. 마침내 일행이 가까이 다가오자 그는 나무 발치에 넙적 엎드려 이마를 땅에 갖다대었다. 그리고 양손 바닥만 가까이 오고 있는 자들을 향해 들어 올렸다.

오솔길 옆에 엎드린 그의 등을 바라본 포티파르는 걸음을 멈췄다. 그러자 일행도 그 자리에 섰다.

"일어나거라."

짧지만 부드러운 음성이었다. 명령이 떨어지자마자 요셉은 발딱 일어나서 야자수 둥지에 바짝 붙어 반듯하게 서서 두 손은 목 밑에 엇갈리게 놓고 공손하게 머리를 숙였다. 가슴은 만반의 준비를 갖췄다. 마침내 포티파르의 앞에 섰다. 일단 자리에 멈춰 선 주인님이 어느새 걸음을 재촉하도록 해서는 안 된다. 어떻게든 그를 놀라게 만들어야 한다. 과연 어떤 질문을 던질까? 가장 놀라운 대답을 할 수 있는 질문이어야 할 텐데. 요셉은 눈을 감은 채 기다렸다.

"집안의 가솔이더냐?" 앞에서 부드러운 음성이 짤막하게 묻는 소리가 들렸다.

이쯤 되면 신통한 대답이 나올 가능성은 희박해졌다. '무엇'이라는 대답으로는 아무런 특색을 부여할 수 없었다. 기껏해야 '어떻게'에 초점을 맞추는 것이 최선의 방법이었다. 그러면 상대방을 놀라게 만들지는 못할지라도 최소한 편히 듣게 만들 수는 있을 것이다. 즉 상대방이 금방 자리를 뜨는 불상사는 생기지 않으리라. 이윽고 요셉이 입을 열었다.

"위대한 제 주인님께서는 모든 것을 아십니다. 여기 있는 소인은 주인님의 마지막 노예요 가장 낮은 노예입니다. 주인님의 마지막 시종이며 가장 낮은 시종이 감히 주인님을 찬양하게 되니 그저 행복할 뿐입니다."

'이건 평범해!' 그는 생각했다. '제발 그냥 지나가지는 말아야 하는데, 혹시 그냥 가버리는 건 아닐까? 아냐. 우선 은 내가 왜 여태 여기 있는지 물어볼 거야. 그러면 근사한 대답을 해야 해.'

"정원사 중의 하나이더냐?" 잠깐 동안의 침묵 후에 부드 러운 음성이 위에서 다시 들려왔다. 그가 대답했다.

"주인님을 선사해 주신 레처럼 모든 것을 아시고 굽어보 시는 제 주인님. 소인은 정원사 중에서 가장 낮은 자입니 다."

그러자 음성이 들렸다.

"그런데 여태 정원에 있느냐? 이미 자리를 뜰 시간이 되 어 네 동료들은 벌써 저녁을 축하하고 빵을 먹을 터인데?"

요셉은 손 위로 머리를 더 깊이 숙였다.

"파라오의 군사를 통솔하시는 주인님, 나라의 대인들 중 에 가장 위대하신 대인님!" 그는 기도하듯이 읊었다.

"주인님께서는 하늘에서 수행원들을 이끌고 배를 타고 가시는 레와 같으십니다. 주인님께서는 이집트의 키잡이이 시므로, 나라의 배들이 주인님의 뜻에 따라 항해합니다. 주 인님께서는 누구도 차별하지 않고 모든 사람을 공정하게 심판하는 토트 다음이십니다. 가난한 자를 지켜주시는 제 방이신 주인님, 제게 배고픔을 달래 주는 배부름 같은 자비 를 내려 주소서. 그리고 벌거벗음에 종지부를 찍어주는 의 복 같은 용서로 저를 덮어주소서. 그리하여 이렇게 제때에 일을 마치지 못하여 주인님의 나무 곁에 남아 정원의 오솔 길로 납신 주인님의 산책길에 걸림돌이 되어버린 소인의 허물을 너그러이 용서해 주소서!"

정적이 감돌았다. 잘 다듬어진 요셉의 말을 듣고 페테프레가 막 수행원들을 둘러보고 있는지도 몰랐다. 사막의 악센트가 여전히 남아 있었으나, 재치 있고 균형이 잡혀 있거니와 형식적인 말이지만 진심이 어려 있는 이야기였던 것이다. 요셉으로서는 정말로 포티파르가 수행원들을 쳐다보고 있는지 확인할 수는 없었다. 그러나 제발 그래 줬으면 했다. 귀를 곤두세우면 파라오의 친구가 조용히 미소 짓는 것을 알아차릴 수 있었다. 다음의 대꾸가 그 증거였다.

"자기 직분에 충실하여 시간이 지나서까지 집안일을 부지런히 한 것이 주인의 분노를 일으키지는 않는 법. 안심하거라. 그러니까 넌 네 일을 부지런히 하며 또 그 일을 사랑한다는 말이더냐?"

요셉은 이때다 싶었다. 지금이 머리를 들고 눈을 들어 올릴 수 있는 절호의 기회였다. 라헬의 그윽한 검은 눈이 제법 높은 곳에서 부드럽고 조금은 슬퍼 보이는, 사슴 같은 갈색 눈과 마주쳤다. 긴 속눈썹을 만만찮은 베일로 삼았으나 그 안의 눈빛은 너그러웠다. 요셉 앞에 포티파르가 서 있었다. 큰 키, 비대한 몸에 최고로 세련된 옷, 높다란 산책용 지팡이의 손잡이는 수정처럼 투명했다. 그 머리부분 위에 둥근 받침대가 있고, 그 위에 페테프레의 한쪽 손이 올려져 있었다. 그리고 다른 쪽 손에는 소나무 방망이와 부채가 보이고 목에는 꽃 모양으로 만들어진 알록달록한 도기 제품이 둘러져 있고, 경골은 가죽 각반이 보호하고 있었다. 그리고 마찬가지로 가죽과 식물 속껍질과 청동으로 만든 샌들의 고리가 엄지발가락과 둘째 발가락 사이에 걸려 있었다. 정수리로부터 시작하여 이마까지 신선한 수련꽃이 드리워지고 맵시 있게 자른 머리가 요셉을 굽어보았다.

"크나크신 주인님! 소인이 어찌 정원사의 직분을 사랑하지 않을 수 있겠습니까? 그리고 어찌 그 일에 열성을 다하지 않을 수 있겠습니까? 괭이로 하는 이 일은 신들과 인간들을 흡족하게 할 뿐만 아니라, 가장 아름답다고는 할 수 없지만, 최소한 쟁기며 다른 여러 가지 도구로 하는 일보다는 앞서는 일인데 어찌 사랑하지 않을 수 있겠습니까? 왜냐하면 이 일은 일하는 자에게 남성으로서의 명예를 안겨 주기 때문입니다. 과거에도 선택받은 자들이 이 일을 했습니다. 이슐라누를 보십시오. 그 또한 위대한 신의 정원사가 아니었던가요? 그래서 날마다 꽃다발로 탁자를 눈부시게 만들어주자 달의 신 신(Sin)의 딸까지 그에게 상냥한 눈길을 보내지 않았던가요. 그리고 어떤 아이에 얽힌 이야기도 알고 있습니다. 그 아이는 갈대 바구니에 담긴 채 강물에 떠밀려 물을 긷는 자 아키에게 이릅니다. 그는 소년에게 정원을 가꾸는 가장 세련된 기술을 가르쳐 주었습니다. 이 정원사 샤루크-이누에게 이쉬타르는 자신의 사랑을 바치고 나라까지 주었습니다. 그리고 또 한 명의 위대한 왕 이야기도 알고 있습니다. 이신(Isin)의 우라이미티 왕은 장난 삼아 자신의 정원사 엘릴-바니와 역할을 바꿔 그를 자신의 옥좌에 앉혔습니다. 그러나 엘릴-바니는 계속 그 자리에 앉아 결국 왕이 되었습니다."

"이것 좀 보게! 이것 좀 보게나!" 페테프레는 그 말과 함께 다시 미소를 지으며 몬트-카브 집사를 쳐다보았다. 집사는 당황한 표정으로 고개를 흔들었다. 서기들도 따라서 고개를 가로저었다. 그러나 난쟁이 두두가 특히 심했다. 오로지 난쟁이 곳립-세프세스-베스만 주름투성이 얼굴에 활짝 미소를 지으며 고개를 끄덕였다.

"도대체 어디서 그 이야기를 다 알게 되었느냐? 카르두니아에서 왔더냐?" 궁신은 악카드 말로 물었다. 카르두니아라 한 것은 바빌론을 뜻한 것이기 때문이다.

"그곳은 어머니께서 절 낳으신 곳입니다." 요셉 역시 바벨어로 대답했다.

"그러나 주인님의 소유물인 소인이 자란 곳은 자히 땅, 가나안의 한 계곡으로 아버지의 가축떼 곁입니다."

"아?" 포티파르는 지나치듯 외마디를 던졌다. 바빌론 말로 대화하는 것이 재미있었다. 그리고 대답에 깔려 있는 뭐랄까 시적인 표현이, 어떤 암시적인 것이, 그러니까 '아버지의 가축떼 곁'이라는 구절이 풍기는 묘한 뉘앙스가 그를 사로잡았다. 그러나 한편으로는 난처하기도 했다. 이런 질문으로 아랫것한테 너무 친근한 대답을 요구한 게 아닌가. 이러다 나하고는 아무 상관 없는 이야기를 듣게 되면 어쩌나, 은근히 걱정스러웠다. 하지만 한편으로는 호기심이 발동해서 이 노예의 입에서 더 많은 이야기를 듣고 싶은 것도 사실이었다.

"그런데 카다쉬만하르베 왕이 다스리는 나라의 말을 괜찮게 하는구나."

그리고 다시 이집트 말로 돌아가면서 물었다.

"누가 그 전설들을 가르쳐 주었더냐?"

"그 이야기를 읽은 적이 있습니다, 주인님. 제 아버지의 가장 나이든 종과 함께 읽곤 했습니다."

"뭐라고? 글을 읽을 줄 안다는 것이냐?"

포티파르가 물었다. 여기서는 놀라도 된다는 게 기뻤다. 아버지라든가, 가장 나이든 종, 아니 아버지가 종까지 거느리고 있었다는 이야기에 대해서는 아는 척하고 싶지 않았기 때문이다.

포티파르가 고개를 숙이는 만큼 요셉은 고개를 더 아래쪽으로 숙였다. 마치 자신의 죄를 시인하는 사람처럼 보였다.

"그러면 쓸 줄도 아느냐?"

요셉의 고개가 더 아래로 내려갔다.

포티파르는 잠깐 머뭇거리다가 다시 물었다.

"일이 지체되었다 했는데 무슨 일을 하던 중이었느냐?"

"교접을 시키고 있었습니다, 주인님."

"아아? 그럼 네 뒤에 있는 나무가 남성이냐 아니면 여성이냐?"

"열매를 맺을 수 있는 나무입니다, 주인님. 이 나무는 열매를 맺을 것입니다. 그러나 이런 나무를 여성이라 해야 할지, 아니면 남성이라 해야 할지는 정해진 바가 없습니다. 사람들에 따라 다르게 부르니까요. 이집트 나라에서는 열매를 맺을 수 있는 나무에 남성 이름을 부여합니다. 그러나 저는 바닷가 사람들과 이야기를 해본 적이 있는데, 예를 들면 알라시아와 크레타 섬사람들은 열매를 맺을 수 있는 나무들을 여성이라 하고 열매를 맺을 수 없는 나무, 즉 꽃가루만 가지고 있는 독신자 나무를 남성이라 했습니다."

"그러니까 열매를 맺을 수 있는 나무라는 말이구나." 친위대장은 짧게 말했다.

"그러면 나무의 나이는 몇 살이냐?" 이런 대화의 목적이라면 상대방의 전문지식을 알아보려는 것밖에 없다 싶어 포티파르는 그렇게 물었다.

"꽃을 피운 지 10년째입니다, 주인님."

요셉은 감격해서 미소를 지었다. 그건 진정에서 우러나온 반응이었다(요셉은 원래 나무에 관심이 무척 많았다). 그리고 한편으로는 자신에게 유리한 질문으로 보였던 탓이다.

"그리고 어린 새싹을 심은 지는 17년째입니다. 2년이나 3년 후면 이 남자 나무, 혹은 여자 나무는 온전한 나무가 되어 풍요로움의 정상에 올라 최고 수확을 낼 것입니다. 그러나 지금도 벌써 1년에 최고 품질의 열매를 200개나 주인님께 바치고 있습니다. 호박 색을 띠는 열매가 얼마나 아름답고 큰지 참으로 놀랍습니다. 물론 이 모든 것은 바람에만 일을 맡기지 않고 사람 손으로 인공 수분을 한다는 전제에서입니다. 이 나무는 주인님의 나무들 중에서 아주 영광스러운 나무입니다."

점차 열띤 이야기로 변하고 있었다. 요셉의 손은 어느새 호리호리한 나무등치에 가 있었다.

"이렇게 하늘 높이 치솟아 당당하게 힘을 자랑하는 것을 보면 이 나무는 응당 남성이라 할 수 있습니다. 이집트 사람들의 생각도 그렇습니다. 그래서 이름도 그렇게 부르고 있습니다. 한편 이 나무의 풍성한 선물을 생각한다면 여성이라 할 수도 있습니다. 이 경우라면 바다 사람들의 주장과 그들의 언어 습관에 동의할 수 있을 것입니다. 간단하게 말해서 이 나무는 신처럼 거룩한 나무입니다. 주인님께서 허락하신다면 소인은 각 민족이 각기 다르게 말하는 것을 이 한마디로 합치고 싶습니다."

"이것 좀 봐." 페테프레가 비꼬듯이 말했다.

"그렇다면 너는 거룩한 것에 대해서도 내게 할 말이 있단 말이냐? 아마도 집안 대대로 나무에 기도를 올렸던 모양이구나?"

"아닙니다, 주인님. 나무 아래에서 기도한 적은 있지만 나무에 기도를 바친 적은 없습니다. 물론 저희는 나무를 경건하게 대합니다. 나무 주변에는 거룩한 어떤 것이 있으니까요. 그리고 사람들은 나무들이 땅보다 더 오랜 역사를 지녔다고들 합니다. 주인님의 종은 생명의 나무 이야기를 들은 적이 있습니다. 그 나무에는 이 세상에 있는 모든 것을 생산하는 힘이 들어 있었습니다. 그렇다면 모든 것을 생산하는 이 힘을 남성적인 힘이라 해야 하겠습니까? 아니면 여성적인 힘이라 해야 하겠습니까? 멤페에 있는 프타흐의 예술가들과 이곳에 있는 파라오의 화가들도 형상을 만들어내는 생산력을 보여주어 세상을 아름다운 형체로 채워 줍니다. 그럼 이 힘은 남성적인 힘입니까? 아니면 여성적인 힘입니까? 그것을 만들어내는 힘은 생산의 힘입니까? 아니면 출산의 힘입니까? 그것은 뭐라고 말할 수가 없습니다. 왜냐하면 이 힘은 이 두 가지 모두이기 때문입니다. 화서에 자웅 두 꽃술이 함께 있는 나무는 생명의 나무였음이 틀림

없습니다. 양성이 모두 있는 나무인 셈이죠. 대부분의 나무들이 그러하고 스스로 생산하는 헤프레가 그러하듯이 말입니다. 보십시오. 세상은 성별로 갈라져 있습니다. 그래서 저희는 여성과 남성을 이야기하며 그 구별에서도 의견이 다릅니다. 열매를 맺게 하는 나무를 두고 민족들이 남성이라 해야 한다, 아니다 독신자라 해야 한다고 서로 다투고 있기 때문입니다. 그러나 세상의 토대와 생명의 나무는 남성도 아니고 여성도 아니고 두 가지 모두입니다. 그렇다면 두 가지 모두란 또 무슨 뜻입니까? 그건 둘 중 어느 것도 아니라는 뜻입니다. 이들은 바로 처녀로서, 수염 달린 여신처럼, 태어난 자에게 아버지인 동시에 어머니인 것입니다. 생명을 선사해 주는 이들은 성을 초월한 숭고한 것으로 성의 구분과는 아무 상관이 없기 때문입니다."

포티파르는 입을 다물었다. 탑 같은 거구가 아름다운 지팡이에 의지하고 자신이 시험하고 있는 대상의 발 앞쪽을 내려다보고 있었다. 페테프레의 얼굴과 가슴과 온몸에 따뜻한 온기가 퍼져 나갔다. 가벼운 흥분에 붙들린 그는 그 자리를 뜨고 싶지 않았다. 그러나 막상 대화를 이어나가자니, 세상 물정에 밝은 그로서도 어떻게 해야할지 막막했다. 그래도 걸음을 옮길 생각은 없었다. 노예의 개인 신상에 대해 꼬치꼬치 캐묻는다는 건, 자신처럼 고상한 신분의 사람이 해서는 안 될 것 같았다. 그런데 지금은 이와는 반대되는 또 다른 소심함 때문에 대화가 막히는 듯했다. 사실 그 자리를 뜨면 그만이었다. 그리고 낯선 아이를 나무 옆에 선 채로 내버려둘 수도 있었다. 그러나 그러고 싶지 않았다.

아니 또 그래서도 안 되었다. 이렇게 망설이는데, 급기야 덜 자란 사람, 즉 제세트의 남편 난쟁이 두두가 잔뜩 무게를 잡으며 경고하고 나섰다.

"주인님, 다시 걸음을 재촉하시는 게 어떠신지요? 이제 그만 집안으로 들어가시지 않겠습니까? 하늘의 불이 벌써 빛을 잃었고 사막에서 곧 냉기가 닥칠 것입니다. 외투도 걸치지 않으셔서 코감기라도 걸리실까 염려스럽습니다."

그러나 두두는 화만 삭여야 했다. 부채를 들고 있는 자는 그의 말을 듣지도 않았다. 머리에 퍼져 나간 온기가 난쟁이의 조심스러운 이야기를 듣지 못하도록 귀를 막았던 것이다. 이윽고 포티파르가 말했다.

"생각이 깊은 정원사인 듯 싶구나, 가나안 젊은이." 그리고 표현 면에서나 내용 면에서나 인상적이었던 단어를 떠올리며 이렇게 물었다.

"네 아버지의 가축떼는 숫자가 많았느냐?"

"아주 많았습니다, 주인님. 땅이 감당하기 어려울 정도였습니다."

"그렇다면 네 아버지는 근심이라고는 없는 남자였느냐?"

"신에 대한 근심 외에는 근심이라고는 몰랐습니다, 주인님."

"신에 대한 근심이라니, 그게 대체 무엇이냐?"

"그것은 온 세상에 퍼져 있습니다. 신에 대한 근심은 누구나 다 가지고 있습니다. 그들은 서로 얻은 축복과 근심을 다루는 재치에 조금 차이가 있을 뿐입니다. 그런데 특히 제 가족들은 오래 전부터 이 근심을 물려받았기 때문에 제 아버지는 가축을 치는 왕으로서 신의 영주라고도 불렸습니다."

"네 아버지를 왕이요 영주라 부르느냐! 그렇다면 아주 유복한 어린 시절을 보냈겠구나?"

"주인님의 좋은 어린 시절 기쁨의 향유를 바르며 아름다운 신분으로 편안하게 살았다고 할 수 있습니다. 아버지께서 소인을 다른 자식들보다 끔찍이 사랑하시고, 사랑의 선물로 저를 풍요롭게 해주셨기 때문입니다. 한번은 거룩한 옷까지 한 벌 선물해 주셨지요. 거룩한 형상을 오색으로 수놓은 그 화려한 옷은 기만의 옷이요 교환의 옷이었습니다. 그 옷은 제 어머니가 물려주신 옷인데, 어머니 대신 소인이 입은 것입니다. 그러나 질투의 이빨이 그 옷을 갈기갈기 찢어버렸습니다."

페테프레가 듣기에 거짓말 같지는 않았다. 과거를 되새기는 청년의 눈은 오히려 진실을 말하고 있음을 보여주었다. 표현이 둥둥 떠 있는 듯 약간 애매한 건 낯선 외국어 탓이리라. 게다가 그 내용이 아주 정확했다. 그런 건 속일 수가 없었다.

"아니 어쩌다가?" 명예 칭호를 받은 자가 되물었다. 그리고 부드럽게 표현할 생각에 이렇게 덧붙였다.

"네 과거가 그럴진대, 어찌하여 이런 현재를 맞게 되었더냐?"

"전 제 인생에서 죽음을 맞았습니다. 그리고 소인의 새로운 삶은 주인님을 섬기는 삶이 되었습니다. 하지만 소인이 살아온 이야기로 주인님의 귀를 번거롭게 해드려서야 되겠습니까? 소인은 슬펐다가 이윽고 기쁨을 얻은 인간이라 불려야 마땅합니다. 아버지께 선물로 주어졌던 자는 고통의 사막으로 떠밀려 갔고 유괴되어 팔리는 신세가 되었습니다. 그 아이는 행운을 갈망하며 슬픔으로 배를 채웠습니다. 비통함이 그의 양식이었습니다. 그것은 형들이 그를 증오하여 떠나보냈고 그의 발목에 올가미를 씌웠기 때문입니다. 형들은 그의 발 앞에 무덤을 파서 그의 목숨을 구덩이에 차 넣었습니다. 그리하여 암흑이 그의 집이 되었습니다.”

“지금 네 이야기를 하고 있는 것이냐?”

“주인님을 섬기는 종 중에서 가장 낮은 자에 관해 말씀드리는 중입니다, 주인님. 사흘간 아래에 묶여 있던 그에게는 무척 고약한 냄새가 났습니다. 그건 당연했습니다. 양처럼 자기 몸에 배설을 했으니까요. 그때 그곳을 지나던 온순한 사람들이 자비로운 마음으로 그 깊은 나락에서 그를 꺼내 주었습니다. 그래서 새로 태어난 그 아이에게 우유를 먹이고 벌거벗은 아이에게 옷을 입혔습니다. 그런 다음 그들은 그 아이를 주인님의 집 앞에 데려다 주었습니다. 오, 위대한 물긷는 자 아키여! 그리하여 주인님께서는 자비를 베푸시어 그를 정원사로 만들어주셨고, 주인님의 나무 옆에서 바람을 도울 수 있게 해주셨으니 그의 새로운 탄생은 첫번째 탄생이나 마찬가지로 기적이라 할 수 있을 것입니다.”

“어째서 첫번째 출생이나 마찬가지라는 것이냐?”

“주인님의 종이 당황한 나머지 실수로 잘못 말씀 드렸습니다. 소인의 입은 그 말을 하려고 한 것이 아니었습니다.”

"그렇지만 네 출생이 기적이었다고 하지 않았느냐?"

"크나크신 주인님, 이렇게 주인님 앞에서 이야기를 하다 보니, 엉겁결에 말이 그렇게 나왔습니다. 그것은 처녀의 출산이었습니다."

"어떻게 그럴 수가 있느냐?"

"제 어머니는 무척 아리따운 분이었습니다. 하토르의 사랑스러운 키스를 받은 분이셨죠. 그러나 그녀의 몸은 숱한 세월 동안 잠겨 있어서 어머니가 될 수 없었습니다. 그녀의 아름다움이 결실을 맺으리라고는 누구도 짐작 못했습니다. 그러나 12년이 지난 후, 그녀는 수태를 하였고 자연을 뛰어넘는 엄청난 진통 속에서 아이를 낳았습니다. 동쪽 하늘에 처녀자리가 올랐을 때였습니다."

"그래서 처녀의 출산이라 하느냐?"

"아닙니다, 주인님. 주인님께서 아니라 하신다면 당연히 아닙니다."

"처녀자리일 때 출산했다 해서 그 어머니의 출산을 처녀의 출산이라고 말할 수는 없다."

"그것 때문만은 아닙니다, 주인님. 신을 섬긴 시녀인 사랑스러운 그녀의 몸이 오랜 세월 동안 막혀 있었다는 상황을 고려해야 합니다. 이 모든 것이 그 징후와 합쳐진 것입니다."

"여하튼 처녀의 출산이란 없느니라."

"없습니다, 주인님. 주인님께서 그렇게 말씀하신다면 당연히 없습니다."

"그러면 네 생각으로는 그런 게 있다는 말이냐?"

"예, 있고 말고요. 수천번이나 있습니다, 주인님!"

요셉이 기뻐하며 말했다.

"이 세상에는 그런 출산이 수천번 있습니다. 성별로 갈라진 이 세상은 성을 초월한 생산과 출산에서 태어난 것들로 가득합니다. 달빛은 암내를 내는 암소의 몸에 축복을 내려 하피를 낳지 않습니까? 옛날부터 벌은 나뭇잎들로 창조된 것이라고 가르치지 않습니까? 그리고 또 나무는 어떻습니까? 주인님의 종이 돌보는 이 나무들의 신비를 보십시오. 성의 역할놀이를 즐기는 이 창조의 신비는 기분에 따라서 하나로 뭉쳐지기도 하고 또 나눠지기도 합니다. 그래서 어떤 때는 한 덩어리로 있다가, 또 어떤 때는 다르게 되어 성별의 질서나 이름을 알 수 없을 뿐더러, 그것이 같은 것인지조차 모르게 됩니다. 그래서 각 민족들이 저마다 다른 의견을 내세워 서로 옳다고 우기는 것입니다. 그 이유는 흔히 성에 의해서가 아니라, 성의 밖에서, 그러니까 수정이나 수태를 통해서가 아니라 꺾꽂이용 어린 가지를 심어서 번식이 이루어지기 때문입니다. 이 경우 정원사는 새싹을 심는 것이지, 야자나무의 씨앗을 심는 게 아닙니다. 그래서 자신이 심는 것이 열매를 맺을 수 있는 나무가 될지, 아니면 독신자 나무가 될지 전혀 모릅니다. 성을 통해 식물이 번식하면, 그것은 이따금 꽃가루와 수태가 함께 있어서, 같은 나무의 다른 꽃에 나눠 들어가기도 하고, 또 어떤 때는 정원에 있는 다른 나무의 꽃으로 각기 떨어져 있기도 해서 열매를 맺을 수 있는 나무와 열매를 맺을 수 없는 나무로 나뉘어 집니다. 꽃가루를 담고 있는 꽃의 씨앗을 수태 가능한 꽃으로 옮겨 주는 것은 바람이 하는 일입니다. 그런데도 이것이 여전히 성을 통한 생산과 수태일까요? 바람이 하는 일은 암소를 수태시키는 달빛의 생산과 비슷하지 않나요? 그것은 보다 숭고한 생식활동과 동정녀의 수태로 넘어가는 수단이요 하나의 이행 과정이 아니던가요?"

"생산을 한 것은 바람이 아니다." 포티파르가 말했다.

"오, 크나크신 주님, 제발 그렇게 말씀하시지 마십시오! 금렵기가 되기도 전에 부드러운 남서풍의 입김이 새들을 수태시키는 일이 잦다는 말을 들은 적이 있습니다. 왜냐하면 그것은 신의 정신이며 입김이기 때문입니다. 그리고 바람이 정신입니다. 프타흐의 조각가들이 세상을 아름다운 형상으로 가득 채우는 것을 보십시오. 그들의 행동을 남성적이라 해야 합니까? 아니면 여성적이라 해야 합니까? 그건 누구도 구별할 수가 없습니다. 그건 두 가지 모두이면서 양쪽 중 어느 하나도 아니기 때문입니다. 이 말은 열매를 맺을 수 있는 처녀의 생식력을 뜻하는 것입니다. 그러므로 세상에는 성(性)에 상관없이 정신의 입김이 작용한 수태와 생산으로 넘쳐납니다. 세상과 만물의 아버지요 창조주는 주님이십니다. 그분이 씨앗으로 만물을 낳았다는 뜻이 아닙니다. 생산되지 않은 이 분은 어떤 다른 힘을 통해 만물의 질료(質料) 속에 열매를 맺을 수 있는 원인(原因)을 내려놓았습니다. 그리하여 이 질료가 여러 가지 다양한 열매를 맺은 것입니다. 이 여러 모양의 사물은 주님의 생각 안에 먼저 존재했고, 이들을 생산한 것은 바로 정신의 입김에 실려나간 말씀이기 때문입니다."

이 이집트인의 저택과 뜰 안에서 이런 묘한 장면이 연출된 적은 지금까지 단 한번도 없었다. 포티파르는 지팡이를 짚고 서서 귀를 기울이고 있었다. 세련미가 넘치는 얼굴은 애써 비꼬는 표정을 지으려 했지만, 흡족함이 그것과 다투고 있었다. 그건 기쁨, 아니 행복이라 표현해도 무난했으리라. 사실이었다. 조소와 싸움을 벌인다는 표현이 무색할 정도로 고마워하는 만족감이 깨끗한 승리를 거두었음은 누구라도 알 수 있었다.

그의 옆에는 콧수염이 돋보이는 몬트-카브 집사가 서 있었다. 눈 아래로 눈물주머니가 축 처져 있는 작은 눈이 벌겋게 충혈되어 있었다. 믿을 수 없다는 듯, 아연한 모습이었다. 그러면서도 한편 청년이 고마웠다. 기꺼이 그를 인정해 주고 싶었다. 아니, 자신이 사들인 젊은 노예의 얼굴을 바라보는 집사의 표정은 오히려 감탄에 가까웠다. 이 젊은 이는 고상한 주인님을 진정으로 사랑하는 마음으로 섬기는 종의 도리에 대해 자신에게 한 수 가르쳐 주고 있지 않은가. 청년은 집사 자신보다 훨씬 숭고하고 부드럽고 효과적인 충정을 보여주었던 것이다.

집사 뒤에 서 있는 제세트의 남편 난쟁이 두두는 주인님이 자신의 충고에 귀를 닫았다는 사실에 무척 자존심이 상했다. 게다가 주인님이 젊은 노예에게 주목하는 바람에 더 이상은 대화를 끊을 엄두도 내지 못했다. 두 사람의 이야기가 멋밖에 부릴 줄 모르는 젊은 노예쪽에 유리하게 돌아가고 결혼한 난쟁이 자신에게는 불리해지는 것을 뻔히 보고도 막을 재간이 없었던 것이다. 노예 아이의 뻔뻔스럽고 허용될 수도 없는 그런 이야기를 생명수를 들이키듯 듣고 있는 주인님이 야속하기만 했다. 젊은 종의 이야기는 난쟁이 자신의 품위를 손상시키고 가치를 떨어뜨리는 데 안성맞춤이었다. 그리고 온전한 삶을 누린다는 자긍심과 일부 작은 사람들과 일부 큰 사람들의 위에 있는 자신의 비중을 깎아내리는 데 적합한 이야기로 들렸다.

작은 사람들로 말할 것 같으면 거기에는 난쟁이 곳립도 있었다. 그는 자신이 아끼고 보호하는 청년의 성공에 황홀할 지경이었다. 애타게 그려온 순간을 기막히게 활용하는 솜씨는 한마디로 탁월했다. 그리고 거기에는 두 명의 서기들도 있었다. 그들에게도 이런 일은 처음이었다. 주인님과 집사의 표정을 유심히 살펴본 그들의 얼굴엔 웃음이 사라졌다.

이 한떼의 청중 앞에서 요셉은 열변을 토하고 있었다. 자신이 가꾸는 나무 곁에 선 그의 미소 띤 입은 마법을 펼치는 듯했다. 노예 같았던 처음 자세는 흔적도 없이 사라졌다. 지금은 보기 좋은 편안한 자세로 서서 웅변가처럼 몸짓까지 해가며 유쾌하고 진지하게 숭고한 수태와 정령의 입김에 의한 생산에 관해 청산유수처럼 술술 읊어내고 있었다. 어둠이 내려앉는 과수원 주랑에 서 있는 그의 모습은 성전에서 사람들을 탄복시킨 소년과 다를 바 없었다. 복음을 전하여 교사들을 놀라게 한 소년, 신께서 자신의 거룩한 모습을 드러내어 그 혀를 풀어주셨던 그 소년.

"신은 한 분뿐입니다." 요셉이 기뻐하면서 말했다.

"그러나 신성한 것은 이 세상에 수없이 많습니다. 선사하는 미덕도 신성합니다. 이것은 남성도 아니고 여성도 아닙니다. 성을 초월하는 것입니다. 그러므로 성별로 갈라져 구분되는 것과는 아무 상관도 없습니다. 오, 주인님! 이처럼 선물을 내리시는 미덕을 지니신 주인님, 부디 소인으로 하여금 제 빠른 혀로 노래하게 해주십시오! 꿈속에서 저는 축복받은 어느 저택을 보았습니다. 낯선 나라에 있는 안락하고 평안한 궁궐이었습니다. 집들, 창고, 정원과 들판, 작업장, 그리고 사람이며 가축이 헤아릴 수 없었습니다. 그곳은 근면과 만사형통이 지배했습니다. 파종하고 수확하고, 기름 짜는 기계는 쉴새없이 돌아가며 포도 압축기로 짜여진 포도주는 술통에 넘쳐나고 젖통에는 기름진 우유가, 벌집에는 달콤한 황금이 철철 넘쳐 흘렀습니다. 그렇다면 이 모든 것이 누구로 말미암아 질서를 유지하는 가운데 생장하고 번식하는 것일까요? 아, 그건 맨 위에 계신 주인님, 이모든 것을 소유하신 주인님 때문입니다! 바로 그분의 눈빛에 모든 것이 달려 있습니다. 그분께서 들이시고 내쉬는 숨결로 말미암아 모든 것이 이루어집니다. 그분께서 어떤 자에게 가서서 '가거라!' 하면 가고, 또 다른 자에게 가서서 '하거라!' 하면 하는 것입니다. 그러나 그분이 안 계시면 모조리 말라비틀어져 결국에는 죽고 말 것입니다. 그분의 풍성함 덕분에 종들도 먹고 살 수 있는 것입니다. 종들이 그분의 이름을 칭송하는 것도 그래서입니다. 그분은 집 전체와 살림살이를 지키시는 아버지요, 어머니이십니다. 그분의 눈길은 달빛과 같아서 암소를 임신시켜 신을 낳고 그의 말씀은 바람 같은 숨결 같아서 생식의 꽃가루를 이 나무에서 저 나무로 날라다 주시기 때문입니다. 그리하여 그분의 현존이 곧 모태가 되어 벌집의 황금색 꿀처럼 모든 시작과 번성이 그 안에서 흘러나오는 것입니다. 제가 이처럼 모든 걸 선사하는 미덕에 관한 꿈을 꾼 것은 이곳으로부터 멀리 떨어져 있을 때였습니다. 이 꿈을 통해 저는 성 관계를 통해 이루어지는 세속의 방법과는 다른 식으로 열매를 맺게 하는 생식력과 생산이 있다는 것을 알았습니다. 이것은 육신과는 무관한 것으로 정령에 의한 거룩하고 신성한 생식력과 생산입니다. 보십시오. 열매를 맺게 하는 나무는 남성으로 불러야 한다, 아니다, 그건 꽃가루를 뿌리는 나무라 불러야 한다, 이렇게 의견을 통일하지 못한 민족들은 서로 다투기 바쁩니다. 왜일까요? 말은 정신이며, 사물은 정신 속에서 늘 다툼을 부르기 때문입니다. 제가 이전에 본 어떤 사람은 주인님께서 보시더라도 끔찍할 정도로 체구가 컸습니다. 육신의 힘은 무서울 정도여서 한마디로 영웅호걸이요, 거인이었습니다. 그리고 그의 마음은 소가죽으로 만들어졌습니다. 그 자는 사자며 악어와 무소 등 맹수를 닥치는 대로 해치웠습니다. 그걸 본 사람들이 그에게 '자네는 도대체 두려움도 없나?'라고 묻자 그는 '두려움이 도대체 뭔데?'라고 대답했습니다. 그는 두려움이 무엇인지 몰랐던 것입니다. 그런데 제가 이 세상에서 본 사람 중에는 이와는 다른 사람도 있습니다. 그는 마음이나 몸이 부드러운 자였습니다. 그래서 두려움도 가지고 있었습니다. 그때 그는 창과 방패를 들고 '오너라, 내 두려움아!'라고 외친 후 사자와 맹수, 악어와 무소를 무찔렀습니다. 오, 주인님, 주인님의 종을 시험하시어 물어봐 주시렵니까? 이 둘 중에 어떤 사람이 진짜 남자라는 이름을 얻을 수 있는지. 어쩌면 신께서 제게 대답을 주실지도 모릅니다."

포티파르는 높다란 지팡이를 짚고 앞쪽으로 몸을 조금 숙이고 있었다. 머리와 사지에 따뜻한 온기가 퍼져 나가는 느낌이 여간 사뜻하지 않았다. 온몸의 긴장이 다 풀리는 듯한 이 상쾌함은 나그네나 거지, 또는 친척이나 아는 사람의 모습으로 나타난 신과 대화를 나눈 사람들이 공통적으로 느꼈던 감정이라 한다. 이들은 그 느낌 때문에 상대방이 인간이 아니라 신이라는 사실을 알아차렸고, 혹은 신일지도 모른다는 의심에 행복해 했다고 한다. 이처럼 독특한 만족감은 하나의 신호나 마찬가지였다.

건강한 이성은 그들에게 대화 상대가 나그네 혹은 거지, 또는 이런 저런 친척이나 아는 사람이라는 사실을 유념하고 이에 부합되는 현실적인 태도를 유지할 것을 요구한다. 그러나 위에서 말한 묘한 만족감 때문에 그것을 초월하는 또다른 가능성들을 동시에 생각하게 되는 것이다. 동시성은 만물의 본질에 부합되는 존재 형태이다. 현실은 본색을 감추고 변장한 모습으로 나타난다. 거지는 한 명의 거지로 끝나는 게 아니다. 거지로 변장한 신일 수도 있기 때문이다.

강물 또한 한 명의 신이 아닌가? 황소 모습으로 등장하기도 하고, 또는 한쪽은 여자 가슴, 다른 쪽은 남자 가슴에 화환을 두른, 남자이면서 여자인 이 강물의 신이 나라를 세워 그 백성을 먹여 살리고 있지 않은가? 그렇다 해서 이 신의 물, 즉 강물을 사물로 취급하지 못할 이유는 없다. 사람들은 그 물을 마시고 그 위로 배를 타고 지나다니고, 그곳에서 아마포를 빨기도 한다. 다만, 마시고 목욕할 때 사람들이 느끼는 만족감이 이러한 사실적인 관계를 뛰어넘어 보다 숭고한 시각을 상기시켜 준다는 표현은 가능할 것이다.

세속적인 것과 천상의 것을 나누는 경계선은 흐르는 물 같은 법, 그래서 어떤 현상이든 이중 얼굴을 가지고 있다. 그리고 거룩하고 신성한 것에도 중간 단계와 전 단계가 있고 암시와 반쪽과 과도기 과정이 있다. 청년이 나무 옆에서 들려준 자신의 이전 삶에 대한 이야기에는 여러 가지 익숙한 것들이 들어 있어서 묘한 방식으로 기억을 상기시켰다. 어떻게 보면 그것은 일종의 문학적 회상이라 할 수 있었다. 그런데 그중에서 어디까지가 자기 멋대로 배합하고 동화시킨 산물인지, 또 어디까지가 사실인지 쉽게 말할 수는 없었다. 젊은 정원사는 거룩한 것으로 넘어가는 삶, 구원과 위안을 주는 자선가의 삶을 나타내는 특징들을 잘 알고 있었다. 그는 이것을 자기 것으로 소화하여 마침내 자신이 살아온 인생의 명세서와 일치시켰다. 이 모든 것이 적당한 것을 인용할 줄 아는 유머의 산물일 수도 있었다. 여하튼 다른 모든 상황도 그에게 유리해진 게 분명했다. 포티파르 또한 앞에서 말한 아주 독특하고 묘한 만족감을 맛보고 있었다.

"내 너를 시험해 보았는데, 그럭저럭 통과했구나. 그러나 처녀의 출산이라는 말은 있을 수 없다." 그는 친절하게 가르쳐 주었다.

"단순히 처녀자리일 때 출산했다는 이유로 그렇게 말할 수는 없지. 그 점을 명심하도록 해라."

굳이 이렇게 덧붙인 이유는 건강한 현실감각 때문이었다. 그 신으로 하여금 자신이 그를 신으로 알아차렸음을 눈치 채지 못하게 하려는 뜻도 물론 없지 않았다.

"이제 동료들과 함께 저녁 휴식을 취하고, 나무를 돌보는 일은 해가 뜨면 그때 계속하거라."

그 말만 남기고 그는 발갛게 상기된 얼굴로 미소를 지으며 몸을 돌렸다. 그러나 간신히 두 발자국을 옮겼을까, 자신을 뒤따르려던 수행원들의 걸음을 다시 멈추게 만들었다. 그렇게 자리에 우뚝 멈춰 선 채, 되돌아오지는 않고 손짓으로 요셉을 자기 앞으로 불렀다.

"이름이 무엇이냐?" 그걸 묻는다는 게 깜빡했던 것이다.

요셉은 일부러 잠깐 뜸을 들인 후, 진지한 표정으로 페테프레를 올려다보면서 대답했다.

"오사르시프입니다."

"좋아."

짤막한 대꾸만 남기고 '부채를 들고 있는 자'는 서둘러 걸음을 재촉했다. 그리고 걸음뿐 아니라 다른 것도 서둘렀는데, 바로 다음과 같은 말이었다. (나중에 난쟁이 곳립이 요셉에게 들려준 바에 따르면) 그는 걸어가면서 몬트-카브 집사에게 이렇게 말했다.

"저기서 시험해 본 아이는 보기 드물게 영리한 시종이군. 나무 가꾸는 일도 잘 해낼 거라고 믿네. 하지만 너무 오랫동안 그 일에 붙들어둬서는 안 될 것 같군."

"잘 알아들었습니다." 몬트-카브의 대답이었다. 어떤 후속 조처가 따라야 할지 그는 곧 알아차렸다.

요셉의 언약

다른 곳에서는 생각도 못한 이 대화와 관련하여, 처음부터 끝까지, 다시 말해서 대화에 이르게 된 경위부터 시작해서 일단 대화가 시작되었을 때 무슨 말이 오갔으며, 또 어떻게 끝났는지 이 자리에서 하나하나 세세하게 기록한 데는 나름대로 이유가 있다. 이 대화가 출발점이 되어 요셉은 포티파르의 집에서 그 유명한 자리에 오르게 되고, 마침내 출세할 수 있었기 때문이다. 이 만남이 있었기에 이집트 사람이 요셉을 자신의 몸종으로 삼고 나중에는 그의 손에 모든 재산의 관리를 맡길 수 있었다(이 보고는 빠른 맹수처럼 우리를 실어날라 7년이라는 세월을 훌쩍 뛰어넘게 하는데, 이때 야곱의 아들은 새로운 삶의 정상에 올랐다가 새로운 죽음으로의 추락을 앞두게 된다).

그렇다면 이 첫 만남의 무엇이 그토록 큰 영향력을 행사하게 된 것일까? 그것은 바로 이 시험에서 요셉이 중요한 사실을 증명해 보였기 때문이다. 자신이 팔려온 집은 겉으로는 축복받은 집이지만 안을 들여다보면 곤혹스러운 집이었다. 그는 이 집에 가장 절실한 게 무엇인지 알았다. 빈 껍데기 품위를 지키려면 듣기 좋은 말로 서로 배려해 주고 격려하며 정성을 다해 상대방에게 봉사해야 한다는 것, 요셉은 그 사실을 깨달았던 것이다. 그런데 그는 단순히 이 깨달음을 증명한 데 그치지 않고 이러한 요구 사항을 누구보다도 재치 있게 수행할 수 있는 능력까지 보여준 것이다.

우선 몬트-카브부터 그렇게 받아들였다. 그 역시 귀하신 주인님의 심기를 편하게 해드리는데 열성을 다했다. 그러나 듣기 좋은 말에서 요셉이 보여준 놀라운 재치는 자신을 훨씬 능가했다. 그에 대한 시샘 같은 것은 전혀 없었다. 그저 기쁘기만 했다. 그가 진실한 사람이었기 때문에 이 말을 특히 강조하는 것이 아니다. 사랑에서 우러나오는 정성 어린 봉사와 아첨이 근본적으로 다르기 때문에 하는 말이다. 자신이 사들인 노예가 과수원에서 하는 말을 들은 후 집사는 아마 주인님의 묵시적인 명령이 없었더라도 자기가 알아서 노예 아이를 암흑에서, 즉 가장 낮은 종의 신분에서 꺼내, 자신의 능력을 증명할 수 있는 그보다는 밝은 곳으로 옮겨 주었을 것이다. 지금까지 이 일을 미뤄왔던 건, 우리가 이미 알고 있듯이 오로지 수줍음 때문이었다. 이전에 물품 목록을 들고 있던 젊은이를 처음 본 순간 집사의 감정 변화는 정원사 노예와 대화를 나눈 포티파르의 가슴에 파문을 그린 동요와 아주 유사했다.

그래서 집사는 다음 날 해가 뜨자마자, 이제 간신히 아침 식사를 마친 때라, 쿤-아눕의 견습생으로서 바람의 조수 역할을 채 시작하지도 않은 히브리 청년 요셉을 불렀다. 그리고 다짜고짜 앞으로는 그를 전혀 다른 곳에 쓰겠다고 통보했다. 그뿐 아니라 실은 이미 오래 전에 그렇게 되었어야 했는데 일이 이렇게 연기된 것은 모두 요셉 탓이라고 오히려 나무라는 말투였다. 그렇게 이야기하는 편이 낫다고 판단한 듯했다. 상황을 이렇게 뒤집을 수밖에 없다고 믿는 게 인간인 것을 어쩌랴! 사람을 불러놓고 그에게 행운이 왔음을 알려 주는 사람치고는 터무니없이 무뚝뚝한 태도였다. 더 이상 지속될 수 없는 상황이 쓸데없이 오랫동안 이어진 것도 당사자 탓이라는 식이었다. 집사가 그를 맞은 곳은 시종들의 숙소와 부엌 건물, 그리고 여자들의 집 사이에 있는 안뜰 구역으로 가축 우리와 가까웠다.

인사를 하는 요셉을 보자마자 집사는 대뜸 이렇게 말했다.

"그래, 너로구나! 그나마 부르면 이렇게 오니 다행이구나. 계속 그런 식으로 지낼 수 있을 줄 알았더냐? 그래서 평생 나무 주위나 어슬렁거려도 될 줄 알았더냐? 그렇게 생각했다면 큰 오산이다! 지금부터는 바뀐다. 빈둥거리는 것도 이제 끝이다. 앞으로는 집안일을 하거라, 지금 당장 시작해야 한다. 만찬장에서 주인님들을 모시도록 해라. 파라오의 친구께서 앉으신 의자 뒤에 서서 접시를 건네드려야 한다. 네가 그 일을 하고 싶은지 아닌지, 그런 건 물어볼 생각도 없다. 쓸데없는 일에 그만큼 푹 빠져 있었으면 그것으로 충분하다. 그러느라 높은 의무는 그만큼 게을리 했으니, 더 이상은 안 된다. 도대체 네 몰골이 이게 뭐냐? 살갗이며 거기 옷이라고 걸친 아마포 조각이 온통 정원의 나무껍질과 먼지투성이구나! 어서 가서 깨끗하게 씻거라! 창고에 가서 주인님께 음식을 건네주는 자가 입는 옷을 달라고 하면 은 잠방이를 줄 것이다. 그리고 꽃을 가꾸는 정원사한테 가서 머리에 쓸 화환을 달라고 하거라. 아니면 혹시 페테프레 주인님의 의자 뒤에 설 때 이런 모습으로 서겠다 하고 미리 생각해둔 것이라도 있느냐?"

"그곳에 서겠다 생각한 적이 없습니다." 요셉이 조용히 대답했다.

"그래. 네 생각대로 되는 것은 아니다. 여하튼 명심하거라. 식사가 끝나면 서늘한 북쪽 주랑에서 잠을 청하시기 전에 시험 삼아 주인님께 책을 읽어드려야 한다. 어떠냐? 웬만큼 읽어드릴 수 있겠느냐?"

"토트가 도와주실 겁니다."

요셉의 입에서 이집트 신의 이름이 이처럼 자연스럽게 나올 수 있었던 것은 자신을 그 나라로 보낸 분께서 너그럽게 봐주시리라 믿었기 때문이다. 그래서 '그 나라에 맞게, 그 풍습에 맞게' 원칙을 따른 것이다.

"그런데 지금까지는 주인님께 누가 책을 읽어드렸습니까?"

"지금까지 누가 했느냐고? 아메네무예였다. 회계실에서 일을 배우는 아이지. 그런데 그건 왜 묻느냐?"

"'몸을 감추고 계신 분'을 생각해서라도 다른 사람과 문제를 일으키고 싶지 않아서입니다. 그의 영예로운 직분을 빼앗아 그의 구역을 침범하고 싶지 않기 때문입니다."

몬트-카브는 뜻밖의 우려에 감동했다. 어제부터—그 전이 아니고 어제 비로소 그랬다고 가정한다면—그는 벌써이 젊은이의 능력과 소명은 집안에서 직분의 서열을 다투는 경쟁에서 자신이 아는 것보다는 훨씬 높이 올라갈 것 같은 예감이 들었었다. 단순히 책이나 읽어주는 아메네무예의 직분은 물론, 그보다 훨씬 높은 곳까지 이를 듯했다. 그래서 더더욱 요셉의 이러한 섬세함이 마음에 들었다.

집사는 자신이 르우벤과 같은 인간 유형이라는 사실을 알았을까? 당연히 몰랐으리라. 그는 르우벤이나 마찬가지로 '의롭고 공정한' 데서 자부심을 느끼고 거기서 행복과 품위를 찾는 사람이었다. 다시 말해서 설령 자신이 물러나는 한이 있더라도, 보다 숭고한 권세를 위해서라면 기쁜 마음으로 거기에 자신의 계획을 맞추는 사람이었다. 이런 식으로 기쁨과 품위를 얻으려는 건 몬트-카브의 천성이기도 했지만, 어쩌면 이따금 신장 때문에 고생해야 했던 건강하지 않은 몸이 한몫했을 수 있다. 여하튼 그에게는 요셉의 걱정이 기분 나쁘지 않았다.

"주변을 배려하는 마음이 깊구나. 아메네무예의 영예와 그의 쓰임새는 그 아이와 내가 할 걱정이니 너는 개의치 말아라! 그런 배려도 주제넘은 참견과 같은 나무에서 자라는 법이다. 그러니 너는 명령만 들으면 된다."

"매우 귀하신 분의 명령인가요?"

"윗사람이 명령하면 그게 곧 명령이다. 지금 내가 너한테 뭐라고 명령했더냐?"

"가서 깨끗이 씻으라고 하셨습니다."

"그럼 그렇게 하거라!"

요셉은 머리를 숙여 예를 표한 후, 뒷걸음으로 물러났다.

"오사르시프!" 집사의 부드러운 음성이 들렸다. 부름을 받은 자가 다시 다가왔다.

어깨 위에 몬트-카브가 손을 얹었다.

"주인님을 사랑하느냐?"

그렇게 묻는 얼굴에서 두툼한 눈물주머니를 매단 작은 눈은 가슴이 아려오는 듯한 눈길로 요셉을 바라보았다.

수많은 기억이 줄줄이 떠오르고, 묘한 전율이 느껴졌다. 어린 시절부터 숱하게 들어온, 요셉에게는 그야말로 익숙한 질문이 아니던가! 야곱도 항상 그랬다. 그 역시 사랑하는 아들을 무릎에 앉혀놓고, 눈 밑의 부드러운 살이 볼록하게 솟아오른 갈색 눈으로 가슴 저린 표정으로 아들의 얼굴을 뚫어져라 쳐다보며 그렇게 묻곤 했었다. 팔려온 자는 자신도 모르게 입에 달려 있는 대로 대답했다. 워낙 자주 반복된 질문이었기에 판에 박은 대답이 마련되어 있었던 것이다. 그리고 속마음도 다르지 않았다.

"온 영혼과 마음과 정성을 다하여 사랑합니다."

야곱이 그랬던 것처럼 집사도 흡족한 표정으로 머리를 끄덕였다.

"그렇다면 좋다. 그분은 선하시고 위대하시다. 어제 대추야자나무 과수원에서 너는 누구도 따르지 못할 말로 그분을 찬미했다. 밤인사가 전부가 아니라 네가 그 이상을 할 수 있다는 것은 이미 잘 알고 있었다. 처녀자리가 등장했을 때 태어났다 해서 네 출생을 두고 처녀의 출산이라 한 것은 실수였지만, 나이가 어려서 그런 것이니 큰 허물이 아니다. 신들은 네게 세련된 생각들을 주셨고 혀까지 풀어주셔서 그 생각들을 아름다운 춤처럼 조화롭게 엮을 수 있도록 해주셨다. 주인님께서도 흡족해 하셨으니 이제부터 너는 그분의 의자 뒤에 서 있어야 한다. 그리고 내가 집안을 둘러볼 때는 내 제자가 되어 나를 따라오너라. 집안과 뜰과 들판 일을 두루 살펴 재고를 정확히 챙기고 전체를 관망할 수 있는 경영 안목을 길러, 시간이 지나면 조수가 되어 날 도와야 한다. 골치 아픈 일이 많고, 요사이 몸이 편치 않은 날까지 부쩍 늘었기 때문이다. 자, 만족하느냐?"

"주인님의 의자 뒤에, 그리고 집사님 옆에 서는 일이 누구에게도 해가 되지 않는다면, 당연히 만족하며 감사를 드릴 것입니다. 하지만 망설임도 없잖아 있습니다. 도대체 내가 누구인가, 내가 할 줄 아는 게 뭐가 있는가? 속으로는 이렇게 시인하지 않을 수 없기 때문입니다. 가축을 기르시는 왕이신 제 아버지께서는 제게 글과 말을 가르치시긴 했습니다. 그러나 그밖에는 그저 기쁨의 향유를 바르고 유복하게 지냈을 뿐, 제 손으로 할 줄 아는 건 아무것도 없습니다. 구두도 못 만들고 붙일 줄도 모르고 도기를 굽지도 못합니다. 그런 제가 어떻게 감히 여기저기 돌아다니며 각자 맡은 바 소임을 다하는 사람들을 살피고 감독할 수가 있겠습니까?"

"그러면 나는 구두를 만들 줄 알고 붙일 줄 아는 것 같으냐?" 몬트-카브가 말했다.

"나도 도자기를 구울 줄 모른다. 의자나 관을 만들지도 못한다. 그런 일을 할 필요도 없고, 또 그러라고 요구할 사람도 없다. 특히 그런 것을 할 줄 아는 자들은 더더군다나 그런 요구는 안한다. 나는 태어날 때부터 그들과는 다른 사람이다. 그건 만들어진 나무가 다르기 때문이다. 내게는 그들이 가지지 않은 보편적인 머리가 있어서 집사가 된 것이다. 작업장에서 일하는 자들은 너한테 네가 뭘 할 줄 아는지 묻지 않는다. 오히려 네가 누구인지 묻지. 왜냐하면 그것은 다른 능력과 결합되어 있고, 바로 감독하는 데 쓰이는 능력이기 때문이다. 주인님 앞에서 너처럼 이야기할 줄 알고, 그 섬세한 생각들을 조화로운 말로 엮어내는 능력이 있는 사람이라면, 손으로 일하는 자들처럼 여기저기 쪼그리고 앉아 있을 게 아니라 나를 따라 그들 사이로 돌아다니는 것이 마땅하다. 다스리고 두루 살피는 일은 말로 하는 것이지, 손으로 하는 일이 아니기 때문이다. 내 생각에 토를 달거나 꼬투리를 잡을 게 있느냐?"

"아닙니다, 크나크신 집사님. 그저 감사하는 마음으로 집사님의 뜻에 동의합니다."

"그래, 오사르시프! 그 말 잘했다. 나와 한 가지 약속할 게 있다. 나와 너, 늙은이와 젊은이가 파라오의 친위대장이신 고귀한 페테프레 주인님을 한마음으로 섬기고 사랑하기로 우리 둘이 동맹을 맺자. 그리고 이 언약은 죽을 때까지 지켜야 한다. 그리고 늙은이가 죽어도 이 언약은 깨지지 않는다. 무덤을 넘어서까지 젊은이는 그의 아들이요 후계자로 남아서 죽은 자와의 언약을 지켜 고귀한 주인님을 보호하고 변호해야 한다. 그것이 바로 아버지를 보호하고 변호하는 일이다. 무슨 말인지 알겠느냐? 알아들었느냐? 아니면 이상하고 기이한 소리로 들리느냐?"

"전혀 그렇지 않습니다, 아버지." 요셉이 대답했다.

"무슨 말씀인지 잘 알아들었습니다. 그리고 그 뜻도 잘 이해했습니다. 이런 언약이라면 오래 전부터 익히 알고 있습니다. 주인님과 종이, 혹은 지위가 같은 사람끼리 서로 아끼며 섬기기로 언약하고 동맹을 맺는 것이 아닙니까? 제게는 이보다 더 익숙한 것이 없습니다. 그러니 이상해 보일 리 만무합니다. 제 아버지의 머리와 파라오의 생명을 걸고 맹세합니다. 전 당신 것입니다."

그를 사들인 자의 손은 여전히 그의 어깨에 올려져 있었다. 이제 나머지 손이 그의 손을 부여잡았다.

"좋다, 오사르시프. 가서 몸을 씻고 주인님의 몸종 일과 책 읽는 시종 노릇을 하거라. 그러나 주인님이 내보내시면 곧장 내게로 와야 한다. 집안을 두루 구경시켜 주고 감독하는 법을 일러주마!"

Fünftes Hauptstück
Der Gesegnete

5부

축복받은 자

책도 읽어주는 몸종 요셉

그런 일이 있으리라고는 생각도 못한 사람이 뜻밖에 높은 자리에 올라가면 주변 사람들은 어떤 반응을 보일까? 어떤 사람은 영문을 몰라 이를 부당한 처사로 받아들여 계면쩍게 웃으며 눈을 내리깔기도 한다. 빤히 쳐다봤다가 어느새 아래쪽으로 눈길을 돌리는 미소, 황당함과 심술이 엿보이며, 질투심이 번득이고, 또 한편으로는 행운과 윗사람의 변덕을 수긍하는 관대한, 아니 절반은 탄복하는 미소를 당시 요셉은 하루에도 몇 번씩 느껴야 했다. 맨 먼저 그 미소를 본 것은 정원에서였다. 몬트-카브가 부른다는 말을 들었을 때, 나무에 기어올라 인공 수정 일을 하던 다른 젊은이들 틈에서 본 미소가 처음을 장식했다. 그 이후로 이 미소와 마주치는 일은 더욱 빈번해졌다. 이때부터 요셉은 여러 번 머리가 들어 올려지면서 높은 자리로 올라갔기 때문이다.

이야기가 서술해 주듯, 요셉이 포티파르를 가까이 모시는 몸종이 되고, 주인이 이 히브리 종에게 점차 자신의 재산을 맡기기 시작한 것은 몬트-카브가 요셉과 맺은 언약에 이미 씨앗으로 들어 있었다. 한 해, 두 해 지나면서 점차적으로 자라나는 나무가 그렇듯, 집사의 말 속에 잉태되어 있던 이 씨앗 또한 이미 온전하고 완전한 형태를 띠고 있었으므로, 싹을 틔우고 꽃을 피우는 건 시간 문제였다.

요셉은 앞에서 집사가 말했던 은잠방이와 화환을 받게 되었다. 만찬장에서 음식을 건네는 시종이 갖춰야 할 옷차림을 한 요셉이 얼마나 멋졌을지는 굳이 다시 언급할 필요가 없을 것이다. 포티파르 가족의 식사시간에 시중을 드는 자라면 응당 멋져 보여야 했겠지만, 귀여운 여인 라헬의 아들은 단순히 귀여워 보이는 수준을 넘었다. 정신적인 것과 육체적인 것이 결혼하여 서로를 승화시킬 때 나타난 보다 숭고한 후광이 그를 한층 돋보이게 했던 것이다.

만찬장에서 요셉이 서야 할 자리는 페테프레의 의자 뒤였다. 아니 처음에는 맞은편의 좁다란 돌 연단 옆에 서야 했다. 벽에도 석판이 붙어 있었는데, 거기에는 청동 항아리와 컵이 제자리를 지켰다. 식사를 하려고 북쪽이나 서쪽 주랑을 통해 만찬장으로 들어온 귀하신 분들이 제일 먼저 거치는 곳이 여기였는데, 주인님들이 계단을 올라와 이 장소에 이르면 손에 물을 부어드려야 했다. 요셉의 일은 인장 구실을 하는 딱정벌레 반지를 낀 포티파르의 작고 하얀 손에 물을 부어준 후, 향기로운 수건을 건네주는 것이었다. 그리고 주인님이 손을 말리는 동안 가벼운 발걸음으로 홀

안에 있는 돗자리와 알록달록한 융단을 밟고 건너편으로 먼저 가 있어야 했다. 거기엔 주인님들, 즉 위층의 거룩한 부모님을 비롯하여 그들의 아들 그리고 안주인 마님 무트-엠-에네트가 앉을 의자가 있었다.

요셉은 포티파르의 의자 뒤에 서서 주인님이 오시길 기다린 다음, 은잠방이를 입은 다른 시종이 가져다주는 것을 주인님께 건네드려야 했다. 요셉은 물건들을 가져오고 또 내가느라 왔다갔다할 필요가 없었다. 그건 다른 사람들이 맡아 했으므로 파라오의 친구에게 직접 건네주기만 하면 되었다. 결국 파라오의 친구는 먹고 마시는 것 모두를 요셉의 손에서 받는 셈이었다.

만찬장은 천장이 높고 환했다. 직사광이 아니라, 특히 서쪽의 바깥 홀을 비롯하여 옆의 다른 공간에서 들어오는 간접 반사광 때문인데, 만찬장에 있는 일곱 개의 문과 그리고 위에 있는 아름다운 석판 창문들을 뚫고 들어온 햇살도 햇살이지만, 벽까지 새하얀 색이어서 한층 더 밝은 느낌을 주었다. 마찬가지로 하얗고 파란 하늘색을 띤 들보에 색깔 있는 프리즈 장식을 둘렀고, 들보가 받치고 있는 천장은 파란색 나무기둥의 알록달록한 머리가 맞닿아 있었다. 기둥의 동그란 받침대는 흰색이었다. 이 파란 하늘색 나무기둥은 참으로 아름다운 장식품이었다.

실은 포티파르가 매일 식사를 하는 이 방에 있는 것 중에서 아름답지 않은 것은 하나도 없었다. 하나부터 열까지 우아하고 아름다웠고, 경쾌한 느낌의 장식품과 없어도 괜찮은 사치품이 넘쳤다. 주인님들의 의자는 흑단재와 상아로 만들어졌고, 사자머리와 오리털을 넣고 수를 놓은 쿠션으로 장식되어 있었다. 그리고 벽에 있는 고상한 등잔대와 향을 올려놓는 삼발이, 세워놓은 오목한 접시, 향 단지, 그리고 스탠드 위에 세워진 손잡이가 넓고 꽃을 두른 포도주 항아리, 또 귀한 분들의 시중을 드는 데 필요한 고급스러운 도구와 부속품들 모두 광채로 반짝였다.

홀 한가운데 넓은 탁자가 있고, 아문의 제단처럼 그곳에 수북이 쌓여 있는 음식을 시종들이 날라와서 주인님의 몸종들에게 넘겨주었다. 귀한 네 분이 먹어 치우기에는 음식 양이 너무 많았다. 거위구이, 오리구이, 소 넓적다리, 야채와 케이크, 빵, 오이와 멜론, 시리아산 과일, 모든 게 풍성했다. 음식 한가운데에 금으로 된 식탁 장식대가 솟아 있었다. 파라오가 포티파르에게 준 신년 선물로 낯선 나무가 굽어보는 신전을 묘사한 것이었다. 나뭇가지 위로 원숭이들이 올라가고 있었다.

페테프레와 그의 가족이 식탁에 앉으면 홀 안에는 적막감만 감돌았다. 시종들의 맨발바닥은 바닥에 닿아도 소리를 내지 않았고, 서로 깍듯하게 대하면서 어쩌다 한번 주고받는 주인님들의 대화는 나직했다. 그리고 식사 도중 잠시 쉴 때면 상대방을 배려하는 뜻에서 몸을 숙여 수련꽃을 건네며 향을 맡게 하기도 하고, 간간이 맛있는 음식을 한입 넣어주기도 했다. 서로 상대방을 얼마나 부드럽게 대하고 조심하는지 겁이 날 정도였다. 가족은 한 쌍씩 마주보고 앉았는데 포티파르는 자신을 낳은 자의 옆에, 그리고 여주인 무트는 늙은 후이 곁에 앉았다.

요셉이 안뜰에서 가마를 타고 가는 무트를 처음 봤을 때, 그녀는 곱슬머리에 황금가루를 뿌렸었다. 그러나 항상 그런 차림을 하는 것은 아니었다. 그보다는 어깨까지 내려오는 가발을 쓰는 경우가 더 많았다. 파란색, 황금색, 혹은 갈색의 가발은 곱슬머리를 작게 말아 아래 부분에 댕기를 달아 장식했고, 그 위에 화관을 썼다. 스핑크스의 머리두건과 절반 정도 유사한 이 가발이 만든 하얀 이마 위의 굴곡은 심장처럼 보였다. 그녀는 이따금 양쪽 볼 위로 흘러내린 머리카락이나 혹은 머리 다발 중 하나를 만지작거리는 버릇이 있었다. 그리고 눈이 입과 서로 싸우는 듯하여 인상이 매우 특이했다. 눈은 엄격하고 어두워 보이면서 움직임이 느렸고, 입은 언저리가 묘하게 패여 양쪽 꼬리가 치켜 올라갔기 때문이다. 멀리서 봤을 때나 마찬가지로 유난히 눈에 들어오는 것은 그녀의 새하얀 팔이었다. 프타흐의 예술가들이 반질거리도록 윤을 낸 조각품을 연상시키는, 그래서 거룩한 느낌을 준다고 해도 과언이 아닐 듯한, 맨살이 그대로 드러난 팔은 식사를 하느라 이리저리 움직이곤 했다.

파라오의 친구는 귀여운 입으로 엄청나게 먹었다. 그는 질리지도 않는지 가져다주는 음식은 척척 먹어 치웠다. 살로 이루어진 거대한 탑을 먹여 살려야 하는 그에게는 당연한 일이었다. 그리고 목이 긴 주전자로 포도주 잔을 연신 채워 줘야 했다. 아마도 포도주의 열기가 자존심을 데워 줘서, 호르-엠-헵이 있긴 하지만 진짜 친위대장은 자신이라고 믿게 만들어주는 것 같았다. 반면 여주인 무트-엠-에네트는 식욕이 별로 없어 보였다. 그녀 또한 몸단장에 각별히 신경을 쓴 귀여운 여자 몸종의 시중을 받았다. 그 하녀가 걸친 옷은 거미줄처럼 얇아, 하늘거리는 그 천 조각은 걸치나마나여서(아버지 야곱이 못 보셨기에 망정이지!) 벌거벗은 것이나 진배없었다. 여하튼 식욕이 없으면서도 여주인이 굳이 그 자리에 나타난 것은, 그게 예의범절이고 의례적인 절차였기 때문이다. 그녀는 마지못해 오리구이를 집어들어, 입을 벌린 둥 마는 둥, 가슴 부분을 한입 베어 물고는 그릇에 던져 넣는 게 고작이었다. 멍청해 보이는 어린 소녀들의 시중만 고집하는 거룩한 부모님들도(이들은 나이든 종의 시중은 못 참아했을 뿐 아니라 허락도 하지 않았다) 앉아서 뭐라고 잔소리를 하며 종알거리긴 했지만, 문화생활을 한답시고 식탁을 마주했을 뿐, 야채나 구운 음식 중 아무거나 한 가지를 두세번 베어먹으면 그것으로 끝이었다. 특히 늙은 후이는 다른 것을 먹으면 위가 반란을 일으켜 식은땀을 흘리게 될지도 모른다며 걱정하기 일쑤였다. 간혹 주인님들의 발치에 있는 계단참에 앉아 오도독 깨물어가며 식사에 동참하는 자가 있었는데, 그건 베스-엠-헵, 난쟁이 곳립이었다.

그는 원래 지위가 높은 종들과 함께 식사했다. 몬트-카브 집사와 보석상자를 지키는 두두, 정원 감독관 글룻바우흐, 그리고 몇몇 서기 등이 함께 하는 이 식탁에 오사르시프라 불리는 히브리인 몸종 요셉도 곧 합류하게 되었음은 물론이다. 익살꾼 베지르, 난쟁이 곳립은 그렇게 계단에 앉아 음식을 우물거리던가, 그게 아니면 다 구겨진 예복 차림으로 커다란 탁자 주위를 돌면서 우스꽝스러운 춤을 선보이곤 했다. 그리고 멀찌감치 떨어진 한쪽 구석에는 으레 늙은 하프 악사 한 명이 쪼그리고 앉아 꼬부라진 야윈 손가락으로 하프 줄을 뜯으며 알아듣기 어려운 노래를 중얼거렸다. 대부분의 가수들이 그렇듯 그 또한 장님이었고, 별로 정확하지 않았지만 여하튼 더듬거려가며 어지간한 예언을 하기도 했다.

포티파르의 집에서 볼 수 있는 식사시간의 광경은 매번 이런 식이었다. 왕의 신하는 강 건너편의 메리마아트 궁전, 즉 파라오 곁에 있는 경우가 많았다. 그게 아니면 이 신을 따라 왕의 배를 타고 나일 강 상류로 올라가거나, 하류로 내려가 채석장이나 광산 또는 농업이나 수산업의 산물을 구경하러 다녔다. 그런 날이면 식사 시중은 면제되어 파란 홀이 텅 비곤 했다. 그러나 주인님이 계시는 날이면, 몇 번씩이나 서로 따뜻한 마음을 표시하면서 함께 점심식사를 했다. 그리고 식사가 끝나면 거룩한 부모님은 다시 부축을 받고 이층으로 올라가고, 그들의 며느리인 달의 수녀는 본채에 있는 자기 방—커다란 북쪽 주랑을 사이에 두고 남편의 침실과 마주보는 방이었다—으로 가거나 사자 가마를 타고 앞뒤로 수행원을 거느리고 규방으로 되돌아갔다.

요셉은 그럴 때면 포티파르를 따라 옆에 붙어 있는 홀 중의 한 곳으로 가야 했다. 어떤 홀이든 모두 통풍이 잘 되었다. 날렵한 기둥만 서 있을 뿐 앞은 확 트였고, 벽으로 둘러싸인 삼면의 벽감(壁龕)은 색을 칠해 놓았다. 만찬장과 손님접대실 앞에 넓게 자리잡은 북쪽 주랑보다 서쪽 주랑의 전망이 더 아름다웠다. 정원과 정원수들 그리고 바닥을 올려 지은 정자를 바라볼 수 있었기 때문이다. 대신 북쪽 주랑은 그곳에 앉은 주인님이 안뜰과 창고들과 가축 우리를 볼 수 있다는 장점이 있었고, 그곳 역시 서늘했다.

어느 쪽 주랑이든 근사한 물건들이 즐비했다. 요셉은 이집트의 수준 높은 문화재를 바라볼 때면 늘 그랬듯이, 이물건들도 감탄과 조소가 뒤섞인 눈빛으로 관찰했다. 궤와 벽 선반 위, 그리고 벽에는 파라오가 자신의 궁신이며 명예 친위대장에게 내린 하사품이 널려 있거나 걸려 있었다. 만찬장에 있던 황금으로 만든 놀라운 작품도 파라오의 하사품 중의 하나였다. 금이나 은 혹은 흑단재와 상아로 만든 작은 조각상들은 그것을 하사한 넵마-레-아멘호트페 왕의 모습을 보여주었다. 그는 살이 꽤 많이 찐 땅딸보 남자였다. 조각상마다 예복과 왕관, 머리 모양이 달랐다. 그리고 청동 스핑크스도 이 신의 머리를 하고 있었다. 그 외에도 짐승 형상을 한 온갖 예술품들이 있었다. 예를 들면 달려가는 코끼리떼, 쪼그리고 앉은 비비 원숭이, 또는 주둥이에 꽃을 물고 있는 영양, 진기한 그릇, 거울, 부채, 그리고 채찍.

그런데 특기할 물건들은 바로 무기였다. 전투 무기가 엄청나게 많았고 종류도 다양했다. 손도끼에 단도, 그리고 갑옷, 모피를 둘러친 방패, 활, 청동 낫이 보였다. 전투를 좋아하지 않는 파라오가 이런 전투 도구를 무더기로 선물하다니, 어딘지 어울리지 않았다. 그는 대단한 정복가의 후계자였지만, 전투에는 관심이 없었고 평화를 사랑하는 부유한 왕으로서 오로지 건축에만 열을 올렸다. 게다가 파라오로부터 이 선물을 받은 궁신 또한 몸은 르우벤 같은 거구였지만, 고무를 먹는 자들과 사막의 주민들을 피바다로 몰아넣을 생각은 전혀 없었다.

홀 안에는 그림처럼 아름답게 장식된 서가도 있었고 아기자기하게 생긴 침대도 있었다. 포티파르가 그 위에 누우면 이 귀한 침대는 육중한 몸무게에 눌려 더 약해 보였다. 그러면 요셉은 주인님을 담고 있는 도구 앞으로 나아가 읽을 책을 제안해야 했다. 조난당한 자들이 괴물이 사는 섬에서 겪는 모험담도 있었고, 쿠푸 왕과 머리를 잘렸으나 다시 머리를 들어 올릴 수 있었던, 그러니까 되살아났던 데디의 이야기, 또는 도시 요페의 정복에 관한 진짜 이야기, 즉 멘헤페르-레-투트모세 3세 왕을 섬기던 투티 장군이 500명의 군사를 자루와 바구니에 숨겨 요페 시로 들여보내, 마침내 도시를 장악할 수 있었다는 이야기, 혹은 하토르들로부터 악어나 뱀 혹은 개 때문에 죽게 되리라는 예언을 듣게 된 어느 왕자에 얽힌 동화나, 또는 이와는 전혀 다른 이야기도 있었다. 이들 중에서 어떤 이야기를 선택하느냐가 중요했다.

포티파르는 다방면에 걸쳐 아름다운 이야기 책이 여간 많지 않았다. 양쪽 주랑의 서가를 다 채운 책은 일부 『고양이와 거위의 싸움』 같은 재미있는 공상 이야기나 우화들이었고, 또 일부는 예를 들면 서기 호리와 아메네모네가 편지로 주고받은 논쟁서를 위시하여 수준 높은 토론 기술을 보여주는 저서들이었다. 그밖에도 종교와 마법에 관련된 글들과 애매하며 작위적인 말로 쓰여진 지혜의 문서들, 신들

393

의 시대로부터 시작하여 낯선 민족의 이방 목축왕의 시대
에 이르기까지 뭇 왕들의 이름이 기록되어 있는 연대기도
있었다. 여기에는 각 태양의 아들의 통치 시기와 역사적 기
념비도 기록되어 있었는데, 특별한 조세제도와 중요한 기
념일도 포함되어 있었다. 그리고 『호흡의 책』, 『영원을 통
과하기』와 『이름이여, 빛나라』와 같은 책들과 저승의 지리
학에 관한 학술서도 있었다.

이 많은 책 중에서 포티파르가 모르는 것은 하나도 없었
다. 그는 모든 책을 정확히 알고 있었다. 그래서 누군가 책
을 읽어줄 때 귀를 기울인다는 것은, 이미 잘 아는 음악을
듣듯이, 알고 있는 내용을 다시 듣는 것을 의미할 뿐이었
다. 그러다 보니 대부분 전문서나 우화는 선택에서 제외되
고, 주로 문체의 매력이라든가 진기한 내용, 혹은 표현의
우아함에 비중이 놓였다.

요셉은 포티파르의 발치에 앉아서, 또는 일종의 연단 옆
에 서서 멋지게 책을 낭송했다. 그는 청산유수처럼, 별로
힘을 들이는 것 같지도 않은데 아주 정확하고 적당히 극적
인 뉘앙스까지 섞어가며, 자연스럽게 단어를 소화해 내어
아무리 어렵고 복잡한 문장이라도 그의 입술만 거치면 즉
흥적인 가벼운 재잘거림처럼 매끄럽기 이를 데 없었다. 그
의 낭송은 말 그대로 청중의 가슴 안으로 파고 들어갔다.
요셉이 이집트인의 호의를 입어 그토록 높은 자리까지 올
라가게 된 배경을 이해하려면 이 독서시간을 무시해서는
안 된다.

읽어주는 이야기에 귀를 기울이다 말고 포티파르가 잠에

빠져드는 경우도 물론 적지 않았다. 수줍은 듯하면서도 음이 고르고 편안한 요셉의 목소리를 자장가로 삼기도 했던 것이다. 한편 요셉의 발음을 고쳐 주느라 중간에 끼어드는 일도 적지 않았다. 포티파르는 자신이 직접 읽어줌으로써 요셉을 수사학적 미사여구의 예술적 가치에 주목시키거나, 또는 요셉이 방금 읽은 내용에 학술적인 비평을 가하기도 했다. 그리고 그것이 애매모호하면 요셉과 토론을 벌인 적도 있는데, 그럴 때면 청년의 예리한 통찰력과 해석학적 소양에 매료되는 것이었다.

아름다운 예술의 산물들 중에서 주인님이 어떤 것을 특별히 더 좋아하는지는 시간이 지나면서 분명해졌다. 예를 들면 『삶에 지친 자의 죽음을 찬미하는 노래』는 책 읽는 임무를 수행하는 날이 늘어나면서 읽혀지는 횟수가 더 잦아졌다. 그 노래는 향수에 젖은 고른 음조로 죽음을 여러 가지 부드럽고 좋은 것들에 비유했다. 예컨대 중병 후의 쾌차, 미르테 향기, 수련꽃 향기, 바람 부는 날 자신을 지켜주는 장막 안에 앉아 있는 것, 물가에서 시원한 물을 마시는 것, 「빗속을 걸어가는 길」, 전투함을 탄 수병의 귀향, 수년간의 포로 생활 이후의 귀향과 가족들과의 재회 등등, 이와 유사한 바람직한 일들을 죽음과 연관시킨 것이다. 시인은 이 모든 것처럼 자신 앞에 죽음이 서 있노라 말했다. 요셉이 이 노래를 읊느라 정성을 다해 입술 모양을 가다듬을 때면, 포티파르는 그의 입술에서 흘러나오는 단어 하나하나를 정확하게 알고 있는 음악을 듣듯이 경청했다.

페테프레가 요셉에게 번번이 읽혔던 또 다른 문학작품은

침침하고 섬뜩한 예언서였다. 두 나라에 무질서가 불어닥쳐 결국 성난 무정부 상태가 도래하여 만물이 전도된다는 무서운 내용이었다. 즉 부자는 가난해지고 가난한 자는 부자가 되는데, 이러한 상태는 어떤 신도 섬기지 않아 모든 예배 행위가 사라지고 신전이란 신전이 모조리 황폐해지는 상황과 함께 등장한다 했다. 이 묘사를 페테프레가 그토록 즐겨 듣는 이유는 알 수 없었다. 어쩌면 단순한 전율 때문이었는지도 모른다. 현재는 여전히 부자가 부자이고 가난한 자는 가난했으므로, 무질서를 피하고 신들에게 제물을 받치는 한, 이러한 상태는 앞으로도 지속될 것이므로 무서운 예언이 안겨다 주는 전율이 일종의 쾌감을 줄 수도 있었을 것이다. 아무튼 포티파르는 『삶에 지친 자의 죽음을 찬미하는 노래』나 마찬가지로 이 예언서에 대해서도 이러쿵저러쿵 토를 다는 일은 거의 없었다. 소위 『즐거운 노래들』이라는 달콤한 말과 사랑의 절규에 대해서도 그는 침묵으로 일관했다. 구전된 민요조의 이 서사시들은 어느 청년에게 홀딱 빠진 여자의 고뇌와 기쁨을 그리고 있었다. 그녀의 간절한 소망은 그의 부인이 되는 것이었다. 그러면 자기 팔 위에 영원히 그의 팔이 올려지리라 생각했다. 밤이 되어도 청년이 찾아오지 않으면—그녀는 꿈처럼 달콤한 말로 이렇게 한탄했다—자신은 무덤 속에 누워 있는 여자 신세가 될 것이라고. 그는 그녀에게 곧 건강이며 생명이라고. 그녀는 청년이 싫어서 오지 않는 줄 오해했지만, 실은 그는 침대에 누워 의사의 기술조차 무색하게 만들고 있었다. 상사병을 고칠 의사가 어디 있단 말인가. 마침내 그녀는 침대에 누워 있는 그를 찾아갔고, 그것으로 서로의 가슴을 아프게 하는 일은 끝났다. 대신 뜨겁게 달아오른 볼을 맞대고 서로 손을 꼭 잡고 행복의 정원을 산책하는 최초의 사람들이 되었다. 포티파르가 이러한 사랑의 속삭임을 읽어 달라는 때도 간혹 있었는데, 그럴 때면 표정 없이 묵묵히 듣기만 했다. 기껏해야 천천히 눈동자를 굴려 방안을 이리저리 훑을 뿐, 이 노래가 좋다거나 싫다거나 말을 한 적은 한번도 없었다.

물어본 적은 딱 한번 있었다. 그곳에 온 지 여러 날 된 요셉에게 이 『즐거운 노래들』이 어떠냐는 것이었다. 이 질문을 계기로 주인님과 시종은 대추야자 과수원에서 나누었던 대화의 주제를 다시 한번 다루게 되었다.

"좋아. 네 목소리를 듣고 있으니 사랑에 넋이 나가 상대방을 유혹하는 여자와 그녀의 연인이 직접 노래하는 것 같구나. 다른 것보다 이 노래가 가장 마음에 드는가보구나, 그러하냐?" 포티파르가 물었다.

"주인님께서 흡족하시도록 어떤 걸 읽든지 똑같이 들리도록 노력하고 있습니다, 크나크신 주인님."

"그럴지도 모르지. 하지만 그 노력에 읽는 자의 정신과 가슴에서 우러나온 진심이 더해지면 그만큼 효과도 커지는 게 아닌가 싶구나. 이야기의 대상이 우리에게 가까울 수도 있고, 멀 수도 있으니까. 네가 이 책을 다른 책보다 더 잘 읽는다고 말하는 게 아니다. 그저 더 즐거운 마음으로 읽는 것 같다는 말이다."

"주인님 앞에서는 그렇습니다, 주인님. 주인님 앞에서는 어떤 것이든 즐거운 마음으로 읽습니다."

"그래, 좋아. 그저 네 판단을 듣고 싶어서 하는 말이다. 이 노래가 아름답다고 생각하느냐?"

요셉은 구경꾼처럼 덤덤하고 거만한 표정을 지어 보였다.

"아주 아름답다고 생각합니다." 입술을 비죽 내밀면서 그가 말했다.

"단어들만 보자면 아름답고 꿀에 담갔다 꺼낸 것 같습니다. 하지만 조금 단순하다고 해야겠지요. 지나치게 단순한 흔적이 조금 있습니다."

"단순하다고? 단순한 것을 완벽하게 진술해 주고 인간의 후손들 사이에 늘 일어나는 전형적인 일을 탁월하게 묘사하는 글이야말로 무구한 세월이 흘러도 살아남는다. 네 나이 정도면 이 이야기가 전형적인 일을 전형처럼 재현하고 있는지 평가할 수 있을 터, 어디 네 의견을 말해 보거라."

"제가 보기에" 요셉은 약간 거리감을 두면서 말을 시작했다.

"사랑에 넋이 나가 상대방을 유혹하는 이 여자와 상사병으로 드러누운 청년의 말들은 가장 단순한 형태의 전형을 정확하게 전달하고 이를 튼튼히 해주는 것 같습니다."

"그저, 그런 것 같다고?" 부채를 들고 있는 자가 물었다.

"네 경험을 들을 수 있으려니 했는데, 그렇게 젊고 아름다운 얼굴을 갖고서도 사랑에 넋이 나가 상대방을 유혹하는 여자와 함께 꽃들이 만발한 정원을 산책하는 일은 절대로 하지 않을 것처럼 구는구나."

"청춘과 아름다움은, 인간의 자녀들을 장식한 이 정원의 화환과는 달리 보다 엄격한 의미의 장식품으로 쓰이기도 합니다. 소인이 알고 있는 늘 푸른 송악은 청춘과 아름다움의 비유인 동시에 제물의 장식품이기도 합니다. 이것을 쓰기 위해 예비된 자가 있습니다."

"지금 미르테 이야기를 하는 것이냐?"

"그렇습니다. 제 가족과 저는 그것을 '날 건드리지 마꽃'이라 부릅니다."

"그걸 네가 쓰고 있다는 것이냐?"

"저희 일가가 쓰고 있습니다. 저희가 섬기는 신은 저희와 혼약을 맺었습니다. 그는 우리와 피로 맺은 열정적인 신랑으로 고독한 분이므로, 자신의 신부인 우리에게 끝까지 정절을 지킬 것을 요구하십니다. 따라서 저희 모두는 신께 봉헌된 자들입니다."

"아니, 너희 모두가?"

"원칙적으로는 모두입니다, 주인님. 그러나 신께서는 저희 부족의 부족장들과 자신의 친구들 중에서 특별히 한 명을 골라 그의 청춘을 제물의 장식으로 삼고 그와 혼약을 하곤 하십니다. 이 경우 신께서는 아버지에게 아들을 온전히 바치라고, 다시 말해서 산 제물로 바치라고 요구하십니다. 그 일을 할 수 있는 아버지는 요구대로 행합니다. 그러나 할 수 없는 아버지에게도 요구대로 행해집니다."

"별로 듣고 싶지 않은 소리구나." 포티파르가 침상에서 몸을 뒤척였다.

"하기 싫고 할 수 없는 일인데도 요구대로 행해지다니. 오사르시프, 다른 이야기를 하거라!"

"방금 드린 말씀을 부드럽게 표현할 수도 있습니다." 요셉이 얼른 말을 받았다.

"왜냐하면 산 제물의 경우 관용이 베풀어지기 때문입니다. 일단 제물로 내놓으면 받지 않고 이를 죄라 하여 결국 짐승의 피로 아들의 피를 대신하게 하는 겁니다."

"지금 뭐라고 했느냐? 무엇이라 하였다고?"

"죄라 하였다 했습니다, 크나크신 주인님."

"죄라니, 그게 무엇이냐?"

"바로 조금 전에 말씀 드린 것처럼, 요구받았으나 거절당하는 것, 내놓았는데 거부당하여 저주받는 것, 이것이 죄입니다. 이 세상에서 죄가 무엇인지 아는 사람들은 아마 저희 뿐일 것입니다."

"그렇다면 알아도 괴로운 지식이 틀림없구나, 오사르시프. 그건 또 매우 고통스러운 모순 같구나."

"주님께서도 저희의 죄로 인하여 고난을 당하십니다. 그리고 저희도 그분과 함께 고난을 겪습니다."

"그렇다면 유혹하는 여자와 함께 그녀의 정원을 거니는 것도 너희들에게는 일종의 죄로 보여지겠구나?"

"그럴 확률이 높습니다, 주인님. 제게 물으시면 당연히 그렇다고 대답하겠습니다. 그렇다고 저희가 특별한 사랑을 한다는 말씀은 아닙니다. 『즐거운 노래들』 같은 것은 저희도 필요하다면 지어낼 수 있습니다. 그 정원이 우리에게 꼭 지옥으로만 보이는 것은 아닙니다. 그렇게 말하는 것은 지나칩니다. 여하튼 저희에게도 이 정원이 혐오 대상은 아닙니다만, 분명 삼가야 할 곳이긴 합니다. 악령이 머무는 곳,

저주받은 계명의 공간이기 때문입니다. 그만큼 주님의 질투가 가득한 곳입니다. 그 앞에 두 마리의 짐승이 도사리고 있습니다. 한 짐승의 이름은 '수치심'이고 다른 짐승의 이름은 '과실'입니다. 그리고 가지 사이로 세번째 짐승이 내다보고 있습니다. 그의 이름은 '조소'입니다."

"이야기를 듣고 보니 네가 『즐거운 노래들』을 단순하다고 한 이유를 알겠구나. 그렇지만 가장 단순한 형태의 전형을 죄와 조소로 여기다니, 생명이 위태로운 묘한 부족이라는 생각을 떨치기 어렵구나."

"주인님, 저희에게는 그에 얽힌 이야기가 있습니다. 이는 실제로 일어난 일이며 그 이후로 여러 이야기 속에 등장합니다. 항상 전형이 먼저이고, 그 다음은 전형의 다양한 변주곡입니다. 옛날에 한 남자가 있었습니다. 신의 친구였던 그는 신에게 매달리듯 한 귀여운 여인에게 크나큰 애착을 느꼈습니다. 신은 질투한 나머지 그녀를 그에게서 앗아간 후 그녀를 죽음에 담가 다른 형태로 남자에게 나타나게 했습니다. 바로 아들의 형태였습니다. 그래서 아내를 잃은 이 남자의 이야기는 아버지 이야기에 관한 가장 단순한 형태의 전형이기도 합니다. 이제 남자는 어린 아들로 환생한 귀여운 여인을 사랑하게 됩니다. 말하자면 죽음이 연인을 아들로 만들어 그녀가 아들의 모습으로 살고 있다고 할 수 있습니다. 따라서 그 소년은 오로지 죽음의 힘으로 살고 있는 아이였고, 그를 향한 아버지의 사랑은 죽음에 몸을 담가 변화된 사랑이었습니다. 생명이 아니라 죽음의 형상으로 나타난 사랑인 것입니다. 보십시오, 주인님. 이렇듯 이야기가 온 사방으로 다양하게 나가고 전형의 성격에서 조금씩 벗어나지 않습니까."

"그 어린 아들이 바로 처녀자리일 때 태어났다는 이유로 네가 처녀의 출산이라고 과장했던 그 아이겠구나. 그렇지?"

"주인님께서는 워낙 자비로우시니 제 이야기를 들으시고 어쩌면 그 비난을 누그러뜨리시거나, 아니면 은혜롭게도 아예 비난을 거둘까 생각하실지도 모릅니다. 그걸 누가 알겠습니까? 아들은 오로지 죽음을 딛고 선 소년이요, 어머니 역시 죽음의 형상을 한 터라, 씌어진 대로 저녁이면 여자, 아침이면 남자가 되니, 이 정도면 처녀라고 말해도 될 테니 말입니다. 그렇지 않습니까? 저희 부족은 주님의 약혼자로 선택받은 자들로서 그분께 바쳐진 제물이라는 표식을 달고 있습니다. 그러나 저희 중 한 명은 주님께 봉헌된 제물임을 말해 주는 장신구를 하나 더 달고 있습니다. 그분의 특별한 열정의 대상이라는 장신구입니다."

"그 이야기는 그만하자. 단순한 것을 이야기하다 지나치게 다양한 것으로 넘어오고 말았구나. 네가 원한다면 비난을 누그러뜨려 주마. 아니 자투리만 조금 남기고 아예 거둬주마! 그러니 이제는 다른 것을 읽어다오! 저승의 열두 집을 지나가는 태양의 밤 여행 이야기를 읽거라. 그 이야기를 안 들은 지도 꽤 오래 된 것 같구나. 내 기억으로는 아름다운 언어를 정선한 탁월한 경구들이 들어 있는 이야기였지 싶다."

요셉이 감칠맛 나게 읽어주는 태양의 저승순례 이야기에

포티파르는 무척 유쾌해졌다. 이 말은 틀린 말이 아니다. 읽어주는 사람의 음성도 그렇고, 내용 또한 선호하던 것이니 더 그랬겠지만, 그보다는 이야기를 듣는 사람이 방금 요셉과 나눈 대화 덕분에 기분이 아주 좋아졌기 때문이다. 아래에서 불고 위에서 좋은 것을 뿌려 주면서 제단의 불꽃을 활활 살리듯, 히브리 노예에게는 파라오의 친구의 기분을 늘 새롭게 살려줄 줄 아는 재주가 있었다. 그리고 이 좋은 기분은 신뢰감과 비슷했다. 그건 자신은 물론이거니와 시종에 대한 신뢰이기도 했다. 포티파르가 요셉 곁에서 이런 이 이중의 신뢰감을 느끼게 되고, 이러한 신뢰가 점점 커진다는 사실은 무척 중요한 의미를 갖는다. 두 사람의 대화를 이처럼 상세하게 보고한 것도 그 때문이다. 대추야자나무 과수원에서 벌어진 면접시험도 그렇지만 이 대화 역시, 이 이야기를 다루고 있는 이전 텍스트를 모조리 들춰보아도 생각해 본 흔적조차 찾을 수 없다.

이렇듯 상대방을 기분 좋게 만들어주고 이를 양식으로 삼아 신뢰가 쌓이고 마침내 무조건적인 총애로 발전하여 요셉에게 행운을 다져준 대화들을 이 자리에서 일일이 소개할 수는 없고, 그저 몇 가지 예를 보여주는 것으로 만족하려 한다. 즉 포티파르를 섬기겠노라고 몬트-카브와 언약한 요셉이 약속을 지키면서 주인님의 시중을 들고 '아첨'을 하며 그를 '도와준' 수단만 몇 가지 언급하겠다는 뜻이다. '수단'이라고? 그렇다. 우리는 지금 태연하게, 아무 두려움 없이 수단이라는 단어를 사용했다. 이 낱말이 풍길 수 있는 냉정함을 무시한 이유는 주인님을 대하는 요셉의 기술에서 계산과 진심이 조화를 이루기 때문이다. 이 주인님보다 더 숭고한 분, 그 고독한 분을 대하는 그의 태도도 마찬가지였다. 아니면 이렇게 물어봐도 괜찮다. 자신의 진심을 표현하려고 할 때, 예컨대 상대방에게 신뢰감과 같은 기분 좋은 느낌을 불러일으키도록 자신의 마음을 표시하려고 한다면, 응당 계산할 줄 아는 기술이, 현명한 테크닉이 필요하지 않느냐? 라고.

사람들끼리 신뢰하는 일은 드물다. 그러나 포티파르와 같은 신체적 특성을 지닌 탓에 명예 여주인밖에 거느릴 수 없는 명예 주인님들의 경우, 신뢰는커녕 불신이 일반적인 현상이다. 즉 자신들과 같은 일을 겪지 않는 불특정 다수에 대한 일종의 시샘인 것이다. 그뿐 아니라 모든 생명의 기초도 불신의 대상이 된다. 이렇듯 불신이 기본 정서인 사람에게 신뢰감이라는 낯설고 행복한 느낌을 선사하는 최선책이 한 가지 있었다. 그것은 그로 하여금 자신이 특별히 선택된 사람이라는 사실을 깨닫게 하는 것이었다. 다시 말해서 자신은 신이 열정을 쏟는 대상들 전체를 대표하여 특별히 늘 푸른 초록색 화관을 쓰고 있다는, 즉 동정을 지키는 처녀라는 인식을 일깨우는 것이다.

요셉의 계산이라든가 수단이라는 것도, 포티파르로 하여금 이러한 사실을 발견하도록 하여 스스로 위로를 얻고 불안을 떨칠 수 있도록 도와준 것에 지나지 않는다. 그런데도 이 말에 꼬투리를 잡을 사람이 있다면, 그 역시 우리가 들려주는 이야기를 이미 다 알고 있을 터이니, 그 장점을 살려서 장차 벌어질 일을 상기하는 것이 좋을 것이다. 요셉이 이렇게 해서 얻은 신뢰를 배반한 적이 있던가? 없었다. 유혹의 폭풍이 몰아쳤어도 끝까지 신의를 저버리지 않았고, 야곱의 머리로도 모자라 파라오의 생명까지 들먹이며 맹세했던 몬트-카브와의 언약을 지켰던 그였다.

옹달샘 옆에 있는 식물처럼
쑥쑥 자라는 요셉

몸종 일이 끝나면 요셉은 사람들의 미소와 아래로 내리까는 시선을 의식하며 자신이 벌써 '아버지'라 부르는 집사의 도제 자격으로 집안을 돌아다니며 살림을 관리하는 감독 업무를 익혔다. 이 집사의 행차에는 집안의 다른 관리인들도 동행하는 게 예사였다. 급식을 담당하는 서기 하아마아트와 멩-파-레라는 이름을 가진 가축과 맹수 우리를 책임지는 서기와 같은 관리들은 집안의 시종들 중에서 중간계급으로서, 이들은 자신들이 맡은 특수 영역의 요구를 웬만큼 따를 수 있으면 그것으로 만족했다. 말하자면 사람과 짐승과 관련하여 기호와 문자를 사용한 계산에 질서를 부여함으로써 집사를 만족시키면 그뿐, 보편적인 두뇌가 필요한 다른 일이나 그보다 높은 일에는 관심을 쏟을 생각도 없고, 또 그럴 야심도 없었다. 그러니까 이들은 마음이 느긋하게 풀려 있는 사람들이라 남이 시키는 대로 받아쓰는 일이나 할 뿐, 자신들이 다른 사람들을 감독하고 지배할 수 있는 능력을 타고났다는 생각은 꿈에도 하지 않았다. 그래서 당연히 그런 사람이 되지도 못했다. '신께서 자신을 크게 쓰시려는 특별한 계획을 가지고 계신다. 그러니 그분을 도와야 한다', 이렇게 생각할 수 있게 된다면, 그때는 모든 것이 달라진다. 마음은 마음대로 긴장하고 이성도 힘차게 분기하여 주인의식을 갖고 사물을 파악하게 된다. 상이집트의 베세에 위치한 포티파르의 축복받은 집의 살림살이처럼 파악할 대상이 아무리 많아도 상관없다.

포티파르의 집안일은 그렇게 다양하고 다채로웠다. 요셉이 포티파르를 위로해 주는 몸종으로서 없어서는 안 될 존재가 된 것도 사실이고, 또 그런 요셉에게 포티파르가 모든 집안 살림을 넘겨준 것도 사실이다. 여기서 이 두번째 일은 간단한 임무가 아니었다. 요셉을 데리고 다니며 집안의 살림살이를 두루 보여주었던 몬트-카브가 세상살이가 참으로 고달프다고 한 것은 공연한 말이 아니다. 특수에 함몰되지 않고 보편을 지향하는 좋은 머리를 지녔지만, 다른 한편 신장이 건강치 못한 탓에 몸이 썩 개운하지 않은 그에게 이 일은 과중한 고달픔이었다. 그런 면을 감안한다면 몬트-카브가 앞으로 자신을 대신할 젊은 조수를 데리고 다니며 훈련을 시킨 것은 쉽게 납득이 간다. 어쩌면 그는 이미 오래전부터 이런 날이 오기만을 학수고대했는지도 모른다.

파라오의 친구이며 명색이 궁궐의 친위대장이요, 최고 판관인 포티파르는 그 칭호에 걸맞게 대단한 부자였다. 그는 헤브론의 부자 야곱과는 비교가 안 되는 갑부로 점점 더 큰 갑부가 되고 있었다. 나라에서 주는 궁신의 보수가 어마어마하고, 왕이 심심찮게 내려주는 하사품도 많았지만, 집안 살림살이의 규모도 워낙 컸다. 특히 소유한 땅만 하더라도 만만치 않았다. 일부는 상속지이며 그 나머지의 대부분은 신, 곧 왕의 선물이었는데, 계속 전답을 하사받아 토지는 끝없이 늘어나는 중이었다. 이 토지에서 나오는 소출도 끝이 없었지만, 집안의 다른 작업장에서 나오는 것들도 엄청났다. 그러나 포티파르가 할 수 있는 것이래야 고작 음식을 먹음으로써 육중한 몸뚱이를 먹여 살리는 것과 진흙탕 습지대로 수렵을 나가 자신이 남자라는 자부심을 먹여 살리는 것, 그리고 책을 통해 정신을 먹여 살리는 것이 전부였고, 그 나머지는 모두 집사의 손에 넘겼다. 그나마 집사가 자신이 한 계산이 맞는지 확인해 달라고 두루마리를 올리면 별 관심도 없이 힐끗 들여다보고는 이렇게 말했다.

"좋아, 좋아. 몬트-카브. 잘했네. 자네가 나를 사랑한다는 사실을 잘 안다네. 그래서 자네는 나를 위해 최선을 다하고 맡은 바 소임을 훌륭하게 수행한다는 것도 알지. 워낙 일을 잘하는 사람한테 사실 이런 말을 하는 것 자체가 우습지. 어디, 여기 밀과 스펠트 밀의 양이 맞나 볼까? 당연히 맞지. 이런 건 척 보면 알지. 자네가 황금처럼 신실하고 몸과 마음을 다하여 내게 충성한다는 사실을 내가 어찌 모르겠나. 자네는 천성이 워낙 그런 사람인데 어떻게 다른 일이 있을 수 있겠는가? 그리고 무엇보다도 날 노하게 하는 일이라면 무조건 혐오하니 다른 일은 가능할 수도 없지. 자네는 나를 사랑하여 내 일을 자네 일처럼 생각하지 않는가. 좋아, 자네의 그 사랑을 봐서 내 일을 모두 자네에게 일임하겠네. 자네가 자네 자신의 일을 게을리 하거나, 혹은 더 심각한 이유로 자신에게 손해를 입힐 리는 절대로 없을 테니까. 그랬다가는 '몸을 감추고 계신 분'께서 모든 것을 보시고 자네에게 고통만 주실 테니 말일세. 자네가 내 앞에 제시한 계산은 다 맞네. 그러니 다시 가져가게. 고마우이. 자네한테는 이제 부인도 없고 자식도 없네. 그러니 누구 때문에 자네가 나한테 손해를 입히겠는가? 자네 자신을 위해서 그러겠는가? 자네가 그렇게 건강한 편은 아니지. 힘은 있고 몸에 털도 아직은 있지만 속이 벌레가 먹어 가끔씩 얼굴이 누렇게 뜨지 않는가. 그리고 눈 밑의 눈물주머니가 자꾸 커지는 걸로 봐서 호호백발이 될 때까지 갈 것 같지는 않아 보이네. 그런데도 무슨 영광을 더 보겠다고 내게 손해를 입히려 한다면, 나를 사랑하는 마음을 억제해야 할 텐데 그렇게까지 할 까닭이 있겠는가? 사실을 말하자면 자네가 나를 위해 일하면서 우리 집에서 호호백발로 늙어줬으면 좋겠네. 자네가 아니면 내가 또 누구를 믿을 수 있겠는가. 무면허 의사 쿤-아눕은 그래 자네 몸에 대해 뭐라고 하는가? 괜찮다고 하던가? 자네한테 쓸 만한 약초와 뿌리를 주고 있는가? 그런 일에 대해서 나는 아는 게 전혀 없네. 난 건강하니까. 털은 별로 많지 않지만 건강은 하거든. 쿤-아눕이 제대로 해주지 못해서 자네가 심하게 아프게 되면, 신전에 사람을 보내 의사를 불러오세. 자네는 시종 신분이라 병이 걸렸을 때, 글룻바우흐가 자네를 돌봐주는 게 마땅하지만, 자네는 내게 소중한 사람이니 제대로 배운 의사를 부르겠네. 자네 몸이 그걸 요구하면 그렇게 할 생각일세. 그렇다고 고마워할 필요는 없다네. 모든 게 나를 향한 자네의 사랑을 봐서라네. 그리고 여기 자네가 한 계산은 맞는 것이 틀림없어 보이니, 자, 이제 다시 받아가게나. 그리고 모든 일을 지금처럼 자네가 다 알아서 하게!"

늘 이런 식이었다. 포티파르가 집사에게 이렇게 말할 수밖에 없었던 것은 그가 어떤 일에도 관여하지 않았기 때문이다. 그것은 세련되고 고상한 반면 인생의 실질적인 면을 두려워하는 비현실적인 본성 탓이기도 했거니와, 탑처럼 높은 자신의 거룩한 육신을 보살펴 주고 보호해 주는 타인의 사랑에 대한 신뢰가 있었기에 가능했다. 그것은 잘못된 신뢰가 아니었다. 실제로 몬트-카브는 포티파르에게 사랑에서 우러나온 충정을 바쳤고, 또 멀리 내다볼 줄 아는 안목과 타인을 이롭게 하는 정확한 계산으로 포티파르를 점점 더 큰 부자로 만들어주고 있었다. 그러나 만에 하나 전 재산을 혼자 관리하던 집사가 그의 재물을 몽땅 집어 삼켰다면, 그래서 가솔들과 함께 무일푼의 가난뱅이로 전락했더라면? 이 경우에는 자신은 아무것도 하지 않고 무턱대고 남만 믿은 페테프레 자신에게 책임을 물어야 하리라. 그는 사람들이 태양을 섬기는 궁신인 자신의 신체적 특성과 거룩한 신분을 봐서라도 자신에게 부드럽게 대하고 진심으로 복종하는 것이 당연하다고 생각했고, 또 으레 그러려니 했다. 이 자리에서 벌써 이런 판단을 내려 미안하지만 사실이 그런 걸 어쩌겠는가.

되풀이하건대, 그는 먹고 마시는 것 외에는 아무 일도 하지 않았다. 그 덕에 가뜩이나 고달픈 세상살이가 더 고될 수밖에 없는 사람이 있었으니 바로 몬트-카브였다. 자기 일뿐만 아니라 주인 일까지 함께 보느라 일이 온통 얽히고설켰기 때문이다. 자세한 내막을 살펴보면 이랬다. 그는 자기 월급으로 곡식과 빵, 맥주, 거위와 아마포, 그리고 가죽을 받았다. 그런데 혼자서 그걸 다 먹고 쓸 수는 없는 노릇이었다. 결국 그것들은 시장에 가져가 지속적인 가치가 있는 것과 바꿔야 했고, 이는 그의 고정 자산의 증가를 가져왔다. 이제 여기에 주인의 재산 관리가 더해졌다. 자체적인 증식분과 또 외부에서 새롭게 들어오는 재산까지 합쳐서 말이다.

부채를 들고 있는 자는 파라오가 하사품을 내리는 인물 명단의 꼭대기에 있었다. 진짜는 아니지만 여하튼 명예 직함을 가진 그에게 내려주는 파라오의 보상과 지나친 위로는 쉴틈없이 흘러 들어와 철철 넘쳐날 지경이었다. 자비로운 신은 그에게 매년 엄청난 양의 황금과 은과 구리를 하사했고 의복과 실, 향과 밀랍, 꿀과 기름, 포도주, 야채, 곡식과 아마, 포수들이 잡은 새, 소와 거위뿐 아니라 등받이 의자, 궤짝, 거울, 마차, 그리고 나무배도 선물했다. 아무리 가솔이 많은 집안이지만 써봤자 얼마나 쓰겠는가. 그러다 보니 하사품의 대부분은 집에서 직접 생산한 다른 물품들과 마찬가지로, 그러니까 수공업의 산물과 밭과 과수원의 수확물과 함께 배에 싣고 나가서 강 상류나 하류에 있는 장터에 내다 팔아야 했다. 거기서 이미 형태가 갖춰진, 혹은 아직 형태를 갖추지 않은 금속 가치로 바꿔 포티파르의 창고를 채우는 것이었다. 이러한 거래는 실제적인 실물 경제와 산출하는 생산 경제, 그리고 먹어 치우는 소비 경제, 이모든 것과 뒤엉켜 있어서 그만큼 계산이 빠른 회계업무와모든 것을 두루 살필 줄 아는 안목이 필요했다.

우선 수공업에 종사하는 자와 시중을 드는 자들을 부양하는 데 필요한 것들을 준비하고, 하루에 소모되는 양식의양을 정해야 했다. 평상시에 먹는 빵과 맥주, 그리고 보리와 팥을 넣어 만든 죽과 휴일에 먹는 거위, 그리고 여자들의 집의 특별 경제에도 신경을 써야 했다. 이 규방에 매일매일 공급해야 할 물품들의 양도 계산해야 했음은 물론이다. 수공업자들과 빵 굽는 자들, 샌들 만드는 자들, 파피루스 붙이는 자들, 맥주를 발효시키는 자들, 돗자리를 짜는자들, 목수와 도공, 실을 잣고 짜는 여인들에게도 각기 자신의 일을 할 수 있도록 일감을 줘야 했으므로, 그 원료의양도 측정해야 했고, 그들이 만들어낸 산물 중 일부는 일상수요에 쓰기 위해 배분하고 일부는 저장고에 쌓아두거나혹은 유실수의 열매와 채소밭의 산물처럼 밖에 가지고 나가 팔아야 했다.

그리고 포티파르가 소유한 짐승들도 보살피고 보충해 줘야 했다. 그가 타고 다니는 마차를 끄는 말들과 사냥에 데려가는 개와 고양이가 여기에 속했다. 사납고 큰 개는 사막에 나갈 때, 재규어처럼 생긴 커다란 고양이는 가금류를 사냥하러 늪지대로 갈 때 데리고 갔다. 소도 몇 마리 집안에있었다. 그러나 페테프레의 가축떼 대부분은 저택 밖의 들판에 있었다. 그곳은 강 한복판에 있는 섬이었다. 하토르의 집이 있는 덴데라 쪽을 향해 하류로 조금 내려간 곳에 위치한 그 섬은 포티파르를 사랑한 파라오의 하사품이었다. 거기에 딸린 밭만 해도 넓이가 500루테나 되었다. 1루테 당 밀과 보리의 산출량이 스무 자루, 양파와 마늘, 멜론과 아르티스쇼케, 호리병 박이 마흔 바구니였는데 그런 밭이 500루테라니! 그러니 골치가 이만저만 아프겠는가.

물론 거기에는 밭을 관리하는 자가 따로 있었다. 그 서기는 수확물의 양을 기록하고 보리 수확을 감독하는 자였는데, 자기 실속을 차리는 솜씨가 제법이어서 주인에게 밀을 잴 때는 됫박을 넘쳐나게 재곤 했다. 그는 묘비명의 문체가 그러하듯, 아주 자신만만하고 거만한 어조로 말했지만, 그 내용은 믿을 수가 없었다. 파종과 수확의 양에 관한 최종적인 계산은 몬트-카브 집사의 몫이었다. 기름방아, 포도 압착기, 크고 작은 가축, 한마디로 축복의 집이 산출하고, 먹어 치우고, 밖으로 내보내고, 들여오는 모든 것이 그의 손을 거쳐야 했다. 이 모든 것의 소유주인 주인의 비현실적이고 유약한 천성으로 말미암아 이것들 중 어느 것 하나 살펴보지도 않고 관여하지도 않았기 때문이다. 그래서 집사는 집안일뿐 아니라 바깥 섬의 밭일도 감독해야 했다.

그를 따라 요셉도 들판에 나가게 된다. 시기적으로나 상황으로나 적당한 때였다. 조건이 제대로 갖춰지지 않은 엉뚱한 때에 들판에 나가지 않아도 된 것이 얼마나 다행인가. 그는 밭일을 하러 나간 것이 아니었다. 두두, 그 결혼한 난쟁이가 옛것을 철통같이 지키려는 보수적인 세계관을 관철시켜 사막에서 온 청년을, 포티파르와 채 만나기도 전에 밭일이나 하라고 곧장 저택 밖으로 내보냈더라면 어쩔 뻔했는가.

그러나 들판에 등장한 요셉은 그냥 일꾼이 아니라 총감독의 수행원이자 두루 살펴볼 줄 아는 안목을 배우는 제자로서 메모판과 붓을 들고 있었다. 그렇게 포티파르의 곡식-섬을 향해 강 하류로 범선을 타고 갈 때면, 몬트-카브는 양탄자를 두른 선실에 앉아 근엄한 자세로 앞만 응시했는데, 그 모습은 요셉이 첫 뱃길에서 보았던 대인들을 연상시켰다. 이 경우 요셉은 집사 뒤에 다른 서기들과 함께 앉았다. 이렇게 배를 타고 가다가 마주치는 자들은 이 범선을 익히 알고 있어서 이렇게들 이야기하곤 했다.

"저기 페테프레의 집을 관리하는 몬트-카브 집사가 오는군. 아마 감독하러 나가는 모양이야. 그런데 저기, 수행원 중에서 아름다운 젊은이는 누구지? 외국 청년 같은데."

그리고 그 젊은이가 누구인지 고개를 갸웃거린 자는 섬에도 있었다. 자기 주머니를 채우려고 '됫박을 철철 넘치게 쟀던' 그 서기는 집사 일행의 예리한 눈초리에 가슴이 덜컹했다. 그리고 한편으로는 의아해 했다. 목적지에 이르러 배에서 내린 집사가 결실의 섬으로 올라와 파종이나 수확을 조사하고 가축을 몰고 가게 하면서 이모저모를 검사하는 것은 전혀 새로울 게 없었다. 그러나 대관절 이 청년이 누구이기에 집사는 일일이 가르쳐주고 있단 말인가? 그것이 이상했던 것이다. 집사의 그런 대우를 받는 청년이다 보니 서기는 청년을 안내하기도 하면서 자연히 행동을 삼가고 몸을 숙이게 되었다. 그러나 이에 마음이 약해질 요셉이 아니었다. 그는 엉뚱한 때에 부역 일꾼으로 들판에 왔더라면 주객이 전도되어 자신에게 되레 채찍을 날렸을 감독관에게 슬쩍 이렇게 말하는 것이었다.

"자기 배를 채우려고 됫박이 철철 넘치게 곡식을 재는 것은 아니겠죠! 만에 하나 그런 사실이 드러나면, 영락없이 재를 뒤집어쓸 테니 그런 줄 아시오!"

'재를 뒤집어쓴다'는 말은 그의 고향 사람들이 하는 말이었고 이곳에서는 흔치 않은 표현이었다. 수확량을 기록하는 서기는 그래서 더더욱 새파랗게 질렸다.

집안에서도 요셉은 몬트-카브를 따라 수공업에 종사하는 사람들 사이를 지나다니며 그들의 작업을 꼼꼼히 살폈다. 십장(什長)들과 해당 구역의 서기들의 보고에 집사와 함께 귀를 기울이고, 또 집사의 설명을 듣기도 하면서 그는 은근히 다행스러워했다. 이런 일을 자신이 전혀 할 줄 모른다는 사실을 그들에게 들키지 않으려고 일부러 피해 다니기를 얼마나 잘했는가. 그러지 않았더라면 이들은, 요셉이 보편을 지향하는 두뇌를 지녔다 해도 모든 것을 두루 살피는 안목을 가진 총감독으로 수긍하기가 쉽지 않았을 것이다.

신의 뜻으로 어떤 큰 인재가 될 재목감으로 태어났다 하더라도, 실제로 그런 인재가 되기는 얼마나 어려운가. 보통 수준의 재목도 그럴 것인데 요셉의 경우처럼 그를 쓰려는 신의 계획이 이처럼 원대한 데야, 그 실현을 위해 얼마나 더 큰 노력이 필요한지는 말해 무엇하랴. 요셉은 그 시절에 꼼짝 않고 앉아 있는 시간이 엄청나게 많았다. 그렇게 앉아서 시도 때도 없이 살림살이에 든 경비와 벌어들인 것을 셈하느라, 거기서 나온 숫자들을 이리저리 빼고 더하는 숫자 계산에 여념이 없었다. 그리고 아버지 몬트-카브와 신뢰의 특실에 단둘이 마주앉아 일한 적도 있었다. 그럴 때면 집사는 요셉의 머리가 얼마나 빨리 돌아가는지, 그리고 또 얼마나 깊이 파고드는지 번번이 놀라곤 했다. 생긴 것도 아름다운 머리가 사물과 그 관계를 신속하고 정확하게 이해하는 데 그치지 않고, 개선 방안까지 척척 내놓는 능력을 지녔다는 게 그저 신기했다.

예를 들자면 이런 일도 있었다. 과수원에서 나오는 무화과의 양이 꽤 많았다. 이 과일은 죽은 자들의 신전에 있는 제단에 올릴 수 있는 과일이었기 때문에 시내에 내다 팔았다. 즉 서쪽에 있는 죽음의 도시에 파는 것인데, 사람들은 이 과일을 죽은 자들의 양식으로 무덤에 대량으로 넣어주기도 했다. 이 점에 착안한 요셉은 집안의 도공들을 시켜 흙으로 열매 모양을 빚게 한 후에, 그 위에 천연 물감을 칠하게 했다. 무덤에 넣는 것이라면 이런 인조 과일도 천연 과일과 마찬가지로 원래 목적을 충분히 달성할 수 있었던 것이다. 아니, 어쩌면 천연 과일보다 더 훌륭하게 목적을 달성할 수 있을지도 모른다. 어차피 그 목적이 마법과 관련된 바에야, 마법의 암시에는 이 인조 과일이 더 제격이지 않겠는가. 그러자 저기 건너편 사자의 도시에서는 이 마법의 무화과 수요가 급증하여, 페테프레의 가내 수공업은 생산 경비도 적게 들고 양은 원하는 만큼 얼마든지 대줄 수도 있어서 한층 활기를 띠게 되었다. 덕분에 일하는 사람의 숫자도 더 늘어나 주인님의 재산을 불려 주었다. 물론 전체 재산에서 차지하는 비율로 본다면 별것 아니지만, 여하튼 무시하지 못할 정도의 재산증식임에는 틀림없었다.

몬트-카브 집사는 자신의 제자가 고귀한 주인님을 위해 자신과 맺은 언약을 잘 지켜주는 게 고마웠다. 그리고 그 많은 일을 해내려고 기울이는 노력과 함께 그 일을 해낼 수 있는 천재적인 재능 앞에서 번번이 예전의 그 묘한 동요를 느꼈다. 손에 물품 명단을 들고 서 있던 젊은이를 처음으로 보았을 때, 그의 가슴에서 솟아오르던 그 이중적인 감정이 새삼 되살아 난 것이다.

얼마 안 가 집사는 자신은 조금 쉴 생각에 물건을 팔러 가는 뱃길을 요셉 혼자 보내기도 했다. 그러면 강 하류로 갈기갈기 찢긴 자의 성지 아보두로 가든, 멘페나 혹은 코끼리 섬이 있는 남쪽으로 가든, 이 뱃길에 나선 한 척의, 아니 때때로 짐이 너무 많아 여러 척이 되기도 하는 이 포티파르의 범선들을 이끌고 가는 주인님은 요셉이 되었다. 맥주와 포도주, 야채, 가죽, 아마포, 질그릇 그리고 태울 때 쓰이는 피마자 기름 혹은 안쪽을 매끄럽게 하는 데 쓰이는 고급 피마자 기름이 그 화물들이었다. 그리하여 얼마 지나지 않아 그와 마주치는 자들은 이렇게 말을 하게 되었다.

"저기 페테프레의 집을 관리하는 몬트-카브 집사의 조수가 배를 타고 오는군. 아시아 청년인데 얼굴만 잘생긴 게 아니고 행동거지도 반듯해. 물건들을 장에 내다 팔려고 가는 중이야. 집사가 그를 믿는다지 아마. 그리고 그건 잘하는 일이야. 마법을 부리는 눈에, 나나 자네보다 인간의 말을 더 잘하는 입이 있으니 사람들의 마음을 사로잡는 건 누워서 떡 먹기인 거야. 그래서 자기 물건에 혹한 사람들한테서 파라오의 친구가 기뻐할 값을 받아내는 거지."

나일 강을 타고 맞은편에서 오는 뱃사공의 이런 말은 틀린 이야기가 아니었다. 요셉이 하는 일에는 항상 축복이 함께 했다. 그는 능란한 솜씨로 시장 상인들을 다뤘다. 도시건 시골 장터이건 상관없었다. 어떤 상인이든 요셉만 보면 좋아서 어쩔 줄 몰라하며 우르르 몰려와 그의 물건에 관심을 보였다. 값도 두둑이 쳐줬음은 물론이다. 집사가 직접 나가서 팔았을 때보다 훨씬 더 후한 값이었다. 아니 어떤 사람이 대신 가더라도 요셉보다 더 비싼 값을 받을 수는 없었을 것이다.

그렇다해서 몬트-카브가 요셉을 자주 여행에 내보낼 수는 없었다. 그리고 일단 갔다 하더라도 요셉은 서둘러 일을 마치고 돌아와야 했다. 그건 페테프레 때문이었다. 만찬장에서 요셉이 보이지 않으면 그는 무척 불편해 했다. 요셉이 아닌 다른 자가 손 씻는 물을 부어주고 음식과 잔을 건네주면 언짢은 기색이 완연했다. 그리고 또 식사를 마친 후 비몽사몽 이어지는 독서 시간을 요셉 없이 보내는 것도 싫어했다.

이렇게 포티파르의 몸종으로 식사 수발을 들고 책을 읽어주는 임무를 제외하고도 요셉은 집안 살림을 효율적으로 운영할 수 있는 경영 안목을 배우기 위해 여러 과제를 해결해야 했다. 그러니 당시 요셉의 머리에는 얼마나 많은 요구 사항이 주어졌을지, 그래서 또 머리를 얼마나 긴장시켰어야 했을지 능히 짐작이 될 것이다. 그러나 그는 젊었고 신이 뜻하신 높은 곳에 꼭 올라가고 말리라 단단히 각오를 다지고 있었기 때문에 그 일들을 능란하게 처리할 수 있었다. 그래서 아랫사람 중 제일 낮은 자의 자리에서 벗어나기까지는 그리 오래 걸리지 않았다. 벌써 그의 앞에 허리를 굽히는 사람들도 몇몇 생겨나기 시작했다.

그러나 그 정도로는 어림도 없었다. 그는 장차 이와는 전혀 다른 상황이 도래하리라 확신하고 있었다. 그건 자신 때문이 아니었다. 오로지 자신이 섬기는 신을 위해서였다. 그러니까 그저 몇몇이 아니라 모든 사람이, 즉 지고한 분만 빼고 모든 사람이, 자신이 섬겨도 되는 분은 그 한 분뿐이므로 그를 제외한 모든 인간들이 자기 앞에 머리를 조아려야 했다. 아브람의 손자는 자신의 인생이 그런 방향으로 전개되리라 확신했다. 이는 한치의 흔들림도 있을 수 없고, 또 이러고 저러고 왈가왈부할 필요도 없는, 말 그대로 확고부동한 신념이었다. 물론 그것이 어떻게 이루어질지, 그리고 어떤 경로를 통해 가능해질지는 그로서도 상상할 수 없었다. 그러나 중요한 건 신께서 예비해놓으신 길로 기꺼이 과감하게 발을 내딛는 것이었다. 그리고 자기 길에 등장하는 모든 것을 샅샅이 살펴봐야 했다. 혹시 길이 가파르다 하여 주춤하는 것은 금물이었다. 가파른 만큼 목표도 높다는 뜻이니까.

복잡한 집안 살림과 장사로 점점 더 많이 머리를 쓰게 되었지만 전혀 개의치 않은 것도 그래서였다. 그는 이렇게 해서 하루가 다르게 몬트-카브에게 없어서는 안 될 조수가 되었고, 자비로운 주인님을 성실하게 섬기겠다고 약속한 집사와의 언약을 지켰다. 페테프레는 요셉의 주변에서 가장 지고한 분이었다. 이 주인님의 영혼을 어루만져 주는 몸종으로서 그는 정성을 다했다. 또 나무 옆에서 그와 처음으로 대화를 나눴을 때 그랬던 것처럼, 그리고 책을 읽어주다 말고, 연인에게 푹 빠진 여자의 정원에 관한 이야기를 했던 방식으로 그의 신뢰를 다지기 위해 노력했다. 주인님을 돕기 위해 주인님의 가슴 깊숙이 자신감을 불러일으키고, 탁자 위의 포도주보다 훨씬 더 따스하게 영혼을 데워 주려면 여간 신경이 많이 쓰이는 게 아니었다. 또 여기에는 정신과 아울러 기술도 필요했다.

어디 그뿐이랴! 야곱의 아들이 집사의 조수이면서 다른 한편으로는 주인님을 돕는 다른 임무들을 한꺼번에 수행하느라 얼마나 바빴을지 상상해 보려면, 이런 공식 임무 외에 매일 저녁마다 몬트-카브에게 밤인사까지 했어야 한다는 사실을 놓쳐서는 안 된다. 그것도 판에 박힌 말로 하는 것이 아니라, 변화를 주기 위해서 드넓은 어휘창고에서 가장 그럴듯한 표현을 매번 새 것으로 골라내어야 했다. 그 밤인사 때문에 요셉을 사들인 집사가 아니었던가. 처음에 시험삼아 밤인사를 시켜보았던 몬트-카브는 가슴이 뭉클했었다. 요셉을 사들인 이후 그 감미로운 느낌을 포기하기에는 그 감동이 너무도 컸다. 집사는 또 쉽게 잠들지 못하는 사람이었다. 눈 아래에 매달린 눈물주머니에 눌려 눈이 자꾸 더 작아지는 게 그 증거였다. 신경 쓸 일이 워낙 많은 머리라 복잡다단한 한낮에서 밤의 휴식으로 넘어가는 게 쉽지 않았다. 그리고 별로 좋지 않은 신장까지 잠을 쉽게 청하지 못하도록 방해하는 듯했다. 그러므로 낮이 끝나는 시간에 단잠을 빌어주는 감미로운 인사만큼 절실한 건 없었으리라. 그래서 요셉은 무슨 일이 있어도 그 임무를 챙겨야 했다. 밤이면 하루도 빼놓지 않고 집사에게 다가가 귀에 대고 조용한 안식을 가져다주는 속삭임을 흘려 넣었다. 그러기 위해서 낮 동안 미리 생각을 해두고 준비를 끝내 놓아야 했음은 물론이다. 표현이 중요했으니까.

"아버지께 밤인사를 드립니다!" 양손을 올리고 그는 아마도 이렇게 인사를 시작했으리라.

"보십시오. 한낮은 살 만큼 다 살아서 자신에게 지친 나머지 눈을 감았습니다. 이제 온 세상 위로 정적이 찾아왔습니다. 귀를 기울여 보십시오! 기적 같지 않습니까! 가축 우리에서 발굽 소리가 하나 들리긴 합니다. 아직까지 짖어대는 개도 한 마리 있군요. 그러나 그 다음의 침묵은 한층 더 깊어집니다. 이렇게 깊어진 침묵이 보다 부드러운 숨결로 사람의 영혼을 파고 들어와 그를 잠재웁니다. 뜰과 도시, 결실의 땅과 사막에서는 주님의 깨어 있는 등잔들이 불을 밝힙니다. 이렇게 제시간에 저녁이 되었다고 모든 민족들이 기뻐합니다. 다들 피곤하기 때문입니다. 낮이 다시 눈을 떠서 내일이 되면 이들도 피로를 회복했을 겁니다. 정말입니다. 주님의 섭리는 이토록 고마울 뿐입니다! 그렇지 않습니까? 생각을 해보십시오. 밤이 없으면 어떻게 될지. 눈앞에 이글거리는 고난의 길이 끊어지지도 않고, 눈이 따가울 정도로 단조로운 모양으로 끝도 없이 뻗어 있다고 생각해 보십시오! 얼마나 절망적이고 끔찍한 광경입니까? 그러나 주님께서는 날들을 만드시면서 하루하루 그 목적지를 정해 놓으셨습니다. 그래서 우리는 여하한 일이 있어도 그 목적지에 이르게 되어 있습니다. 밤의 숲은 양팔을 벌리고 저희를 거룩한 휴식으로 인도합니다. 입술을 열고 행복에 겨운 눈빛으로 저희는 이 숲 속의 시원한 그늘을 찾아갑니다. 사랑하는 주인님, 침대에 누우셔서 이제 휴식을 취해야 한다는 생각일랑 떨치십시오! 오히려 이제는 휴식을 취해도 된다! 이렇게 생각하십시오. 이렇게 이 시간을 크나큰 호의로 받아들이면 편안해지실 것입니다. 아버지, 몸을 쭉 뻗으십시오. 아버지께, 그리고 아버지의 몸 위로 달콤한 잠이 내려와 아버지의 영혼을 기쁨이 넘치는 휴식으로 가득 채워줍니다. 이제 고통과 번뇌를 벗어나 거룩한 주님의 가슴에 안겨 새근새근 잠드십시오!"

"고맙다, 오사르시프."

대답하는 집사의 눈은 촉촉하게 젖어들었다. 요셉의 밤 인사를 처음 들었던 벌건 대낮에도 그렇게 눈이 젖었었다.

"너도 편히 쉬거라! 조화로운 면을 보자면 어제 인사가 조금 더 나았던 것 같다만, 여하튼 오늘 인사도 위로가 되는구나. 아마 말똥말똥 깨어 있지 않도록 양귀비꽃처럼 도와줄 것 같다. 내가 잠을 자도 되는 것이지, 꼭 자야 하는 게 아니라는 구별은 참으로 독특하구나. 그 구별이 아주 마음에 든다. 오늘은 그 생각을 해보겠다. 아마 도움이 될 듯싶구나. 그런데 어떻게 이런 단어들이 생각났느냐? 그걸 섞어서 마법의 주문처럼 만들다니 참으로 놀랍구나. 예를 들면 아버지께, 그리고 아버지의 몸 위로 달콤한 잠이 내려와 영혼을 휴식으로 가득 채워 준다는 등, 어떻게 그런 단어가 생각났는지는 너도 설명할 수 없겠지. 그래, 이제 됐다. 너도 잘 자거라, 내 아들아!"

요셉을 흘겨보는 아문

그랬다. 당시 요셉에게 요구된 일은 이렇게 여러 가지였고 다양했다. 그러나 이러한 임무 수행으로 끝나는 게 아니었다. 요셉이 게을리 해서는 안 되는 또 다른 일이 있었다. 그건 다른 사람들이 자신의 행운을 시샘하지 않고 너그럽게 용서해 주도록 신경을 쓰는 일이었다. 사람들이 요셉처럼 쉽게(?) 출세하는 사람에게 보내는 미소와 아래로 내리뜨는 시선에는 나쁜 것이 많이 담겨 있었다. 좌우를 살펴가며 그 악한 것의 방향을 틀어 좋은 쪽으로 유도하기 위해서는 지혜와 관용, 그리고 유연한 기술이 필요했다. 말하자면 주변을 세심하게 배려하고 항상 깨어 있어야 한다는 경각심까지 보태졌다는 뜻이다. 옹달샘 옆에 있어서 물 걱정 없이 무럭무럭 자라는 식물처럼 승승장구하는 요셉 같은 인물이 누구한테도 걸림돌이 되지 않는 건 거의 불가능하다. 그가 그 자리에 존재한다는 것 자체가 이렇게든 저렇게든 다른 사람의 구역을 침범하고 피해를 입힐 수밖에 없기 때문이다.

요셉은 그래서 자기 때문에 그늘로 밀려났거나, 또는 밟혀서 아래로 내려가게 된 사람들을 배려하는 데 머리를 꽤 많이 써야 했다. 구덩이에 떨어지기 전의 요셉은 이런 진실을 읽을 수 있는 예민한 감각이 결여되어 있었다. 모든 사람들이 그들 자신보다 요셉 자기를 더 사랑한다는 생각이 그를 무디게 만들었던 것이다. 그러나 죽음을 겪고 오사르시프가 되면서는 훨씬 똑똑해졌다. 아니 현명해졌다고 해야 하리라. 똑똑함은 그의 어린 시절이 보여줬듯이 어리석음으로부터 지켜주지 못했으니까.

책을 읽어주는 임무를 부여받으면서 요셉은 몬트-카브에게 선임자 아메네무예에 대해 물었었다. 그건 실은 집사를 염두에 두고 한 말이었다. 워낙 천성이 그래서 별 집착 없이 자기 자리에서 순순히 물러날 집사라 하더라도, 다른 사람에 대한 섬세한 배려에 당연히 감동하리라 계산한 것이다. 그러나 이렇게 일차적으로는 집사를 겨냥한 발언이었지만, 요셉이 실제로 아메네무예 개인에게도 최선을 다했음은 물론이다. 요셉은 그를 찾아가 깍듯하게 예를 갖춰서 겸손하게 자초지종을 설명했다. 서기는 후임자가 자신을 대하는 정중한 태도에 반한 나머지, 글을 읽어주는 자리에서 기꺼이 물러났을 뿐 아니라, 나중에는 완전히 요셉 편이 되었다. 요셉이 대체 무슨 말을 어떻게 했기에? 그는 양손을 가슴에 얹고 감정을 실어 대략 이런 말을 했다.

기분 내키는 대로 결정하시는 거룩한 주인님의 뜻에 몸

둘 바를 모르겠다. 정말 난처하다. 자신이 일부러 일을 이렇게 만든 게 아니다. 회계과의 도제인 아메네무예 그대가 훨씬 책을 잘 읽는다고 확신하는 사람이 어떻게 그런 생각을 했겠는가. 그대가 누구인가. 검은 흙의 아들이 아닌가. 그러나 오사르시프 자신은 말을 더듬거리는 아시아인이다. 그런데도 일이 이렇게 되어버렸다. 정원에서 주인님 앞에서 이야기를 한 게 화근이었다. 별 생각 없이 당황한 나머지 나무와 벌, 새들에 관해 우연히 알게 된 이야기를 이것 저것 떠벌린 게 엉뚱하게도 주인님의 기분을 좋게 만들었다. 그걸 듣고 대인께서는 성급하게 그런 결정을 내리신 것이다. 하지만 그건 최선의 선택이 아니었다. 그 점은 주인님께서도 인정하신다. 그렇지 않다면 주인님께서 번번이 아메네무예 그대를 본받으라고 하실 리 만무하다. "아메네무예는 이러저러하게 읽었다. 워낙 오랫동안 그가 읽어주는데 익숙해 있으니, 나한테 노여움을 사지 않으려거든 그처럼 읽어야 할 것이다."

주인님께서 그렇게 말씀하시니 오사르시프 자신도 그렇게 따라하려고 노력 중이다. 따라서 자신이 지금까지 숨을 쉬고 살아 있는 건 모두 선임자 덕분이다. 그러나 주인님께서 자신의 명령을 거두지 않는 건, 대인들이란 원래 자신들의 성급한 결정으로 설령 피해를 입었다 하더라도, 그 사실을 인정하려 하지 않고, 또 그래서도 안 되기 때문이다. 그래서 요셉 자신은 은근히 후회하고 계시는 주인님을 달래드리려고 매일 두번씩 이렇게 말한다.

"오, 주인님. 아메네무예에게 예복을 두 벌 하사하시고 그에게 규방에서 달콤한 간식과 오락을 담당하는 서기 자리를 내려 주십시오. 그리하시면 주인님께서도 마음이 편하시고 또 저도 편하겠습니다."

요셉은 아메네무예를 달래 줄 생각에 이렇게 말했다. 당사자 아메네무예로서는 자신이 그렇게 훌륭한 낭송가였다니 놀라울 뿐이었다. 자기가 입을 열면 주인님께서 금방 잠이 드시는 경우가 태반이라, 은근히 자신이 다른 사람과 교체되어야 한다고 생각한 적도 있었다. 그런 판국이었으므로 실제로 교체된다 해도 기꺼이 동의할 수밖에 없었다. 그런데 양심의 가책을 느낀다는 후임자로부터 주인님께서 인정은 않지만 속으로는 후회하신다는 말까지 들으니 과히 기분이 나쁘지 않았다. 그뿐이 아니었다. 그냥 하는 말이려니 했는데, 정말로 예복 두 벌을 받고, 게다가 페테프레의 규방에서 오락을 담당하는 감독 자리라는 좋은 보직까지 얻고 보니 요셉이 주인님께 자신을 잘 봐달라고 간청했다는 말은 사실임이 분명했다. 그러니 그로서는 이 가나안 청년에 대해 언짢아 할 이유가 전혀 없었다. 오히려 자신을 생각해 주는, 더할 수 없이 상냥하고 착한 사람으로 여겼다.

다른 사람들에게 이렇게 좋은 자리를 얻게 해주는 것쯤은 요셉에게 아무 일도 아니었다. 요셉은 그런 자리에 연연해 하지도 않았다. 그가 주님과 함께 얻고자 한 것은 이런저런 자리 하나가 아니라 전부였다. 이 요원해 보이는 목표를 향하여 그는 지금 몬트-카브의 옆에서 모든 일을 두루 살필 줄 아는 보편적인 안목을 키우는 중이었다.

페테프레의 가금류 사냥이나 투창을 던지는 고기잡이에 늘 따라다니던 메랍이라는 자한테도 요셉은 똑같이 했다. 포티파르가 이 남성적인 오락에도 자신의 총아 요셉을 데리고 다니려 하자 어쩔 수 없이 물러나야 했던 메랍의 가슴에는 이 일로 가시가 박혔다. 그냥 가시가 아니라 독이 묻은 가시였기 때문에, 그냥 두면 그의 가슴을 헤집을 게 뻔했다. 그러나 요셉은 그 가시에서 독과 날카로움을 없애버렸다. 그는 아메네무예한테 했던 방식대로 메랍에게 다가가 자신의 심정을 토로하고 그에게도 다른 보직, 즉 양조장의 감독 자리로 보상해 준 것이다. 이렇게 하여 원수가 될 뻔한 자를 친구로 만들었다. 메랍은 사람들 앞에서 요셉에 관해 이렇게 말할 정도였다.

"궁핍한 레테누 출신으로 사막의 유랑민이긴 해도 아주 우아한 청년이야. 그건 인정해 줘야 해. 하는 짓도 아주 귀여워. 삼위일체께 맹세코 정말이야! 인간의 말을 할 때면 지금도 간혹 실수를 하곤 하지만, 아무리 그래도 밉지가 않아. 그 청년 때문에 자기 자리에서 물러나야 하는데도 도리어 기분이 좋은 거야. 그래서 물러나면서도 신이 나서 눈이 반짝이지. 어째서 그런지 아무도 설명 못 해. 그건 설명할 수가 없거든. 그리고 기껏 설명한다고 해도 핵심은 못 건드리고 옆으로 빗나가기 십상이니까. 여하튼 그 젊은이 때문에 자기 자리에 물러난다면 눈이 빛나는 것만은 사실이야."

지극히 평범한 이집트 남자 메랍의 말이었다. 그리고 요셉 때문에 뒤로 물러나게 된 자가 이렇게 말하더라는 사실을 요셉에게 속삭여 준 건, 이번에도 세엔크-웬-노프레, 어쩌고저쩌고, 이름이 엄청나게 긴 난쟁이 곳립이었다.

"그렇다면 다행이군요."

요셉은 그렇게 말했다. 그러나 그는 알고 있었다. 누구나 그렇게 말하지는 않는다는 사실을. 모든 사람이 요셉 자신을 더 사랑할 수밖에 없다고 믿었던, 어린아이 같은 어리석은 망상에서 벗어난 지는 이미 오래였다. 그래서 그는 잘 알고 있었다. 포티파르의 집에서 자신의 신분이 올라갔다는 사실 자체만으로도 어떤 사람들은 울화통을 터뜨릴 수도 있다는 것을. 거기에는 그의 출신성분이 한몫했다. 자신은 그냥 외국인인 것으로도 모자라 '사막의 주민'이자 히브리인, 즉 '건너온 자'로 참으로 혐오스러운 대상이었기 때문이다. 따라서 여기에는 수준 높은 기교가 필요했다. 우리는 여기서 또다시 당시 후손의 나라에 팽배했던 당파 간의 대립이라는 문제와 마주하게 된다. 요셉이 포티파르의 집에서 출세하려면 이 파벌 사이에서 줄을 잘 타야 했다. 신앙심을 중시하며 일종의 애국주의를 표방하는 수구파의 세력은, 요셉의 출세를 반대하여 요셉을 부적절한 때에, 그러니까 감독으로서가 아니라 한낱 부역일꾼으로 집 밖에 있는 들판으로 내쫓을 수도 있었다. 그리고 이 수구파에 대항하는 자유파가 있었다. 이는 관용을 베풀 줄 아는 분파라할 수도 있고, 혹은 유행을 따르는 분파 내지 온건파라 불러도 좋다. 요셉의 성공을 돕는 부류가 바로 이들이었고 몬트-카브 집사가 이 자유파에 속했다. 그 이유는 집사의 주인님, 궁신 페테프레의 신조가 그랬기 때문이다. 그러면 페테프레 혼자 그런 신념을 가졌을까? 그럴 리가 있겠는가,

왕궁의 대세를 따른 것이겠지.

궁전에서 볼 때 아문 신전의 무게는 부담스럽고, 그 권세는 불쾌하기만 했다. 애국을 부르짖는 보수파가 이 후손의 나라에서 끝까지 지키려 한 게 바로 아문 숭배였다. 그래서 궁궐에 있는 대인들은 아문이 아니라 다른 신에게 끌렸고, 이 다른 신의 숭배에 누구보다 앞장선 것이었다. 그게 어떤 신인지 짐작이 가리라 믿는다.

삼각의 정상에 있는 온의 아툼-레가 바로 그 신이었다. 아문은 오랜 전통을 자랑하는 이 온화한 신을 자신과 동일시했다. 물론 서로 연결시킨 게 아니고, 상대방을 정복하듯이 폭력을 사용하여 스스로 아문-레, 즉 제국신이요 태양신으로 불렀다. 레와 아문은 둘 다 각기 자신의 배를 타고 있는 태양이다. 그러나 그 의미와 방식 면에서 서로 얼마나 다른가!

요셉은 눈이 짓무른 호르아흐테의 사제들과 대화를 나눌 당시, 동적이며 경쾌한 교훈까지 주는 이 태양신에 관해 여러 가지 사실을 알게 됐었다. 확장 욕구가 대단한 이 신은 온갖 민족이 섬기는 여러 태양신들과 폭넓게 관계를 맺기 위해 아시아에서 섬기는 젊은 태양신들과도 화합하려 했다. 이 젊은 태양신들은 방 밖으로 나오는 새신랑처럼, 유쾌한 영웅처럼, 자신의 길을 가다가, 다시 저물곤 했는데, 그럴 때면 여인들의 통곡이 끊이지 않았다. 아브라함이 당시 멜기세덱이 섬기던 엘 엘리온과 자신의 신이 큰 차이가 없다고 생각했듯이, 태양신 레는 자신과 그들 사이에 아무런 차이점도 인정하려 들지 않는 듯했다.

레가 저물 때에는 아툼이라 불렸다. 그때의 모습은 참으로 아름답고 애잔하여 한탄이 터져 나올 만했다. 그런데 최근 들어 레는 동적인 사변을 바탕으로 남을 가르치기 좋아하는 자신의 선지자들을 통해 이와 유사한 이름을 만들게 했다. 그 이름은 태양신으로서의 자신의 모습 전체를 총칭하는 것으로 단순히 일몰뿐 아니라 아침과 정오, 그리고 저녁에도 해당되는 이름이었다. 그것이 바로 아톤(Aton)이었다. 이 아톤이라는 이름은 독특한 뉘앙스 덕분에 다른 신을 떠올리게 했다. 이렇게 하여 레는 멧돼지에게 갈기갈기 찢긴 젊은이, 숲 속 골짜기마다 구성진 피리소리와 함께 애절한 곡소리가 울려 퍼지게 만드는 아시아의 젊은이 아돈과 자신을 연결한 것이다.

이렇게 이국풍에 물들어 있고, 동적이며 세상에 우호적이며, 보편적인 성향을 지닌 신이 바로 레-호르아흐테 태양신이었다. 그리고 궁전에서 그는 큰 영향력을 행사했다. 파라오의 학자들에게 이 태양신에 관해 이것저것 생각해 보는 것보다 더 재미있는 일은 없었다.

그러나 카르낙에 있는 아문-레, 즉 보물이 넘치는 거대한 집에 사는 파라오의 아버지는, 아툼-레와는 정반대였다. 그는 유연함이라고는 없이 경직되고 완고한 신으로 보편적 사변과는 철천지원수였으며, 외국에 대해서도 무뚝뚝함으로 일관했고 풍습은 옳고 그름을 따질 필요조차 없는 거룩한 전통으로서 무조건 고수해야 한다는 입장이었다. 실은 온에 있는 아툼-레보다 훨씬 젊은 신이었는데도 그랬다. 그래서 여기서는 태곳적의 것이 동적인 유연함과 세상에 대한 친근함을 보이는 반면, 최근의 것이 오히려 굽힐 줄 모르는 경직성을 드러내고 있었다. 이쯤 되면 상황이 얼마나 혼란스러운지 충분히 짐작되리라 믿는다.

궁전에서 높이 평가하는 아툼-레-호르아흐테를 은근히 시기하는 카르낙의 아문이 요셉에게도 눈을 흘기는 듯했다. 요셉이 그런 느낌을 가진 건 어쩌면 당연한 일인지도 모른다. 궁신에게 책을 읽어주며 식사 시중을 들고 있는 그는 외국인이었기 때문이다. 그는 주변 환경을 파악하면서 태양신 레는 자신에게 우호적인 반면, 태양신 아문은 그렇지 않다는 사실을 간파했다. 또한 이러한 불리한 상황에 맞서려면 각별히 조심해야 한다는 것도 깨달았다.

주변에서 아문과 가까운 인물은 위세부리는 남자, 즉 보석을 보관하는 두두였다. 그 자는 요셉을 자기 자신보다 더 사랑하지 않음은 물론이거니와, 훨씬 덜 사랑하는 게 분명했다. 따라서 이 기간 동안 야곱의 아들이 그에게 얼마나 많은 노력을 기울였을지는 굳이 말하지 않아도 될 것이다. 정말이다. 그는 세월이 흐르는 동안 이 고집스러운 난쟁이에게 갖은 정성을 다했다. 그를 비롯하여 양팔로 그를 끌어안는 그의 아내 제세트와—그녀는 규방의 시녀들 중에서 지위가 높았다—키는 크지만 버릇없는 그의 아이들, 에세시와 에베비에게도 더 이상 세심할 수 없을 정도로 깍듯하게 대하여 어떻게든 두두를 자기편으로 만들려고 공을 들였다. 그리고 결코 그의 영역을 표시하는 경계석을 건드려 그 안으로 침범하지 않으려고 무던히도 노력했다. 포티파르의 마음을 따뜻하게 데워 주어 자신감을 갖게 해준 요셉이었다. 하려고만 들었다면 주인에게 청원하여 두두를 밀치고 의상실 감독 자리를 차지하는 일이 뭐 어려웠겠는가? 그쯤은 식은 죽 먹기였으리라. 어떻게 해서든 요셉을 더 가까이 두고 싶어한 주인은 그의 요구가 없었더라도 의상을 챙겨 주는 일까지 요셉이 맡아줬으면 했으리라. 게다가 거들먹거리는 기혼자 난쟁이를 싫어하기까지 했으니 어련했겠는가. 요셉은 눈치로 그 사실을 알아차렸다. 무조건 주인님께 충성을 다하는 집사가 난쟁이를 탐탁지 않게 여기는 걸 보고 이미 짐작했었다. 그러나 요셉은 주인님의 제안을 공손하게, 하지만 단호하게 거절했었다. 첫째, 집안을 제대로 운영하기 위해 두루 살필 줄 아는 안목을 배우는 중이라 지금 주인님을 섬기는 몸종 역할에 또 다른 창고지기까지 겸하면 부담이 크며, 두번째 이유는 점잖은 작은 남자에게 피해를 주는 일은 할 수도 없으며, 또 그러고 싶지도 않다고 했다.

그렇다고 난쟁이가 요셉에게 고마워했겠는가? 천만에. 이 점에서 요셉은 헛된 희망을 가졌다. 두두는 요셉을 본 첫날에, 아니 첫 시간에 이미 요셉을 아예 사지도 못하게 막으려 들면서 노골적으로 적개심을 드러냈다. 이러한 적의는 상대방의 관용이나 예의 바른 태도로 누를 수 있는 것도 아니며, 그나마 약간 누그러뜨릴 수도 없었다.

이 이야기가 전개되는 전체 배경과 이야기를 밀고 나가는 추진력을 보다 깊숙이 들여다보려 한다면, 이처럼 질긴 거부감을 단순히 한 외국 젊은이의 출세를 반대한 이집트 수구파의 불만으로 치부하는 데 머물러서는 안 된다. 오히려 여기서 문제는 묘한 마법이었다. 두두가 보기에, 요셉이 주인님을 '도와' 그의 호감을 살 수 있었던 것은 모두 어떤 마법 때문이었다. 두두는 이 마법이 언짢았다. 그건 분명 자신의 온전한 가치와 지금까지 누려온 특혜에 해를 끼치는 마법이었다. 비록 몸이야 덜 자랐지만, 삶의 가치 면에서는 다 자라난 상태라는 자부심에 금이 가는 듯했다.

요셉도 눈치 못 챈 바 아니었다. 대추야자 과수원에서 열변을 토하여 한 사람의 마음은 깊은 곳까지 부드럽게 어루만져 주었지만, 동시에 다른 사람, 즉 결혼한 난쟁이에게는 상처를 준 것이다. 물론 고의는 아니지만, 결과적으로는 그렇게 되었다는 사실을 부인하지 않았다. 요셉이 두두의 아내와 그 결혼에서 나온 자식들을 각별히 부드럽게 대한 것도 그래서였다. 그러나 아무 소용도 없었다. 두두는 고개를 바짝 치켜들고 틈만 있으면 증오심을 드러냈다. 그는 특히 요셉의 불결함을 강조했다. 다른 곳에서 건너온 자, 히브리인이며 낯선 자이니 그만큼 불결하다는 것이었다. 당시 요셉은 몬트-카브와 함께 집안의 높은 시종들이 둘러앉는 식탁에서 식사를 했다. 그 자리에서 두두는 아랫입술은 안쪽으로 바짝 끌어당기고 윗입술은 쭉 내밀어 지붕을 만들어 근엄한 표정을 지으며 끝까지 고집을 부렸다. 다른 요구가 아니었다. 이집트 사람과 히브리인에게 음식을 날라줄 때, 서로 다른 방식으로 해달라는 것이었다.

그는 그것으로도 충분하지 않았던지, 집사를 위시하여 다른 관리인들이 아툼-레 쪽으로 기울어 자신처럼 까다롭게 굴지 않으려 하면, 아문을 따르는 자신의 투철한 신앙심을 보여주기 위해 시위라도 하듯, 혐오 대상으로부터 멀찌 감치 떨어져 하늘을 바라보며 사방에 침을 뱉고 몸에서 더러워진 것을 떨어내는 온갖 주문과 함께 주변을 빙 돌면서 그것을 쫓아내는 의식을 행했다. 이 열성이 누구를 겨냥한 건지는 뻔했다. 그런 식으로라도 요셉에게 상처를 주려 한 것이다.

어디 그뿐이었던가! 결혼한 난쟁이는 그 정도에 만족하지 않고 요셉을 집에서 내쫓을 작정이었다. 그러나 요셉은 다행히도 그의 속셈을 즉시 알아차렸다. 이번에도 작은 친구 곳립이 귀띔해 주었던 것이다. 요셉은 축제 안에 있는 베스, 이 난쟁이로부터 따끈따끈한 정보를 하나도 빼놓지 않고 샅샅이 들을 수 있었다. 워낙 몸이 작다보니 엿보고 엿듣는 데 특히 능하여, 엿들을 게 있는 곳이라면 어디든 몰래 숨어들기 위해 태어난 사람 같았다. 그리고 그처럼 몸을 잘 숨기는 명수도 없어서, 키가 제대로 다 자란 자라면 감히 생각도 못할 장소에도 숨었다.

두두도 베스와 똑같은 난쟁이니 척도가 작은 세계의 동지로서 본성도 같을 것이므로 다른 난쟁이들보다 특히 거칠었을 리 만무하며 그처럼 베스에게 무기력하게 당하지는 않았어야 했다. 그러나 곳립의 말이 옳았던 것일까. 두두는 제대로 자란 자와 결혼함으로써 그 세계와 동맹을 맺는 대가로 작은 삶이 가지고 있는 몇 가지 섬세함을 포기하게 되었고, 또 이러한 동맹을 가능케 해준 것이 제대로 자라느라 난쟁이의 천성이라 할 수 있는 섬세함은 불완전한 수준에 머문 건지도 모른다. 어쨌건 두두는 자신이 그토록 무시하는 작은 형제가 살며시 다가와 눈에 띄지 않는 곳에서 자신을 염탐하는 데도 전혀 눈치 채지 못했다. 그래서 이 작은 형제는 아무 문제 없이 두두가 요셉의 출세를 막기 위해 어느 길을 택하는지 알게 되었다. 그 길은 규방으로 이어져 포티파르의 명예 부인 무트-엠-에네트에게 닿았다. 그녀는 난쟁이에게 들은 이야기를 난쟁이가 그 자리에 있으면 있는 대로, 그리고 없으면 없는 대로 대단한 권세가에게 다시 들려주었다. 페테프레의 규방에 있는 그녀의 방에 출입하는 이 권세가는 아문의 첫번째 사제 베크네혼스였다.

포티파르의 고약한 부모들이 나눈 대화는 요셉의 여주인이 제국의 무거운 신 아문-레의 집, 즉 그 신전과 어떤 관계인지 알려 주었다. 그녀는 아문의 제일 가는 소 감독관의 부인이자 자신의 친구인 레네누테트를 비롯하여 자신과 같은 계급의 수많은 여자들이 그러하듯 고상한 하토르 수녀회의 일원이었다. 이 수녀회의 수호 여신은 파라오의 위대한 영부인이고, 수녀회 원장은 카르낙에 있는 신의 제사장, 즉 경건한 베크네혼스의 부인이었다.

아문의 제사장 베크네혼스의 활동 중심지요 정신적 고향은, 강가에 있는 아름다운 신전, '아문의 남쪽 여자 집', 혹은 '하렘'이라 불리는 곳이었다. 여기서 숫양이 줄지어 서 있는, 입을 다물 수 없을 정도로 멋진 장관을 연출하는 가로수 길을 죽 따라가면 카르낙에 있는 큰 집, 곧 신전이 나왔다. 그리고 파라오는 지금 이 하렘에 다른 건축물을 훌쩍 넘는, 하늘 높이 치솟는 주랑을 증축하는 중이었다. '하렘에 있는 아문의 여자들'은 축제 때 수녀 회원들을 부르는 명칭이기도 했다. 그래서 이들 중 가장 높은 수녀, 즉 제일 높은 사제의 부인이 '첫번째 하렘 여자'라는 이름을 얻게 된다. 그런데 이 숙녀들이 하필이면 '하토르'라 불리는 것은 왜일까? 아문-레의 위대한 부인은 무트, 즉 어머니라 불리고, 암소 눈을 가진 아름다운 하토르는 다름 아닌 온의 주인님 레-아톰의 부인인데 말이다. 그렇다. 이집트라는 나라가 즐겨 하는 동격화 중에서 이보다 더 세련되고 현명한 것이 있겠는가! 아문은 정치적으로 아톰-레와 동격화하는 것을 좋아했으므로 아들의 어머니 무트를 하토르와 동격화한 것이다. 그래서 아문이 거느린 세속의 하렘 여자들, 즉 테벤의 상류층 사교계 숙녀들도 그렇게 만들었다. 태양부인의 탈을 쓰고 몸에는 밀착된 옷을 입고 황금 두건 위에 암소뿔을, 그리고 그 사이에 둥근 별을 끼운 채, 아문의 대축제 때가 되면 아문을 위해 음악을 연주하고 춤을 추는 사교계 숙녀들은 한 사람 한 사람 사랑의 여주인 하토르였다.

이때 이들은 노래도 불러야 했다. 물론 능력이 닿는 데까지였다. 노래 부르는 음성이 듣기 좋은가 어떤가가 기준이 아니라 부와 고상함을 기준으로 선택된 그녀들이었다. 그러나 포티파르 집의 안주인 무트-엠-에네트는 참으로 아름다운 목소리로 노래를 불렀다. 소 감독관의 부인인 레네누테트에게 노래를 가르칠 정도였다. 그리고 신의 여자 집에서 한마디로 대단한 지위를 누렸다. 수녀회에서 그녀의 자리는 거의 수녀회 원장 옆자리였고 원장의 배우자인 베크네혼스, 즉 아문의 제사장은 각별한 친구요 경건한 측근으로서 수시로 그녀 집에 드나들었다.

베크네혼스

요셉은 예전에 본 적이 있었던 터라, 이 근엄한 남자가 누구인지 알고 있었다. 뜰과 규방 앞에서 안주인을 방문한 그와 몇 번인가 마주치면서 요셉은 은근히 화가 났었다. 그가 올 때면 번번이 무슨 국가적인 행차처럼 얼마나 막대한 경비를 들이는지, 스스로 파라오의 입장이 되어 속상해 했다. 가마 앞에 세운 창과 방망이를 든 신의 군사는 행진을 서두르고, 어깨 위에 긴 장대를 올려 머리가 거울처럼 반들거리는 네 명의 신전 시종들이 네 귀퉁이에 달라붙어 가마를 메고 갔다. 그리고 그 뒤로 또 다른 병사들이 가마 행렬을 따랐다. 양쪽에 타조깃으로 만든 부채까지 들고 늘어선 광경이 마치 축제를 맞아 아문의 배가 직접 행차하는 듯했다. 그리고 앞쪽 무리 앞으로 방망이를 든 자들이 달려가고 있었다. 제사장이 납셨다고 고래고래 고함을 질러대는 소리가 뜰을 가득 메웠다. 그 소리에 사람들이 우르르 모여들면, 포티파르가 직접 맞지는 않아도 여하튼 집안에서 제일 높은 자가 이 대단한 손님을 영접해야 했다. 이런 때면 포티파르는 모른 체하기 일쑤였으며, 몬트-카브가 재빨리 대령하곤 했다. 집사 뒤에 요셉까지 서 있어야 하는 경우도 적지 않았다. 그럴 때면 이 대단한 권세가를 유심히 살피곤 했다. 자신에게 적대적인 태양신 파벌 중 가장 가까이 있는 가장 낮은 자가 두두라 한다면, 가장 높은 곳에 가장 멀리 있는 자가 바로 그였다.

베크네혼스는 키가 무척 컸다. 거기다 한술 더 떠 허리까지 꼿꼿이 세워 당당하기 이를 데 없었다. 어깨는 뒤로 젖혀져 있고 턱은 위로 치켜들었다. 계란형의 얼굴과 매끄럽게 면도하여 절대로 뭘 쓰지 않는 두상이 인상적이었다. 그리고 특징이라면 양미간에 깊숙이 패인 주름을 들 수 있는데, 그 날카로운 표식은 얼굴에서 사라지는 법이 없어서 이 남자는 미소를 지을 때에도 엄해 보였다. 미소라야, 특별히 굽실거리는 사람에게 보상으로 내려주는 거만한 미소였지만.

그의 얼굴을 조금 더 자세히 살펴보면, 정성을 다해 깨끗하게 민 수염, 흡사 조각한 듯 표면이 고르며 동요라고는 없는 얼굴, 튀어나온 광대뼈, 그리고 양미간에 패인 날카로운 표식과 마찬가지로 콧구멍과 입 주위에도 깊게 패인 주름하며, 하나같이 사람과 사물을 아래로 내려다보는 인상이었다. 그것은 단순한 거만함과는 달랐다. 그보다 한 수 위였다. 그것은 세상에 존재하는 삼라만상에 대한 거부감으로, 수백 년 동안 혹은 수천 년 동안 이어진 생명의 영위과정 전체를 부정하고 부인하는 것이었다.

입은 옷 또한 세련된 고급 옷이었으나 유행에는 한참 뒤떨어져서, 한 세기는 충분히 뒤쳐진 사제복장이었다. 그는 겨드랑이 밑에서 시작하여 발 쪽으로 흘러내리는 겉옷 아래 몸에 꽉 끼고 단순한 모양의 짧은 허리 잠방이를 입었는데, 고대 제국의 첫 왕조 때의 재단법에 따른 것이었다. 그리고 사제의 복장에 속하는 소품인 표범 가죽은 그보다 더 먼, 보다 경건한 시대로 거슬러 올라가는 듯했다. 그 고양이과 동물의 가죽을 어깨에 척 걸쳤는데 머리와 앞발은 등에 매달려 있고 뒷다리가 가슴 위에서 엇갈려 십자 모양을 만들었다. 그리고 가슴 위에는 위엄을 나타내는 또 다른 장식품이 매달려 있었다. 목에 두르는 파란 나선 모양의 이 황금 장식에는 양의 머리들이 새겨져 있었다.

표범 가죽을 걸친 것은 대낮의 햇살 아래서 보자면, 일종의 월권 행위를 뜻했다. 온에 있는 아툼-레의 제사장이나 걸칠 수 있을까, 아문의 신하에게는 합당한 장식이 아니었으니까. 그러나 베크네혼스가 누구인가. 그는 자신에게 무엇이 합당한지 자기 멋대로 결정할 수 있는 남자였다. 그가 이렇게 굳이 인간의 태곳적 의상인 거룩한 짐승 가죽을 고집하는 이유를 모르는 사람은 아무도 없었다. 당연히 요셉도 눈치 챘다. 이로써 베크네혼스가 시위하려는 것은, 아툼-레는 테벤에 있는 위대한 신 아문의 또 다른 현상형태에 지나지 않으므로, 어떤 의미에서는 마땅히 아문에게 복종해야 한다는 것이다. 아니 어떤 의미에서만이 아니라, 다른 의미에서도 그랬다. 즉 온에 있는 레의 제사장은 명목상 테벤에 있는 아문의 두번째 사제가 되어야 하며, 따라서 여기서 제사장이라는 제일 높은 직위는 이 짐승 가죽을 걸치고 있는 베크네혼스 자신이 맡겠다는 뜻이었다.

그러나 비단 이곳뿐만 아니라 레의 성지 온에서도 베크네혼스의 세력을 인정해야 했다. 이렇듯 베크네혼스는 스스로를 '테벤 사제들 중의 총감독'이라 불렀을 뿐만 아니라 '상·하 이집트의 모든 신들을 섬기는 사제들의 총감독'이라 칭함으로써 아툼-레의 집에서도 제일 높은 제사장의 위에 군림했다. 상황이 이러할진대 그가 표범가죽을 쓰지 못할 이유가 어디 있겠는가?

요셉은 그가 어떤 상상을 하고 있는지 생각만 해도 아찔했다. 그동안 이집트의 복잡한 생활에 익숙해진 요셉은 이 강대한 자에게 파라오가 재산과 보물을 끝없이 쏟아 부어 가뜩이나 권세 있는 자를 더욱 살찌우고 거만하게 만드는 게 걱정스러워 가슴이 조마조마했다. 파라오는 인정이 넘쳐서 그에게 자비를 베푸는 건 곧 자신의 아버지 아문에게 자비를 베푸는 것이므로, 결국은 자기 자신에게 잘하는 것이라 생각했다.

그러나 요셉은 달랐다. 요셉에게 아문-레는 다른 신들과 다를 바 없이 하나의 우상에 지나지 않았다. 물론 자신의 이런 생각을 다른 사람이 눈치 채게 하지는 않았다. 일부는 방에 있는 한 마리의 숫양이요, 또 일부는 예배당의 관 안에 들어 있는 인형으로, 때가 되면 사람들이 화려한 배에 실어 강물 위로 산책시키는 것이(그건 달리 더 좋은 방법을 몰라서였다) 바로 아문-레였다. 파라오에 비해 훨씬 자유롭고 예리한 생각을 가진 요셉이 보기에는, 파라오가 그자를

441

자신의 아버지라고 믿고 계속해서 더 비대하게 만드는 건 별로 현명한 행동이 아니었다.

아문을 섬기는 대인이 규방으로 사라지는 뒷모습을 바라보던 요셉의 마음이 어두워진 것도 그래서였다. 앞으로 자신이 어떻게 될지 그 걱정은 않고, 이렇게 더 높은 걱정, 즉 나라 걱정에 빠져 있었다. 묘하게도 규방 안에서 요셉 자신의 개인사가 화제로 오르곤 한다는 사실도 알았지만 거기에는 괘념치 않았다.

페테프레의 집에서 일찌감치 요셉의 후원자로 나섰던 곳립은 두두가 벌써 여러 번 안방마님 무트 앞에서 요셉을 들먹이며 불평을 늘어놓았다는 이야기도 들려주었다. 아무도 생각하지 못할 곳에 숨어서 이들의 대화를 엿들은 이 작은 남자는, 나중에 요셉에게 미주알고주알 하나도 빠뜨리지 않고 알려 주었다. 얼마나 상세하게 알려 주던지 요셉의 눈앞에 그 장면이 생생하게 떠올랐다. 그건 이런 것이었다.

의상실 감독이 앞판에 빳빳하게 풀을 먹인 옷을 입고 여주인 앞에 서 있다. 지붕처럼 튀어나온 윗입술을 죽 내밀며 화를 삭이지 못하고 작달막한 팔을 마구 흔들어댄다. 그리고 목소리는 최대한 저음으로 깔아서 고개를 바짝 치켜들고 집안에서 벌어지고 있는 혐오스럽고 울화통 터지는 일에 대해 여주인에게 하소연을 늘어놓는다. 오사르시프라는 노예가 있다. 확실하지는 않지만 이 이름은 아마도 자기가 멋대로 갖다 붙인 이름 같다. 여하튼 궁핍한 나라에서 온 주제에 멋은 또 엄청 부리는 이 히브리인 사기꾼놈 오사르시프가 집안에서 이렇게 크고 있다니, 이건 수치스러운 일이다. 게다가 이렇게 많은 혜택을 받는 건 암적인 폐단이다. 이런 일을 몸을 감추고 계신 신께서 못 보실 리가 없다. 자기가 그렇게 충고를 했는데도, 난쟁이의 든든한 충고를 귓전으로 듣고 160데벤이나 주고 사들인 노예 아이이다. 그 아이를 판 상인들은 사막을 떠도는 보잘것없는 뜨내기 상인이다. 그 상인들은 아이가 벌을 받느라 갇혀 있던 구덩이, 즉 우물에서 꺼냈다는데 그런 아이가 지금 페테프레의 집에서 일을 하고 있다. 모든 게 그 귀머거리 밤톨, 구역질나는 어릿광대 세프세스-베스 때문이다. 일단 사들였으니 어쩌지 못한다고 치자. 그러면 낯선 곳에서 온 그 멍청한 노예 놈을 집 밖으로 보내 밭일을 시켰으면 된다. 점잖은 사람이 그렇게 하라고 집사에게 충고까지 해줬건만, 집사는 들은 척도 않고, 글쎄 이 놈을 아무 일도 하지 않고 빈둥거리며 집안을 돌아다니게 내버려두었다. 그러다 대추야자 과수원에서 감히 페테프레 주인님 앞에서 입을 열어 뭐라고 종알거리도록 허락해 주었다. 기회를 놓칠 부랑자 놈이 아니었다. 그 놈은 아주 교묘하게 그 기회를 이용했다. 아니, 뻔뻔스러웠다. 이 정도는 엄한 게 아니라 오히려 아주 부드러운 표현이다. 그 자식이 주인님의 귀에 늘어놓은 교활한 요설을 생각한다면 이 정도 표현은 약과이다. 그의 요설은 아문에 대한 모욕이고, 지고한 태양력(太陽力)에 대한 비방이요 불경죄였다. 그런데 거룩하신 주인님께 마법을 걸어 그분의 이성을 빼앗고 말았으니

443

그놈에게 벌을 내려야 마땅하다. 여하튼 그 바람에 주인님께서는 그놈을 자신에게 책을 읽어주고 식사 시중을 드는 몸종 자리에 앉히셨다. 그렇게 높은 자리에. 어디 그뿐인가. 몬트-카브는 그 놈을 아들처럼 대한다. 아니이 집안의 아들 대우를 한다는 게 더 옳은 표현일 것이다. 그래서 이 노예 놈은 뻔뻔스럽게도 유산으로 물려받은 자기 집 살림을 배우듯이 지가 무슨 부감독이라도 된 듯한 상판대기로 온 집안을 휘젓고 다닌다. 온몸에 옴투성이인 더러운 아시아 놈 주제에, 이집트 집안을 뭘로 보고 감히! 그래서 보다 못한 이 두두가 몸을 굽혀 여주인님께 이 끔찍하고 혐오스러운 일을 고하는 것이다. 몸을 감추고 계신 분께서는 이 일을 다 지켜보셨으므로 지금분노하고 계신다. 그러므로 최악의 타락을 보여주는 자유주의에 복수하실 것이다. 이를 저지른 자는 물론이요, 그냥 두고 본 자들도 성치 못할 것이다.

"그러자 뭐라고 대답하시던가요? 여주인님께서는? 곳립 아저씨. 그녀가 뭐라고 했는지 정확히 들려주십시오!"
이야기를 들은 요셉의 물음에 작은 자가 대답했다.
"그녀는 이렇게 말했지. '보석상자를 지키는 그대의 말을 들으며 그대가 도대체 누구 이야기를 하는지 생각해봤네. 그대를 이토록 분개하게 만들어 내 앞에서 불평을 늘어놓게 한 장본인이 과연 어떤 낯선 노예인지 아무리 기억을 더듬어 보아도 언뜻 생각이 나지 않는다네. 설마 나더러 집안에 있는 종들을 하나도 빼놓지 않고, 누가 누구인지 다 알아야 한다고 그걸 요구하는 건 아니겠지. 그대의 암시 한마디에 내가 단번에 아하 그 자, 하고 생각하기를 바라는 건 아닐 테니까. 그렇지만 그대가 내게 시간을 준 덕분에 추측은 할 수 있을 것 같네. 그대가 말하는 시종이 어쩌면 얼마 전부터 식사 때마다 내 남편 페테프레의 옆에 서서 잔을 건네주는 그 젊은 아이가 아닌가 싶은데. 어떤가? 그 아이 말인가? 그 은색 잠방이를 입은 시종이라면 생각을 가다듬어 보면 어쩌면 기억이 어렴풋하게나마 떠오를 것 같은데.'"

"어렴풋하게나마?" 요셉은 실망한 기색이 역력했다.

"지금까지 항상 가까이 있었는데, 그렇게 주인님의 식탁 바로 곁에 서 있었는데 어떻게 여주인님께서는 나를 그저 어렴풋이밖에 기억을 할 수 없단 말입니까? 주인님과 몬트-카브로부터 이렇게 많은 혜택을 입고 있는데, 여주인님께서는 그토록 까마득히 모르신다는 말입니까? 고약한 두두가 누구 이야기를 하는지 금방 알아듣지 못하고 그렇게 오랫동안 생각을 모으고 기억을 하나하나 더듬어야 했다니 참 이상합니다. 그리고는 또 뭐라고 하셨습니까?"

그러자 난쟁이의 보고가 다시 이어졌다.

"그녀는 또 이렇게 말했지. '그런데 의상실 감독, 그대가 내게 이런 불평을 늘어놓는 이유가 무엇인가? 그대는 지금 주문을 외워 아문의 분노가 내게 내려오도록 하고 있지 않은가. 그 혐오스러운 일을 그냥 두고 보는 자에게 화를 낼 것이라니, 그 말이 아니고 무엇이란 말인가. 그러나 내가 아무것도 모르는 상태라면, 그냥 두고 보는 것도 아닌 법인데, 어찌하여 나로 하여금 이 일을 알게 하여 날 위험에 처하게 만든단 말인가. 차라리 그냥 모르고 있도록 내버려두지 않고.'"

요셉은 웃음을 터뜨리며 맞장구를 쳤다.

"기가 막힌 대답이군요! 참으로 현명한 지적입니다! 베스 아저씨, 여주인님 이야기를 더 들려주십시오! 그녀가 거기에 뭐라고 더 말했는지 그대로 옮겨 주십시오! 귀를 쫑긋 세우고 들었지 않습니까!"

"더 말한 건 고약한 두두였어. 뭐라고든 자신을 합리화시켜야 했으니까. '그냥 두고 보시라고 이 끔찍한 일을 알려 드린 게 아닙니다. 주인님께 이 일을 중지시켜 달라고 간청해 주십사 부탁 드리는 겁니다. 그렇게 하시면 아문을 섬기는 일이 됩니다. 이렇게 아문께 봉사할 수 있는 기회를 여주인님께 드리는 건 그만큼 마님을 사랑하기 때문입니다. 그러니 부디 주인님께 불결한 종을 집 밖으로 내쫓으시라고 부탁해 주십시오. 일단 사들인 노예이니 지금이라도 집 밖으로 보내서 밭일을 시키라 하십시오. 그러면 집안에서 감독일을 배우면서 이 나라의 자녀들 위에 거만하게 앉아 있는 꼴은 더 이상 안 봐도 될 것입니다.'"

곳립의 대꾸에 요셉이 소리쳤다.

"아, 흉측해라! 너무 못된 이야기라 듣고 싶지도 않습니다! 그렇지만 그 말에 여주인은 뭐라고 하셨습니까?"

"그녀는 이렇게 대답했지. '아, 자넨 너무 진지한 난쟁이로군. 주인님과 내가 은밀히 이야기를 나눌 수 있는 기회가 얼마나 드문지 모르는가. 집안 전체의 형식과 격식을 생각해 보게. 주인님과 나 사이가 그대와 그대에게 팔을 두르는 그대의 아내 제세트 사이처럼 아주 가깝다는 생각은 하지도 말게. 그녀라면 그대에게 살짝 다가와 마음을 다독여 준 다음, 남편인 그대에게 자신을 비롯하여 그대와 관련된 모든 이야기를 털어놓겠지. 그러면 그대는 에세시와 에베비 같은 훌륭한 자식을 둘씩이나 낳아준 어머니인 아내가 고마워서라도 그녀의 말에 귀를 기울여 줄 테지. 그리고 그대에게 열매를 맺어주었으니 그녀에게 귀도 빌려 주고 그녀의 소원과 충고를 존중해 줘야 할 의무도 있지. 그렇지만 나야 어디 그런가? 생각해 보게. 내가 주인님께 어떤 존재이겠는가? 내 이야기를 들어줘야 할 이유가 있을까? 그대도 알다시피 그분의 생각은 크시며 그분의 감정은 너무도 고고하시어 귀가 먹었네. 그러니 내가 아무리 이것저것 상기시켜 드린들 그분 앞에서는 무기력할 뿐이라네.'"

그 말에 요셉은 입을 다물었다. 그리고 생각에 잠긴 채 멍하니 작은 친구의 위쪽만 쳐다보았다. 난쟁이는 작은 손으로 쪼글쪼글 주름진 얼굴을 받치고 근심스러운 표정을 지었다.

잠시 후 야곱의 아들이 다시 캐물었다.

"그러니까, 의상실 감독은 뭐라고 했습니까? 뭐라고 대답하면서 계속 그 일을 물고 늘어졌습니까?"

그러자 작은 사람은 아니라고 했다. 두두는 여주인의 그 대답에 점잖게 입을 다물더라나. 그러자 오히려 여주인이 한마디 덧붙였다고 했다. 제사장과 의논해 보겠노라고. 낯선 노예로부터 태양의 문제에 관련하여 이런 저런 이야기를 들은 페테프레가 그를 들어 올려 높은 자리에 앉혔다면,

여기에는 신앙이 정치를 한 셈이다. 그러니 두말할 필요도 없이 아문의 위대한 선지자이며 자신의 친구이자 고해성사를 받아주는 베크네혼스 제사장이 이 문제를 풀어야 한다. 누구보다도 이 일을 알아야 할 사람은 바로 그분이므로, 아버지 같은 그분께 두두를 통해 알게 된 그 혐오스러운 일을 털어놓겠다. 그렇게 되면 결과적으로 자신은 부담을 덜어 마음이 가벼워질 수 있다.

요정(妖精)의 보고는 여기까지였다. 그러나 이야기를 마치고도 한참 동안을 난쟁이 베스-엠-헵은 요셉 옆에 앉아 있었다. 나중에 생각해 보니 당시 난쟁이는 가발 위에 향내가 나는 우스꽝스러운 원추 모자를 쓰고 손바닥으로 턱을 괸 채 근심스러운 표정으로 눈을 깜박였다.

그걸 보고 요셉이 물었다.

"왜 그런 눈빛으로 눈을 깜박이시나요? 아문의 집에서 신의 은총을 받으시는 분께서 무슨 생각을 그렇게 골똘히 하십니까?"

그러나 난쟁이의 찢어지는 목소리는 이렇게 대답했었다.

"아, 오사르시프. 이 작은 사람은 고약한 내 사촌 형제가 여주인님 무트 앞에서 네 이야기를 꺼낸 게 좋지 않다는 생각을 하고 있어. 그래서 좋을 건 하나도 없어. 아니 절대로 좋을 수가 없지!"

"당연하죠. 새삼스럽게 그런 이야기를 해서 뭐합니까? 그건 저도 잘 압니다. 이 일이 좋을 게 없고 위험천만하다는 걸 제가 모를 리 있겠습니까. 하지만 전 유쾌하게 받아들이겠습니다. 전 주님을 믿으니까요. 그리고 또 여주인님

스스로도 자신이 페테프레 주인님 앞에서 별 힘이 없다고 인정하셨듯이, 여주인님의 짤막한 말 한마디나 한번의 윙크 정도로는 결코 저를 들판으로·내쫓지 못할 테니 아무 염려 마십시오!"

요셉의 말에 베스는 이렇게 속삭였다.

"어떻게 염려가 안 되겠나. 다른 위험이 도사리고 있는데. 지금껏 네가 있는 줄도 까맣게 모르던 여주인한테 내 사촌이 경고하는 바람에 그녀의 눈에서 어두움이 걷혔으니 이보다 더 위험천만한 일이 어디 있겠어."

"무슨 소리를 하십니까!" 요셉이 그렇게 외쳤다.

"전 무슨 말인지 이해를 못하겠습니다. 그리고 아저씨의 실없는 작은 말이야말로 제게는 캄캄하고 어둡기만 합니다. 다른 위험이 도사리고 있다니 그게 무슨 뜻입니까? 왜 그렇게 못 알아들을 캄캄한 이야기를 속삭이십니까?"

그 물음에 곳립은 이런 소리를 흘렸다.

"내가 이렇게 속삭이는 건, 불안해서 그래. 불길한 예감 때문이야. 그래서 이 작은 자의 근심에서 나온 지혜를 들려주는 건데, 키가 다 자라난 네게는 닿지 못하는 것 같군. 어쨌든 내 말은 이런 거야. 내 사촌 형제는 일을 나쁘게 만들려는데, 의도와는 달리 엉뚱하게도 좋은 결과가 나올 수도 있어. 그런데 너무 좋아지는 바람에 다시 나빠질 수도 있다이거지. 그러니까 내 사촌이 처음에 의도했던 것보다 더 나빠질 수도 있단 말이야."

"이것 보세요. 작은 어르신. 절 언짢게 생각하지 마십시오. 하지만 이해 못할 소리라 이해할 수가 없습니다. 나쁘

다, 좋다, 너무 좋다. 그리고 또 그보다 더 나빠지다니, 대
체 무슨 말입니까? 이거야 원, 난쟁이들이 서로 종알거리
는 작은 소리라 아무리 알아들으려고 노력해도 저로서도
어쩔 수가 없습니다!"

"그럼 너는 왜 얼굴이 빨개지면서 샐쭉했는데, 오사르시
프? 왜 불쾌해 했지? 여주인님이 널 까맣게 모르고 있었다
니까 불쾌하게 생각했잖아? 그 이유가 뭐지? 네가 그녀에
게 영원히 까맣게 모르는 존재로 남아 있는 것, 그게 이 작
은 자의 지혜가 바라는 바야. 그런데 저주받은 내 형제가
고약한 마음으로 그녀의 눈을 뜨게 했으니 위험해졌어. 아
니 곱절이나 위험하고, 위험 그 자체보다도 더 위험해. 아,
이 일을 어쩌나!"

작은 사람은 그 말과 동시에 작은 팔에 얼굴을 파묻었다.

"이 난쟁이는 겁이 나. 그리고 원수가 무서워. 그 황소,
씩씩거리며 숨을 쉴 때마다 불꽃을 뿜어서 논밭을 황무지
로 만들어버리는 그 황소가 무서워!"

"논밭이라니 무슨 논밭이요?" 요셉이 도무지 못 알아먹
겠다는 듯이 물었다.

"그리고 또 불꽃을 내뿜는 황소라니 그건 또 뭡니까? 도
대체 아저씨는 오늘 제정신이 아니군요. 이러시면 저도 더
이상은 아저씨를 위로해 드릴 수가 없습니다. '활활 타오르
는 배'한테 가서서 정신을 말갛게 식혀 주는 약을 달여 달
라고 하십시오. 전 제 일을 보러 가겠습니다. 아무리 위험
하다 해도 그렇지, 제가 무슨 수로 절 못살게 만들고 싶어
안달인 두두를 막을 수 있겠습니까? 여주인님한테 제 이야

기를 못 꺼내도록 막을 재간이 없지 않습니까. 하지만 아저씨도 보시다시피 전 제 주님을 철석같이 믿고 있으니 그렇게까지 법석을 떨 필요는 없습니다. 그저 앞으로도 경계를 늦추지 말고 두두가 여주인님 앞에서 무슨 소리를 하는지, 한마디도 놓치지 말고 들으시면 됩니다. 그리고 또 그때마다 여주인님께서 뭐라고 대답하는지 들어두었다가 제게 그대로 들려주시면 됩니다. 제가 그 내용을 알아야 하니까요. 중요한 건 바로 그겁니다."

곳립이 다른 때와 달리 묘한 말을 해가며 무서워했던 대화는 이렇게 끝났다(요셉이 훗날 기억을 더듬어 보니 그랬다). 그런데 정말이었을까? 두두가 어떤 일을 벌이고 있는지 상세하게 일러준 내용을 요셉이 비교적 유쾌한 마음으로 받아들일 수 있었던 건, 정말 주님에 대한 신뢰 때문이었을까? 그 이상 다른 이유는 전혀 없었던 것일까?

그때까지 여주인에게 요셉은 공기라고 하기는 좀 뭣하고, 여하튼 특별한 데라고는 없는 그런 존재로서 공간을 차지하고 있는 한낱 물건에 지나지 않았다. 후이와 투이를 받드는 벙어리 시종이 그랬던 것처럼. 그런데 나쁜 의도를 가진 두두가 나타나 이런 상황에 변화의 바람을 불어넣었다. 그래서 만찬장에서 주인님께 음식을 건네고 그의 잔을 채워주는 요셉에게 떨어지는 여주인의 시선은 더 이상 한 사람의 눈길이 우연히 어떤 사물 위로 떨어지는 그런 시선이 아니었다. 이제 그녀는 뒷배경을 가지고 주변과 연관된 한 현상을 바라보듯이, 지극히 사사로운 시선으로 그를 바라보았다. 그게 즐거운 눈빛이든 혹은 불쾌한 눈빛이든 오랫동안 사색하게 만드는 건 분명했다. 한마디로 간단하게 말하자면 이집트의 숙녀 중의 숙녀가, 요셉의 여주인이 얼마 전부터 그를 눈여겨보기 시작했다는 뜻이다.

그녀는 당연히 덤덤하게 슬쩍 스치는 눈빛으로 그를 훑어보았다. 그녀의 눈이 그에게 머물렀다고 하면 그건 지나친 표현이리라. 그러나 그를 찬찬히 살펴볼 요량으로—아마도 이때 그녀는 속으로 베크네혼스와 저 아이의 일을 의논해 봐야지 하면서, 새삼스럽게 그 일을 생각하고 있었을 것이다—몇 번인가 그녀의 눈이 잠깐 동안, 사람들이 한순간이라 부르는 찰나만큼 요셉 쪽으로 건너온 건 사실이다. 그러면 요셉은 속눈썹 뒤에서 이러한 순간들을 재빨리 포착했다. 포티파르를 섬기는데 온갖 정성을 쏟으면서도 이 순간들의 단 하나도 놓치지 않았다. 물론 일방통행이 아니라 쌍방향이 되어 여주인과 종의 눈길이 거의 공개적으로 교차하는 순간은 기껏해야 한번이나 두번뿐이었지만. 여하튼 이때 그녀의 눈길은 덤덤하고 도도하게 노려보는 엄한 눈빛이었고, 그의 경우에는 상대방을 공경하는 마음에서 화들짝 놀라 몸둘 바를 모르고 어느새 겸손하게 눈썹을 내리깔며 그 뒤로 숨어드는 눈빛이었다.

물론 이런 일은 두두가 여주인과 이야기를 한 이후에 생긴 현상으로 그 전에는 없던 일이다. 그리고 우리끼리 하는 이야기지만, 요셉 자신은 이런 변화가 싫기만 한 건 아니었다. 어쩌면 그는 한걸음 진전한 것으로 생각했을 수도 있다. 여주인으로 하여금 자신에게 주목하도록 만들어준 두두에게 오히려 고맙다고 인사하고 싶은 유혹을 느꼈다. 그래서 다음 번에 베크네혼스가 규방으로 들어가는 모습을 뒷전에서 바라보면서도 그는 처음보다 덜 불쾌해 했다. 그곳에서 마님과 집안에서 무럭무럭 자라는 자기 이야기를 할지도 모른다는 생각에 한편으로 뿌듯했던 것이다. 아니, 이 생각은 기쁨과 연결되어 있었다. 염려스러운 구석이 있어도, 기쁨은 기쁨인데 어쩌겠는가.

실제로 여주인과 베크네혼스의 이야기가 어떻게 진행되었는지는 이번에도 아무 틈새나 후미진 구석에 몸을 숨기고 남몰래 이야기를 엿듣는 재주를 가진 어릿광대 베지르를 통해 나중에 알아낼 수 있었다. 처음에 사제와 수녀회의 일원인 여자는 신을 섬기는 일과 사교계 사람들에 관해 여러 가지 이야기를 나누었다. 케메 사람들은 이런 종류의 이야기를 가리켜 '혀를 만들었다'고 했다. 이 말은 수도(首都)를 떠도는 몇 가지 풍문을 주워섬겼다는 뜻을 가진 바빌론식 표현이었다. 그러고 나서 페테프레와 그의 집안 이야기가 나오자, 여주인은 정신적인 친구에게 두두의 불평을 전했고 히브리 노예와 관련하여 집안에서 이렇게 무례한 일이 저질러졌노라고 순순히 고백했다. 그 노예에게 궁신을 비롯하여 그가 거느린 제일 높은 감독까지 특별한 호의와 혜택을 베풀어 그 아이를 키워 주니 이런 불경죄가 어디 있겠느냐는 그녀의 말에, 베크네혼스는 전혀 새삼스러울 게 없다는 듯 고개를 끄덕였다. 그리고 베크네혼스는 지금 자신이 입고 있는 잠방이를 그렇게 몸에 밀착시켜 짧게 재단했던 옛날에 비해 오늘날은 신을 두려워하는 마음을 많이 잃어버린 시대이니, 이러한 우울한 세태와 잘 맞아떨어진다는 것처럼 이렇게 말했다.

그게 요사이의 특징이요. 이는 심각한 특징임에 분명하오. 정신이 해이해져서 태곳적 백성들의 경건한 질서를 무시하는 것이오. 이는 처음에는 세련되고 유쾌하게 느껴지지만 나중에는 사막의 야만으로 흘러가기 마련이오. 그렇게 되면 가장 거룩한 집단에 혼란이 오고 두 나라(상·하 이집트—옮긴이)의 백성들이 신경도 무뎌져 왕홀을 보고도 더 이상 두려워하지 않게 될 테니 결국 제국은 망할 것이오.

곳립의 보고에 의하면, 아문의 제일사제는 그리고는 곧 화제를 바꿔 큰일로 옮겨갔다. 즉 국가를 현명하게 통치하여 권력을 유지하는 문제로 넘어가 양손으로 사방을 가리키며 범위를 넓혀서 설명해 주었다. 간략하게 살펴보면 대략 이런 내용이었다.

영토 확장에 나선 미단 왕 투쉬라타의 발목을 붙들려면 북쪽 핫 나라의 슈빌울리마 대왕을 부추겨야 한다. 그러나 이 대왕이 이 과정에서 너무 큰 성공을 거두도록 내버려둬서는 안 된다. 가뜩이나 전쟁을 좋아하는 핫 나라가 미단을 완전히 자기 손안에 넣어 지배 영토가 남쪽으로 흘러넘치게 되면, 파라오, 즉 정복자 멘헤페르-레-투트모세가 얻은 시리아 땅들까지 위험해질 것이기 때문이다. 어차피 그곳은 미단 땅에 둘러싸여 있어서 언젠가는 아마누스 산맥과 삼나무산맥 사이 바닷가의 암키 땅이 넘쳐날 수도 있다. 암키 땅의 야만적인 신들이 선동할 경우에 그렇다는 말이다. 세상을 무대로 하는 장기판에서 이곳을 지키는 말은 압다쉬르투이다. 아모리 족인 그는 파라오를 섬기는 제후로 암키와 하니갈밧 사이의 땅을 지배하고 있는데, 그의 또 다른 임무는 슈빌울리마가 남쪽으로 세력을 확장하지 못하도록 제방을 쌓는 것이다. 그러나 이 아모리 사람이 이러한 자신의 임무를 영원히 수행할 것이라 믿으면 큰 오산이다. 파라오를 두려워하는 마음이 핫을 무서워하는 마음보다 클 때는 그 임무에 충실하겠지만, 그렇지 않은 경우라면 핫과 한편이 되어 아문을 배반할 게 틀림없다. 정복당한 시리아의 왕들은 모두 마지못해 공물을 바치고 있을 뿐이므로, 파라오에 대한 공포심이 해이해지면 그 즉시 배신자로 돌변하기 마련이다. 그래서 파라오에 대한 두려움이 가장 중요하다. 베두인뿐 아니라 초원의 유랑민족만 해도 그렇다. 이들이 파라오를 두려워하는 마음을 잃더니, 비옥한 경작지로 밀고 들어와 파라오의 도시들을 엉망으로 만들고 있다. 한마디로 이집트 제국에 근심거리를 안겨 주는 일들은 수없이 많다. 이런 여러 가지 걱정거리 앞에서 모두 정신을 바짝 차리고 남자노릇을 톡톡히 할 각오를 해야 한다. 주변에서 이집트의 왕홀을 계속 두려워하도록 만들어 제국이 옥좌를 지키기를 바란다면 마땅히 그래야 한다. 또 그러려면 백성은 옛날처럼 경건한 마음으로 풍습을 엄격히 지켜야 한다.

"대단한 남자입니다. 참으로 놀랍군요." 요셉의 말은 거의 진담처럼 들렸다.

"신을 섬기는 사람으로 그 앞에 번쩍거리는 대머리로 서는 사제이면서, 한편 자신의 자녀들에게는 훌륭한 아버지여야 하며 또 실족한 자들에게 손을 내밀어야 하는 사람치고는 세속에 대한 이해력이 놀라울 정도로 풍부합니다. 국가를 위한 현명한 생각까지 이렇게 풍부하니 감탄이 절로 나옵니다. 우리끼리 하는 말이지만, 곳립 아저씨, 사실은 나라의 근심과 민족들의 공포심 같은 건 궁전에 있는 파라오에게 맡겨야 하는 것 아닌가요? 그 일이라면 그가 싸안고 있어야 할 게 아니라 마땅히 파라오가 해야 할 일이지 않습니까. 그는 옛날은 오늘과는 확연히 달랐다며 칭송하는데, 그 예전에도 이미 신전과 궁전은 각자의 할 일을 서로 나누지 않았던가요? 그런데도 우리 여주인께서는 그의 말에 아무 말도 하지 않았습니까?"

그러자 난쟁이가 말했다.

"물론 그녀의 대답도 들었지. 그녀는 이렇게 말하더군. '아버지(아문을 믿는 그녀가 아문을 섬기는 제사장을 아버지라 부르는 것이므로 카톨릭의 신부님과 같은 뜻임—옮긴이). 그건 그렇지 않아요. 이집트가 고유한 풍습으로 백성을 길들여 모두들 경건하고 얌전했을 때, 그때는 나라가 작고 가난했어요. 그리고 남쪽으로도 물살이 빠른 흑인의 나라나, 아니면 거꾸로 흐르는 강물 앞의 동쪽으로도 나라의 영토를 넓혀 경계석을 멀리까지 옮겨놓지는 못했어요. 하지만 그 가난에서 부가 나왔고, 좁은 곳이 넓은 제국이 되었어요. 이

제 상·하 이집트 두 나라와 위대한 곳 베세는 온갖 이방인들로 북적대고 있어요. 보물들이 넘쳐나고 모든 것이 새로워졌어요. 옛것에서 비롯된 이 새것이 기쁘지 않으세요? 이 새것은 옛것이 내린 상급이 아니던가요? 파라오는 다른 나라의 백성들이 바친 세금을 뚝 떼서 아버지 아문에게 바치고 있어요. 그래서 신께서는 마음내키는 대로 건물을 지을 수 있어서, 물이 불어나 수위(水位)가 높아진 봄날의 강물처럼 기분이 좋으시죠. 그러니 아버지께서도 경건했던 옛날이 지나간 자리에 들어선 현재의 세태를 환영하셔야 하는 것 아닌가요?'"

곳립은 베크네혼스가 이 말을 듣고 이렇게 말했다고 들려주었다.

"그건 그렇소. 아주 정확한 말이오, 나의 딸이여. 그대가 상·하 이집트 두 나라에 관해 들려준 말은 적절한 표현이오. 선한 옛것이 자신 안에 그 상급으로서 새것을 담고 있었다는 표현 말이오. 그러나 그 상급인 제국과 부는 그 속에 해이함과 쇠진함 그리고 상실을 담고 있소. 그러면 이 상급이 저주가 되지 않도록 하려면 어떻게 해야겠소? 선한 것이 상급으로 악을 받지 않게 하려면 어떻게 해야 하는가, 이게 바로 문제요. 카르낙의 주인님이신 아문, 제국의 신께서는 이 질문에 이렇게 답하신다오. 옛것이 새것 안에서 주인이 되도록 할 것이며, 제국 위에 올라가서 백성을 훈육하고 정신을 연마시켜, 백성이 해이해지지 않도록 통제하여 마땅히 받아야 할 상급을 잃는 일이 없도록 하라. 이렇게 대답하시는 이유는, 제국은 아무 일을 하지 않아도 옛것의 아들들이라고 당연히 주어지는 게 아니고, 왕관도 그냥 주어지는 게 아니기 때문이오! 하얀 왕관과 빨간 왕관, 그리고 파란 왕관과 신들의 왕관까지, 이 모두가 거저 얻어지는 법은 없소!"

"엄청나군요!" 요셉이 그 말을 듣고 이렇게 말했다.

"무슨 말인지 대번 알겠습니다. 정말 엄청나군요, 곳립 아저씨. 작은 체구 덕분에 아저씨가 듣게 된 이야기가 얼마나 엄청난지 무서워서 몸이 오싹합니다. 물론 예기치 못한 이야기는 아닙니다. 이미 그 정도는 추측하고 있었거든요. 아문이 속으로 그런 생각을 하고 있으리라는 건 예전에 벌써 눈치 챘습니다. 아들의 길에서 그의 군사를 처음 본 순간에 그렇게 짐작했으니까요. 그런데 여주인께서 내 이야기를 조금 꺼내셨는데, 베크네혼스가 어느새 큰 이야기로 넘어가는 바람에 나는 안중에도 없고 잊혀졌군요. 어떻습니까? 이야기 도중에 다시 내 이야기를 하던가요?"

끝에 가서 한번이라고 했다. 세프세스-베스가 들려준 보고에 따르면 그랬다. 아문의 제일사제는 여주인과 작별하면서, 자신이 기회를 보아 포티파르에게 예절바른 옛것을 무시하는 조처로 말미암아 이방인 노예가 잘못된 혜택을 누리고 있는 유감스러운 사태를 상기시키겠다고 했다.

그 말을 전해 듣고 요셉이 말했다.

"그렇다면 무서워서 벌벌 떨어야겠습니다. 아문이 제 성장에 종지부를 찍겠다니, 이보다 더 두려운 일이 어디 있습니까. 아문이 적이 된다면 제가 무슨 수로 살아 남겠습니까? 곳립 아저씨, 이건 정말 심각하군요. 지금에 와서 밭일을 하러 들판으로 끌려간다면, 수확을 관리하는 서기도 제 앞에 허리를 구부리는 마당에, 이제 와서 일꾼으로 밭에 나가게 되면 낭패 아닙니까. 차라리 처음에 오자마자 나간 게 더 낫지요. 그리고 또 낮이면 무더위에 녹초가 되고 밤이면 찬 서리에 떨어야 하겠지요. 그런데 아저씨 생각은 어떠십니까? 정말로 아문이 저한테 그런 일을 할 수 있을 것 같습니까?"

그러자 곳립이 속삭였다.

"나도 그렇게 멍청하지는 않아. 내가 어디 결혼한 난쟁이인 줄 알아? 작은 자의 지혜를 잃어버리게? 그건 아냐. 내가 아문을 두려워하면서 자란 건 사실이야, 글쎄 다 자라지도 않은 주제에 자랐다는 표현이 합당한지는 모르겠지만. 하여간 오사르시프 네 옆에는 너와 함께 하는 신이 있다는 사실을 이미 오래 전에 깨달았지. 게다가 그 신은 아문보다 힘이 세고 더 현명해. 그러니 너를 아문의 손에 넘겨줄 리가 없다는 걸 믿어. 신전에 있는 아문이 너의 성장에 종지부를 찍을 수는 없지. 그건 그의 권한 밖의 일이니까."

"그러니 아무 염려 마십시오!" 요셉은 그렇게 외치며 난쟁이의 어깨를 툭툭 쳤다. 물론 다칠까봐 살짝 건드린 정도였다.

"저 때문이라면 기운 내세요! 제게는 주인님도 계시니까요. 그분은 제 이야기를 들어주실 겁니다. 단둘이 있을 때 주인님께 이것저것 걱정거리를 상기시켜 드리는 겁니다. 어쩌면 그분의 주인인 파라오에게도 걱정거리일 수 있는 일을 일러드리는 겁니다. 그러면 주인님께서는 우리 두 사람, 그러니까 베크네혼스와 제 이야기를 동시에 듣게 되시는 거지요. 높은 사제는 어떤 노예 이야기를 할 테고, 그 노예는 어떤 신에 관한 이야기를 할 겁니다. 어디 주인님께서 누구에게 귀를 더 기울이는지 두고 보는 겁니다. 제 말을 제대로 이해하셔야 합니다. 말을 하는 사람을 생각하고 누구에게라고 한 게 아니고 어떤 대상에 귀를 더 기울이는지 말하려 한 겁니다. 그동안 아저씨는 절 위해서 계속 주의깊게, 그리고 지혜롭게 틈새와 주름 사이의 자리를 지켜주십시오. 두두가 또 여주인을 찾아가면 뭐라고 불평을 늘어놓는지 제게 전해 주십시오. 그녀의 말도 물론이고요!"

말 그대로였다. 의상실 감독이 무트-엠-에네트 앞에 늘어놓는 불평이 한번으로 끝날 리가 있었겠는가. 두두는 고삐를 늦출 생각이 전혀 없었다. 그는 잊을 만하면 다시 그녀를 찾아가 이방인의 일로 울분을 토해냈다. 구덩이에 처넣는 벌까지 받았던 그 낯선 노예에게 도가 지나칠 정도로 많은 호의를 베풀어 줬으니 이럴 수 있느냐는 것이었다. 곳립은 그럴 때마다 번번이 자기 자리를 지키고 있다가 나중에 두두의 행적에 관해 요셉에게 낱낱이 알려 주었다. 간혹 곳립이 신경을 조금 덜 곤두세우고 있었다 하더라도 크게 문제될 것은 없었다. 요셉은 요셉대로 결혼한 난쟁이가 언제 또다시 자신의 성장 문제를 놓고 하소연을 늘어놓았는지 알아차릴 수 있었기 때문이다. 어떻게냐고? 그건 의외로 간단했다. 만찬장에서 자신을 바라보는 눈길이 그것을 말해 주었던 것이다. 그랬다. 며칠 동안 그녀의 시선이 없어서 허전하고 은근히 서운하다 싶으면 어느새 그녀는 머리부터 발까지 훑어 내리는 듯, 준엄한 시선을 그에게 던지곤 했다. 그건 어떤 사물을 보는 시선이 아니었다. 그것은 한 인격체를 보는 눈빛이었다. 그 눈빛으로 요셉은 두두가 최근에 또 한번 그녀 앞에서 자신의 일로 불평을 늘어놓았음을 짐작할 수 있었다. 그러면 속으로 이렇게 생각했다. '그녀에게 또 날 상기시켰구나. 이 얼마나 위험한 일인가!' 그러나 뒤이어 이런 생각도 했다. '이 얼마나 기쁜 일인가!' 하며, 또다시 여주인으로 하여금 자신을 기억하도록 상기시켜 준 두두가 고마웠다.

이집트 사람이 다 된 요셉

아버지의 눈에 보이지 않을 뿐, 요셉은 자신이 있는 장소에서는 펄펄 살아 숨쉬고 있었다. 요셉에게 이집트에서 보낸 하루하루는 주변의 엄격한 요구에 적응해 나가는 긴장의 연속이었다. 그의 첫번째 삶이라 할 수 있는 어린 시절에는 의무라든가 힘든 노력, 또는 긴장 같은 건 전혀 알지 못했다. 그때야 그저 하고 싶은 것만 하고 지내면 그뿐이었지만 지금은 상황이 달랐다. 매일 매일이 일과 노력의 연속이었다. 주님의 뜻대로 높은 곳에 올라가기 위해서였다. 물건 값과 장사에 관계된 숫자와 사무적인 일들로 머리가 가득했다. 어디 그뿐인가. 그보다 더 까다롭고 복잡해서 항시 주의하고 다독여야 하는 인간관계까지, 그 촘촘한 인간의 관계망까지 그의 머리를 차지하고 있었다. 그 망을 엮은 실가닥을 따라가면 포티파르가 나오고 너그러운 몬트-카브 그리고 난쟁이를 비롯하여 집 안팎의 다른 사람들을 만나게 되었다. 이렇듯 신경 쓸 일이 한두 가지가 아닌 그의 생활은 말 그대로 생기로 넘쳤다. 옛날에 자신이 머물렀던 안식처에 있는 아버지 야곱과 그의 형제들은 요셉이 이렇게 생기발랄하게 살고 있으리라고는 예측도, 상상도 할 수 없었다.

요셉은 옛날의 안식처로부터 멀리 떨어져 있었다. 열흘하고도 이틀이나 가야 하는 곳보다 더 멀었다. 야곱이 메소포타미아에 머물면서 이사악과 리브가로부터 떨어져 있던 거리보다 더 먼 곳이었다. 당시 이사악과 리브가 또한 아들이 어떤 주변 환경에서 사는지 몰랐다. 그곳이 얼마나 활기 넘치는 곳인지, 또 인간관계와 관련하여 어떤 문제점들이 얽혀 있는지 그들로서는 상상할 수도 없었다. 그가 있던 곳은 그들이 나날을 보내는 곳으로부터 멀고 아주 낯선 곳이었기 때문이다.

사람들이 있는 곳, 거기가 세상이다. 그런데 살면서 체험하고 영향력을 행사할 수 있는 생활권은 좁기 마련이다. 그 나머지는 안개이다. 사람들은 항상 자신들의 생활 중심을 다른 곳으로 옮기려 했고, 익숙해진 곳을 안개 속에 가라앉힌 후 이번에는 다른 태양을 바라보고 싶어했다. 또 남달리의 성격도 강한 게 그들이었다. 즉 안개 속으로 달려가서, 자기 일밖에 모르고 사는 그곳 사람들에게 이곳의 일을 알려 주는 한편, 그들이 살아가는 하루하루에서 알만한 가치가 있는 것은 챙겨서 집으로 가지고 오려는 욕구를 가지고 있었다. 한마디로 이때에도 교통과 교류는 있었다는 뜻이다. 멀리 떨어져 있는 야곱 식구의 안식처와 포티파르의 안식처 사이에도 이미 오래 전부터 오고가는 교류가 있었다.

우르-나그네만 해도 그랬다. 그는 눈앞에 보이는 시야를 바꾸는 데 익숙한 사람답게 일찍이 진흙탕 나라에 머문 적이 있었다. 물론 지금 요셉이 있는 곳만큼 아래쪽은 아니었다. 그리고 우르 나그네의 처, 그러니까 요셉의 '원조-할머니'는 잠깐 동안이나마 파라오의 규방에 속한 적도 있었다. 당시 파라오의 규방은 지금처럼 베세가 아니라, 한참 위쪽, 즉 야곱의 구역과 조금 더 가까운 곳의 지평선에서 눈부신 모습을 자랑하고 있었다. 이 구역과 지금 요셉이 있는 곳 사이에도 예전부터 오고가는 교류가 있었다. 검고 아름다운 이스마엘이 진흙의 딸 하나를 아내로 삼지 않았던가? 이 혼혈이 있었기에 훗날의 이스마엘 사람들이 나올 수 있었다. 이렇게 보면, 이스마엘 사람들 절반은 이집트인이었다. 요셉을 아래로 내보내는 일에 선택된 사람들도 바로 이스마엘 사람들이 아니었던가? 비단 이들뿐 아니라 많은 사람들이 두 강물 사이(메소포타미아를 뜻함―옮긴이)를 오고 갔으며, 호위병을 거느린 사자(使者)들도 옷 춤에 인장을 찍은 서신을 끼운 채 세상을 돌아다녔다. 천 년 전부터 그랬다. 아니 그보다 훨씬 더 오래 전부터였다.

납달리를 닮은 자들이 이처럼 일찍부터 있었다면 현재는, 지금 요셉의 시대에서는 오죽이나 많이 일상적인 형태로 자리잡고 활발해졌겠는가! 요셉이 원래 땅에서 옮겨져 두번째 삶을 살고 있는 이 나라는 더도 덜도 아닌 후손의 나라였다. 다시 말해서 지금의 이집트의 백성은 건국 세대의 백성과는 달랐다. 이들은 더 이상 아문이 바라는 것처럼 얌전하게 자기 것만 바라보고 자기 것만 경건하게 받들려 하지 않았다. 오히려 세상에 익숙하고 세상을 즐길 줄도 알고 관습 면에서도 더 큰 융통성을 보였다. 어디서 왔는지도 모르는 아시아 젊은이가 그저 밤인사 하나 능수 능란하게 들려줄 줄 알고, 영을 둘로(0을 2로) 만드는 재주로 이집트의 대인을 섬기는 몸종이 될 수도 있을 만큼! 아니 그보다 더 높은 자가 되어도 개의치 않을 정도이니 이만하면 꽤 유연하지 않은가!

그러면 야곱의 안식처와 야곱의 총아가 머물고 있는 안식처 사이에 소통 가능성이 전혀 없었던가. 아, 그건 아니다. 그러나 이 가능성을 활용했어야 할 아들은(그는 아버지의 안식처를 알았지만, 거꾸로 아버지는 아들이 있는 곳을 몰랐으니까) 큰 집의 집사를 보좌하는 오른팔로서 이미 오래 전부터 큰 집안의 살림을 조망하는 안목도 꽤 길렀고, 이와 함께 당연히 소식을 전할 수 있는 기회도 조망했을 터이나, 그 기회를 실제로 사용하지는 않았다. 그 숱한 세월을 보내면서 그가 그렇게 하지 않은 이유에 관해서는 이미 앞에서 면밀히 살펴본 바 있다. 그리고 그 이유들을 하나의 이름으로 종합하면, 그건 기다림이었다. 이 세상에 무엇인가 기다리지 않는 자가 있던가?

송아지는 음매 하고 울기는커녕 죽은 듯이 조용히 있었다. 그러니 남자가 송아지를 어느 밭으로 데려갔는지 암소가 무슨 수로 알겠는가. 물론 이렇게 암소에게 기다리라고 요구할 수 있었던 건, 그 남자의 동의가 있어서였다. 암소에게 그것이 얼마나 무거운 짐이 되든 전혀 개의치 않았다.

암소는 자기 송아지가 찢겨 죽은 줄로만 알고 있었는데도.

노인이, 야곱이 저 멀리 안개 속에 넋 놓고 앉아, 긴 세월 동안 아들이 죽은 걸로 여기고 있었다 생각하면 참으로 기분이 이상해지고 혼란스러워진다. 한편으로는 그것이 착각이었으므로 그를 봐서 참으로 다행이다 싶어 기쁘다가도, 다른 한편으로는 그렇게 착각에 빠져 있는 것이 속상하기 때문에 혼란스럽다는 표현을 쓰는 것이다. 사랑하는 사람이 죽었다고 해서, 그 죽음이 남아 있는 사람에게 무조건 다 나쁜 결과를 가져오는 것은 아니고, 좋은 점도 있기 마련이다. 장점치고는 좀 공허하고 썰렁한 게 탈이라면 탈일까.

집에 남아 회개하는 노인은 그래서 이중의 동정심을 불러 일으킨다. 요셉이 죽은 줄 알고 슬퍼하니 그게 안돼 보이고, 한편 그 아들이 죽지 않고 멀쩡히 살아 있는데도 그걸 까맣게 모르니 가련하지 않은가. 아들을 생각하는 아버지의 마음은—수천 가지의 아픔과 한편으로는 부드러운 위안도 한 가지쯤 꼭 보듬어 안고—죽음이라는 안전한 장소에 머물고 있다. 아버지는 아들이 죽음 안에 안전하게 보존되어 있다고 잘못 생각했다. 그곳에서 아들은 변하거나 다칠 염려 없이, 또 더 이상의 보살핌도 필요없이, 영원한 열일곱 청춘으로 하얀 훌다를 타고 집을 떠났던 바로 그 소년인 것이다. 아픔과 마찬가지로 점차 비중을 얻게 되는 이 위안, 아들이 안전한 곳에 있다는 그 결론은 착각 그 자체였다.

그동안 살아 있는 요셉은 인생의 모든 위험에 노출되어 있었다. 아버지의 품에서 탈취당하긴 했으나 그는 시간의 울타리 밖으로 튕겨져 나간 것은 아니었다. 열일곱으로 머무는 대신, 요셉은 자신이 있는 곳에서 성장을 계속하여 열아홉이 되고, 스물이 되고, 스물한 살이 되면서 점차 성숙해졌다. 여전히 요셉임에는 변함이 없지만 아버지라 하더라도 그를 첫눈에 알아보기는 어려웠으리라. 요셉의 생(生)의 질료(Stoff, 質料)가 변했다. 그리고 잘 짜여진 골격은 그대로였으나 성숙해지면서 옆으로 조금 벌어지고 탄탄해졌다. 어린아이 같은 소년이 아니라 이제는 장성한 청년으로 변한 것이다. 그리고 몇 년 더 지나자 야곱-리브가가 아들과 헤어지면서 얼싸안았을 때의 모습은 간곳없이 사라졌다. 죽음이 육신을 해체하기도 하지만, 이 경우에 그를 변화시킨 것은 죽음이 아니라 삶이었다. 요셉의 형태는 어느 정도 보존되었지만, 죽었다고 착각하고 있는 야곱의 정신 안에서 죽음이 유지시킨 형태와 같지는 않았다. 이렇게 문제를 질료와 형태(Form)의 관점에서 바라보면, 한 형상(Gestalt)을 우리들이 눈으로 더 이상 볼 수 없도록 빼앗아 가는 것이 과연 죽음인지, 아니면 삶인지, 그 차이가 실은 사람들이 믿는 것처럼 그리 크지 않은 게 아닌가, 하는 생각을 하게 된다.

여기에 한 술 더 떠서 생의 질료는 성숙이라는 변화 과정 속에서 순환하는 가운데 형태를 얻기 마련이다. 그런데 이제 요셉의 생은, 이전에 야곱이 눈으로 볼 수 있는 곳에서 살았던 때와는 전혀 다른 차원에서 질료를 얻었으므로, 형태의 특징까지 달라졌다. 그를 먹여 살린 건 이집트의 공기와 즙이었다. 그가 먹은 음식도 케메의 음식이었다. 그의 몸을 이룬 세포를 적시고 부풀어오르게 한 것도 그 나라의 물이었고 그에게 햇볕을 내리쬐인 것도 그곳의 태양이었다. 입은 옷도 그곳에서 자란 아마로 짠 옷이었고 발로 밟으면서 돌아다닌 것도 그곳의 땅바닥이었다. 그는 그 대지가 발산하는 옛날부터 내려온 힘들, 소리 없이 형태의 기본 틀을 결정하는 그 숨결을 매일매일 들이마시며, 또 눈으로는 이 숨결이 사람의 손을 빌어 구체화한 형태들을 바라보았다. 그리고 입으로는 그 나라의 말을 했다. 이것은 그의 혀와 입술, 그리고 턱을 원래 모습과는 다른 형태로 만들었으리라. 이런 그를 야곱이 보았더라면 이렇게 말하지 않았을까. "담무, 나의 이삭, 네 입이 어찌 된 것이냐? 몰라보겠구나."

한마디로 요셉은 점점 더 이집트 사람이 되어갔다는 뜻이다. 인상도 그렇고 몸가짐도 그랬다. 그리고 이러한 변모의 속도는 빨랐으나, 그 과정이 수월하게 진행되어 사람들이 전혀 눈치 채지 못했다. 워낙 그의 정신과 질료가 세상에 친근하고 유연했을 뿐 아니라, 앳된 나이에 이곳에 당도했으므로 그만큼 부드러웠던 덕분이다. 이런 까닭에 그 나라의 양식에 맞춰 하나하나 적응해가며 그곳 사람이 되어가는 과정이 더 자발적으로 편안하게 이루어졌다. 우선 그의 신체를 보면, 어떻게 그럴 수 있었는지는 모르지만 처음부터 체격이, 예컨대 쭉 뻗은 사지와 반듯한 어깨가 이집트인과 유사했기 때문에 특별히 어려울 것도 없었다. 그리고 두번째로 영혼의 측면에서 보자면, 이방인으로서 '그 나라 사람들'과 함께 살면서 적응하는 생활환경은 그에게는 새삼스럽지 않았다. 그것은 예전부터 익숙한 것이며, 대대로 전해 내려온 설화에 딱 맞았다. 집에서도 그와 가족은, 즉 아브람의 사람들은 항상 자신들이 머문 나라의 '이방인'이요 '손님'이었다. 그리고 그 나라 사람들과 함께 생활한 지 이미 오래되어 충분히 적응한 상태였어도 가슴 한구석은 따로 비워두었다. 그래서 나름대로 유쾌하게 바알을 숭배하는 그곳 토착민 가나안 사람들의 혐오스러운 관습을 바라볼 때에도, 어느 정도 거리감을 두고 객관적인 시선을 유지할 수 있었던 것이다.

이제 이집트에 온 요셉도 같은 상황에 놓인 셈이었다. 하지만 그는 워낙 세상에 친근했고, 한마디로 현실적인 성격의 소유자였으므로, 무리 없이 적응할 수 있었다. 그 역시 마음 한구석을 비워놓았던 덕분이다. 사실 그랬기 때문에 적응한다는 행위 자체에서 가시를 뺄 수 있었다. 가시라고? 그랬다. 이 적응이 그분, 엘로힘을 배신하는 행위라고 몰아붙이는 가시를 뽑아야 했던 것이다. 어떻게? 그건 간단했다. 그를 이 땅으로 데리고 오신 분이 누구인가? 바로 그분이 아닌가. 그러므로 요셉이 어떤 자리에서든 이집트식으로 행동하고 겉으로도 완전히 하피의 자녀가 되고 파라오의 종이 된다 해도 그분은 응당 너그럽게 용서해 주시고 눈감아 주셔야 했다. 그러므로 묵묵히 마음속으로만 거리감을 두면 그만이었다.

이러한 요셉의 현실주의는 조금 묘한 상황을 연출했다. 그로 하여금 이집트 사람들과 유쾌하게 어울리면서 그 나라에 적응하고 이들과 허물없는 친구가 되어 거리낌없이 그들의 아름다운 문화를 향유하게 해준 건 바로 그 현실주의였으리라. 그러나 거꾸로 요셉이 타고난 성격대로 한편으로는 호의적인 관용을 베풀면서도, 다른 한편으로는 거리감에서 나온 조소 어린 시선으로 바라본 대상 역시 이 꾸밈이 많고 혐오스러운 나라에 사는 현실주의자들이었다.

이집트에서의 세월은 그를 통째로 대자연의 순환계에 집어넣고 손을 맞잡고 빙빙 도는 축제의 춤판으로 밀어넣었다. 축제의 시작을 어떤 것으로 보든 상관없다. 범람이 시작되는 신년 축제는 저마다 희망에 부풀어 마음껏 즐기는 소란스러운 날이었다. 하지만 앞으로 지켜보면 알겠지만, 이 축제는 요셉에게 저주와 연결된 의미심장한 날이 되고 만다.

이 신년 축제 말고도 백성들이 너도나도 환호하는 날은 또 있었다. 항상 되돌아오는 파라오의 즉위일이 그날이었다. 해마다 축하를 받는 이 날은 태초의 날과 새로운 통치, 그리고 새로운 시대의 시작, 즉 신기원과 연결되어 있었다. 그래서 이 축제일은 정의가 불의를 몰아내고 사람들이 다시 웃음과 경탄 속에서 살게 될 것이라는 희망을 주는, 혹은 이러한 사실을 상기하고 기념하는 날이었다. 이렇게 축제일은 항상 반복되는 순환을 보여주었다.

요셉이 이집트에 처음 도착했을 때는 대자연의 강물이 줄어드는 절기였다. 그래서 수면 위로 올라 온 땅에 벌써 파종을 했었다. 그후 요셉이 그곳에서 보내면서 함께 맞은 절기는 수확기였다. 이 시기는 명목상 뜨거운 여름, 우리가 6월이라고 부르는 주간 전까지였다. 그리고 이제부터 줄어든 강물이 모든 백성의 환호에 맞춰 다시 수위가 높아지고 천천히 강 밖으로 밀려나오기 시작하는데, 이때 파라오의 관리들에게는 중요한 임무가 주어졌다. 그것은 수위의 정확한 관찰과 측정으로, 강물이 마침맞게 흘러오는 게 가장 중요했기 때문이다. 즉 너무 거칠게 흘러와도 안 되고 물줄기가 너무 약해도 안 되었다. 케메의 자녀들이 먹을 것을 갖게 되느냐, 그래서 올해도 세금을 많이 거둘 수 있느냐, 궁극적으로 파라오가 건축을 할 수 있는가가 여기에서 판가름났던 것이다.

강물의 수위가 높아지는 데에는 6주 가량이 걸렸다. 만물을 먹여 살리는 자라 불리는 이 강물은 소리 없이 1인치, 1인치씩 높아졌다. 낮뿐만 아니라, 모든 사람들이 강물이 높아지리라 믿으며 곤히 잠자는 밤에도 그랬다. 그러다 태양이 가장 뜨겁게 작열하는 여름이 되어야—이 시기를 가리켜 우리는 흔히 7월 하순이라 부르고, 이집트 자녀들은 파오피 달로 부르는데, 이 달은 그곳의 달력으로 따지면 두번째 달이며, 3절기 중의 첫번째인 아헤트에 속했다—강물은 비로소 엄청나게 불어나 양쪽의 들판 위로 범람하여 땅을 뒤덮었다.

이런 특이한 땅, 이런 조건의 땅은 유일무이했다. 세상의 다른 어디에서도 찾아볼 수 없는 이 묘한 땅을 처음 본 요셉은 경탄과 웃음을 감추지 못했다. 그렇게 강물이 넘쳐나면 땅은 사라지고 어디에도 비할 데 없는 거룩한 호수로 변하였다. 호수 위로는 제방으로 연결된 도시와 마을이 섬처럼 솟아났다.

신으로 받들어지는 이 강물이 그렇게 땅 위에 차 있는 동안, 양분이 풍부한 진흙은 논밭 위에 4주 동안 머물게 된다. 강물은 두번째 절기인 겨울철 페레트가 될 때까지 그렇게 있다가 서서히 사라지기 시작하여 자신에게로 되돌아간다. 다시 말해서 '물이 빠진다'. 이 과정을 바라보고 크게 감동한 요셉의 표현이 그러했다. 우리 식으로 말하자면, 1월에 다시 원래의 강바닥으로 되돌아가는데, 이렇게 물이 줄어드는 과정은 여름이 될 때까지 이어진다. 그리고 그때까지 걸리는 시일은 총 72일로 72명의 반란자의 숫자와 같으며, 이 시기가 메마른 겨울 절기였다. 신이 사라지고 죽는 이 절기가 끝나면, 강물을 관리 관측하는 파라오의 관리는 마침내 대대적인 선포를 하기에 이른다. 강물이 다시 성장세를 타면서 새로운 축복의 해가 시작되었으며, 충분함을 넘어 풍성한 수준에 이르게 되리라고. 여하튼 아문의 보호로 기근도 없고 극심한 세금 미납도 없어서 파라오가 건축을 하지 못하는 불상사는 없기를 바랄 뿐이라고.

이 순환은 후딱 지나갔다. 요셉에게는 눈 한번 깜짝 할 순간에 다시 새해가 되었다. 달리 표현해서, 요셉이 이 나라에 들어왔을 때의 절기가 그렇게 금방 되돌아온 것이었다. 요셉은 절기를 계산해 보았다. 범람기를 시작으로, 그다음이 파종기와 수확기, 모두 세 절기였는데, 각 절기가 넉 달씩이고, 각각 축제로 장식되었다. 요셉은 높은 곳에 계시는 지고한 분께서 당연히 관용을 베풀어 주시리라 믿으며 그 축제들에 기꺼이 참여했다. 물론 가슴 한구석에는 거리감을 남겨 두었다.

하지만 그로서는 당연히 축제에 동참하고 유쾌한 표정을 지어야 했다. 포티파르의 집안 살림을 맡아보는 일과 이 우상을 섬기는 축제는 여러 면으로 얽혀 있었으므로, 주인을 섬기고 몬트-카브 집사의 대리인 노릇을 해야 했던 요셉은 거룩한 행사와 연결된 큰 장터를 피할 수 없었기 때문이다. 때맞춰 열린 대목장은 항상 사방에서 몰려온 인파로 흥청거렸다. 또 테벤의 신전 앞 광장은 상설장이어서 시도 때도 없이 제물을 올리는 사람들로 붐볐다. 그뿐 아니라 상류와 하류 양쪽에 있는 순례지도 한두 군데가 아니었다. 그중 한 곳에서 어떤 신의 축제가 열리면, 그 신의 집은 멋지게 치장한 모습으로 순례자들을 맞아 신탁을 내리기도 했다. 그러면 정신의 원기를 회복하려고 이 성지로 몰려가는 인파가 넘쳐나기 마련이고, 이들의 성지순례가 잦아지면서 온 사방은 즐거운 함성으로 떠들썩해졌다.

요셉이 지난번에 우리들에게 들려준 이야기를 기억하시는지 모르겠다. 델타 아래쪽 사람들이 거의 방종에 가까운 축제를 벌였던 곳의 암고양이 바스테트 말이다. 그 바스테트만 자신의 축제일을 가진 게 아니었다. 거기 말고 그곳에서 그리 멀지 않은 멘데스, 혹은 케메의 자녀들이 데에데트라 부르는 곳에 있는 숫염소를 찾아 먼 곳과 가까운 곳에서 매년 소풍 삼아 순례를 가는 사람들의 숫자도 엄청났다. 그것이 페르-바스테트로 가는 소풍보다 훨씬 더 즐겁고 유쾌한 이유는 그 숫염소 빈디디가 암고양이보다 백성들의 기질에 더 가까웠기 때문이다. 다시 말해서 이 타락한 숫염소의 색욕이 암고양이보다 더 강했던 것이다. 그래서 이 축제

때에는 숫염소와 그 나라의 처녀가 사람들이 보는 앞에서 공개적으로 몸을 섞었다. 그러나 일 때문에 이 숫염소 축제 때 열리는 대목장에 참여했을 뿐, 요셉이 일부러 이 행위를 구경하려고 찾아다닌 적은 없었다. 그는 자신에 대한 집사의 신뢰를 저버리지 않으려는 일념으로 오로지 집사의 파피루스와 그릇과 야채를 장터 사람들에게 갖다주는 데에만 신경을 썼다. 누가 뭐라고 해도 이것만은 확실하게 말할 수 있다.

요셉이 타고난 현실주의자이긴 했지만 이 나라에는 그가 결코 두리번거리지 않은 풍습들이 많았다. 특히 축제가 그러했다. 원래 축제란, 절정에 도달한 풍습이 자신을 찬양하는 순간이니, 이상할 것도 없다. 다시 말하지만, 요셉이 아버지 야곱을 생각하는 마음에서 결코 두리번거리지 않은 것들이 많이 있었다. 아니면 혹시 보게 된다 하더라도 멀찍이 거리감을 두고 아주 차갑고 냉정한 눈빛으로 바라보는 것들이 많았다.

예를 들면 그곳 사람들의 애주 습관도 그중 하나였다. 요셉은 도무지 이 관습을 사랑할 수 없었다. 노아에 대한 기억이 생생한데 어떻게 술을 좋아할 수가 있겠는가. 맑은 정신으로 깊은 사색을 즐기는 아버지를 보고 자란 그였다. 요셉은 천성적으로 맑고 유쾌한 것은 좋아하지만, 비틀거리는 혼탁함은 싫어했다. 그러나 케메의 자녀들은 정반대여서 이보다 더 좋아하는 것이 없었다. 그들은 틈만 있으면 얼큰하게 취하도록 맥주나 포도주를 마셨다. 여기엔 남녀가 따로 없었다. 이들은 축제만 있으면 그게 누구의 축제든

무진장으로 포도주를 들이부었다. 남녀노소를 불문하고 너 나없이 나흘 동안 내리 술만 퍼마셔 그 사이에는 아무 일도 못했다.

그것도 모자라 특별히 술을 더 마시는 날까지 있었다. 옛일을 기념하는 대규모 맥주 축제가 그런 날이었다. 하토르, 여성권력자, 즉 사자머리를 한 사흐메트가 사람들에게 분노한 나머지 인간 종자를 완전히 없애려 한 적이 있었다. 그런데 다행히 레가 꾀를 내어 그 일을 막을 수 있었다. 그 교묘한 꾀란 다름 아니라 그녀를 빨간 피 맥주에 취하게 만든 것이었다. 이 사건을 기리는 의미에서 이집트 자녀들은 이 날이 되면 위장이 배기지 못할 정도로 맥주를 들이켰다. 헤스라 불리는 매우 독한 이 흑맥주는 꿀을 탄 것으로, 발효의 땅으로부터 항구를 통해 들어온 맥주였다. 이 축제날 맥주를 마시려고 대부분의 사람들이 몰려가는 곳은 하토르의 집이 있는 도시 덴데라였고, 그곳에서 즐겨 찾는 순례지는 술 취한 여신이 있는 집으로서 '술 취한 옥좌'라 불리기도 했다.

이런 것들을 요셉이 둘러보는 일은 별로 없었다. 간혹 술을 마셔도 이는 상징적인 행위에 불과했다. 사람들과 거래를 하고 적응하려니 어쩔 수 없이 예의상 하는 것이었다. 그리고 보긴 보되 확실하게 거리감을 두고 멀찌감치 떨어져서 보는 풍습들도 있었다. 죽은 자의 주인님 우시르를 기리는 대축제가 그러했다. 태양이 죽는, 일년 중 낮시간이 가장 짧은 이때 등장하는 풍습을 바라보는 요셉은 한편으로는 수긍이라도 하듯 고개를 끄덕이고, 이때 벌어지는 여러 가지 놀이와 공연들을 관심 있게 보기도 했다. 그러나 그 가운데에서도 야곱을 떠올리며 가능한 한 거리감을 두고 냉철한 시선을 유지했다.

사제들과 백성이 하나가 되어 아름다운 가면극을 보여주는 것까지는 괜찮았다. 그런데 갈기갈기 찢겨 매장된 신을 애통해 하고, 그 신이 되살아나자 기쁨에 넘쳐 한쪽 발로 땅을 구르며 저마다 환호성을 외쳐대는 과정에서, 왜 그렇게 하는지 이유를 설명할 수 없는 어리석은 토착적인 행위가 답습되었기 때문이다.

예컨대 사람들이 여러 패로 나뉘어 서로 무섭게 두들겨 패는 관습도 그중 하나였다. 한 패는 '도시 페 사람들'이고 다른 패는 '도시 데프 사람들'인데 그 도시들이 대체 어떤 도시인지는 아무도 몰랐다. 또 당나귀떼를 이끌고 시내를 한바퀴 돌면서 큰소리로 비웃으며, 막대기로 실컷 두들겨 패기도 했다. 특별히 남근상으로 선정된 이 피조물을 조롱하고 매질을 한다는 것은 언뜻 보면 모순 같았다. 왜냐하면 매장된 죽은 신의 축제는, 다른 한편으로는 그의 거룩한 남성을 빳빳하게 일으켜 세우는 것이기도 했기 때문이다. 그리하여 우시르의 남근이 자신을 싸고 있는 미라 붕대를 잡아찢으면 암독수리 에세트가 그로부터 수태를 하여 아들을 낳게 되고 그 아들이 아버지의 복수를 하는 것이다. 그래서 이 날이 되면 마을 여자들은 행렬을 지어 끈에 묶은, 길이가 1엘레나 되는 남근상을 들고 찬송가를 부르며 동네를 돌아다닌다. 이렇게 한쪽에서는 조롱하면서 매질을 퍼붓고, 다른 한편으로는 찬양하는 모순을 보여주는 축제였던 것이다. 여기에는 그럴만한 명백한 이유가 있었다. 왜냐하면 '빳빳하게 서 있는 생산'은 열매를 맺어 번식하는 사랑스러운 생명의 문제인 동시에 죽음의 문제였기 때문이다. 그건 또 왜냐고? 암독수리가 우시르와 아들을 생산했을 때, 우시르는 죽은 상태였으니까. 신들은 죽으면 모두 생산을 위해 빳빳해졌다.

바로 여기에, 우리끼리 목소리를 낮춰 하는 이야기지만, 갈기갈기 찢긴 자 우시르의 축제에 요셉이 개인적인 호감을 느끼면서도 이때 행해지는 풍습들은 살펴보지 않고 속으로 거리감을 유지한 까닭이 있다. 그렇다면 이것은 도대체 어떤 이유일까? 이 이야기는 민감한 내용이라 말을 꺼내기가 쉽지 않다. 물론 이미 알고 있는 사람도 있겠지만, 아직 보지 못한 사람도 있을 것이다. 하지만 요셉 자신의 경우 거의 보지 못하고 겨우 절반만, 그리고 어두운 가운데 4분의 3정도만 짐작했다는 점을 고려한다면, 아직까지 못 본 사람을 나무랄 이유도 없다.

원점으로 돌아와서 그게 어떤 이유인지 살펴보자. 그건 꿈틀거리는 양심의 두려움이었다. 소리도 없고 거의 무의식적인 두려움, '주인님'께 신의를 지키지 못하고 그분을 배반하면 어쩌나 하는 두려움이었다. 여기서 '주인님'은 이쪽 저쪽 다 해당될 수 있는 개념이다. 그러나 여기서 결코 잊어서는 안 될 일이 있다. 그것은 요셉 자신은 이미 죽었으므로 죽은 자의 나라에 속한 사람으로 생각했다는 사실이다. 그가 자라고 있는 무대는 죽은 자의 나라였다. 그리고 그가 자신에게 부여했던 이름도 그런 거만한 생각에서 비롯되지 않았던가.

그러나 따지고 보면 이 거만함도 그다지 큰 것은 못 되었다. 왜냐하면 미즈라임의 자녀들은 이미 오래 전에 그들 중 누구든 지위고하를 막론하고, 다시 말해 가장 미천한 자라 하더라도 일단 죽으면 우시르가 된다는 표상을 관철시켰기 때문이다. 이렇게 하여 인간도 죽으면 이름까지 토막난 자의 이름과 결합하여, 황소 하피가 죽으면 우신(牛神) 세라피스가 되듯이, '죽어서 신이 된다', 혹은 '신처럼 된다'. 그런데 '신이다' 라는 것과 '죽은 상태' 는 붕대를 잡아뜯는 생산을 연상시킨다. 이렇듯 요셉이 절반만 의식하고 있는 양심의 두려움은 다음과 같은 남모를 깨달음과 결합되어 있었다. 두두 때문에 생겨난 눈길이 마주치는 순간들이 당시에는 두려움과 기쁨이 교차되는 가운데 유희의 성격으로 시작되었지만, 멀리 내다보면 그 순간들은 무척 위험한 것, 즉 죽어서 신이 된 뻣뻣함, 곧 신의를 저버리는 배반과 결부되어 있다는 인식, 바로 그것이었다.

이제 하고 싶은 말을 다 했다. 요셉이 우시르 축제 때 행해지는 여러 가지 풍습, 즉 남근상을 든 마을 여자들의 행진이나 당나귀에 가하는 매질에 별로 눈길을 돌리려 하지 않은 이유를 최대한 완곡하게 표현해 보았다. 그러나 요셉이 본 것도 많았다. 도시와 시골에서 절기가 바뀔 때마다 이를 기념하고 장식하는 이집트의 다른 연중 행사에서 그는 꽤 많은 것을 보았다. 세월이 흐르는 동안 한번인가 두번인가 파라오까지 봤으니까. 그 신이 대중 앞에 모습을 나타내는 일도 있었기 때문이다. 신은 누군가를 선택하고 행복에 겨워하는 그 자의 머리 위에 칭송의 의미를 담은 황금을 뿌려 주기 위해 '창문'에 모습을 드러내기도 했다. 그러면 이때 백성들은 아래에서 파라오를 구경할 수 있었다. 그러나 비단 이런 행사가 아니더라도, 지평선, 즉 궁궐(파라오는 '지평선에 있는 호루스'이기도 하므로―옮긴이) 밖으로 나와 백성들 위로 빛을 발하며 장관을 연출하는 경우도 있었다. 이럴 때면 백성들은 기쁨을 감추지 못하고 이구동성으로 찬양하며 한 발로 껑충껑충 뛰었다. 그건 규정이기도 했지만, 한편으로는 진심에서 우러나온 행위였다. 파라오는 뚱뚱하고 키가 작은 땅딸보였다. 요셉은 그의 안색으로 보아 건강이 그리 좋은 상태는 아니라고 느꼈다. 라헬의 아들은 파라오를 두번인가 세번째 봤을 때, 그런 생각을 했다. 그 표정이 신장이 짓누를 때의 몬트-카브를 연상시켰던 것이다.

실제로 아멘호트페 3세, 넵-마-레는 요셉이 포티파르의 집에서 높은 자리로 올라가는 동안 아프기 시작했다. 신전에 있는 병을 치유하는 사제들과 도서관에 있는 마법사들의 판단에 따르면 그의 신체는 움직임으로 보아 태양과 다시 하나가 되려는 경향이 심해지고 있었다. 치유 사제들에게는 이 경향을 통제할 수 있는 방법이 없었다. 이유인즉슨 그 경향은 너무나 지당한 자연의 권리를 담고 있었기 때문이다. 요셉이 이집트에 머문 지 2년째 되던 해, 투트모세 4세와 미단의 무트엠베예 사이에서 태어난 신의 아들의 통치 30년을 기리는 기념식 헵세드가 열렸다. 그래서 이 위대한 회귀의 날에는 30년 전에 이중 왕관을 머리에 쓰면서 거행했던 숱한 의식들이 정확히 재현되었다.

이 통치자의 뒤에는 전쟁으로부터 퍽이나 자유로웠던 지배자의 삶이 있었다. 성직자 계급의 화려함과 나라의 근심을 황금 외투처럼 두르고 사냥의 기쁨으로 점철된 삶이었다. 이 기쁨을 기리는 뜻으로 딱정벌레 돌(인장―옮긴이)을 새기게 했고, 남다른 건축욕을 자랑스럽게 충족시킨 그는 이제 원기를 잃어가기 시작했고, 반대로 요셉은 상승세에 있었다. 이전에 이 근엄한 신을 이따금 괴롭힌 건 고작해야 충치였다. 습관적으로 향기롭고 달콤한 과자들을 씹어먹은 탓에 잔뜩 독이 오른 충치 때문에 궁궐에서 신하들을 접견하거나 귀빈을 영접할 때 뺨이 퉁퉁 부어오른 채 의식을 거행한 적도 적지 않았다. 그러나 헵세드 이후(요셉이 마차를 타고 지나가는 그를 보았을 때) 육신의 통증은 그보다 훨씬 깊숙이 놓인 다른 기관들로부터 시작되었다.

파라오의 심장은 이따금 동요를 보였다. 아니면 너무 세게 가슴을 두드려 한순간 숨이 멎기도 했다. 그리고 육신이 마땅히 보존해야 할 성분들이 배설물에 섞여 나오기도 했다. 육신이 해체 중이었기 때문이다. 급기야는 뺨뿐만 아니라 배와 다리까지 합세하여 퉁퉁 부어올랐다. 당시 먼 곳에는 파라오와 거의 대등한 신으로 인정받고 편지도 주고받던 동료가 한 명 있었다. 그는 바로 미단 나라의 투쉬라타 왕이었다. 그는 아멘호테프가 어머니라 부른 무트엠베예의 아버지인 슈타르나 왕의 아들인 동시에 파라오의 처남이기도 했다(아멘호테프가 슈타르나 왕의 길루히파 공주를 자신의 측실로 맞아들였기 때문이다). 이 처남 이야기는 앞에서도 한

적이 있는데, 건강치 못한 신을 생각하고, 자기 나라의 수도에서 멀리 떨어진 테벤까지 철통 같은 엄호를 해서, 치유력을 갖는 이쉬타르 신상을 보내줬다는 유프라테스 강 쪽의 왕이 바로 이 사람이다. 파라오가 몸이 아프다는 소식을 듣고, 자신이 그보다 가벼운 질병을 앓았을 때, 그 신상으로 효험을 봤던 기억을 되살렸기 때문이다.

이 물건이 메리마아트 궁궐로 오고 있다는 소식이 알려지자, 수도 전체, 아니 흑인나라와 맞닿는 국경으로부터 아래쪽 바다에 이르기까지 상·하 이집트의 모든 곳이 온통 그 이야기로 떠들썩했다. 포티파르의 집도 예외는 아니어서 몇 날 며칠 동안 그 이야기뿐이었다. 그러나 결과적으로는 여행길에 오른 이쉬타르가 파라오의 병을 고쳐줄 수 있는 능력이, 혹은 치유해 줄 의사가 없다는 사실이 드러났다. 그것은 파라오의 호흡곤란과 부기를 일시적으로 줄여주는 것 외에는 별 효험이 없었던 것이다. 마찬가지로 자신들의 치유제로 별 효과를 보지 못한 파라오의 마법사들은, 그걸 보고 오히려 다행스러워했다. 파라오의 몸에서는 태양과 재결합하려는 경향이 다른 어떤 것보다 강렬하여 한 발자국, 한 발자국, 고집스럽게 자신을 관철시키고 있었던 것이다.

요셉이 파라오를 본 것은 헵세드 때였다. 베세 도시 전체가 신의 행차를 구경하러 나왔다. 가장 엄숙한 예식 중의 하나인 이 행차는 환호성이 울려 퍼지는 가운데 그날 하루 종일 거행되었다. 머리에 왕관을 씌워 주는 즉위식과 신의 가면을 쓴 사제들이 왕의 몸을 정결하게 해주는 목욕의식과 향불 올리기 등 태초의 상징을 따른 의식절차는 대부분 궁궐 안에서 거행되어 오로지 왕실과 나라의 대인들만 볼 수 있었다. 그사이 백성들은 밖에서 흥겹게 춤을 추고 술을 마셨다. 이 날을 기점으로 시간이 뿌리부터 새로워져 마침내 축복과 정의, 평화와 웃음이 넘치고, 모두 한 형제가 되는 새로운 시대가 도래한다는 표상에 흠뻑 취하는 것이다. 이 즐거운 확신은 한 세대 앞선 사람들의 가슴 깊이 자리잡고 있는 실제 왕위 계승일에 대한 기억과 결부되어 있었다.

사실 매해 이 날이 돌아올 때마다 기쁨을 주는 이 신념은 최초의 감격보다는 조금씩 줄어들어 형태를 되새기는 덧없는 행사가 되곤 했다. 그러나 헵세드에 이르자 상황이 달라졌다. 믿기 어려울 정도로, 기쁨을 가져다주는 신념이 새로워져 모두의 가슴속에 축제의 힘이 온전히 되살아났다. 이는 경험을 누르는 믿음의 승리, 기다림에 대한 예찬이다. 어떤 경험도 인간에게서 기다림을 앗아갈 수는 없다. 왜? 높은 곳에서 인간의 마음속에 심어준 것이니까.

한편 아문에게 제물을 바치기 위해 아문의 집이 있는 남쪽으로 가는 파라오의 행차는 백성들도 함께 볼 수 있는 구경거리였다. 그 구경꾼 중에는 요셉도 끼어 있었다. 그는 서쪽에, 궁궐의 성문 앞에 있었고, 다른 백성들은 강 건너편에 있는 길에 진을 치고 왕의 행렬이 지나갈 시가지의 길목을 지키고 있었다. 그곳이 바로 숫양 스핑크스가 죽 늘어서 장관을 이루고 있는 아문의 축제거리였다.

왕의 궁궐 이야기를 좀 해보자. 이곳은 파라오의 큰 집이다. 사실 파라오라는 이름도 여기서 유래했다. 파라오란 원래 '큰 집'이라는 뜻이기 때문이다. 물론 이 '큰 집'이라는 단어는 이집트 자녀들의 입에서는 발음이 약간 달라져서 '파라오'와는 조금 달리 들린다. 이는 '페테프레'와 '포티파르'의 발음이 약간 다른 것과 마찬가지이다.

바로 이 왕궁은 사막 가장자리에서 영롱한 오색빛을 발하는 테벤의 높은 암석지대의 발치에 있었다. 튼튼한 성벽을 쌓은 넓은 궁궐 안에 신의 아름다운 정원이 펼쳐졌다. 그리고 꽃들과 외국 나무들 아래로 호수가 활짝 웃고 있었다. 정원의 동쪽을 빛내 주는 이 호수는 아멘호테프가 그의 부인인 왕비 테예를 즐겁게 해주려고 말씀으로, 즉 명령을 내려 만들게 한 것이다.

바깥에서 기다리면서 목을 기다랗게 빼봤자, 백성들이 휘황찬란한 메리마아트 궁궐의 화려함을 많이 구경할 수는 없었다. 백성이 볼 수 있는 것이라야 고작 성문을 지키는 궁궐의 보초들이었다. 그들은 잠방이 앞에 가죽으로 만든 쐐기 모양의 방패막이를 들고 있었고, 방풍 두건 위에는 깃털이 꽂혀 있었다. 그리고 백성들은 쉴새없이 불어오는 바람을 맞으며, 햇살 아래에서 눈부신 광채를 반사하는 잎사귀 모양의 건축장식, 나선 모양의 오색 기둥 위에 둥실 떠 있는 아기자기한 지붕들을 보았다. 그리고 황금 돛대에 긴 오색 깃발이 나부끼는 광경과, 눈에는 보이지 않는 궁궐 안쪽의 정원에서 내뿜는 시리아의 향기는 맡을 수 있었다. 이 향기는 특히 파라오의 거룩함, 신성이라는 이념과 잘 어우러졌다. 거룩한 것, 신과 동일한 것은 대부분 이처럼 달콤한 향기를 동반하기 때문이다.

그러다 성문 앞에서 수다를 떨면서 군침에 먼지까지 삼켜가며 즐거움을 만끽할 순간을 기다리고 있던 백성들의 꿈이 마침내 이루어졌다. 레의 배가 막 정점에 이르렀을 때였다. 누군가 외치는 소리에 성문 곁에 방패를 들고 서 있던 보초들이 창을 들어 올렸다. 그리고 깃발이 꽂힌 돛대 사이의 청동문이 양쪽으로 열리며 파란 모래를 뿌린 스핑크스 길이 한눈에 들어왔다. 정원으로 통하는 그 길을 따라 이어지는 파라오의 행차가, 중앙 성문을 통과해 마침내 군중들 틈으로 밀고 들어섰다. 백성들은 한편 흥겹고 한편 겁에 질려 소리를 내지르며 소스라치듯 뒤로 물러나면서 흩어졌다. 막대기를 든 자들이 마차를 끄는 말들에게 길을 열어주려고 고함을 질러댔기 때문이다.

"파라오께서 납신다! 파라오의 행차시다! 물렀거라! 머리를 치워라! 파라오의 행차시다! 어서 물렀거라!"

그러면 뒤로 흩어져, 한쪽 다리로 팔짝팔짝 뛰며 기우뚱기우뚱 폭풍을 만난 파도처럼 넘실거리는 군중은 이집트의 태양을 향해 여윈 팔들을 뻗었다. 그리고 손을 흔들며 감격의 입맞춤을 실어보냈다. 그러나 울어대는 장난꾸러기들을 공중에서 버둥거리게 하거나 아니면 머리를 뒤로 젖힌 채 양손으로 젖가슴을 치켜올리는 여인네들도 있었다. 그사이에도 그들의 환호성과 애절한 외침은 사방을 가득 메웠다.

"파라오! 파라오! 그대를 낳으신 어머니의 힘센 황소! 영화롭게 몇 백만 년 사소서! 영원히! 우리를 사랑해 주소서! 저희를 축복하소서! 저희 모두 당신을 너무나 사랑합니다! 저희 모두 당신께 축복을 올리나이다! 황금빛 매, 호루스!

호루스! 당신의 사지는 곧 레! 당신은 진정한 헤프레! 헵세드! 변혁기! 고난 끝! 행복 시작!"

　백성의 환호성은 참으로 열렬해서 심금을 울렸다. 거기에 완전히 동참하지 않고 거리감을 두고 있는 사람도 예외는 아니었다. 요셉은 환호를 거들기도 했고, 그 나라 사람들이 하는 대로 따라서 깡충 뛰기도 했다. 그 광경을 바라보는 요셉의 가슴 한구석도 조용한 감동의 물결로 일렁였다. 지고한 분, 파라오를 보았기 때문이다. 주위에 별들을 거느리고 한가운데 등장하는 달처럼 궁궐에서 나오는 파라오를 본 그의 가슴이 방망이질을 시작한 것이 결코 이상한 일은 아니다. 요셉 가문의 가훈에 따르면, 인간은 한 분밖에 안 계시는 지고한 분만 섬겨야 했다. 그런데 이 가훈이 요셉의 현실주의적인 성향 탓에 약간 엉뚱한 형태로 변질되어, 이 세상에서 유일한 분, 지고한 분은 파라오가 된 것이다. 자신의 주변에서 가장 높은 분인 페테프레의 앞에 서기도 전에 이미 그의 생각은, 이 이집트 땅에서 가장 높은 분, 지고한 분의 궁극적인 화신인 파라오에게로 향했었다. 이는 앞에서도 확인한 바 있다. 그런데 이제 요셉은 그 정도에 만족하지 않았다는 사실을 보게 될 것이다.

　파라오의 모습은 놀라웠다. 그의 마차는 순금이었다. 다른 재료는 전혀 사용하지 않았다. 바퀴, 벽과 수레의 채(수레 앞에서 양옆으로 길게 댄 부분―옮긴이) 모두 황금이었다. 그리고 마차를 뒤덮은 부조가 무엇을 묘사한 것인지 구별할 수 없었다. 정오의 햇살까지 받은 황금 마차의 광채를 견뎌낼 눈이 어디 있겠는가. 그리고 바퀴들도 앞선 말발굽과 마찬가지로 주위에 두터운 먼지 구름에 휩싸여 있었기 때문에, 파라오가 연기와 화염에 둘러싸여 이쪽으로 오는 것처럼 보여서 그의 행차는 무서우면서도 웅장하며 화려했다. 파라오의 '첫번째 큰 거마'에 속한 말들도 콧구멍에서 금방이라도 불을 뿜어낼 듯했다. 춤을 추듯 매끄러운 근육을 출렁이며 등장하는 종마의 모습은 그만큼 거칠었고 재갈에는 보석이 박혀 있고 흉갑도 쓰고 머리 위에는 황금 사자 두상이 올려져 있었다. 거기 솟아 있는 색색 가지 깃발이 말의 동작에 맞춰 함께 끄덕였다. 그 말을 파라오는 손수 몰고 있었다.

불 구름 마차에 혼자 우뚝 선 파라오는 왼손으로 고삐를 잡고 오른손에는 채찍과 권력을 상징하는 휘어진 지팡이 왕홀이 들려 있었다. 이 검고 하얀 지팡이는 목에 건 보석 세공품 바로 밑으로, 정해진 거룩한 규정에 따라 가슴 앞에 비스듬히 기울어 있었다. 파라오는 당시 나이가 꽤 많았다. 내려앉은 입과 피곤한 눈빛도 그걸 말해 주었고, 연꽃처럼 하얀 아마포로 지은 왕이 입는 옷 아래로 등도 구부정해 보였다. 앞으로 불거져 나온 여윈 광대뼈 위에는 붉은 연지를 조금 찍어 바른 듯했다. 보호대처럼 허리를 휘감은 장식 띠도 한둘이 아니지만, 이렇게 여러 가지 방식으로 연결된 다채로운 색상의 띠들뿐 아니라 딱딱한 장식에 매달린 세공품들은 또 얼마나 복잡하게 얽혀 있는지! 그리고 귀 뒤와 목덜미까지 파란 왕관이 머리를 덮고 있었다. 황금별 장식이 있는 왕관의 이마 쪽 파라오의 코 위로는 에나멜 색깔의 독사가 몸을 꼿꼿이 세우고 있었다. 그것은 왕을 지켜주는 레의 마법 뱀이었다.

상·하 이집트의 왕은 이런 모습으로 마차를 타고 지나 갔다. 오른쪽이나 왼쪽 어느 쪽도 돌아보지 않았음은 물론 이다. 그를 바라보던 요셉의 눈에 타조깃으로 만든 부채가 보였다. 왕의 머리로부터 한참 올라간 곳에서 그 부채가 흔 들리고 있었다. 양쪽 마차 바퀴 옆에는 친위병들과 방패를 든 자들, 궁사들, 이집트인과 아시아인, 그리고 흑인들까지 깃발 아래에서 바삐 내닫는 중이었다. 지휘관들은 마차를 타고 그 뒤를 따르고 있었다. 마차 지붕은 순 가죽이었다. 이어 온 백성이 또다시 기도하듯 소리를 질렀다. 이들 뒤로 또 다른 마차 한 대가 오고 있었던 것이다. 그 마차 바퀴가 황금빛을 쏟아내며 먼지를 갈랐다. 거기엔 한 소년이 서 있 었다. 여덟 살이나 아홉 살쯤 되었을까, 타조깃으로 만든 부채 밑에서 아이 역시 직접 마차를 몰고 있었다. 가냘픈 팔에 팔찌를 찼다. 홀쭉한 얼굴이 창백했다. 나무딸기 빛처 럼 빨갛고 도톰한 입술이 함성을 지르는 사람들에게 수줍 은 듯 귀여운 미소를 보냈다. 그리고 눈은 제대로 뜨지 못 한 채였다. 그렇게 장막을 치듯 눈썹을 내리깐 것은 자긍심 에서 그랬을 수도 있고, 아니면 슬픔을 의미할 수도 있었을 것이다.

이 소년이 거룩한 신의 후손으로 아멘호테프 왕자였고, 장차 왕위를 이을 후계자였다. 물론 그러기 위해서는 앞서 가는 자가 태양과 다시 한몸이 되기로 결심해야 했다. 파 라오의 하나밖에 없는 아들, 노년에 얻어 파라오의 요셉인 이 왕자를 보고 만백성은 환호성을 질렀다. 어린아이답게 연약해 보이는 왕자의 상체는 팔찌와 휘황찬란한 꽃잎 모양의 목걸이 외에는 걸친 것이 없어 맨살을 드러내고 있었다. 금실을 섞어 짠 천으로 만든 잠방이는 주름이 잡혔는데, 등 쪽이 높고 길이는 장딴지까지 내려왔다. 동그란 북같은 배가 드러난 흑인 아이의 배꼽 아래에는 황금 술을 단 천이 드리워져 드러났다. 소년은 머리에 밀착하는 매끄러운 금란(金襴) 두건을 썼는데 목덜미에 이르러서는 머리카락을 싸고 있었다. 이마에는 아버지와 마찬가지로 독사상이 붙어 있고, 한쪽 귀 위로 넓은 장식 띠 같은 곱슬머리가 흘러내렸다. 이런 머리 치장은 왕자의 신분을 표시하는 것이었다.

그 아이를 보고 백성들은 있는 목청껏 소리를 질렀다. 벌써 생산은 되었으나 아직 떠오르지는 않은 태양, 동쪽-지평선 아래에 머물고 있는 태양, 바로 내일의 태양을 향한 함성이었다. "아문의 평화가 함께 하시길!" 그들은 그렇게 외쳤다. "신의 아들이여, 오래 오래 사소서! 하늘의 빛 속에 반짝이는 모습이 얼마나 아름다우신지! 곱슬머리 호루스 소년! 마법의 매! 아버지의 수호신이여, 우리를 지켜주소서!"

백성들은 이외에도 외칠 말이 넘쳐 났고 기도 드릴 것도 많았다. 다음날의 태양에 뒤이어, 높은 방어판을 두른 또 다른 불 마차 한 대가 말들을 앞세우고 달려왔던 것이다. 난간 위로 몸을 숙이고 서 있는 마부 뒤에 테예가 있었다. 신의 배우자인 파라오의 영부인, 두 나라의 여주인인 그녀는 키가 작고 얼굴색이 검었다. 그리고 길게 그린 눈은 번쩍였고, 단단하면서도 앙증맞아 보이는 코는 그 흰 모양이 결단력을 보여주었다. 또 위로 샐쭉하게 올라간 입은 권태로운 미소를 짓고 있었다. 이 세상 어디에도 그녀가 머리에 쓴 것처럼 아름다운 물건은 없을 듯했다. 그건 전체를 황금으로 만든 독수리 모양이었는데, 새의 몸통과 앞으로 튀어나온 머리가 정수리를 덮었고, 멋진 날개는 양쪽 볼 옆으로 어깨까지 내려왔다. 그리고 새의 등에 한 쌍의 깃이 높이 치솟게 하여 독수리 관을 신의 왕관으로 격상시켜 주었다. 그리고 이마 앞에는 독수리의 맨머리와 휘어진 주둥이로도 모자라, 굳이 있을 필요가 없는 코브라 우레우스(그리스어로 '일어서는 여자'를 뜻하며 이집트 왕관의 코브라 장식을 말함─옮긴이)까지 있었다. 이 정도면 위대한 표식, 거룩한 신의 특징으로 충분하지 않는가. 아니, 지나치게 충분하여 거기에 매료된 백성들이 넋을 잃고 이렇게 소리를 지르지 않을 수 없었다.

"에세트! 에세트! 무트! 거룩한 어머니 소(Mutterkuh)! 신을 잉태한 여인! 사랑으로 궁궐 전체를 가득 채우는 달콤한 하토르! 우리를 굽어살피소서!"

그리고 뒤를 이은 왕의 딸들에게도 백성은 소리를 질렀다. 몸을 깊숙이 숙이고 마차를 모는 자들 뒤에 서 있는 그녀들을 비롯하여, 쌍을 이뤄 마차를 타고 가는 궁궐의 다른 숙녀들에게도 소리를 질렀다. 이들은 하나같이 팔에 명예를 상징하는 부채를 안고 있었다. 그리고 파라오와 가까운 대인들, 그의 진짜 유일한 친구들로 아침 문안을 드리는 자들에게도 소리소리 질렀다. 이렇게 하여 헵세드 행렬은 메리마아트 궁전에서 시작하여 군중들을 뚫고 육로를 따라가다가 이어 강가에 닿았다. 거기에는 작은 오색 배들이 놓여있었다. 파라오의 거룩한 배, '두 나라의 별'이라 불리는 배도 있었다. 이 배들이 신과 수태하는 자, 그리고 그 후손과 모든 궁정 신하들을 태워 강을 건네주면, 이들은 동쪽 강가에서 내려 다른 마차로 옮겨 타고 살아 있는 자들의 도시에서 가두행진을 계속했다. 그러면 골목길과 지붕에는 백성들의 함성이 가득해졌고, 이 마차 행렬이 마침내 아문의 집에 이르면 대규모의 헌향(獻香)의식이 치러졌다.

지금 '파라오'를 바라보는 요셉의 마음은 예전과 다를 바 없었다. 아무나 사고팔 수 있는 자의 신분으로 축복의 집 뜰에 이르러 자기 주변에서 가장 지고한 분인 '포티파르'를 처음 봤을 때, 그때부터 어떻게 하면 그분 옆에 설 수 있을까 궁리했던 그였다. 지혜롭고 재치 있는 말솜씨 덕분에 지금 그는 포티파르 옆에 있게 되었다. 그러나 우리들의 이야기는 한걸음 더 나아갈 것을 요구한다. 그 당시에 이미 요셉은 그보다 멀리 계신 지고한 분, 이집트에서 가장 지고한 분과 연결되리라 가슴 깊이 믿고 있었다. 그러나 그뿐이 아니었다. 이런 생각을 한 것부터 대단한 용기지만, 그는 여기서 주저앉지 않고 더 먼 곳으로 한 발자국 내디디려 했다. 아니 어떻게? 지고한 분보다 더 높은 분이 어디 있다고? 아니 당연히 있었다. 사람의 피 속에 미래를 감지하는 느낌이 흐르고 있다면, 내일의 지고한 분이야말로 바로 그분이다.

요셉은 군중의 환호성을 들으며, 한편 거리감을 두면서도 부분적으로는 거기에 동참하려고 함께 소리도 질러가며 불마차를 타고 있는 파라오를 볼 만큼 충분히 바라보았다. 그러나 가슴에서 우러나온 호기심 어린 눈빛으로, 궁극적으로는 이분이 가장 높은 분이다, 라는 간절한 마음으로 바라본 대상은 늙은 신이 아니었다. 그의 뒤에 등장한 곱슬머리 소년, 창백한 얼굴로 미소 짓던 입술을 가진 파라오의 요셉, 후계자 태양이야말로 그의 관심을 사로잡은 대상이었다. 요셉이 바라본 대상은 바로 그였다. 그의 가냘픈 등과 황금빛 두건, 그리고 마차를 모는 연약한 팔과 거기에 걸려 있는 팔찌를 보았다. 그리고 행렬이 그 자리를 떠나고 군중이 나일강으로 몰려갔을 때, 다시 한번 마음에 담아둔 모습을 되새겨본 것도 파라오가 아니었다. 어린 자, 앞으로 다가올 자가 요셉의 머리를 차지한 생각의 중심에 있었다. 이 점에서 요셉은 이집트 자녀들과 일치했을 수도 있다.

그들 또한 파라오의 행차보다 어린 호루스 앞에서 더 간절한 기도를 올렸고 더 큰 목소리로 환호했다. 미래는 희망이니 이보다 더 당연한 일도 없을 것이다. 그리고 자비롭게도 인간들에게는 기다리면서 살라고 시간이 주어져 있다. 이 지고한 분 앞에, 아니 그 옆에 서게 되리라는 생각이, 가장 작고 또 가장 보편적인 이 가능성이 마침내 실현되기까지 요셉은 아직 한참 더 자라고 힘을 키워야 하지 않았겠는가? 이렇게 보면 헵세드 축제를 바라보는 요셉의 눈빛이 현재의 지고한 분을 넘어 장차 다가올 그분, 아직 떠오르지 않은 내일의 태양을 향한 것도 당연했다.

몬트-카브의 겸손한 죽음

요셉은 이집트에서 1년이라는 순환주기의 여행을 일곱번 따라다녔다. 즉 7년을 이집트에서 살았다는 뜻이다. 그사이 요셉이 사랑한, 자신과 유사한 행성은 무려 여든네번이나 자기 길을 따라가며 모양을 바꿨다. 그러는 가운데 그의 생은 변화를 겪어, 아버지 야곱이 근심스럽게 축복해 주고 떠나보낸 아들의 생명을 이루었던 질료에서는 거의 남아 있는 게 없었다. 그의 육신은 이른바 완전히 새로운 옷이었다. 신이 그의 생명에 입혀 준 그 옷에는 열일곱 살에 입었던 옛 옷의 성분은 한 올도 섞이지 않았다. 새 옷을 엮은 성분은 모두 이집트산이어서 야곱은 아들을 보았어도 미처 아들인 줄 알아보지 못했으리라. 그리고 아들이 자기가 아들이라고 말해도 곧이듣지 않았을 것이다. 아마 몇 번이고, '제가 요셉입니다'라고 장담을 해야 아들로 인정했으리라. 이렇게 요셉을 데리고 함께 흘러간 세월이 7년이었다. 잠자고 깨어 있고 사고하고 느끼고 행동하고 사건이 벌어지는 가운데 하루하루가 지나갔다. 빠르지도, 느리지도 않게 원래 속도대로 지나갔다는 뜻이다.

이제 그의 나이 스물넷, 체격과 용모가 무척 아름다운 청년이 되었다. 사랑스러운 여인의 아들, 그는 사랑의 자식이었다. 항시 상인들과 거래를 한 덕분인지, 몸가짐도 더 의젓해졌고 예전에는 부서질 듯했던 소년의 음성이 성량도 풍부해졌다. 이런 목소리로 그는 넓은 안목을 지닌 주인으로서 집안을 두루 돌아다니며 수공업자들과 시종들에게 지시를 내리곤 했다. 혹은 몬트-카브의 대리인, 그를 대변하는 제일 높은 입으로서 집사의 지시를 전할 때에도 그랬다. 그가 이런 지위에 오른 건 이미 몇 해 전부터였다. 그를 집사의 눈이요 귀 또는 오른팔이라 불러도 무방했을 텐데, 집안사람들이 굳이 '입'이라 부른 이유는 주인님의 위임을 받고 그분의 명령을 전하는 자를 이집트에서는 그렇게 표현했기 때문이다. 그리고 요셉의 경우, 사람들이 더 신선하게 이 표현 습관을 받아들인 건 이름이 가진 이중 의미 때문이었다. 우선 젊은이의 말하는 모습이 신을 방불케 했다. 이집트 사람들에게 웃음과 최고의 쾌락을 선사해 주는 예를 들라면, 이렇게 신을 연상시키는 현상보다 좋은 것이 없을 것이다. 그리고 이들은 요셉이 자신들은 엄두도 내지 못할 지혜롭고 아름다운 말솜씨로 자신의 길을 예비했다는 사실을 잘 알고 있었다. 그 길이 주인님과 몬트-카브 집사에게 이르는 길이었음은 물론이다.

집사는 실제로 요셉에게 모든 일을 맡겼다. 집안 살림에 관계된 계산과 감독과 상거래, 이 모든 일을 요셉에게 넘겼다. 전래설화는 포티파르가 모든 집안 살림을 요셉의 손에 넘겨주고 자신은 먹고 마시는 것 외에는 아무 일도 하지 않았다고 전하는데, 실은 주인님이 모든 일을 넘겨준 대상은 집사였고, 집사는 요셉과 동맹을 맺고 서로 한마음이 되어 주인님을 사랑으로 섬기자고 언약한 터라 그에게 다시 그 일을 넘겨준 것이다. 주인님과 그의 집은 집사로부터 모든 일을 물려받은 자가 다른 누구도 아니고 다름 아닌 요셉이라는 사실에 기뻐할 수 있었다. 언젠가 이스마엘 노인이 한 말처럼, 그리고 요셉의 이름이 그렇듯이, 그는 단순히 집안 일을 꾸려 나간 정도가 아니라, 집안의 이익을 위해 밤낮으로 노력하여 살림을 늘리기까지 했던 것이다. 그것은 높으신 주인님을 받드는 신실한 마음을 잃지 않고 그분의 원대한 계획을 돕기 위해서였다.

요셉이 그 집에서 7년을 거의 다 보냈을 무렵, 처음에는 하나씩 맡기던 살림살이를 완전히 요셉에게 도맡기고 집사가 신뢰의 특실로 물러나 있었던 데에는 그만한 이유가 있었다. 여기에 대해서는 잠시 후에 이야기하기로 하고, 우선은 요셉의 앞길을 막으려고 무던히도 애쓰던 고약한 두두가 결국은 실패했다는 말부터 해야겠다. 덕분에 요셉은 행복하게 자기 길을 갈 수 있어서, 7년이 채 다 흐르기도 전에, 집안의 모든 종들 위에 서게 되었고, 키가 덜 자란 자, 포티파르의 보석을 지키는 이 자의 직위와 위상을 훌쩍 뛰어넘었다.

보석창고를 지키는 두두의 직분은 영예로운 것이었다.

이 작은 남자에게 이런 영예가 주어진 건 물론 난쟁이로서 온전하고 나름대로 튼실하다는 점을 인정받았기 때문이다. 그리고 이 직분은 그로 하여금 주인님을 가까이 모실 수 있게 해주었다. 그가 어떻게든 주인님에게 영향력을 행사할 기회만 노리고 있었다는 점을 감안한다면 이러한 그의 직분은 요셉에게 위협이 될 수도 있었을 것이다. 그러나 포티파르는 기혼자 난쟁이를 좋아하지 않았다. 자신이 대단한 사람이라도 되는 듯 으스대는 꼴을 은근히 못마땅하게 생각했다. 그래서 옳지는 않지만, 그에게서 그 직분을 빼앗고 싶은데, 간신히 참고 있었다. 대신 의상실 감독 두두와 직접 마주치지 않으려고 아침 침상과 탈의실에 낮은 계급의 시종들을 중간에 끼어 넣었다. 그래서 의상실지기에게는 보석이며 의복과 부적 그리고 영예 훈장들을 통틀어 관리하고 보관하는 임무만 맡겨서 꼭 필요한 경우가 아니면 개인적으로 마주하지도 않았고, 또 어쩌다 그럴 기회가 있어도 만나는 순간이 아주 짧았다. 사정이 이러하니 두두가 그의 앞에서 입을 열 기회는 좀체 없었다. 하물며 불평을 꺼낸다는 건 상상도 못했다. 그것도 이방인이 이 집안에서 장성하고 있으니 이렇게 불미스럽고 울화통 터지는 일이 어디 있느냐는 하소연을 어떻게 할 수 있었겠는가.

그러나 설령 그럴 수 있는 상황이었다 하더라도 명령을 내리시는 분 앞에서는 감히 말도 못 꺼냈을 것이다. 그는 주인님께서 진지한 타입인 난쟁이 자신을 별로 탐탁해 하지 않는다는 사실을 잘 알고 있었다. 자기가 은근히 잘난 체해서 그렇다는 것도 알았다. 그 점에 대해서는 스스로 부정할 수도 없었고 또 그럴 생각도 없었다. 그리고 또 자신이 가장 높은 태양신 아문의 권세를 숭배하는 사람이라서 못마땅해 하시는 면도 있었다. 그래서 두두는 주인님 앞에서 말을 꺼낼 수가 없었다. 자기가 무슨 말을 하던 포티파르는 무시할 게 뻔했다. 제세트의 남편인 자신이 이런 곤욕을 무릅써야 할 필요가 있을까? 아니다. 그는 차라리 간접적인 방법, 즉 여주인을 선동하는 길을 택하기로 했다. 틈만 있으면 그녀 앞에서 불평을 늘어놓는 것이었다. 그럴 때면 그녀는 최소한 주의 깊게 자신의 말을 경청해 주었다. 그리고 아문을 모시는 강한 남자 베크네혼스를 활용하는 방법도 있었다. 여주인을 만나러 온 그로 하여금 옛것을 거스르고 히브리인에게 혜택을 베푸는 이런 악행을 마땅히 응징하도록 선동하는 것이었다. 또 자신의 아내 제세트도 동원했다. 키가 자랄 만큼 다 자란 아내는 여주인님 무트-엠-에네트를 모시는 자리에 있었으므로, 잘만하면 여주인으로 하여금 히브리인을 미워하도록 부추길 수도 있었다.

그러나 아무리 성실한 자에게도 실패는 있는 법이다. 제세트 부인이 남편인 두두에게 결실을, 그러니까 자식을 안겨다주지 못했다고 가정해 보라. 그러면 이 말이 무슨 의미인지 쉽게 상상이 되리라 믿는다. 두두는 그렇게 노력을 기울였건만 아무 소용도 없어서 아무런 결실도 거두지 못했다. 아문의 첫번째 사제 베크네혼스가 어느 날 궁전의 파라오의 홀에서 포티파르를 불러, 그의 집안에서 어느 불결한 자가 무럭무럭 자라고 있어서 경건한 자들이 고통을 겪고 있다며, 일개 신자인 포티파르에게 아버지나 마찬가지인

사제라는 입장을 교묘하게 이용하여 완곡히 책망하고 나무란 적도 한번 있었다. 그러나 부채를 들고 있는 자는 무슨 말인지 이해도 못하고, 누구 이야기인지 기억도 못하고 덤덤한 표정으로 눈만 껌벅였다. 베크네혼스는 워낙 큰것만 다루는 성격이라 개별적이고 작은것, 집안에 관련된 사소한 것에 한순간 이상 집착할 수 없어서, 얼른 힘있는 것으로 넘어가 하늘의 네 방향을 가리키며, 국가의 권력을 유지하는 지혜와 관련된 이야기로 화제를 돌렸다. 그리고 투쉬라타와 슈빌울리마 그리고 압드-아쉬르투와 같은 이방인 왕들의 이야기로 넘어간 것이다.

한편 여주인 무트는 처음에는 이 문제와 관련하여 남편에게 운을 뗄 엄두조차 내지 못했다. 워낙 벽창호 같은 남편인데다, 그와 어떤 사무적인 이야기를 나누는 게 익숙하지 않았던 탓이다. 지나치게 부드러운 배려라면 모를까, 이러 저러한 요구를 한다는 건 영 내키지 않았다. 이 정도면 그녀가 말없이 사태를 두고보기만 한 충분한 이유가 될 수 있을 것이다. 그러나 우리가 보기에 이것은 요셉이 그곳에서 거의 7년이나 살았어도 아직 그녀에게 별 동요를 일으키지 못했다는 증거이다. 그래서 그녀는 이토록 태연할 수 있었고, 또 그러다 보니 굳이 그를 집 밖으로 내쫓을 생각을 할 이유도 없었다.

그러나 머지않아 이 이집트 여인은 요셉이 자신의 눈앞에서 제발 사라져 주기를 바라게 된다. 자신만만했던 그녀가 지금까지는 전혀 알지 못했던 자신을 두려워하게 되는 것이다. 그러나 이와 함께 놀라운 현상도 등장한다. 요셉을 더 이상 안 보는 게 좋겠다고 깨달은 여주인이 포티파르에게 그를 내쫓아 달라고 부탁하자, 이번에는 두두가 마음을 돌려 히브리인의 편이 된 것처럼 굴었기 때문이다. 난쟁이는 오히려 발벗고 나서서 요셉을 두둔해 주는가 하면, 언제라도 그를 도울 듯이 굴게 된 것이다. 이렇게 난쟁이와 여주인의 역할이 뒤바뀌어, 증오심은 여주인에게 넘겨지고 난쟁이는 청년을 칭송하고 기리는 것처럼 보였지만, 내막은 그렇지 않았다. 여주인이 눈앞에 요셉이 보이지 않기를 바라는 것 같아도, 그것은 겉으로 그렇게 위장한 것일 뿐, 실제로는 자신을 속이고 있었다. 두두는 이러한 그녀의 속을 꿰뚫고 있었다. 그런데도 야곱의 아들 편이 되기로 작정한다. 그쪽이 요셉에게 더 큰 피해를 주리라 믿은 것이다.

이 모든 일에 대해서는 곧 이야기하겠다. 조금 뒤에 다 나올 이야기니까. 하지만 이러한 변화를 무르익게 한 사건은 따로 있었다. 달리 표현하자면, 이러한 사태의 전환을 앞두고 몬트-카브가 죽을병에 걸리는 슬픈 사건이 발생한 것이다. 집사와 요셉은 주인님을 사랑으로 섬기기로 언약한 동지였다. 그랬으므로 집사의 발병은 그 자신은 물론 요셉에게도 슬픈 일이었다. 집사에 대한 그의 마음은 진심이어서 집사의 고통과 죽음이 자신과 관련된 듯 양심의 가책을 느꼈다. 그리고 뭔가 예감하고 있던, 소박한 성격의 집사에게 동정심을 느끼는 사람들에게도 이는 분명 슬픈 일이다. 일의 순서상 집사의 사망이 필연적이라는 사실을 인식한다 하더라도 그렇다. 요셉이 오게 된 집의 전체 살림을 책임지고 있던 자가 죽음의 자녀였다는 사실만 봐도 이는 분명하다. 집사의 죽음은 어떤 의미에서는 제물의 죽음이었다. 그가 진심으로 은퇴하기를 바랐다는 게 다행일 뿐이다. 앞서 다른 곳에서 우리는 그 이유가 오랫동안 앓아 온 신장병 때문이라고 말했었다. 그러나 어쩌면 이러한 병 또한 그의 심기가 신체로 나타난 증상에 지나지 않을지도 모른다. 그 차이점이란 그저 말과 생각의 차이, 그리고 그림 기호와 말의 차이 정도여서 집사의 생명책(Lebensbuch)에서 신장은 '사직'을 뜻하는 신비한 기호, 상형문자였는지도 모른다.

몬트-카브가 우리의 관심을 끄는 이유는 무엇인가? 그가 양심적이고 소박한 사람이라는 말 외에 덧붙일 말이 없으면서도, 그를 생각하면 가슴 한구석 뭉클해지는 건 무엇 때문인가. 그는 겸손하고 성실한 남자였다. 동시에 실용적이며 풍부한 감성까지 겸비한 사람이었다. 그가 땅 위에 살면서 케메의 땅을 밟고 다녔던 시기는 보는 사람의 시각에 따라 늦은 때라 할 수도 있고 혹은 이른 때라 할 수도 있으리라. 혹시 그보다 훨씬 앞선 사람이 그를 가리켜 아주 늦은 때의 사람이라 부를 수는 있다. 그러나 여러 가지를 잉태하는 생명이 그를 땅 위로 불러낸 시점을 가리켜 우리가 이른 때라고 할 수밖에 없는 것은, 집사가 죽은 후 만들어진 미라의 가장 미세한 부분까지도, 이미 오래 전에 먼지로 변하여 저기 바람 속으로 날아가 버렸기 때문이다. 그렇다면 이렇게 아득한 옛날에 파묻혀 있는 이 남자에게 우리가 이토록 집착하는 이유는 무엇일까?

그는 소박한 땅의 아들이었다. 그는 생명 자체를 중히 여겼고 자신이 생명보다 우월하다는 착각도 하지 않았고, 감히 모험하려 들지도 않았으며, 보다 숭고한 것에 대해 알고 싶어하지도 않았다. 그가 비천해서가 아니었다. 겸손함 때문이었다. 그는 가슴 깊은 곳 조용하고 내밀한 곳에서 보다 높은 속삭임을 들을 수 있는 사람이었다. 그랬기에 요셉의 삶에서 나름대로 역할을 얻을 수 있었다. 그의 역할은 언젠가 덩치 큰 르우벤이 했던 것과 아주 흡사하다. 상징직으로 표현하자면 몬트-카브 역시 요셉 앞에 머리를 숙이고 세 걸음 뒤로 물러났다. 그리고 저 멀리 사라졌다. 숙명이 그에게 부여한 이 역할은 우리에게 그에 대한 관심과 동정심을 불러일으킨다. 그러나 이러한 부담을 일단 떨치고 나면, 이 남자가 보여주는 소박하면서도 섬세하고, 요구라고는 할 줄 모르는 우수에 젖은 삶의 유형을 발견할 수 있다. 우리가 호감과 풍요로운 정신을 바탕으로 수천 년 전에 사라진 그의 삶을 이 자리에 불러내어 다시 생명을 불어넣고 있는 것을 가리켜, 그는 아마도 마법이라 불렀을 것이다.

몬트-카브는 카르낙에 있는 몬투 신전에서 보물집을 관리하는 중간 관리인의 아들이었다. 아버지 아호모세는 그가 다섯 살 때 이미 아들을 토트에게 바쳐서 신전의 행정실에 딸려 있는 공부방에 보냈다. 그곳은 혹독한 훈련에 비해 먹을 것은 아주 조금 주고 매만 엄청나게 퍼붓는 곳이었다(그곳에는 도제들의 귀는 등짝에 붙어 있어, 등을 때려야 말을 듣는다는 속담이 유효했기 때문이다). 그렇게 해서 그는 몬투의 관리인 교육을 받았다. 몬투란 전쟁신으로 머리 모양이 매였다. 그러나 관리인 양성만이 학교의 유일한 목적은 아니었다. 귀천을 불문하고 다양한 집안 출신의 자식들에게 문학의 기초 교양, 즉 신의 말씀, 곧 문자를 가르치고, 붓의 기술과 사랑스러운 문체를 익히게 하여 서기가 되어 관리인이나 학자의 길을 갈 수 있도록 기반을 다져주는 학교였다.

아호모세의 아들은 학자가 될 생각은 애초부터 없었다. 머리가 둔해서가 아니었다. 겸손한 까닭이었다. 처음부터 그는 적당한 수준의 성실한 일에 매달리기로 결심했다. 그리고 어떤 경우에도 높이 오르려 하지 않았다. 아버지와 마찬가지로 몬투의 관리 사무실에서 서류를 정리하는 서기로 살지 않고 대인의 집안 살림을 관장하는 집사가 된 것은 본인의 의사와는 무관했다. 그의 재능과 몸을 삼가는 조심스러운 태도에 감동한 스승들과 윗사람들의 추천으로 이 아름다운 자리에 오게 되었다. 그러나 매질이 없는 교실이 어디 있겠는가. 어디든 성적이 일등인 학생도 어쩔 수 없이 맞아야 하는 매가 있기 마련이다. 하지만 그는 그 외에 다른 매는 맞아본 적이 없었다.

그는 원숭이가 준 높은 선물, 즉 문자를 순식간에 익힘으로써 보편을 지향하는 머리임을 증명해 주었고, 앞에 제시된 것을 아무리 길어도 깔끔하게 베껴 쓸 수 있었다. 즉 쓰기 예법과 문체의 형성과 관련하여 본보기가 되는 서한들, 서기직에 대한 글로서 몇 백 년 전까지 거슬러 올라간 오래된 지침서와 교훈시, 경고 연설문, 찬가들을 자신이 다닌 학교에 깨끗한 두루마리 필사본으로 남겼고, 뒷면에는 쌓아놓은 곡식보따리를 계산하기도 했고 장사에 관련된 사무적인 편지와 관련 설명을 빼곡이 써놓기도 했다. 그건 처음부터 행정실의 실제 업무에 투입되었기 때문이었다. 거기에는 아버지보다는 자신의 뜻이 더 많이 작용했다. 아버지는 아들이 자신보다 조금 높은 일을 하기를 바랐다. 예를 들면 신을 섬기는 사제라든가, 아니면 마법사나 별을 관측하는 점성가가 되기를 원했으나 몬트-카브는 소년 시절부터 이미 겸손하게 일상생활에 관련된 실무 분야에서 일할 생각이었다.

이런 식의 선천적인 단념은 참으로 독특한 것이 아닐 수 없다. 이런 천성을 가진 사람은 정직하고 성실하며, 살아가면서 불의를 겪더라도 초연한 자세로 인내한다. 다른 사람 같으면 신들에게 대들고 욕지거리를 퍼부을 일도 묵묵히 견뎌내는 것이다. 몬트-카브는 아버지의 동료 관리인의 딸과 일찍 결혼했다. 그러나 자신이 마음을 다 바쳤던 그녀는 첫아이를 낳다가 죽었다. 그리고 아이도 함께 데려갔다. 그녀를 잃은 슬픔에 몬트-카브가 애통해 했음은 물론이다. 그러나 그런 타격을 입고서도 그 일을 청천벽력으로 여기지도 않았고, 그런 일을 겪게 했다고 유별나게 신들에게 삿대질을 하고 덤비지도 않았다. 그는 다시 행복한 가정을 꾸리려 하지 않고 평생 홀아비로 지냈다. 테벤에 있는 지하묘지의 소유주와 결혼한 누이를 어쩌다 한번 틈을 내 방문하는 게 고작이었다. 틈을 내는 경우는 가물에 콩 나듯이 드물었지만.

훈련과정을 마치고 처음에는 몬투 신전의 행정실에서 일했다. 그러다 나중에 이 몬투 신의 첫번째 사제의 집사가 되었다가, 궁신 포티파르의 아름다운 집에 오게 되었다. 이 집에서 유쾌하고 확실한 정상 자리인 집사로 일한 지 꼭 10년째 되던 해, 이스마엘 사람들이 조수를 데려다 주었다. 그 조수는 연약한 주인님을 사랑으로 섬기는 면에서 자신보다 능력이 뛰어났고, 장차 그의 뒤를 이을 후계자였다.

다른 자가 아니라 바로 요셉이 자신의 후계자로 선택되었음을 그는 일찌감치 눈치 챘다. 의도적으로 소박하고 단순하기를 원했던 그였지만, 누구보다도 예감이 풍부했던 것이다. 소박함은 절제와 단념의 경향을 보여주기도 하는데, 어쩌면 이 또한 따지고 보면 예감의 산물인지도 모른다. 그의 탄탄한 몸을 기웃거리는 병에 대한 예감의 산물 말이다. 이 예감은 삶의 용기를 차분하게 가라앉히는 한편, 정서를 세련되게 만들어주기도 한다. 만약 이런 효과가 없었다면 첫눈에 요셉으로부터 미묘한 인상을 받지는 못했으리라.

당시 이미 집사는 자신의 허약함을 알고 있었다. 이따금 등 뒤와 왼쪽 허리를 뭔가 묵직한 것이 짓누르는 듯한 압박감, 심장 주변을 떠도는 통증, 그리고 잦은 현기증과 소화 불량, 수면 부족과 오줌 소태 같은 증상을 전해 듣고 무면허 의사 글룻바우흐가 집사의 신장이 화를 내는 것이라고 진단해 주었기 때문이다.

이 해악은 원래 정체를 숨기고 잠복하는 특성이 있다. 흔히 아주 어린 시절에 뿌리를 내린 후, 얼른 숨어버려서 남보기에는 건강해 보인다. 그래서 이때는 모든 것이 휴지기를 맞은 것처럼, 아니, 다 나은 듯하다. 그러다가 느닷없이 다시 얼굴을 들이미는데, 이때의 증세는 전보다 심각하기 마련이다. 기억을 되짚어 보면, 몬트-카브가 피오줌을 누었던 건 열두 살 때였다. 그러나 딱 한번 그랬을 뿐, 그 이후로 오랫동안 두번 다시 그런 일은 생기지 않았다. 그 끔찍한 징후를 쉽게 망각한 것도 그 때문이었다. 그러다 스무 살이 되어서야 다시 이 현상이 나타났다. 위에서 말한 다른 증상도 동반했다. 그중에서도 어지러움과 누룽이 너무 심해 쓸개즙까지 토할 지경이었다. 그러다 이 증상도 지나가서 이후로 몇 달이고 몇 년을 별 탈 없이 살 수 있었다. 그러다 불시에 격렬한 통증이 덮쳤다. 이때부터 이 간헐성 질병과의 오랜 투쟁이 시작되었다.

겸손은 바로 이 질병의 소산으로 흔히 심신의 깊은 피곤과 의욕상실, 그리고 의기소침으로 드러나기도 한다. 몬트-카브는 이와 싸우기 위해 묵묵히 자기 할 일만 했다. 그리고 치유 전문가들이나 혹은 스스로 치유 능력이 있다고 믿는 자들로부터 사혈 치료를 받았다. 한편 식욕은 괜찮고 혀도 깨끗한데다 발한 장애도 없고 맥박도 아주 정상이었기 때문에, 그를 치료한 사람들은 심각한 상태는 아니라고 여겼다. 그러던 중 어느 날, 복사뼈에 말간 종기가 생겼는데 그걸 찌르자 물 같은 것이 흘러나왔다. 이것은 혈관의 부담을 줄여 주고 심장에도 용기를 주는 현상이었으므로 다들 좋은 신호로 받아들여 환영했다. 이를 통해 질병이 불거져 마침내 바깥으로 쏟아진다고 생각했던 것이다.

요셉이 집에 오기 전의 10년 동안을 집사는 정원사 글룻바우흐가 만든 약재의 도움으로 그럭저럭 보냈다고 할 수 있다. 그러나 집안일의 관리 감독을 중단한 적이 거의 없었던 것은 '활활 타오르는 배', 글룻바우흐의 민간요법 덕이라기보다는 자신의 겸손한 의지력 덕분이었다. 이것이 서서히 앞으로 나아가는 해악을 울타리에 묶을 수 있었던 것이다. 정말 심각한 최초의 발작은 손발에 생긴 수종으로 시작되었다. 붕대를 감아야 할 정도였다. 거기에 마구잡이로 머리를 쾅쾅 두들겨대는 두통이 찾아오고, 위까지 성이 나서 뒤집혀지더니 눈에는 안개가 꼈는지 급기야 흐릿해졌다. 이런 고비가 찾아온 것은 요셉이 포티파르의 집에 당도한 직후였다.

그렇다. 그가 이스마엘 노인과 흥정을 하면서 살 물건을 시험하고 있었을 때, 이미 이 발작은 성큼성큼 다가오는 중이었다. 적어도 우리들의 계산에 따르면 그렇다. 노예 요셉의 첫인상에서 그렇게 민감하게 감지해 내고, 시험 삼아 시켜본 밤인사 말에 그토록 감동한 것이야말로 발작이 다가왔음을 보여주는 증거가 아닌가 싶기 때문이다. 물론 이와는 다른 의학적 견해도 가능하다. 즉 평안한 밤을 기원하는 인사가 지나치게 부드러워, 오히려 해악에 맞서려는 저항력을 일정 부분 약화시켰을 수도 있다. 한걸음 더 나아가 요셉이 매일 저녁 들려준 밤인사가 너무 달콤해서, 요셉이 바란 바는 아니었지만, 결과적으로는 질병과 맞서서 살아남으려는 집사의 의지를 오히려 떨어뜨리는 건 아닐까 두려운 생각도 든다.

몬트-카브가 처음에 요셉을 전혀 돌아보지 않은 것도 대체적으로 발작에 그 이유가 있었다. 몸이 불편하니 만사가 귀찮았던 것이다. 나중에 등장한 크고 작은 발작 증세들은 쿤-아눕이 사혈, 피 짜내기, 동식물의 추출물로 만든 환상적인 복합물과 해묵은 필사본을 따뜻한 기름에 담근 허리 복대로 다스렸다. 그러다 회복이 되었다. 아니 회복된 듯 싶어서 한동안 집사는 조용히 지냈다. 요셉이 집안에서 자신의 첫번째 조수가 되어 자신을 대변하는 가장 높은 입으로 장성하는 동안에도 그랬다. 그런데 요셉이 온 지 7년째 되던 해, 집사는 어느 장례식에 참여했다. 다른 사람의 장례식도 아니고 친척의—다름 아니라 지하묘지의 소유주인 처남—장례식에 갔다가 감기에 걸려서 돌아왔다. 바로 이 감기가 몰락에게 문을 활짝 열어 마침내 집사를 안장에서 떨어뜨린 것이다.

장례식장에서 죽음에 전염되는 일은 예나 지금이나 빈번하다. 다시 말해서 막 세상을 하직한 자에게 마지막으로 경의를 표해줬더니 엉뚱하게도 그의 손에 이끌려 '함께 끌려가는 것'이다. 때는 여름이라 무척 무더웠다. 그런데 이집트는 원래 그런 날이 많았는데, 그날 따라 유달리 바람이 심했다. 이는 위험한 결합이었다. 부채 바람이 피부 호흡을 가속화하여 너무 급격하게 땀을 식혔기 때문이다. 집사는 그 전에 일이 너무 많아서 제때에 집을 떠나지 못해 자칫하면 엄숙한 예식에 늦을 뻔했다. 그래서 일을 서두르다 보니 땀을 뻘뻘 흘릴 수밖에 없었다. 시체를 실은 배를 따라 서쪽으로 가려고 강을 건널 때, 이미 그의 몸은 심하게 얼어붙었다. 따뜻한 옷을 제대로 챙겨 입지 못했던 것이다. 이윽고 작은 바위무덤 앞에 이르렀다.

이제 우시르가 된 자가 자기 몫으로 예비해둔 바위무덤 입구에서, 아눕의 개 탈을 쓴 사제가 죽은 자의 똑바로 세운 미라를 붙들고 있는 동안, 다른 사제는 신비한 신통력을 가지고 있는 송아지 발로 그 미라의 입을 여는 의식을 거행했다. 그리 많지 않은 사람들이 애통해 하며 재를 끼얹은 머리에 손을 얹고 이 마법의 행위를 지켜보았다. 이렇게 돌처럼 차가운 바람이 씽씽 불고 동굴이 뿜어내는 숨결까지 가세한 장소에 오랫동안 머무는 게 좋을 리가 없었다. 몬트-카브는 콧물감기와 방광염을 달고 왔다. 그리고 다음 날 벌써 요셉에게 팔다리를 움직이는 것조차 힘이 든다고 호소했다. 일종의 마비 현상이었다. 그는 집안일도 못하고 침대에 드러눕고 말았다. 두통은 또 얼마나 심한지! 심한 구토를 수반하고 절반쯤은 장님으로 만든 이 두통을 해소하려고 글룻바우흐가 집사의 정수리 부분에서 사혈을 시도하자 환자는 혼절해버렸다.

뜻을 세우시고 이를 실현하는 주님의 계획을 알아차린 요셉은 몸서리를 쳤다. 인간이 거기에 맞서려고 노력하는 건, 그분의 의지에 저항하려는 죄스러운 시도가 아니다. 오히려 그건 그분의 의지를 시험해 보는 행위가 될 것이다. 요셉은 그런 결론을 내린 후, 포티파르에게 청원하여 아문의 집에 사람을 보내 제대로 배운 의사를 불러오게 했다. 그 의사의 등장에 글룻바우흐는 자존심이 상했다. 하지만 생각만 해도 아찔한 무거운 책임을 벗을 수 있어서 한편으로는 홀가분한 마음으로 뒤로 물러났다.

도서관에서 온 전문가는 글룻바우흐의 처방이 대부분 잘

못되었다고 비난했다. 세상 사람들이나 그 자신이 보기에도 자신과 정원사의 조처가 보여주는 차이점이라는 게 의학적인 차이라기보다는 사회 계급에 따른 차이점이었음에도 그랬다. 정원사의 처방은 백성들을 위한 것으로 환자들에게 꽤 좋은 효력을 발휘할 수 있었고, 전문가의 처방은 상류층을 위한 것으로 보다 고상한 방식을 채택했다는 것이 차이라면 차이였던 것이다. 그래서 신전 출신의 지혜로운 자는 선임자가 해묵은 두루마리를 기름에 불려서 부드럽게 만든 후, 환자의 배와 허리를 덮어둔 것을 보고 나무랐다. 그리고는 고급 수건에 아마씨를 올려 놓은 붕대를 요구했다. 또 글룻바우흐가 쓴 만병통치약을 비웃었다.

이 약은 인기가 대단했는데, 언젠가 늙어서 병이 든 레를 치료하기 위해 신들도 사용했던 방법으로 열네 가지에서 서른일곱 가지 혐오스러운 것들을 섞은 약이다. 도마뱀 피와 돼지이빨을 가루로 빻은 것, 동일한 짐승의 귀에서 나온 액체와 산모의 젖, 온갖 똥오줌, 영양과 고슴도치 그리고 파리와 사람의 소변 등등을 한데 섞은 이 만병통치약 대신 제대로 배웠다는 의사가 집사에게 처방한 약에는 혐오스러운 것은 빼고 꿀과 밀랍과 사리풀이 들어 있었고 아편과 비터린데, 베렌트라우베 철쭉나무, 중탄산 소다, 토근 약간이 들어 있었다. 피마자 열매를 맥주와 함께 씹어 먹게 한 정원사의 처방에 대해서는 의사도 동의했다. 강한 설사 효과를 갖는, 송진이 풍부한 뿌리를 사용한 것도 동의를 얻었다. 그러나 글룻바우흐가 머리를 쾅쾅 내리치는 두통과 눈이 침침해지는 증상을 막기 위해 거의 매일 행했던 극단적인 사혈에 대해서 의사는 정도가 지나치다며 절제를 요구했다. 환자의 안색이 창백하지 않으냐, 이러한 일시적 완화는, 생명에 자극을 주어 육신을 먹여 살리는 좋은 혈액 성분까지 잃게 만든다는 게 그의 주장이었다.

이것이 해결할 수 없는 딜레마였다. 유용한 성분이 결여된 피에 나쁜 것만 들어 있는 게 아니라, 없어서는 안 될 것까지 들어있다는 게 문제였다. 이 피는 만성 염증을 생산하는 한편, 한번은 이런 증세를 보였다가 또 다른 증세로 바뀌는가 하면, 또 한꺼번에 여러 합병증을 유발하기도 했다. 이 모든 질병의 원인이 무엇인지는 두 의사 모두 잘 알고 있었다. 이미 오래 전에 제 기능을 상실한 신장 탓이었다. 집사를 돌보는 자들이 그의 이 곤혹스러운 상태를 뭐라고 부르든, 그리고 그 병을 어떻게 생각하든, 이와는 무관한 게 집사의 고통이었다. 그래서 그는 차례로 혹은 동시에 유방염과 복막염, 그리고 심낭염과 폐렴을 앓았다. 거기에 이보다 심각한 뇌 이상 증세까지 가세했다. 구토와 절명, 울혈, 경련이 그 예였다. 간단하게 말해서 죽음의 전면 공격이 시작된 것이다. 무기란 무기는 총동원된 것 같았다. 병석에 누운 후 몇 주 동안이나마 거기에 저항하고, 부분적으로 몇 가지 증상은 떨쳐낼 수 있었다는 게 오히려 신기했다. 그는 강한 환자였다. 그러나 생명을 지키려고 아무리 강하게 자신을 다독거렸어도 어차피 그는 죽을 목숨이었다.

요셉은 일찍이 그 사실을 간파했다. 쿤-아눕과 아문의 신전에서 불려온 학자 의사가 집사를 다시 일으켜 세울 수 있으리라 기대하고 있을 때에도 그는 깊은 상심에 잠겨 있었다. 이 성실한 남자에 대한 애착 때문만은 아니었다. 자신에게 무척 잘해 준 이 남자가 이런 운명의 조화에 휘말려서 가슴 아팠지만 그게 전부는 아니었다. 이것 역시 '가엾으면서-복된 인간'의 운명으로서, 길가메쉬처럼 혜택과 타격을 동시에 받기 때문에 보는 이의 마음을 적시고 숙연하게 만들긴 했지만, 그의 상심에는 또 다른 이유가 있었다. 집사의 고통과 죽음이 모두 자신 때문이라는 양심의 가책이 발톱을 세웠기 때문이다. 결과적으로 이 일은 자신이 더 클 수 있도록 길을 열어주는 계기가 될 것이 뻔했다. 가엾은 몬트-카브, 그는 주님의 뜻 때문에 희생되는 제물이었다. 그는 요셉을 위해 길을 비켜야 했던 것이다. 바로 그것이었다. 요셉은 이런 뜻을 가지신 주님께 이렇게 외치고 싶었다.

"주여, 당신께서 하시는 일은 당신 뜻이시지, 제 뜻이 아닙니다. 전 분명하게 선언하겠습니다. 전 이 일과 아무 상관이 없습니다. 이 일이 저를 위해 일어나는 것이 아니기를 바랍니다. 그래서 이것이 제 탓이고 제 잘못이고 제 책임이라는 소리는 나오지 않게 해주십시오. 그리고 부디 기억해 주십시오! 전 분명히 겸손한 마음으로 이렇게 기도 드렸습니다!"

그러나 이것도 도움은 되지 못했다. 요셉은 제물로 바쳐진 친구의 죽음을 보고 어쩔 수 없이 양심의 가책을 느껴야 했다. 여기서 누구 탓이라는 이야기가 나올 수 있다면, 그건 이 일로 득을 보게 되는 자신 외에 다른 누구에게도 해당되지 않는다는 사실을 인정하게 되었다. 신은 자기 탓을 하는 존재가 아니니까. 그는 이런 생각을 했다.

'바로 이거야. 만사를 행하는 건 주님인데, 그분은 그 일에 대한 양심의 가책은 우리 가슴에 심어놓았다. 그래서 우리는 그분 앞에서 책임을 느끼게 된다. 그건 그분을 대신한 책임감이다. 그러므로 주님이 어느 날 갑자기 우리를 대신해서 책임을 지려고 결심을 한다 해도 전혀 놀라운 일이 아니다. 그분이 어떻게 그 일을 시작할지, 자기 탓이라고는 모르는 그 거룩한 자가 그 일을 어떻게 시작할지는 아무도 모른다. 하지만 내 생각으로는, 그렇게 하려면 그분 스스로 인간이 되어야 하지 않을까?'

그는 고통받는 희생양의 침상 곁을 떠나지 않았다. 4주, 아니 5주 동안 줄곧 자리를 지켰다. 이 기간은 제물로 받쳐진 집사가 여러 가지 탈을 쓰고 쳐들어오는 죽음과 맞선 시간이었다. 숙명의 시련 앞에 고통받는 집사를 보며 요셉은 양심의 가책을 느꼈다. 그리고 한순간도 게으름 피우지 않고 정성스럽게 환자를 보살폈다. 자신을 돌보지 않는 희생적인 노력이었다. 이런 경우에 흔히 사용하는 말이 바로 이 희생이라는 낱말이다. 그리고 여기서도 이 말은 과히 그른 표현이 아니다. 사실 희생 제물에게 희생보다 더 적절한 보상이 어디 있겠는가.

요셉은 잠자는 것도 포기했다. 그리고 자기 몸이 여위는 것도 불사하고 집사를 간호했다. 아예 신뢰의 특실로 가서 환자 옆에 침상을 놓았다. 그리고 자신이 할 수 있는 일은 마다하지 않고 시간마다 행했다. 습포를 데우고, 약을 먹이고, 혼합물을 피부에 문질러 바르고, 신전의 의사가 시킨 대로 잘게 빻은 식물을 돌 위에 가열하여 환자에게 김을 들이마시게 하고, 경련이 시작되면 사지를 붙들어 주었다.

가련한 집사는 막판에 경련 때문에 몹시 고생했다. 극심한 경련을 앞세운 죽음의 습격 앞에 집사는 비명을 지르곤 했다. 죽음은 더 이상 지체할 뜻이 없는 듯, 거칠게 마수를 뻗쳐왔다. 특히 몬트-카브가 잠을 자려고 하면 더욱더 기승을 부려, 지친 몸을 경련의 도가니에 집어던져 침상에서 벌떡벌떡 일으켜 세우며, 마치 이렇게 말하려는 것 같았다.

'뭐, 감히 내 앞에서 자겠다는 거냐? 일어나, 일어나! 그리고 어서 죽어!'

차분하게 가라앉혀 주는 요셉의 밤인사가 이보다 더 절실하고 요긴한 때도 없었을 것이다. 그럴 때면 있는 재주를 다 짜내 집사에게 속삭였다. 이제 애타게 그리는 위안의 나라로 인도하는 오솔길에 살며시 발을 들여놓게 된다고. 그 편안한 오솔길에는, 아마 끈으로 조심스레 묶어놓은 왼쪽 팔 다리를 낚아채어, 대낮의 무서운 고통 속으로 데려 갈 것은 아무것도 없다고.

그것은 꽤 괜찮은 밤인사로 부분적으로는 도움이 되기도 했다. 그러나 평화를 유인하려고 꺼낸 말이 결과적으로는 지나치게 많이 도와주었던지, 수년 간 깊은 잠을 잘 수 없었던 집사가 무턱대고 잠만 자려고 하자, 요셉은 깜짝 놀라고 말았다. 자신은 좋은 의미의 오솔길을 빌었건만, 나그네는 그 오솔길에서 다시 돌아와야 한다는 사실을 잊어버리고 있으니, 오히려 악에 이르는 오솔길이 된 셈이었다. 이

제 인사말을 바꿔야 했다. 집사에게 자장가를 들려주는 일
은 끝이었다. 친구를 이곳에 꽉 붙들어두려면 생명의 영들
을 즐겁게 하는 잡담과 우스갯소리가 필요했다. 재료는 걱
정하지 않아도 괜찮았다. 그에게는 풀기만 하는 되는 풍성
한 이야기 보따리가 있었다. 어린 시절부터 야곱과 엘리에
젤에게 전해 들은 이야기가 어디 한두 가지인가. 세상에 널
리 퍼져 있는 뿌리 깊은 역사 이야기들과 거기에 얽힌 일화
들을 읊으면 간단했다.

　자신이 사들인 젊은 노예의 첫번째 삶에 관한 이야기는
그렇지 않아도 집사가 즐겨 듣던 이야기 소재였다. 가나안
땅에서 보낸 어린 시절과 길에서 죽음을 맞은 어여쁜 어머
니, 자신의 감정을 너무도 소중히 여기는 아버지, 또 어머
니에게 못다 한 사랑이 아들인 그에게로 이어져 사랑의 예
복에서 어머니와 아들이 하나가 되었다는 것이며, 거친 다
른 형제들의 질투에 관한 이야기도 이미 들었다. 그리고 상
대방에게는 지나친 요구가 되므로, 벌받아 마땅한 맹목적
인 신뢰, 어려서부터 요셉이 저질렀던 이 잘못으로 인해 겪
은 찢기는 체험과 우물에 던져진 이야기도 집사가 즐겨 듣
는 내용이었다.

　그리고 집사 또한 포티파르와 집안의 다른 여러 사람들
과 마찬가지로 요셉의 과거시절을 보낸 땅이라 하면 항상
아주 멀리 있으며 먼지투성이에 뭔가 결핍된 곳으로 여겼
다. 그는 그런 곳에 살다가 운명의 손길에 의해 마침내 사
람들과 신들의 나라로 옮겨진 요셉이 그 궁핍한 곳과 어느
새 낯설어지는 것도 당연하다고 생각했으므로, 요셉이 어

린 시절을 보낸 야만적인 세상과 다시 연락을 취할 생각조차 않는 것을 보고도 집안의 여느 다른 사람들처럼 전혀 놀라워하지도 않았다. 하물며 이를 못된 행동이라고 여길 리는 더더욱 만무했다. 그러나 몬트-카브는 그 세상의 이야기만큼은 즐겨 들었다. 투병기 막바지에서는 병상에 누워 양손을 포개고 자신을 돌봐주는 청년의 입에서 흘러나오는 이 이야기를 듣는 것보다 즐거운 일은 없었다. 분위기 전환으로 아픔을 잊게 해줬을 뿐만 아니라, 요셉 또한 자신의 가문에 얽힌 이야기들을 기억해 내며, 우아함과 긴장감을 살리고, 엄숙함과 재미를 동시에 챙기면서 참으로 맛깔스럽게 들려주었던 것이다.

거기에는 예를 들면, 어머니 뱃속에서부터 다퉜던 거친 자와 매끄러운 자의 이야기가 있었다. 그리고 축복의 속임수 축제와 매끄러운 자의 아랫세상 방랑기, 악한 숙부와 결혼식 첫날밤 슬쩍 뒤바뀐 그의 딸들, 그리고 세련된 장난꾸러기 남자가 꾀를 부려 지혜롭게 자연의 교감을 활용하여 그 야만인 숙부에게서 자기 것을 뺏은 일, 여기저기에 등장하는 바꿔치기, 장자 신분과 축복과 신부와 소유물, 제단에서 바꿔치기 된 아들과 짐승. 그 아들은 죽을 때 꼭 그때의 그 짐승같이 울었다 했던가. 이렇게 곳곳에 바꿔치기와 착각이 도사리고 있는 이야기는 듣는 사람을 즐겁게 해주었다. 착각보다 더 매력적인 것이 어디 있는가? 어디 그뿐인가. 구술된 이야기와 이야기를 구술하는 자 사이에는 빛까지 나서서 장난을 치고 있었다. 화자의 이야기는 독특한 매력을 지녔음은 물론이거니와 착각까지 일으키는 빛을 가지고 있었다. 이 빛이 화자에게 반사되면, 화자는 화자대로 자신도 모르는 사이에 그 이야기에 자신이 지닌 빛과 매력을 부여해 주는 것이었다. 그가 또 누구인가. 사랑의 베일 옷을 입고 어머니와 바꿔치기된 아들이라 하지 않았는가. 몬트-카브가 보기에 그에게는 어딘지 모르게 상냥한 개구쟁이처럼 다른 이에게 착 달라붙는 구석이 있어서 상대방으로 하여금 그게 뭘까 골똘히 생각하게 만들었다. 글이 적힌 두루마리를 들고 자기 앞에 서서 미소 짓는 아이를 처음 본 순간, 그를 따오기 머리를 한 신으로 혼돈한 것도 그 때문이었다.

이제 몬트-카브는 더 이상 볼 수 없었다. 눈앞에 손가락을 바짝 들이대고 몇 개냐고 물어도 대답을 못했다. 그러나 듣는 건 가능했다. 침대 옆에서 요셉의 영특한 목소리가 들려주는 낯설고 희한한 이야기들을 듣노라면 독을 나르는 피의 유혹에 빠져 혼수상태가 되는 일은 막을 수 있었다. 항상 있어왔던 엘리에젤 이야기도 들었다. 자신이 섬기는 주인과 함께 동방의 왕들을 물리친 엘리에젤, 거부된 제물을 위해 신붓감을 얻으러 길을 떠났을 때, 앞의 땅이 치솟아 어느새 발밑으로 사라진 덕분에 빨리 여행을 마칠 수 있었다는 엘리에젤, 그리고 우물가에 있던 처녀, 나중에 자신과 결혼하게 될 남자를 보자 얼른 낙타에서 내려와 베일로 얼굴을 가렸다는 여인, 야생미를 자랑하는 사막의 형제, 좌절한 붉은 털 사람에게 아버지를 잡아먹자고 설득하려 했던 자, 우르 나그네, 모든 이의 아버지, 아내인 누이와 함께 언젠가 이곳 이집트 땅에서 그가 겪은 이야기, 그리고 그의 형제 롯, 그의 문 앞에 서 있던 천사들, 그리고 도무지 부끄러움이라고는 모르는 소돔 사람들의 전무후무한 뻔뻔스러움. 유황비, 소금기둥, 인류의 대가 끊길까 염려하여 롯의 딸들이 했던 행위. 시날의 님로드와 무엄한 탑. 제2의 첫번째 인간, 이 현명한 자와 그가 만든 커다란 궤짝. 그리고 첫번째 인간, 동쪽의 정원에서 흙으로 만들어진 이 남자와 그의 갈비뼈로 만들어진 여자 그리고 뱀에 관한 이야기.

대대로 물려받은 이렇게 놀랍고 풍성한 이야기들을 요셉은 죽어가는 환자의 침상에 앉아 재치 있는 말솜씨로 유머를 섞어가며 들려주었다. 그렇게라도 해서 환자를 조금이라도 이곳에 더 붙들어둘 수 있다면, 그럴 수만 있다면, 양심의 가책을 덜 수 있을 것 같았다. 그러나 나중에는 몬트-카브 자신이 이야기를 하겠다고 자청했다. 서사시의 정신에 사로잡혔던 것일까, 그는 자신을 일으켜 세워 달라고 했다. 그리고 죽음을 앞둔 흥분한 표정으로 방석에 기대앉더니 손을 내밀어 요셉을 더듬었다. 그 모습이 흡사 아들들을 만져보는 이사악 같았다.

"나로 하여금 볼 수 있는 손으로 보게 해다오." 얼굴은 천장을 바라보고 있었다.

"네가 오사르시프인지 확인하고 싶구나, 내 아들아. 나의 종말이 닥치기 전에 축복을 내리련다. 네가 들려준 이야기 덕분에 축복을 내릴 수 있을 만큼 강건해졌다! 그래, 네가 맞구나. 눈먼 자의 방식으로 이렇게 더듬어보니, 네가 분명하구나. 여기에는 슬그머니 의심이 기어 들어올 틈도 없고 착각도 있을 수 없다. 내게는 축복을 내려줄 아들이 한 명

뿐이니까. 그게 바로 오사르시프 너다. 위급한 상황에 처한 어머니가 함께 데려가버린 내 어린 아들, 어머니의 몸이 너무 좁게 만들어진 탓에 숨이 막혀버린 내 어린 아들 대신에 지난 세월 동안 내가 사랑한 아들은 바로 너다. 내 어린 아들의 어머니도 길거리에서 죽었느냐고? 그건 아니다. 집안에서 그녀의 방에서 아이를 낳다가 죽었지. 그녀의 고통이 자연을 벗어날 정도로 처참한 고통이었다고 표현할 생각은 없다. 그래도 충분히 끔찍하고 잔혹한 고통이었다. 그래서 난 얼굴을 파묻고 신들에게 애원을 했었지. 차라리 그녀가 죽게 해달라고. 그러자 그들은 그녀의 죽음을 허락해 주었다. 그런데 아이의 죽음까지 허락했더구나. 내가 간구하지도 않았는데. 하기야 그녀 없이 아이만 남았다한들 무슨 소용이 있었겠느냐? 그녀는 '올리브 나무'라 불렸지. 보석창고의 관리인인 케그보이의 딸이었어. 이름은 베케트였고. 나는 감히 그녀를 사랑하려는 엄두도 내지 못했어. 축복받은 자가 나하란 여자, 바로 너의 어머니를 사랑한 것처럼 그렇게 대담한 사랑은 하지 못했어. 그런 주제넘은 행동을 하지는 않았지. 그러나 내 아내가 사랑스러운 건 사실이었어. 눈썹이 비단결 같은 눈은 보석처럼 반짝였지. 내가 그녀에게 가슴에 있는 말을 건네면, 그녀는 두 눈을 내리깔았어. 그러면 눈 위로 그 어여쁜 눈썹이 덮였지. 그녀의 아름다움을 표현하는 노랫말들은 내가 직접 만든 것은 아니었어. 그런 대담함은 내게 없었으니까. 그러나 내가 그녀와 함께 한 아름다웠던 시절에는, 옛날부터 전해오던 노랫말들이 그대로 나의 말이 되었지. 그래, 우리는 서로 사랑했

어. 그녀의 몸이 좁게 만들어졌어도 상관없었어. 그리고 그
녀가 아이와 함께 죽자 나는 여러 밤을 그녀 생각에 눈물로
지샜어. 시간과 일이 내 눈을 말려줬지. 그러다 눈이 다 말
라버렸지. 더 이상 밤에 우는 일도 없었어. 그렇지만 눈 밑
의 살이 더 두터워져 눈이 작아진 건 모두 밤새도록 울었던
탓인 것 같다. 꼭 그렇다고는 할 수 없지만 그럴 수도 있지
않을까 싶다. 이제 죽게 되면 베케트를 잃고 울었던 눈도
사라질 텐데, 옛날에 이 눈이 어땠는지 상관할 사람은 이
세상에 아무도 없을 게다. 그러나 내 눈에 눈물이 온통 마
르고 난 이후, 가슴은 텅 비고 삭막해졌어. 그리고 가슴도
눈처럼 작아지고 좁아졌지. 또 용기도 없어졌어. 사랑을 했
지만 실패했기 때문이지. 그래서 오로지 체념만 남아 있는
것처럼 보였어. 그러나 가슴이 체념만 품고 있을 수는 없었
지. 뭔가 다른 것도 하나쯤 지니고 있어야 했어. 그래서 일
에서 얻어지는 이익이나 유용함보다 더 부드러운 근심을
품으려 했지. 나는 페테프레의 집사로 나이가 제일 많은 종
복이었고, 그의 집을 번성케 하고 더욱 아름답게 만드는 것
외에는 아는 게 없었어. 체념한 자가 할 수 있는 일은 남을
섬기는 일뿐이지. 바로 이거야. 이것이 작아진 내 심장이
품을 수 있는 유일한 것이었어. 내 주인님 페테프레를 따뜻
하게 돌봐드리며 그분께 봉사하는 것이지. 그분보다 더 사
랑에서 우러나온 봉사가 필요한 사람이 어디 있겠어? 그분
은 아무 일도 하시지 않지. 그래서 모든 일에 낯설어. 선천
적으로 장사를 할 수 있는 분이 아냐. 만사에 낯설고 연약
하며 자존심이 강한 사람이 바로 그분이지. 명예만 관료인

그분은 특히 사람들이 하는 일에는 더욱 낯선 분이야. 그래서 딱한 생각이 들어서 어떻게든 잘 보살펴 드리고 싶었던 거야. 자비로운 분이니까. 내가 아프다고 여기까지 방문하신 분이 아니더냐? 내 침상까지 친히 날 보러 오셨다. 네가 일을 보러 나가고 없을 때, 이 병든 사람을 보러 오셨던 거야. 그만큼 자비로운 분이지. 질병 앞에서 낯설어 하고 수줍어 하시긴 했지만 말야. 한번도 아파 본 적이 없는 분이니 당연하지. 글쎄 그걸 건강하다고 말할 수 있는지 모르겠다. 그리고 과연 그가 죽기나 할는지 모르겠다. 사람이 아프려면 그 전에는 건강해야 하고, 죽으려면 일단은 살아야 하는데, 지금 사는 게 사는 것이라고 할 수 있는지 모르겠거든. 그렇지만 이것이 그에 대한 걱정을 줄여줄 수 있을까? 뿌리가 약한 그의 위엄이 유지되도록 도와줘야 하는 부담이 줄어들까? 오히려 반대야! 내 가슴에 집안의 이익보다 더 강렬한 파동을 보낸 게 바로 그분에 대한 걱정이었어. 유익한 일도 여기에는 못 따라갔지. 그래서 나는 그분을 진정으로 섬기기로 했고 어떻게 하든 그의 위엄과 자존심이 유지되도록 도와드리려고 최선을 다했어. 그런데 이 사랑에서 우러나오는 봉사를 오사르시프 너는 나와는 비교도 안 될 정도로 잘 하고 있어. 신들은 너의 정신에 세련됨을 부여했어. 내게는 그런 숭고한 고상함이 부족하지. 내 정신이 그러기에는 너무 무뎌서 그렇든, 아니면 너무 건조해서든, 혹은 감히 보다 숭고한 것을 하려고 하지 않거나, 스스로 그런 용기를 내지 않아서든 간에, 이유야 어떻든 결과가 그렇다는 뜻이야. 그래서 나와 너는 주인님을 함께 섬기기로 동맹을 맺었지. 너는 내가 죽어 이 세상에서 없어지더라도 이 언약을 끝까지 지켜야 한다. 이제 네게 축복을 내려 집사 직분을 물려줄 텐데, 내 임종을 지키는 이 자리에서 너는 서약을 해야 한다. 네가 가진 유머와 상술을 최대한 활용하여 이 집을 보존하고 우리 주인님을 위해 장사를 잘 해야 함은 물론, 우리가 맺은 부드러운 언약에도 신의를 다해야 한다. 다시 말해서 너는 페테프레의 영혼을 사랑으로 섬겨야 하며, 모든 재주를 총동원하여 뿌리가 약해 흔들리기 쉬운 그의 위엄을 지키고 변호해야 할 것이다. 아울러 그의 위엄을 모욕하거나, 거기에 해를 끼치려는 시도가 있어서는 안 될 것이다. 말로써든 행동으로든 그런 시도는 결코 하지 말아야 한다. 이제 그렇게 하겠다고 엄숙히 맹세하겠느냐, 내 아들 오사르시프?"

"엄숙히, 그리고 기꺼이 맹세하겠습니다." 요셉은 그의 유언을 듣고 이렇게 대답했다.

"아무 걱정 마십시오, 아버님! 저희의 언약을 지키고 인간으로서의 신의를 다하기 위해 그분의 영혼을 부드럽게 보살피고 정성을 다하여 그분을 섬길 것이며, 그의 부족함을 채우는데 도움이 되겠습니다. 그리고 언제라도 그 의로운 분을 다치게 하거나 배신하려는 유혹이 덮쳐온다면 아버님을 기억하겠습니다. 그러니 아무 염려 마십시오!"

"그렇다면 안심이구나." 몬트-카브가 말했다.

"하지만 한편으로는 이제 죽는다는 느낌 때문에 지나칠 정도로 흥분하고 있는 것도 사실이다. 실은 그래서는 안 되는데 말이다. 따지고 보면 죽음보다 더 평상적인 일도 없으

520

니 흥분할 필요는 전혀 없기 때문이지. 게다가 내 죽음처럼 이렇게 단순한 사람의 죽음인 경우에야 더 말할 것도 없지. 높은 것이라면 시종일관 피해온 내가 아니더냐. 그러니 보다 숭고한 죽음을 원하지도 않으니, 죽는 일로 공연스레 소란을 피울 생각은 없다. 나의 올리브 나무를 사랑할 때도 그랬듯이 말이다. 지금도 아이를 낳는 그녀의 산고가 자연을 초월하는 고통이었다고 감히 말할 생각은 없다. 그러나 오사르시프, 내 아들아. 그래도 축복은 내릴 참이다. 내 아들 대신 너에게 말이다. 내가 그런 게 아니라 워낙 축복이란 의식 자체가 그러하니 엄숙함이 빠져선 안 되지. 그러니 이제 눈먼 자의 손 아래 몸을 숙이거라! 하나밖에 없는 내 아들이요, 페테프레의 집사 자리를 물려받을 후계자인 너에게 이 집과 뜰을 넘겨주겠다. 그리고 궁신이신 내 주인님 페테프레 대인을 모시는 집사 직분을 물려준다. 내가 자리에서 물러나 네가 잘 될 수 있다니, 무척 기쁘다. 그래, 죽음이 이러한 기쁨을 가져다주었구나. 마침내 사직할 수 있게 되어 이 기쁨을 얻은 것이다. 그리고 나는 죽음이 가져다주는 즐거운 흥분에 사로잡혀 있는 게 분명하다. 그러나 내가 이 모든 것을 네게 넘겨주는 건 내 주인님의 뜻에 따른 것이다. 그분은 내가 죽은 후 나를 대신할 집사로서 자신을 섬기는 수많은 종들 중에서 널 손가락으로 가리키셨다. 지난번에 자비로운 그분께서 찾아오셔서 난처한 표정으로 날 쳐다보셨을 때, 그분과 이야기를 나눴었다. 그때 나는 그분께 내가 죽어 신이 되고 나면, 손가락으로 오로지 너만을 가리켜서 날 대신하게 해주십사 간청 드렸다. 그래야 나도 안심하고 집안일과 모든 사무를 네게 맡기고 편안히 떠날 수 있을 것이라 말씀 드렸었다. 그러자 그분께서는 '그렇게 하게'라고 하셨다. '알았네, 몬트-카브. 잘 알겠네. 자네가 이 땅을 하직하면 가슴이 아프겠지만, 내 그 아이를 지목하겠네. 전혀 흔들리지 않고 다름 아닌 그 아이만을 가리키겠네. 약속하지. 혹시 누가 간섭하려 든다면, 내 의지가 강철 같으며 레헤누 광산에서 나온 검은 회강암 같다는 사실을 알게 해주겠네. 그 아이가 내 의지를 가리켜 그렇게 말하기에, 나도 그 아이의 말에 동의하고 말았지. 그 아이는 아주 푸근한 느낌인 신뢰를 불러일으킨다네. 자네가 살면서 그랬던 것보다 더 많이 그렇다네. 그리고 이따금 그 아이를 보면 어떤 신이, 아니 한 명이 아니라 여러 명의 신들이 함께 하는 것 같은 생각이 들기도 한다네. 신들의 가호가 있어서 무슨 일이든 그의 손에만 가면 척척 이루어지는 것 같다는 뜻일세. 자네도 성실했지만, 그 아이는 자네보다 더할 것이네. 날 속이는 일은 결코 없을 거야. 집에서 죄가 무엇인지 배워서 알고 있다고 했으니 말일세. 그리고 머리에는 제물을 상징하는 장식 같은 것을 꽂고 있어. 죄에 저항하는 장식이지. 간단히 말하겠네. 이제 앞으로 오사르시프가 자네 뒤를 이어 집안을 관리할 것이네. 내가 신경을 쓸 수 없는 모든 일을 그 아이가 맡게 될 거야. 손가락으로 그 아이를 지목하겠네.' 이게 주인님의 말씀이셨어. 지금까지 그 말씀을 하나도 빼놓지 않고 그대로 머리에 새겨두고 있었지. 그러니 지금 내가 너를 축복하는 것은 그분이 너를 축복하셨기 때문에 하는 것이다. 사실 그외에 어떤 방법이 있겠느냐? 사람이 축복을 해줄 때는 이미 축복을 받은 자에게 축복을 내리는 법이고, 이미 행복한 사람에게 행운을 기원해 주는 것이다. 장막 안의 장님이 피부가 매끄러운 자에게 축복을 내린 것도 같은 이치지. 이미 축복을 받은 자가 거친 자가 아니라 바로 그 매끄러운 자였던 거야. 인간이 그 이상은 할 수가 없거든. 그러니 지금 네 모습이 그러하듯이, 축복을 받거라! 너는 낙천적이라 뭐든 높은 것을 하려 하고 담대한 용기가 있어서, 네 어머니의 고통을 감히 인간이 겪는 자연스러운 수준을 넘어선 고통이라 부르고, 네 출생을 처녀의 출생이라 부르지. 그 근거라는 것이 토론의 여지가 있음에도 불구하고 그렇게 과감하게 부를 수 있는 건 용기가 있기 때문인데, 이것이 바로 축복의 표식이다. 내가 가지지 못한, 그래서 줄 수도 없는 축복의 표식인 게야. 그런데 내가 지금 축복을 내리면서 행운을 기원할 수 있는 것은 지금 죽어가기 때문이다. 내 손 아래로 머리를 깊숙이 숙이거라, 내 아들아. 높이 올라가려 하는 자의 머리를 겸손한 자의 손 아래로 숙이거라. 페테프레의 이름으로 그분을 위해 내가 관리해왔던 산뜻한 집과 비옥한 뜰과 들판을 네게 넘겨줄 테니, 작업장에서 일하는 자들의 앞에 서고, 창고에 있는 저장물들과 정원의 열매, 섬에 있는 크고 작은 가축떼와 경작지와 관련된 모든 계산과 거래를 알아서 관리하고 감독하거라. 그리고 파종과 수확, 부엌과 창고, 주인님의 식탁과 규방의 필수품들과 올리브 방앗간과 포도 압착장과 모든 종들을 살피고 다스리거라. 혹시라도 내가 잊은 것이 없기를 바랄 뿐이다. 그리고 오사르시프,

또 잊어서는 안 될 것이 있는데 그건 바로 나다. 이제 신이 되어 오시리스와 같아진다 해도 나를 잊어서는 안 된다. 내가 죽은 후에라도 너는 내 아들 호루스가 되어 아버지를 지켜주고 변호해야 한다. 그리고 묘비명이 풍파에 시달려 못 읽을 정도가 되지 않도록 돌봐주고 내 생명을 부양해다오! 이제 약속해다오! 민-넵-마트 마이스터, 즉 붕대를 감는 자와 그의 조수들을 시켜 내가 영원히 살 수 있도록 아름다운 미라로 만들어주겠다고. 검은색 말고 아름다운 노란색으로 만들어다오. 거기에 필요한 것들은 전부 준비해두었다. 그것들을 붕대를 감는 자와 그 조수들이 직접 다 먹어 치우지 않도록 감시해 주고, 그들이 날 절일 때에도 품질이 좋은 나트륨염과 향료를 사용하도록 해다오. 그리고 안식향과 항구에서 온 노간주나무와 삼나무 송진, 그리고 달콤한 피스타지아 덤불에서 나온 유향과 몸에 꼭 달라붙는 부드러운 붕대를 사용하도록 해주겠느냐? 또 사람을 시켜 나의 영원한 껍질에는 아름다운 그림을 새기고, 안에는 빈틈이나 바람 구멍 하나 없이 수호 문구가 철통같이 덮도록 해주겠느냐? 서쪽에 있는 죽은 자의 사제 임호테프에게도 이미 나를 위해 제물로 바쳐 달라고 충분한 양의 빵과 맥주, 그리고 올리브 기름과 향을 갖다 주었다. 그 사제가 행여라도 그것들을 자기 아이들에게 나눠 주지 않고 정확하게 네 아버지 옆에 놓아두도록 신경을 써주겠느냐? 축제의 날이 되어 네 아버지가 먹고 마실 걱정은 영원히 하지 않아도 되도록 꼼꼼하게 처리해 주겠느냐? 네가 이 모든 것을 예배를 드리듯 경건한 음성으로 약속해 준다면 고맙겠다. 아무리 죽음이 평상적인 일이라 해도 커다란 근심과 연결되어 있는 법이어서 여러 면으로 안전을 도모해야 하기 때문이다. 그리고 내 방에 작은 주방도 만들어 그 안에서 하인들이 나를 위해 황소의 허벅지를 구워줄 수 있도록 해다오! 설화석고로 만든 거위구이도 하나 넣어주고, 또 포도주항아리 모양의 나무형상과 네가 우리 집에서 만들게 한 점토 무화과도 듬뿍 넣어다오! 그렇게 하겠다고 경건하고 엄숙한 말로 약속해 주면 안심이 되겠다. 그리고 작은 배도 한 척 주문해다오. 노 젓는 자들이 있는 배로 해야 한다. 만약을 대비하여 내 관 옆과 안에 잠방이를 걸친 종을 몇 명 넣어다오. 서쪽에 있는 자가 비옥한 들판에 일하러 나가라고 날 부르면 내 대신 그곳에 보낼 수 있도록 말이다. 왜냐하면 나는 보편을 지향하는 머리를 가져서 감독을 할 수는 있으나, 쟁기질과 낫질은 할 줄 모르기 때문이다. 오, 죽음에 필요한 준비가 이렇게도 많구나! 내가 뭐 잊어버린 것은 없느냐? 혹시 잊은 게 있다면 너라도 나중에 생각해서 모두 챙기겠다고 약속해다오. 예를 들면 그들이 내 심장이 있던 자리에 아름다운 벽옥으로 만든 딱정벌레를 넣는지 잘 확인하거라. 자비로운 페테프레 주인님께서 선사하신 그 도장에는 '내 심장이 저울대 위에서 나를 고소하는 쪽의 증인이 되지 않기를 바라노라!' 라고 적혀 있다. 궤짝 안에 오른쪽을 보면 주목으로 만든 상자가 있는데, 그 안에 이 도장을 넣어두었다. 그리고 그 옆에 두 개의 목걸이도 들어 있다. 그 장식품들도 네게 물려주마. 이제 그만하자. 이상으로 내 유언을 마치겠다. 세상 이치가 모든 것을 다 생각할 수는 없는 법이고, 죽음이 수반하는 불안도 많이 남게 마련이다. 그래서 정말 이렇게 죽음을 준비할 필요가 있을까 의심스럽기도 하다. 죽음이 가져오는 불안이 옷을 걸치면, 우리가 죽은 후에는 어떻게 살게 될까 하는 의문이 되는 것이다. 죽은 이후의 삶에 대해 알쏭달쏭해 하고 확신이 서지 않는 것, 이것은 죽음의 불안이 내세우는 핑계이다. 하지만 나 역시 어쩔 수 없이 이런 불안한 생각을 하게 되는구나. 내가 죽으면 과연 새들과 함께 나무 위에 앉아 있게 될까? 아무것이나 마음대로 될 수 있을까? 정말 이것도 되었다가 저것도 될 수 있는 것일까? 습지에 있는 왜가리도 되고 둥근 공을 굴리는 장수풍뎅이, 그리고 물 위에 떠 있는 수련 꽃이 될 수도 있을까? 그리고 또 내 방 안에서 살게 될까? 내 제단에 올려져 있는 제물을 정말로 먹고 즐길 수 있을까? 아니면 레가 밤이면 빛을 비추는 곳에 가게 되는 걸까? 하늘이나 땅, 강, 그리고 들판과 집까지 이곳과 똑같은 그곳에 가서 지금까지 몸에 익은 대로 다시 페테프레의 집에서 제일 나이가 많은 종노릇을 하게 될까? 정말 이렇게 된다는 이야기도 들은 적이 있다. 물론 이와 다른 이야기도 들었지. 이렇게 한꺼번에 이런 이야기, 저런 이야기를 뒤죽박죽으로 들었지만, 모두 다 우리들의 불안을 달래기 위한 이야기라는 점에서는 차이가 없어. 그러나 이런 불안도 나를 부르는 잠의 도취경은 이기지 못하고 가라앉는단다. 아들아, 다시 나를 침대에 눕혀다오. 더 이상 버틸 힘이 없구나. 축복을 내리고 근심하느라 마지막 힘까지 다 쏟아 부었다. 이제 머리를 취하게 하여 황홀하게 해주는 수면에 몸을 내맡기고 싶다. 그러나 거기 빠지기 전에 꼭 알고 싶은 게 하나 있다. 혹시 나일 강 서쪽에 닿으면 내 곁에서 사라졌던 나의 올리브 나무를 다시 만날 수 있을지 그걸 알고 싶다. 아, 이 마지막 순간까지도 이 생각을 떨칠 수 없다니. 실은 잠에 빠져들고 난 후, 경련이 다시 내 몸을 낚아채면 어쩌나, 그 근심이 가장 앞서야 할 텐데 말이다. 이제 잘 자라고 인사해다오, 아들아. 밤인사라면 다른 사람보다도 원래 네가 잘 하지 않느냐. 그리고 팔다리를 꼭 붙들고 차분한 말로 경련을 타일러다오! 네 세련된 직분을 다시 한번 수행해다오! 마지막으로! 아니 마지막은 아니다. 나일 강 저편, 죽은 자들이 있는 곳이 여기와 모든 면에서 똑같다면, 오사르시프 너도 내 제자로서 내 옆을 지키고 있을 테고, 매일 저녁 축복을 내려줄 게 아니더냐. 그러면 네 재주를 한껏 살려서 밤마다 아름다운 인사말을 들려주겠지. 넌 축복받은 몸이라 다른 사람에게 축복을 선사할 수도 있지만, 내가 너에게 해줄 수 있는 것은 그저 행운을 빌어주는 것뿐이다. 더 이상 말을 못하겠구나! 유언은 이것으로 끝낸다. 하지만 내가 더 이상 듣지 못한다고 생각하지는 말아라!"

요셉은 오른손은 세상을 하직하려는 자의 양손 위에 올려놓고 왼손으로는 허벅지를 꽉 붙잡고 말했다.

"아버님! 밤입니다! 이제 편안하고 행복하게 쉬십시오! 제가 이렇게 깨어서 아버님의 몸을 보살피고 있습니다. 그러니 아버님께서는 아무 염려 마시고 위로의 오솔길로 발을 딛으십시오. 이제 더 이상 신경 쓰지 않아도 됩니다. 아무 생각도 마시고 오로지 유쾌한 생각만 하십시오. 아버님의 사지 생각도 하지 마시고 집안일도 생각하지 마시고, 아버지 자신에 대해서도, 그리고 아버님의 이번 삶이 끝나면 어떻게 될지, 그리고 또 그 다음 삶은 어떻게 될까 하는 생각도 하지 마십시오. 이 모든 건 아버님의 문제가 아니고, 아버님께서 근심할 일이 아니기 때문입니다. 그러므로 그 때문에 불안해 하실 필요도 없고, 괴로워하실 필요도 없습니다. 그저 모든 것을 있는 그대로 두시면 됩니다. 어떻게든 될 것이니까요. 이렇게든 저렇게든 최선이 되도록 만반의 준비가 되어 있습니다. 이렇게 모든 준비가 끝나 있는 곳에 아버님께서는 그저 몸을 뉘이시기만 하면 됩니다. 이제는 모든 근심에서 벗어나셨으니 안심하십시오. 얼마나 편안하십니까? 예전에 아버님께 이런 저녁 축복을 드린 적이 있었지요? 꼭 해야 할 일과 해도 된다는 허락을 받은 일이 있는데, 쉬어야 한다고 생각하시지 말고 쉬어도 된다고 생각하시라고 말입니다. 보세요. 지금이 그때와 꼭 같은 때입니다. 아버님의 노고와 괴로움, 그리고 모든 부담은 이제 끝났습니다. 몸의 궁핍함도 끝났고 목을 옥죄는 공격도 없고 공포를 느끼게 하는 투쟁도 없습니다. 구역질 나는 약도 없고 화끈거리는 습포도 없고 사혈을 하느라 목덜미에서 피를 빨아먹는 거머리도 없습니다. 아버님을 짓누르던, 부담이라는 이름을 가진 지하구덩이의 문이 열렸습니다. 이제 아버님께서는 밖으로 나오시면 됩니다. 자, 경쾌하고 가벼운 발걸음으로 위로의 오솔길을 걸어보십시오. 그 오솔길은 아버님을 한 걸음 한 걸음 저 깊은 곳의 위로로 인도

할 것입니다. 처음에는 익히 아시는 땅바닥으로 걷게 되실 겁니다. 매일 저녁 제가 저녁 문안을 올리며 드렸던 축복을 다리 삼아 건너가셨던 길이니까요. 어쩌면 아직은 조금 무겁고 호흡이 부담스러우실 수도 있습니다. 제가 양손으로 아버님의 몸을 붙들고 있어서 그런지, 아니면 딴 이유에서인지는 잘 모르실 겁니다. 그러나 곧 아버님께서는 자신을 인도하는 그 발걸음에는 신경을 쓰지 않게 되실 겁니다. 그러면 초원은 어느새 아버님을 아주 가뿐하게 들어 올릴 겁니다. 그곳에 가시면, 이곳에서와 같은 괴로움은—그게 무의식적인 괴로움이라 하더라도—단 한 가지도 아버님께 달라붙지 않을 것이며, 멀리서 얼씬거리는 일도 없을 겁니다. 그래서 의심이란 의심은 모조리 떨치게 되어 걱정도 근심도 없어지실 겁니다. 앞으로 어떻게 될지, 아버지의 인생은 또 어떻게 되는지, 그런 걱정과 의심은 영영 사라집니다. 이런 걱정들로 염려했다는 것이 오히려 이상하게 느껴질 겁니다. 왜냐하면 지금의 이 모습 이대로 모든 것이 가장 자연스럽고 올바른 최선이자 조화이며, 몬트-카브 집사님은 영원히 제 아버님이시니까요. 지금 여기 존재하는 것은 원래부터 있는 것이고, 예전에 있었던 것은 앞으로도 있게 되니까요. 지금 몸무게를 느낄 수 있는 아버님께서는, 이 무게를 떨치고 저 건너편 초원에 갔을 때, 아버님의 올리브 나무를 만나지 못하면 어쩌나 의심하십니다. 이제 그렇게 절망하고 주저했던 것을 생각하고는 웃음을 터뜨리실 겁니다. 그녀는 아버님 옆에 있으니까요. 아니 아버님의 것인 그녀가 아버님 곁이 아니고 어디 다른 곳에 있겠습니까?

그리고 요셉이었으나 죽은 후에 오사르시프라 불리는 저도 아버님 곁에 있을 겁니다. 이스마엘 사람들이 저를 아버님께 데려다 줄 겁니다. 그러면 아버지께서는 뜰로 나오실 겁니다. 늘 그러셨던 것처럼 팔자 수염에 귀걸이를 하시고 눈 밑에는 눈물주머니가 달려 있지요. 그 눈물주머니는 아버님께서 아버님의 올리브 나무 베케트를 생각하며, 겸허한 마음으로 며칠 농안 밤마다 남몰래 흘리신 눈물 때문에 생긴 것일 테지요. 이제 이런 모습으로 등장하셔서 아버님께서는 이렇게 물으실 겁니다. '저게 뭔가? 웬 남자들인가?' 그리고 이렇게 말씀하십니다. '제발 서두르게! 내가 하루 종일 그대의 수다나 듣고 있을 시간이 있다고 생각하는가?' 아버님께서는 몬트-카브이시므로 이 역할에서 벗어나시지 않으십니다. 그래서 사람들 앞에서 속으로 어떤 생각을 하셨는지 속내를 드러내시지 않을 겁니다. 그래서 저를 보시고도 아무나 사고팔 수 있는 한낱 이방인 노예 아이 오사르시프에 지나지 않는 것처럼 행동하실 테죠. 하지만 속으로는 지난번에도 그랬듯이 겸손한 가운데에서도 이번에도 제가 누구인지 예감하시게 됩니다. 그리고 제 형제들의, 신들의 길을 열어주려고 제가 여기 있다는 사실을 눈치 채실 테지요. 아버님! 집사님! 편안히 여행하소서! 빛이 있는 곳, 몸이 가벼워지는 곳에서 저희는 다시 만날 겁니다."

여기서 요셉은 입술을 닫고 밤인사를 마쳤다. 집사의 입술과 배가 잠잠해진 것이 어느새 바닥을 지나 초원에 당도했음을 보여주었던 것이다. 그는 깃털 하나를 집어들었다. 시력이 남아 있는지 확인하느라 자주 집사의 눈 앞에 갖다

대고 흔들곤 했던 깃털이었다. 이제 그 깃털을 입술 위에 올려놓았다. 그러나 전혀 움직이지 않았다. 눈을 감겨줄 필요는 없었다. 잠에 빠져들면서 집사 스스로 눈을 감았던 것이다.

시체를 수습하는 의사들이 와서 40일 동안 몬트-카브의 몸에 소금을 뿌리고 향유를 발랐다. 그리고 나서 붕대 감기가 끝나자 몸에 꼭 맞는 관에 넣었다. 이렇게 알록달록하게 단장한 오시리스는 며칠 간 정원의 정자 뒤쪽에 있는 여러 은빛 수호신상 앞에 서 있었다. 다음은 하류로 배를 타고 아보두의 거룩한 무덤으로 가야 했다. 거기에 이르러 서쪽의 주인님을 방문한 후, 테벤 산에 예비된 사방이 바위로 둘러싸인 방에 입주하게 되었다. 모든 예식절차는 중간 수준의 화려함과 장중함 속에서 치러졌다.

그러나 요셉은 이 아버지를 생각할 때마다 눈시울을 적시곤 했다. 그의 눈은 라헬의 눈처럼 보였다. 야곱과 그녀가 서로를 그리워하며 기다리는 동안, 조급해져서 눈물을 흘리던 때의 그녀 눈이 꼭 이랬었다.

《세번째 이야기 下권으로 이어집니다》

요셉과 그 형제들 3

펴낸날	초판 1쇄 2001년 11월 20일
	초판 3쇄 2020년　6월 30일

지은이	**토마스 만**
옮긴이	**장지연**
펴낸이	**심만수**
펴낸곳	**(주)살림출판사**
출판등록	1989년 11월 1일 제9-210호

주소	**경기도 파주시 광인사길 30**
전화	**031-955-1350**　팩스　**031-624-1356**
홈페이지	http://www.sallimbooks.com
이메일	book@sallimbooks.com

ISBN	978-89-522-0067-9　04850
	978-89-522-0064-8　(세트)